BASTEI
LÜBBE
TASCHENBUCH

Weiterer Titel der Autorin:

In der Nacht weint meine Stadt (exklusiv als E-Book)

Über die Autorin:

Als Autorin und Historikerin hat sich Michaela Saalfeld ganz der ersten Hälfte des 20. Jahrhunderts verschrieben. Mit ihrem Roman über die Anfänge der ersten deutschen Demokratie hat sie sich einen lebenslangen Wunsch erfüllt. Sie lebt mit ihrer Familie in Berlin.

MICHAELA SAALFELD

Was wir zu hoffen wagten

ROMAN

BASTEI
LÜBBE
TASCHENBUCH

BASTEI LÜBBE TASCHENBUCH
Band 17707

MIX
Papier aus verantwortungsvollen Quellen
FSC® C083411

Dieser Titel ist auch als E-Book erschienen.

Originalausgabe

Dieses Werk wurde vermittelt durch die
AVA international GmbH Autoren- und Verlagsagentur, München.
www.ava-international.de

Lektorat: Dr. Stefanie Heinen
Titelillustration: © Richard Jenkins; © ARZTSAMUI/shutterstock.com;
Vaobullan/shutterstock.com; Helen Hotson/shutterstock.com
Umschlaggestaltung: Johannes Wiebel | punchdesign, München
Satz: hanseatenSatz-bremen, Bremen
Gesetzt aus der Adobe Garamond Pro
Druck und Verarbeitung: CPI books GmbH, Leck-Germany
Printed in Germany
ISBN 978-3-404-17707-3

2 4 5 3 1

Sie finden uns im Internet unter
www.luebbe.de
Bitte beachten Sie auch: www.lesejury.de

Für Raúl,
zur Erinnerung an Wipers.
Und an Scottie Brown-Brown, Godelieve
und all die anderen.

Dem Bürger fliegt vom spitzen Kopf der Hut
In allen Lüften hallt es wie Geschrei,
Dachdecker stürzen ab und gehn entzwei,
Und an den Küsten – liest man – steigt die Flut.

Der Sturm ist da, die wilden Meere hupfen
An Land, um dicke Dämme zu zerdrücken.
Die meisten Menschen haben einen Schnupfen.
Und Eisenbahnen fallen von den Brücken.

Jakob van Hoddis, Weltende

Vorspann

Berlin 1918
9. November

Die Zeit ist aus. Jetzt kommen wir:
Die andern! Die andern!

Kurt Tucholsky

1

Über der Stadt hing ein Himmel aus Eisen. Darunter aber, in den Schluchten zwischen den Häusern, gerieten Ströme in Bewegung, die nichts und niemand hätte aufhalten können. Flüssiges Blei. Wen diese Wogen aus Menschen erfassten, den rissen sie mit, und was immer sie niederwalzten, konnte sich unmöglich wieder erheben.

Hier, hinter dem Hochbahnhof Prinzenstraße, wo sich eine Fabrik an die andere reihte, füllten die Straßen sich im Handumdrehen. Felice, die sich anders als ihre Geschwister nichts aus Kino machte, hatte das Gefühl, in einem Film zu sitzen, der durch technische Tricks für unwirkliches Grauen sorgte: Beim Anblick der endlosen Kolonnen, die aus Türen, Toren und Portalen quollen, fiel es schwer zu glauben, dass die Stadt so vielen Menschen Platz bot, geschweige denn, dass ihr die jungen Männer fehlten, dass unzählige nicht zurückkommen würden.

Hatten all diese Leute – aus den Stahlgießereien, den Pulverfabriken – ihre Arbeit niedergelegt? Standen jetzt wahrhaftig die Räder des gewaltigen Mahlwerks, der Kriegsmaschinerie still?

Felice versuchte, sich durch die wogende Masse zum Eingang des Fabrikhofs durchzuschlagen, wo Recha noch immer in der Wohnung hauste, die ihr Liebhaber ihr eingerichtet hatte. Ihr Atem ging keuchend. Vom Savignyplatz bis hierher war sie ohne Pause gerannt, während Bilder an ihr vorbeifluteten: Menschen, die alles stehen und liegen ließen und aus Häusern, Hallen und Fabriken, aus Geschäften, Schulen und Lokalen auf die Straßen eilten. Seit Wochen hatten sie starr vor Spannung auf ihre Nachricht gewartet – war sie an diesem Morgen endlich eingetroffen?

Selbst wenn es so war, stand Felices Nachricht noch immer aus, und in ihrer Bauchhöhle rumorte blanke Angst.

Gesichter glitten an ihr vorüber, leichenblass, ausgemergelt, die Augen in Höhlen. Zwischen Köpfen blitzte das Rot von Fahnen, die feuchter Wind zum Knattern brachte. Felice hatte sich bis zur Litfaßsäule vorgekämpft, wo Zeitungsjungen ihre Blätter anpriesen, als sie Recha in einem Strom von Arbeitern auf sich zutreiben sah.

»BZ am Mittag«, brüllte ein drahtiger Bursche ohne Mütze, »schneller weg als warme Semmeln! Schnappt euch eene, oder wollt ihr eure Zukunft verpennen? Der Kaiser hat abjedankt!«

»Recha!« Felice schrie, dass ihr die Lunge schmerzte. Groß genug war sie. Wenn sie sich reckte, hallte ihr Ruf über Köpfe hinweg. »Recha, warten Sie, ich muss mit Ihnen sprechen!«

Im Gegensatz zu Felice war Recha klein und kompakt. Ihr Kopf mit den dichten, in sämtliche Richtungen strebenden Locken tauchte alle paar Schritte in der Menge unter. Würde mit ihr zu reden sein, so vertrackt die Dinge auch zwischen ihnen standen? Sie mochten sonst nichts gemeinsam haben, doch sie waren beide Schwestern. Ältere Schwestern, denen irgendwann einmal eingeschärft worden war, auf ihre kleinen Brüder zu achten.

»Felice, halt Wilhelm an der Hand! Das Kindermädchen ist eine Schlampe, wenn dem Kleinen etwas zustößt, ist es deine Schuld.«

Recha würde das kennen. Sie musste um Gabriel gebangt haben, wie Felice um Willi bangte, und wenn sie Nachricht von ihm hatte, würde sie nicht so grausam sein, sie ihr vorzuenthalten.

Alle hier haben Brüder, durchfuhr es Felice. *Alle Frauen. Und eine, die keinen Bruder hat, hat einen Vater, Söhne, einen Bräutigam, ist Witwe, bevor sie verheiratet war. Wir sitzen im selben gott-*

verdammten Boot, aber wie so oft habe ich nichts davon bemerkt. Wind zerrte an ihrem Haar, und ihr Gedankenfluss stockte. Außer ihr schien jeder jemanden bei sich zu haben, der ihn bei der Hand nahm oder ihm den Arm zum Unterhaken reichte. Allein war nur Felice, die still und in verkehrter Richtung stand.

»Ebert ist Reichskanzler!«, schrie der Junge an der Säule. »Gerade erst aus der Reichskanzlei verkündet, und die *BZ* ist wie immer mittenmang dabei!«

Quintus' Zeitung, dachte Felice. *Sein Blatt für Schweinehirten.* Die *BZ am Mittag* rühmte sich, die schnellste Zeitung nicht nur des Deutschen Reiches, sondern der gesamten Welt zu sein. Noch in der letzten Viertelstunde vor Beginn des Straßenverkaufs könnten Nachrichten eingearbeitet werden, hatte Quintus behauptet.

»Wie soll denn das machbar sein?«, hatte Felice dagegengehalten. »So schnell arbeitet doch kein Setzer.«

Selbstgefällig hatte Quintus gegrinst. »Moderne Technik wirkt eben Wunder. Eines Tages werden wir schnell genug sein, von Ereignissen zu berichten, noch ehe sie überhaupt geschehen sind.«

»Habt ihr Bohnen inne Ohren?«, brüllte der Junge an der Säule. »Der Kaiser hat sich vom Acker jemacht, ihr Trantüten.«

Felice reckte sich, um Recha im Gewimmel wiederzufinden. Sie waren höchstens fünf Schritte voneinander getrennt, doch in den Abstand quetschten sich Menschenleiber. Zwischen hüpfenden Köpfen sah sie Rechas Gesicht jetzt deutlich. Es war von Kälte gerötet, herzförmig und so reizend, dass der Blick sich anschmiegen wollte, während der Lauf der Welt weiterhastete. Rechas schläfriger Liebreiz verblüffte. Auf der Leinwand verkörperte sie zerrissene Frauengestalten in düsteren, wüsten Dramen, die über ihre Zeit hinauswiesen.

Ihre Blicke trafen sich. Die Farbe von Rechas Augen ließ sich auf die Entfernung so wenig erkennen wie im Schwarz-Weiß eines Kinofilms, und doch schwärmte das filmbegeisterte Berlin davon: *Recha Süßapfels Augen schillern wie Moorseen, sie sind genauso tief und nicht minder gefährlich.* Felice hatte keine Ahnung, wie tief Moorseen waren. Sie hatte den Reiz von Rechas Augen für gefährlich gehalten, doch in diesem Moment war sie nur froh, dass die andere da war – eine, die ihr nicht fremd war, die erfassen würde, welche Angst ihr die Kehle zuschnürte.

Eine, die ich kannte, als wir noch stark und voll Hochmut und vollzählig waren. Eine, die von dem Leben weiß, das wir geführt haben. Von all den Träumen, von Hoffnung und Dummheit. Von uns.

In der Straßenmitte gab es kein Durchkommen. Felice hob die Hand und wies nach links, stieß mit dem Ellenbogen einen Mann beiseite und boxte sich in Richtung Gehsteig weiter. Recha begriff und begann, sich in dieselbe Richtung ihren Weg zu bahnen. Am Rand, bei der Häuserwand, blieb eine schmale Rinne frei von Menschen. Dort standen sie still, an die Mauer gepresst und so dicht voreinander, dass ihre Atemwolken sich vermischten.

»Recha.«

»Ja, so heiß' ich.«

Rechas Blick, der sich nicht beirren ließ, hatte Felice von jeher irritiert. Die Worte entglitten ihr: »Bitte helfen Sie mir. Ich habe solche Angst.«

»Um Willi?«

Felice nickte. »Seit der Verhaftung sind wir ohne Nachricht. Es ist nicht gerecht. Willi ist so …«

»Jung«, beendete Recha ihren Satz. »Das habe ich von Gabriel auch gedacht. Von uns allen. Selbst von denen, die alt sind: Wir sind zu jung.«

Felice öffnete den Mund, doch dann schwieg sie. Sie hatte auffahren wollen, man könne einen Jungen, der vier Jahre Gemetzel überlebt hatte, nicht dafür umbringen, dass er das Metzeln leid war. Die Worte aber waren allzu naiv, sie hätten zu ihrer

Schwester Ille gepasst, nicht zu ihr. Wenn die vier Jahre sie nicht gelehrt hatten, dass zwischen Recht und Gerechtigkeit Abgründe klafften, dann verfolgte sie das falsche Lebensziel. Sie musste sich an die Gesetzeslage halten, musste erreichen, dass kein Standgericht, sondern eine gründliche Untersuchung stattfand.

»Ich habe auch keine Nachricht«, sagte Recha. »Aber ich treffe mich vor dem Reichstag mit Curt Birnbaum. Wenn Sie wollen, kommen Sie mit.«

Birnbaum war Kriegsberichterstatter, nicht für *Messters Woche*, die Aufnahmen von vorderster Front auf Kinoleinwänden präsentierte, sondern für irgendwelche unbekannten Zeitschriften. Felice kannte ihn kaum. Er gehörte zu Wolfgangs und Rechas Bekannten, zu dem Kreis, in den Willi eingetaucht war, als wäre er nie als Sohn einer Bankiersfamilie aufgewachsen. *Vielleicht war ich neidisch,* dachte Felice. *Vielleicht habe ich Recha mit meinem Hass verfolgt, weil ich nicht aushalten konnte, dass mein kleiner Bruder sich die Fesseln so viel gründlicher abgeschüttelt hat als ich.*

»Birnbaum war in Kiel?«, fragte sie.

Recha nickte. »Er hat mich angerufen. Gestern Abend. Wir wurden mitten im Gespräch unterbrochen, weil aller Telefonverkehr unterbrochen wurde.«

»Sie haben Telefon?«, entfuhr es Felice. In der Reichshauptstadt kam auf zwanzig Menschen nicht mehr als ein Anschluss, und die Inhaber waren Unternehmer, wohlhabende Bürger, keine Schauspielerinnen, die auf Kreuzberger Fabrikhöfen hausten.

»Dafür hat Wolfgang gesorgt.« Abrupt senkte Recha den Kopf. »Für alles. ›Du bist beim Film‹, hat er gesagt, ›du musst ans Fernsprechnetz. Wenn jemand eine Hauptrolle zu besetzen hat, musst du die Erste sein, die er erreicht.‹«

Die Menge scherte aus, weil ein Krümperwagen die Straße hinunterzockelte. Der Gaul, der ihn zog, war ein klappriges Gerippe, das in den Sielen hing und kaum die Hufe hochbekam. Obenauf drängten sich Soldaten, die meisten blutjung wie Willi. Manche riefen und winkten mit den Mützen, aber keiner lachte. Es gab keinen Überschwang, keine Spur von Freude.

Das waren die Männer, die zurückkamen. Vielleicht hatten sie gehofft, in diesen Straßen die Heimat zu finden, nach der sie sich gesehnt hatten. In Wahrheit aber hatten sie sich nach keinem Ort, sondern nach einer Zeit gesehnt, und diese Zeit existierte nicht mehr.

»Der Kaiser hat abjedankt!«, brüllte der Junge von der *BZ* wieder.

Das Alte war fort. Aber wie sah das Neue aus, das jetzt kam?

Felice und Recha wurden vom Gewicht der Menschenleiber gegen die Hauswand gedrückt. Erst als der Wagen vorbeigerumpelt war und die Menge sie freigab, blickte Recha auf. »Ich muss weiter. Sonst verpasse ich Birnbaum.«

Damit schloss sie sich wieder dem Strom an, auf dem ihr Kopf wie eine Boje davontrieb. Während Felice sich vorankämpfte, stiegen vor ihr Bilder vom Tag der Mobilmachung auf, als sie sich ebenso durch eine Menschenmenge ihren Weg gebahnt hatte. Damals war August gewesen, die Luft vor Hitze flimmernd, heute war November, die Wolken waren schwer vor Feuchtigkeit. Damals hatten die Ströme aus Männern bestanden, die Felice wie Kinder vorgekommen waren, heute wimmelte die Stadt von Frauen, und selbst die Kinder hatten etwas Altes.

»Zu Weihnachten in Paris«, hatten die Männer mit den Kindergesichtern gegrölt, sie hatten die Kaiserhymne gesungen, die *Wacht am Rhein* und Lieder von Filip von Schlei. Heute war kein Grölen und kein Singen zu vernehmen, nur das Trampeln von Schritten und hier und da eine Stimme, die vor Kälte rau eine Parole rief.

Der Verkehr schien bis auf die müden Militärfuhrwerke lahmgelegt. In der Wilhelmstraße, dem Regierungsviertel, das manche das Hirn der Hauptstadt nannten, hatten Soldaten einen Bierwagen in den Rinnstein gezerrt und saßen reglos, Gewehre im Anschlag, obenauf. In ihren Gesichtern stand Hunger. Hatten sie erwartet, an Tafeln empfangen zu werden, die sich unter Aal grün und Gurkensalat, Schrippen mit Hackepeter und Schweineohren bogen? Berlins Bewohner, selbst die, die Geld hatten, lebten im vierten Winter von Eintopf aus Steckrüben und einem halben Hering für den Freitag. Die hatten nichts abzugeben. Denen stand derselbe Hunger in den Gesichtern wie denen auf dem Wagen.

Die Fassaden der Regierungsgebäude wirkten abweisend, die Fenster dunkel, ausgestorben. Lebendig gebärdeten sich nur die Zeitungsjungen: »Schluss mit dem Alten! Der Kaiser hat abjedankt!«

Entsprach das der Wahrheit? Wenn es tatsächlich gelungen war, den Kaiser zu diesem Schritt zu bewegen, war die Bedingung der Amerikaner erfüllt. Auf seinem blutigsten Höhepunkt war der Krieg zum Stillstand gekommen. Wie konnte dann noch ein Mann dafür erschossen werden, dass er aufgehört hatte zu kämpfen?

Scharfer Wind trieb Felice ins Gesicht. Die Frage gehörte in ihr Metier, sie war zu firm darin, um sich etwas vorzumachen. Als ihr Bruder Willi zu kämpfen aufgehört hatte, war der Kaiser noch der Kaiser gewesen, und die Heeresleitung hatte keinen Frieden, sondern eine Entscheidungsschlacht gegen Britannien gewollt. Willi war kein Soldat, der nach Hause ging, weil der Krieg zu Ende war. Willi war ein Soldat, der einen Befehl verweigert hatte. Ein Deserteur, auf dessen Tat standrechtliches Erschießen stand.

Felice schob sich weiter, um zu Recha aufzuschließen. Sie, der es immer das Wichtigste gewesen war, nur sie selbst zu sein, sehnte sich auf einmal danach, zu einer Gruppe zu gehören, nicht allein von dem Strudel erfasst zu werden, der Vertrautes fortschwemmte. Auch wenn außer ihr nur noch Recha von dieser Gruppe übrig war.

Im Laufen drehte Recha sich um, lief ein paar Schritte rückwärts und hielt mit ihrem Blick den von Felice fest. Dann wandte sie sich wieder nach vorn. Der Zug nahm die Breite der Straße ein. Felice sah Menschen bis zur Kreuzung, wo sie in die Prachtstraße Unter den Linden eintauchten, dem Pariser Platz mit dem Brandenburger Tor entgegen.

»Wohin wollen die alle?«, schrie sie und kam sich dümmlich vor, ignorant wie die Prinzessin hinter dem Mond, als die sie ihre Schwester Ille verspottet hatte.

Recha drehte sich nicht noch einmal um. Stattdessen wandte ein Mann den Kopf, ein langer Lulatsch in einer zu dünnen Joppe. Felice zwang sich, vor seinem Gesicht nicht zurückzuschrecken. Es war wie Gabriels Gesicht: zerfetzt und zusammengeflickt, lebendig, doch nicht länger menschlich. »Zum Reichstag«, sagte der Mann. Die Fratze des Grauens verzog sich zu etwas, das ein Lächeln gewesen sein mochte.

Ein Tag fiel Felice ein, ein längst vergangener Morgen im Frühsommer '14, als sie am Spreeufer mit Quintus darüber gestritten hatte, welche Bedeutung dem Geschenk eines Lächelns zukam.

Und wenn man keines mehr zu verschenken hatte? Sie wollte die Ruine eines Lächelns erwidern, brachte ein klägliches Zucken zustande und war heilfroh, als der Mann sich abwandte. Unter ihren Mantel kroch ein Frösteln, vielleicht mehr vor Angst als vom Wind. Felice riss sich zusammen und stieß endlich zu Recha vor. Sie hatten die Kreuzung erreicht und bogen nach Unter den Linden ein.

Auch die Prachtstraße war, so weit das Auge reichte, mit Menschen gefüllt. Am Rinnstein reihten sich Wagen, auf denen Soldaten postiert waren. An ihren Pickelhelmen glaubte Felice die Sterne der Garderegimenter auszumachen. Es musste ein

Irrtum sein. Wenn die Garde aufmarschiert war, des Kaisers viel gerühmte Elite, wäre diese eingeschritten und hätte das Feuer auf die Menge eröffnet. Aber nichts rührte sich, keine Hand, kein Lauf. Die Krakeeler von der *BZ* mussten recht haben: Hier herrschte kein Kaiser mehr, zog keine Heeresleitung die Zügel straff.

Damit Recha ihr nicht entglitt, griff Felice nach ihrem Arm, erwischte den weichen Pelz ihres Mantels und krallte sich darin fest. »Hat Ihnen Birnbaum etwas gesagt?«, rief sie keuchend. »Hat er Willi gesprochen, ist er gesund, wird er ordentlich behandelt?«

»Ich weiß nichts«, gab Recha zurück. »Wie gesagt: Das Gespräch wurde unterbrochen. Wir hatten gerade noch Zeit, uns bei *Habel* zu verabreden.«

»Bei *Habel*? In der Destille?«

»Vermutlich eher vor der Tür.« Recha schwenkte den Kopf in Richtung der Massen. »Samstags ist bei *Habel* kein Platz zu bekommen, selbst wenn nicht gerade die Revolution ausbricht. Heute wird dort vermutlich gar nicht serviert.«

Eine Zeit lang wurde es zu laut, um sich zu verständigen. Vor ihnen ragte das Brandenburger Tor auf, durch dessen mittlere Durchfahrt allein die kaiserliche Familie hatte fahren dürfen. Die Quadriga stand vor dem dunklen Himmel wie in eine Münze geprägt. Würde sie als Trophäe nach Paris verbracht werden, jetzt, da Deutschland den alles niederwalzenden Krieg verloren hatte?

Wir nicht, dachte Felice. *Wir können den Krieg nicht verloren haben, Frauen, Kinder, Jungen wie Willi, die keine Ahnung hatten. Gegen uns ist gekämpft worden wie gegen Frankreich und Großbritannien, und wenn Frankreich, Britannien und ihre Verbündeten gewonnen haben, muss ihr Sieg auch für uns gelten.*

Sie mussten die Männer, die in Kiel gefangen saßen, befreien und etwas Neues beginnen, ehe das Alte ihnen den Sieg entriss. Würden sie dazu die Kraft aufbringen? Die Gesichter der Soldaten tanzten vor Felice im Nebel – zerschlagen, ausgehungert, mit den todmüden Augen von Greisen. Wer so viel Ende erlebt hatte, welchen Mut hatte der noch zu einem Anfang?

Aber sie waren doch so viele, die ganze Stadt im Aufbruch, sie konnten erreichen, was immer sie zu hoffen wagten!

Keine Frau, die studiert hat, darf mehr um Erlaubnis betteln müssen, ihren Beruf auszuüben.

Kein Mann, der nach Abenteuern hungert, darf sich dafür in einem Krieg verheizen lassen.

Kein halbes Kind darf einen Mann heiraten, der ihm zuwider ist, und bei ihm bleiben, auch wenn es lieber sterben will.

Die Vorstellung war atemberaubend und besänftigte für kurze Zeit Felices Angst. Sie bogen in die Straße zum Reichstag ein. Über eine Tribüne hinweg starrte der hölzerne Hindenburg auf eine Welt, die er nicht begriff. Der Platz war schwarz vor Menschen, die niemand hinderte, bis auf die Stufen und unter die Fenster des Gebäudes vorzudringen.

»Schluss mit dem Krieg«, rief einer der Männer vom Wagendach. »Alle strategischen Flecken in dieser Stadt sind besetzt.«

Ein weiterer stimmte ein, gleich darauf ein dritter: »Jetzt wird man uns hören müssen. Schluss mit dem verdammten Krieg.«

Mit einer Spur Erstaunen vernahm Felice ihre eigene Stimme, dann pflanzte sich der Ruf als tausendfaches Echo fort: »Weg mit Ludendorff, Hindenburg, weg mit dem Kaiser! Nie wieder Krieg.«

2

Der Strom glich nun einer Soße, die zu Aspik verkocht war und nicht mehr vom Löffel floss. Felice und Recha kamen nur noch in winzigen Schritten voran. Inmitten der Menschenmassen entdeckte Felice einen Mann auf einer Trittleiter. Er war mager und eckig und hätte auch ohne Erhöhung die Menge überragt. Um die Taille hatte er sich einen Tragriemen geschlungen, der den Holzstiel eines Schildes auf seinen Schulterblättern festhielt. In grässlicher Sauklaue hatte jemand »Presse« daraufgekritzelt.

Albern, dachte Felice und erkannte ihn. Nicht nur ihr Herz, sondern ihr ganzer Körper schien zu klopfen.

Recha drehte sich um. »Ist das nicht Ihr Bekannter? Von der *BZ am Mittag*?«

Felice konnte nur nicken. Der Wind zerrte an Quintus' schlecht geschnittenen Locken, auf denen er eine Schiebermütze trug, die ihm nicht stand. Sie glaubte ihn pfeifen zu hören, wie er immer gepfiffen hatte, erst diesen seltsamen, schwermütigen Walzer *Tiralala tiralala* aus einer Operette, die ausgerechnet *Der tapfere Soldat* hieß, und dann das englische Lied, von dem Felice sich wünschte, sie bekäme es irgendwann einmal aus dem Kopf.

Roses are shining in Picardy
In the hush of the silver dew …

Albern, albern, albern. Sie musste sich die Hände auf das Herz pressen, beide Hände, weil es so sehr raste.

»Ich dachte, mir hätte jemand erzählt, er wäre in Flandern … Nicht wie bei Wolfgang. Sondern vorm Militärgericht. Ich dachte, ich hätte gehört –«

»Ich habe das auch gehört«, fiel ihr Felice ins Wort. Der eisige Wind trieb ihr Tränen in die Augen. »Alle möglichen Leute haben es erzählt, sogar sein Onkel, der gesagt hat, die Familie hätte den Leichnam aus Flandern nach Hause holen wollen und zu hören bekommen, das stehe außer Frage. Wenn schon bei unseren tapfer den Heldentod sterbenden Soldaten, dann erst recht bei Verrätern.«

»Kein Wunder, oder?« Rechas Blick blieb ruhig. »Wenn kein totes Getier mehr durch die Blockade kommt, um die Leute zu füttern, warum dann tote Menschen, die niemandem nützen?«

Sie hatte recht. Berlin verhungerte. Eine Lieferung, die sich in die blockierte Stadt durchschlug, mochte Leben retten. Die Toten dagegen blieben tot, wo immer man sie hinschaffte.

Alle Toten. Bis auf Quintus Quirin, der wieder einmal jeder Regel ein Schnippchen schlägt.

»Wie es aussieht, hat Ihr Bekannter es ohne Leichentransport geschafft«, sagte Recha. »Wenn Sie zu ihm gehen wollen, halte ich Sie nicht auf.«

»Um Gottes willen, nein!«, rief Felice. »Er ist nicht mehr mein Bekannter. Ich meine: Wir haben uns entzweit, haben nichts mehr miteinander zu tun.« Sie brach ab. Warum betrug sie sich, als wäre sie Recha Rechenschaft schuldig? »Für mich geht es allein um Willi. Ich muss ihn freibekommen, das ist alles, was mich kümmert.«

Recha wies mit dem Kopf nach links. »Da drüben ist Birnbaum.«

Felice wandte sich von Quintus ab und sah, dass sie *Habels* Destille fast erreicht hatten. Wie Recha befürchtet hatte, platzte das Lokal aus den Nähten. Gäste mit Gläsern in den Händen quollen auf die Straße. Jäh sehnte sie sich nach dem *Babylon*, nach sommerlichem Kneipenlärm, der sie aus ihrem Zimmer hinunter ins Getümmel gerufen hatte, nach den Betreibern, die ihr Lieblingsgetränk unaufgefordert vor sie hin stellten. Zitronenwasser und einen kleinen Kirsch. Und nach Poetge. Nach weich gekochten Eiern im Glas.

In einem Mann, der einen grauen Hut auf einem unförmigen Kopf trug, glaubte sie, Birnbaum zu erkennen. Vor einer Ewigkeit, auf einer Silvesterfeier, hatte sie geglaubt, das müsse ein Witz sein: Ein Mann, dessen Kopf wie eine Birne aussah, konnte unmöglich Birnbaum heißen. Heute interessierte sie nur, ob er Nachricht von Willi hatte. Blindlings, ohne Rücksicht, kämpfte sie sich durch. »Herr Birnbaum«, rief sie aus Leibeskräften, »ich bin Felice zur Nieden, Unteroffizier zur Niedens Schwester – bitte sagen Sie mir, wie es meinem Bruder geht. Ich habe mir auf sämtlichen Ämtern den Schädel eingerannt, ohne die kleinste Nachricht zu erhalten.«

Birnbaum, umringt von einer Gruppe junger Leute, drehte sich um. »Fräulein zur Nieden.« Er wirkte verwirrt, zog den Hut und kratzte sich am Kopf.

»Sie ist mit mir gekommen«, rief Recha, doch eine andere rief viel lauter. »Feli, Feli!« Aus dem Pulk hinter Birnbaum tauchte eine Gestalt in Pelzpelerine und mit unfrisiertem blonden Haar auf. Sie stürmte auf Felice zu, dass die Umstehenden kaum schnell genug aus dem Weg springen konnten. Dabei schrie sie ohne Unterlass weiter: »Feli, Feli, Feli!«

Ihre Schwester Ille.

Keine Armlänge vor sich sah Felice ihr rot geweintes Gesicht, dann warf Ille sich ihr an die Brust. Alles in ihr sträubte sich, wollte die Schwester von sich stoßen. Die Tage, in denen sie sich wie drei zu klein geratene Musketiere unter einer Decke Treue geschworen hatten, waren lange vorbei. Felice hatte Ille klargemacht, dass deren Lebenswandel sich mit einem Mindestmaß an Anstand nicht vertrug. Sie hatte sich für Ille geschämt: Wie konnte ein Mensch so tief fallen, wie seine Würde so preisgeben?

Sie kam sich vor wie ihre Mutter, die nichts mehr hasste als Szenen. *Ich mache mich steif, wie Sybille es getan hat, wenn Ille hingefallen ist und in ihre Arme wollte. Aber ich will nicht so sein. Ich will verdammt noch mal nicht wie meine Mutter sein.*

Ille gab ein wimmerndes Geräusch von sich. Über ihr Gesicht liefen Tränen und Rotz.

Felice zwang sich, die Arme um den zuckenden Körper zu legen. Sie wusste, sie hätte Ille Fragen stellen müssen, doch die Angst vor Antworten hinderte sie. Ging es um Willi? Hatte Ille Gewissheit, während sie selbst sich an leere Hoffnungen klammerte?

Statt ihrer fragte Recha: »Was ist denn passiert, Frau Berndt? Wo ist Gabriel?«

»Gabriel.« Ille weinte auf. »Er hat mir geholfen. Ich brauchte doch einen, der mir hilft.«

Felice befreite sich. »Der dir wobei hilft?«

»Reinhold zu suchen!« Illes Finger krallten sich in ihre Schultern. »Er ist verschwunden. Ich kam mit den Kindern vom Spielen, und Reinhold war fort.«

Felice versuchte aufzuatmen. Es war nichts weiter als Illes übliches Theater, ihr Heischen nach Aufmerksamkeit. Ihr Mann Reinhold verschwand des Öfteren, und für gewöhnlich war Ille darüber nicht verzweifelt, sondern froh.

»Gibste jetzt mal Ruhe, du Singuhr«, schimpfte ein Mann. »Bei dem Geplärr wird ja der Hund in der Pfanne verrückt.«

Andere, vor allem Frauen, versteckten Neugier hinter Hilfsbereitschaft: »Na, na, wer wird denn so weinen? Wo drückt denn der Schuh, die Welt geht ja wohl nicht gleich unter.«

»Isse doch längst«, knurrte der Mann, dem der Hund in der Pfanne verrückt wurde. »Wozu sich also noch ins Hemd machen?«

Ille weinte. »Reinhold ist weg. Gabriel ist los und sucht ihn, aber er kann ihn ja nicht finden.«

»Sie haben Gabriel geschickt, um Ihren Mann zu suchen?«, fuhr Recha dazwischen. »Sind Sie von Sinnen? Ihr Mann hat gesagt, wenn Gabriel sich noch einmal in Ihre Nähe wagt, bringt er ihn um.«

Statt einer Antwort krümmte sich Ille wie unter Schmerzen. Felice kam es vor, als wüchse der Pulk, der sich um sie scharte, in Windeseile an, als hätte Illes privates Drama den Ereignissen um das Reichstagsgebäude die Schau gestohlen.

»Frau Berndt!«, rief Recha, packte Ille bei der Schulter und rüttelte sie. »Sagen Sie mir, was passiert ist und wo ich meinen Bruder finde, ehe ein Unglück geschieht.«

»Ich weiß doch nichts!« Illes Worte waren kaum zu verstehen. »Ich hab mich um meine Kinder kümmern müssen, wir waren spielen an der Blanken Helle.«

»Spielen am Pfuhl?«, platzte Felice heraus. »Bei dem Wetter?«

Ille nickte und begann, wie ein Automat ihre Rede abzuspulen: »Ich bring die Kinder oft dorthin, wenn Reinhold zu Hause ist, damit sie ihm nicht im Weg sind. Sie spielen da gerne. Manchmal, wenn es uns zu kalt wird, setzen wir uns in die Konditorei. Lise isst einen Liebesknochen und Jenny einen Windbeutel, weil sie sagt, der schmeckt nach frischer Luft. Wenn wir nach Hause kommen, ist Reinhold eingeschlafen. Wir schleichen auf Zehenspitzen ins Haus und haben unsere Ruhe.«

Ich hätte mich um sie kümmern müssen, dachte Felice. *Egal, was sie tut. Sie war die Kleinste von uns, und etwas in ihr ist noch immer das Kind, das aus Glanzbildern Kränze ausschnitt, sooft im Goldfischglas ein Fisch gestorben war.*

Ein läppischer Vers aus einem Poesiealbum schien im Wind zu flattern wie die Schnur eines verlorenen Ballons:

Und bittend soll
Dies Blättchen Dich erinnern:
Ich möcht' nicht ganz von Dir vergessen sein.

»Und heute?«, fragte Recha. »Als Sie heute von der Blanken Helle nach Hause kamen, war Ihr Mann nicht eingeschlafen?«

Verstört wandte Ille sich ihr zu. Mit dem wirren Haar, das ihr ins verschwollene Gesicht hing, wirkte sie wie eine Geisteskranke oder eine Trinkerin. »Heute? Nein, heute hat er nicht geschlafen.«

»Aber er war zu Hause?«

Wild schüttelte Ille den Kopf. »Nein, nein, das sage ich doch. Er war nicht zu Hause, ist verschwunden, wir wissen nicht, wo er ist.«

»Herrgott, er wird ausgegangen sein«, sagte Felice. »Hast du mir nicht erzählt, er ist mehr in der Wirtschaft als bei euch im Haus?«

Illes wasserblaue Augen, die sonst rund waren wie bei einer Porzellanpuppe, verengten sich zu Schlitzen. Die Haut um das linke war schwärzlich verfärbt. »Heute nicht«, wiederholte sie. »Er wollte zu Hause bleiben, das hat er mir gesagt.«

»Dann hat er seine Meinung eben geändert.«

»Und was ist mit Gabriel?«, fiel Recha ein. »Was hat Gabriel mit alledem zu tun, war er mit Ihnen am Pfuhl?«

»Nein, nein!«, rief Ille. »Er war … Wir haben ihn auf der Straße getroffen, und er hat uns geholfen – weiter war nichts.«

»Hören Sie damit auf«, sagte Recha. »Ihr Mann ist verschwunden, und mein Bruder sucht ihn? Das kann nicht stimmen, und das wissen Sie. Ich habe Ihnen gestern Nachricht gesendet, weil ich fand, es stünde Ihnen als Willis Schwester zu, von seinem Befinden zu erfahren. Ich bin Gabriels Schwester. Gestehen Sie mir dasselbe zu. Mein Bruder ist hilflos. Bei dem Aufruhr in den Straßen würde er nicht weit kommen.«

Ihre Stimme hatte beherrscht geklungen, und ihr Blick verriet kein Flattern. Felice aber sah, wie sie zwischen den Worten die Kiefer anspannte. Die schöne Recha, die Selbstsichere, die nichts aus dem Gleichgewicht brachte, hatte so viel Angst wie sie selbst.

Ille verstärkte den Griff um ihre Schultern. »Gabriel«, wimmerte sie. »Großer Gott, Gabriel!«

»Gott hilft uns nicht weiter«, rief Recha. »Wo mein Bruder ist, will ich wissen.«

»Und wo sind deine Kinder?«, fuhr Felice dazwischen.

Über Illes blauschwarz verfärbte Haut rollten Tränen und brachten die Schwellungen zum Glänzen.

»Die Kinder.« Felices Kehle wurde eng. »Lise und Jenny, wo sind die?« Blitzschnell überschlug ihr Hirn die Daten. Lisette, ihre ältere Nichte, war vor dem Krieg geboren worden und ging so gut wie zur Schule, aber Jenny, ihre Patentochter mit dem unkindlichen Mundwerk, konnte keine vier Jahre alt sein. *Ich hätte mich kümmern müssen,* durchfuhr es sie von Neuem. Sie hatte keine Kinder in ihrem Leben gewollt, war zu sehr mit ihren eigenen Dingen beschäftigt. Jetzt aber war das auf einen Schlag anders. Diese Kinder gehörten zu ihrer Familie, sie hatten ein Anrecht auf ihren Schutz.

»Wo sind Lise und Jenny?« Sie umfasste Illes Gelenke. »Du hast sie nicht allein zu Hause gelassen, nicht wahr?«

»Der Hermann ist ja da«, stammelte Ille. »Sie sind nicht alleine, meine Kleinen, der Hermann ist da und passt auf.«

Hermann war Illes Stiefsohn aus Reinhold Berndts erster Ehe, ein geducktes Bürschlein, das keinen gesunden Eindruck machte. Wieder rechnete Felice nach. Der Junge war zehn gewesen, als Ille geheiratet hatte, er musste sechzehn sein, so gut wie wehrfähig. Im Grunde sprach nichts dagegen, ihm die Aufsicht über seine kleinen Schwestern zu übertragen, doch bei dem Gedanken wurde Felices Nacken noch steifer. »Wir gehen sie holen«, sagte sie und wollte Ille beim Arm nehmen.

»Nein, nein!« Ille wich zur Seite und prallte gegen Recha. »Nicht dorthin zurück, bitte nicht. Gehst du mit mir zur Polizei, Feli? Ich muss doch Meldung machen, dass mein Mann vermisst wird.«

»Ich gehe mit Ihnen«, sagte Recha. »Wenn Sie Ihren Mann als vermisst melden, melde ich meinen Bruder.«

»Bitte nicht!«, flehte Ille. »Gabriel ist nichts passiert. Wenn Sie ihn nicht melden, kommt er zurück, und alles wird wieder gut.«

»Das möcht' ich ja mal sehen, was wieder gut werden soll, nachdem die's zu Gelump gedroschen haben«, knurrte ein Mann, der aus einem Halbliterglas ein Helles trank. »Und jetzt setzen die sich ab. Der Kaiser ist irgendwo in Holland, und die Ratte Ludendorff macht auch, dass sie von dem sinkenden Kahn noch runterkommt.«

»Halt die Klappe, Rudi!«, brüllte einer seiner Kumpane. »Da ist einer am Fenster.«

»An wat für'm Fenster?«

»Da drüben, im Reichstag – das ist der Scheidemann!«

Im Nu brüllte alles durcheinander. Felice reckte sich und sah, dass eines der Bogenfenster des Westbalkons geöffnet worden war. Männer in Anzügen reihten sich wie steinerne Standbilder, aber einer scherte aus und erklomm die Balustrade. An seinem von einem weißen Haarkranz umgebenen Kahlschädel und den runden Brillengläsern war er als Philipp Scheidemann erkennbar, einer der führenden Köpfe der Sozialdemokraten.

»Arbeiter und Soldaten!«, rief er über das jäh verstummte Menschenmeer hinweg. »Furchtbar waren die vier Kriegsjahre. Grausam waren die Opfer, die das Volk an seinem Blut hat bringen müssen.«

Der war nicht hier, um mit einer inhaltsleeren Rede die Leute noch einmal zu beschwichtigen. So, wie er dastand und ihnen entgegensah, wusste er, dass die Zeit des Stillhaltens vorbei war, dass das, was er sagen würde, ein Stich mit einem gewaltigen Spaten sein musste, der ein neues Fundament aushob.

Etwas in Felice wollte Scheidemann zurufen: *Das geht doch nicht! Nicht jetzt, wo ich den Kopf zum Platzen voll habe, wo ich nicht weiß, ob mein Bruder noch lebt, wo ich nicht weiß, was meine Schwester umtreibt, nur dass es nichts Gutes ist.*

Ille stöhnte und sackte auf die Knie. Felice versuchte, sie zu packen, erwischte sie aber zu spät.

»Der Kaiser hat abgedankt!«, rief Philipp Scheidemann.

»Gabriel«, heulte Ille.

»Verdammt, Ille, komm zu dir!« Felice bemühte sich, sie an den Schultern hochzuziehen.

Scheidemanns Stimme hallte über den Platz: »Arbeiter und Soldaten, seid euch über die Bedeutung dieses Tages bewusst! Unerhörtes ist geschehen. Große und unübersehbare Arbeit steht uns bevor!«

Recha sprang Felice zu Hilfe und zerrte an Illes Schultern. Ille aber krümmte sich heulend vornüber und war nicht zu bewegen.

»Was haben Sie und Gabriel getan, worin hat mein Bruder sich verwickeln lassen?«

Felice schob sie beiseite. »Jetzt lass uns nicht alle verrücktspielen. Wichtig ist, dass du uns sagst, was mit den Kindern ist.«

»Meine Kinder«, wimmerte Ille. »Meine armen kleinen Kinder.«

»Das Alte und Morsche ist zusammengebrochen«, rief Scheidemann.

Felice und Recha gaben alles, um Ille in die Höhe zu hieven, aber die schlug um sich und biss. Ein Mann drängte sich zu ihnen durch und drehte Felice an den Schultern zu sich. »Hat jetzt keinen Sinn«, keuchte er und sah sie an. »Lass sie sich austoben. Irgendwann verlassen sie die Kräfte, dann beruhigt sie sich.«

Quintus Quirin. Die alberne Schiebermütze noch auf dem Kopf. Felice wollte sich befreien, doch die Kräfte versagten ihr.

Sie ließ sich gegen ihn sinken. In ihren Ohren dröhnten nicht länger seine Prahlereien, sondern das englische Lied und die stille Stimme, mit der er versucht hatte, ihr von der Stadt namens Wipers zu erzählen: *»In der Nacht kann ich nicht schlafen«, hat das Mädchen gesagt. »In der Nacht weint Wipers, meine Stadt.«*

»Es lebe das Neue!«, schrie Philipp Scheidemann. »Es lebe die deutsche Republik!«

Ille

1912

Und die jungen Blätter blitzen
Und sie denken sich: Was mag das sein?
Könnten sie, sie zögen ihre Spitzen
Schleunigst wieder ein –!

Kurt Tucholsky

3

März

Vergiss mich nicht,
Wenn uns auch Meilen trennen.
Zuweilen lass Dein Denken bei mir sein.

Ilsebill zur Nieden holte Atem und betrachtete andächtig die glänzenden Tintenbuchstaben. Sie griff nach der Löschwiege, die sie von Onkel Bennos Schreibtisch stibitzt hatte, und setzte sie mit Vorsicht auf, um die schöne Schrift nicht zu verwischen. Fräulein Karstedt, ihre Lehrerin, hätte sie für so viel Mühe gelobt. Ilsebill, die es gern mochte, wenn alle Welt sie Ille nannte, hasste die Schule. Sie hatte zum Stillsitzen und Herumnesteln mit Fass und Füllfeder keine Geduld. In dem Poesiealbum aber wollte sie sauber schreiben. Es war brandneu, in weinroten Samt gebunden, und sie hatte es in Zagerts Schreibwarenhandlung von ihrem eigenen – oder zumindest von eigens geliehenem – Geld gekauft.

Die Tinte schien trocken, der dunkle Glanz verblasst. Aber der Strich auf dem blütenweißen Papier sah noch immer edel aus, und darauf kam es an. Edel, das gefiel Feli. Es war eins ihrer Lieblingswörter. Für eine ihrer Freundinnen hätte Ille die Seite mit zahlreichen Glanzbildern verziert, aber für Feli, die das abgeschmackt gefunden hätte, hatte sie nur ein einziges eingeklebt. Das schönste. Den Schatz ihrer Sammlung. Ille tauchte die Feder neu ein und schrieb die Verse zu Ende:

Und bittend soll
Dies Blättchen Dich erinnern:
Ich möcht' nicht ganz von Dir vergessen sein.

Wie empfindsam das abgefasst war! In ihrem linken Auge spürte sie, wie sich eine Träne löste, so gerührt war sie. Ille war oft gerührt, und sie liebte es. Am schönsten war es im Lichtspielhaus, in *Die arme Jenny* mit der unglaublich hübschen Asta Nielsen, die im Schneesturm erfrieren musste, weil ihre Familie sie vergessen hatte. Ille wollte das nicht. Sie wollte, dass Feli, Willi und sie für immer zueinanderstanden. Deshalb hatte sie Feli das teure Geschenk zum Geburtstag gekauft, obwohl sie blank war wie Onkel Bennos Glatze: um ihr zu zeigen, was sie ihr bedeutete, auch wenn Feli furchtbar komisch sein konnte, Glanzbilder hässlich fand und nicht verstand, warum Ille die Hälfte ihrer Besitztümer dafür gegeben hätte, Asta Nielsen in *Abgründe* sehen zu dürfen, den die Zensur für Jugendliche verboten hatte.

Asta Nielsen war einzigartig. So zart, so graziös, ganz anders als Ille und ihre Freundinnen, die in Reformkorsetts und Matrosenkragen vor üppiger Gesundheit strotzten. Es war einfach herrlich zu weinen, wenn Asta Nielsen litt, weil die ganze Welt ihr Unrecht zufügte. Ille fühlte sich dabei, als würde sie inwendig schmelzen. Die Herren von der Zensur hatten doch keine Ahnung. Wenn diese alten Männer glaubten, eine Siebzehnjährige sei zu jung, um sich auf die großen Gefühle, auf Liebe, Schmerz und Sehnsucht zu verstehen, dann waren sie selbst wohl nie jung gewesen, sondern viel zu verknöchert!

Onkel Benno zum Beispiel. Was verstand der von Gefühlen? Er saß am Kopf des Esstischs, verzog das Gesicht und zählte auf, was Mia, die Köchin, Ottchen, das Hausmädchen, und die Mitglieder der Familie an diesem Tag wieder falsch gemacht hatten. Den berührte gar nichts, der weinte um nichts, wie ja Männer außer Willi überhaupt wenig weinten, und wenn ihm je das Herz raste, dann höchstens, weil ihm sein Ratibor-Schnupftabak ausgegangen war. Bestimmt saßen solche wie er in der Zensurbehörde, und wie wollten die nun entscheiden, ob ein Film mit Asta Nielsen für Mädchen wie Ille geeignet war oder nicht?

Ille griff noch einmal zur Löschwiege und ließ sie über die Buchstaben schaukeln. Die Zeilen des Gedichts hatte sie mit größter Sorgfalt ausgewählt. Sämtliche Alben ihrer Freundinnen und das von Cousine Bettina hatte sie durchblättert, um etwas Passendes für Felice zu finden. Früher hatte sie selbst ein wenig zu dichten versucht, aber etwas so Herzwärmendes war ihr nie geglückt. Felice hatte über ihre Ergüsse die Nase gerümpft, und inzwischen hatte Ille selbst eingesehen, dass ihr zum Dichten wie zu den meisten Dingen das Talent fehlte.

Sie war nichts Besonderes. Für Ille war das ganz in Ordnung, nur für Felice wäre sie manchmal gern eine besondere Schwester gewesen. Eine, die Felice bewundern konnte, wie Ille sie bewunderte. Je älter sie wurden, desto seltener gelang es Ille, etwas zu tun, das vor Felices Augen Gnade fand. Früher, in der Kindheit, hatte die Ältere geklatscht, wenn Ille an der Klopfstange einen Überschlag gewagt hatte, doch die Tage waren lange vorbei. Felice war eine Erwachsene. Ab heute hätte sie sogar *Abgründe* im Lichtspielhaus sehen dürfen, hätte sie Kintopp nicht als Vergnügen für einfältige Dienstmädchen abgetan. Felice war nicht einfältig. Manchmal schien es Ille, ihre Schwester könne so scharf denken wie ein Mann und hundertmal schärfer als sie selbst.

»Wo lebst du eigentlich? Hinter dem Mond?«, stöhnte Felice, wenn Ille wieder einmal eine Dummheit von sich gegeben hatte, und es klang weder zärtlich noch amüsiert, sondern so, als ginge ihr die Schwester auf die Nerven. Heute aber würde es anders sein. Wenn es ihr gelang, Felice mit ihrem Geschenk ein Wort der Anerkennung zu entlocken, hatten sich Geldausgabe und Mühe mehr als gelohnt.

Behutsam schloss sie den Deckel des Albums und stand auf,

um es in den Salon zu tragen, wo die Geburtstagsgesellschaft schon um den Kaffeetisch versammelt sitzen würde. Geschenke gehörten eingewickelt, doch Ille hatte kein Papier gefunden, das mit dem Schimmer des Samtes hätte mithalten können. Also pflückte sie nur im Vorbeigehen aus dem Strauß Treibhausrosen, den Ottchen ihr auf den Frisiertisch gestellt hatte, eine Blüte und streuselte die blassen Blätter über das fast schwarze Rot. Der Blick in den Spiegel, den sie erhaschte, verriet ihr, dass alles perfekt war: Das Altrosa der taillierten Spitzenbluse, der Samt des Albums und die Blütenblätter harmonierten, und der griechische Knoten, in dem sie ihr Haar trug, passte dazu. Ihr Herz vollführte einen Satz. Es war so schön zu schenken, noch schöner, als beschenkt zu werden.

Sie durchmaß das Zimmer, das alle drei Geschwister als Kinderstube geteilt hatten, das sie seit Kurzem jedoch allein bewohnte. Willi war mit seinen achtzehn Jahren ein junger Herr, obwohl er Asta Nielsen in *Abgründe* so wenig sehen durfte wie Ille. Dass er sich noch länger mit seinen Schwestern ein Zimmer teilte, hatte Mutter im letzten Herbst für unschicklich erklärt.

Guter Rat war teuer gewesen. Zu Mutters Kummer waren sie räumlich beengter, als es Familien ihres Standes zukam, da im Obergeschoss der Villa ein Beamter der Reichspost samt Gattin und Kindern hauste. Zum Ausgleich benötigten sie jedoch keine Armee von Personal, wie es zur Führung eines großen Haushalts nötig war. Kurzerhand war Ottchen, das einstige Kinderfräulein, das in die Rolle des Hausmädchens hineingewachsen war, ins Dienstbotenquartier unter der Treppe umgesiedelt worden. Ihre frühere Kammer hielt seitdem als Junggesellenzimmer für Willi her.

Felice fand das ungerecht. Schließlich war sie es, die bis tief in die Nacht über Büchern saß und Licht und Ruhe zum Studieren brauchte. Dass sie nun einmal ein Mädchen war und Studieren ihr Privatvergnügen, während Willi ein angemessener Raum zustand, konnte man ihr nicht erklären. Felice fand alles und jedes ungerecht. Sie war so geboren und rannte sich lieber an einer Wand die Stirn blau, als sich mit etwas abzufinden, das sich eben nicht ändern ließ.

Mutter dachte gar nicht daran, dafür zu sorgen, dass ihre Tochter ebenfalls ein eigenes Zimmer bekam, aber Felice war wild entschlossen, sich eines zu nehmen. Ohne Umschweife rief sie sich Moritz, den Nachbarssohn, ins Haus, schleppte mit seiner Hilfe ihr Bett und Vaters Pult ins Balkonzimmer in der Beletage und erklärte fortan den zugigen Raum, in dem Ottchen Geranien angezüchtet hatte, zu ihrem Revier.

Onkel Benno beschwerte sich, ein Mann könne in seinem eigenen Haus nicht einmal in Frieden auf dem Balkon sitzen, aber Onkel Benno beschwerte sich so oder so. Er hatte auch vorher nie auf dem Balkon gesessen, und so richtig war die Villa ja auch nicht sein Haus.

Die neue Regelung spielte sich ein. Ille vermisste ihre Geschwister und sehnte sich nach den Nächten, in denen sie sich unter dieselbe Decke verkrochen, Geheimnisse geflüstert und Rollmöpse und Spreegurken geteilt hatten, aber selbst sie sah ein, dass sie dafür zu groß waren und dass die Zeiten sich änderten. Einen Film sehen wollen, in dem Asta Nielsen den Zensoren die Schamröte ins Gesicht trieb, und zugleich mit Schwester und Bruder Kinderkram treiben, das ging nicht zusammen. Aus tapsigen Welpen wurden ausgewachsene Schäferhunde, die nicht in Wohnungen gehörten, und aus verspielten Kindern wurden Mädchen, die alt genug waren, sich zu verlieben.

Ille hatte sich noch nie verliebt – höchstens in Leo Peukert auf der Leinwand oder sogar ein bisschen mehr in Asta Nielsen, aber noch nie in einen echten Menschen. Sie konnte kaum erwarten, dass es so weit war. Warum nicht heute? Sie freute sich auf den Abend. Daran zu denken, was ihr bevorstehen mochte, war beinahe so aufregend wie die Sache mit dem Poesiealbum.

Sobald sie den Flur betrat, hörte sie Stimmen. Cousine Bettina babbelte, Tante Ariane steuerte von Zeit zu Zeit ihr »Oje« oder »Alles muss Grenzen haben« bei, und dann machte Onkel Benno dem Ganzen ein Ende, indem er die Faust auf den Tisch knallte und knurrte: »Kann ein Mann in seinem eigenen Haus nicht einmal in Frieden Kaffee trinken?«

»Ach, du grüne Neune.« Das war Oma Hertha, die sich in Wahrheit aus der Familie nichts machte und nur Felices wegen hier war. »Was veranstalten Sie denn für einen Fez, hat Ihnen Ihr Käffchen vielleicht jemand weggenommen? Nee? Na also. Dann ist ja alles in Butter, und Sie brauchen sich nicht aufzuregen. Ist Gift fürs Herz, Bennochen.«

Onkel Benno blaffte, er sei nicht Oma Herthas Bennochen, Mutter stöhnte, als würde sie in Ohnmacht sinken, und Tante Ariane ereiferte sich, wenn ihre Tochter und sie nicht willkommen seien, könnten sie ja gehen. Es war alles wie immer. Jeder erfüllte die Rolle, in der er sich eingerichtet hatte, von niemandem kam etwas Unverhofftes oder gar Schockierendes. Ille gefiel das. Es gab ihr das Gefühl, sich zurechtzufinden, während die Welt dort draußen verwirrend und voller Irrwege war. Warum Felice sich wünschte, ein Mann zu sein, begriff sie nicht. Sie selbst war froh, dass sie ein Mädchen war und eines Tages ein Heim wie dieses haben würde, in dem das Leben nach festgefügten Regeln ablief.

Felice war anders. Felice sagte oft Schockierendes, wenn sie beieinandersaßen, genau genommen sagte sie selten etwas, das nicht schockierte. Ille hatte den Gedanken kaum zu Ende gedacht, als ihr auffiel, dass im Kanon der Stimmen die von Felice fehlte. Auch die von Willi, aber der mochte sich verspätet haben. Felice hingegen war das Geburtstagskind. Wenn sie nicht dabei war, welchen Sinn hatte dann die Feier?

Ille schob die Tür zum Salon auf und wäre um ein Haar mit Mia zusammengeprallt, die den Servierwagen mit zwei leer ge-

gessenen Etageren hinausschob. Wieso machte das Mia? Das Reich der Köchin war die Küche. Für gewöhnlich stellte sie die gefüllten Platten und Schüsseln auf die Durchreiche zum Flur, wo Ottchen sie abholte, um bei Tisch zu bedienen.

»Bitte um Verzeihung, gnädiges Fräulein«, nuschelte Mia, schob den Wagen aber unbeirrt weiter, sodass Ille ihr ausweichen musste.

Ein Blick in den Raum bestätigte Illes Befürchtung: Auf der Neu-Renaissance-Garnitur um den ausgezogenen Kaffeetisch, der mit dem weißen Tafelleinen gedeckt worden war, saßen Onkel Benno, Mutter, Oma Hertha, Tante Ariane und Cousine Bettina. Alle waren so ordentlich aufgereiht wie die Möbel aus wuchtiger dunkler Eiche und der Zierrat, die tanzende Schäferin aus Meißen, die im immer gleichen Winkel zur Konfektschale mit dem Kirschmuster und dem Kerzenhalter aus Bronze stand.

Auf der Anrichte stapelten sich Gegenstände, die wohl Felices Geschenke darstellten: eine Schachtel mit Spitze umsäumter Taschentücher, ein Stoß Tischwäsche für die Aussteuer, ein Satz silberner Serviettenringe und *Spemanns goldenes Buch der Sitte*, in dem Graf und Gräfin Baudissin darlegten, wie man sich als Menschenkind aus gutem Hause ein wohlgefälliges Leben zimmerte. Dass Felice sich etwas davon gewünscht hatte, konnte sich Ille beim besten Willen nicht vorstellen.

Den einzigen Farbfleck, das einzige bisschen Unordnung in all der Mustergültigkeit bildeten Willis Zeitschriften, die *Lichtbild-Theater* und die farbig illustrierte *Bild und Film*, die auf den Beistelltisch mit der staubgrauen Zimmerpalme geworfen waren.

Auch die Tafel war ein Bild der Ordnung, jede Kuchengabel und Zuckerzange hatte ihren Platz. Die Etageren mit den Schnittchen auf englische Art waren offenbar leer geschlungen worden. Übrig blieben eine Platte mit Spritzkuchen aus der Konditorei, Mias Nusstorte mit Johannisbeergelee und der Streuselkuchen von Oma Herthas Mädchen Jette, nicht elegant, aber heiß geliebt. Willi, der diesen Kuchen normalerweise in sich hineinstopfte, als hätte er ein Loch, wo sie wieder herausplumpsten, fehlte. Vor allem aber fehlte Felice.

»Sieh an, eine Tochter des Hauses bequemt sich.« Onkel Bennos Stimme klang, als habe er Schnupfen, obwohl er gesund war. »Schießklasse drei zumindest. Dass Schießklasse zwei es nicht für nötig hält, ihre eigens versammelte Verwandtschaft mit ihrer Gegenwart zu beehren, haben wir ja zur Kenntnis genommen.«

Schießklasse zwei und drei, so nannte er Felice und Ille. Onkel Benno war Rittmeister des Dragoner-Regiments Prinz Albrecht von Preußen, wenn er auch nie irgendwo gekämpft hatte. All sein Reden entstammte dem Leben beim Militär. Als Schießklasse eins bezeichnete er Willi, obwohl Felice die Erstgeborene war. Aber Willi war eben der Sohn des Hauses. Als Felice vor Jahren danach gefragt hatte, hatte sie von Onkel Benno zur Antwort erhalten: »Schießklassen dienen der Unterteilung nach Wert, meine Beste. Dass dir zur höchsten Klasse gewisse Erheblichkeiten fehlen, solltest du inzwischen gelernt haben.«

Felice würde es womöglich nie lernen. Als sie jünger gewesen waren, noch in den Zeiten unter einer Decke, war sie eines Nachts herausgeplatzt: »Es ist nicht gerecht, dass Benno in unserem Haus das Sagen hat. Wenn ich groß bin, gehe ich zum Gericht und lasse ihn vor die Tür setzen.«

Willi hatte gelacht und sie gedrückt: »Ach, Felchen. Onkel Benno kannst du so gar nicht verknusen, was?«

»Kann ich nicht. Und mein Onkel ist der auch nicht.«

Ille dagegen erinnerte sich, wie sie sich als kleines Mädchen gewünscht hatte, Onkel Benno wäre ihr Vater. Warum, wusste sie selbst nicht genau. Onkel Benno mochte sie nicht, sie war Schießklasse drei, die getrost ignoriert werden durfte, und wenn er überhaupt das Wort an sie richtete, dann nur, weil sich kein anderer zum Ausschimpfen fand. Sie mochte ihn selbst nicht sonderlich, obwohl sie Menschen sonst fast immer mochte. Es war vermutlich nur der Wunsch, mit Vater, Mutter und Geschwistern unter einem Dach zu leben, zu wissen, wer in der Familie zu wem gehörte, und es denen, die fragten, erklären zu können.

»Wer ist denn der?«, wollten ihre Freundinnen wissen, und Ille hatte darauf keine Antwort. Ein entfernter Vetter ihres Vaters war er, Vormund der Kinder und Verwalter des Erbes. Doch das alles war kein Grund, mit ihm das Haus zu teilen. In Wahrheit hatte das Bankhaus Vater nicht mehr allein gehört, als er den Unfall hatte und starb. Ein Teil davon gehörte Rittmeister Benno von Cosel, aber so etwas konnte man den Freundinnen nicht erzählen.

Noch weniger konnte man ihnen erzählen, dass Onkel Benno des Nachts ins elterliche Schlafzimmer ging, das die Mutter jetzt allein bewohnte. Es war unanständig wie die Szenen in Asta Nielsens Filmen, die die Zensur gerne herausgeschnitten hätte, nur war es kein bisschen schön. Willi behauptete, Onkel Benno riebe sich die Glatze mit Margarine ein, damit sie glänzte, und vor der Vorstellung von seiner Margarinenglatze in Mutters blitzsauberem Bett ekelte sich Ille. Wäre er ihr Vater gewesen, hätte alles gepasst, auch wenn er kein netter Vater gewesen wäre. So aber passte es nicht. Es musste behandelt werden, als existiere es nicht, obwohl doch jeder darüber tuschelte, und dabei fühlte sich Ille, als stakse sie über brüchiges Eis.

»Ja, Kleenchen, was ist dir denn?«, fragte Oma Hertha. »Kiekst ja in die Gegend, als hätte sich bei uns ein Gespenst hingehockt.«

»Ach was, die Ille ist doch das blühende Leben«, mischte Tante Ariane sich ein. »Die Felice dagegen, bei der erschreck ich mich immer und denk, die sieht ja aus wie der Tod von Ypern.«

Ille, die keine Ahnung hatte, wie der Tod von Ypern aussah, wusste nichts zu sagen.

»Nun setz dich doch erst mal, und leg hin, was du da Hübsches mitgebracht hast«, schlug Oma Hertha vor. »Und dann gibt's was von Omas Kuchen mit dick Sahne.«

»Wo ist Feli?«, fragte Ille und schloss die Finger um das Poesiealbum fester.

»Das sagte ich bereits«, schoss Onkel Benno zurück. »Deine Schwester hat es vorgezogen, der familiären Kaffeetafel den Rücken zu kehren. In meinen Augen ein höchst ungehöriges Benehmen, aber in diesem Haus wird ja alles geduldet. Du setzt dich jetzt auf deinen Platz. Ich werde nicht noch gestatten, dass der Ungehorsam deiner Schwester Schule macht.«

Mia kehrte mit dem Servierwagen zurück, um Kaffee nachzuschenken, und Ille setzte sich neben Cousine Bettina. Die wollte sich das Poesiealbum schnappen, aber Ille ließ es nicht los. Nur die Rosenblätter fielen hinunter. Auf dem Servierwagen standen keine frisch mit Schnittchen gefüllten Etageren, sondern lediglich die Sahneschüssel und das Milchkännchen. Ille hatte Hunger. Sie hatte öfter Hunger, als einer Dame guttat, und sie hätte gern in etwas Herzhaftes gebissen.

»Warum ist denn Felice gegangen?«, wagte sie sich vor. »Es ist doch ihr Geburtstag.«

»Sie will nicht mit zur Guestphalia«, rief Cousine Bettina, ehe ein anderer zu Wort kam. »Schön dumm ist sie, gehen wir eben allein.«

Mutter seufzte und stützte den Kopf in die Hände.

»Unsere Abendgestaltung passt der Dame nicht«, hielt Onkel Benno fest, trank den Rest aus seiner Kaffeetasse und fingerte unter dem Revers des Rocks nach seinen Zigaretten. »Bedauerlicherweise wird sie sich aber abfinden müssen, denn ich habe nicht vor, ihretwegen meine Pläne zu ändern.«

»Sag ich doch, um die Guestphalia geht's«, tuschelte Cousine Bettina zu Ille herüber. »Sie will da nicht hin, sagt sie. Wie dumm kann man denn sein? Andere würden sich nach einer solchen Gelegenheit alle zehn Finger ablecken.«

Mutter seufzte von Neuem, verdrehte die Augen und bekam höchstwahrscheinlich Migräne. Sie ließ sich von Mia einen Tropfen Sahne in die Tasse geben und zischte: »Geh in die Küche, und brüh mehr Kaffee auf, wir werden uns hier eben behelfen müssen. Der Ottilie kannst du sagen, dass ich ihr den Tag vom Lohn abziehe.«

»Warum lasst ihr die Püppi nicht selbst entscheiden, wie sie feiern will?«, meldete sich wiederum Oma Hertha zu Wort, während sie Ille ein gewaltiges Stück Streuselkuchen aufschaufelte und es unter einem Berg Sahne begrub. »Wenn sie zu diesem Westfalen-Dingens nicht mag, dann geh ich eben mit ihr den Opa Paul begießen und hinterher auf ein Ei im Glas zu Poetge. Ist schließlich ihr Geburtstag, da soll sie doch tun, was ihr Spaß macht.«

»Mutter, mein Vater hieß Edgar!«, rief Illes Mutter schrill und presste die Hände auf die Schläfen.

»Es muss ja alles Grenzen haben«, murmelte Tante Ariane.

»Höchst aufschlussreich, Ihre Einstellung.« Onkel Benno ließ die Zigarettendose mit dem Schriftzug *Duke of Edinbourgh* auf die Tischplatte fallen. »Ist etwa unter diesem Dach die Moderne ausgebrochen, haben hier Suffragetten das Sagen, stehen die Anliegen der Tochter neuerdings über denen des Hausherrn? Heute ist beileibe nicht nur dieser Geburtstag, sondern das Stiftungsfest meiner Studentenverbindung. Vereinbart ist, dass die Familie sich auf dem Ball sehen lässt, doch für Schießklasse zwei ist eine solche Einladung wohl nicht Ehre genug. Lieber tummelt sie sich in einer Kaschemme für Friedhofsgärtner. Heute allerdings wird das Fräulein sich fügen müssen, ob es ihm schmeckt oder nicht.«

Oma Hertha gab Kontra, Tante Ariane und Cousine Bettina mischten mit, und Ille mit ihrem Poesiealbum saß da wie bestellt und nicht abgeholt. Sie hatte sich so sehr auf den Tag gefreut. Auch auf den Abend. Sonst durften zu den Veranstaltungen von Onkel Bennos Studentenverbindung nur Herren, aber einmal im Jahr gab die Verbindung einen Ball, zu dem die Gattinnen und erwachsenen Kinder der Mitglieder eingeladen waren. Onkel Benno hatte sie noch nie mitgenommen, was daran liegen mochte, dass sie weder seine Gattin noch seine Kinder waren. Heute jedoch hätten sie alle zusammen hingehen sollen, und es wäre herrlich geworden – ein Saal voller standesgemäßer junger Männer, die zur Auswahl standen. Ille hatte eigens ein Kleid dafür bekommen, blauer Taft, kein bisschen kindlich und ohne Matrosenkragen.

Warum wollte Felice nicht mitkommen, warum wollte Felice nie das, was andere wollten?

»Schießklasse eins könnte seine Visage auch so langsam blicken lassen.« Onkel Benno klopfte sich mit der Zigarette auf den Handrücken. »Pünktlichkeit ist die Höflichkeit von Königen und Kaisern. Aber der junge Herr hat es wohl nicht nötig, obwohl ich den ganzen Aufwand letztlich seinetwegen treibe. Vorausgesetzt, er fällt bei seinen Eskapaden nicht auch noch durchs Abitur.«

»Bennochen, ich glaub, Sie müssen zum Arzt«, sagte Oma Hertha. »Der soll Ihnen was für die Nerven geben, bevor Sie der Schlagfluss erwischt.«

Ehe Onkel Benno platzen konnte, entstand Lärm an der Vordertür. Hannes, der Hausdiener, der nur stundenweise kam, war gegangen, um verspätete Gäste einzulassen, die aber hatten bereits einen Schlüssel benutzt. Ille hörte die fröhliche Stimme ihres Bruders, gefolgt von Ottchens wieherndem Kichern.

»Ob wir im Kintopp waren, willst du wissen?« Ottchen schien vor guter Laune zu sprühen. »Ach was, alter Hannes, viel besser. Wir waren da, wo se den Kintopp machen. In Babelsberg!«

»Da hört sich doch alles auf.« Benno, der an seiner Zigarette gezogen hatte, brach in bellenden Husten aus.

Mutter hielt sich noch immer die Schläfen. »Ich wünschte, du würdest mit diesen Zigaretten ins Herrenzimmer gehen, statt uns die Luft zum Atmen zu rauben.«

»Wir haben kein Herrenzimmer mehr, wie du dich erinnern dürftest«, versetzte Onkel Benno. »In dem, was mir als ein solches zugestanden hätte, nächtigt der Nachwuchs des Postbeamten.«

Wie auf ein Zeichen wandten alle die Gesichter zur Decke, wo zeitgleich Schritte laut zu werden schienen. »Die gehen wieder im Kreis.« Mutter presste ihren schmalen Kopf wie eine Nuss in den Zangen des Nussknackers. »Immer im Kreis, zum Verrücktwerden ist das.« Sie fuhr zu Onkel Benno herum. »Und du geh mit deinem Qualm, wohin du willst. Einen Salon vollzurauchen, in dem Damen beim Gebäck sitzen, das ist degoutant.«

Onkel Bennos Antwort blieb ihnen erspart, denn im nächsten Augenblick polterten Willi und Ottchen ins Zimmer.

»Schwesterherzchen!«, rief Willi und breitete die Arme aus. »Auch wenn du derzeit als Sargnagel für Onkel Benno, Mutter und Tante Ariane gleichzeitig fungierst – meinen herzlichsten, brüderlichsten Glückwunsch zum Eintritt ins Reich der Erwachsenen.«

Ottchen trug einen Hut, den Ille nie an ihr gesehen hatte, einen kleinen Turban mit einer echten Aigrette, die beim Gehen wippte. Als würde sie mitten in Mutters Salon Tango tanzen, wozu Ille sie zu alt, zu plump und zu wenig exotisch fand. Ihr Jackenkleid passte farblich, drohte aber über den Hüften aus den Nähten zu platzen.

Willi, der inzwischen bemerkt hatte, dass Felice fehlte, ließ die Arme sinken. »Ja, wo hat es sich denn versteckt, unser Geburtstagskind?«

»In Babelsberg wart ihr?«, rutschte es Ille heraus. »Da, wo Asta Nielsen dreht?«

»Genau da und nirgendwo anders.« Willi strahlte und legte den Arm um sie. »Das müsstest du sehen, Kleine, dir würden die Augen aus dem Kopf kugeln. Einen gigantischen Kasten aus Glas hat die Bioscop sich dort als Atelier hinstellen lassen. Das ist die

Zukunft, Ille, von jetzt an wird's bei uns Filme geben, von denen die in Paris nicht mal träumen. Und gerade heute ist die erste Klappe zum neuen Film mit der Nielsen geschlagen worden. *Totentanz* soll er heißen, und sensationell wird er werden, so was hat die Welt noch nicht zu Gesicht gekriegt.«

»Im Abitur stecken und sich rumtreiben«, wetterte Onkel Benno, doch niemand achtete auf ihn. »Wann hat es das in einem ordentlichen Haus je gegeben, wann?«

»Und du hast Asta Nielsen wirklich gesehen?«, rief Ille. »So ganz leibhaftig und von Nahem?«

»Ganz leibhaftig und von Nahem.« Willi zwickte sie in die Seite. »Und ob du's glaubst oder nicht: Sie ist in Wirklichkeit noch tausendmal hübscher als auf Zelluloid.«

»Gequirlter Quark.« Das war Ottchen. »Ich wette, unterm Rock hat sie Beine wie vom Storch im Poker gewonnen, und die zarte Lilienhaut, liebe Güte, die hat bei Tageslicht ja auch ihre Macken.«

Ottchen wollte weitersprechen, aber Ille hatte keine Geduld mehr, ihr zuzuhören. »Wie bist du denn dazu gekommen?«, fragte sie Willi, legte das Poesiealbum ab und rüttelte an seinem Arm. »Ich meine, warum haben sie dich überhaupt dort eingelassen?«

»Da fragen se mal besser nich' den Herrn Bruder, sondern mir, mein Frollein«, warf ihr Ottchen hin. Kokett legte sie den Kopf zur Seite. »Man hat eben seine Verbindungen. Ich kenne da einen Herrn – und wer weiß, ob man nicht selbst so seine Ambitionen hat. Dass mir von den Herrschaften keiner was zutraut, ist ja nichts Neues, aber Ottilie Glasenapp hat auch schon vor der Kamera gestanden.« Ottchen ließ getuschte Wimpern flattern und zog ein Schmollmündchen. Über ihrer Oberlippe krausten sich Falten wie bei Oma Hertha.

»Darf ich erfahren, was dir einfällt?« Mutters Stimme schnitt durch die verqualmte Luft wie ein Messer durch Käsekuchen. »Wir haben Gäste und müssen zur Bedienung die Köchin heranziehen, weil unser Hausmädchen sich nicht entblödet, in der Arbeitszeit seinem Vergnügen nachzugehen. Du kannst von Glück sagen, wenn ich dich mit einem Tag Lohnabzug davonkommen lasse.«

Mutter, die sich eben noch gekrümmt hatte, als bekäme sie vor Schmerz kaum Luft, hatte sich von ihrem Platz erhoben und vor Ottchen aufgebaut. In ihrem Zweiteiler aus eierschalenweißer Seide wirkte sie wie ein Inbild entrüsteter Vollkommenheit: Ihre Wespentaille hatte keine Schnürung nötig, aus ihrem Haarknoten löste sich keine Strähne, und die vornehme Blässe ihrer Haut überzog sich nur mit einem Hauch von Rosa. Durch die zarte Kehle holte sie Luft, um eine weitere Salve der Empörung auf Ottchen niederprasseln zu lassen, aber diese kam ihr zuvor.

»Ich bin nicht als Ihr Hausmädchen hier«, platzte sie heraus, ohne zu knicksen. »Ich komme als Gast, eingeladen vom Sohn des Hauses. Und den Lohn streichen können Sie mir nicht, denn Lohn hab ich seit vier Wochen von Ihnen keinen mehr gekriegt. Also bin von uns beiden ja wohl ich's, der die andere was schuldig ist.«

Mutter schnappte nach Luft, und Ille wünschte sich weit weg.

»›Vergiss mich nicht, wenn uns auch Meilen trennen. Zuweilen lass Dein Denken bei mir sein.‹« Das war Cousine Bettina, die sich das Poesiealbum geschnappt hatte und glucksend daraus vorlas. »›Und bittend soll dies Blättchen Dich erinnern: Ich möcht' nicht ganz von Dir vergessen sein. Zur ewigen Erinnerung an Deine Dich liebende Schwester Ilsebill Beate zur Nieden.‹ Das ist ja herzig, Ille. Und das Bildchen – einfach goldig, so eins täte mir auch gefallen. Aber wie ich deine Schwester Felice kenne, weiß die das gar nicht zu schätzen. So was ist ihr zu rührselig und nicht fortschrittlich genug.«

»Halt den Mund.« Mutters Stimme war kalt. Auf ihren Wangen hatte sich das Rosa vertieft, verriet den Blutfluss durch überzarte Adern. »Und was dich angeht«, wandte sie sich wieder an

Ottchen, »deine Frechheit schlägt jedem Fass den Boden aus. Wie lange wirst du in diesem Haus schon durchgefüttert, wie lange bekommst du Woche für Woche Lohn, auch wenn du wenig genug dafür tust? Und da glaubst du, du könntest einfach deine Pflichten hinwerfen, wenn das Geld ein einziges Mal nicht pünktlich bereitliegt? Was bildest du dir denn ein? Dass du und wir auf gleichem Stand stehen? Soll ich mich vielleicht selbst hinstellen und die Arbeit einer Bediensteten tun, damit mein Haus nicht völlig verschludert?«

Ottchen ließ sich nicht einschüchtern. Mit gereckter Brust sah sie zu Mutter auf. »Und was soll ich machen? Die Schluderei in Ihrem Haus wegputzen, ohne dass einer mich dafür bezahlt?«

»Jetzt mach mal halblang, Otti.« Willi berührte sie am Arm, aber Ottchen beachtete ihn gar nicht.

»Du hast deine Pflicht zu tun.« Mutters Stimme kickste.

»Fällt mir nicht ein«, sagte Ottchen. »Kein Geld, kein Malochen. Auch unsereins wird von Luft und Liebe nicht satt.«

»Du siehst nicht aus, als hättest du in meinem Haus schon einmal Mangel gelitten!«

»Was wissen denn Sie, woran's unsereins mangelt? Erst recht, wenn man den gnädigen Frolleins aus der eigenen Tasche aushelfen muss.«

Ille hielt es nicht länger aus. Sie wusste nicht, was das Gezänk bedeutete, weshalb Willi mit Ottchen ausging und weshalb Ottchen ihren Lohn nicht bekam. Sie wusste nur, dass alles verdorben war. Wenn Felice nicht aufs Haus der Guestphalia wollte, durfte Ille gewiss auch nicht mit, und wenn sich nun alle verzankten, würde am Ende Onkel Benno die Tür zuknallen und alleine gehen wie jedes Jahr. Sie hatte sich umsonst gefreut, und ihr blaues Erwachsenenkleid hing umsonst im Schrank. Ohne auf das Geschrei zu achten, in das sich jetzt auch die Übrigen mischten, riss sie Cousine Bettina das Poesiealbum weg und stürmte aus dem Salon.

4

Felice stand kopf. Manchmal ging es nicht anders. Inzwischen war ihr so viel Blut in den Schädel geflossen, dass Schwindel eintrat und ihr ein Gewicht auf die Augen drückte. Es war das, was sie wollte: Wenn sich die Dinge partout nicht ändern ließen, half es, zumindest die Lage zu ändern, aus der man sie betrachtete.

Die Tür flog auf. »Was machst du da?«

Ihre Schwester Ille. Der plissierte Rock, der vor Felices Augen zappelte, war rosa wie die mit Rüschen verzierte Kleinmädchen-Bluse. Felice fand, dass Menschen in Rosa nicht echt aussahen, sondern wie Zuckerpuppen auf Tortengebilden. Bei Ille, die auch noch rosafarbene Haut und gelbliches Haar aufbot, war dieser Effekt besonders stark, und verkehrtherum wirkte es noch schlimmer. Wenigstens lächelte sie nicht. Dabei fürchtete Felice manchmal, auf Illes Gesicht sei das Lächeln festgewachsen.

»Ich hab dich was gefragt.«

»Tatsächlich? Muss mir entgangen sein. Wenn's was Wichtiges war, wirst du noch mal fragen müssen.«

»Hör damit auf, Feli. Ich hab dich gefragt, was du da machst.«

»Ich sehe mir die Welt an«, antwortete Felice.

»So ein Quatsch. Du siehst doch alles verkehrt herum!«

»Bist du dir sicher?«, fragte Felice. »Im Augenblick kommt es mir vor, als hätte es so herum zumindest mehr Richtigkeit als vorher.«

»Das ist mir zu blöd.« Ille ließ sich auf einen Biedermeier-Stuhl plumpsen, den Felice Moritz abgeschwatzt hatte. Der Stuhl besaß ein handbesticktes Polster, das sie scheußlich fand, aber auf irgendetwas musste sie sitzen. »Bind dir dabei wenigstens den Rock fest. In deiner Miederhose sind ein Loch und ein Fleck.«

»Mir egal«, presste Felice sich ab.

»Und falls es dir entgangen ist: Heute ist dein Geburtstag.«

»Ist mir nicht entgangen.« Sprechen im Kopfstand strengte an, und über kurz oder lang würde sie die Waffen strecken müssen. »Ich ziehe es lediglich vor, die Tatsache zu ignorieren.«

»Ach, so ist das!«, fuhr Ille auf. »Und wozu hab ich mir dann die Mühe gemacht und dir ein Geschenk gekauft?«

»Du hast mir ein Geschenk gekauft?« Felice zog die Beine an den Körper, rollte ab und hievte sich auf die Füße. Im Gehen schwankte sie abenteuerlich. Der Schwindel hielt an, und sie hätte ihn gerne ausgekostet, aber das rosafarbene Schwesterchen kauerte auf dem Stuhl wie ein Häuflein geschmolzener Zucker. Felice tippte ihr auf die Schulter. »Das wär' doch nicht nötig gewesen, du Dummchen.«

Ille, die schmollend auf den Gegenstand in ihren Händen gestiert hatte, blickte auf. Ihr Gesicht hatte etwas Verweintes, und Felice unterdrückte ein Stöhnen. Dass sie und Ille Schwestern waren, war ein Witz ohne Pointe. Sie hatten nichts gemeinsam. Wenn Ille sich für etwas begeisterte, konnte man sicher sein, dass Felice davon das Grausen bekam. Umgekehrt blieb alles, was Felice in Erregung versetzte, für Ille ein Buch mit sieben Siegeln. Die eine futterte Hackepeter-Schrippen samt Harzer Roller, die andere musste morgens dazu gedrängt werden, sich die dünnste Schicht Butter auf einen Pumpernickel zu kratzen. Die eine ließ aus dem Waschbeutel des Dienstmädchens einen billigen Lippenstift mitgehen, die andere sparte Flaschenpfand, um der Schulbibliothek einen teuren Band Platon abzukaufen. Die eine lag gern bis zum Mittag im Bett und kleckerte Kakao auf ihr Laken, für die andere hatte kein Tag genug wache Stunden.

Natürlich liebte Felice ihre Schwester. In ihren angespannten, überwachen Nächten dachte sie oft, dass ihre Geschwister, Oma Hertha und Opa Paul, den es gar nicht gab, die einzigen Menschen waren, die sie lieben konnte. Sie waren ihre Verbindung mit dem Boden, doch das machte es nicht leichter, mit Ille umzugehen.

»Ich wollt's aber.« Wie befürchtet kämpfte ihre Schwester mit den Tränen. »Ich wollte dir eine Freude machen.«

»Das ist lieb von dir«, erwiderte Felice lahm.

»Und heute Abend wollt' ich mit dir und Willi auf den Ball von Guestphalia gehen«, sprudelte Ille heraus. »Alma Gantzow war auf dem Silvesterball in der Philharmonie, und was Willi angeht, der war bei Asta Nielsen in Babelsberg. Sogar das Ottchen war da, nur ich war nirgendwo, sondern hocke immer nur hier. Ich dacht', ich könnt' auch mal bei was dabei sein, junge Herren treffen, das richtige Leben kennenlernen. Warum willst du das denn nicht, Felice, warum willst du nie das, was andere wollen?«

»Weil ich ich bin«, sagte Felice. »Nicht andere.« Dass das verlorene Liebesmüh war, da Ille sowieso nichts verstand, war ihr klar. Niemand verstand es. Weder Willi noch Moritz und manchmal nicht einmal sie selbst.

»Aber du bist doch genauso ein Mädchen wie ich!«, rief Ille. »Selbst wenn du schlau bist und ich dumm, du spindeldürr und ich bald so nudeldick wie Ottchen. Du musst dich doch auch danach sehnen, auf Feste zu gehen, wo die Seide der Kleider raschelt, wo Musik spielt und in den Gläsern Perlen vom Schaumwein tanzen. Die Alma hat gesagt, auf solch einem Ball fühlt man sich, als würde man in einem Film spielen. Man muss ja dann trotzdem zurück in die Platanenallee, zum Geschimpfe von Onkel Benno und Mutters Migräne, aber es ist doch schön, sich einmal weit weg zu träumen.«

»Warum ist denn das schön?«, fragte Felice, der noch immer ein Zuviel an Blut im Kopf rumorte. »Aufwachen müsstest du ja doch, und dann stellst du fest, dass du keine Prinzessin in Glasschuhen bist, sondern Ille zur Nieden, die wie Aschenputtel beim Erbsenpulen gefangen ist.«

»Jetzt übertreibst du aber.« Ille lachte auf. »Wann hätte denn eine von uns jemals Erbsen pulen müssen?«

»Das spielt keine Rolle«, erwiderte Felice. Wie immer, wenn sie an dieses Thema rührte, hatte sie das Gefühl, um ihre Brust schnüre sich ein Korsett aus Stahl, das ihren Atem auf kurze Stöße reduzierte. »So oder so bist du an diesem Platz, an den du gestellt bist, gefangen. Kannst du vielleicht etwas anderes sein als das brave Töchterchen aus gutem Hause, das eines Tages ein ebenso braves Bürschlein heiraten und seinem standesgemäßen Haushalt vorstehen wird? Ganz egal, ob du andere Träume hattest, ob in deinem Schädel ein Genie steckte, ob du die Kraft besessen hättest, die Welt zu verändern?«

»In meinem Schädel steckt ja kein Genie«, sagte Ille. »Und die Welt ist so, wie sie ist, doch nicht so schlecht – wer weiß schon, was herauskäme, wenn man allzu viel daran verändert? Ich will ja gar nichts Besonderes. Nur ein bisschen Spaß haben, genießen, dass wir jung sind, bevor alles ernst wird. Und einen netten Herrn würd' ich gern kennenlernen.« Ihre Wangen röteten sich, und ihre Augen erschienen Felice rund wie Münzen. »Du etwa nicht?«

»Keine Ahnung«, sagte Felice. »Über dergleichen habe ich mir nie Gedanken gemacht.«

»Worüber dann?«

»Über meinen Beruf. Darüber, dass ich mir jeden Schritt meiner Ausbildung erkämpfen muss, obwohl ich mehr im Kopf habe als die Masse derer, die mit mir in der Vorlesung sitzen. Darüber, dass die Kommilitonen, die ihre Veranstaltungen schwänzen und stattdessen mit Kirschwein im Gepäck durch Brandenburg radeln, ihren Referendarsdienst längst vereinbart haben, während ich trotz glänzender Noten keinen werde antreten können.«

»Das ist doch nun einmal der Lauf der Welt, Feli.« Ille legte ihr die Hand auf den Arm, zog sie aber weg, als Felices Muskeln sich versteiften. »Wenn du einmal deinen eigenen Haushalt hast, wirst du ja doch keine Zeit mehr dafür finden. Ein junger Mann dagegen, einer wie Willi, der muss studieren oder wenigstens lange Zeit lernen, damit er seinen Beruf ausüben kann. Eine Bank leiten – ich stelle mir das schrecklich schwierig vor. Du weißt nicht, wie froh ich bin, dass ich nicht als Junge geboren bin und den Batzen Verantwortung aufgepackt bekomme.«

Felices Fäuste schienen sich ohne ihr Zutun zu ballen. »Und wenn du genau das gern tätest?«, fuhr sie Ille an. »Einen Beruf erlernen und ihn ausüben, deinen Kopf gebrauchen? Was, wenn es das ist, was dir für dein Leben vorschwebt?«

»Ja, was soll dann sein?«, fragte Ille zurück. »Wenn einem Huhn vorschwebt, am Stößensee auf dem Wasser zu schwimmen, nützt es ihm doch auch nichts, weil es nun einmal ein Huhn und keine Ente ist.«

»Und wenn dein Huhn schwimmen kann? Darf es dann trotzdem nicht aufs Wasser, weil die Enten beschlossen haben, dass ihnen der Stößensee allein gehört?« Felice holte Atem. »Ich bin eine gute Studentin, und ich wollte die Rechte studieren, solange ich denken kann. Warum sollte ich keinen guten Anwalt abgeben? Nur weil ich kein Mann bin? Wenn die Männer sich so sicher sind, besser zu sein – weshalb haben sie dann solche Angst vor Frauen, dass sie es uns nicht einmal probieren lassen?«

Ille sah an ihr hinauf und hinunter. »Ich weiß es doch nicht, Felchen«, sagte sie endlich. »Ich bin nicht einmal sicher, was ein Anwalt zu tun hat und wozu ich jemals einen brauchen sollte.«

»Ein Rechtsanwalt tritt dafür ein, dass Recht gesprochen wird«, sagte Felice. »Er bewahrt vor Willkür und stellt sicher, dass Gesetze eingehalten werden, dass es nicht zugeht, wie es Einzelne wünschen, sondern wie es der Gerechtigkeit entspricht.«

Die Worte beruhigten sie. Einmal mehr war sie sicher, das

Richtige zu tun, das Einzige, was für sie infrage kam. Und wenn man ihr noch so viele Stolpersteine vor die Füße warf, sie würde ihren Weg zu Ende gehen. Erst seit vier Jahren war es Frauen gestattet, sich an der Friedrich-Wilhelms-Universität zu immatrikulieren, und von Stipendien blieben sie ausgeschlossen. Felice hatte eine Erklärung ihres Vormunds vorlegen müssen, dass er für sämtliche Kosten ihres Studiums aufkam.

Benno von Cosel hatte sich geweigert. Das Privatvermögen derer zur Nieden verkrafte keine derartigen Ausgaben, behauptete er, und die Summe der Bank zu entnehmen bedeute in der momentanen Lage wirtschaftlichen Selbstmord. So etwas nehme kein Familienvorstand auf sich, damit eine Tochter ihrer Spielerei nachgehen könne, statt die Führung eines Haushalts zu erlernen.

»Wenn dein Herz derart dran hängt, fälsch seine Unterschrift«, hatte ihr Moritz geraten, der Sohn des Nachbarn und ihr Freund von Kindheit an.

Felice hatte geglaubt, ihren Ohren nicht zu trauen. »Ich will die Rechte studieren und soll damit anfangen, indem ich ein Verbrechen begehe?«

Moritz hatte mit den Schultern gezuckt und erklärt, er habe ihr nur helfen wollen, doch für Felice kam ein solches Ausweichmanöver einer Kapitulation gleich. Sie wollte sich erkämpfen, was ihr zustand. Von ihrem Vater besaß sie ein wenig Geld, das für sie angelegt war, und sie pochte nun auf dessen Herausgabe. »Mein Vater hat verfügt, dass diese Summe für meine Zukunft aufgewendet wird, und für diese Zukunft brauche ich es jetzt.«

Benno hatte sich ereifert, Felice schrecke nicht davor zurück, die Familie zu ruinieren. Sybille, die sie in Gedanken nie Mutter nannte, bemerkte pikiert, es sei ihr ein Rätsel, wie ein Mädchen aus guter Familie zu derartigem Benehmen käme. Letzten Endes gaben jedoch beide klein bei, und Benno unterschrieb die Erklärung. Bis zu ihrer – heute endlich erlangten – Volljährigkeit hatte Felice ihr Geld in Pfennigbeträgen für Bahnfahrten, Bücher und

Gebühren ausgezahlt bekommen und hatte für kurze Zeit von ihrem Sieg berauscht gelebt.

Dann waren die Himmel aufgerissen und hatten sie zurück auf den Boden der Wirklichkeit geschleudert. Die begehrtesten Professoren duldeten keine Studentinnen in ihren Vorlesungen, und an der gesamten Fakultät fand sich kein Mensch, der ihr zur Seite sprang. Gab es eine tiefere Demütigung, als ein Unrecht schlucken zu müssen, weil es niemanden scherte? Felice musste sich mit den uninteressantesten Lehrveranstaltungen begnügen und sich mit Lehrkräften abfinden, die sie behandelten, als wäre sie unsichtbar.

Ihre Kommilitonen waren nicht besser. Ein einziges Mal hatte einer sich anerkennend zu einem Beitrag von ihr geäußert, zwar nicht coram publico, doch immerhin nach der Veranstaltung, während die übrigen den Hörsaal räumten. Richard Zühlke. Er war Felice aufgefallen, weil er nicht zwanghaft bei jeder Erörterung der eigenen Stimme lauschen musste, sondern seinen Kopf zu gebrauchen schien, ehe er sich zu Wort meldete. Sie kamen ins Gespräch. Über die Tücken der Vererbungsfreiheit und die Änderungen im Mietrecht. Felice fand es anregend, auch wenn Zühlkes Ansichten nicht eben vor Originalität trieften. Für sie war es eine neue Erfahrung, dass jemand sie als denkenden Menschen akzeptierte und über ihr Fachgebiet mit ihr sprach. Als Richard Zühlke sie in der folgenden Woche auf einen Mokka unter die Wandmalereien des *Café Bauer* einlud, sagte sie kurzerhand zu.

Es war immer noch anregend. Bis sie auf die Zulassung zur Prüfung zu sprechen kamen und über die Scheine, die ihnen fehlten. Richard fehlten mehr als Felice. »Sie sind wirklich unglaublich fleißig«, sagte er und lachte. »Und das, wo Sie sich zur Prüfung ja nicht einmal melden werden.«

»Warum sollte ich mich nicht melden?«

Richard hatte sie über seine Kaffeetasse hinweg angesehen. »Nun, das wäre denn doch ein bisschen viel vergeblicher Aufwand, oder nicht? Ich meine, weshalb sich mit dem Ersten Staatsexamen plagen, wenn Sie zum Vorbereitungsdienst und damit zum Zweiten ohnehin nicht zugelassen werden? Es ist ja nicht so, dass Sie einmal als Anwalt arbeiten werden und dass eine entzückende junge Dame wie Sie dergleichen nötig hätte.«

Die Enttäuschung war überwältigend. Richard Zühlke grinste sie an, als hätte er ihr ein Geschenk gemacht. »Sie bekommen wohl nicht oft Komplimente? Das ist eine Schande. So schlanke Damen wie Sie werden leider häufig zugunsten rundlicherer Formen vernachlässigt. Dabei hat doch jede weibliche Figur ihre Reize, und zudem lässt sich durch die Kniffe der Mode manches kaschieren.«

»Ein leeres Hirn leider nicht.« Felice war aufgestanden und hatte ihren Mokka stehen lassen. Es kostete sie Mühe, ihn nicht über den Tisch zu kippen, nachdem Zühlke ihr entrüstet erläutert hatte, für das Getränk werde ihm der stolze Preis von fünfundzwanzig Pfennigen abverlangt.

»Was ist denn jetzt los?«

»Sie sind unverschämt«, sagte Felice und sah zu, wie ihm das Grinsen vom Gesicht rutschte.

»Aber nicht doch, Fräulein zur Nieden. Meine Absicht war genau gegenteilig.«

»Ihre Absicht schert mich nicht.«

Er erhob sich ebenfalls. »Meine Liebe, es lag mir fern, Sie zu kränken. Ich weiß, Sie entsprechen nicht dem Schönheitsideal und haben sich gewiss schon wenig Schmeichelhaftes anhören müssen. Ich denke jedoch mitnichten, Sie seien unansehnlich. Mit etwas Geschick könnten Sie viel aus sich machen.«

Felice hätte ihm gern eine Antwort verpasst, die ihn schmerzte. Einen Tritt ans Schienbein. Da das außer Frage stand, drehte sie sich um und verließ das Lokal. Das Schlimmste war: Hätte dieser Fatzke bemerkt, dass sie gegen heulendes Elend kämpfte, hätte er sich am Ende eingebildet, sie vergieße Tränen um ihn.

Vielleicht hatte sie das sogar getan, wenn auch anders, als Zühlke es sich zugutehielt. Es wäre schön gewesen, einen Verbündeten zu haben, statt ewig und drei Tage allein zu kämpfen. In ihrer Lage aber würde sie solch einen Verbündeten nicht finden. Trotz all des Blasens in eigene Trompeten schien kein Mann sich seiner Klugheit sicher genug zu sein, um eine kluge Frau neben sich zu dulden. Wäre sie niedlich, so würde sie um ihrer schaukelnden Hüften willen umschwärmt, wäre sie aus vermögender Familie, setzte der Schwarm auf ihre Mitgift an. Dass jemanden ihr Hirn interessieren könnte, die wilden Gedanken, die darin fortwährend umherwirbelten, brauchte sie sich nicht vorzumachen.

Der Widerling Zühlke hatte recht behalten: Felices Meldung zum Ersten Staatsexamen wurde anstandslos akzeptiert, doch ihre Bewerbung zum Vorbereitungsdienst, der für das Zweite Staatsexamen und die Zulassung bei Gericht unerlässlich war, wurde abgelehnt. Sie probierte es in Moabit und sodann an allen weiteren Amtsgerichten, doch das Ergebnis war immer dasselbe: Entweder man hielt sie überhaupt keiner Antwort für würdig, oder man teilte ihr kategorisch mit, eine Übernahme von Frauen in den juristischen Vorbereitungsdienst sei gemäß den gesetzlichen Bestimmungen des Reiches nicht vorgesehen.

Ohne Vorbereitungsdienst kein Zweites Examen. Und ohne Zweites Examen keine Berufung vor Gericht, weder auf den Stuhl des Anwalts noch auf den des Richters.

»Weshalb besuchen Sie kein Seminar für Lehrerinnen, Fräulein?«, hatte einer der Assessoren gefragt, den sie in seiner Amtsstube aufgesucht hatte. »Es ist ja nichts dagegen zu sagen, dass ein Mädelchen heutzutage auch sein Scherflein beitragen will, aber dazu muss es doch nicht die Juristerei sein. Wissen Sie, kleine Dame, wir haben es hier nämlich nicht mit Gruselgeschichten aus der *Gartenlaube*, sondern mit echten bösen Buben zu tun.«

Felice lief gegen Wände und hätte sie gerne mit den Fäusten zerschlagen. Trug sie vielleicht Schuld daran, dass sie mit dem falschen Geschlecht zur Welt gekommen war? Ihr Vater hatte sich einen Sohn gewünscht, alle Väter wünschten sich Söhne, doch als statt des erhofften Felix eine Felice in der Wiege krähte, hatte er nicht lange gefackelt, sondern der Tochter den Kavalleriehelm und den Säbel sowie die Miniatur-Ausführung des Dragonermantels aufs Köpfchen, in die Händchen und auf die Schultern gedrückt.

Zumindest malte Felice es sich so aus. Ob der Vater sein Schicksal wirklich nicht beklagt hatte, wie Benno von Cosel es getan hätte, wusste sie nicht. Als er starb, war sie erst sieben Jahre alt gewesen. Nur an die Spiele im Dragoneraufzug erinnerte sie sich, daran, dass sie sich mit Helm und Säbel an des Vaters Seite in ihrem Element gefühlt hatte. Herrlich war das gewesen: um den Hundekehlesee reiten, infame Feinde niedermähen und Recht und Ehre des Vaterlandes retten.

Machte das Wetter den Weg an den See unmöglich, spielten sie *Völkerkampf*, ein Brettspiel, bei dem der Wirklichkeit nachgebildete Zinnsoldaten aus kleinen Kanonen aufeinander feuerten. Zuweilen besuchten sie Aufmärsche an der Heerstraße, die nach Döberitz führte, Paraden am Brandenburger Tor und Wachablösungen vor dem Schloss, aber all das war nur ein Ersatz. Das wahre Geschehen fand im Dickicht um das Seeufer statt, der Kampf um Leben und Tod, in dem Felice und ihr Vater Helden waren.

Das war denn auch ihr erster Gedanke gewesen, als das Ottchen ihnen dreien – Felice sieben, Willi vier, und Ille zwei Jahre alt – eröffnet hatte, dass der Vater nicht wiederkommen, sondern begraben werden würde: *Aber das geht doch nicht. Unser Spiel muss weitergehen.* Dass die Franzosen aus feigem Hinterhalt einen Angriff wagten und Felice und der Vater ihnen mit gewetzten Bajonetten Paroli boten, konnte unmöglich zu Ende sein.

Es hatte ihr gehört. Ihr allein.

Willi, den Sohn, der ihm drei Jahre später doch noch vergönnt gewesen war, hatte der Vater nie zum Dragonersturm gegen die frechen Franzosen mitgenommen. »Der Wilhelm ist noch zu klein«, hatte er geantwortet, wenn Felice ihn danach gefragt hatte. Als aber Felice so alt gewesen war wie Willi, hatte sie längst mit dem Vater säbelrasselnd durch den Wald sprengen dürfen. An jenen Sonntagen, den Hundekehler Vatersonntagen, hatte sie zu hoffen gewagt, des Vaters Liebling zu sein, auch wenn sie nur ein Mädchen war.

Im Gegensatz zu Sybille hatte der Vater Willi wenig beachtet. Demzufolge behauptete Willi, sooft Felice ihn nach dem Vater fragte, er könne sich an nichts erinnern, nur an die kleine Uniform mit Säbel, die er auf dem Begräbnis hatte tragen dürfen, und an des Vaters Gesicht mit schwarzem Trauerflor auf dem Kaminsims. Auf dem Bild trug der Vater ebenfalls Uniform. Die Uniform seines Regiments hatte er zeitlebens in höheren Ehren gehalten als den Anzug des Bankiers, obwohl er zu spät geboren war, um wahrhaftig in den Franzosenkrieg zu reiten. Es war Opa Paul gewesen, der in der Schlacht von Sedan für das Reich gefallen war, der Vater dagegen war in seinem Bett an einer Sportverletzung gestorben.

»Ach, das sage ich dir, mein Felix-Mädchen«, hatte er einmal ausgerufen, als sie auf der Lichtung vor dem Fenn erschöpft ins Gras gefallen waren, um von ihren Heldentaten auszuruhen. »Wärst du ein Junge geworden, so gäbe es nur eines, das ich dir wünschte: dass dir in deinem Leben kein großer Krieg verwehrt bleibt, dass du nicht im Schlamm langer Friedenszeit gefangen bleibst und als Mann nicht um dein Recht betrogen wirst, hinauszustürmen und dich zu bewähren.«

Mein Vater hätte das gewollt, dachte sie an Tagen wie heute, an denen sie sich mehr denn je um ihr Recht betrogen fühlte. *Er hätte gewollt, dass ich hinausstürme, mich bewähre, nicht in geisttötendem Schlamm gefangen bleibe.*

Der Vater hätte ihr geholfen. Aber den Vater gab es nicht

mehr, und nach der Prüfung im Sommer, wenn die Kommilitonen ihren Vorbereitungsdienst antraten, würde sie nicht länger wissen, was mit ihrem Leben anzufangen war.

»Bist du überhaupt noch hier?« Ille verlagerte den Hintern auf dem Biedermeierstuhl. »Ich hab dich jetzt schon zweimal gefragt, ob das ausgerechnet heute so wichtig ist mit deinem Dienst und ob du nicht lieber mein Geschenk anschauen willst. Du aber bemerkst nicht mal, dass ich hier sitze.«

»Doch, das bemerke ich«, entgegnete Felice und schluckte herunter: *Andernfalls hätte ich nämlich meine Ruhe.*

»Und dass wir zur Guestphalia gehen, ist doch nicht nur für mich wichtig«, setzte Ille nach. »Vielmehr geht es um Willi. Wenn der mit dem Abitur fertig ist und das Studieren anfängt, wird er ja nicht mehr hier wohnen bleiben wollen. Besser, er zieht ins Corpshaus, sagt Onkel Benno, da weht ihm der Wind um die Nase. Aber bevor Willi aufgenommen wird, muss seine Familie sich eben mal blicken lassen, damit die Herren nicht denken, mit uns stimmt was nicht.«

»Mit uns stimmt aber was nicht«, blaffte Felice. »Und was war, als ich das Studieren angefangen habe, wie du es so putzig ausdrückst? Hat etwa mich jemand gefragt, ob ich in diesem Mief wohnen bleiben will? Ich hätte mir auch gern den Wind um die Nase wehen lassen, nur hätte mir das niemand ermöglicht.«

»In einer schlagenden Verbindung nehmen sie nun mal keine Mädchen«, gab Ille zurück. »Wenn ich übrigens gewusst hätte, dass mein Geschenk dich so wenig interessiert, hätte ich es Cousine Bettina gelassen. Die war ganz verrückt danach.«

Felice zwang sich, die Fäuste zu öffnen. Ille zu erklären, dass die Welt ungerecht war, hatte keinen Sinn, und das war nicht Illes Schuld. »Jetzt zeig schon her«, versuchte sie es versöhnlich und griff nach dem roten Ding, das Ille wie einen Schatz umklammerte.

Ehe sie es erwischte, schwang die Tür auf. »Die jungen Damen zur Nieden. Hab ich mir doch gedacht, dass sie hier stecken.« Willi strahlte und breitete die Arme aus. »Meinen allerherzlichsten, brüderlichsten Glückwunsch zum Geburtstag, Schwesterherz.«

5

Wilhelm Eitel zur Nieden, Willi gerufen und geboren zu Berlin im Jahr fünf nach der Thronbesteigung des Kaisers, liebte seine Schwestern. Feli und Ille. Die kleine war vielleicht nicht die hellste und die große nicht die einfachste im Umgang, aber Willi liebte sie.

Sein Leben liebte er auch. Es mochte seine Nachteile haben, als einziger Sohn eines Privatbankiers zur Welt gekommen zu sein, erst recht, wenn man mit dem Mathematischen – oder eher mit dem Schwitzen über Büchern insgesamt – auf dem Kriegsfuß stand. An so schönen Tagen wie heute, an denen die Vögel draußen regelrecht brüllten, um zu verkünden, dass der Frühling Einzug hielt, zog Willi es jedoch vor, nur die Vorteile wahrzunehmen.

Er war jung, gesund, sah nicht übel aus, wenn er auch mit den neuen Hanteln ein wenig fleißiger würde trainieren müssen, um die Hühnerbrust loszuwerden. Er gehörte einer privilegierten Klasse an, daran änderte vorübergehende Ebbe in der Kasse nichts, und das Kreuz mit der Schule hatte er so gut wie hinter sich. Dass ihm in der Zukunft das Joch der Privatbank blühte, war ein Pferdefuß, doch bis dahin floss noch viel Wasser die Spree hinunter.

Die schillernde Filmwelt, die ihn anzog, war natürlich keine Option, aber sein Einjährig-Freiwilliges würde er zuvor absolvieren dürfen. Dagegen konnte Onkel Benno unmöglich etwas einzuwenden haben. Das Militär war ein Abenteuer. In Döberitz, auf dem Truppenübungsplatz südwestlich von Spandau, wurden Infanteristen für den Einsatz in der Wüste ausgebildet, und mit ein bisschen Glück wurde er womöglich gar in eine echte Wüste in die afrikanischen Kolonien geschickt.

Hinterher kam das Studium. Nationalökonomie, die zwar für einen künftigen Bankier nicht zwingend notwendig war, sich aber vor dem Kundenkreis gut machte. Sein unbekannter Vater hatte Nationalökonomie studiert und sein nicht weniger unbekannter Großvater auch, also wurde es von ihm ebenso erwartet. Militär, Studium, Einstieg in die Bank. Das war der Lebenslauf, der jungen Herren seines Standes vorgezeichnet war, und die ersten beiden Stationen genossen die meisten von ihnen.

Zum Akademischen, das Sitzfleisch erforderte, hatte Willi wenig Lust, doch umso mehr freute er sich auf das lustige Leben, das Studenten führten. Wenn sich das mit Onkel Bennos Corps gut anließ, würde ihm niemand mehr im Nacken hocken und kontrollieren, ob er sein Latein erledigt hatte. Glaubte man den Gerüchten, so wurde in schlagenden Verbindungen vor allem gesoffen, gefeiert und mit Damen poussiert. Im Saufen und Feiern fehlte Willi Übung, doch was die Damen betraf, so hatte er seit Kurzem eine Geliebte, unter deren Fittichen er sich in Sachen Liebe vom Lehrling zum Meister entwickeln würde.

Er würde lesen dürfen, was er wollte, ohne dass ihm jemand einer schlüpfrigen Fotografie wegen die *Bild und Film* konfiszierte. Er würde nach Herzenslust ins Kino gehen, Arm in Arm mit Otti, sodass kein Kartenabreißer auf die Idee kam, nach seinem Alter zu fragen. Und nicht zuletzt: Er konnte Besuch empfangen, wie es ihm passte. Moritz Gantzow hatte erzählt, Guestphalen erhielten zu jeder Tages- und Nachtzeit Besuch, ohne dass jemand sich darum scherte.

Das Leben war schön. Er wohnte in einer Stadt, die nicht unter einem Riesenballast von Vergangenheit ächzte, sondern ihre Kräfte auf die Zukunft warf, eine verschlafene Residenz, aus der eine Weltstadt explodiert war und in der Kinos und Filmateliers wie Pilze aus dem Boden schossen. Überhaupt – was für ein Glück hatte er, in einer Epoche geboren zu sein, in der jeder neue Film eine Sensation bedeutete, einen Fortschritt, eine nie geahnte Möglichkeit? Noch seine Großeltern waren zu Zeiten jung gewesen, als es gar keinen Film gegeben hatte, keine Geschichten aus vorüberfliegenden und dann wieder verharrenden Bildern, weder Momentaufnahmen noch Zeitraffer, keine Zaubermacht, die eine Schweißperle auf einer geschürzten Oberlippe in ein Bild verwandelte, das einem Tag und Nacht vor Augen tanzte.

»Der Film macht uns Menschen zu Göttern, weil er uns Unsterblichkeit verleiht«, hatte er zur Otti gesagt, und er war stolz auf seinen Geistesblitz gewesen. Überhaupt verstand er sich nicht eben übel auf Worte.

»Dafür wird bei der Nielsen aber ganz schön oft gestorben«, hatte Otti erwidert, der das Verständnis für die unerschöpflichen Möglichkeiten des Films fehlte. War Willi ehrlich, so fehlte es auch ihm selbst noch, doch er konnte es erspüren, und er war erst achtzehn und hatte alle Zeit der Welt, um zu lernen.

Jetzt galt es, die Schwestern wieder friedlich zu stimmen. Ille saß am Pult, hielt ein Büchlein umklammert, und Felice stand hinter ihr, aufgerichtet, das Gesicht in eine Ferne gerichtet, die es in diesem vollgestopften Raum gar nicht gab.

So wie sie aufgestellt waren, hätten sie ein grandioses Filmbild abgegeben, die Eröffnung einer kompletten Geschichte: Das rote Album in den Händen der sitzenden Schwester, was mochte es enthalten? Das Porträt und die Briefe eines Mannes, den sie beide liebten? Nein, noch besser, den sie beide geliebt hatten, weil er im Kampf um die Kolonien, in der glutheißen Wüste Afrikas gefallen war und nun in fremder Erde begraben lag.

Lag man in fremder Erde begraben, wenn man in Afrika fiel? Den Großvater hatten sie ja wohl auf den Friedhof der Dreifaltigkeitsgemeinde geschafft, aber der war auch nur in Frankreich gestorben, nicht eine halbe Welt weit weg. Einerlei. Im Film kam es auf so etwas nicht an, nur auf Bilder, die im Tiefsten berührten. Diese erste, stille Standaufnahme wäre zugleich das Schlussbild, und die Geschichte der beiden ungleichen Schwestern und des schneidigen Leutnants würde in sich überschlagenden Bildern im Rückblick erzählt.

Vor Aufregung über seinen Einfall begann Willi zu schwitzen. Er hätte gerne mit jemandem darüber gesprochen, aber weder Otti noch seine Schwestern waren dafür geeignet.

»Bequemst du dich auch nach Hause?«, fragte Felice.

»Tut mir leid, dass ich mich verspätet habe.« Willi bemühte sich um einen zerknirschten Ton. »Ich kann mir vorstellen, was du mit Mutter, Onkel Benno und der Bagage auszustehen hattest.«

»Das kümmert mich nicht«, versetzte Felice. »Aufregen tut mich, dass sowohl du als auch Ille herumbummelt, wie ihr Lust habt, während ich mich brav an diesem unsäglichen Kaffeetisch einfinde, als hätte ausgerechnet ich nichts Besseres zu tun.«

»Ich habe nicht herumgebummelt!«, rief Ille und schoss herum, sodass Willi die Tränen auf ihrem Gesicht zu sehen bekam. »Ich habe mich angestrengt, um ein Geschenk für dich vorzubereiten, ein Geschenk, das du keines Blickes würdigst, als wäre es nichts, so wie du mich ja immer behandelst, als wäre ich nichts!«

»He, Schwesterchen, die Welt geht nicht unter. Die tut höchstens so.« Willi sprang hinzu und schob sich zwischen beide. »Du hast Felice ein Geschenk besorgt? Ich finde, das ist mehr als knorke von dir, und ich komme mir mächtig mies dagegen vor. Ich bin nämlich wie üblich blank und habe keines.«

»Dem Himmel sei Dank«, kam es von Felice. »Unnütze Geschenke hatte ich heute schon mehr als genug.« Erschrocken unterbrach sie sich. »Um Gottes willen, Ille. So wie du es verstanden hast, habe ich's nicht gemeint, hörst du?«

Illes Hände umklammerten das rote Album, und ihre Augen

füllten sich erneut mit Tränen. Willi schluckte und wand sich. Warum nur waren Mädchen so viel empfindlicher als Jungen? Mit einem Lächeln und einem »Nun zeig doch mal, was du da Hübsches hast« nahm er Ille das Büchlein aus den Händen. Sie tat ihm leid. Sie hatte alle lieb und wollte nicht mehr, als dass die anderen sie auch liebhatten. Willi tätschelte ihr die Hand und schlug das Album auf. Um ein Haar hätte er losgeprustet, was die arme Ille vollends zur Verzweiflung getrieben hätte. Dabei war es nicht boshaft gemeint. Er fand vieles, das Mädchen untereinander taten, zum Prusten, was keineswegs bedeutete, dass es ihn nicht zugleich faszinierte.

Vergiss mich nicht,
Wenn uns auch Meilen trennen.
Zuweilen lass Dein Denken bei mir sein.
Und bittend soll
Dies Blättchen Dich erinnern:
Ich möcht' nicht ganz von Dir vergessen sein.

Er holte Luft. »Das ist ja lieb, Ille. Hast du das selbst gedichtet? Früher hast du ja oft was gedichtet, weißt du noch? Einmal wolltest du ein Gedicht über alle Mitglieder des Haushalts verfassen. Die Verse über mich werde ich nie vergessen: ›Große Ohren, runde Nase: Willi, unser Osterhase.‹«

Er musste lachen. Er hatte ja selbst Vergnügen am Spiel mit Worten, und dem Osterhasengesicht war er Gott sei Dank entwachsen. »Aber erst die für Felice – erinnert ihr euch? ›Und Felic', die dünne Lange ist bei uns die Bohnenstange.‹«

Das war wirklich zum Lachen.

Aber die anderen lachten nicht.

Felice riss ihm das Buch weg. »Zeig das her.«

»Ja, schau mal«, murmelte Willi. »Ille hat sogar noch eine Oblate für dich eingeklebt. Keinen Mann im Mond, sondern ein

Mädchen im Mond. Wirklich goldig. Bestimmt eine von ihren schönsten.«

Felice schlug das Buch so heftig auf, dass der Rücken mit einem Knacken brach. »Das ist nicht dein Ernst!«, rief sie. Der Blick, der das mit Glitzer bestreute Mondmädchen traf, war geradezu angewidert. »Tut mir leid, Ille, ich weiß, du meinst es gut, aber das hier ist schlimmer als deine Osterhasenverse. Es ist zum Himmel schreiender Kitsch, und Kitsch macht mich krank.«

Ein Teil von Willi bewunderte Felice dafür, dass sie ohne Rücksicht herausließ, was ihr auf der Zunge brannte. Der Rest von ihm fragte sich: *Muss sie so sein, so extrem, so ohne Erbarmen?* Ille, die in ihrem rosa Blüschen selbst aussah wie ein ungewolltes Geschenk, tat ihm leid. Unbeholfen streichelte er ihre Hand. »Müsste man nicht erst einmal festlegen, was Kitsch ist?«, fragte er.

»Schmu und Schmand!«, rief Felice. »Der Mehltau aus falschen Gefühlen, der in diesem Haus hängt und an dem ich eines Tages ersticken werde.«

Willi wusste, dass Felice kein hübsches Mädchen war. Seine Kameraden fanden Ille hübscher, machten Bemerkungen über ihre Niedlichkeit, die rundlichen Hüften und die puppenblauen Augen, aber in Momenten wie diesem war Felice umwerfend. Sie hatte etwas von einem edlen Pferd, das im Begriff stand durchzugehen, und dem niemand die Mähne ausgekämmt hatte.

Ille schniefte. »Und was für Gefühle sind das?«, fragte sie und wischte sich mit dem Handrücken die Nase trocken, wie sie es als kleines Mädchen schon getan hatte. »Wenn meine falsch sind, welche sind dann echt?«

»Verdammt, das weiß ich nicht.« Felice warf den Kopf hoch und blickte wild umher, als suche sie nach einer Öffnung, um davonzusprengen. »Jedenfalls keine sentimentalen Schüttelreime und Bilder von Prinzessinnen, die hinter dem Mond schaukeln, keine geheuchelte Harmonie am Kaffeetisch und kein verlogenes Familienglück bei Bennos Corps der Frauenfeinde. Wer für jemanden etwas Echtes empfindet, würde sich für ihn einsetzen, egal, was es ihn kostet. Manchmal frage ich mich, ob es so etwas überhaupt gibt, oder ob das ganze Gesülze von Liebe, Familie und Rückhalt eine Lüge ist, mit der wir eingelullt werden.«

»He, jetzt mach halblang«, unterbrach Willi. »Deine Schwester hat dir eine Freude machen wollen, und dass sie deinen Geschmack nicht getroffen hat, heißt nicht, dass sie nichts Echtes für dich empfindet. Du bist ungerecht, weißt du das?«

Felice senkte den Kopf.

»Und was den Tanz beim Corps Guestphalia angeht, verstehe ich wirklich nicht, warum du dich so anstellst. Das Haus wird voller junger Leute sein, es gibt Musik, ein Gläschen Wein, und ich habe keine Ahnung, warum wir drei uns nicht prächtig amüsieren sollten. Moritz ist auch da, soweit ich weiß.«

»Moritz?«

Willi nickte. »Er ist aufgenommen worden und wird ab nächsten Ersten draußen in Dahlem wohnen. Astreines Zimmer, sagt er, mächtig viel Platz, und niemand redet ihm drein.«

»Na bestens«, blaffte Felice. »Dann ziehst du am besten in das astreine Nachbarzimmer, und mich lasst ihr mit eurem Kram in Ruhe.«

»Ganz so einfach ist das nicht«, entgegnete Willi. »Doktor Gantzow ist als niedergelassener Arzt kein Krösus, aber er hat etwas angespart und spendiert Moritz einen stattlichen Wechsel. Das ist bei einer schlagenden Verbindung so gut wie eine Eintrittskarte – bei den angesehenen Regimentern übrigens auch.«

»Dann brauchst du dir ja keine Sorgen zu machen«, schoss Felice zurück. »Sicher hat Benno bereits die Bank geschröpft, um für das Söhnchen des Hauses die Eintrittskarte auszustellen.«

»Kein Grund, so bissig zu werden. Du wirst ja wohl deinem eigenen Bruder einen guten Start nicht missgönnen.«

»Und wie steht es umgekehrt?«, fragte Felice. »Warum missgönnt ihr alle mir einen guten Start, warum muss ich Wände einrennen, um zu tun, was für dich selbstverständlich ist? Einen Beruf erlernen. Über mein eigenes Leben bestimmen.«

»Ach, Felchen.« Willi seufzte. »Ich hab doch die Welt so wenig gemacht wie du, und über mein Leben kann ich auch nicht bestimmen. Irgendwann werde ich im Direktorsessel der Bank vor Langeweile eingehen. Habe ich da vorher nicht Anrecht auf ein bisschen Spaß?«

»Spricht dir doch niemand ab«, erwiderte Felice. »Von mir aus könnt ihr auf diesem Corpshaus tanzen, bis euch die Füße abfallen. Ich sehe nur nicht ein, weshalb ich dazu mitgeschleift werden muss.«

»Weil das mit dem stattlichen Wechsel im Hause zur Nieden derzeit Probleme macht«, bemühte sich Willi zu erklären. »Wie's aussieht, sind wir wieder mal ein bisschen klamm. Oder womöglich auch ein bisschen sehr klamm. Ums drastisch zu sagen: Die Otti hat seit Wochen ihren Lohn nicht bekommen.«

»Ottchen? Aber das kann Mutter doch nicht machen. Das Mädchen ist mittellos, wovon soll sie denn leben?«

»Das ist eines der Probleme«, erwiderte Willi. »Zumal sie offenbar auch noch Ille eine Summe Geldes geliehen hat.«

»Die braucht sie ja wohl nicht mehr«, kam es von Ille. »Wenn sie jetzt beim Film ist, wird sie sowieso nicht mehr unser Silber polieren und Mutter ihre Königsberger Klopse vorlegen wollen.«

»Nun ja.« Willi verschränkte die Hände. »Ganz so weit her ist es mit dieser Filmsache nicht. Unsere Otti ist wie alle Mädchen: Sie schneidet gern ein bisschen auf.«

»Aber sie war doch mit dir in Babelsberg!«, rief Ille. »Ihr habt Asta Nielsen gesehen, und Ottchen hat der Mutter erzählt, sie hat selbst vor der Kamera gestanden.«

»Das schon.« Willi rang die Hände. »Aber um einen Film, der in den Kinos groß rauskommt und einem ledigen Mädchen genug für seinen Unterhalt einbringt, geht es dabei nicht.«

»Um was für einen denn sonst?«

»Das tut ja hier nichts zur Sache. Sagen wollte ich nur –«

»Warum tut es nichts zur Sache?«, unterbrach ihn Ille. »Ich wüsste gern, in welchem Film Ottchen gespielt hat, ich würde sogar gehen und mir den ansehen.«

Willi schluckte mit trockenem Gaumen. »Das ist kein Film für nette Mädchen. Eher etwas für Herren, weißt du?«

»Du meinst, die Zensurbehörde hat ihn verboten?«

»Die Zensurbehörde bekommt solche Filme gar nicht zu sehen«, erwiderte Willi. »Jene Herren, von denen wir sprechen, treffen sich in geheimen Zirkeln, um sie sich anzuschauen, und damit beenden wir bitte das Thema. Davon angefangen habe ich ja nur, um zu erklären, dass ich derzeit mit keinem großen Wechsel rechnen kann. Sowieso gehe ich erst mal ein Jahr als Offiziersanwärter nach Döberitz oder vielleicht nach Kiel, wo sie die famosen neuen Torpedoboote bauen. Aber die Plätze für Füchse bei der Guestphalia sind hart umkämpft.«

»Was für Füchse?«, fragte Felice.

»Neue Mitglieder«, erklärte Willi. »Wenn ich aufgenommen werde, bin ich zwei oder drei Semester lang Fuchs, bis ich meine Burschenprüfung bestanden und vier Mensuren absolviert habe.«

Beim Gedanken an besagte Mensuren – Fechtkämpfe mit Glockenschlägern, die die Corpsstudenten unter sich austrugen – war Willi ein wenig mulmig. Er war nicht gerade ein Haudegen. Vielmehr wurde ihm bereits schwindlig, wenn Doktor Gantzow ihm den Hals pinselte, und beim Anblick seines Blutes nach einem Sturz mit dem Rad war er auf der Straße aus den Latschen gekippt.

Natürlich war so etwas bei einem Mann nicht akzeptabel. Willi war mit zu vielen Frauen aufgewachsen, das war die Krux. Ihm fehlte die männliche Führung, an der er sich hätte reiben, den Charakter stählen und das Weiche, Weibische ablegen können. Eben deshalb verpflichteten die Corps ihre Mitglieder zum Fechten. Der Schmiss, den man sich dabei zuzog, ein Schnitt über Kinn oder Wange, war ein Ehrenzeichen, an dem Corpsbrüder einander überall erkannten. »Blutet, als hätte man eine Sau abgestochen«, hatte Moritz erzählt, aber was Moritz Gantzow überlebte, das würde auch Willi zur Nieden nicht den Garaus machen.

Und den Mädchen würde ein Kerl imponieren, der den Schneid hatte, sich das Gesicht zerhacken zu lassen. Der Otti, die ihn noch manchmal verspottete, weil sie sein Kindermädchen gewesen war, aber nicht nur ihr. Auch solchen wie Moritz' Schwester, der frechen Alma, die ihn hatte abblitzen lassen, und vielleicht sogar einer von den Unerreichbaren, die er aus dem Kinosessel anschmachtete und die mit Schlafzimmerblicken unter gesenkten Lidern seine Träume bevölkerten. Frauen aus anderen Sphären, weltenweit vom ordentlich reglementierten, wilhelminischen Alltag entfernt.

»Am besten lässt man sich gleich nach dem Abitur als Militärfuchs aufnehmen«, fuhr er fort, seinen Schwestern die Sache mit dem Corps zu erklären. »Für die Dauer des Heeresdienstes wird man beurlaubt, und hinterher hat man seinen Platz schon sicher.«

»Wie praktisch.« Felice klang angespitzt wie ein Castell-Bleistift.

»Das ist in der Tat praktisch«, stimmte Willi zu, ohne sich reizen zu lassen. »Nur bleibt eben die Frage: Werde ich aufgenommen, obwohl ich keinen Vater unter den Alten Herren des Corps vorzeigen kann und meine Finanzen vorübergehend bei Flaute segeln? Der heutige Abend sollte meine Aussichten bessern. Eine respektable Familie, zwei hübsche Schwestern, ihr versteht ...«

»Allerdings.« Felices Augen wurden schmal. »So wie sich Ottchen vor irgendwelchen Herrenzirkeln zur Schau stellt, sollen wir es vor deinen künftigen Saufkumpanen in der Guestphalia tun.«

»Das kannst du so nicht sehen ...«, begann Willi.

»Und ob ich kann«, versetzte Felice. »Was Ille tut, ist ihre Entscheidung, aber in meinem Fall hast du dich leider geschnitten. Ich gehe mit Oma Hertha Opa Paul begießen und hinterher mit Werner Wichmann zu Poetge.«

»Wenn man vom Teufel spricht.« Die Tür, die Willi gar nicht erst wieder geschlossen hatte, schwang auf und enthüllte Oma Herthas Gestalt. Sie war eine stramme, propere Person, die fehlende Größe durch aufrechten Gang wettmachte und das Jackenkleid trug wie eine Schicht fliederfarbenen Lack auf den Kurven. Eine Schönheit war sie gewiss nie gewesen, und doch ließ sich spielend vorstellen, dass in ihrer Jugend unter ihrem Fenster gesungen worden war und dass sie sich weit über ihrem Stand hatte verheiraten können.

Im Äußeren glich ihr am ehesten Ille, doch wenn es um Wucht, Präsenz und dicken Kopf ging, war Felice nicht nur ihr Liebling, sondern auch ihr Ebenbild. Willi, der die resolute Altvordere gut leiden mochte, hatte zumindest eines mit ihr gemeinsam: Sie beide hegten eine Abneigung gegen verschlossene Türen und keinerlei Respekt vor ihnen.

Felice fuhr herum. »Gott sei Dank, dass du kommst. Ich war kurz davor, wegen des Aufstandes um dieses unsägliche Corps jemanden zu erwürgen.«

»Das war meine Befürchtung«, erwiderte Oma Hertha. »Aus dem Grund hatte ich bereits an der illustren Kaffeetafel für die Püppi-zu-Poetge-Lösung meine Stimme erhoben, aber leider hat das Herrchen von Cosel sein Veto eingelegt. Wie es aussieht, gibt es kein Pardon: Entweder du lässt dich erweichen, die vielzitierte Stätte mit deiner Anwesenheit zu beehren, oder der Ballon ist geplatzt. ›Felice geht, oder niemand geht‹, heißt die Devise.«

»Aber warum denn?«, platzte Ille mit der Frage heraus, die auch Willi hatte stellen wollen. »Wenn Felice nicht gehen will, wenn Felice nie will, was wir wollen, wenn Felice denkt, wir haben keine echten Gefühle, weil wir nichts für sie tun – warum können wir dann nicht ohne sie gehen? Damit ist doch keinem geschadet.«

»Nicht schlecht gebrüllt, Löwchen.« Leicht verwundert wandte Oma Hertha sich ihrer jüngsten Enkelin zu. »Ich habe dieselbe Frage gestellt, ohne eine brauchbare Antwort zu erhalten. Zu brauchbaren Antworten neigt es ja nicht, unser Rittmeisterchen.«

»Und warum maßt Benno sich an, über unsere Angelegenheiten zu entscheiden?«, kam es von Felice.

»Tja«, machte Oma Hertha und gleich noch einmal: »Tja.«

»Das sagt mir nichts.«

»Das sollte es aber.« Oma Hertha sandte ihr einen Kussmund. »Wenn eine, die sonst nicht auf den Mund gefallen ist, auf eine Frage nichts zu sagen hat als ›Tja‹, dann bedeutet das: Ich könnte dir Romane erzählen, doch man hat mich zum Schweigen verpflichtet.«

»Mich nicht«, sagte Felice. »Ich bin ab heute volljährig, ich kann fortan über mein eigenes Geld verfügen, mich verpflichtet niemand zu irgendwas. Und deshalb hole ich jetzt meinen Hut und gehe mit dir zu Poetge.«

»Poetge, Poetge, Poetge!« Ille jaulte auf wie ein gequälter Hund. »Ich kann schon den Namen nicht mehr hören. Was ist denn an diesem Poetge überhaupt dran? Der ist ein schlurfender alter Mann, der eine Kaschemme auf einem Friedhof betreibt, oder nicht? Und in der Kaschemme zu sitzen und mit Oma Eier zu essen ist schöner, als mit deiner Familie auf einem Ball Geburtstag zu feiern? Dieser Friedhofsbesuch ist wichtiger, als deinem Bruder und deiner Schwester einen Gefallen zu tun?«

Was an Poetges Destille, die sich dem Friedhof der Dreifaltigkeitsgemeinde gegenüber am Halleschen Tor befand, dran war, hätte Willi selbst gern gewusst. Die benachbarte Sternwarte gefiel ihm, der prächtige Kuppelbau Schinkels, in dem der Planet

Neptun entdeckt worden war und der einen Beweis für die Vorreiterstellung der Kaiserstadt lieferte. Aber ein Friedhof? Auf dem lag doch nur Vergangenheit – was konnte einen jungen Menschen dorthin ziehen?

Als Kind hatte er es sich einmal erbettelt, Felice und Oma Hertha begleiten zu dürfen, weil er annahm, der Friedhof samt seinem Lokal müsse eine Art Wunderstätte sein, so wie seine Schwester sich um die Besuche riss. Die Enttäuschung war herb gewesen: Poetge, ein Griesgram mit Schiebermütze, betrieb eine düstere Kneipe, in der ein paar Friedhofsgärtner bei Bier und Kartoffelschnaps einen müden Skat droschen. An Speisen gab es nur Schmalzstullen, die sich vor Alter bogen, doch sobald Felice dort mit einem der Gärtner aufkreuzte, kochte der Griesgram ihr zwei Eier im Glas. Felice, die sonst zum Essen angehalten werden musste, stürzte sich wie eine Verhungernde darauf.

Es war überhaupt nichts an Poetge, der Kneipe und dem Friedhof, auf dem Oma Hertha angeblich ihren im Franzosenkrieg gefallenen Mann »begoss«, der aufs Familiengrab im Schlesischen gehört hätte. Gerade das schürte jedoch Willis Neugier. Er liebte Geheimnisse und hasste es, von ihnen ausgeschlossen zu sein. Heute aber sollte ihm egal sein, was Felice an diesem Poetge, dem Friedhofswärter und dem Scharwenzeln zwischen Gräbern fand. Er brauchte auf Teufel komm raus ein Argument, um sie umzustimmen. Wenn er zum Stiftungsfest nicht auftauchte, wenn Benno nicht wie versprochen ein Wort für ihn einlegen und ihn den wichtigsten Leuten vorstellen würde, konnte er seine Aufnahme in der Guestphalia vergessen.

Und dann?

Studieren würde er wohl trotzdem, es war anzunehmen, dass seine Mutter darauf bestand. Aber alles, was ihn daran reizte, war das freie Studentenleben, die kurze Zeit, in der er allein über sein Leben bestimmte. Vor seinen Augen verschwamm, was er sich ausgemalt hatte, die Hoffnung, die ihn durch die Monate geschleppt hatte, während derer er über einschläfernden Büchern geschwitzt hatte. Nächte mit Otti, ohne Angst vor Entdeckung, Nächte mit anderen Frauen, Kameraden, die ihn in ihre Gemeinschaft aufnahmen. Und das alles sollte verscherzt sein, weil seine Schwester lieber auf dem Friedhof spazieren ging?

»Scheiße«, entfuhr es ihm.

Ille zuckte zusammen.

»Sagt man nicht«, sagte Oma Hertha. »Macht man.«

Ille zuckte von Neuem, und Felice lachte.

»Dein Bruder findet das nicht komisch, Püppi«, sagte Oma Hertha. »Und deine Schwester, fürchte ich, auch nicht. Was gibt's eigentlich in diesem Corpshaus, dass ihr euch derart danach verschmachtet? Freibier? Das kriegt ihr doch auch beim Frühlingsfest der Laubenpieper.«

»Aber da finde ich während des Studiums keine Unterkunft«, antwortete Willi. »Stattdessen bleibe ich brav bei Muttern und stelle meine Füße unter den Tisch. Am besten, ich komme gleich mit auf euren Friedhof und lasse mich begraben.«

»Liegt dir so viel daran?«, fragte Felice.

»Mir lag auch viel daran«, mischte Ille sich ein. »Aber warum soll sich Felice darum scheren? Sie glaubt ja nicht, dass wir echte Gefühle für sie hegen, also hat sie auch keine für uns.«

Kurz war es still. Oma Hertha, die vermutlich Bahnhof verstand, knetete sich die Stirn.

Dann sagte Felice: »Doch.«

Willi stockte. »Was soll das heißen: ›Doch‹?«

Felice stand dünn und gerade vor dem Balkonfenster, das Gesicht angespannt, als hätte sie Bauchschmerzen. »Wenn euch so viel daran liegt, komme ich mit«, sagte sie. »Ich finde es nicht richtig, mich von Benno erpressen zu lassen, aber wenn es für euch derart wichtig ist, gehe ich dieses eine Mal mit.«

»Ist das dein Ernst?« Mit zwei Sätzen war Willi bei ihr und schloss die Arme um sie.

Felice aber machte sich mit einer entschlossenen Bewegung frei. »Ich habe mit dem Gerede über echte Gefühle angefangen«, sagte sie. »Und Gerede, hinter dem nichts steckt, kann ich nicht leiden. Also mach ich's. Für euch. Aus keinem anderen Grund.«

6

Das Haus war rahmgelb verputzt, verwinkelt und hinter schweren Zweigen vor Einblick geschützt. Eine Anzahl Stufen führte hinauf zu der überdachten Tür, auf ihnen standen Männer mit Bierkrügen, als wäre dies kein kühler Vorfrühlings-, sondern schon ein Sommerabend. Sie trugen Mützen und Schärpen im Grün-Weiß-Schwarz der Verbindung, unterhielten sich lärmend und knallten nach jedem zweiten Satz die Gläser aneinander. Die schüttere Tanzmusik, die aus dem Innern des Hauses drang, übertönten sie.

Einer von ihnen war Moritz Gantzow.

Felice war erleichtert, gab ihr Moritz so doch einen Grund, ihrer Familie nicht ins Innere des Hauses zu folgen. Er war nicht nur ein junger Mann, dem sie gemäß der Etikette vorgestellt worden war, sondern der Sohn ihres Nachbarn und Hausarztes. Für Felice das, was für andere Mädchen die beste Freundin war.

»Guten Abend, du treulose Tomate.« Sie trat vor ihn hin, nahm ihm den noch vollen Krug weg und nippte am Schaum.

»Ja, Felice.« Moritz wusste sichtlich nicht, wohin mit seinen Händen, und blickte hilfesuchend nach links und rechts. »Ich wusste ja nicht …«

»Was wusstest du nicht? Dass ich heute hier sein würde? Erzähl mir keinen vom Pferd, Mo. Zwar hast du dich bei mir nicht sehen lassen, seit du in der schnöden Platanenallee deine Koffer gepackt hast, aber mit meinem Bruder hast du anscheinend ja regen Verkehr unterhalten.«

Sie hasste sich, wenn sie klang wie ein beleidigtes Fräulein Etepetete, aber wie sehr sie gekränkt war, bemerkte sie erst jetzt. Moritz war nie Willis Freund gewesen, sondern ihrer. In den zwei Jahren seines Militärdienstes hatte er ihr so viele Briefe geschrieben, dass es ihr auf dic Nerven gegangen war, und jedes zweite Wochenende hatte er vor ihrer Tür auf der Matte gestanden. Sie hatte beileibe nicht immer Lust auf seine Klagen über die Leiden eines Wehrdienstleistenden in der preußischen Infanterie verspürt, aber weil sie Freunde waren, hatte sie sich die Tiraden angehört. Einen männlichen Freund zu haben war wie durch das Guckloch im Kaiserpanorama zu spähen und teilzuhaben an einer verbotenen Welt. Wenn Moritz den Dienst, für den er nicht taugte, überstanden hatte und der Reserve zugewiesen wurde, würde er auch wieder ein offenes Ohr für sie haben, hatte sie geglaubt.

Als er nach Berlin zurückgekehrt, gleich darauf ausgezogen war und sich wochenlang nicht gemeldet hatte, hatte sie es auf Zeitmangel geschoben, auf Schwierigkeiten, sich im zivilen Leben zurechtzufinden. Moritz musste Medizin studieren, um die Praxis seines Vaters weiterzuführen, und er hatte Angst davor. In der Schule war er weder der Hellste noch der Fleißigste gewesen, schon gar nicht in den Naturwissenschaften. »Außerdem ist mir nicht wohl bei dem Gedanken, tagein, tagaus mit dem Tod umzugehen«, hatte er Felice gestanden. »Dir macht das nichts aus, du gehst ja auf den Friedhof wie andere in den Lunapark, aber mir graut davor.«

Felice hatte darauf gewartet, dass er sich melden würde, sobald er sich halbwegs eingerichtet hatte. Und was tat er? Korrespondierte in aller Seelenruhe mit Willi und berichtete diesem en détail von dem lustigen Lenz, den er sich im Corpshaus machte.

Unter den Kumpanen mit ihrem Bierschaum im Schnurrbart und den schlecht verheilten Narben auf Kinderwangen schien er schon ganz daheim zu sein.

»Hoho, Fuchs Gantzow«, grölte einer, ein Rotblonder, das Gesicht übersät von Sommersprossen, und schwang seinen Krug. »Noch eine Schwester von dir, die du uns verschwiegen hast?«

Moritz hatte drei Schwestern, von denen eine in der Tat so weit wie möglich verschwiegen wurde. Die Vorstellung, er könne die beiden jüngeren – Alma und Gine, pummelige Glanzbildsammlerinnen, die beim Eislaufen wie Ille vor Begeisterung kreischten – unter diese besoffene Horde geschleppt haben, sandte Wellen des Zorns durch Felices Körper.

Der Sommersprossige zupfte an ihrem Kleid, an Stoff zwischen Schulter und Busen, wo ihr kein Mensch hinzulangen hatte. »Ojemine, da ist ja das ganze Palaver über Reformkorsetts für die Katz, weil es gar nichts zu schnüren gibt. Hässlich ist das Fetzchen nicht, aber warum nicht ein bisschen bauschen und polstern?«

Felice hatte das Kleid mit Oma Hertha machen lassen, die ebenfalls Bedenken angemeldet hatte: »Ich weiß nicht, Püppi. Irgendwie siehst du darin aus wie dieser Turm in Paris. Wobei der ja auch seinen Reiz hat, nur was deine Mutter sagt, das höre ich mir lieber nicht an.«

Für Felice war das ein Grund mehr gewesen, Stoff und Schnitt den Zuschlag zu erteilen. Wenn schon ein Vermögen verschleudert wurde, damit sie in der sogenannten Saison in neuem Gewand präsentiert werden konnte, wollte sie etwas, in dem sie sie selbst war. Felice. Metallisch schimmernder Stoff ohne Schnickschnack. Gerade Linien, die weder betonten noch kaschierten.

Der Kerl, den sie in die Schranken gewiesen hatte, zog die Hand zurück. »Himmel hilf. Was für eine Natter. Tut mir leid, Gantzow, aber mit dieser Schwester lasse ich dich allein fertigwerden.«

»Fräulein zur Nieden ist die Tochter unseres Bankiers«, erwiderte Moritz lahm. »Unsere Familien sind befreundet. Ihr Bruder Wilhelm wird demnächst als Fuchs aufgenommen.«

»Aha. Und wer sagt dir das?« Der Rotblonde straffte sich vor Moritz und nahm Drohhaltung ein. »Damit das klar ist, Freundchen: Darüber, wer in die Verbindung aufgenommen wird, entscheiden bei uns keine Füchse. Der Kommers hat bei dir ein Auge zugedrückt, obwohl deine Herkunft alles andere als astrein ist, aber daraus hast du nicht abzuleiten, dass du hier was zu sagen hast.«

»Was sollte an meiner Herkunft denn nicht astrein sein?«, stammelte Moritz sichtlich erschrocken.

»Deine Mutter ist doch Jüdin, oder etwa nicht?«

»Meine Mutter? Aber nicht doch. Sie singt im Kirchenchor, ist Herz und Seele der Matthäusgemeinde.« Dann geriet er ins Stocken. »Ach so«, murmelte er viel leiser. »Du meinst Annette. Die war die erste Frau meines Vaters, und Jüdin war sie in dem Sinne auch nicht. Ihre Eltern wohl, aber sie selbst war ganz ordentlich protestantisch getauft.«

»Nun, Taufwasser ändert aber am Blut nichts.« Der Rotblonde fixierte Moritz. »Bekanntlich haben wir uns trotzdem erweichen lassen, aber wenn du dich aufspielst, ändert sich das schneller, als du ›Piep‹ sagen kannst. Du kommst doch frisch vom Heeresdienst, da müsstest du eigentlich Disziplin gelernt haben. Als Fuchs bist du bei uns nicht mehr als ein Schütze Arsch, verstanden?«

Moritz schien unter dem Anpfiff zu schrumpfen. Er tat Felice leid, doch einer Spur Verachtung konnte sie sich nicht erwehren. Warum gab er kein Kontra, er war doch im Recht, warum ließ er sich von dem Fleischklotz niedermachen?

Er war immer so gewesen, spielend leicht einzuschüchtern und mit einem Rückgrat wie Wackelpudding. »Zu viele Schwestern«, behauptete Willi, der derer selbst zwei hatte, im Gegensatz zu Moritz aber abenteuerlustig, ja, geradezu leichtsinnig war. Das war typisch: Wo Männer glänzten, war der Erfolg allein ihr Verdienst. Wo sie versagten, musste eine Frau die Schuld daran tragen.

Felice sandte Moritz einen finsteren Blick. Der ließ sich weiterhin von dem sommersprossigen Corpsbruder zur Schnecke machen. Mehrere steuerten ihren Spott bei, viele lachten, alle soffen. »Ich habe übrigens Geburtstag«, warf Felice ihm hin, als wären die Kerle nicht da. Wie sehr sie sich auf diesen Tag gefreut hatte, auf die Gewissheit, endlich volljährig und Herrin über das eigene Leben zu sein, vermochte sie kaum noch zu glauben.

»Ja, natürlich, und ich wollte dir auch längst gratulieren«, vernahm sie aus Moritz' Gestammel. Bittend hob er eine Hand vor das Gesicht des Sommersprossigen. »Einen Augenblick, Hanno. Wie sie schon sagt, hat Felice nämlich heute einen Geburtstag zu feiern …«

Weiter kam er nicht, weil ein weiterer Corpsbruder, um gut ein Jahrzehnt älter, die Tür aufstieß und auf den Absatz der Treppe trat. »*Silentium*, ihr Auerochsen. Wir singen unsere Farbenstrophe.«

Der Lärm erstarb. Wie um ein Spalier zu bilden, wichen die Biertrinker nach links und rechts ans Geländer zurück und standen stramm. Eben noch hatten sie sich gebärdet wie kleine Weltbeherrscher, jetzt kuschten sie wie Schuljungen vor dem Lehrer mit dem Stock. Schräg begann der Kommandant zu singen, kreuzbrav stimmten die Übrigen ein:

Guestphalia, dir gehör' ich,
Dir weih' ich Herz und Hand,
Auf deine Farben schwör' ich,
Aufs grün-weiß-schwarze Band.
Guestphalia soll's beweisen,
Beweisen durch die Tat,
Mit Herz und auch mit Eisen,
Wie viel's geschlagen hat.

Auf seine Art war das so pathetisch und hohl wie Illes Poesiealbumsverse. Felice schüttelte sich, erfasst von Scham, obwohl doch nicht sie es war, die sich beim Grölen des peinlichen Liedes lächerlich machte. Es war Moritz, für den sie sich schämte. Er war ihr Freund. Sie hatte geglaubt, er gehöre nicht zu den Hammeln, die sich vor Schwächeren brüsteten und vor Stärkeren den Schwanz einzogen, unter seiner Schädeldecke klaffe kein Hohlraum, in den jeder Laffe Stuss stopfen konnte.

Auf einem Missklang fand das Lied ein Ende. Die strammen Biersoldaten wagten wieder, sich zu rühren, nur Moritz stand noch immer still. Endlich wandte er ihr das Gesicht zu. »Felice? Möchtest du vielleicht tanzen? Ich weiß, du machst dir nicht viel daraus, aber ich wollte doch immerhin fragen …«

Tatsächlich setzte von drinnen wieder das Spiel einer Tanzkapelle ein. Felice überlegte, dann packte sie ihn am Rockärmel und zog ihn von den Übrigen weg. »Ich habe mit dir zu reden. Sind wir auf diesem Verschiebebahnhof irgendwo ungestört?«

»Hinten im Garten.« Moritz' Stimme klang nach eingezogenem Kopf. »Um sich da lange aufzuhalten, ist es den meisten zu kalt.«

Tatsächlich war der Garten, der aus einer ungepflegten Rasenfläche und sie umkränzenden, nicht minder ungepflegten Hecken bestand, fast menschenleer. Lediglich vor einem mannshohen Flieder stand eine Gruppe von drei Männern, die kein Bier, sondern Sekt tranken. Gegen die Kälte des Märzabends, die sich in der rasch sinkenden Sonne verschärfte, hatten sie sich die Mäntel übergeworfen, Felice dagegen fror in ihrer dünnen Pelerine. Egal. Sie war Willis wegen hier, sie hatte Willi versprochen, sich akzeptabel zu benehmen, und damit war sie draußen im Garten bei Weitem sicherer als drinnen im Getümmel, wo ihr ständig eine gepfefferte Bemerkung hätte herausrutschen können. Sie hätte auch Tänzer zurückweisen müssen. Felice hasste es zu tanzen, und um nichts, nicht einmal um Willis Wohlergehen, hätte sie sich durchringen können, es mit einem der Corpsbrüder zu tun.

Der hintere Teil des Hauses ragte mächtig auf und prunkte mit den steinernen Brüstungen zweier Balkone. Einzelne Töne, Stimmen und von Zeit zu Zeit ein Lachen drangen durch angelehnte Doppeltüren. Felice und Moritz blieben auf dem Rasen stehen.

Moritz öffnete den Mund, aber Felice ließ ihn nicht zu Wort kommen: »Hast du den Verstand verloren? Was willst du bei diesen Neandertalern?«

Er schluckte, zuckte. »So schlimm sind sie nicht. Nicht alle, Feli. Und ist das Haus nicht ein Traum?« Mit der Schulter wies er auf den unteren der Balkone. »So viel Platz, kein Mensch, der einem dreinredet, und dann die schöne Lage. Lass es nur erst Sommer werden! Ich werde jeden Tag schwimmen und braun werden wie ein Hottentotte – zur Krummen Lanke ist es mit dem Rad ein Katzensprung.«

»Schön für dich«, versetzte Felice. »Erzähl mir nicht, du meinst den Salm ernst, den du da redest.«

»Warum denn nicht?«, setzte er sich zur Wehr. »Einer Verbindung beizutreten, versucht doch jeder, der vorankommen will. In renommierten Corps wie Guestphalia reißen sich solche wie ich um die Plätze, und aufgenommen wirst du nur noch, wenn deine Familie eine größere Spende in die Verbindungskasse entrichtet.«

»Ich werde gar nicht aufgenommen«, beschied sie ihn. »Frauen schlägt deine Guestphalia ja die Tür vor der Nase zu. Nicht dass ich das bedauerlich fände. Ich finde es ungerecht, das ist alles.«

»Ich weiß.« Moritz streckte die Hand nach ihrem Arm aus, zog sie jedoch wieder zurück. »Aber es ist doch nun einmal der Lauf der Welt, Feli. Den kann ich so wenig ändern wie du.«

»Würdest du ihn denn ändern wollen?« Scharf fixierte sie ihn.

Er schien sich unter ihrem Blick zu winden wie zuvor unter dem Rüffel seines Corpsbruders.

»Ja, das würde ich«, sagte er endlich. »Wenn es dich so unglücklich macht, würde ich es gern ändern. Aber das kann ich nicht, und du hast doch im Grunde erreicht, was du wolltest: Studieren darfst du, und wohnen kannst du daheim in der Platanenallee. Dazu brauchst du keine schlagende Verbindung.«

»Und wozu brauchst du sie dann?«, gab Felice zurück. »Meines Wissens hast du ebenfalls ein Heim in der Platanenallee, in dem du behaglich wohnen könntest. Was treibt dich also unter diese cholerischen Hanswurste?«

»Ich habe es dir doch zu erklären versucht: Wer heutzutage vorwärtskommen und etwas erreichen will –«

»Ich wusste nicht, dass du so wild darauf bist, etwas zu erreichen«, schnitt sie ihm ins Wort. »So lange ich dich kenne, war dir eher daran gelegen, den lieben Gott einen guten Mann sein zu lassen. Durchs Abitur hast du dich mit Ach und Krach gewunden, oder täuscht mich meine Erinnerung?«

»Nein, die täuscht dich nicht«, gestand Moritz kleinlaut ein. »Ich bin eine Nachtmütze, ich weiß.«

»Das braucht dir doch kein Kopfzerbrechen zu bereiten. Die Praxis deines Vaters übernimmst du so oder so, denn Alma und Gine würden dafür ja wohl kaum in Erwägung gezogen, selbst wenn eine von ihnen Medizin studieren wollte.«

»Alma und Gine wollen nicht Medizin studieren«, sagte Moritz. »Sie wollen gar nichts studieren. Ich kenne nur eine, nein, im Grunde zwei Frauen, die so etwas wollen.«

»Und wer ist die zweite?«

Er schüttelte den Kopf, dass die grüne Mütze herunterfiel und sein schweres erdbraunes Haar freigab. Beim Aufheben sagte er: »Eigentlich kenne ich nur dich. Du bist die Einzige, die hingegangen ist, sich immatrikuliert hat und nun sage und schreibe studiert.«

Felice ließ ihm keine Ruhe: »Und wer ist die andere, die es immerhin wollte?«

»Suse«, sagte er. »Die hätte das wohl ganz gerne gemacht. Aber wer weiß. So gut kenne ich sie ja nicht.«

»Welche Suse?«

»Susanna. Meine Schwester. Halbschwester, meine ich.«

Die Tochter von Annette, Doktor Gantzows erster Frau. Mehr oder minder verschwiegen wurden beide, Mutter wie Tochter, obwohl die Mutter keineswegs durchgebrannt oder in einen Skandal verwickelt, sondern in allem Anstand gestorben war. Über Susanna dagegen kreisten Gerüchte. Moritz behauptete, sie sei eine Anarchistin, andere glaubten zu wissen, sie hätte sich nach London abgesetzt und den Suffragetten angeschlossen, sie würde auf der Straße rauchen oder habe bei einem Hungerstreik ihr elendes Leben ausgehaucht. Wieder andere munkelten, sie sei gänzlich in den Abgrund geraten und gebe sich zahlenden Liebhabern hin, um nicht jämmerlich zugrunde zu gehen.

Felice wusste es nicht. Sie hatte Susanna nicht gekannt, denn diese hatte ihr Elternhaus verlassen, als Moritz und sie selbst Kleinkinder gewesen waren.

»Felice.« So wie er vor ihr stand, wirkte er seltsam verloren. Sein Körper hatte etwas Schweres, aber nichts Kräftiges, und seine Größe blieb unbemerkt, weil er selten aufrecht stand. Wenn er sie ansah wie jetzt, große Augen, hängende Unterlider, hatte er etwas von einem Basset. Felice mochte ihn gern, doch seine Unentschlossenheit konnte sie zur Weißglut treiben.

»Was ist denn?«, fuhr sie ihn an.

»Ich hab deinen Geburtstag nicht vergessen«, sagte er und hielt ihr ein schmales, in Seidenpapier gewickeltes Päckchen hin. »Ich wollte es dir vorhin gleich geben, aber die anderen …«

»Deine neuen Freunde, die dir so wichtig sind, dass du dich bei den alten nicht zu melden brauchst.« Felice nahm das Päckchen nicht an. Sie war nicht sicher, was sie so zornig machte. Das ewige Ausgeschlossensein von sämtlichen Möglichkeiten und die Selbstverständlichkeit, mit der alle Welt das hinnahm? Sie war oft zornig. In letzter Zeit öfter, als ihrem Magen guttat. Außerdem hatte sie das Gefühl, an diesem Tag kein weiteres Geschenk verkraften zu können, das verriet, dass die, die ihr am nächsten standen, keine Ahnung hatten, wer sie überhaupt war.

Ich weiß es ja selbst nicht, dachte Felice. *Aber wie soll ich es jemals herausfinden, wenn es niemanden interessiert? Wenn ich mich in eine Herde einordnen, im Pulk der anderen mittrotten soll, ehe ich mich jemals ganz und gar selbst gespürt habe?*

Das Geschenk hielt Moritz ihr noch immer hin. Ihm musste der Arm lahm werden. »Das ist nicht so einfach, Felice. Nicht so leicht zu erklären.«

»In der Tat nicht. Dass du hier unter hackenschlagenden Wichtigtuern lebst, ist für mich gar nicht zu erklären.«

»Warum lässt du eigentlich an der Guestphalia kein gutes Haar? Der Kaiser war auch in einer schlagenden Verbindung, nicht anders als sein Bruder und seine Söhne.«

»Aber anders als seine Schwestern und seine Tochter«, konnte Felice sich nicht verkneifen. Im Grunde wusste sie auf seine Frage keine Antwort, nur dass an einer Vereinigung, der Benno von Cosel angehörte, unmöglich ein gutes Haar zu finden sein konnte. Dass Menschen dazu neigten, ganze Gruppen – Sozialdemokraten, Suffragetten, Radikale auf dem Balkan – als das Böse schlechthin zu verteufeln, widerstrebte ihr, denn es war ungerecht und dumm. Hätte sie selbst dem Bösen einen Namen geben müssen, so hätte es Benno von Cosel geheißen.

Benno von Cosel war eines Tages, keine Woche nach dem Begräbnis ihres Vaters, einfach da gewesen, und vom ersten Moment an hatte Felice ihn sich weggewünscht. An nichts aus der Zeit erinnerte sie sich so lebhaft wie an ihre geballten Fäuste, die in der Nacht auf ihr Kopfkissen eintrommelten: *Der soll weg. Der soll nicht auf dem Stuhl von meinem Vater am Esstisch sitzen, und wenn er da sitzen bleibt, mache ich den Mund zu und esse nichts mehr. Wenn der nicht geht, verhungere ich. Der soll weg.*

Er war nicht weggegangen. Stattdessen hatte er die affigen Blechschachteln mit seinen Duke-of-Edinbourgh-Zigaretten in des Vaters Zigarrenkiste gestapelt und hatte in des Vaters Schlafrock mit des Vaters Brieföffner Briefe geöffnet, die er sich in des Vaters Haus bestellt hatte.

In unser Haus.

Manchmal träumte Felice von jenen Tagen, in denen der Vater gestorben war und Benno von Cosel sich in ihrem Zuhause eingenistet hatte. In den Träumen tauchte regelmäßig ein Mann auf, der groß und blond war und die Uniform des Vaters trug. Er hätte in ihre Spiele am Hundekehlesee gepasst, in den schneidigen Sturm der Dragoner, doch statt eines Gesichts hatte er einen weißen Fleck. Benno von Cosel erschien mit des Vaters Pistolenkasten und drohte, den schönen Offizier zu erschießen, falls er es wagte, noch einmal einen Fuß ins Haus derer zur Nieden zu setzen. Felice gab nichts auf Träume, und dass Ille vor ihnen in Angstschweiß ausbrach, schien ihr lächerlich. Vor diesem aber fürchtete sie sich selbst.

Als verstörte Siebenjährige hatte sie sich zurechtgereimt, Benno von Cosel müsse dem blonden Offizier aus dem Traum das Gesicht zerschossen haben. Mehr Gründe brauchte sie nicht, um an diesem Corps kein gutes Haar zu lassen. Ihr eigenes Haar, das im Nacken, sträubte sich vor Benno, und dasselbe tat es hier. Sie betrug sich wie eine humorlose, uncharmante Ziege, aber das war die Wirkung, die Benno und seine Kumpane auf sie ausübten.

Sie wandte sich Moritz zu, der ihr mit inzwischen zitterndem Arm noch immer das Päckchen hinhielt. »Lass es gut sein, Mo«, sagte sie. »Du lässt über Wochen nichts von dir hören. Wenn ich hier auftauche, drehst du Kapriolen vor deinen Corpsbrüdern und würdest am liebsten verleugnen, dass wir uns kennen.

Und wenn ich dich frage, warum du das machst, erzählst du mir Lügen, als wäre ich dein Vater, der dir mit einer Tracht Prügel droht. Was soll ich da mit einem Geschenk? Ich brauche keines. Meinen alten Freund Mo, ja, den hätte ich gebraucht.«

Noch einen Augenblick lang hielt Moritz ihr das Päckchen entgegen. Dann steckte er es in seine Brusttasche zurück. »Klar«, sagte er. »Versteh ich. Ich bin eben eine Nachtmütze.«

»Und darauf redest du dich heraus? Ist das nicht bequem? Warum erklärst du mir nicht stattdessen, was du hier machst?«

»Das, was alle machen.« Er senkte den Kopf und sah seiner Schuhspitze zu, die Linien in das noch junge Gras zog. »Das, was mein Vater von mir will: Mein Studium vorantreiben. Verbindungen für die Zukunft knüpfen. Jedenfalls tue ich so, als würde ich das machen, und mein Vater ist zufrieden. Das ist alles, was ich will, Feli: dass nicht ständig Gott und die Welt mit mir unzufrieden sind.«

Felice begriff. Doktor Gantzow war als Arzt jovial und amüsant, doch als Vater streng, und Moritz war alles andere als ein Rebell. »Du willst gar nicht Arzt werden, richtig? Warum sagst du deinem Vater nicht, was du gern mit deinem Leben anfangen würdest?«

»Weil ich das nicht weiß«, erwiderte Moritz. »Ich verfüge ja über kein nennenswertes Talent und, wie du weißt, über noch weniger nennenswerten Ehrgeiz. Mir ist es egal. Warum soll ich also nicht das tun, was meinen Vater glücklich macht?«

Der letzte Rest Sonne verschwand so schnell, als hätte jemand eine Lampe ausgeknipst. Auf einen Schlag war es nicht länger kühl, sondern kalt. Die drei Sekttrinker schlangen einander die Arme um die Schultern und machten sich lachend und palavernd auf den Weg ins Haus. »Ja, warum sollst du das nicht tun?«, murmelte Felice und zog die Pelerine fester um sich.

»Ich weiß, ich habe dich enttäuscht«, sagte Moritz. »Und das ist auch der Grund, weshalb ich mich nicht bei dir gemeldet habe. Ich war zu feige dazu. So einfach ist es ja nicht, ständig Menschen zu enttäuschen, die einem am Herzen liegen, auch wenn man selbst die Schuld daran trägt.«

Sie war tatsächlich enttäuscht. Moritz stand als Mann so vieles offen, was ihr versperrt blieb, und dass er es nicht nutzte, kam ihr wie eine himmelschreiende Vergeudung vor. Aber er tat ihr auch leid. Im Lampenlicht, das golden aus den Fenstern fiel, stand er vor ihr wie ein begossener Pudel. »Ist schon gut«, sagte sie.

»Ist es nicht. Du hättest einen besseren Freund verdient als die Nachtmütze Mo, auf die du dich nicht verlassen kannst.«

»Verlassen kann ich mich nur auf mich selbst«, sagte Felice. »Jetzt, wo ich volljährig bin und endlich frei über mein Geld verfügen kann, erst recht.«

»So war es bei Suse«, bemerkte Moritz gedankenverloren.

»Wie war es bei Suse?« Die sonst peinlichst verschwiegene Schwester erwähnte er heute schon zum zweiten Mal.

»Sie hatte eigenes Geld von der Seite ihrer Mutter. Sobald sie volljährig war und darüber verfügen konnte, war sie weg.«

»Ich wünschte, ich brächte das auch fertig.« Felice geriet ins Träumen. »Es muss schön sein, wenn einem niemand mehr vorschreibt, wann man zu essen, zu schlafen, ein Bad zu nehmen oder sich einen Hut aufzusetzen hat.«

»Schön vielleicht. Aber auch einsam, oder nicht?«

»Allein mit mir selbst wäre ich weniger einsam als unter Leuten wie Benno, Sybille oder deinen Corpsbrüdern«, erwiderte Felice. »Aber einen eigenen Haushalt kann ich mir nicht leisten.«

»Das wäre auch nicht gut für deinen Ruf.«

»Auf meinen Ruf pfeife ich«, gab sie zurück. »Aber das Geld von meinem Vater darf ich dafür nicht antasten.«

»Wie viel ist es denn?«, fragte Moritz.

»Nach allem, was ich weiß, waren es zwanzigtausend Mark, aber einen guten Teil hat schon das Studium verschlungen. Und vom Rest darf ich wirklich nur das Nötigste bezahlen, sonst bleibt mir nichts, um mich eines Tages als Anwalt niederzulassen. Und als Anwalt niederlassen werde ich mich, auch wenn es leider so aussieht, als würde ich aufgrund der empörenden Vorschriften bis dahin grau und bucklig sein.«

»Feli«, sagte Moritz, »findest du nicht, dass du damit allmählich übertreibst?«

»Womit?«

»Nun, trotz allem bist du doch eine junge Dame und wirst nie gezwungen sein, dir selbst dein Geld zu verdienen. Und diese Summe, die dein Vater für dich angelegt hat – ist die nicht eigentlich für deine Mitgift gedacht?«

»Eine Mitgift brauche ich nicht. Ich habe nicht vor zu heiraten.«

»Das wirst du dir noch überlegen«, sagte Moritz. »Wenn nämlich einer um dich anhält, der dir imponiert.«

»Einer, der mir imponieren will, müsste erst einmal den Mumm haben, mich ernst zu nehmen«, erwiderte Felice. »Und wenn er den hat, warum sollte er es nicht ertragen, dass ich wie er einen Beruf ausübe? Millionen von Arbeitern werden damit schließlich fertig. Die Hälfte aller Berliner Frauen sind berufstätig, weil ihre Familien ohne ihren Verdienst überhaupt nicht über die Runden kämen.«

»Du bist aber keine Arbeiterin. Und dein Vater …«

»Mein Vater hätte gewünscht, dass ich mit dem Geld mache, was ich für richtig halte«, behauptete Felice. »Er wollte nicht, dass ich im immer gleichen Schlamm stecken bleibe, statt hinauszustürmen und mir eine Zukunft zu schaffen.«

»Im immer gleichen Schlamm stecken bleiben«, sprach Moritz vor sich hin. »Ich glaube, das würde ich mir ganz gern gefallen lassen. Für meinen Geschmack verändert sich bei uns viel zu viel: Kaum war man zwei Tage an der Ostsee, sind in Berlin schon wieder drei Riesenhäuser aus dem Boden geschossen, ständig gibt's neue Zeitungen, und unentwegt wird etwas Neues erfunden. Männer reisen zum Südpol und verschwinden, in Amerika springt einer aus einem Flugzeug, und auf dem Balkan oder in Afrika weiß man nicht einmal mehr, wer über wen herrscht und wie die Länder heißen, die da fortwährend neu gegründet werden.«

»Ich finde das schön.« Felice legte den Kopf in den Nacken und sah in den Himmel, in die Mischung aus Sternen, Wolken und Schwärze. »Es macht mir Hoffnung: Alles, was heute im Argen liegt, kann morgen umgeworfen werden. Nimm nur die Luftfahrt: Vor zwanzig Jahren kamen wir nicht vom Boden hoch, und jetzt gibt es in Deutschland bereits eine Frau mit Pilotenschein. Melli Beese. Ihre Kollegen haben ihr die Verspannung an den Tragflächen durchtrennt, sie hätten sie lieber abstürzen sehen, als eine Frau als Rivalin zu ertragen. So ähnlich komme ich mir vor, wenn mir auf jedem Amtsgericht ein gönnerhafter Mann erklärt, für den juristischen Vorbereitungsdienst seien Frauen nicht zugelassen. Aber Melli Beese hat den Sabotageakt bemerkt und fliegt weiter. Und ich werde auch weiterfliegen. Zur Zeit wird mir zwar der Flugschein verweigert, doch wenn ich von Frauen wie der Beese höre, glaube ich daran, dass sich das ändern kann.«

Moritz' weißes Gesicht gegen das Himmelsdunkel hatte etwas vom Mond. Die scheußliche Oblate fiel ihr ein, die Ille ihr geschenkt hatte, die Prinzessin, die hinter dem Mond die Welt verschlief. »Ich verstehe dich«, sagte er. »Für eine wie dich, die nie schnell genug vorauspreschen konnte, muss unsere Zeit das reinste Schlaraffenland sein. Suse war ja genauso und auch Willi mit seinen Filmen und seiner Begeisterung für die Elektrizität. Nur Nachtmützen wie der alte Mo können nicht mithalten und müssen zusehen, wie ihr uns davonlauft.«

Sie mochte ihn gern, selbst wenn er ihr auf die Nerven ging. »Du spürst es doch auch«, sagte sie. »Die Welt ist wie der Glasballon, in dem das Mädchen von meiner Oma Apfelmost keltert. Alles gärt, und wenn kein Platz mehr da ist, platzt der Ballon. Etwas muss sich ändern. Nur bin ich vermutlich vom Warten schwarz, bis es so weit ist.«

Da war sie wieder, die Bitterkeit. Wie konnte über Wohl und Wehe eines Lebens nach dem läppischen Zufall der Geburt entschieden werden? Wäre sie als Junge zur Welt gekommen, hätte eine glänzende Karriere als Jurist vor ihr gelegen. Selbst ihr Professor im Strafrecht hatte das zugegeben, sosehr er sonst gegen weibliche Studenten wetterte: »Ich sage ja nicht, dass es um einen Geist wie den Ihren nicht schade ist, Fräulein zur Nieden. Aber die Natur ist nun einmal die Natur.«

Scheu berührte Moritz ihren Arm. »Ich glaube nicht, dass du warten wirst, bis du schwarz wirst«, sagte er. »Du wirst dir deinen Weg schon bahnen, und vielleicht hast du ja recht, und der Ballon platzt wirklich.«

»Ich hoffe es.«

»Ich auch«, sagte Moritz. »Für dich. Auch wenn es mir Angst macht. Kannst du mir das bitte glauben?«

Felice zuckte mit den Schultern. »Sei nicht böse. Um zu glauben, dass irgendwer etwas für mich hofft, ist heute kein guter Tag. Ich versuch's morgen noch mal, einverstanden? Und jetzt wage ich mich in dieses Corpshaus, ehe ich hier draußen festfriere.«

»Dass ich dich begleite, möchtest du wohl nicht?«

»Ach, Mo.« Sie bemühte sich um ein Lächeln. »Du wirst bei deinen Corpsbrüdern gewiss schon vermisst, und um mich mach dir keine Sorgen. Ich sehe mich ein bisschen um, schlage die Zeit tot und bin froh, wenn das Signal zum Aufbruch ertönt.«

»Schon gut, hab's verstanden.« Mo hob die Hände. »Du willst mich los sein.«

»Ich brauche Zeit für mich allein«, sagte Felice. »Das hat mit dir nichts zu tun.« War einem Mann das beizubringen? Dass sich auf der Welt etwas ereignen konnte, ohne dass es mit ihm zu tun hatte?

»Schon gut, Fräulein Kommandantin«, wiederholte Moritz und schickte sich an, neben ihr zum Haus zu trotten. »Tust du mir nur noch einen Gefallen?«

»Wenn ich kann.«

»Ich weiß, auf mich ist kein Verlass, und ich habe bisher nichts zustande gebracht«, sagte er. »Aber falls du je Hilfe brauchst – könntest du dich trotzdem an mich wenden? Ich würde für dich tun, was in meiner Macht steht, Feli. So wenig das auch ist.«

7

Ein harter Druck von der Hand ihres Tanzpartners sandte Ille in eine volle Drehung. Vor ihrem Gesicht schwirrten Funken: Blitze vom Licht der Kronleuchter oder Perlen von zu viel *Henkell Trocken*. Selbst die Musik schien ihr golden, und in ihrem Hirn formten sich unentwegt Gedichtzeilen, Schüttelreime, wie sie sie als Kind fabriziert hatte, über jeden ihrer Tänzer:

Dieser mit dem kleinen Kneifer
Tanzt frei von Kunst, doch mit viel Eifer.
Jener schwitzt sich selbst halb weg,
Glänzt wie eine Scheibe Speck.

An dem jetzigen, der sie geschickt auffing und in den Grundschritt des Walzers zurückführte, war im Grunde nichts auszusetzen. Er tanzte gut, war weder hager noch fettleibig, und er unterhielt sich höflich mit ihr, ohne allzu verkrampft zu wirken.

»Hagen Daue, Student der Chemie«, hatte er sich vorgestellt. Die Narbe vom Schwertfechten saß bei ihm im Mundwinkel, was seinem Lächeln etwas Putziges verlieh. Er war blond wie ihr Bruder Willi, und ein Chemiker, sagte Onkel Benno, konnte es heutzutage weit bringen. Eignete sich also Hagen Daue womöglich für die Rolle des Mannes, in den sie sich verlieben würde?

Warum nicht?, dachte sie im Aufblicken. Er sah nicht gerade aus wie ein Filmstar, aber das verunstaltete Lächeln wirkte nett.

Überhaupt konnte Ille sich über den Verlauf des Abends

nicht beklagen: Die Ausstattung des Hauses mochte bessere Tage gesehen haben, doch der Saal mit seinen beiden Kronleuchtern und dem Podium für die Kapelle strahlte Glanz und Zauber aus. Dass das alles ein wenig verstaubt war und die Musik nicht immer den Takt hielt, machte ihr nichts aus. Sie hatte ein köstliches Essen bekommen, ein warmes Büfett mit Aal grün und einem Prager Schinken, hatte so viel Sekt trinken dürfen, wie sie wollte, und an Tanzpartnern keinen Mangel gehabt.

Ihr Kleid – puderblau und unter der Brust geschnürt – stand ihr. Sie bekam dafür reichlich Komplimente. Dass keiner von den verruchten, modernen Tänzen getanzt werden würde, weder Tango noch Onestepp, hatte sie gewusst, und ein hübscher Walzer hatte auch seine Reize. Selbst einer Polka und der alten Schottischen gewann Ille etwas ab, sie hatte einfach Vergnügen am Tanzen. Warum also wollte sich das Glücksgefühl, das sie sich von dem Abend versprochen hatte, nicht einstellen?

Ille wusste es: Es lag an Felice.

Während Willi mit wechselnden Partnerinnen immer wieder zwischen den Tanzenden auftauchte und ihr jedes Mal zuwinkte, hatte Ille ihre Schwester den Abend über nicht zu Gesicht bekommen. Das änderte jedoch nichts daran, dass ihr Hirn sich ununterbrochen, selbst durch Nebel vom Sekt, mit ihr beschäftigte. Sie hätte sich gern in den jungen Mann verliebt, der sich so schmissig mit ihr im Walzer drehte, doch wenn sie in sein Gesicht aufblickte, schob sich das ihrer Schwester davor.

»Amüsieren Sie sich gut, Fräulein zur Nieden?«, fragte Hagen Daue. Ille bekam kaum ein »Ja, danke«, heraus, ehe die Stimme ihrer Schwester die seine verdrängte.

»Wer für jemanden etwas Echtes empfindet, würde sich für ihn einsetzen, egal, was es ihn kostet«, hatte Felice gesagt.

Je länger der Satz in ihren Ohren nachhallte, desto mehr kam es Ille vor, als gehöre er in einen Film. Natürlich wurde in Filmen nicht gesprochen, aber wenn man das verzweifelte Gesicht von Asta Nielsen in der *Armen Jenny* betrachtete, war es fast, als hörte man, wie ein solcher Satz aus ihrem hübschen Mund kam. Ein Satz mit Gehalt, mit mehr Wahrheit als im wahren Leben. Wenn nämlich Alma von nebenan behauptete, so ein Film sei nicht wahr, sondern wie das Märchen vom Aschenputtel, dann hatte sie schlicht keine Ahnung. Ein Film war auf eine Weise, die zu beschreiben Ille die Worte fehlten, mehr als wahr. So als wäre das wahre Leben, das Alltagsleben, das Ille, Nachbarin Alma und Cousine Bettina führten, für die großen Wahrheiten zu klein.

Für Wahrheiten, wie Felice sie aussprach.

Im Film gab es das, was Felice sich wünschte: Helden, die sich für jemanden einsetzten, egal, was es sie kostete, weil sie etwas Echtes für ihn empfanden. Im wahren Leben gab es nur Ille, die in ein Poesiealbum Verse kritzelte, die Felice nicht ertragen konnte. Wenn Felice etwas nicht ertragen konnte, lief sie aus dem Zimmer, und die Verbliebenen hörten aus dem Bad ihr Würgen. Als Kind hatte sie einmal, aus einem Grund, den zu verstehen Ille zu klein gewesen war, auf den gedeckten Tisch erbrochen, zwischen eine Terrine mit Spargelcremesuppe und einen Korb mit halbierten Schrippen.

Felice hatte etwas von der armen Jenny, fand Ille. Sie war etwas Besonderes, ragte über Gewöhnliches hinaus, aber sie war allein und hatte niemanden, der ihr beistand. Ihre Schwester kaufte von geliehenem Geld Plunder, den sie nicht mochte, und begriff nicht einmal, was ihre wahren Wünsche waren. So war es kein Wunder, dass sie glaubte, die Liebe ihrer Geschwister wären eine Lüge, einerlei, wie viele Gurken und Rollmöpse sie unter einer Decke geteilt hatten. Sie musste sich fühlen wie Asta Nielsens Jenny, die für ihren Vater geschuftet und für den Verführer Eduard alles hingegeben hatte, doch am Ende von beiden verlassen dastand.

Ich will das nicht, dachte Ille, der vom Sekt und von den Drehungen schwindlig war. *Ich will etwas Richtiges für dich tun, etwas, das dir zeigt, dass ich echte Gefühle für dich habe.*

»Wie bitte?«, fragte ihr Tanzpartner. »Ich habe Sie leider nicht verstanden, mein Fräulein.«

Ille fuhr zusammen. »Oh Verzeihung, ich habe wohl laut gedacht«, beeilte sie sich, ihm zu versichern. Sie tanzten die hintere Längsseite des Raumes entlang, die einzige, an der weder Tische und Stühle aufgebaut waren noch Kellner mit gefüllten Tabletts warteten. Durch die mit Holz getäfelte Wand drangen sonderbare Geräusche. Erst ein scharfes Klatschen, gefolgt von einem Laut, als hätte jemand einer Katze auf die Pfote getreten. Das war das Rettungsseil, an dem Ille sich aus der Affäre winden konnte: »Ich habe mich nur über diese Geräusche gewundert«, log sie. »Hoffentlich habe ich uns nicht aus dem Takt gebracht.«

Hagen Daue lachte. »Aber nicht doch! Um darauf zu achten, haben Sie schließlich mich.«

Ille zwang sich mitzulachen. »Da haben Sie recht. Wie gut, dass Sie so sicher führen.«

»Es hat eben seinen Sinn, dass die Führung den Herren überlassen bleibt.« Sein Schmunzeln ließ seinen Schnurrbart hüpfen. »So eine kleine Dame lässt sich nun einmal gerne ablenken, und am Herrn ist es dann, das Schiff auf Kurs zu halten.«

Manchmal verstehe ich Felice doch, durchfuhr es Ille. Gegen einen Herrn, der das Steuer ihres Lebensschiffs übernahm, hatte sie nichts einzuwenden, aber so gönnerhaft brauchte er sich deshalb nicht in die Brust zu werfen. »Ich bedanke mich«, erwiderte sie so hoheitsvoll wie möglich.

Sie tanzten weiter, umrundeten den Saal und fanden sich erneut vor der leeren Längsseite wieder. Die Geräusche schwollen an. Hatte Ille sie bis eben kaum wahrgenommen, so erschrak sie jetzt angesichts ihrer Schärfe: Das Klatschen war hässlich, als triebe ein Kutscher ein allzu müdes Pferd mit der Peitsche, und das Schreien stammte von keiner Katze, sondern von einem Kind.

»Was ist das?«, entfuhr es ihr.

Hagen Daue lachte. »Nichts, von dem Sie sich den Abend verderben lassen sollten. Das ist nur Alter Herr Berndt, der seinem Flegel von Sohn Manieren einpaukt.«

»Alter Herr was?«

Wieder lachte er. »Alte Herren nennen wir die Mitglieder des Corps, die ihr Studium und ihre aktive Zeit hinter sich haben. Zumeist also unsere eigenen Altvorderen. Alter Herr Bernd ist allerdings ein Sonderfall, da er das Band der Guestphalia erst nach Beendigung seines Studiums aufgenommen hat.« Er zupfte an der gestreiften Schärpe über seiner Brust. Ille war das alles zu hoch, sie wollte nur eines: wissen, warum das Kind so schrie.

Hagen Daue hielt sein widerstrebendes Schiff auf Kurs und tanzte in Richtung Saalmitte weiter, während die Schreie Ille im Rücken gellten. War sie die Einzige, die sie hörte, die Einzige, die sie aus der Ruhe der schaukelnden Walzertakte brachten? Sich zur Wehr zu setzen war nicht ihre Art. »Ich würde gern in Erfahrung bringen, was dem Kind im Nebenzimmer fehlt, dass es so schrecklich schreit«, war alles, wozu sie sich durchringen konnte.

»Dem Hermann?« Hagen Daue grinste mit vernarbtem Mundwinkel. »Dem kleinen Rotzlöffel fehlt gar nichts, nur eine gute Portion Disziplin, und die kriegt er, wie man hört, gerade serviert.« Flüchtig hob er die Hand von Illes Schulter und vollführte in der Luft die Geste des Schlagens.

Offenbar hatte der Junge etwas ausgefressen und bekam dafür den Hintern versohlt. Die »Erziehungsfläche«, wie Onkel Benno es ausdrückte. Das blieb keinem Kind erspart, es war nicht angenehm, aber es musste eben sein. Sicher veranstalteten manche ein Gezeter, in der Hoffnung, Mitleid zu erwecken, aber so gequält hatte Ille noch keinen bei einer harmlosen Tracht Prügel schreien hören. Vielleicht war der Junge eine Heulsuse, doch gegen das Gefühl, dass etwas nicht in Ordnung war, konnte Ille sich nicht wehren. War es nicht falsch, dass dieser Saal voller Leute tanzte und lachte, während ein Kind derart litt?

Sie hätte nicht gewagt, den Tanz abzubrechen, doch als sie erneut die Fläche umrundet hatten und an der Längsseite angelangt waren, endete die Musik. Der Chemiestudent manövrierte Ille in die Schlussfigur, dann verbeugte er sich. »Es war mir eine Ehre, Fräulein zur Nieden. Und jetzt darf ich Sie doch auf ein Gläschen Sekt an meinen Tisch bitten?«

»Vielen Dank«, rang Ille sich ab. Hilfesuchend sah sie sich um und entdeckte Willi, der auf die Tür zum Flur zustrebte. »Leider habe ich meinem Bruder versprochen, ihn kurz zu sehen«, rief sie erleichtert. »Er hat ein dringendes Anliegen – bitte verstehen Sie.«

»Ihr Bruder ist der junge Wilhelm, der sich als Fuchs bei uns bewerben will?«, fragte der Chemiestudent.

Ille nickte.

»Netter Bursche.«

Hastig brachte sie den Austausch von zwei, drei weiteren Höflichkeitsfloskeln hinter sich, dann stürmte sie gänzlich undamenhaft hinter Willi her.

Vor der Tür holte sie ihn ein. »Hörst du das Geschrei?«, rief sie. »Was ist das nur?«

Er aber hatte zur selben Zeit bereits zu sprechen begonnen: »Ille, wie steht's, kommst du auf deine Kosten? Du musst mir unbedingt einen Tanz reservieren, ich will nur rasch nachsehen, wer da brüllt, als ob er geschlachtet wird.«

Im nächsten Augenblick knallte eine Tür, Ille vernahm den zornigen Ausruf einer Frau, und das Klatschen verstummte. Das Schreien ging in ein klägliches Wimmern über, während eine Männerstimme lauthals zu fluchen anhob.

Wer die Frau war, die den Fluchenden angefahren hatte, erkannten Willi und Ille sofort. Augenblicklich stürmten sie los, und Willi riss die Tür zum Nebenzimmer auf.

Der Raum war für Sitzungen gedacht. Er war in dunklem Holz getäfelt und mit den wuchtigen Stücken möbliert, die das gesamte Haus füllten, enthielt einen Konferenztisch mit Lederauflage samt passenden Stühlen, eine Glasvitrine voller Pokale und eine hohe Standuhr, deren Schläge dumpf hallten. Das Buntglasfenster, das bei Tag kein Licht einlassen würde, zeigte eine blutige Jagdszene.

Der Mann, der am Kopf des Tisches stand, war klein und beleibt. Über seinem Bauch spannten das Hemd und die gestreifte Schärpe, sein Kopf war rund, das Gesicht gerötet, das Haar bereits schütter. In keuchenden Stößen ging sein Atem, und dem Kind, dem er wehgetan hatte, einem etwa zehnjährigen Jungen, presste er noch immer den Oberkörper auf den Tisch. Das Gesicht des Jungen war verschwitzt und verweint, der blonde Schopf zerrauft.

Schläge würde er keine mehr bekommen, denn sein Vater hatte kein Werkzeug mehr dazu. Die Peitsche aus breiten Lederriemen hatte stattdessen Felice, die wutentbrannt vor ihm stand und sie schwang, als wollte sie sie dem Mann über das Gesicht schlagen.

»Sie sind ein Schwein«, sagte sie, die Stimme klar und kalt gegen das dumpfe Hämmern der Standuhr. Ihre Lippen hingegen zitterten, und auch die Hände mit der Peitsche konnte sie nicht ruhig halten. »Menschen wie Sie gehören vor Gericht gestellt.«

»Sind Sie nicht bei Trost? Das Früchtchen ist mein Sohn. Was ich mit dem mache, geht ja wohl Sie nichts an.«

»Dass es Ihr eigener Sohn ist, den Sie derart misshandeln, macht es noch schlimmer.« Felice, die gegen den Dicken wahrlich wie eine Bohnenstange wirkte, stieß ihn beiseite und half dem Jungen am Arm in die Höhe. Das graue Kleid, das sie mit Oma Hertha ausgesucht hatte, war reichlich unvorteilhaft, und doch fand Ille sie schön. Über Asta Nielsen sagte auch mancher, sie hätte ja nichts auf den Rippen, aber wenn sich dann im Kino der Vorhang hob, wurde selbst der hinterste Sitz zum Rasierplatz, weil sie alle wie zu einer Göttin aufstarrten. Schönheit lag nicht in Polstern und Kurven, sondern blieb ein Geheimnis, das nur Eingeweihte teilten.

Vielleicht, weil sie bessere Menschen sind, dachte Ille, den Blick gebannt auf ihre Schwester gerichtet. *Weil sie mehr Mut haben als andere, weil sie sich einsetzen, egal, was es sie kostet.*

Felice rückte die Kleider des Jungen zurecht und rieb ihm mit einem Zipfel ihrer Pelerine die Wangen trocken. Die Peitsche hatte sie auf dem Tisch abgelegt – scheinbar, ohne zu bemerken, dass der Dicke die Hand danach streckte. Ehe er den Stiel jedoch packen konnte, griff sie blitzschnell zu. Ihr Griff um sein Gelenk war so fest, dass er aufschrie und die Peitsche fallen ließ. Felice wirkte zart, aber von all der Turnerei am offenen Fenster musste sie Glieder aus Eisen haben. »Probier das lieber nicht, Freundchen«, zischte sie. »Fass den Jungen noch einmal an, und du bist dran.«

»Was fällt Ihnen ein, mich zu duzen!«, schrie der Dicke und rieb sich das Handgelenk, das Felice losgelassen hatte, um die Peitsche wieder an sich zu nehmen.

»Du bist ein Schwein«, sagte sie. »Schweine siezt man nicht. An Schweine sind Worte überhaupt verschwendet. Lass den Jungen in Frieden, das ist alles, was ich von dir will.«

»Dir unverschämten Göre sollte dein Vater selbst noch mal gehörig den Hintern versohlen!«

»Mein Vater ist tot«, versetzte Felice. »Wäre er hier, würde er sich dich vornehmen, darauf kannst du wetten. Mit Leuten, die an Schwächeren ihr Mütchen kühlen, hatte er keine Geduld.«

»Nützt doch nischt«, kam es jäh von dem Jungen, der vor Schmerz noch gekrümmt stand. »Die Keile, die er mir jetzt nicht verpasst, krieg' ich nachher zu Hause doppelt.«

»Was ist mit deiner Mutter?« Felice nahm ihn bei den Schultern, befasste sich mit ihm, als wären sie allein.

Er spuckte etwas vor seine Füße, das wie Blut aussah. »Die singt mit den Englein auf Wolke sieben.«

»Hast du gar keinen, den du um Hilfe bitten kannst? Keine Großeltern, keinen erwachsenen Freund?«

Der Junge schüttelte den Kopf. »Ich hab keine Freunde.«

Über ihn hinweg sah Felice seinem Vater in die Augen. »Ich zeige dich an, Schwein«, sagte sie. »Der Junge ist dein Sohn, nicht dein Besitz, und Paragraph 1631 des Bürgerlichen Gesetzbuchs verbietet dir, ihn anders als mit milder Hand zu züchtigen. Moderne Familiengesetze haben nicht mehr die väterliche Gewalt zum Ziel, sondern das Wohl des Kindes. Glaub nicht, dass ich Witze mache. Wir sehen uns vor Gericht.«

»Du lieber Schwan«, wisperte Willi hinüber zu Ille. »Ein wandelndes Gesetzbuch, unser Felchen. Sie hat ihn tatsächlich kleingekriegt, diesen unappetitlichen Kerl.«

»Eine Tracht Prügel hat noch keinem Jungen geschadet.« Alles Auftrumpfen, Plustern und Drohen des Vaters sackte in sich zusammen wie ein leerer Sack. »Er hat keine Mutter, also hab ich allein darauf zu achten, dass aus dem Früchtchen was wird. Das ist hartes Brot für einen Mann. Steinhartes.«

»Noch härteres Brot bekommst du im Gefängnis«, gab Felice zurück. »Und dabei können wir gleich sehen, ob nicht du es bist, dem eine Tracht Prügel nicht schadet. Anders als bei Kindern sind Hiebe mit Stock und Peitsche bei Verbrechern nämlich zulässig.«

»Das ist doch nicht Ihr Ernst!«

Felice hörte ihn gar nicht. »Und was soll aus einem Jungen werden, der lernt, dass so die Welt funktioniert?«, fuhr sie fort. »Indem man Sinn und Verstand aus Schwächeren drischt? Ich möchte nicht wissen, was aus solch verrohten Kindern wird, mir dreht sich der Magen davon um.«

Sie ließ ihn stehen, riss eine Tür der Glasvitrine auf und fischte einen Bleistift heraus, dazu ein Stück Karton, auf dem eine Art Orden prangte. »Ich heiße Felice zur Nieden«, sagte sie zu dem Jungen. »Ich bin am Telefonnetz, ich schreibe dir meinen

Anschluss auf. Wenn er dir noch einmal wehtut, lauf weg, lauf so lange, bis du jemanden findest, der dich telefonieren lässt, zur Not bis aufs Amt.« Sie kritzelte auf den Karton. »Du musst dir das nicht gefallen lassen, hörst du? Niemand muss das. Dafür werden Gesetze geschrieben, damit wir vor Unrecht geschützt sind, und Paragraph 1631 wird im zweiten Abschnitt nicht umsonst so deutlich.«

Sprachlos ließ der Junge sich die Karte, von der Felice den Orden achtlos abgerissen hatte, in die Finger drücken. Felice warf dem Dicken noch einen warnenden Blick zu und drehte sich um.

»Gehen wir«, sagte sie zu Willi und Ille. »Mir wird übel, wenn ich mit der Kreatur da noch länger den Raum teilen muss.«

»Aber holla!«, rief Willi, kaum dass sie die Tür hinter sich geschlossen hatten. »Ich kann nicht fassen, wie du den Kerl in die Tasche gesteckt hast. Du verstehst ja wirklich dein Handwerk wie ein Mann.«

»Zumindest kann ich wie ein Mann bluffen«, erwiderte Felice. Ihre Miene war düster, von dem eben errungenen Sieg keine Spur.

»Weshalb bluffen?«, fragte Willi.

»Weil Paragraph 1631 des Bürgerlichen Gesetzbuchs leider mitnichten deutlich wird«, gab Felice zurück. »Der betreffende Abschnitt ist ein vages Gewäsch über angemessene Zuchtmittel und verbietet einem Untier wie dem da drinnen überhaupt nichts. Ich wette, ein Richter würde ihm sogar noch applaudieren.«

»Das heißt, du könntest ihn gar nicht vor Gericht schleifen?«

»Nein, könnte ich nicht«, sagte Felice. »Ich habe mich überreizt.«

»Und was heißt nun wieder das?«

»Skat«, erwiderte Felice. »Hab ich bei Poetge gelernt. Ein Spieler überreizt sich, wenn er auf einen Trumpf setzt, den er gar nicht hat. Meistens fällt man damit auf die Schnauze, aber ich hatte heute mehr Glück als Verstand.«

Willi brauchte einen Moment, um zu begreifen. Dann lachte er laut heraus. »Schwesterherz, du bist die Wucht in Tüten! Spielst beim Skat die Friedhofswärter an die Wand und lehrst böse Buben das Gruseln.«

Felice seufzte. »Ich fürchte, deine Chance, in diesen Verein aufgenommen zu werden, habe ich dir gründlich vermasselt.«

»Halb so wild.« Kumpelhaft klopfte er ihr den Rücken. »Es wird dir ja wohl niemand einen Strick daraus drehen, dass du ein Kind nicht leiden sehen kannst. Übrigens wusste ich gar nicht, dass du eine solche Schwäche für Kinder hast.«

»Ich habe keine Schwäche für Kinder«, sagte Felice. »Ich habe eine für Gerechtigkeit.«

Willi überlegte kurz. »Und woher weißt du, dass die Prügel für den Kleinen da drinnen ungerecht waren? Unmäßig sicher, aber verdient haben mag er sie trotzdem.«

»Ganz einfach«, kam es scharf von Felice. »Weil er klein ist und der andere groß. Weil er niemanden hat, der ihn verteidigt. Das ist immer ungerecht, deshalb brauchen wir Gesetze, die jedem ein Recht auf Schutz zusprechen.«

»Jedem?« Willi lachte. »Auch Onkel Benno und seinen dir verhassten Corpsbrüdern?«

»Daran würde ich einen Gesetzgeber messen«, erwiderte Felice. »An der Art, wie er mit seinen Feinden umgeht. Und von alledem abgesehen …«

Ille sah die typische Bewegung, mit der Felice die Schultern versteifte.

»Was ist von alledem abgesehen?«, fragte Willi.

»Machen dir diese Scharen von kleingeprügelten Duckmäusern keine Angst?«, brach es aus ihr heraus. »Glaubst du, der Junge da drinnen wird je den Schneid aufbringen, sich von dem Tisch zu erheben, auf den er gedrückt wurde, und für das einzutreten, was richtig ist? Wie soll die Welt sich bessern und vorwärtskommen, wenn wir jeden Ansatz dazu in Angst ersticken?«

»Darüber habe ich mir noch nie Gedanken gemacht«, gab Willi zu. Dann bot er ihr galant seinen Arm. »Und du darfst auch nicht so schwarzsehen, nicht heute, an deinem Ehrentag. Die Welt wird ihren Weg schon machen – sie hat ja dich! Was meinst du, gönnen wir zwei uns ein Tänzchen, Johanna von Orléans?«

»Ich kann Tanzen nicht leiden.«

»Stimmt, das hatte ich vergessen«, erwiderte Willi. »Wie wäre es stattdessen mit Henkells in der Champagne abgefülltem Sekt, dem Flaggschiff deutsch-französischer Freundschaft?«

»Schon besser«, erwiderte Felice, »auch wenn mein Magen bei aller Freundschaft den Aufstand proben wird.«

Damit zogen sie in Richtung Saal davon, und Ille, die ihnen hinterdreintrottete, konnte den Blick nicht von Felices Rücken lösen. Ihre Wangen glühten, und ihr kam es vor, als glühe auch ihr Herz. *Ich will dir beweisen, dass ich echte Gefühle für dich habe,* dachte sie. *Gott gebe, dass ich etwas für dich tun kann, und es soll mich so viel kosten, dass du es mir glaubst.*

8

Juni

Wenn der Vorhang aus rotem Samt sich hob, gab es ein Geräusch, ein heiseres Knarren, das Recha atemberaubend fand. Sie fand auch das Lichtermeer, das sich vor ihr auftat, atemberaubend, die Gesichter der Zuschauer und das feine Rieseln glänzenden Staubes, das nie ausblieb, obwohl der Vorhang tagtäglich benutzt wurde.

Recha war süchtig danach. Gretel Stoll, die die Marie Pusebach spielte, war süchtig nach Morphium, seit sie als junges Mädchen vom Pferd gefallen und falsch behandelt worden war. Sie brauchte Morphium, um morgens aufzustehen, und manchmal eine weitere Dosis, um sich abends auf die Bühne zu stellen. Bei Recha verhielt es sich ähnlich: Sie brauchte das Wissen, dass sie am Abend Theaterluft atmen und dieses Knarren des Vorhangs hören würde, andernfalls hätte sie sich die Decke über die Ohren ziehen und den Tag unbemerkt verstreichen lassen wollen.

Sie litt an einer seltsamen Angst, die nicht wie ihre eigene schien, sondern wie eine Angst, die sie ererbt hatte, auf einem Handkarren aus Galizien mitgebracht. *Wart's ab, eines Tages landest du in der Gosse,* raunte die Angst ihr zu, sodass sie sich die Hände auf die Ohren pressen musste. Die Angst war trotzdem lauter. Sie wisperte nicht auf Deutsch, sondern in der Sprache, die nur noch sie sprach. Solange Recha wusste, dass ihr abends die Theaterluft winkte, die Bühne, das Schlüpfen aus der eigenen Haut in eine andere, ließ die Angst sich unter Kontrolle halten, so wie Gabriels Schuppenflechte, solange er sich nicht sengender Sonne aussetzte.

Wie es jetzt aber aussah, war mit alledem, mit ihrem Lebenselixier, Schluss. Die Sommerpause über blieb das *Apollo* ohnehin geschlossen, die ließ sich mit ein paar Auftritten im Varieté überbrücken, doch im Herbst würde Theophil Köhn, der Theaterleiter, Recha vermutlich nicht zurücknehmen. Schon die ganze Saison über sang er wie eine traurige Sirene sein Klagelied:

»Kann mir Sie doch nicht mehr allesamt leisten, Herrschaften. Zuschauer bleiben weg, Kassen bleiben leer, was soll ein armer Mann da tun, wenn nicht sich einen Strick nehmen? Es ist ja nicht so, dass wir nicht gut genug wären, nicht mithalten könnten in diesem Berlin, diesem Hexenkessel, diesem Babylon der neuen Zeit. Das *Apollo-Theater* hat immer mithalten können, ach was, mithalten können, das *Apollo* war ganz vornedran! Wo hat Paul Lincke seine göttliche *Frau Luna* zur Aufführung gegeben und selbst dirigiert, frage ich Sie, na, wo denn? Hier im *Apollo*, und ein Jahrhunderterfolg war's, aber von solchen Nächten des Triumphes spricht heute ja kein Mensch mehr.«

Recha hätte ihm entgegenhalten können, dass der Jahrhunderterfolg mit *Frau Luna* anno 1899 und damit im vergangenen Jahrhundert stattgefunden hatte und dass es ein Fehler sein mochte, nichts Neues, nichts Gewagtes oder gar Skandalöses zu versuchen, sondern mit angestaubten Dauerbrennern den Spielplan zu füllen. Erreicht hätte sie damit allerdings nichts. Theaterleiter Köhn suchte ja nicht nach Gründen für die sinkenden Zuschauerzahlen, für ihn stand der Sündenbock von Anfang an fest:

»Das Kintopp ist schuld. Dieses Kintopp, dieser Mephistopheles, der sich noch den Tod des Theaters als Ganzes auf sein nicht vorhandenes Gewissen laden wird. Ist Ihnen eigentlich klar, dass allein im vergangenen Jahr das Kintopp verantwortlich für siebenunddreißig Theatertode in Berlin war? Das *Apollo*, Paul Linckes berühmtes *Apollo* im Herzen der Weltstadt, kann der

Bestie jederzeit als nächstes Opfer in den Rachen fallen. So blamabel es für die Menschheit ist, liegt es doch klar auf der Hand: Kintopp ist billig, fürs Theater dagegen muss man bereit sein, in die Tasche zu greifen. Kintopp ist triviales Vergnügen für Dienstmädchen, setzt auf billige Effekte, befriedigt niedrigste Instinkte. Theater dagegen ist ein schützenswertes Kulturgut, gedacht für Schöngeister, für Menschen mit Stil und Verstand. Das will heute niemand mehr – den Kopf anstrengen. Das Abendland geht unter, doch statt zu seiner Rettung einzuschreiten, setzt sich die Kaiserstadt Berlin in einen Kinosessel.«

Vielleicht hatte er ja recht, auch wenn Recha Mühe gehabt hätte zu benennen, worin der schöngeistige Beitrag zur Rettung des Abendlandes bei *Frau Luna* bestand. In Gretel Stolls flirrender Soubrette, die von Mondschlössern trällerte?

Schlösser, die im Monde liegen,
bringen Kummer, lieber Schatz.
Um im Glück dich einzuwiegen,
hast du auf der Erde Platz!

Welche Bedeutung die Verse haben sollten, war Recha schleierhaft. Vielleicht hatten sie keine. Vom Kino verstand sie nichts, denn sie hatte nie Zeit, in eines zu gehen. So wenig wie in ein Tanzcafé, in ein Schwimmbad oder in die Synagoge, solange ihr Vater nicht darauf bestand. Ihrer Erinnerung nach hatte sie all ihre Zeit, alle Kräfte ihres Körpers und jede Anstrengung ihres Geistes einzig in die Erreichung des Ziels gesteckt, das ihr jetzt wie der glitzernde Staub unter den Fingern zerrann.

Schauspielerin werden.

Nicht in der Gosse landen, sondern sich in den Geschichten anderer Menschen verstecken. Im Fremden, im Sicheren, in dem, was nichts mit ihr zu tun hatte und in dem sie gerade deshalb wagte, sie selbst zu sein.

Gabriel, ihr viel zu kluger, noch nicht vierzehnjähriger Bruder hatte sie einmal gefragt, ob sie nie starke Gefühle empfunden habe, weil sie ein jedes zügeln und ihrem Ehrgeiz unterordnen konnte.

Recha hatte keine Antwort gewusst, denn von ihrer Angst sprach sie nicht. Sie liebte Gabriel. Das war ein starkes Gefühl. Sie liebte auch ihre Eltern, die wackeren Eheleute Golda Honigblum und Mosche Süßapfel, die ihren Hausstand samt bescheidenem Papierhandel eigenhändig auf einem Handkarren aus dem Galizischen bis nach Berlin gezogen hatten, die Großmutter obenauf, die den Tag der Abreise verfluchte und sich weigerte, die neue Sprache zu lernen, die *Sprache des Molochs*, der sie alle vernichten, in die Schlucht von *Gehinnom*, in die Gosse zerren und verschlingen würde. Statt in der Gosse zu landen, hatten Golda und Mosche aus der Ladung des Handkarrens eines der feinsten Schreibwarengeschäfte von Steglitz aufgebaut. Die beiden hatten Rechas Liebe mehr als verdient.

Trotzdem hatte Gabriel recht: Recha konnte diese ganze Liebe unterdrücken, die Eltern belügen und eine Stellung als Hausdame erfinden, nur um ihrem Traum zu huldigen:

Schauspielerin werden.

Starke Gefühle im ganzen Körper spüren. Nicht die eigenen, hinter denen die Angst lauerte, sondern die der Figur, die keine Gefahr darstellten. In ihrer Wirklichkeit mochte sie vor starken Gefühlen und ihren Konsequenzen zurückschrecken, doch auf der Bühne warf sie sich tollkühn hinein und ließ sich mitreißen.

Auf der Bühne war sie am Leben, tanzte auf dem Seil, probierte aus, woran sie sich sonst aus Furcht vor dem Absturz nie gewagt hätte.

Sie war kaum zehn gewesen, als sie sich Ballettstunden erkämpft hatte, nicht weil ihr am Tanz lag, sondern weil sie spürte, dass sie ihre Glieder trainieren musste. Ihre Muskeln sollten so stählern und zugleich so geschmeidig, so wandelbar werden, dass sie damit im Körper einer humpelnden Greisin und am nächsten Abend in dem eines übermütigen Knaben aufgehen konnte.

Es folgten Sprech- und Schauspielunterricht, wobei sie den Eltern beständig versicherte, für eine junge Dame, die höher hinauswollte, sei all dies unabdingbar. Rechas Eltern waren Juden, und wie alle nicht länger orthodoxen Juden, die Recha kannte, war ihnen das Fortkommen ihrer Kinder wichtiger als die strikte Einhaltung überkommener Glaubensgrundsätze. Zumindest, seit die Großmutter nicht mehr lebte. Wenn ihr Sohn zur Förderung seiner ungewöhnlichen Begabung ein teures Privatgymnasium brauchte, das sonst nur Söhne betuchter Protestanten frequentierten, zuckten sie nicht mit der Wimper, sondern blätterten Schein um Schein aus der Geschäftskasse hin. Und wenn ihre augenfällig aparte Tochter für eine Heirat über ihrem Stand all diese Stunden brauchte, begann Mosche Süßapfel nicht ausgerechnet an solchem Punkt das Knausern.

An dem Tag, an dem sie zu ihm gekommen war, um Geld für Gesangsstunden zu erbitten, hatte sie ihn gefragt, ob es das Ende der Welt für ihn wäre, wenn all die Ausgaben seiner Tochter zwar nicht zu einer glänzenden Heirat, aber auf andere Weise zu einer glücklichen Lebensstellung verhelfen würden.

»Faygeleh«, hatte ihr Vater gesagt, »wenn du deinen Weg machst und den Namen Süßapfel in des Kaisers Hauptstadt voranbringst, werde ich auf keine Gesetzestafel pochen, sondern stolz sein. Wir sind Juden, wir richten unser Streben nicht auf ein Jenseits, sondern auf unsere Kinder, die es im Diesseits besser haben sollen als wir.«

Ich habe es besser, fand Recha. Sie stand auf einer Bühne und atmete den Duft des verstaubten Vorhangs ein, durch den die Lichter des Zuschauerraums schimmerten und vereinzelt Applaus drang. Keine der galizischen Frauen, von denen sie abstammte, hätte dazu die Möglichkeit gehabt, und doch fühlte sie sich in diesem Augenblick vollkommen mutlos. Es war die *Dernière,* die letzte Aufführung der Spielzeit. Köhn hatte ihnen eine Bekanntmachung angekündigt, und aus seinem Klagelied war unverkennbar, dass es dabei um eine Verkleinerung des Ensembles gehen würde.

»Natürlich entlassen wir keine Kassenmagneten«, hatte er beteuert. »Seinen Stand beim Publikum kennt ein jeder von euch selbst, und wenn die Leute euretwegen ins *Apollo* kommen, wisst ihr, dass ihr keinen Grund zur Sorge habt.«

Recha war kein Kassenmagnet. Sie kannte ihren Stand beim Publikum und wusste, dass sie einen Grund zur Sorge hatte. Nicht weil sie ihre Sache schlecht machte. So flach und öde das Stück war, so wenig sie darin aufgehen konnte, verfügte sie doch über eine solide Ausbildung und ein Übermaß an Fleiß und spielte ihren Part mehr als ordentlich. Sie war nur keine Sängerin, obwohl sie anders als Gretel jeden Ton traf. Was ihr Körper vermochte – mit dem Kostüm auch die andere Existenz überstreifen –, war ihrer Stimme unmöglich. Die Stimme war rau und nicht ohne Schönheit, aber unbeweglich und zu wenig voluminös. Die Leute fanden sie kalt, weshalb sie Rollen wie die der niedlichen, liebestollen Marie Pusebach nie bekam.

In *Frau Luna* spielte sie eine Männerrolle, den Kriegsgott Mars, auch wenn sie der Stimmlage nach kein echter Alt war. Mit Melanie Hellmann, die die Venus spielte, hatte sie ein kleines Duett abzusingen und ansonsten dekorativ im Hintergrund zu stehen, während im Vordergrund das Feuerwerk gezündet wurde. Wer dekorativ im Hintergrund stand, war ersetzbar, wenn man nicht sogar ganz auf seinesgleichen verzichten konnte. Über die Möglichkeit, die Rolle des Mars in *Frau Luna* einzusparen, hatte Recha den Theaterleiter Köhn mit Wolfgang Vanselow, dem Regisseur, bereits debattieren hören.

Der Vorhang, der sich nach der Verbeugung von Melanie Hellmann gesenkt hatte, hob sich noch einmal. Gretel Stoll, die neben ihr am Bühneneingang stand, stieß ihr den Ellenbogen in die Seite. »Jetzt noch du, Renatchen.« Den Namen Recha konnte sich Gretel, die elend und entkräftet aussah, nicht merken.

In ihrem durch ein eisernes Gerüst verstärkten und mit metallisch glänzenden Schuppen besetzten Kostüm, in dem sie sich wie in einem Fischschwanz fühlte, trat Recha vor bis zum Bühnenrand und vollführte statt eines weiblichen Knickses eine zackige Verbeugung. Matter Applaus ertönte. Recha hatte erlebt, wie tausendfünfhundert Leute von den Sitzen sprangen, um der gefeierten Leopoldine Augustin nach den *Landstreichern* zuzujubeln, und sie hatte erlebt, wie Wolfgang Vanselow nach *Lysistrata* auf die Bühne beordert und mit Salven von Buhrufen empfangen worden war. Sie selbst war weder mit dem einen noch mit dem anderen je bedacht worden. Der Augustin lag Berlin zu Füßen, und Vanselow, der als Enfant terrible bekannt war, weckte die Neugier von Kritikern und Intellektuellen, aber kein Mensch kam ins *Apollo*, um Recha Süßapfel zu sehen. Niemand buhte sie aus. Niemand jubelte ihr zu. Niemand brauchte sie.

Sie würde gehen müssen. Und was wurde dann? Der Vorhang senkte sich.

»Du warst doch gut.« Melanie Hellmann legte ihr den Arm um die Schultern und ging mit ihr hinunter zu der Garderobe, die sie sich mit zwei weiteren Kolleginnen teilten. »Lass den Kopf nicht hängen. Wenn ich jemals auf dem Mond landen und da dich entdecken sollte, würde ich mich jedenfalls auf der Stelle verknallen.«

Recha lachte. »Das würdest du bei jedem, Mel. Vor dir ist ein Mann nicht mal sicher, wenn er gar keiner ist.«

Sie lachten beide. Danach zumute war Melanie vermutlich so wenig wie Recha, aber wozu waren sie Schauspielerinnen? »In der neuen Saison spielen wir den *Tapferen Soldaten*«, sagte Mel. »Ganz neu aus Wien, eine Militärgeschichte mit Säbelgerassel und Tschingderassabum. Du wirst sehen, da findet sich auch eine Rolle für dich. In so einer K.-u.-k.-Uniform müsstest du zum Anbeißen aussehen.«

Vor der Tür der Garderobe stand Karin, eine der Kolleginnen, die es nur bis ins Mondvolk geschafft hatten. Sie hatte sich sichtlich in Eile umgezogen. Das Haar stand ihr wirr vom Kopf, und auf dem Gesicht glänzten Spuren der Fettcreme, die zum Abschminken benutzt wurde. »Wir sollen alle zu Köhn«, verkündete sie mit Grabesstimme. »Sofort. Zum Umziehen habt ihr keine Zeit mehr.«

Für Melanie, die ein Kleid in schrillem Türkis trug, mochte das eben noch angehen. Recha aber steckte im Fischschwanz, ihr Gesicht bedeckte eine Schicht geisterhaftes Weiß, und ihr Mund war zu einer blutroten Wunde geschminkt. Vanselow wollte damit das Albtraumhafte, Realitätsferne von Linckes Operette andeuten und Zukunftsangst in blinde Anbetung technischen Fortschritts mischen, was ihm Recha nicht verdenken konnte. Ihren Rauswurf zu kassieren, während sie Köhn aus einer Clownsmaske entgegengrinste, schien ihr dennoch reichlich viel verlangt.

Da sie keine Wahl hatte, hob sie den Fischschwanz, in dem sie nicht einmal hätte sitzen können, kurzerhand aus den Ösen, die ihn mit der Gürtung um ihre Taille verbanden, und lehnte ihn gegen das Treppengeländer. Dann folgte sie Melanie und Karin den Gang hinunter zum Probenraum, wo Köhn seine Versammlungen abhielt. Karin drehte sich um: »In dem Aufzug kannst du doch nicht vor dem Köhn herumstolzieren. Was willst du damit erreichen? Dass er dich behält und dafür von uns eine schasst? Mich zum Beispiel?«

Der Blick der Kollegin hätte ein Dolch sein können, der sich in Rechas Hüfte bohrte. Sie trug unter dem Kostüm ein schwarzes Leotard-Trikot mit an die Beinlöcher genähten Strümpfen, wie es Balletttänzer hatten. Was war daran anstößig? Kein Stück Haut ihrer unteren Körperhälfte blieb unbedeckt. Davon abgesehen war eine Frau für Theaterleiter Köhn genau wie ein Mann ein Requisit, das entweder bühnenwirksam war oder nicht. Wenn die Beurteilung negativ ausfiel, endete sein Interesse, und dass Karins Name auf der Abschussliste ganz oben stehen würde, hatte nichts mit Rechas Bekleidung zu tun. Karin war umfassend ausgebildet, hatte aber zu wenig Präsenz und war in größeren Rollen nicht einsetzbar. Nicht in einer Spielstätte wie dem *Apollo*, wo die Leute Klamauk und Schenkelklopfer erwarteten, kein subtiles Gewisper, keine verstohlenen Gesten.

Und die kleinen Rollen, die Köhn ihr bisher zugeschanzt hatte, verschwanden aus den Besetzungslisten. Dafür konnte Karin nichts, aber Recha noch weniger. »Mir tut der Rücken weh, wenn ich das Gestell noch länger herumtrage«, sagte sie und ging mit Melanie weiter. Mehr zu erklären hatte keinen Sinn. Sie war daran gewöhnt, dass Frauen wie Karin sie mit Gift und Galle verfolgten. Mel mochte sie, weil sie jeden mochte, und Gretel war zu sehr von sich überzeugt, um eine andere als Konkurrentin wahrzunehmen, doch beim Rest des weiblichen Ensembles konnte Recha sich des Hasses sicher sein. Es machte ihr nichts aus. Einsam war sie immer gewesen, und auf der Bühne fiel es wie so vieles von ihr ab.

Der fensterlose Raum am Ende des Gangs glich einem Bienenstock oder einem Freibierausschank. Komparsen und Nebendarsteller, die Zeit gehabt hatten, sich umzuziehen, liefen durcheinander und tauschten finsterste Befürchtungen, während die Schauspieler, die den Applaus hindurch hatten bleiben müssen, in bunten Kostümen durch die schmale Tür drängten. Drinnen gab es eine Probebühne mit Klavier für den Korrepetitor, daran saß Vanselow, der Regisseur. Weitere Herren – Abendspielleiter, Dirigent und Köhns Sekretär – saßen auf Hockern am anderen Ende der Bühne, und in der Mitte, mit gebührendem Abstand zu beiden, thronte Köhn in seinem Lehnstuhl, ein Klemmbrett im Schoß. Das Ensemble stand in Gruppen über den Raum verteilt.

»Sind wir dann vollzählig, können wir anfangen, Egon?«

Der Abendspielleiter sprang beflissen von der Bühne und schloss die Tür hinter dem letzten Ankömmling. Stühle scharrten, und Gemurmel hallte, doch alles Lärmen erstarb, sobald Köhn sich räusperte. Recha glaubte zu hören, wie links und rechts neben ihr Kollegen den Atem anhielten.

»Herrschaften, ich habe Sie herbeordert, weil ich Ihnen eine traurige Mitteilung zu machen habe«, begann er. »Es bricht mir das Herz, es auszusprechen, aber mir bleibt ja keine Wahl: In der neuen Spielzeit wird Wolfgang nicht länger für uns inszenieren.«

In die Stille fiel Gelächter. Nicht erheiternd, sondern ungläubig. Keiner der Schauspieler wurde gefeuert, sondern ausgerechnet Wolfgang Vanselow?

Das war nicht möglich. Köhn betete den Regisseur an, der im *Apollo* seinen Lebensunterhalt verdiente, während er in den experimentelleren Theatern seine beklemmenden, bildgewaltigen Fantasien auf die Bühne brachte. Niemand verstand sie, niemand gab zu, sie zu mögen, aber halb Berlin sprach davon. In Avantgarde-Zeitschriften wie der expressionistischen *Aktion* wurde über Vanselow-Inszenierungen berichtet, und sogar Alfred Kerr, der König der Kritiker, lieferte im *Tag* von Zeit zu Zeit einen publikumswirksamen Verriss.

Die Kompromisse, die Vanselow sich für das Publikum des *Apollo* abrang, brachten die Leute zum Buhen und Toben, und auch rohe Eier waren schon geflogen. Aber gerade deshalb kamen sie wieder. Die Stücke waren wie fade Eintopfgerichte, denen Vanselow Pfeffer verpasste. Köhn hofierte ihn. Nie im Leben hätte er seinem liebsten Pferd im Stall den Laufpass gegeben.

»Ja, Sie haben richtig gehört, Wolfgang wird uns verlassen.« Der Theaterleiter klang den Tränen nah. »Er beteuert, er müsse seinem Stern folgen, er habe immer vorgehabt, diesen Weg einzuschlagen, aber ich kann mir nicht helfen: Mir ist zumute wie einer treulich liebenden Gattin, die zusehen muss, wie der Gemahl ins Bett der Hure steigt, der schon hundert andere an den Brüsten saugen.«

Wieder – diesmal hüstelnd – lachte jemand auf. Hanns Steinleben, der erste Tenor, der nichts zu befürchten hatte. »Aber Theophil. Ich bitte dich!«

»In diesem abscheulichen Moment meines Lebens stoßen Bitten bei mir auf taube Ohren«, verwies ihn Köhn. »Eben deshalb mache ich es kurz. Da meine Versuche, Wolfgang umzustimmen, leider im Sand verlaufen sind, bleibt mir nichts übrig, als die Konsequenz zu ziehen. Die Besucherzahlen sind rückläufig, das weiß jeder hier im Raum so gut wie ich, und ohne Wolfgang werden sie völlig einbrechen. Wir haben in den sauren Apfel zu beißen: In der kommenden Spielzeit werden wir nur mehr mit kleinem Ensemble antreten. Wir eröffnen wie geplant mit Oscar Straus' *Tapferem Soldaten*, doch wir streichen die Besetzungsliste auf ein trauriges Minimum zusammen. Für die Hälfte von euch bedeutet das leider, dass das *Apollo* sich mit sofortiger Wirkung von euch trennt.«

Umständlich begann er, in den Papieren auf seinem Klemmbrett zu blättern, als wüsste er nicht, wo er die Liste mit den Namen der Gefeuerten stecken hatte. Recha begriff: Nicht Köhn hatte Vanselow entlassen, sondern dieser hatte es vorgezogen, dem *Apollo* den Rücken zu kehren. Eine Woge von Wut überfiel sie, eine, von der sie geglaubt hatte, sie hätte sie sich bereits im Volksschulalter abtrainiert. Was fiel dem Kerl ein, wie eine Ratte vom sinkenden Schiff zu springen und sie alle ertrinken zu lassen? Was bildete er sich ein? Dass er etwas Besseres war, weil er das Repertoire des *Apollo* für seichten Schund hielt? Glaubte er, das sei ihm allein aufgefallen, nahm er an, die Übrigen hätten die Schmiere nicht ebenso bedenkenlos hinter sich gelassen, hätte sich ihnen eine andere Möglichkeit aufgetan?

Recha war nicht bewusst gewesen, wie sehr die harmlosen Schwänke des *Apollo* ihr zuwider waren. Noch weniger war ihr bewusst gewesen, dass offenbar der Zorn einer Dynamitardin in ihr steckte. Sie hätte nach vorn stürmen und Vanselow schütteln wollen, wie er da vor dem Klavier lümmelte und seinen schmalen Charakterkopf in eine Hand stützte, als ginge das Drama im Saal ihn nichts an.

Geht es Sie nichts an?, wollte sie ihm ins Ohr schreien. *Gehen wir Sie nichts an, die Handvoll Menschen, die sich eine Spielzeit lang für Ihre verstiegenen Regieanweisungen die Seele aus dem Leib geschuftet hat? Ist es Ihr Recht, diese Menschen um Lohn und Brot zu bringen, sind Ihre überspannten Ideen für elitäre Zirkel das wirklich wert?*

Panik erfasste sie. Mit Vanselows Weggang verlor sie alles, was sie sich erarbeitet hatte – selbst die drei Mark wöchentliche Miete für das kümmerliche Zimmer, von dem ihre Eltern nichts wussten. Die wähnten sie in Kost und Logis bei einer Baroness Adelheid von Wied-Bosewitz, der sie kultivierte Gesellschaft leistete und zudem half, ihren von stattlichen Heiratskandidaten frequentierten Salon zu führen. Andere hätten es Lügen genannt. Recha aber war Schauspielerin und fand, sie hatte sich lediglich eine dringend benötigte Rolle auf den Leib geschrieben.

Zumindest redete sie sich das ein. Sooft ihr Gewissen allzu arg aufbegehrte, versuchte sie, sich zu beschwichtigen: Ihr Vater war nicht von gestern. Er musste wissen, dass Baronessen keine galizischen Judentöchter zur Unterhaltung ihrer Gäste einstellten. Wenn er trotzdem nicht einschritt, sondern Rechas Lebenswandel duldete, musste er insgeheim damit einverstanden sein.

Lande nur nicht in Gehinnom, Faygeleh, nur nicht im Mordtal, in der Gosse.

Aber das war Unsinn. Mosche Süßapfel *war* von gestern. Er gehörte einer Welt an, die derart im Gestern verfangen war, dass sie sich ein Morgen, das anders aussah, nicht vorstellen konnte. Recha wollte nicht wissen, was ihm geschehen würde, falls er erfuhr, dass seine behütete Tochter in einer Kammer über einem zweifelhaften Etablissement hauste und sich allabendlich in einem Fischschwanzkostüm den Blicken des vergnügungssüchtigen Berlin darbot.

Sie wollte es wirklich nicht wissen.

Paul Linckes Librettist hätte geschrieben: *Es würde ihm das Herz brechen.*

Theaterleiter Köhn hatte seine Liste der Gefeuerten gefunden. »Karin Brauneisen«, las er wie erwartet als ersten Namen und rieb sich die Augen, als zeuge das von Anteilnahme.

»Nicht mich!« Karin schrie auf, rannte auf die Probebühne und warf sich in ihrem geblümten Sommerkleid vor Köhn auf den Boden. »Das können Sie nicht machen, nicht mich, ich habe mich doch krummgelegt für Ihr Theater, ich habe alles getan, und ich täte noch mehr, wenn Sie mich lassen, noch viel, viel mehr!«

Was Köhn vor sich hin murmelte, ging in ihrem Flehen unter: »Warum werfen sie nicht Recha raus und lassen mich bleiben? Die ist so blasiert, die spielt den Lincke ohne Herz, was nützt es Ihnen da, dass sie hübsche Beine hat und mit den Wimpern klimpert?«

Mehrere Kollegen eilten hinzu, hievten Karin auf die Füße und zerrten sie von der Bühne.

»Das muss doch nicht sein, Herrschaften«, hörte man Köhn jetzt wieder murmeln. »Es macht es keinem von uns leichter, mir am allerwenigsten.«

Dann räusperte er sich erneut und fuhr fort, die Liste herunterzulesen. Jedes Mal, wenn er den Mund aufriss, um einen Namen durch den Saal zu trompeten, fuhr Recha zusammen und versuchte, sich im Innern steinhart zu machen. Aber das gelang nicht. Die Angst wucherte und zerfraß den Stein: Ihre Eltern würden herausfinden, was sie trieb, und darüber verzweifeln. Sie würde kein Zimmer mehr haben, kein Auskommen, keine Möglichkeit, Kontakte zu knüpfen und auf eine Bühne zurückzufinden.

Nichts mehr. Nur die Gosse. Gehinnom.

Köhn riss den Mund auf. *Jetzt komme ich dran,* dachte Recha. »Melanie Hellmann«, las Köhn.

Mel stieß einen spitzen Laut aus und griff nach Rechas Arm. »Ist das wahr? Aber er kann doch nicht mich meinen, er hat doch immer gesagt, ich bin gut.«

»Du bist gut«, krächzte Recha und kam sich vor wie eine Phrasendrescherin.

»Aber dann kann er doch nicht …« Mel brach ab, ließ Rechas Arm los und starrte nach vorn. »Ich hab ein Kind«, sprach sie tonlos ins Leere. »Hier darf's keiner wissen, hab ich gedacht, sonst bin ich draußen. Aber jetzt bin ich draußen, obwohl's keiner weiß, und wie krieg ich von morgen an meinen Jürgen satt?«

Recha brachte keine hohle Phrase mehr heraus.

»Sei froh, dass du kein Kind hast«, sagte Mel. »Du hast nichts, keinen Klotz am Bein, du findest einen Kerl, der dich durchfüttert.«

Ich brauche keinen Kerl, der mich durchfüttert, dachte Recha. *Ich brauche einen, der mir ein Theater baut. Eine Bühne für mich allein, für die verdrehten Rollen, die nur ich spielen kann, einen der sich hinstellt, zwischen mich und Gehinnom.*

Köhn riss den Mund auf. *Jetzt komme ich dran. Und dann muss ich noch froh sein, dass ich kein Kind habe, nur mich selbst und meine Angst.* »Fritz Zastrow«, las Köhn.

Auf der anderen Seite des Saales schrie jemand auf. Fritz, der Charaktercharge, der im *Apollo* als Chorknabe angefangen hatte und inzwischen nur noch komische Alte spielen konnte.

»Der hat auch Kinder«, sagte Mel. »Und die Frau ist krank. Für den ist alles zu Ende.«

Für mich auch, dachte Recha. *Auch wenn ich weder krank bin noch Kinder habe.* Köhn riss den Mund auf. Kurz zögerte er, dann las er von Neuem einen Namen vor, der nicht der ihre war, und ein weiteres Mal wurde Recha vor Erleichterung schwindlig. Dabei war die Erleichterung töricht. Ihr Name würde noch an die Reihe kommen, und allmählich glaubte sie, Köhn mache sich einen Spaß daraus, sie möglichst lange in sinnloser Hoffnung zu wiegen.

»Gretel Stoll.«

Diesmal schrien gleich mehrere. Hatte er wirklich Gretels Namen genannt? Gut, Gretel war nicht die Augustin, aber sie sang eine nette Soubrette und gehörte zum Urgestein des Theaters.

»Die hat wenigstens kein Kind«, sagte Mel. »Und woanders unter kommt die auch.«

Beinahe angstvoll sah Recha sich im Saal um. Kollegen saßen zusammengesunken auf ihren Stühlen, andere standen und hielten sich in den Armen. Ein oder zwei weinten. Köhn hatte getan, was er angedroht hatte: Er hatte sich des halben Ensembles entledigt, wie ein Ballonfahrer Ballast abwirft, und nur die jüngsten, äußerlich attraktivsten Mitglieder behalten. Er schob die Liste zurück ins Klemmbrett und stand umständlich auf.

War das möglich? War sie noch einmal davongekommen, würde ihr Traum im Herbst eine Fortsetzung finden, so mühsam sie auch vorankam? Sie würde nie wieder über *Frau Lunas* läppisches Libretto lästern und diese Soldatenburleske aus Wien spielen, als wäre es Goethes *Faust*. Sie würde Fritz Zastrows Frau Blumen und Melanies Kind ein Geschenk schicken.

»Und Recha Süßapfel«, sagte Köhn, klemmte sich sein Brett unter den Arm und verließ den Raum, ohne noch jemanden eines Blickes zu würdigen.

Eine Zeitlang bemerkte Recha nichts als Schritte. Der Probensaal leerte sich. Die meisten Gefeuerten eilten dem Theaterleiter hinterher, um ihn noch einmal zu beknien. Die Geretteten zogen los, um im *Veilchen* zu feiern. Und die paar Letzten, Überwältigten, trotteten ziellos davon, weil sie in dem nach Schweiß und ranziger Fettcreme stinkenden Raum ja nicht bleiben konnten. Recha blieb. Sie hatte Schminke wie ein totenbleicher Clown im Gesicht, und sie hatte sogar den Geruch geliebt.

»Fräulein Süßapfel? Kann ich mit Ihnen sprechen?« Der lange Schatten, der auf sie fiel, gehörte Wolfgang Vanselow.

Recha straffte die Schultern und glaubte auf ihrer juckenden Haut zu spüren, wie ihr die weiße Schminkschicht vom Gesicht bröckelte. Auf einmal begriff sie, was Karin gemeint hatte: Sie war praktisch nackt, das Trikot und die Strümpfe lagen wie eine Haut um ihren Körper. »Es ist kein guter Zeitpunkt«, brachte sie heraus.

Vanselow zog sich einen der hölzernen Stühle heran, setzte sich darauf wie in einen Sattel und verschränkte die Arme auf der Lehne. »Doch«, sagte er.

Er war lang, schmal und knochig. Rittlings auf dem Stuhl wirkte sein Körper wie ein zusammengeklapptes Gestell. Sein Gesicht hatte Recha an das eines feinnervigen Pferdes erinnert. Jetzt, aus der Nähe, kam es ihr samt der dünnrahmigen Brille zerbrechlich vor. Sein Anzug war braun und aus dem eigentümlichsten Material, einer Art Zimmermanns-Cord, viel zu warm für den Sommer. Sich über sein Äußeres Gedanken zu machen war jedoch das Letzte, was Recha wollte.

»Doch«, wiederholte er, »es ist der beste Zeitpunkt. Bitte glauben Sie mir das, Fräulein Süßapfel. Bitte hören Sie mich an.«

»Warum sollte ich? Möchten Sie mir vorjammern, dass Sie keine Wahl haben, weil Ihre künstlerische Bestimmung Sie an Ihr neues Theater zwingt? Dann suchen Sie sich jemand anders. Künstlerische Bestimmungen stehen in meinen Augen nicht über den Existenzen von Menschen.«

Das Verrückteste war: Ein Teil von ihr – und zwar der viel stärkerer, vitalere – gab ihm recht und wusste, hätte sie die Wahl gehabt, wäre sie ebenfalls ihrer künstlerischen Bestimmung gefolgt und hätte der menschlichen Existenzen, die dabei auf der Strecke blieben, höchstens im Vorbeieilen gedacht.

»Für mich auch nicht«, sagte Vanselow. »Existenzen von Menschen gehen in meinen Augen über alles. Deshalb muss ich hier weg. Weil das Theater, das hier gemacht wird, mit Existenzen von Menschen nichts zu tun hat. Und weil die Existenz allzu vieler Menschen so kläglich ist, dass sie sich den Eintritt in dieses Theater gar nicht leisten können.«

»Das *Apollo* ist doch billig«, rief Recha. »Die Zuschauer hier sind kleine Leute. Auf den Rängen sitzen vor allem Arbeiter, deshalb werden solche Sachen wie *Frau Luna* oder diese Soldatengeschichte doch ständig gespielt.«

»Weil man Arbeitern intelligente Unterhaltung nicht zu bieten braucht? Weil man sie mit trivialem Unsinn abspeisen kann, der ihrer Wirklichkeit fremd ist? Weil das Geld, das sie sich vom Mund absparen, keine gehaltvollere Darbietung wert ist?«

»Sie werden mir kaum erzählen wollen, das andere Theater, an das Sie jetzt gehen, verlange Eintrittspreise, die Arbeiter sich leisten können«, gab Recha zurück.

»Ich gehe an kein anderes Theater«, sagte Vanselow.

»Was?«

»Sie haben Köhn doch gehört: Ich lege mich mit einer Hure ins Bett, an deren Brüsten bereits halb Berlin saugt. Diese Milchkuh von einer Hure ist bei ihm immer dieselbe.«

»Das interessiert mich nicht«, unterbrach ihn Recha. Sie wollte sich ungern prüde oder provinziell gebärden, aber über Huren und Brüste zu reden, während ihre Beine den dünnen Stoff der Strümpfe durchschwitzten, bereitete ihr Unwohlsein.

Vanselow sagte eine Zeitlang nichts und betrachtete sie. Nicht ihre Beine, auf denen die Strumpfseide klebte. Sondern ihr Gesicht. Er nahm die Brille ab, ließ dem Blick seiner braunen Augen Zeit, kreuz und quer darüber zu schweifen. Vermutlich verfolgte er jeden bröckelnden Sprung in der Schminkschicht.

»Wissen Sie, dass Sie ein grandioses Gesicht haben?«, fragte er. »Helena von Troja. *The face that launch'd a thousand ships.* Sie erzählen ein Epos, Fräulein Süßapfel, Dramen und Leidenschaften, und Sie müssen kein einziges Wort dazu sprechen.«

Für gewöhnlich fühlte sich Recha von Schwärmereien peinlich berührt. Was er gesagt hatte, hatte jedoch nicht wie eine Schwärmerei geklungen. Sie glaubte zu verstehen, was er meinte.

»Sie haben das, wonach ich suche«, sagte er. »Mir geht es um keine Ambition, ich möchte eine Kunst, die jeder begreift, aber mein Hirn ist ein Irrgarten. Ich brauche jemanden, der meine Wirrnis glasklar macht. Der sie übersetzt.«

Selbst das klang wirr. Und dennoch war sie wiederum sicher zu begreifen. »Ich spiele den Mars in *Frau Luna*«, sagte sie mit einer Ablehnung, die sie nicht empfand. »Oder besser: Ich habe ihn gespielt, bis mein Theaterleiter mich gefeuert hat.«

»Sie waren hier fehl am Platz«, sagte er. »Sie brauchen einen Blick, der sich unsterblich in Sie verliebt. Der sich auf Ihr Bild konzentriert, ohne sich von Worten umgarnen zu lassen, von den ewig zu kleinen und zu großen Worten.«

»Ich weiß nicht, worauf Sie hinauswollen.«

»Oh, auf nichts Unziemliches.« Er lächelte, was Recha nie zuvor gesehen hatte. Den Zeitungen zufolge war er achtunddreißig, damit siebzehn Jahre älter als sie, und er sah keinen Tag jünger aus. Aber das Lächeln machte ihn jünger. »Theophil Köhn wollte Sie behalten, aber ich habe ihn gebeten, Sie gehen zu lassen.«

»Das ist nicht Ihr Ernst.«

»Doch«, sagte er und lächelte nicht mehr. »Die Deutsche Bioscop hat mich für die Regie von fünf Spielfilmen angeheuert, und ich will, dass Sie mit mir kommen. Es ist der Blick einer Kamera, den Sie brauchen. Lassen Sie uns Filme für Menschen machen.«

9

Juli

In der Stadt war Sommer. Schulen entließen ihre Horden in die Ferien, Restaurants und Kneipen räumten Tische vor die Türen, und wer konnte, fuhr zur Sommerfrische an die Ostsee, den Karikaturisten zufolge Berlins größte Badewanne. Wer nicht konnte, blieb daheim und schwitzte. Über die kaiserliche Hauptstadt senkte sich sengende Hitze wie eine Käseglocke über schmelzenden Harzer Roller.

Auf dem Friedhof der Dreifaltigkeitsgemeinde war die Erde steinhart gebrannt und platzte in Furchen auf. Mit der Vier-Liter-Kanne aus grünlichem Blech, mit der Oma Hertha und Felice von jeher Wasser vom Friedhofsbrunnen geholt hatten, stand die Oma neben dem Grab und sah skeptisch dem dünnen Rinnsal zu, das zwischen vertrocknende Pflanzen rieselte.

»Ich weiß nicht, Püppi«, bekundete sie. »Viel Sinn hat das ja nicht. Bis davon was zu Opa Pauls Bornholmer Margeriten durchdringt, haben wir beide uns die Rücken krumm geschleppt.«

»Damit müssen se sich nicht plagen, Gräfin.« Auf seine lautlose Weise war Werner Wichmann, der oberste Friedhofswärter, hinter sie getreten, in den Händen zwei Kannen, die gut und gern das Vierfache von Oma Herthas Exemplar fassten. »Ich mach' dat gern für Sie, dat wissen se doch. Die Lieblingsblumen vom Herrn Jemahl sollen schließlich keinen Schaden nehmen.«

Dass Bornholmer Margeriten, die bei barmherzigerem Wetter weiß wie frische Laken blühten, Opa Pauls Lieblingsblumen waren, hatten Oma Hertha und Felice eines Tages kurzerhand beschlossen. »Die sind pflegeleicht, Püppi«, hatte Oma Herthas Plädoyer gelautet. »Mit einem Kännchen Wasser und ein bisschen Zupfen blühen die das ganze Jahr, als hätte sich eine Mustergattin die Seele aus dem Leib geschuftet. Genau das Richtige für uns zwei Fünf-Minuten-Gärtnerinnen.«

Nicht anders hatte sie Jahre zuvor beschlossen, das sechzehnte Grab in Reihe zwölf von links sei von jetzt an das ihre. »Ich bin eben hergekommen und habe mir gedacht: Hier sind so viele, da suche ich mir jetzt eins aus. Eins von den verwahrlosten. Bei denen man sieht, dass nach denen kein Hahn mehr kräht.«

Ihr Mann, Edgar von Kalben und Stachau, der zwar kein Graf, jedoch von deutlich edlerem Geblüt gewesen war als sie selbst, war nach seinem Heldentod auf das im Schlesischen gelegene Gut seiner Familie überführt worden. »Das war mir zu weit«, hatte Oma Hertha Felice erzählt. »Oder besser gesagt: Da drüben waren sie nicht scharf auf mich und auch nicht auf den fünfjährigen Fratz, den ihr Goldjunge in seiner Mesalliance gezeugt hatte. War ja nur ein Mädchen, und als Erben hatten sie noch ein paar Brüder vom Edgar in petto. Um ehrlich zu sein, war ich genauso wenig scharf auf die. Ich hatte ja ausgesorgt, und mehr als Geld hab ich von denen nie gewollt. Nur die Elli, meine Cousine, hat drauf gepocht: Wenn du jetzt keinen hochwohlgeborenen Mann mehr zum Vorzeigen hast, brauchst du wenigstens einen zum Begießen.«

Ausgesorgt hatte Oma Hertha allerdings. In die Ehe mit dem kleinadligen Schlesier hatte ihr Vater sie gezwungen. Er war ein findiger Ministerialbeamter gewesen, der aus den Reizen seiner Tochter Kapital geschlagen hatte. Nur der Heldentod des Schwiegersohns war ungeplant gekommen. Von dem Geld, das ihr als Witwe des Schlesiers zustand, hatte sich Hertha ein Mietshaus am Berlinickeplatz gekauft und fortan nur noch getan, was ihr passte. Die oberste Wohnung bewohnte sie mit Sybille, ihrer Tochter, sowie mit Jette, dem Mädchen, das seit mittlerweile vierzig Jahren für ihre Bedürfnisse sorgte, die übrigen vermietete sie und bestritt davon ihren Unterhalt. Sie war eine freie Frau. Dass sie einmal wöchentlich ein Grab auf dem Friedhof in der Dreifaltigkeitsgemeinde begoss, war ihre einzige Konzession an die Etikette.

Das Grab hielt sie tadellos in Schuss. Sie goss die Blumen, stellte Lichter auf und polierte den Stein mit einem weichen Tuch, bis jeder Buchstabe des Schriftzugs »Paul Neugebauer« glänzte.

»Einen Edgar hatten sie nicht«, hatte sie Felice erklärt. »Also hab' ich mir gedacht, was soll's, nehme ich eben einen Paul. Wenn einer tot ist, ist das doch Jacke wie Hose, und der sah so verlassen aus. Den wollte keiner.«

Dass der regelmäßig begossene Paul nicht ihr Großvater war, hatte Felice erst nach Jahren begriffen. Das Bild, das sie sich von ihm gemacht hatte, glich dem des Friedhofswärters, den sie Onkel Werner hatte nennen dürfen und der einen Narren an ihr gefressen hatte.

»Die ist ja dünn wie ein Strich«, hatte er ausgerufen. »Mit der geh ich erst mal zu Poetge, der soll ihr zwei Eier im Glas mit einem ganzen Löffel Butter machen.«

Dabei war es geblieben, und Felice hatte sich an diesen Oma-Hertha-Tagen auf dem Friedhof gefühlt wie im Paradies. Zuerst hatte sie in Poetges Kneipe ihr Glas mit Eiern bekommen und den Männern beim Skatspielen Fragen stellen dürfen, und hinterher hatten sie und Oma Hertha sich im Gemüseladen Früchte ausgesucht, die in eine grüne Papiertüte gelegt wurden. Herzkirschen, Mirabellen, Pfirsiche, die nach Sommer dufteten. Auf dem Heimweg hatten sie die Früchte aus der Tüte verspeist und die Kerne auf die Straße gespuckt.

Für Felice war essen eine lästige Pflicht, doch an dem einen Tag in der Woche, an dem sie bei Oma Hertha übernachtete, schmeckte ihr alles. Sie ließen sich von Jette in der Küche Wurstsalat und garnierte Tomaten servieren, sahen aus dem großen

Fenster in die Nacht und ratschten über alles, was ihnen in den Sinn kam.

»Das verstehe der Himmel, warum du immer dort hinwillst«, bekundete Sybille, sooft Felice ihre Tasche für die Übernachtung packte. »Ich selbst habe alles getan, um dort herauszukommen, weg von dieser schrecklich piefigen Gegend, dem Geruch nach Kleinbürgertum und meiner Mutter, die am Küchentisch zu Abend isst. Ich habe mich vor meinen Kameradinnen dafür geschämt.«

Oma Hertha und ihre Tochter waren einander von Grund auf fremd. Statt ihrer Mutter hatte Sibylle sich ihren Großvater zum Verbündeten erwählt, der – enttäuscht darüber, dass vom Glanz des adligen Schwiegersohnes nichts übrig war – seinen Ehrgeiz auf die Enkelin warf. Als Tochter eines Junkers hatte Sibylle zumindest eine bessere Startposition als seinerzeit Hertha, und Julius zur Nieden konnte als beachtlicher Fang gewertet werden. Sibylle hatte die Wohnung in Tempelhof hinter sich gelassen und war, soweit Felice wusste, nie zurückgekehrt. Felice hingegen fühlte sich in der Küche am Berlinickeplatz so sehr zu Hause, wie es ihr in der Villa in der Platanenallee niemals gelang.

Das Leben war leicht an diesen Tagen. Nur das Aufwachen am nächsten Morgen war schwer, aber damals hatte sie gewusst, dass wieder ein Oma-Hertha-Tag kommen und ihre Welt geraderücken würde. Jetzt kam keiner mehr. Sie ging noch immer mit der Oma zum Friedhof, und manchmal schlenderten sie hinterher Obst essend nach Hause, aber sie war kein kleines Mädchen mehr, das bei der Großmutter Schutz fand. Ihr Leben ging ihr in die Brüche, und dieses Mal würde ihr selbst Oma Hertha nicht helfen können.

Werner Wichmann hatte begonnen, eine der schweren Kannen auf Opa Pauls Grab zu entleeren. Die zweite stellte er nicht einmal nieder. Er war klein und mindestens so alt wie Oma Hertha, aber zäh und voll Kraft. Sein rundes, wettergegerbtes Gesicht erinnerte an einen Apfel, der in der Obstschale vergessen worden war.

»Wat ist denn mit Püppi los?«, fragte er Oma Hertha. Das war ein Spiel zwischen ihnen und stammte aus der Zeit, in der Felice mit keinem fremden Mann gesprochen hatte und die Oma ihr Sprachrohr gewesen war. »Die sieht ja aus wie sieben Tage Regenwetter.«

»Eher sieben Wochen«, erwiderte Oma Hertha und fügte den dünnen Strahl aus ihrer Kanne dem dicken aus der von Onkel Werner hinzu.

Onkel Werner stellte die geleerten Kannen ab, wandte sich Felice zu und runzelte die Stirn: »So schlimm, Püppi?«

Felice zog die Nase kraus und nickte.

»Poetge?« Er legte den Kopf schräg. »Eier im Glas?«

Felice schüttelte den Kopf.

»Im Likörglas«, lockte Onkel Werner. »Nur's Jelbe vom Ei und mindestens zwanzig Prozent. Ist das 'n Angebot oder isset keins?«

Felice musste grinsen, auch wenn ihr von der Unlösbarkeit ihrer Lage ein Stein im Magen lag. »Ist eins«, willigte sie ein. Poetge machte seinen Eierlikör selbst, sparte am Zucker, aber nicht am Alkohol. Für gewöhnlich war er Felice trotzdem zu süß, aber heute würde sie sich darüber hinwegsetzen. Sich ein bisschen Wurstigkeit antrinken, vergessen, dass sie in der Falle saß und alle Arbeit umsonst gewesen war.

»Ja, dann geht ihr mal zu eurem Poetge, ich putz derweil dem Opa Paul sein Gehäuse«, sagte Oma Hertha. Auch das gehörte zum Ritual: Oma Hertha blieb gern ein bisschen allein beim Grab und wartete, ob jemand auf einen Schwatz vorbeikam. Im Laufe der Zeit hatte sie sich mit sämtlichen Witwen der zwölften Reihe angefreundet. Onkel Werner nannte sie Dauerkundinnen: die, die Woche für Woche kamen, bewaffnet mit Gießkannen und Topfblumen in Henkeltaschen.

Onkel Werner machte sich samt seinen Kannen auf den Weg, und Felice streifte flüchtig Oma Herthas Arm und folgte ihm. Hintereinander trotteten sie zwischen den Gräbern, über deren müden Blüten Hummeln summten, zum Tor, dem Poetges Eckkneipe schräg gegenüberlag. Die Kneipe war winzig, hatte kein Schild, stattdessen fleckige Vorhänge vor trüben Fenstern. Vermutlich wären Felices adlige Ahnen selbst im Tod noch in Ohnmacht gesunken, hätten sie entdeckt, dass eine ihrer Nachfahren einen Fuß in ein solches Lokal setzte.

Felice aber hatte sich immer dorthin gehörig gefühlt, von den Männern, die ihre Mittagspause in dem dunklen Schankraum verbrachten, angenommen als das sonderbare Geschöpf, das sie war. Heute spürte sie zum ersten Mal: Sie war keine von ihnen. Gewiss würden sie alle versuchen, ihr ihren Kummer zu erleichtern; sie würden ihr Getränke hinstellen und Lakritz anbieten, aber danach würden sie weiter ihren Skat dreschen und bei sich denken: »So ist das eben mit den reichen Mädchen. Die haben keine Sorgen, also zerbrechen sie sich das Herz über nichts.«

Wie es aussah, würde sie heute sowieso nicht bei Poetge ankommen. »Püppi, warte!«, hallte Oma Herthas Stimme hinter ihr her. »Hier wird nach dir verlangt.«

Felice drehte sich um und sah Willi mit seinem Rad auf der anderen Seite am Zaun stehen. Er winkte ihr, wie er es immer tat, beschrieb mit dem Arm einen weiten Bogen, aber etwas war anders. Bei Willi war ein Lächeln noch aus der Ferne sichtbar. Heute lächelte er nicht. »Ach Gott, auch das noch!«, entfuhr es Felice, ehe sie sich ihren kleinen Strohhut mit einer Hand auf den Kopf presste und losrannte.

»Was ist los?«, rief sie, noch während sie die letzten Zickzack-Sprünge zwischen den Gräbern vollführte. »Sag nicht, du bist durchgefallen.«

Das konnte nicht sein. Felice, die Tag und Nacht über ihren Büchern verbracht und keine einzige Prüfung verpatzt hatte, musste das Studium ohne Abschluss abbrechen. Willi dagegen wurde jeder Stein aus dem Weg geräumt, sodass er sich lediglich auf den Hosenboden setzen musste, um alles Erdenkliche zu erreichen. Er konnte sein Abitur nicht vermasselt haben.

»Doch.« Willi ließ den Kopf hängen. »In Latein und Physik. Es war nicht meine Schuld, Felchen. Der Schulz ist ein gemeiner Hund. Er hat geschworen, er würde mich durchfallen lassen, bevor die Prüfungen auch nur begonnen hatten.«

»Und warum?«, hielt ihm Felice noch immer fassungslos entgegen. »Weil du es verdient hast, jawohl. Weil du in der Stadt herumgondelst und deinem Vergnügen nachgehst, statt dich ein paar Wochen lang ins Zeug zu legen.«

»Besten Dank.« Willis Gesicht veränderte sich. »Eigentlich bin ich zu meiner Schwester gekommen, weil ich mir Trost erhofft hatte. Wäre ich scharf auf eine Gardinenpredigt gewesen, hätte ich bei Mutter und Onkel Benno bleiben können. Die haben mich nämlich bereits damit eingedeckt.«

Felice wusste nicht, was sie sagen sollte. Sie war noch immer viel zu erschlagen von dem Gedanken, dass Willi die Möglichkeiten verspielt hatte, für die sie mit aller Kraft gekämpft hatte. Um ins Kino zu gehen. Um sich mit seinem früheren Kindermädchen herumzutreiben, einer in die Jahre gekommenen Scharteke, die sich einbildete, ein Filmstar zu sein.

»Ach Gottchen. Nun reiß mal dem armen Jungen nicht den Kopf ab.« Das war Oma Hertha, die vor Hitze schnaufend an Felices Seite trat. Onkel Werner dagegen hielt sich fern. Die Männer aus Poetges Kneipe und ihre Familie, das ging nicht zusammen, hatte er ihr in der Kinderzeit erklärt, und Felice hatte sich privilegiert gefühlt.

Oma Hertha schlug eine Hummel beiseite. »Es sollen ja schon ganz andere Leute ohne dieses geheiligte Abitur überlebt haben.«

»Genau!«, rief Willi. »Ich bin nun einmal fürs Schwitzen in

der Schulbank nicht geschaffen, und warum soll ich nicht auf andere Weise meinem Land von Nutzen sein? Wenn ich mich jetzt zum Beispiel als Einjährig-Freiwilliger melde und im Oktober beim Seebataillon meinen Dienst antrete –«

»Das kannst du aber nicht«, schnitt Felice ihm das Wort ab. »Als Einjährig-Freiwilliger musst du nämlich genau wie ich als Studentin eine Erklärung deines Vormunds beibringen, dass er für deinen Unterhalt und deine Einkleidung aufkommt. Mit zweitausend Mark im Jahr muss selbst der Anspruchsloseste rechnen, und bei deiner Lebensführung veranschlagst du besser gleich dreitausend.«

»Und weshalb sollte Onkel Benno mir die nicht bewilligen?«, fragte Willi. »Ja, ich weiß, die Bank macht keine rosige Zeit durch, aber genau wie dir steht mir ja wohl Geld aus Vaters Erbe zu.«

»Über das du verfügen kannst, wenn du volljährig bist«, versetzte Felice bissig. »Onkel Benno wird dir bewilligen, was ihm in den Plan passt, und da sein Plan vorsieht, dass du dein Abitur machst, wirst du wohl oder übel weiter die Schulbank drücken müssen. Vorzugsweise im Umland. Irgendwo zwischen Marschen und Wäldern, weit weg von Ottchen und sämtlichen Lichtspielhäusern.«

»Das überlebe ich nicht!«, rief Willi. »Ich bin ein Mann, kein kleiner Junge mehr, dem man Stubenarrest verpassen kann, weil er seinen eigenen Stiefel lebt. Wir haben schließlich nicht anno dazumal, sondern 1912.«

»Du sagst es.« Der bittere Geschmack in Felices Mund ließ sich kaum noch schlucken. »Wir haben 1912. Das habe ich auch gedacht. Aber es bedeutet nichts.«

»Felchen, das mit deinem Vorbereitungsdienst tut mir leid.« Er lehnte das Rad an den Zaun und streckte ihr durch die Streben die Arme entgegen. »Aber du hast doch dein Studium gehabt, wie du es wolltest, auch wenn es nun zu Ende ist. Mein Militärdienst wird auch eines Tages zu Ende sein, und dann heißt's für mich: Ab in die Bank. Glaubst du, die Aussicht macht mich glücklich? Gönn mir doch das bisschen Vergnügen. Ein Jahr Abenteuer und Freiheit. Mehr nicht.«

Felice zwang sich dazu. Er war ihr Bruder, sie hatte ihn lieb und wollte ihm gönnen, was er sich wünschte. »Um mich geht es nicht«, sagte sie endlich. »Es ist Benno, der auf dem Abitur bestehen wird.«

»Ach, der wird schon zur Vernunft kommen.« Willi hielt noch immer die Arme nach ihr ausgestreckt. »Natürlich hat er einen Zirkus aufgeführt, aber letzten Endes ist er selbst Offizier und weiß um die Bedeutung des Militärs für das Reich.«

»Und worin besteht diese Bedeutung in Friedenszeiten?«, gab Felice zurück. »Darin, am Tag von Sedan aufzumarschieren und zu Kaisers Geburtstag Spalier zu stehen? Sei mir nicht böse, Willi, aber ich fürchte, dazu bist du zu schwach auf der Brust. Außerdem haben Offiziere der Eliteeinheiten, soweit mir bekannt ist, Abitur.«

Sie blickte auf und sah, dass sie zu weit gegangen war. So wie jetzt hatte er ausgesehen, wenn er sich als kleiner Junge das Knie aufgeschlagen hatte – empfindlich, schutzbedürftig und den Tränen nah.

»Wart's nur ab«, presste er tapfer heraus. »Die Dinge ändern sich, und vielleicht darf ein Mann seine Fähigkeiten schon bald unter Beweis stellen, auch wenn er kein Schreibstubenhengst ist. Der Kaiser kauft sich *Dreadnoughts*, davon hast du ja wohl gehört. Er liebt seine Flotte, und dass die Briten ihren Kriegsminister geschickt haben, um mit Kanzler Bethmann Hollweg über eine Begrenzung der Flottenrüstung zu verhandeln, hat ihm nicht geschmeckt. Warum schließen sie denn kein Bündnis mit uns, wenn sie solche Angst vor uns haben? Warum sind sie stattdessen diese Triple Entente mit den Russen und Franzosen eingegangen, als ob sie uns einschüchtern wollten?«

»Keine Ahnung«, warf Felice ihm hin. »Vielleicht sind die ihnen weniger auf die Nerven gegangen.«

»Ich werde es dir sagen«, rief Willi. »Weil ihnen vor Angst vor uns das Herz in die Hose rutscht, deshalb. Von wegen *Rule, Britannia! Britannia rule the waves!* Diese Blasiertheit der Briten hat der Kaiser satt. Gleich nach der gescheiterten Verhandlung hat er eine neue Flottenvorlage genehmigen lassen, damit der Brite mit seinen Schlachtschiff-Geschwadern nicht mehr lange die Nase vorn hat. Und wenn der Kaiser sich Schlachtschiffe anschafft, dann braucht er ja wohl auch Seebataillone. Dann braucht er entschlossene Leute wie mich.«

Seine Worte weckten ein fernes Echo. Die Stimme ihres Vaters war in Felices Erinnerung beinahe ganz verklungen, doch jetzt glaubte sie, sie wieder zu hören: *Wärst du ein Junge geworden, so gäbe es nur eines, das ich dir wünschte: Dass dir in deinem Leben kein großer Krieg verwehrt bleibt, dass du nicht im Schlamm langer Friedenszeit gefangen bleibst und als Mann nicht um dein Recht betrogen wirst, hinauszustürmen und dich zu bewähren.*

Wäre sie ein Junge geworden – hätte sie dann dasselbe gewollt wie Willi, die Dragonerkämpfe vom Hundekehlesee im Großen fortzusetzen, gegen Franzosen zu stürmen, um sich zu bewähren?

Um ein Haar hätte sie aufgelacht. Die Vorstellung, Professor Bertrand, dem französischen Gastdozenten, bei dem sie Vorlesungen zum *Code civil des Français* gehört hatte, mit ihrem Kinderschwert zu Leibe zu rücken, war absurd. Und andere Franzosen kannte sie nicht, von Briten ganz zu schweigen. Ihr Sprachunterricht war dürftig gewesen, und weiter als bis zur Ostsee war sie nie gekommen. Sie wusste weder etwas von anderen Völkern noch von Gründen, sich mit ihnen Schlachten zu liefern.

Den *Code civil*, der in vielerlei Hinsicht dem Bürgerlichen Gesetzbuch als Vorbild gedient hatte, fand sie beeindruckend, und vielleicht noch mehr imponierte ihr die *Erklärung der Rechte der Frau und Bürgerin*, die eine Französin namens Olympe de Gouges vor mehr als hundert Jahren veröffentlicht hatte.

»Mann, bist du imstande, gerecht zu sein?«, hatte diese tollkühne Person zu fragen gewagt.

Womöglich für diese Dreistigkeit war ihr der Kopf abgeschlagen worden, und von ihren Visionen hatte sich bis heute kaum eine erfüllt. In keinem Land waren Frauen »gleichermaßen zu allen Würden, Stellungen und Ämtern zugelassen«, wie sie es in ihrem längst vergangenen Jahrhundert gefordert hatte.

Nein, dachte Felice, *wir haben keine Franzosen oder Briten zu bekämpfen, sondern einen großen Krieg in unserem eigenen Innern auszufechten. Gegen Stillstand und Ungerechtigkeit, damit unser Land vorankommt und nicht im Schlamm stecken bleibt.*

»Willi«, sagte sie, »gib das eine Jahr dran, und mach dein Abitur. Der Kaiser wird dich auch dann noch brauchen, aber dein Land braucht vor allem Leute, die denken können.«

»Und denken lernt man deiner Ansicht nach auf der Schulbank?«, rief Willi, jetzt nicht mehr kleinmütig, sondern kämpferisch. »Ich will die Welt sehen, Felice, das Unbekannte und Unerhörte, auf der Leinwand wie in Erde, Fleisch und Blut.«

»Und das alles siehst du beim Ottchen im Lotterbett?«

Das Dienstmädchen war gefeuert worden und nun vollständig auf ihre Einkünfte aus schlüpfrigen Filmen für Herrenzirkel angewiesen. Da sie sonst nichts fand, hatte Oma Hertha sich erbarmt und ihr in ihrem Haus eins der Berliner Zimmer vermietet. Felice hatte sie anvertraut, dass Willi sich dort nicht selten nach Einbruch der Nacht als Besucher hineinstahl. »Im Dunkeln ist gut munkeln. Als hätt' ich keine Krempe am Hut und würde nichts merken. Mich juckt's ja in den Fingern, da mal den Kopf aus der Tür zu stecken und ins Treppenhaus zu rufen: ›Jungchen, deine Oma ist noch nicht verkalkt. Brauchst nicht so zu schleichen.‹«

Felice war die Vorstellung von ihrem Bruder im Bett des Kindermädchens zutiefst zuwider, aber Oma Hertha hielt dem entgegen: »Wenn du erst einmal so viel Leben auf dem Buckel hast wie ich, Püppi, ist dir nicht mehr allzu viel Menschliches fremd.«

»Herrenbesuch ist doch verboten«, beharrte Felice. »Warum wirfst du sie nicht raus, wenn sie sich nicht an die Vorschrift hält?«

»Ach, die Vorschrift«, erwiderte Oma Hertha. »Die steht auf dem Papier, und Papier ist flach. Was soll ich denn machen? Das arme Dummchen zum Trockenwohnen schicken?«

Felice hatte nicht gewusst, was Trockenwohnen war, und hatte beim nächsten Poetge-Besuch Onkel Werner gefragt. Der hatte es ihr erklärt: »Is' nischt Schönes, Püppi. Die Stadt soll ja immer nur wachsen, da schießen die Häuser so schnell aus 'm Boden, dass der Kalkmörtel in den Wänden noch trieft und keiner, der ordentlich Miete zahlt, drin wohnen will. Also holen die Haie von Hausbesitzern sich Trockenwohner: arme Schlucker, die sich sonst nischt leisten können, die dürfen für 'n paar Penunzen drei Monate drin heizen und kochen, damit der Mörtel schneller trocknet.«

»Und wenn er trocken ist?«

»Dann fliegen se raus und müssen in den nächsten Neubau. Von der Nässe holen se sich die Schwindsucht, und nach dem dritten Umzug landen se bei mir, hinten links bei die Armengräber.«

Natürlich wollte Felice nicht, dass Ottchen in einem der Armengräber landete, doch ihre Notlage hatte sie sich selbst zuzuschreiben. Warum hatte sie ihre sichere Stellung riskiert, indem sie mit dem Sohn des Hauses ein Verhältnis anfing? Dann fiel Felice ein, dass angeblich Sybille ihr den Lohn schuldig geblieben war. Aber war das nicht Unsinn? Sybille zur Nieden war korrekter als die gesamte preußische Beamtenschaft. Selbst wenn die Bank einen Engpass durchmachte, hätte sie eher Reserven angezapft, als einer Bediensteten Geld schuldig zu bleiben.

Ein neues Dienstmädchen hatten sie noch immer nicht. Mia,

die Köchin, musste den Haushalt allein stemmen und wetterte hinter der Hand so viel wie Benno von Cosel.

Während Felices Gedanken abgeschweift waren, hatte Oma Hertha mit Willi geredet. »Ab nach Hause, und dann nimmst du dir Bennochen noch mal zur Brust«, beendete die Oma das Gespräch. »Vermutlich behältst du recht, und nach dem üblichen Fez lässt er dich zu deinen Soldaten. Ich hege nämlich meine Zweifel daran, dass er selbst in der Schule eine Leuchte war.«

Willis Lächeln war flüchtig, aber dankbar. »Meinst du wirklich?«

»Ganz wirklich. Den Heldentod vom Opa Paul kannst du zur Not ja auch noch ins Feld führen.«

Kurz zögerte Willi. »Könntest du nicht mitkommen?«, fragte er dann. »Und Onkel Benno das mit dem Heldentod erklären?«

»Ich?« Oma Herthas Blick wanderte skeptisch über Willis Fahrrad. »Das ist nicht dein Ernst, oder? Tut mir leid, aber ehe ich meine vier Buchstaben auf dieses Ding appliziere, bestelle ich mir bei Herrn Wichmann ein Ehrengrab.«

Nur noch leicht schwächelnd grinste Willi: »Mein Gepäckträger ist ohnehin besetzt. Auf den nehm ich Felice, aber für dich finden wir doch sicher eine Kraftdroschke.«

»Nicht nötig!«, rief Felice erschrocken. »Ich komm nicht heim, sondern esse bei Poetge.«

Willi stöhnte. »Ich bin heute wirklich nicht in der Verfassung, mich zu streiten«, sagte er. »Zu deinem Poetge kannst du ein andermal. Heute musst du zum Abendessen nach Hause kommen. Sowohl Mutter als auch Onkel Benno haben gesagt, ich soll mir nur ja nicht einfallen lassen, ohne dich aufzukreuzen.«

»Warum denn das?« Zu Sybilles Vorstellung von der properen preußischen Adelsfamilie gehörte zwar die Versammlung am Esstisch, doch für gewöhnlich ließ sie bei Felice fünf gerade sein, weil diese sich als propere preußische Adelstochter schlecht machte.

Willi zuckte mit den Schultern. »Keine Ahnung. Aber es klang, als sei mein vergeigtes Abitur dagegen ein nebensächlicher Zwischenfall.«

»Ach du grüne Neune.« Sanft versetzte Oma Hertha Felice einen Stoß. »Püppi, ich denke, du kletterst besser zu deinem Bruder auf das Höllengefährt und überzeugst dich selbst, welches Kind deiner Mutter nun schon wieder in den Brunnen gefallen ist.«

»Und was machst du?« Felice war unschlüssig.

»Ich rücke als Nachhut ein.« Oma Herthas Hand glitt ihr Rückgrat hinunter. »Eine Droschke brauche ich nicht. Für popplige zehn Pfennige kutschiert die Straßenbahn meinen Luxuskörper bis fast vor eure Tür.«

10

Auch wenn sie es ungern eingestanden hätte, in diesem einen Punkt war Felice ein richtiges Mädchen: Sie liebte es, auf Willis Gepäckträger zu fahren, die Beine auf einer Seite herunterhängen zu lassen und das Gesicht in den glühenden Sommerwind zu recken. Es wirkte besser als Poetges Eierlikör, wenn auch kürzer: Für eine Handvoll verfliegender Augenblicke vergaß sie, dass sie keine Ahnung hatte, wie ihr Leben weitergehen sollte. Willi war ein exzellenter Radfahrer, er hätte bei Onkel Werners geliebtem Sechstagerennen antreten können. Sie konnte die Augen schließen und sich ganz dem Rausch der Geschwindigkeit hingeben.

Dann bog Willi in die Platanenallee ein und brachte das Fahrrad schlingernd vor dem Gartentor zum Stehen. »Endstation«, sagte er, und alle Düsternis kehrte zurück.

Nebeneinander, ohne rechte Eile, gingen sie den Gartenweg hinauf. »Tut mir leid«, murmelte Willi.

»Was?«

»Weiß ich selbst nicht«, sagte er. »Ich weiß nicht mal, was dir da drinnen blüht, aber irgendwie werde ich das Gefühl nicht los, ich mit meiner Faulheit hätte daran Schuld.«

»Lass gut sein«, sagte Felice. »Was sollen sie mir schon anhaben? Ich bin volljährig, und mein Studium ist sowieso zu Ende. Das können sie mir also nicht mehr verpfuschen.«

»Dein Examen hast du bestanden?« Seine Stimme machte sich klein.

»Bedauerlich ist es schon, dass das in meiner Familie niemand weiß«, gab sie bitter zurück. »Ja, ich habe bestanden. Mein Ergebnis war das drittbeste des Jahrgangs, und die beiden, die besser abgeschnitten haben, hatten freie Auswahl bei den Lehrveranstaltungen, während ich nehmen musste, was sonst niemand wollte. Wäre ich ein Mann, würden sich die Amtsgerichte um mich reißen. Vermutlich würden schon Kanzleien anfragen, ob ich nach Abschluss des Studiums zur Verfügung stünde.«

»Ach, Felchen.«

»Ich weiß, du kannst nichts dafür«, sagte sie. »Und ich bin eine Ziege, die ständig meckert, egal wie gut es ihr geht, während andere feuchten Kalkmörtel trockenwohnen müssen.«

»Vielleicht täte ich das an deiner Stelle ja auch«, sagte Willi. »Ich kann's mir nur nicht vorstellen.«

»Was kannst du dir nicht vorstellen?«

»Etwas anderes sein zu wollen«, erwiderte Willi. »Etwas anderes, als ich bin.«

Die Vordertür, die den zur Niedens vorbehalten war, während die Familie des Postbeamten den Lieferanteneingang auf der Linken benutzten, wurde aufgezogen. Ille stand darin, wieder einmal so niedlich zurechtgemacht, als würde sie gleich für ein Glanzbild Modell stehen. Ille, die Mondprinzessin, mit cremeweißem Blüschen und passenden Schleifen im Haar. »Da seid ihr ja«, sagte sie. »Felice, du sollst gleich nach oben gehen und dich umkleiden.«

»Was soll denn der Quatsch?« Felice sah an sich hinunter. Das grün und weiß gemusterte Sommerkleid war vom Friedhof verschwitzt und von der Fahrt auf dem Gepäckträger zerknittert, aber es sah noch immer halbwegs passabel aus. »Weshalb soll ich mich umziehen, um daheim zu Abend zu essen? Zu feiern haben wir nichts, und Besuch kommt auch keiner.«

»Es ist bereits welcher da«, sagte Ille.

»Was? Wer denn?«

»Tante Ariane und Cousine Bettina«, antwortete Ille. »Sie waren eingeladen, um auf Willis Abitur anzustoßen, und keiner hat daran gedacht, ihnen abzusagen.«

»Na bestens«, bemerkte Felice. »Das reinste Familientreffen. Oma Hertha kommt auch noch.«

»Ist schon da.«

Felice und Willi drehten sich um und sahen die Oma am Gartentor stehen. Aus ihrer Henkeltasche ragte der grüne Hals der Gießkanne.

»Ach je«, kam es sehr leise von Ille.

»Nette Begrüßung. Aber keine Sorge. Wenn meine Oma zum Kaffee kam, habe ich auch immer gedacht: Hoffentlich bleibt die alte Schachtel nicht lange.«

»Aber so etwas denke ich doch gar nicht!« An Felice und Willi vorbei lief Ille zum Tor und zog es auf. »Es ist nur …«

»Was ist nur?«

»Nichts.« Ille senkte den Kopf. »Es ist noch mehr Besuch gekommen. Ein … ein Bekannter von Onkel Benno.«

Oma Hertha wechselte einen Blick mit Felice. »Na wenn's weiter nichts ist. Wir haben das Rittmeisterchen bald fünfzehn Jahre überlebt, wir werden vor seiner Bekanntschaft nicht die Waffen strecken.« Resolut wie gewohnt marschierte sie voran und zog die Übrigen mehr oder minder in ihrem Windschatten mit.

»Aber Felice soll sich doch erst umkleiden!«, rief Ille, fand jedoch kein Gehör. Zu viert drängten sie in die Tür zum Salon. Wie angekündigt saßen dort vor Mokkatässchen Sybille und Benno, der den affigen Attila seiner Husarenuniform trug, Ariane, die zu kurz gekommene Schwester des Vaters, samt ihrer Tochter Bettina, und ein Mann, von dem Felice nur zu sehen bekam, was von seiner Hinteransicht über die Stuhllehne ragte: runde Schultern unter schwarzem Anzugstoff, wenig Hals, noch weniger Haar. Etwas erkannte sie wieder. Die Muskeln in ihrem Nacken versteiften sich.

Benno sprang auf. Er kam ihr vor wie eine Marionette, als er mit eckigen Bewegungen auf sie zustrebte, die Arme ausbreitete und den Mund zu einem maskenhaften Grinsen verzog. »Ja, wen haben wir denn da – unsere Felice, lang erwartet und umso willkommener. Und nicht einmal Zeit, um sich frisch zu machen, hatte es, das arme Mädel. Du musst nämlich wissen, mein lieber Berndt, dass Felice keines von den jungen Dingern ist, die auf die Familie pfeifen und sich einen lustigen Lenz machen. Im Gegenteil – noch als volljährige junge Dame begleitet sie jede Woche ihre Großmutter zum Friedhof, um das Andenken ihres auf dem Feld der Ehre gefallenen Großvaters zu ehren, des edlen Edgar von Kalben und Stachau, Hauptmann der fünften preußischen Armee.«

Der Besucher verrenkte den Hals, um Felice das Gesicht zuzuwenden. Felice sah die gedunsenen Wangen, die rot geränderten Augen und verspürte Übelkeit. Er trug weder die alberne Mütze noch die Schärpe, aber sie hatte ihn bereits an seinem Rücken erkannt.

»Major«, sagte Oma Hertha. »Nichts für ungut, Bennochen, aber mein Seliger war Major. Kein popliger Hauptmann. Darauf hat er Wert gelegt, der gute Paul.«

»Edgar.« Sybille stöhnte.

»Jetzt ist es aber genug«, murmelte Ariane. »Es muss ja alles Grenzen haben.«

Cousine Bettina aß Liebesknochen, offenbar aus der Bäckerei, da Mia nicht mehr zum Backen kam. Die Köchin trug heute ein absurdes Häubchen, wohl um vor dem Besuch zu vertuschen, dass es in diesem Haus kein Mädchen mehr gab. *So ist unser ganzes Leben,* durchfuhr es Felice. *Alles wird unter den Teppich gekehrt, alles wird kaschiert und die Löcher in der morschen Fassade übertüncht.*

Benno war auf Felice zugeschossen, doch einen Schritt vor ihr blieb er stehen und hielt die Hände in der Luft gespreizt. Auch sein Grinsen hing noch immer in der Luft.

»Felice, wir haben Anlass zur Freude. Herr Berndt, mein Corpsbruder und geschätzter Kunde der Bank, hatte uns seit Langem einen Besuch versprochen, und heute hat er sein Versprechen eingelöst. Ihr seid einander vermutlich schon vorgestellt worden – auf dem Stiftungsfest der Guestphalia habt ihr womöglich sogar miteinander getanzt?«

Berndt wandte sich ihnen noch weiter zu, wobei sein Hintern auf der Sitzfläche ein quietschendes Geräusch verursachte. »Nein, ich wüsste nicht«, stammelte er. »Sie gewiss auch nicht, habe ich recht, mein Fräulein? Wir müssen uns den ganzen Abend über verfehlt haben, was ich zutiefst bedaure. Eine so charmante junge Dame wäre mir in jedem Fall im Gedächtnis geblieben.«

»Nun, dann muss das eben schleunigst nachgeholt werden.« Benno hüstelte, und Felice hätte sich am liebsten umgedreht und wäre auf den Friedhof zurückgeflüchtet, fort von dem Getue, an dem nichts echt war. »Lieber Corpsbruder Berndt, dies ist mein Mündel, Fräulein Felice zur Nieden. Liebe Felice, dies ist mein hochgeschätzter Corpsbruder Reinhold Berndt, Fleischgroßhändler mit drei Fabriken und einem modernen Massen-Schlachthof sowie seit geraumer Zeit ein treuer Kunde der Bank.«

»Sehr erfreut.« Berndt stand auf, packte Felices Hand und verbeugte sich. Felice starrte auf das dünne Haar, das er sich mit etwas Krümeligem an den Schädel geklebt hatte. Dann drehte sie das Gesicht weg. Er aber ließ ihre Hand nicht los.

»Es freut mich, dass ihr euch versteht«, sagte Benno. »Lieber Berndt – du bleibst doch zum Abendessen?«

Berndt hielt noch immer ihre Hand fest. Die seine war fleischig, pralle Polster, die ein wenig schwitzten.

»Ich bedaure, mein lieber Cosel, ich bedaure wirklich. Leider kann ich es heute nicht einrichten, mich rufen dringendste Geschäfte. Aber aufgeschoben ist bekanntlich nicht aufgehoben. Wir werden uns jetzt ja häufiger sehen, und bis zum nächsten Mal wird hoffentlich klar sein, wie die Dinge zwischen uns stehen.« Er sandte Benno einen Blick, ohne Felices Hand loszulassen.

»Aber sicher doch, sicher.« Bennos Zungenspitze zuckte über seine Lippen.

»Ich rufe dich morgen an und erkundige mich nach dem Verlauf meiner Sache.«

»Natürlich, natürlich. Wann immer es dir passt.«

Endlich öffnete Berndt die Hand. »Dann wünsche ich einen guten Abend, verehrtes Fräulein zur Nieden.« Sie fand seine Miene süffisant, doch vielleicht war sie das gar nicht. Es war ihr egal. Sie wollte nur, dass er verschwand.

Das tat er. Ruckte an den Revers seines Gehrocks und räusperte sich mehrmals wie einer, dem noch etwas auf der Zunge lag, ging schließlich aber doch. Als er endlich den Raum verlassen hatte, holte Felice Atem. Benno rannte ihm hinterher, wohl weil ihm einfiel, dass sie kein Mädchen mehr hatten, das ihm Hut und Mantel bringen konnte. Die Übrigen schwiegen. Über Cousine Bettinas Schluckgeräuschen setzte das Knarren von Schritten ein.

»Jetzt drehen die sich wieder im Kreis«, bemerkte Tante Ariane. »Genau über euren Köpfen, dass man denkt, der Tod von Ypern geht um. Hat das eigentlich gar keine Grenze?«

Felice, Ille, Oma Hertha und Willi standen noch immer beim Tisch. »Setzen wir uns doch«, schlug Willi vor.

Zuerst reagierte niemand. Dann zog Oma Hertha sich einen Stuhl zurecht. »Ja, warum nicht? Ist ja kein Stehempfang, oder?«

Willi setzte sich sichtlich erleichtert neben sie, und Ille folgte. Nur Felice blieb stehen, ihr Nacken war so steif, dass die Schmerzen bis in die Arme ausstrahlten. Warum reagierte sie so heftig auf den Menschen, der ihr letzten Endes nichts getan hatte? Schon an dem unsäglichen Abend auf dem Corpshaus hatte sie sich vor sich selbst erschrocken: Ja, er war grausam mit seinem Kind umgegangen, aber alle Leute gingen grausam mit ihren Kindern um, und die meisten behaupteten, die Kinder gediehen davon besser, so wie Pflaumenbäume, denen man die Spitzen kappte. Es war kein Grund, hysterisch zu reagieren, und heute hatte er sich tadellos betragen. Zudem konnte sie Benno kaum vorwerfen, dass er Bekannte zum Kaffee einlud.

Er wohnte nun einmal hier. Aus welchem Grund auch immer.

Mia kam mit dem Teewagen, um Kaffee nachzuschenken. Frisches Gebäck befand sich nicht auf dem Wagen, und Sybille presste sich den Handrücken gegen die Stirn. »Bleib mir mit der Brühe vom Leib. Wem willst du eigentlich einreden, dass du das Geld, das ich dir für Bohnenkaffee gebe, dafür ausgibst? Diesem ist Zichorie beigemischt, glaubst du, meine Geschmacksnerven sind so abgestumpft, dass ich das nicht bemerke?«

Wenn sie so weitermacht, haben wir demnächst auch keine Köchin mehr, dachte Felice und wünschte, sie hätte ihrem Nacken befehlen können, sich zu entspannen. Dann kehrte Benno in den Raum zurück. Seine Glatze glänzte. Die grinsende Maske und das Marionettenhafte waren verschwunden.

»Alles in Ordnung, Felice?« Dass er ihr eine solche Frage stellte, fiel immerhin aus dem Rahmen. »Wo ist das Mädchen?«

»Wir haben keines mehr«, sagte Felice. »Falls du Mia meinst, die ist mit dem Kaffee, der Mutters Geschmacksnerven beleidigt, wieder abgedampft.«

»Dann holt sie gefälligst zurück. Sie soll den Wagen mit den Spirituosen bringen. Hätte ich ein Herrenzimmer zur Verfügung, wie es sich gehört, könnte ich mir selbst zu einem Cognac verhelfen. Auf unserem Gut in Gendrin stand einem Hausherrn sogar ein Jagdzimmer zu.«

»Das haben Sie verloren, das Gut in Gendrin, richtig?«, platzte Oma Hertha dazwischen. »Manchmal kommt es mir vor, als wäre Ihre Klasse einzig damit beschäftigt, Konkurs anzumelden.«

»Ich hole dir einen Cognac, Onkel Benno«, rief Ille ins peinliche Schweigen. Beflissen sprang sie auf und eilte davon.

Benno entschied sich, Oma Hertha zu ignorieren. Er zog sich die Rockschöße glatt, ehe er sich setzte, und wandte sich an Felice. »Und? Was meinst du? Mein Corpsbruder Berndt ist gut zu haben, was? Ein angenehmer Mensch. Von dem Vermögen, das er aus dem Boden gestampft hat, will ich gar nicht erst anfangen.«

»Dann lass es«, sagte Felice. »Was kratzt es mich?«

»Das frage ich mich allerdings auch«, sagte Oma Hertha. »Du hörst dich an, als wolltest du diesen angenehmen Herrn Berndt unter uns meistbietend versteigern.«

»Mutter.« Sybille stöhnte. Dann fuhr sie scharf zu Benno herum. »Jetzt sag es ihr endlich. Bringen wir es hinter uns.«

»Was?« Felices steifer Nacken wurde kalt.

Benno gab keine Antwort, scharrte mit der Fußspitze übers Parkett.

Sybille straffte den Rücken. »Reinhold Berndt hat um deine Hand angehalten«, sagte sie.

Zuerst glaubte Felice, sich verhört zu haben. Dann wartete sie darauf, dass jemand lachen oder Tante Ariane bemerken würde, dass alles Grenzen haben müsste. Als niemand einen Ton von sich gab, lachte sie selbst. »Das ist ja wohl nicht dein Ernst.«

»Das Scherzen ist mir vergangen«, erwiderte ihre Mutter. »Wobei ich dafür nie eine Neigung hatte, wie ich freimütig eingestehe.«

»Du willst mir aber nicht im Ernst erzählen, diese Witzfigur sei darauf verfallen, mich zu heiraten.«

»Corpsbruder Berndt hat uns ein höchst großzügiges Angebot unterbreitet«, sagte Benno. »Er hat zudem gerade ein Stück prächtiges Bauland erworben, zwar Tempelhof, aber die Gegend mausert sich. Eine grandiose neue Kirche planen sie da, eine ganz große Sache, weil das mickrige Kapellchen den Ansprüchen nicht mehr genügt. Das Haus, das der Bernd sich hinstellen will, wird dir gefallen. Eine Villa, drei Stockwerke, also reichlich Platz für deinen Schreibtisch und deine anderen kleinen Liebhabereien.«

Es tat weh. Mit dem, was Benno »kleine Liebhaberei« nannte, hätte ein Mann sich eine glänzende Zukunft schaffen können. Dann aber drängte sich ein anderer der sich überschlagenden Gedanken in den Vordergrund: Reinhold Berndt hatte um ihre Hand angehalten. Felice war entschlossen, überhaupt nie zu heiraten. Falls sie es aber hätte tun wollen, gab es einen Mann, der dafür unter keinen Umständen infrage kam: Reinhold Berndt.

»Entweder seid ihr verrückt oder ich«, brachte sie heraus. »Es versteht sich ja wohl von selbst, dass ihr dem Menschen absagt.«

»Der Mensch, wie du dich so despektierlich auszudrücken pflegst, ist mein Kunde«, sagte Benno.

»Und wenn er der König von Sansibar wäre – ich heirate ihn nicht. Außerdem ist er ja wohl kaum dein Kunde, sondern Kunde der Bank.«

»Das ist dasselbe.« Benno sah zu ihr auf. Aus seinem Gesicht war alle ungewohnte Leutseligkeit verschwunden. »Was bildest du arrogantes Geschöpf dir eigentlich ein? Dass dieser Fluch von einer Bank noch immer euch gehört, dass dein völlig talentloser Vater sie ohne mein Kapital hätte halten können, nachdem er sich mit seinen ewigen Staatsanleihen für Rüstung um Kopf und Kragen spekuliert hat? Glaubst du, ich habe meine besten Jahre geopfert, mich zur Reserve versetzen lassen und mich abgerackert, um am Ende ohne Obdach dazustehen, weil es dem Fräulein nicht passt, sich ein einziges Mal dem Interesse der Familie zu beugen?«

»Ich weiß nicht, wovon du sprichst«, sagte Felice, die es tatsächlich nicht wusste.

»Davon, dass dein Vater lieber auf seinem Trakehner durch den Grunewald getrabt ist, als sich um seine Geschäfte zu kümmern. Je älter du wirst, desto mehr fällt mir übrigens auf, wie sehr du ihm gleichst. Besonders, was die hohe Nase betrifft. Wie der Herr, so das Gescherr, könnte man da sagen.«

»Das bringt uns nicht weiter.« Sybille rieb sich in kreisenden Bewegungen die Schläfen. Zu Felice sagte sie: »Wir sparen uns besser die Debatte und widmen uns dem Unvermeidlichen. Du hast keine Wahl. Der Mann hat Einlagen in der Bank, die Benno ihm nicht zurückzahlen kann. Dieser Antrag rettet uns nicht nur die Bank, sondern den Hals. Du musst ihn annehmen.«

»Oh mein Gott.« Das war Ille, die mit dem Spirituosenwagen in der Tür auftauchte. Für sich allein war das noch kein Grund zur Sorge. Ille sagte ständig »Mein Gott« und regte sich über jede Lappalie auf. Beunruhigend war, was Oma Hertha tat, der nichts Menschliches fremd war.

Sie holte Luft. So laut, dass Sybille zusammenzuckte und Cousine Bettina im Schlucken innehielt. »Mensch, Püppi«, brach es aus ihr heraus. »Schöne Scheiße.«

»Es besteht kein Grund, ordinär zu werden, Mutter.«

»Nicht?« Oma Hertha hob die Brauen. »Ich denke, das liegt im Auge des Betrachters. Du musst das Gurkenfass schließlich nicht heiraten, und sowohl dein Julius als auch mein Paul machten wenigstens von außen was her.«

»Edgar.« Sybille stöhnte.

Felice presste sich die Hände auf die Ohren. »Habt ihr alle den Verstand verloren?«, rief sie. »Benno hat also Geld veruntreut, aber ihr nehmt doch wohl nicht an, dass ich dafür geradestehe. Ich schulde euch nichts, und eine Heirat kommt für mich nicht infrage. Und wenn man mir noch so viele Türen vor der Nase zuschlägt, ich werde einen Weg finden, mein Studium zu beenden. Melli Beese hat einen gefunden, in den Himmel zu fliegen, und ich werde mich auch durchschlagen. Einen Ehemann, der mir vorschreiben darf, was ich zu tun habe, kann ich dazu nicht brauchen.«

Kurz war alles still.

»Bitte, Felice«, sagte dann Benno in einem Ton, der als der seine kaum noch zu erkennen war. Er hatte sich eine *Duke of Edinbourgh* angesteckt und paffte in kurzen Stößen. »Tu es für deine Familie. Für deine unmündigen Geschwister und deine Mutter, denen du doch das Dach über dem Kopf nicht rauben kannst.«

Hilfesuchend wandte er den Blick zur Decke, wo die Schritte des Postbeamten und seiner Sippe noch immer knarrten.

»Das ist Erpressung!«, rief Felice. »Warum soll ich für Fehler bezahlen, die ich nicht begangen habe? Ich heirate diesen Menschen nicht, und damit Schluss. Ich heirate niemanden, ihr braucht es also nicht noch einmal zu versuchen.«

»Aha«, kam es von ihrer Mutter. »Und darf man wissen, was du zu tun gedenkst, wenn wir dich nicht länger ernähren? Du wolltest doch so gern einen Beruf ausüben – warum wirst du nicht Fräulein vom Amt?«

Die letzten Silben kamen spitz wie Nadelstiche. Fräulein vom Amt – das waren die Frauen in den Telefonzentralen, die die Wünsche der Anrufer entgegennahmen und durch Umstecken von Kabeln die Verbindung herstellten. »Der einzig wahre Frauenberuf«, amüsierten sich Spötter in ihrer Fakultät, denn natürlich empfanden Männer derlei untergeordnete Tätigkeiten als unter ihrer Würde.

Felice nahm sich zusammen. »Ich werde Juristin«, sagte sie so ruhig wie möglich. »Und auf der Tasche liege ich euch nicht, keine Sorge. Ich habe bekanntlich mein eigenes Geld.«

»Da muss ich dich leider enttäuschen«, sagte Sybille. »Du *hattest* dein eigenes Geld, aber du hast keines mehr.«

»Was soll das heißen?«

»Dass es weg ist, das Geld, was sonst?«, gab Sybille zurück. »Rechtmäßig gehört hat es dir ohnehin nie, denn weshalb stünde dir ein gemachtes Nest zu, während wir uns krummlegen mussten, um deines Vaters finanzielle Misere zu tilgen? So oder so, dieses viel zitierte Geld existiert nicht mehr, und du stehst genauso vor dem Abgrund wie wir. Mithin kommst du besser von deinem hohen Ross und nimmst das Rettungsseil an, das man dir bietet. Ich habe für diesen aufgeputzten Schlachtermeister auch nichts übrig, aber das Leben ist kein Zuckerschlecken. Pflichterfüllung ist es, mehr nicht. Warum solltest du es leichter haben als ich?«

»In diesem Haus geht es zu wie auf dem Balkan«, sagte Tante Ariane. »Jeden Augenblick kann ein Krieg ausbrechen, und wo die Grenzen sind, weiß kein Mensch.«

Felices Hirn arbeitete wie ein nicht richtig zugedrehter Wasserhahn: Tropfen um Tropfen begriff sie, was geschehen war. Das Geld war weg. Sogar die schmale Chance, sich auf einem Umweg in eine Kanzlei einzukaufen, war verloren. Sie selbst war verloren. Ihr Traum, ihre Vorstellung vom Leben, alles.

»Was ist denn mit mir, Mutter?«, meldete sich zaghaft Willi zu Wort, nachdem Felice sich gefragt hatte, ob sie sich alle, selbst Oma Hertha, in schweigende Ölgötzen verwandelt hatten. »Ich habe ja auch ein persönliches Erbe von Vater zu erhalten, das noch nicht angebrochen ist –«

»Ich weiß nicht, was dich auf diese Idee bringt«, fuhr ihm Sybille ins Wort. »Für dich hat ein solcher Betrag nie existiert. Zwar hat dein Vater mich noch vor unserer Hochzeit davon in Kenntnis gesetzt, dass ein Sohn für den Fortbestand des Geschlechts unabdingbar sei, aber nachdem dieser unabdingbare Sohn dann geboren war, hat der ihn nicht länger interessiert.«

»Aber er muss doch an meine Zukunft gedacht haben!«, fuhr Willi verzweifelt auf.

»An die hättest du besser selbst denken sollen«, verwies ihn Sybille. »Du warst deinem Vater gleichgültig, damit wirst du dich abfinden müssen. Muss ich es vielleicht nicht? Ich hause in einer Hutschachtel, wo mich ein Postbeamter mit seinen Schritten in den Wahnsinn treibt. Ich tranchiere mein Fleisch wie eine

Bürgerliche, und auf die Sommerfrische verzichte ich, so dringend ich eine nötig hätte. Welchen Grund hättest du also, wie ein überspanntes Mädchen hysterisch zu werden? Überzeuge deine Schwester davon, dass sie mit dieser Heirat ihre Pflicht zu tun hat, und dir bleibt wie vorgesehen die Bank. Auch wenn mir schwant, dass du dazu genauso wenig Begabung mitbringst wie Julius zur Nieden.«

Willi wandte sich Felice zu, doch Felice drehte sich weg. Ihr Herz schlug dumpf gegen die Rippen. War das ihre Wirklichkeit? Rührte von ihren Angehörigen keiner eine Hand, um ihr beizuspringen, waren sie alle bereit, sie als Opfer zur Schlachtbank zu führen, solange es ihre Haut rettete?

Willi sagte nichts.

»Reinhold Berndts Abkunft mag nicht die feinste sein«, sagte Benno. »Aber er kann lernen, er hat ein paar Semester studiert, und mit der Einheirat in unseren Stand will er sich weiter verbessern. Und an Geld fehlt es ihm wahrlich nicht. Du wirst dich bei ihm über keinen Mangel zu beklagen haben.«

Über jeden Mangel, dachte Felice. *Mangel an Nahrung, die mein Hirn braucht, an Hoffnung, Zukunft, an Luft zum Atmen.* Sie saß in der Falle, umgeben von Leuten, denen sie nicht genug bedeutete, um gegen ihre Opferung zu protestieren.

»Nein«, hörte sie sich sagen, und das Zittern in ihrer Stimme bemerkte gewiss nur sie. »Nein, ich heirate diesen Berndt nicht, einerlei, wie viel Geld er hat und wie dringend ihr es braucht.«

Damit drehte sie sich um und ging aus dem Zimmer, drückte den Rücken durch und stieß Ille, die noch immer mit dem Wagen in der Tür stand, aus dem Weg.

Sie hatte nicht die geringste Ahnung, wohin sie gehen sollte, doch für den Augenblick genügte, dass sie festblieb und ging. Sie hatte den Flur erreicht, als die Türglocke schellte. Wer immer jetzt kam, sie fühlte sich nicht in der Verfassung, ihn zu sprechen. Wenn sie aber aus dem Haus wollte, ehe Ille, die ihr mit leisem

Prinzessinnenstimmchen hinterherrief, sie eingeholt hatte, blieb ihr nichts übrig, als die Tür zu öffnen.

Drei Frauen in für die Hitze zu warmen Kostümen und Hüten der letzten Saison standen auf dem Absatz und hielten ihr fordernd, ja, regelrecht drohend einen mit einer Banderole beklebten Blecheimer entgegen. »Nationalflugspende«, blaffte die mittlere und vertrat Felice den Weg. »Straßensammlung. Jeder patriotische Bürger hat seinen Beitrag für die Entwicklung der deutschen Flugindustrie zu leisten, damit unsere Ingenieure unaufhaltsam dem Fortschritt zuarbeiten können.«

Felice hielt sich die Ohren zu. Den Kieferbewegungen nach sprach die Frau in wachsender Empörung weiter, doch Felice hörte nur noch das Echo der letzten paar Worte: »unaufhaltsam dem Fortschritt zuarbeiten können«. Diese eifrigen Sammlerinnen waren nicht zum ersten Mal hier. Prinz Heinrich, der Bruder des Kaisers, hatte die Stiftung Anfang des Jahres ins Leben gerufen, um den Aufbau von Luftstreitkräften voranzutreiben. Die Briten hatten auf dem Meer die Nase vorn, so führte er an, sie durften sich nicht auch noch die Luft unter den Nagel reißen. »Der Himmel für Deutschland« stand auf der Banderole.

Vielleicht hätte sie ebenfalls mit einem Eimer oder Oma Herthas Gießkanne von Haus zu Haus zockeln und um eine Spende bitten sollen: *Ein Stückchen Erde für Felice. Damit sie unaufhaltsam dem Fortschritt zuarbeiten kann.*

Sie machte sich dünn. Darin war sie gut. So dünn, wie sie sich nur machen konnte, schob sie sich an den drei Parzen vorbei und überließ sie Ille, die ihr nun nicht länger folgen konnte. Wohin sie fliehen sollte, wusste sie noch immer nicht, doch von der anderen Seite des Gartenzauns winkte ihr jemand zu.

11

Oktober

Die Hochzeit fand nicht in der neu geplanten Kirche statt, die mit riesigen Glasfenstern und einem imposanten Hallenschiff den Aufstiegsträumen des kleinbürgerlichen Viertels Rechnung tragen sollte. Willi interessierte sich nicht für Kirchenbau, aber sein künftiger Schwager hatte auf den Bauplatz beinahe so häufig hingewiesen wie auf sein prachtvolles Haus, das unaufhaltsam aus dem Boden wuchs. Und Onkel Benno hatte wie ein Sprachrohr Lob und Preis wiederholt.

Ehe das Haus nicht gebaut und bis zum letzten Kronleuchter fertig eingerichtet war, hatte Berndt nicht heiraten wollen, aber die Kirche war letzten Endes nicht wichtig genug, um auch auf sie zu warten. Stattdessen nahm er mit Tempelhofs Dorfkirche vorlieb, die sich über einem trüb grünen Weiher erhob und einem Komturhof des 13. Jahrhunderts entstammte.

Es war schließlich nicht so, dass er Scharen von Gästen darin unterbringen musste. Er hatte den Altherrenverband der Guestphalia eingeladen, doch die meisten hatten unter durchschaubaren Ausreden abgesagt. Kommen würden einige seiner Kunden und natürlich die komplette Familie der Braut. Eigene Verwandte schien Berndt nicht zu haben, nur den Hermann, seinen Sohn aus erster Ehe, über die er nie sprach. Es würde eine kleine Feier geben, was bei einer Hochzeit, über die niemand sich freute, wohl angemessen war. *Aber vielleicht ist es so ja gar nicht,* rief Willi sich zur Ordnung. Er durfte nicht derart schwarzsehen.

Schwarzsehen half nie, machte nie etwas besser.

Die Familie fuhr in Automobilen: in dem von Benno, das der auch in der tiefsten Krise nicht veräußert hatte, in dem brandneuen Dux F6, den Berndt sich zugelegt hatte, und in dem weißen Mietwagen, der von einem Chauffeur gesteuert wurde. In Letzterem saß Willi und versank fast in den Polstern der Rückbank. Es juckte ihn in den Fingern, sich selbst einmal am Steuer zu versuchen, aber das stand außer Frage: Er saß in einer Mission hier. Er war der Begleiter der Braut.

Streng genommen hätte Onkel Benno mit ihr fahren und sie in Vertretung ihres Vaters zum Altar führen sollen. Weil sie sich aber so sehr gewünscht hatte, Willi möge sie geleiten, hatte er sich für sie eingesetzt. Es war nur ein bescheidenes Anliegen, und sie hatte es verdient. Mehr als das. Nicht einmal Onkel Benno erhob Einwände, und Berndt war in der Frage leidenschaftslos. Wenn seine Braut es so wünschte, sollte es ihm recht sein.

Vielleicht gab es also wirklich keinen Grund, allzu schwarzzusehen. Die Welt war ja nicht untergegangen wie die unglückselige *Titanic*, und sie sah auch nicht ihrem Ende entgegen wie das Osmanische Reich in den Kriegen auf dem Balkan. Es war noch immer 1912, ein Jahr voller Neuerungen und Verheißungen, das bald einem noch erregenderen weichen würde. Die Bank war noch die ihre, sie hatten Skandal und Konkurs abgewendet, und das, was dabei zerbrochen war, würde sich wieder kitten lassen. Der heutige Tag war der Anfang dazu.

Seine Schwester würde in eine Villa ziehen, die gut und gerne die größte des Bezirks sein mochte. Sie würde reichlich Personal haben, Hausdiener, Gärtner, Köchin und Mädchen, sie würde sich Wünsche erfüllen können, angefangen mit einer luxuriösen Hochzeitsreise in die Walliser Alpen. Berndt, so hatte Onkel Benno berichtet, ging ganz in seinem Geschäft auf, in seinen Fleischfabriken, die er allein seinem Fleiß und seiner Findigkeit zu verdanken hatte. Sein Vater war ein kleiner Viehhändler gewesen. Wie Willis Vater stammte er aus dem Schlesischen, und manchmal hörte man das, sosehr er sich auch anstrengte, es zu verbergen, sodass seine Frau reichlich Freiheit zu genießen hatte. Kein schlechtes Leben. Am Ende würde sie um ihre Ehe noch beneidet werden.

Willi beugte sich vor und berührte ihre Hand, die in hauchzarten, bis zu den Ellenbogen hochgeknöpften Satinhandschuhen steckte. Das Lächeln, das er sich hatte abzwingen wollen, kam ganz von allein. Sie sah so verändert aus, so erwachsen, hübscher denn je. »Bist du glücklich?«, fragte er sie.

Sie hob den Schleier, sah ihn aus großen, beinahe runden Augen an. »Bist du's, Willi? Ich weiß, du wolltest das nicht – noch länger zur Schule gehen.«

»Ach, so schlimm ist es nicht.« Das meinte er ehrlich. Nach der Explosion hatte die Familie zur Ruhe kommen müssen, und er hatte die Energie nicht aufgebracht, für noch mehr Streit zu sorgen. Was war schon ein Jahr? Seine Mutter war überzeugt, er sei ohne Schulabschluss und Studium dem Bankgeschäft nicht gewachsen, und ganz unrecht hatte sie vermutlich nicht. Der Gedanke an die Bank war ihm ein Gräuel. Die Schule dagegen ließ sich ertragen. Er ging nicht allzu oft hin und hatte umso mehr Gelegenheit, die Matineevorstellungen der Lichtspielhäuser zu genießen – ebenso wie die vertrödelten Vormittage bei Bierwurst und Bratkartoffeln in Ottis Zimmer. Auch wenn sich das mit der Otti schon ein wenig totgelaufen hatte und sie ihn verspottete, weil er sich von seiner Mutter noch einmal in die Schulbank zwingen ließ.

»Hätte ick mir ja denken können, dass so 'n Muttersöhnchen wie du den Schwanz einzieht. Schon damals, als deine Mutter mir rausjeworfen hat, war mir klar, dass du keinen Mumm in den Knochen hast.«

Manchmal war Willi kurz davor gewesen, die Sache mit der Otti zu beenden, doch letzten Endes siegte die Bequemlichkeit. Seine Kameraden verzehrten sich nach Mädchen, an die sie nicht herankamen, und er hatte eines, das er aufsuchen konnte, wann immer ihm danach war. So etwas gab man nicht auf. Willi wünschte sich eine Liebe, die so gewaltig war wie eine Feuersbrunst, ein Vulkanausbruch, ein alles verschlingender Brand. Bis er die aber fand, nahm er mit einem Kessel vorlieb, der auf kleiner Flamme köchelte.

Und dann war da noch etwas: Die Otti hatte auch weiterhin den einen oder anderen Kontakt zum Film. Keinen sehr guten Kontakt, aber sie kannte immerhin diesen und jenen, der ihr mal einen Gefallen tat. Wenn sie ein wenig bettelte, durfte sie im Filmatelier von Babelsberg bei Dreharbeiten zusehen, und wenn Willi sie sich gnädig stimmte, durfte er sie begleiten.

Sein Leben war so übel nicht. Und es steckte noch immer voller Möglichkeiten.

»Mir geht es gut«, sagte er. »Das mit der Schule ist kein Beinbruch, und ansonsten kann ich nicht klagen. Anfang November kommt der neue Film von Urban Gad mit Asta Nielsen in die Kinos. *Wenn die Maske fällt.* Ich kann es kaum erwarten.«

»Das verstehe ich nur zu gut. Mir würde es nicht anders gehen.«

Die Sehnsucht in ihrer Stimme ließ ihn aufhorchen. »Warum gehen wir nicht zusammen?«, rief er hastig. »Wenn dein Ehemann dich begleitet, fällst du nicht mehr unter das Jugendverbot.«

Sie sagte nichts, sandte ihm nur ein kleines Achselzucken.

»Wir sind gleich an der Kirche«, sagte Willi. »Dann führe ich dich den Gang hinunter, übergebe dich deinem Bräutigam – und du hast mir noch immer nicht gesagt, ob du glücklich bist.«

»Ich weiß es noch nicht.«

»Viele Mädchen heiraten ältere Männer«, beeilte er sich, ihr zu versichern. »Das ist nicht das Schlechteste. Dein Mann kann dir etwas bieten, und dabei meine ich nicht nur sein Auskommen.« Er brach ab, weil er an den kleinen bierbäuchigen Berndt denken musste und sich auf einmal schämte. Seine Schwester war immer kräftig und von robuster Natur gewesen, aber jetzt, in ihrem Kleid aus weißem Atlas, kam sie ihm zart vor, schützenswert.

»Darauf kommt es mir nicht an«, sagte sie. »Ich mache es gern, ich habe um eine solche Gelegenheit gebetet, und wenn es etwas nützt, dann ist es alles wert. Ich wünsche mir nur so sehr, sie heute zu sehen, Willi. Sie wird doch kommen, oder nicht?«

»Felice?«

Ille nickte.

»Aber natürlich kommt sie«, rief Willi. »Seit dieser albernen Streiterei ist ja nun Wasser genug die Spree hinuntergeflossen, und deinen großen Tag lässt sie sich doch nicht entgehen.«

»Meinst du wirklich? Dann sind wir heute noch einmal alle drei zusammen? So wie früher?«

Sie sah aus, als kämpfe sie gegen Tränen. Aufmunternd lächelte Willi ihr zu. »Nun ja, so wie früher wohl nicht gerade, denn auf deinem Hochzeitsempfang wird es kaum Rollmöpse und schlesische Gurken geben.«

Tapfer schüttelte Ille den Kopf. »Einen Rehrücken mit Rotkraut und Preiselbeeren. Vorab Hochzeitssuppe mit Kommmorgen-wieder und hinterher Herrencreme.«

»Auch nicht übel.«

»Felice wird das nichts bedeuten. Aus Essen macht sie sich nichts.«

»Aber das hier ist deine Hochzeit, nicht die von Felice«, sagte Willi, der sich in seinem auf Figur geschnittenen Cutaway und der steifen, mit Leinwand verstärkten Hemdbrust jäh unbehaglich fühlte. »Der schönste Tag in deinem Leben. Wir sind alle hier, um dich zu feiern, und nachher werden wir alle am Straßenrand stehen und winken, wenn du in deine grandiosen Flitterwochen davonbraust. Schlafwagen erster Klasse, Ille. Und die Honigmondsuite im Luxushotel. Da kann man nicht meckern, oder? Nobel geh die Welt zugrunde.«

Der Fahrer lenkte den Wagen an den Bordstein und hielt an. Zu ihrer Linken erstreckte sich ein runder Platz, auf dem an Werktagen ein Wochenmarkt stattfand, und gleich dahinter, halb verdeckt von Weidenbäumen, erhob sich die Kirche. Sie hatten ihr Ziel erreicht. Eine seltsame Schwere überfiel ihn, ein Gefühl von Endgültigkeit. Was seine Schwester ihm jetzt nicht sagte und was er ihr nicht sagte, würden sie einander vielleicht niemals sagen.

»Ille …«

Der Chauffeur stieg aus und öffnete den Schlag, um der Braut herauszuhelfen. Hastig stieg Willi auf seiner Seite ebenfalls aus und gab sich Mühe, sich nützlich zu machen. Es gab jede Menge zu richten, die wolkigen Schichten des Atlas, die Schleppe, die kein Page ihr tragen würde, den Brautstrauß und den Schleier, der ihr liebenswertes Gesicht nun wieder züchtig zu bedecken hatte.

Etwas an dem, was wir hier tun, ist verrückt, dachte Willi. *Sie ist zu jung, viel jünger, als sie aussieht, und jünger als ich, der noch zur Schule geht.*

Einer der vier Männer, vermutlich Kirchendiener, die am Portal der Dorfkirche standen, entdeckte sie und verschwand im Gebäude, um die Ankunft der Braut bekannt zu geben. Gleich darauf begannen die Glocken zu läuten, und zwei kleine Mädchen, Töchter einer entfernten Cousine, fanden sich mit Blumenkörben ein, um auf Illes Weg schüchtern ein paar Hände voll Rosenblätter zu streuseln. Der Chauffeur tippte sich an die Mütze. Ihnen blieb keine Zeit mehr. Sie mussten gehen.

»Ille …«, begann Willi noch einmal, während er ihr den Arm reichte. Sacht setzte Regen ein, nicht der Rede wert, aber Willi spannte trotzdem den Schirm auf und hielt ihn über ihren Kopf mit der griechischen Hochsteckfrisur. Wenigstens vor den paar Tropfen konnte er sie schützen, wenn auch sonst vor nichts.

»Danke, Willi. Du machst dir so viel Mühe.«

»Ich mache mir überhaupt keine Mühe. Ich bin der stolzeste Bruder von Berlin.«

Ille lachte. Die Männer am Kirchenportal, die in schwarzen Frackschößen und Zylindern eher an ein Begräbnis erinnerten, stellten sich zum Spalier auf und lächelten Willi und Ille entgegen, strahlend wie die Sonne, die dem Tag fehlte. Vermutlich hatte Berndt sie fürs Strahlen bezahlt. Das Glockengeläut schwoll in den Ohren zum Dröhnen, bis es auf einen Schlag endete und dem Hochzeitsmarsch der Orgel Platz machte. Nach einem donnernden Auftakt stimmte ein zittriger Tenor ein:

Treulich geführt ziehet dahin
wo euch der Segen der Liebe bewahr'!
Siegreicher Mut, Minnegewinn
eint euch in Treue zum seligsten Paar.

Wagner. *Lohengrin.* Eine so ungewöhnliche Entscheidung hätte er Berndt gar nicht zugetraut. Der Marsch war gewaltiger als der von Mendelssohn, den Willi von den Hochzeiten kannte, die er bisher besucht hatte. Er erfüllte das gesamte Kirchenschiff, brauste über die Bänke hinweg, in denen die Gäste sich erhoben, um dem Einzug der Braut die Ehre zu erweisen. Als Kind hatte er zwischen seiner Mutter und Felice in der Staatsoper gesessen und war von der Wucht und der Erhabenheit der Musik überwältigt gewesen. Felice hatte zu gähnen begonnen, aber Willi hatte *Lohengrin* nie vergessen. Diese Leidenschaft, der heldische Einsatz, das Alles oder Nichts! Er fand die Bühne, diesen winzigen Kasten, viel zu klein für das Drama und die Tragik des Geschehens, doch die Musik trug es darüber hinaus.

Heute dagegen ertappte er sich bei der Frage: *Und wo hat ein so kleines Geschöpf wie meine Schwester Ille darin Platz, ein Mädchen, das Glanzbilder sammelt und auf ihrer Hochzeit gern Schlesische Gurken essen würde, das herrenlose Hunde von der Straße ein-*

sammelt und weint, wenn es sie hergeben muss? Der Text, den der Tenor vor sich hin zitterte, passte so wenig zu Ille wie das tosende Pathos der Musik, und zudem schien er Willi keinen erkennbaren Sinn zu ergeben.

Jetzt mach mal halblang, rief er sich zur Ordnung. Es gab keinen Grund, über irgendeinen Liedertext in Schwermut zu geraten. Im Gegenteil – alles war knorke, alles war in Ordnung, die Kirche mit teuren Treibhausblumen geschmückt, und der anschließende Empfang fand im *Askanischen Hof* statt, einer wirklich renommierten Adresse. Berndt hatte sich nicht lumpen lassen. Seine Braut musste ihm etwas bedeuten, wenn er sich so für sie ins Zeug legte. Das alles würde gut gehen. Mehr als gut.

An seinem Arm verspürte er eine Bewegung, einen Zug in die falsche Richtung. Ille, die schnurgeradeaus den Gang hinunter hätte schreiten sollen, bis zum Altar, wo ihr Bräutigam auf sie wartete, neigte sich nach der Linken, reckte sich im Schritt und suchte die Reihen ab. Unwillkürlich tat Willi es ihr nach und sah, was auch sie sah: Das Gesicht, nach dem sie suchte, fehlte. Zu seinem Entsetzen blieb sie mitten im Gang stehen und wandte sich auf dieselbe Weise zur Rechten.

»Du musst weitergehen«, zischte er. »Alles wartet auf dich.«

Aber Ille ging nicht weiter. Die gefügige Ille, die sich nie widersetzte, sondern es jedem recht machen wollte, blieb stehen wie ein bockendes Pferd. »Felice«, murmelte sie so laut, dass ein paar Tanten, die in ihren Bänken am Rand saßen, die Köpfe drehten. »Felice ist nicht gekommen.«

Willis Herz jagte. Er konnte nicht klar denken, wusste nur, es war seine verdammte Pflicht, sie irgendwie nach vorn, vor diesen Altar zu bekommen. Um jeden Preis. Was danach geschah, war zweitrangig.

»Ille, bitte. Der Pfarrer will anfangen.«

»Felice«, wiederholte Ille. »Ich hab's doch für sie tun wollen. Damit sie ihn nicht heiraten muss. Ich wollt ihr beweisen, dass ich echte Gefühle für sie hab, dass ich für sie was auf mich nehm.«

Auch in der ersten Reihe drehten sich jetzt Köpfe, selbst die der Mutter und Onkel Bennos. Oma Hertha schlug eine Hand vor den Mund, und die Worte, die Tante Ariane zischte, konnte man ihr von den Lippen ablesen.

»Bitte komm doch weiter«, verlegte Willi sich aufs Flehen. »Das mit Felice klären wir später, sicher kommt sie noch, hat irgendwo eine Straßenbahn verpasst …«

»Sie ist nicht gekommen«, wiederholte Ille wie eine, die nicht bei Verstand war. »Sie will mich nicht sehen. Vergessen hat sie mich.«

Jemand lachte. Die beiden Blumenmädchen, die von dem Zwischenfall nichts mitbekommen hatten, erreichten in diesem Augenblick den Altar. Die Kirchendiener hätten sich um sie kümmern und sie auf ihre Plätze neben den noch leeren für das Brautpaar führen sollen, doch ohne die Braut waren sie offenbar nicht weniger hilflos als Willi. Berndt stieß eines der Kinder zur Seite, ehe er sich endlich ebenfalls umdrehte.

»Es war alles umsonst«, murmelte Ille, die ihn nicht zu bemerken schien. »Wie das mit dem Poesiealbum, für das ich Ottchen nie das Geld zurückgegeben habe. Felice will nichts von mir. Ich bin ihr zu dumm.«

»Ille, du musst jetzt kommen.« Willi zerrte an ihrem Arm. »Meine Güte, wir haben noch unser ganzes Leben vor uns, wir können noch so viel daraus machen – lass uns doch jetzt nicht alles in den Sand setzen, nur weil Felice irgendwo aufgehalten worden ist.«

Ille schüttelte den Kopf, dass der Schleier wogte. »Sie ist nicht gekommen. Und sie kommt auch nicht mehr.«

Die Mutter stöhnte, fasste sich an die Stirn, schwankte in ihrer Bankreihe, als würde sie in Ohnmacht sinken. Über Onkel

Benno hinweg langte Cousine Bettina nach ihrem Arm, um sie zu stützen.

»Verdammt, reißt euch doch alle nur ein einziges Mal in eurem gottverdammten Leben zusammen!«, fluchte Onkel Benno.

»Bitte, komm weiter.« Willi versuchte es noch einmal mit Zerren, spürte Blicke auf seinem Körper wie Nadelstiche. »Es ist doch dein großer Tag, du willst heute heiraten.«

»Nein«, sagte Ille. »Ich hab's für Felice getan. Aber wenn sie's nicht will, wenn es gar nichts nützt, dann brauch ich's nicht mehr.«

»Tu's für mich!« Erst als die Worte schon heraus waren, dachte er daran, seine Stimme zu dämpfen. »Wenn du es nicht tust, wenn du Berndt nicht heiratest, dann …«

Er brach ab, und Illes Arm entglitt ihm. Was würde geschehen, wenn Ille nicht zur Besinnung kam, sondern aus der Kirche flüchtete wie Felice im Sommer aus dem Haus? Berndt würde darauf bestehen, seine Einlagen aus der Bank abzuziehen, und Onkel Benno, der sie ihm nicht auszahlen konnte, würde vor Gericht landen. So etwas geschah alle naselang, die Zeitungen waren voll von Nachrichten über solche Prozesse – die hinteren Seiten mit den Wirtschaftsberichten, die Willi gelangweilt zu überblättern pflegte. Die Bank würde ihnen genommen werden. Der Rest der Villa, der ihnen noch gehörte, vermutlich auch.

Und dann?

Verwundert stellte Willi fest, dass er es nicht wusste und dass die Katastrophe, die es unweigerlich bedeuten musste, in ihm kaum einen Schrecken auslöste.

Das Leben würde weitergehen. Er war jung, gesund und nicht auf den Kopf gefallen. Mit ein bisschen Glück würde er im nächsten Jahr sein Abitur in der Tasche haben. Dass seine Welt, seine neue Zeit für ihn keinen Platz haben mochte, war unvorstellbar.

»Dann gibt es eine Katastrophe«, beendete er schließlich den

Satz, der noch immer in der Luft hing, doch es klang lahm, und er griff nicht noch einmal nach Illes Arm. Gehörte die ganze Szene nicht eigentlich in einen Film? Der Bräutigam, der am Altar wartete, der Pfarrer, der nicht wusste, was er mit den Blumenkindern anfangen sollte, die Verwandten, die stöhnten und tuschelten, und die Braut, die nichts tat als stillzustehen.

»Für dich?«, fragte Ille.

»Für uns alle«, sagte Willi.

Durch die Tüllschicht des Schleiers sah sie ihn an. Noch eine Sekunde lang zögerte sie. »Ist nun auch schon egal«, sagte sie dann und setzte sich wieder in Bewegung, ging schnurgerade auf den Altar zu, wo Reinhold Berndt wie angeleimt stand.

Willi war so überrumpelt, dass er Mühe hatte, sich zu fassen und ihr zu folgen.

12

Februar 1913

»Ich habe kein Geld mehr, Suse. Überhaupt keines. Ich weiß, du kannst es dir nicht leisten, einen armen Schlucker zu beherbergen, und ich bettle dich nicht an. Ich bitte dich nur, mir die Miete eine Woche zu stunden, damit ich Zeit habe, mir etwas zu suchen.«

Felice atmete durch. Die gefürchteten Sätze waren ausgesprochen. Sie hatte nicht die geringste Ahnung, wie es von jetzt an weitergehen sollte. Sie sah sich in dem großen, angenehm leeren Raum mit der hohen Decke und dem hell parkettierten Boden um und bekam nicht in den Kopf, dass sie dieses Zuhause verlieren sollte. Alles aber war besser, als es noch länger vor sich herzuschieben.

»Aha«, sagte Suse. »Eine Woche also. Und darf ich fragen, von welchem Geld du dir nach Ablauf dieser Woche etwas zu suchen gedenkst? Billiger als bei mir wirst du kaum unterkommen, selbst wenn du dich mit der letzten Bruchbude abfindest und bis an den Müggelsee aufs Dorf ziehst.«

Felice fühlte sich wie ein ertapptes Kind. Suse hatte recht. Als sie im Sommer, nach dem großen Streit, hier eingezogen war, war sie überzeugt gewesen, für ihre Probleme würde sich eine Lösung finden. Die Wohnung war ein Traum, gelegen im Dach eines zweistöckigen Hauses, dessen Fenster auf eine der quirligsten Straßen von Charlottenburg hinausgingen. Die Mieten waren saftig, aber nicht exorbitant, die Universität nicht weit weg und eine Vielzahl Theater samt der brandneuen Oper noch näher gelegen, sodass sich in Straßen, Kneipen, Restaurants und Geschäften eine Mischung aus Intelligenz, Kultur und Unternehmergeist sammelte, die dem Bezirk zu prickelndem Leben verhalf.

Das Zimmer, das Felice zur Verfügung stand, war eine Befreiung: licht und frei von wurmstichigem Mobiliar, verstaubten Samtportieren und verschnörkelten Garnituren im altdeutschen Stil. Wenn sie abends am Schreibtisch saß, drang sommerliches Lärmen aus der Destille im Parterre durch ihre Fensterritze und erfüllte sie mit einem Sehnen, das sie an sich nicht kannte.

Hier bleibe ich, hatte etwas in ihrem rastlosen Körper beschlossen, und Herz und Hirn hatten zugestimmt. Von dem Geld, das der Verkauf der paar Erbstücke und nutzloser Geschenke – ein Amethystring, ein Satz Serviettenringe, ein Kreuz aus blassem Weißgold an venezianischer Kette – ihr eintrug, würde sie sich lange genug über Wasser halten können, um eine Verdienstmöglichkeit aufzutreiben. Im besten Fall einen Amtsrichter, der Vernunft über Vorurteil setzte, einerlei ob er im verlassensten Vorort der Hauptstadt residierte.

Damals, im Juli, war sie kopflos ins Leere gelaufen, aber Moritz hatte ihr gewinkt und ihren Namen gerufen. Moritz. Ihr Freund. Sie war hinübergerannt und wie als kleines Mädchen zu ihm über den Zaun geklettert. Ihn um Hilfe zu bitten, hatte ihr Stolz ihr verboten, doch sie hatte gar nicht bitten müssen.

»Ich habe dir versprochen, ich tue, was in meiner Macht steht«, hatte Moritz gesagt, nachdem Felice ihm schwer atmend geschildert hatte, was geschehen war. »Viel ist das nicht. Aber wenn du wirklich nicht zurückgehen willst, dann helfe ich dir.«

»Bist du der Ansicht, ich sollte zurückgehen?«, hatte sie ihn angefahren. »Einen brutalen, hirnlosen Schlachter heiraten, der mehr als doppelt so alt ist wie ich?«

»Der Ansicht bin ich nicht«, hatte Moritz geantwortet. »Ich habe es nur sagen wollen, weil wir alle eben für gewöhnlich tun, was man von uns erwartet. Aber ich weiß, du hast das nie getan.

Und Susanna auch nicht. Du brauchst einen Ort, an den du gehen kannst, ein Dach über dem Kopf, und ich denke, du könntest bei Susanna gut aufgehoben sein.«

»Susanna?«

»Meine Schwester«, erinnerte er sie. »Halbschwester zumindest. Sie behauptet, so verschieden wie wir sind, könnten wir unmöglich verwandt sein, aber das Blut von der Vaterseite haben wir ja wohl gemein. Ich weiß, es kreisen alle möglichen Gerüchte über sie, und vermutlich ist mehr als eines davon wahr, aber für mich ist diese komische Trine genauso meine Schwester wie Alma und Gine. Sie ist Schriftstellerin. Und weil das, was sie mit ihrem Schreiben verdient, zum Leben allzu oft nicht ausreicht, nimmt sie in der Charlottenburger Wohnung, die ihre Mutter ihr hinterlassen hat, Mieter auf. Natürlich wäre es besser, wenn du zu deiner Großmutter gingest, aber falls sie gerade kein Zimmer frei hat …«

Heftig hatte Felice den Kopf geschüttelt. »Zu Oma Hertha gehe ich nicht. Lieber schlafe ich unter einer Brücke an der Spree.«

»Warum das denn? Ihr zwei seid doch wie Latsch und Bommel, solange ich euch kenne.«

»Dann hat es sich eben ausgebommelt«, hatte Felice erwidert. »Oma Hertha hat zugesehen, wie Benno und Sybille mich an den Schlachter verschachern wollten, und hat nicht einmal den Mund aufgetan. Meine Geschwister übrigens ebenso wenig. Wenn das Familie ist, dann brauche ich keine und habe keine mehr.«

Auch keinen Opa Paul mehr, den es ohnehin nie gegeben hatte, und mit ihm schien ihre ganze Kindheit samt Eiern im Glas und Obst aus grünen Tüten zu verschwinden. Es tat weh. Aber es machte auch frei. Sie brauchte auf niemanden mehr Rücksicht zu nehmen.

»Wenn du meinst, deine Schwester könnte mich als Mieterin

akzeptieren, würde ich mich gern gleich bei ihr bewerben«, hatte sie zu Moritz gesagt. Wo sie landete, war ihr egal – nur weg aus der Platanenallee, ehe einer der Übrigen hinterherkam und sie mit falschen Gefühlsbekundungen umzustimmen suchte. Sie ertrug das alles nicht länger. Sie hatte es bis zur Übelkeit satt.

Moritz hatte genickt. »Ist in Ordnung, Fräulein Kommandantin.« Dann war er ohne weitere Umschweife mit ihr nach Charlottenburg gefahren und hatte sie und Suse einander vorgestellt.

Felice hatte die Straße auf den ersten, die Wohnung spätestens auf den zweiten und Susanna Gantzow mit ein wenig Verzögerung auf einen sorgsamen dritten Blick geliebt. Moritz' Schwester war beinahe so groß wie sie selbst, trug Reformkleider ohne Korsett, die wie Säcke um sie hingen, und gab sich keinerlei Mühe, ihre herben Züge, die ersten Falten oder die Pfeffer-und-Salz-Farbe ihrer Locken zu kaschieren. Sie war nicht schön. Aber ihr Gesicht hatte etwas Nacktes, das Felice tollkühn vorkam. »Also gut«, hatte sie gesagt. »Ich habe das Zimmer gerade neu inseriert und dem Jungchen, das sich heute in der Frühe vorgestellt hat, noch keine Zusage gemacht. Warum also kein Mädchen nehmen? Kindergarten ist Kindergarten, und solange dein Vater mir nicht die Polente auf den Hals hetzt, ist mir alles recht.«

»Mein Vater ist tot.«

»Soll vorkommen«, hatte Suse erwidert. »Das Zimmer kostet vier Mark in der Woche, Bad auf dem Gang, und dein Frühstück musst du dir selbst richten. Wer dich besucht, ist deine Sache, aber wenn du nicht pünktlich zahlst, musst du raus. Einen armen Schlucker durchzufüttern, kann ich mir nicht leisten – ich bin selbst einer.«

Vielleicht war sie tatsächlich einer, doch in diesen ersten Wochen kam sie Felice reich vor. Sie besaß ihr eigenes Heim und verdiente ihr eigenes Geld in einem Beruf, den sie selbst sich ausgesucht hatte. Sie schlief gern lange, zog bis tief in die Nacht durch Bars und Cafés und hatte Scharen von Freunden, die in der Wohnung ein und aus gingen. Wer sie nicht kannte, hätte sie für eine verschlampte Lebedame halten können, doch sie saß täglich viele Stunden vor ihrer Mignon-Schreibmaschine und hämmerte darauf ein. Die beschriebenen Seiten füllte sie einmal wöchentlich in Briefumschläge und trug sie aufs Postamt.

Suse ertrug keine geschlossenen Türen, sie ließ die zu ihrem Zimmer stets einen Spaltbreit offen stehen, und Felice hatte schon mehrere Male fasziniert durch diesen Spalt gespäht, als ihre Vermieterin abrupt auf ihrem Stuhl herumschwang. »Na, Fräulein Neugier? Ehe du dir die Nase einklemmst – warum fragst du mich eigentlich nicht, was du wissen willst? Ob ich unter einem männlichen Tarnnamen den großen Roman des 20. Jahrhunderts verfasse? Oder eine revolutionäre Kampfschrift zur Erlangung des Frauenwahlrechts aufsetze? Was meinst du denn? Eher das eine oder eher das andere?«

»Das andere«, hatte Felice gesagt.

Suse hatte gelacht. »Weder noch. Ich schreibe vor Herzschmerz triefende Fortsetzungsromänchen für die *Gartenlaube.* Und? Sehr enttäuscht? Wenn sich die Gerüchte über meine erregende Karriere im horizontalen Gewerbe als wahr erwiesen hätten, wäre dir das weniger schändlich vorgekommen, richtig?«

Felice zuckte zusammen, so ertappt fühlte sie sich.

»Im alten Rom haben sie öffentliche Latrinen errichtet und dafür Eintritt verlangt wie bei uns im *Café Achteck*«, sagte Suse. »›Geld stinkt nicht‹, haben sie behauptet, und dass es eben doch stinkt, das ist das Problem. Wenn man sein Geld damit macht, dass Leute pinkeln müssen, fängt man irgendwann selbst an zu stinken. Aber das hilft nichts. Wer bepinkelte Hände hat, den stellt keiner mehr zum Seidenrosen-Basteln ein, also putzt er eben weiter Pisspötte.« Sie zerrte das halb beschriebene Blatt mit einem Ratschen aus der Maschine und wedelte damit, wie um die Luft zu säubern.

Felice verstand. Susanna hatte das, was sie einst hatte schreiben wollen – merkwürdige, fragile, sich spreizende Gedichtzeilen – aufgeben müssen, um sich mit Liebesleid zwischen Dienstmädchen und Grafensöhnen über Wasser zu halten. Auch wenn sie ihr unverständlich blieben, begriff Felice, dass die spröden Verse nichts mit Illes Unsinn über Osterhasen gemein hatten, sondern der Spötterin Susanna ernst gewesen waren.

Wenn es nur mir nie so ergeht, durchfuhr es Felice. Ihr Stoßgebet hatte keinen Adressaten. Susannas Beispiel machte sie entschlossener denn je, um ihr Lebensziel zu kämpfen, aber Susanna, die den Kampf verloren hatte und dennoch nicht zu ihrer Familie zurückgekrochen war, nötigte ihr auch Respekt ab.

Sie wurden keine Freundinnen. Felice, die sich in jeder wachen Stunde um ihr Weiterkommen mühte, hatte keine Zeit für Freundschaften, aber es bestand kein Zweifel daran, dass sie gern zusammenlebten. Zwei Menschen, die sich eine Wohnung teilten, ohne einander auf die Nerven zu gehen, die zufrieden damit waren, die andere in Ruhe zu lassen und gelegentlich mit einer Tasse Kaffee oder einem Paar Strümpfe zu deren Wohlbefinden beizutragen, kamen Felice wie ein seltenes Wunder vor.

Das neue Heim inspirierte sie. Voller Mut schrieb sie Bewerbungsbriefe und Essays zu allen erdenklichen juristischen Streitfällen. Wenn es ihr gelänge, einen solchen Artikel in einer Fachzeitschrift unterzubringen, würde ihr das nicht nur Geld verschaffen, sondern zugleich ihren Namen ins Gespräch bringen, ihren Hut in den Ring werfen. Ihre trübe Stimmung war wie weggeblasen, sie hatte den Glauben an sich zurückgewonnen.

Der Sommer verstrich, ohne dass der erhoffte Erfolg sich einstellte, aber Felice ließ sich nicht unterkriegen. Die Abende waren noch lange hell, sie saß über ihren Papieren, bis die letzten Nachtschwärmer erschöpft aus den schließenden Lokalen torkelten, und der Erlös aus dem Verkauf der paar Dinge, die

Moritz ihr aus der Villa in der Platanenallee geholt hatte, genügte auf Monate für ein bescheidenes Leben. Felice fand es gar nicht bescheiden: Sie hatte Freiheit, Raum und Ruhe zum Arbeiten – was wollte sie mehr? Sie war auch einsam, träumte manchmal von Oma Hertha, Werner Wichmann und Poetge, von Willi und Ille, und schreckte dann schweißnass auf wie nach den Träumen von dem schönen Offizier ohne Gesicht. Aber irgendeinen Preis zahlte jeder. Verdrehte Träume brachten niemanden um.

Besuch bekam sie nur von Moritz, der sich so übertrieben um sie sorgte, dass sie nicht selten aus der Haut fuhr. Er schleppte Körbe voller Vorräte an, weil er fürchtete, dass sie am Essen sparte, er versuchte, ihr Geldscheine zuzustecken, und bedrängte sie ständig, doch wenigstens mit ihrem Bruder Kontakt aufzunehmen. »Ich bin nicht dein Kind«, herrschte sie ihn an. »Wie du siehst, kann ich bestens für mich selbst sorgen, und mit wem ich Kontakt halte, entscheide ich ebenfalls selbst. Damit geht es mir besser, als es mir in all den Jahren gegangen ist.«

Dann aber besann sie sich auf das, was er für sie getan hatte, und entschuldigte sich. Er meinte es gut, und er war ein netter Mann. Er hatte sogar angeboten, offiziell als ihr Verlobter aufzutreten, damit sie bei Bewerbungen einen günstigeren Eindruck erzielte: »Dass ein Student seine Braut bis zum Abschluss bei seiner Schwester unterbringt, wirkt einfach schicklicher, als dass ein Mädchen seiner Familie davongerannt ist. Ich weiß, dir widerstrebt das alles – aber wenn es dir doch bei deinen Plänen nützlich sein kann …«

»Das darf ich nicht annehmen«, hatte sie ihn zurückweisen wollen, aber er hatte schüchtern einen Arm um sie gelegt und den Kopf geschüttelt.

»Darfst du doch. Mir entsteht ja kein Schaden dadurch. Mit einer anderen verlobe ich mich nicht, und dass ich dich liebe, weißt du ohnehin.«

Das war natürlich ein Witz. Wie hätte ausgerechnet der sanfte

Mo, der am liebsten alles in seiner Ordnung belassen wollte, ein so wildes Geschöpf lieben sollen, das mit jedem Schritt alles umwarf? »Das ist ja wohl nicht dein Ernst«, hatte sie gesagt.

»Und wenn doch?«

»Ich bin keine Frau für die Ehe, Mo. Ich heirate weder dich noch irgendwen sonst.«

»Versprichst du mir das?«

»Was?«

»Dass du niemanden sonst heiratest.«

»Das kann ich gerne der ganzen Welt versprechen«, hatte Felice erwidert. »Ich heirate niemanden, darauf kannst du Gift nehmen.«

»Dann spricht ja nichts dagegen, dass du dich mit mir verlobst.«

Felice hatte ein Stöhnen herunterschlucken müssen. »Ich begreife nicht, was du davon hast. Aber wenn es dir Spaß macht, dich als meinen Verlobten zu bezeichnen, soll es mich nicht kratzen.«

»Es macht mir Spaß.«

»Also schön.«

Anderntags brachte er ihr einen Ring mit einem sehr klaren, zur Raute geschnittenen Stein mit, der natürlich falsch, jedoch ausnehmend hübsch war. Da Mo erwartungsvoll auf ihre Hand blickte, zog sie ihn auf und trug ihn seither. Sie fühlte sich unwohl damit. Aber Mo war ihr Freund. Der letzte, der ihr blieb, und vielleicht der einzige, den sie je gehabt hatte.

Suse war derselben Ansicht. »Er ist ein Spießer und alles andere als aufregend«, sagte sie. »Aber eine treue Seele ist er, der Mo, einer, der wiederkommt, egal wie schofelig man ihn hinauskomplimentiert. Und auch wenn solche wie du und ich es nicht gern zugeben: Gelegentlich tut es gut, einen im Leben zu haben, von dem du weißt, der kann gar nicht anders, als ein Ekel wie mich zu mögen. Mit Mo hast du keinen schlechten Fang gemacht.«

Felice verzichtete darauf, Suse darüber aufzuklären, dass Mo nicht wirklich ihr Verlobter war. Suse war gewitzt, sie wusste es zweifellos ohnehin. Mit dem, was sie gesagt hatte, hatte sie recht: Es tat manchmal gut, einen wie Mo im Leben zu haben, aber Felice gab es nicht gern zu. Sie wollte keinen Menschen mehr brauchen, sich auf niemanden mehr verlassen, nur auf sich selbst.

So verging auch der Herbst. Der kleine Vorrat Geldes, den sie in einer leeren Zigarettenschachtel aufbewahrte, schrumpfte so schnell, dass sie zusehen konnte. Geld schien beim Ausgeben bereits seinen Wert zu verlieren: Bekam sie das bisschen Brot, Milch und Käse, das ihr Körper zum Leben brauchte, an einem Montag noch für fünfzehn Pfennige, so verlangte die Bäckersfrau am Freitag bereits zehn für das halbe Pfund Brot. Felice leistete sich keinen Luxus, weder einen Kneipenbesuch noch neue Kleidung, aber sie brauchte Tinte, Papier, von Zeit zu Zeit ein Buch oder eine Zeitschrift, um sich in ihrem Fach auf dem Laufenden zu halten. Dazu kam das Porto für die unzähligen Schreiben, die sie versandte und die zum größten Teil ohne Antwort blieben.

So schnell, wie der Geldbetrag in der Blechschachtel schrumpfte, so rasch wuchs die Angst: Immer weniger Möglichkeiten blieben ihr, immer zäher ging ihr die Arbeit von der Hand, weil die Zuversicht schwand, die sie beflügelt hatte. Es wurde Winter, und sie saß in Mantel und Decke gehüllt am Schreibtisch, weil sie den Ofen in ihrem Zimmer nicht beheizen konnte. Am Silvesterabend hatte Suse sie zum ersten Mal gedrängt, sie zu begleiten und mit ihr das neue Jahr zu begrüßen.

»Du setzt noch Schimmel an, Stubenhockerin. Immer nur hier kauern und im eigenen Saft schmoren – woher sollen dir da noch Ideen kommen?«

Felice hatte abgelehnt. Selbst wenn sie gewollt hätte, hätte sie sich keinen Besuch in einer Gaststätte leisten können. In ihrer Geldschachtel hatten sich zu diesem Zeitpunkt noch fünfunddreißig Mark und achtzig Pfennige befunden.

Die waren jetzt auch weg. Es war alles weg, bis auf den blank geriebenen Boden der Schachtel. Der Lärm der Silvesternacht, der selige Jubel, als könnte das neue Jahr überhaupt nur Gutes bringen, klang ihr noch immer in den Ohren. Für die Leute, die Grund gehabt hatten, in Berlins Lokalen zu feiern, mochte es so sein: Die abergläubischen Stimmen, für die das dreizehnte Jahr eines Jahrhunderts bis hin zum Weltuntergang alles erdenkliche Unheil bringen konnte, waren verstummt. Es ging voran, und mit jedem Schritt in die Zukunft würden sich neue Türen auftun.

»Und wenn die Welt untergeht – eine neue war sowieso mal fällig«, hatte das *Berliner Tageblatt* getitelt.

Überschäumender Optimismus. Für Felice hingegen hatten sich die Wogen der Hoffnung gelegt, und eine Tür nach der anderen war ihr vor der Nase ins Schloss gefallen. Jetzt waren alle zu. Offen stand nur noch die Blechschachtel, an deren Leere Suses Blick hing. Von welchem Geld sie sich denn etwas Neues suchen wollte, hatte sie Felice gerade gefragt. Und Felice hatte ihr noch immer keine Antwort gegeben, weil es keine gab.

Sie zwang sich, den Rücken zu straffen. »Ich habe keine Ahnung. Aber das ist ja mein Problem und nicht deines. Kann ich also bis Ende der Woche bleiben? Ich bringe diese Bücher in die Pfandleihe, zwei Mark sollte ich zumindest noch dafür bekommen.«

»Und was machst du mit denen?« Suse hob den Blick und sah Felice scharf in die Augen. »Ich dachte, all das Zeug da wäre das Fundament von deinem Turm von Babel – ich meine, von dieser himmelhohen Zukunft, die du dir um jeden Preis bauen willst.«

Felice wollte irgendetwas ironisch-belangloses vom Stapel lassen, aber es gelang ihr nicht. Nicht bei Suse. »Verdammt, ich hab's verpatzt!«, entfuhr es ihr. »Ich war mir so sicher. Aber warum sollte ich etwas schaffen, an dem Tausende von Frauen scheitern? Ich bin eben keine Melli Beese. Ich bilde mir Höhenflüge immer nur ein.« In einem Anfall von Zorn packte sie die

Blechschachtel und schleuderte sie zu Boden. »Und jetzt sitze ich hier zwischen Bergen unbrauchbarer Artikel und weiß nicht, wie es ab morgen weitergehen soll.«

»Meinen dir verlobten Bruder Mo willst du nicht noch mal um Hilfe bitten, nehme ich an?«

Felice schüttelte den Kopf. Flüchtig hatte sie selbst diesen Weg als letzte Ausflucht erwogen und sich dafür geschämt. Sie hatte kein Recht, Mo weiter auszunutzen, sie hatte in diesen Wochen nicht einmal Zeit für ihn gehabt, wenn er vorbeigekommen war und sie zum Essen oder auf einen Spaziergang einladen wollte.

»Ich verstehe«, sagte Suse. »Nun, Mo zufolge stünde es dir immer noch offen, dich mit deiner Familie auszusöhnen.«

»Und einen hirnlosen Schlachter zu heiraten, bei dessen Anblick sich mir die Nackenhaare sträuben?«

»Kann man ja abschneiden«, sagte Suse. »Aber wenn ich Moritz richtig verstanden habe, ist diese Heirat gar nicht mehr notwendig. Willst du's versuchen? Ich habe einen Bekannten, der einen Bierwagen fährt – der könnte dich samt deinem bisschen Gelump ins Westend kutschieren.«

Felice brauchte keine Sekunde zum Überlegen. »Nein«, sagte sie. »Alles, nur nicht das.« Dann besann sie sich auf ein Mindestmaß an Manieren. »Tut mir leid, Suse. Vielen Dank für dein Angebot, aber das kann ich nicht. Dass ich aus diesem Haus geflüchtet bin, war das Beste, was ich je für mich getan habe.«

Wie sehr ihr das Leben in der Platanenallee widerstrebt hatte, war ihr erst klar geworden, als sie hierhergekommen war. Es war gewesen wie an den Tagen bei Oma Hertha: Sie hatte ein Fenster geöffnet, um frei zu atmen, und gedacht: *Ich kann dorthin, wo mich alles erstickt, nicht mehr zurück.*

»Aha«, sagte Suse.

»Du findest, dass ich ein verwöhntes Gör bin, das nicht weiß, wie gut es ihm geht, richtig?«

»Darüber maße ich mir kein Urteil an.« Suse griff in die Brusttasche ihrer Russenbluse und förderte eine zerknickte Zigarette zutage. »Andere Leute interessieren mich selten genug, um mir über ihre Moral Gedanken zu machen. Für mich zählt nur, ob ich den Unterhalt für meine Wohnung zusammenbringe, mir meinen Erbseneintopf bei *Aschinger* und meine paar Mollen mit Kompott im *Babylon* leisten kann. Die *Gartenlaube* hat meine letzte Geschichte abgelehnt. Es waren ihnen zu wenig Küsse hinter Ginsterhecken drin und zu viel Gerede über Politik, über Frauen an Wahlurnen und ähnlich utopischen Quatsch. Wenn du mich jetzt auch noch im Regen stehen lässt, beschaffe ich mir besser einen Schirm.«

»Scheiße«, sagte Felice. »Suse, ich will dich nicht im Regen stehen lassen, ich war sicher, dass ich es packe. Stattdessen habe ich mir wieder einmal den Kopf an Wänden eingerannt, und allmählich frage ich mich, wie lange ich noch die Kraft habe weiterzumachen.«

Suse hatte die Zigarette einigermaßen glatt gestrichen, ließ sie sich über die Lippe baumeln und steckte sie an. »Aber hierbleiben willst du?«

»Ich würde nichts lieber tun als hierbleiben. Ich weiß nur nicht, aus welchen Rippen ich mir die Miete schneiden soll.«

»Tja«, machte Suse. »Ich fürchte, meine zarte Stubengelehrte, dann wirst du wohl arbeiten müssen.«

»Aber nichts anderes will ich doch!«, rief Felice. »Ich zerbreche mir Tag und Nacht den Kopf, um an eine Arbeit zu kommen, aber inzwischen fürchte ich, die Leute sehen sich meine Sachen nicht mal an.«

Suse nahm einen tiefen Zug, der der zerbröselten Zigarette den Garaus machte. Sie drückte sie auf dem Unterteller von Felices Teetasse aus und langte erneut in die Tasche ihrer Bluse. Diesmal förderte sie einen zerknitterten Fetzen Papier zutage, der aus einer Zeitung herausgerissen worden war.

»Was hältst du denn hiervon? Und ehe du entrüstet ablehnst, vergiss nicht: Geld stinkt so oder so, ob nun du es hast oder ein anderer.«

Sie strich den Fetzen notdürftig glatt und reichte ihn Felice, die ihn ins funzelige Licht der Schreibtischlampe hielt. Der Jahreszeit entsprechend war es um fünf schon dunkel, soweit es in Berlin überhaupt dunkel werden konnte. Das Gelb der Straßenlaterne flimmerte, und über der Tür des Hotels gegenüber blinkte eine Leuchtreklame. Felice beugte sich über die Annonce.

»Jurist gesucht«, lautete die Überschrift.

Berliner Anwalt (renommierte Kanzlei) sucht Kollegen für heikle und vertrauliche Aufgaben. Bei Zufriedenheit gut dotierte Dauerstellung möglich. Geeignet für Studenten ohne Examen oder anderweitig problematische Fälle.

Anderweitig problematische Fälle – damit konnten ja im Grunde nur Frauen und entlassene Strafgefangene gemeint sein. Aber so etwas suchte doch niemand, nicht für eine seriöse und obendrein noch gut dotierte Dauerstellung. Die Anzeige klang nach einem Dummejungenstreich oder gar nach Betrug. »Das ist zu schön, um wahr zu sein«, sagte sie zu Suse.

»Und was bitte soll das heißen? Dass du dir zu fein bist, dir die Sache anzusehen, sondern lieber auf deinem dünnen Hintern sitzen bleibst und eine weitere Gelegenheit verstreichen lässt?«

»Ich hätte keine einzige Gelegenheit verstreichen lassen, wenn sich mir eine geboten hätte«, rief Felice. »Du hast offenbar keine Ahnung, wie oft ich mich beworben habe, Suse.«

»Und du hast offenbar keine Ahnung, wie das neue Berlin funktioniert«, konterte die andere. »Heute musst du auf Zack sein. Auf der Matte stehen. Da draußen drängelt sich, wer kann, um ganz vorn mit dabei zu sein, wenn die neue Zeit anbricht – was immer der Einzelne darunter auch verstehen will. Zum Lesen von ordentlich gefalteten Briefchen hat kein Mensch mehr Zeit.«

»Und du meinst, wenn ich kein Briefchen schreibe, sondern persönlich auf der Matte erscheine, könnte dieser Anwalt es mit mir versuchen?«

»Was meinst du denn selbst? Hast du mir nicht erzählt, du wärst in deinem Feld so ausgefuchst wie kein Mann?«

»Habe ich das?«, fragte Felice matt. »Dann habe ich inzwischen wohl den Glauben an mich selbst verloren. Bewerben würde ich mich trotzdem gern. Wenn ich einem Anwalt zuarbeiten könnte, wenn ich ihm beweisen könnte, was ich als Juristin tauge –«

»Probier's aus«, fuhr ihr Suse ins Wort. »Sonst erfährst du's nie.«

Felice studierte den Fetzen Zeitungspapier. »Es steht keine Adresse dabei. Nur eine Chiffre.«

»Brauchst du nicht.« Suse stand auf. »Zieh dir was Stadtfeines an, und richte dir die Locken. Der Mann der Stunde wartet zwei Stockwerke tiefer auf uns.«

»Zwei Stockwerke tiefer?«

»Im *Babylon*. Der Mensch ist ein entfernter Bekannter, man könnte sogar sagen, ein Kollege von mir, und da er mir mehrmals die Ohren vollgewimmert hat, auf seine Annonce habe sich niemand Geeignetes gemeldet, habe ich dreist behauptet, ich hätte die Lösung für sein Problem, und ihn herbestellt.«

»Du hast ihm gesagt, ich bin die Lösung für sein Problem?«, stammelte Felice fassungslos. »Und er sitzt jetzt da unten in dieser Kneipe und wartet auf mich?«

»Kein Grund zur Panik«, erwiderte Suse. »Die Kneipe heißt zwar *Babylon*, aber sie ist vergleichsweise harmlos. Quintus ist nicht harmlos, aber er brennt darauf, dich kennenzulernen. Ich habe ihm nämlich bereits lang und breit von dir erzählt und nur die kleinste Kleinigkeit verschwiegen.«

»Was für eine kleinste Kleinigkeit?«

»Jetzt zieh schon Leine«, verwies sie Suse und zog die Tür auf. »Das Leben ist so eine Art Zug: Wenn du dich auf dem Bahnsteig versabbelst, ist er weg, und du bleibst stehen. Mir kannst du das glauben, ich stehe auf dem verdammten Bahnhof nämlich immer noch.«

13

Der Schankraum der Kneipe war so dicht mit Bierdunst, Lärm und Zigarettenqualm gefüllt, dass Felice unwillkürlich eine Schwimmbewegung machte, um sich durchzukämpfen. Draußen war es schneidend kalt gewesen, ihr Atem eine weiße Wolke, jetzt hingegen ließ die geballte Hitze ihr den Schweiß ausbrechen. *Babylon* hieß das Lokal, und auf das Blechschild, das über dem Eingang baumelte, war in greller Farbe der wendeltreppenförmige Turm gemalt worden, durch dessen Bau die Menschen angeblich die Fähigkeit verloren hatten, einander zu verstehen.

Hatten sie diese Fähigkeit überhaupt je besessen? In dem Stimmengewirr, das Felice entgegenschlug, schien jeder nur sich selbst zuzuhören. Felice fand, dass der Name *Babylon* zu Berlin gut passte. Überall schossen Häuser aus dem Boden und akzeptierten keinen Himmel als Grenze. Sie hatte das immer erregend gefunden, wollte gern selbst so sein: ausschöpfen, wozu sie fähig war, sich von niemandem aufhalten lassen. Jetzt aber, wo sie wochenlang außer für die Schritte zu Bäcker und Milchladen keinen Fuß vor die Tür gesetzt hatte, fühlte sie sich von der Wucht der Stadt eingeschüchtert.

Es war nicht einfach, sich einen Überblick zu verschaffen. Zwischen den eng stehenden Tischen wechselten Leute hin und her, suchten sich neue Partner für Gespräche, trugen Getränke und Teller aus dickem Porzellan von einem Platz zum nächsten. Darüber hinaus waren die schwarz getünchten Wände über und über mit goldenen, seltsam verschlungenen Zeichen bemalt, die vor Felices Augen zu tanzen begannen. Suse hatte ihr Rechtsanwalt Quirin mit nicht mehr als einem halben Satz beschrieben: »Lang, eckig und sieht aus, als wäre er in einen Wirbelsturm geraten – kannst du gar nicht verkennen.«

Der Name Quirin war Felice nicht fremd. Die Kanzlei der Familie hatte ihren Sitz am Rüdesheimer Platz und war nicht nur renommiert, sondern stadtbekannt. Auch dort hatte sie sich bereits vergeblich beworben, was ihre Hoffnung auf ein klägliches Häuflein zusammenschrumpfen ließ. Am liebsten hätte sie auf der Stelle kehrtgemacht. Sie gehörte nicht hierher, unter Leute, die lachten, tranken, debattierten, mit vollen Händen Geld ausgaben – sie kam sich naiv vor, albern, *wie der Storch im Salat,* hätte Onkel Werner gesagt. Ihre einzige Erfahrung mit Kneipen war Poetges stille Destille gewesen, nach der sie sich mit jäher Heftigkeit sehnte.

Ein Kellner, dem eine schwere Strähne Haar ins Gesicht hing und der auf jeder Hand ein Tablett balancierte, verstellte ihr den engen Gang. »Suchste was Bestimmtes? Kann Kuno helfen?«

»Ich suche Herrn Rechtsanwalt Quirin«, erwiderte Felice. Zu verlieren hatte sie ohnehin nichts mehr.

»Uiuiui«, bemerkte der Kellner, der noch immer, ohne zu zittern und zu schwanken, die beiden beladenen Tabletts über seinem Kopf balancierte. »Herr in Amt und Würden. Ja, das kommt auch vor. Im *Babylon* kommt so gut wie alles vor.« Erfolglos versuchte er, sich die Strähne von der Nase zu blasen. Die aber war pomadiert und blieb hartnäckig kleben, wo sie war. Dann reckte er sich auf die Zehenspitzen. »He, Herrschaften, kennt einer von euch einen Quirin, Rechtsverdreher soll der sein? Das Frolleinchen hier ist ganz durch den Wind, weil sie den sucht.«

Im Winkel neben dem Tresen erhob sich ein Mann von einem Zweiertisch. Im selben Augenblick stellte Felice fest, dass Suse ihn treffender nicht hätte beschreiben können. Der Mann war lang, hatte breite, eckige Schultern und sah aus, als wäre er in einen Wirbelsturm geraten. »Der Rechtsverdreher bin ich.«

Er hatte einen breiten Mund und entblößte beim Lächeln ein prächtiges Gebiss. »Was kann ich für die Dame denn tun?«

»Du?« Die zwei Tabletts gerieten ins Wanken. »Kuno dachte, du bist bei der Journaille.«

»Sagen wir, das eine schließt das andere nicht zwangsläufig aus. Erkläre ich dir ein andermal, wenn du drauf bestehst. Jetzt möchte ich erst einmal in Erfahrung bringen, was mir die Ehre dieses reizenden Besuchs verschafft.« Der Mann trat vor und vollführte eine alberne Verneigung in Felices Richtung.

»Ich … ich …«, begann Felice zu stottern. Dann brach sie ab. *Reiß dich zusammen,* rief sie sich zur Ordnung. *Der Kerl kocht auch nur mit Wasser, er weiß offenbar nicht, wie man einen ordentlichen Anzug trägt oder sich die Haare schneiden lässt, und außerdem ist er noch keine dreißig. Hätte man dir nicht den Vorbereitungsdienst verwehrt, könntest du längst genauso weit sein wie er.*

»Ich komme wegen Ihrer Annonce in der *Vossischen*«, erklärte sie hoheitsvoll. »Meine Bekannte, Frau Susanna Gantzow, sagte mir, Sie würden mich erwarten. Allerdings hätte ich mit einem reiferen Herrn gerechnet.«

Quirins Lächeln machte seine Augen dreieckig. In seinem Gesicht war alles groß, überzeichnet, so auffällig, dass man hinschauen musste. Er schaute ebenfalls hin. Ließ seinen Blick an ihr hinauf- und hinunterwandern und brach dann in Gelächter aus. »Da können wir uns die Hände reichen. Ich hatte auch mit jemand anderem gerechnet. Jedenfalls nehme ich an, dass Sie wohl kaum Felix zur Nieden sind.«

Oh Suse, ich erwürge dich, durchfuhr es Felice. Nur die kleinste Kleinigkeit hatte sie Quirin verschwiegen. Die Kleinigkeit, dass der verheißungsvolle Bewerber, den sie ihm geschickt hatte, eine Bewerberin war. Es hatte keinen Sinn. Sie brauchte ihr Anliegen gar nicht erst vorzutragen. Besser, sie machte stillschweigend kehrt und ging nach Hause – solange sie noch einen Ort hatte, den sie ihr Zuhause nennen konnte.

»Ich fürchte, hier liegt ein Missverständnis vor«, sagte sie so beherrscht, wie sie konnte. »Ich gehe dann wohl lieber. Es tut mir leid, Sie gestört zu haben.«

»Aber nicht doch!«, rief Quirin. Wie konnte ein Mensch eine derart lebhafte Mimik haben? Tat sein Gesicht ihm nicht weh, so heftig, wie er es verzog? Dazu fuhr er sich ständig mit den Händen in die schwarzen Locken, die in sämtliche Richtungen vom Kopf abstanden. »Sie haben mich nicht gestört, ich kam mit meinem Artikel ohnehin nicht weiter und starre seit einer geschlagenen Stunde Löcher in die Luft. Schreibblockade. Kennen Sie das?«

»Nein«, versetzte Felice patzig.

»Sie Glückliche.« Er ließ die Brauen zucken. »Wo Sie sich nun aber die Mühe gemacht haben herzukommen, lassen Sie sich von mir wenigstens zu einem Glas einladen. Dabei lässt sich leichter darüber beraten, wie wir der infamen Suse den Streich heimzahlen, den sie uns gespielt hat.«

»Sie hat uns keinen Streich gespielt«, hörte Felice sich zu ihrer Bestürzung sagen. »Sie war der Meinung, ich wäre der richtige Mann für Sie, auch wenn ich kein Mann bin, sondern eine Frau. Sie suchen einen guten Juristen, und ich bin ein guter Jurist, also hat Suse uns zusammengebracht. Sie ist Schriftstellerin. Sie weiß nicht, dass sich in unserem Beruf die Vorurteile höher stapeln als beim Turm von Babylon.«

»Apropos *Babylon*«, ließ sich der Kellner vernehmen, dessen Arme jetzt doch zitterten. »Wär's möglich, dass ihr Kuno vorbeilasst? Er hätte zu arbeiten.«

»Kein Thema. Tut mir leid, Kamerad.« Mit einer schlangenhaften Bewegung schob Quirin sich an Felice vorbei und entwand dem Kellner eins der Tabletts. »Sag mir, wohin ich's bringen soll, und ich mache mich auf den Weg. Jeder gute Journalist muss zumindest die Grundzüge des Kellnerns beherrschen.«

Der Kellner murmelte ein paar Anweisungen, und Quirin

setzte sich gespielt abgehackt wie ein Roboter in Bewegung. Dabei schob er die freie Hand in die Hosentasche und pfiff mit ziemlich gekonnten Trillern eine banale, populäre Walzermelodie. Leute an den Tischen lachten, eine Frau mit erdbeerrot bemalten Lippen klatschte Beifall. Vermutlich fungierte der Kerl in diesem Lokal als eine Art Alleinunterhalter. So eingenommen, wie er von sich war, war ihm die Rolle auf den Leib geschrieben. Felice ging er auf die Nerven, was sie nicht hinderte, ihm nachzusehen. Sie hätte nach Hause gehen können, diese traurige Farce beenden. Aber sie wartete, bis er die Gläser verteilt hatte und zurückkam.

»Das wäre erledigt«, sagte er und reichte ihr seinen Arm. »Jetzt zu uns beiden, Fräulein …«

»Zur Nieden.«

»Wirklich zur Nieden?« Seine Brauen führten einen regelrechten Tanz auf. »Ist Felix zur Nieden ein Bruder von Ihnen?«

»Einen Felix zur Nieden gibt es nicht«, erwiderte Felice. »Nur eine Felice, die Ihnen nichts nützt, weil eine Frau als Juristin nicht in Ihr Weltbild passt.«

Statt ihr indigniert eine Predigt zu halten, wie sie es hundertmal erlebt hatte, lachte er laut auf. »Donnerwetter. Sie backen keine kleinen Brötchen, was? Kommen Sie, setzen wir uns an meinen Tisch. Der Abend verspricht, amüsant zu werden.«

»Zu Ihrem Amüsement bin ich nicht hergekommen«, sagte sie, aber er hörte nicht mehr zu, sondern bahnte sich seinen Weg und zog sie mit. Auf dem Tisch, an dem er gesessen hatte, lag eine in Packpapier gebundene Kladde, deren Seiten in unleserlicher Klaue beschriftet waren. Daneben standen eine Kerze und ein Glas mit grünem Stiel, halb gefüllt mit Rotwein.

Er bemerkte ihren Blick, zog ihr erst den Stuhl zurecht und schob ihr dann das Glas hin. »Möchten Sie probieren, bis Kuno Zeit für Ihre Bestellung findet? Ist ausgezeichnet. Tarnt sich als Franke, stammt aber aus Griechenland. Können Sie sich das vorstellen? Ein Wein, der in der sengenden Sonne, in der kalkweißen Erde des Parnass bis zum Platzen gereift ist – um dann im grimmigen Winter des Nordens durch froststarre Berliner Kehlen zu fließen. Es gibt eine ganze Reihe von Weinhändlern, die mit dem Import von griechischen Weinen begonnen haben. Die Welt wird klein wie ein Dorf. Ich trinke diesen hier gern, er macht mir den Magen warm.«

»Finden Sie das, was Sie da von sich geben, eigentlich komisch?«, fragte Felice. »Oder hören Sie sich einfach nur selbst gern reden?«

Er überlegte. Dann lächelte er. »Ich wollte meinem hellenischen Wein ein wenig Ehre zuteilwerden lassen. Aber wie es scheint, war das ein Griff in jenes Becken, dessen Namen ein Herr in Gegenwart einer Dame nicht auszusprechen wagt.«

Er sah nicht aus wie ein Herr. Von dem wüsten Haarschopf abgesehen, trug er die Weste seines Einreihers aufgeknöpft und das Hemd ohne Brustlatz und Binder. Um den angenähten, am Hals offenen Kragen hatte er stattdessen ein Tuch geschlungen, karminrot, was den Aufzug noch abenteuerlicher machte.

»Möchten Sie wirklich nicht?«

Felice schüttelte den Kopf. »Mir wird von Rotwein übel. Auch wenn mir die Wirkung derzeit ziemlich willkommen wäre.«

»Die Übelkeit?«

»Nein«, sagte sie. »Das Vergessen.«

Er sah sie an, die Augen sprechend, wach. »Das lässt sich machen. Sagen Sie mir, was ist Ihr Lieblingsgeschmack? Einer, von dem Ihnen nicht übel, sondern rundum wohlig wird.«

Rundum wohlig. Weich gekochte Eier mit Butter und Salz fielen ihr ein. Gleich darauf eine grüne Papiertüte, die nach Sommer und einem Abend in Oma Herthas Küche duftete. »Kirschen«, sagte sie. Auch wenn es diesen Junganwalt, der sich sichtlich für eine Offenbarung hielt, nichts anging.

»Wunderbar.« Kaum hatte er sich gesetzt, sprang er wieder auf. »Ich instruiere Kuno.«

Felice lief noch immer der Schweiß, und ihre Zunge klebte am Gaumen. »Ich möchte nichts als ein Glas Wasser«, rief sie ihm hinterher.

Nicht lange darauf kehrte er mit einem Tablett zurück, auf dem ein sehr hohes Glas neben einem sehr kleinen stand. Beide waren mit klarer Flüssigkeit gefüllt. In dem großen Glas schwammen grüne Blätter und ein Viertel Zitrone. In dem kleinen schwamm nichts. »Ein Glas Wasser für den Durst«, sagte er. »Und einen Kirsch zum Vergessen. Auf Ihr Wohl, Fräulein zur Nieden. Auf unsere gemeinsame skrupellose Freundin Suse und auf den Bruder, den Sie gar nicht haben.«

Er setzte sich wieder, nahm sein Weinglas und prostete ihr zu. Zögerlich nahm Felice das kleine Glas und ließ es gegen seines klirren. Der Duft, der ihm entströmte, überwältigte sie. Er hatte etwas von dem aus ihrer Obsttüte, war aber schärfer und einprägsamer. »Einen Bruder habe ich durchaus«, murmelte sie gedankenverloren. »Aber der ist kein Jurist. Jurist bin nur ich.«

»Erstaunlich«, erwiderte Quirin und lächelte ihr ermutigend zu. »Erzählen Sie mir davon. Ich weiß, Sie halten mich für einen Sack voller Vorurteile, aber ich wusste wirklich nicht, dass Frauen bei uns neuerdings Juristen werden.«

»Werden sie ja gar nicht.« Felice senkte den Kopf und starrte in das Glas, das sie mit beiden Händen umschlang. »Vermutlich ist es Scharlatanerie, dass ich mich Juristin nenne, aber ich tue es, weil ich nie etwas anderes war. Doch, ein paar Jahre lang war ich preußische Dragonerin im Kampf gegen mein Land bedrängende Franzosen. Aber selbst da ist es mir um nichts gegangen als um Gerechtigkeit.«

Erschrocken hielt sie inne. Was war mit ihr los, was erzählte sie diesem überheblichen Fremden? Sie hatte von der duftenden Flüssigkeit doch noch gar nichts getrunken. Mit einem Ruck holte sie es nach, schüttete die Hälfte des Inhalts in sich hinein.

Es brannte in Mund und Kehle, aber gleich darauf hörte es auf und schien sie im Innern zu streicheln. Nach Kirschen schmeckte es nicht. Nur nach der Erinnerung daran.

Quirin betrachtete sie aus weiten Augen, die im Licht der Kerze schillerten. »Wie faszinierend«, sagte er. »Bitte erzählen Sie weiter. Offenbar haben Sie schon so einiges getan, was man eher von einem Felix als von einer Felice erwarten würde.«

Zornig schüttelte sie sich. »Warum?« Dann nahm sie das Glas und trank auch noch den Rest. »Warum erwartet man ständig etwas von Menschen, nur weil andere es tun oder nicht tun? Warum wartet man nicht ab, wofür sie sich selbst entscheiden?«

Er stützte sein kantiges Kinn in eine Hand und schien ernsthaft darüber nachzudenken. »Gute Frage«, bekannte er endlich. »Soll ich Ihnen noch einen Kirsch bestellen?«

»Ist das alles, was Sie darauf zu sagen haben?«

»Mitnichten«, erwiderte er. »Nur das akuteste.«

Er winkte Kuno, der am anderen Ende des Raumes seine Tabletts balancierte, und gab ihm durch Gefuchtel seiner großen Hände zu verstehen, was er wollte. Während er wartete, pfiff er gedankenverloren ein paar Takte des banalen Walzers, der zu Felices Ärger so eingängig war, dass er sich in ihrem Kopf wie mit Widerhaken festsetzte.

Der Geheimcode zwischen ihm und Kuno schien bestens eingeübt zu sein: Felice hatte kaum Zeit, den Effekt des ersten auszukosten, da wurde bereits ein zweites Glas vor sie hingestellt. Das klare Getränk wirkte völlig anders als Sekt. Es machte ihren Kopf nicht leicht und ihr Herz nicht fröhlich, sondern spülte nur Barrieren weg und hatte etwas Ehrliches. Nicht verwaschener wurden ihre Gedanken, sondern schärfer.

Warum soll ich mich verstellen, mich lieb Kind machen, dachte sie, *statt mich zu geben, wie ich bin? Ich habe zur Verstellung doch sowieso kein Talent, und was kümmert mich dieser Mann?*

Quirin, der noch nicht ausgetrunken hatte, bekam ein frisches Glas Wein. Felice, deren Durst inzwischen brannte, trank von ihrem Wasser, das kühl war und nach Pfefferminz schmeckte.

»Auf Ihr Wohl«, sagte Quirin.

»Sie haben mich nicht gefragt, ob ich noch etwas trinken möchte.«

»Nein«, gab Quirin zu. »Ich habe das über Ihren Kopf hinweg entschieden, und nach allem, was ich bisher von Ihnen weiß, kann ich mir denken, dass das ganz und gar nicht gut bei Ihnen ankommt. Aber das Risiko musste ich eingehen. Ich bin Journalist. Als Mitglied meiner Zunft durfte ich mir einen derart fesselnden Gesprächspartner nicht so schnell entwischen lassen.«

»Ich denke, Sie sind Anwalt.«

»Wie ich schon Kuno zu erklären versucht habe: Das eine schließt das andere nicht zwangsläufig aus. Auch wenn ich gern hätte, dass sie einander ausschlössen – nur bräuchte ich dafür eben den nicht existenten Herrn Felix zur Nieden. Aber das soll nicht Ihr Problem sein. Ich freue mich, dass Ihnen der Kirsch schmeckt, und außerdem waren Sie gerade im Begriff, mir zu erklären, auf welche Weise Sie Juristin sind und dann auch wieder nicht. Sie hatten mich gefragt, warum wir von Menschen erwarten, dass sie tun, was ihre Art tut, und ich hatte bekundet, dass ich diesen Gedanken höchst faszinierend finde.«

»Was ist daran faszinierend?«

»Geradezu revolutionär«, erwiderte Quirin. Er wirkte aufgeregt, was seinem Gesicht etwas Schutzloses gab, trank erst von dem vollen und dann von dem halb geleerten Glas. »Stellen Sie sich vor, wir würden nicht länger von Menschen erwarten, dass sie ihre eigene Art nicht zur Nahrungsaufnahme heranziehen, sondern abwarten, ob sie bei Rindsroulade und Eisbein bleiben oder zu Kannibalen werden.«

Felices Faust ballte sich. »Finden Sie das komisch?«

»Nein, gar nicht. Ich finde es bemerkenswert und bedaure, dass ich es nicht ausprobieren kann.«

Felice starrte ihn an. Auf seinen Zügen zeigte sich nicht einmal ein Schmunzeln. Er tat mit ihr, was ihr Vater ihr beigebracht hatte, damals im knirschenden Unterholz des Hundekehlesees: *Mach nicht so viel Lärm. Pirsch dich an. Wenn wir den Feind umzingelt haben, verlier' keine Zeit, sondern entwaffne ihn.* Dieser Quirin hatte sich angepirscht, als hätte sein eckiger Körper kein Gewicht, und er entwaffnete sie, indem er das Gegenteil von dem sagte, auf das Felice vorbereitet war.

Sie musste an Skat bei Poetge denken, an Bluffs, die bei Spielpartnern keine Wirkung mehr zeigten, weil der eine die Tricks des anderen kannte. Onkel Werner allein war undurchschaubar geblieben, weil er keine Tricks anwandte, sondern jedes Spiel neu begann und sich selbst mit jeder Entscheidung überraschte.

Der Mann, der ihr gegenübersaß, tat dasselbe: Er bluffte nicht, spielte ohne Routine und ohne die Arroganz von Männern, die zu wissen glaubten, was hinter der Stirn einer Frau vor sich ging: Sehnsucht nach Küssen in Gebüschen wie in Suses *Gartenlaube*, einerlei, ob sie von Wahlrecht und Berufsausübung schwatzten.

Felice kannte dieses Denken in- und auswendig. Der Vorsteher des Amtsgerichts Marienfelde hatte zu ihr gesagt: »Diese Episoden von Hysterie bei unverlobten Frauen sind derzeit ja in aller Munde. Aber gestorben ist noch keine daran. Gehen Sie nach Hause, Fräulein, suchen Sie sich einen passablen Herrn Ihres Standes, und die Anfälle werden sich legen.«

Der Berufswunsch einer Frau als Krankheit und die Ehe als Allheilmittel. Sie dachten alle so, sogar ihr Bruder Willi, von dem sie sich so etwas wie Freundschaft erhofft hatte. Im entscheidenden Augenblick hatte er sein wahres Gesicht gezeigt. Aber dieser Mann war anders. Er redete, wie Onkel Werner Karten spielte, ließ heraus, was ihm einfiel, nicht was er hundertmal erprobt hatte.

Felice trank von dem Getränk, das er Kirsch nannte. In der

Kneipe herrschte noch immer Lärm. Zwei Frauen waren auf den größten der Tische gestiegen und sangen ein Lied, zu dem sie eingehakt tanzten, die Füße vorstreckten und die Röcke bis über die Fesseln hoben. Felice aber fühlte sich nicht länger davon gestört oder eingeschüchtert.

»Eine Frau, die einen Beruf ausüben will, ist kein Kannibale«, sagte sie. »Ich habe die Rechte studiert, weil mein Vater mir beigebracht hat, dass Gerechtigkeit jeden Kampf wert ist. Auf das Fundament der Gerechtigkeit lässt sich eine einzelne Existenz genauso begründen wie ein ganzes Reich, aber ohne sie, ohne verbindlich festgeschriebene Gesetze, gerät alles ins Wanken. In meinem Studium war ich gut. Besser als die meisten, obwohl ich die begehrtesten Veranstaltungen nicht besuchen durfte. Doch statt die Förderung zu erhalten, an der sich männliche Kommilitonen selbst bei schlechteren Noten freuen durften, wurde ich aussortiert. Ich habe das Erste juristische Examen mit Bravour bestanden, doch der Vorbereitungsdienst, der nötig ist, um das Zweite abzulegen und die Zulassung als Anwalt zu erhalten, wird mir verweigert. Bin ich ein Kannibale, weil mir die Wut darüber die Luft abschnürt?«

Wenn er jetzt »Aber Sie sind doch ein Mädchen« sagt wie all die anderen, schlage ich ihm in sein sich ständig verziehendes Gesicht, dachte sie.

»Kannibale. Anwalt«, murmelte Quirin und suchte nach etwas in ihren Zügen. Dann lächelte er ihr breit und strahlend entgegen. »Aber Sie sind doch ein Mädchen.«

Halb entsetzt, halb entschlossen fühlte Felice sich ausholen, doch ehe ihre Hand auf seiner Wange landen konnte, sprach er weiter. »Als Anwalt können Sie nicht zugelassen werden – wir müssten ein neues Wort erfinden und Sie zur *Anwältin* machen. Oder zur Kannibalin. Das ist auch faszinierend, finden Sie nicht? Um eine neue Welt zuzulassen, müssen wir erst einmal eine neue Sprache erfinden. Wer weiß, vielleicht leben wir ja eines Tages in einem Staat, in dem es nicht nur von Anwältinnen, sondern auch von Polizistinnen, Architektinnen, Ingenieurinnen, ja, womöglich sogar Reichskanzlerinnen wimmelt!«

Felices Hand sank auf den Tisch nieder.

Quirin hatte sich in Begeisterung geredet, die Augen glänzend, die Wangen leicht gerötet. »Kannibalinnen und Dragonerinnen, nicht zu vergessen!« Mit einem Nicken, bei dem ihm sein wildes Haar ins Gesicht fiel, hob er sein Glas und trank ihr zu. »Großadmiralinnen, Bierkutscherinnen, Marineattaché-innen, es öffnen sich Möglichkeiten ohne Grenzen … Und dem Fräulein vom Amt müssten wir ein Herrlein vom Amt gegenüberstellen.«

»Ein Männlein«, versetzte Felice. »So komisch sich Ihre Aufzählung anhört – würden Sie auch noch lachen, wenn Sie mit Ihrem ganzen Dasein für einen Beruf brennen würden und ihn trotzdem nicht ausüben dürften?«

Er hielt inne und ließ sich das Lachen vom Gesicht rutschen. »Manchmal schon«, sagte er dann. »Etwas zu ertragen, über das ich nicht lachen kann, stelle ich mir schwierig vor. Aber Sie haben recht: Allzu oft möchte man, statt zu lachen, in seinen eigenen Hut beißen. Ich hatte mir eingebildet, mit der Anzeige in der *Vossischen* könnte ich meiner Misere abhelfen, doch das stellt sich als Blödsinn vor dem Herrn heraus: Entweder die Bewerber sind viel zu ehrenwert, um sich auf etwas einzulassen, das sie als Betrug empfinden. Oder sie sehen aus, als hätten sie gegen einen kleinen Betrug nichts einzuwenden, sind aber nicht vertrauenerweckend genug, um sie in eine so kitzlige Sache einzuweihen.«

»In was für eine kitzlige Sache?«, fragte Felice. »Ich glaube nicht, dass ich die geringste Ahnung habe, wovon Sie sprechen.«

»Nein, natürlich nicht, entschuldigen Sie«, beeilte er sich, ihr zu versichern. »Wir sprachen ja von Ihrem Fall, davon, dass Sie für den Beruf des Anwalts brennen, ihn aber nicht ausüben dürfen. Und unberechtigterweise habe ich das auf meinen Fall übertragen, denn sehen Sie – ich brenne für den Beruf des Journalisten.«

Felice wollte eine weitere Frage stellen, spürte, dass sie kurz davorstanden, zum eigentlichen Thema des Abends zu kommen, aber Kuno machte ihr einen Strich durch die Rechnung. Wie aus dem Boden gewachsen stand er vor ihrem Tisch, wobei er wiederum auf jeder Handfläche ein Tablett balancierte. »Kuno dachte sich, er bringt besser eine dritte Runde. Nicht dass ihr auf dem Trockenen sitzt und euch nicht verständigen könnt. Bei dem Betrieb heute sieht ein Mann ja seine Hand nicht vor Augen.«

»Wenn wir dich nicht hätten und die kleinen Kartoffeln.« Jovial boxte Quirin dem Kellner in die Seite, ehe er aufstand und ihm das Tablett abnahm. Vor ihm standen inzwischen drei in unterschiedlichem Maß gefüllte Weingläser, und Felice hatte protestieren wollen, weil sie sich vorkam, als würde sie Gläser mit Kirsch in ihrem Kopf zu einem schwankenden Turm von Babylon stapeln: immer höher, immer kühner, bis das ganze Gebilde zusammenkrachte.

Sie sagte nichts, und Kuno verschwand im Gewühl.

Quirin blickte leicht ratlos von einem Glas zum nächsten. »Ich nehme wohl dieses«, entschied er sich und griff zu dem in der Mitte. »Auf Ihr Wohl, Fräulein zur Nieden. Darauf, dass ich trotz allem plötzlich froh bin, dass Sie nicht Ihr Bruder sind.«

14

Vielleicht hätte Quirin tatsächlich den Faden wiederaufgenommen, doch kaum hatte er das Glas abgestellt, wurden sie ein weiteres Mal unterbrochen. An ihren Tisch trat ein alter, nach feuchter Wolle stinkender Mann, der ihnen bedruckte Zettel und eine mit dem Reichsadler beklebte Sammelbüchse über den Tisch schob. »Lose, Leute, kauft Lose!«, krächzte er. »Unterstützt die kaiserliche Lotterie zum Bau des Völkerschlachtdenkmals in Leipzig! Das größte Denkmal Europas! Hundert Meter Beton zum Gedenken an den heldenhaften Sieg der Waffenbruderschaft zwischen Preußen und Österreich über Napoleons Landräuber!«

»Ist schon gut.« Quirin klopfte dem Alten auf die Schulter und steckte ein Geldstück in den Schlitz der Dose. »Du brauchst nicht jeden glorreich erschlagenen Franzosen einzeln aufzuzählen. Und ein Los brauche ich auch nicht. Verkauf's dem nächsten, dann verdienst du doppelt.«

Der Alte warf Quirin einen vernichtenden Blick zu. »Darüber wagen Sie zu spotten, über die größte Schlacht der Menschheitsgeschichte? Über deutsche Helden, die für den Ruhm ihres Landes gestorben sind? Da kann man wirklich nur hoffen, dass wir bald wieder einen Krieg haben, der euch vaterlandslosen Gesellen Feuer unterm Hintern macht.« Er wetterte noch eine Zeitlang weiter, sammelte aber seine Lose ein und trollte sich zum nächsten Tisch, wobei er den, auf dem die zwei Tänzerinnen inzwischen saßen und mit den Beinen baumelten, tunlichst mied.

»Wie viel Geld soll dieses Denkmal denn kosten?«, fragte

Felice. Männer, die Lose zugunsten des Baus anpriesen, hatten bei Poetge ihre Sammelbüchsen geschüttelt, solange sie denken konnte. »Wird es überhaupt je fertig?«

Quirin lachte. »Die sechs geplanten Millionen scheinen nicht zu reichen. Aber fertig werden muss es ja, bis im Oktober diese größte Schlacht der Menschheitsgeschichte ihren hundertsten Jahrestag begeht. So etwas muss man schließlich feiern, solange wir keinen neuen Krieg haben, der uns die Hintern in Brand steckt.«

»Ach, darum geht es bei dem ganzen Aufwand.« Sechs Millionen für ein Bauwerk, das an eine hundert Jahre alte Schlacht erinnerte, erschien Felice als Verschwendung ungeheuerlich. »Mir kommt es vor, als bauten sie daran schon ewig.«

»Fünfzehn Jahre.« Quirin nickte. »Das Denkmal ist so eine Art Turm von Babylon. Immer wenn's dem Plan nach fertig wäre, wird noch eins draufgesetzt, und die armen Teufel mit ihren Losen müssen noch mal los.« Er wies auf ein Gipsmodell des Turms, das auf dem Tresen stand und die Batterie der Flaschen überragte.

»Und was soll das bringen?«, fragte Felice. »Spätestens seit wir Flugzeuge haben, wissen wir ja wohl, dass der Himmel keine erreichbare Größe ist.«

»Und Luftschiffe«, stimmte Quirin ihr zu. »Die Marine hat gerade eines für den Herbst geordert, ein dreimotoriges, für das ebenfalls mit Losen Geld gesammelt wird. Stellen Sie sich vor, der arme Zeppelin rammt das Denkmal, das stürzt zusammen, und wir reden auf einmal alle in der Sprache der Matumbi-Neger und verstehen unser eigenes Wort nicht mehr.«

»Um die meisten Worte wär's nicht schade.«

»Finden Sie?« Er lachte. »Ganz verdenken kann ich es Ihnen nicht. Deshalb zieht es mich zu einer Ausdrucksform, die so dicht am Leben ist, dass wir gar keine Wahl haben, als zu verstehen. Fotografie. Worte ritzen uns im besten Fall die Haut, aber

Fotos treffen ins Innerste und sickern uns ins Blut. Die Zeit der Holzschnitte als Zeitungsillustrationen ist vorüber. Solche Bilder boten schmückendes Beiwerk ohne Beweiskraft, unsere aber liefern Fakten, denen sich niemand verweigern kann.«

Er langte in die Tasche seines schlampigen Jacketts und schob ihr eine Zeitungsseite hin. Es war kaum Schrift darauf, und das Wenige war Englisch, das Felice nicht gut lesen konnte. Das Bild aber, das fast die gesamte Seite einnahm, sprach seine eigene Sprache: Es zeigte einen dunkelhäutigen Jungen von etwa zehn Jahren, ein mit Haut bespanntes Skelett, jede Rippe eine Sichel, die Arme Hölzchen, die man mit bloßen Händen hätte zerbrechen können. Um die Mitte hatte er sich ein Seil geschlungen, um die übergroße Hose festzuhalten. Das Gesicht war uralt. Ein Greisenkopf mit Filzhut auf einem ausgemergelten Kinderkörper.

Quirin hatte recht: Etwas daran traf sie im Innersten, ehe sie sich davor verschließen konnte.

»Was ist das für ein Bild?«

»Matanzas«, erwiderte er. »Kuba. Spanisch-amerikanischer Krieg. Der Fotograf ist Jimmy Hare, ein Brite, der eine ganze Serie davon für *Collier's* gemacht hat. Er ist immer da, wo auf der Welt die Fetzen fliegen, und hält mit seiner Kamera fest, wovon wir sonst keine Vorstellung hätten. Zurzeit treibt er sich im Balkan herum, mitten im Kriegsgeschehen, und schickt seiner Zeitung Bilder von Soldaten in Albanien, die auf einem Sarg sitzen und aus Blechnäpfen ihr Frühstück schaufeln. Teufel noch mal, der Kerl hat keine Ahnung, wie sehr ich ihn beneide!«

Felice verstand nichts von Fotografie, aber das Bild ging ihr ins Blut, und etwas anderes tat das noch mehr: Quirins Feuer. Seine Begeisterung, als gäbe es nichts anderes, als um die Welt zu reisen und Bilder zu schießen. Für ihn gab es nichts anderes. So wenig wie für sie. Sie erkannte das Feuer in ihm, weil es ihr eigenes war, und sie erlebte es zum ersten Mal bei einem anderen Menschen. »Wenn Sie ihn so sehr beneiden, warum sind Sie dann Anwalt geworden?«, fragte sie.

»Ich bin ja keiner«, erwiderte er schlicht. »Ich bin Journalist, auch wenn ich mich von meinem Vater durch ein Jurastudium habe prügeln lassen. Ein Sohn der Quirins, der statt die Rechte zu studieren und in die Kanzlei einzusteigen, zur Journaille geht und sich im Schmutz der Skandalblätter suhlt? Wo kämen wir denn da hin? Ich glaube, ehe mein Vater das zuließe, würde er mich meistbietend versteigern.«

Zu ihrer Überraschung musste Felice lachen. »Meine Mutter mich auch. Aber das einzige Gebot, das sie für mich bekommen hat, habe ich ihr verpatzt.«

Quirin lachte mit, es klang so wenig heiter wie bei ihr und gab ihr das verblüffende Gefühl, nicht allein zu sein. Sein Blick aus den dreieckigen Augen folgte jeder Regung ihres Gesichts. »Da kann Ihre Mutter noch von Glück sagen. Mein Vater hat für mich nicht einmal ein Gebot bekommen.«

»Für Männer wird auch geboten? Ich dachte, Männer wären diejenigen, die Gebote machen.«

Er probierte Wein aus dem ersten, dann aus dem zweiten Glas. »Männer im Allgemeinen sicher. Aber keine ungeratenen Söhne. Der Vorbereitungsdienst ist auch mir verweigert worden, weil ich nämlich mit siebzehn in die SPD eingetreten bin. Nach Schweiß und Schwefel stinkende Sozialisten wollen wir nicht in ordentlich reichsdeutschen Gerichten. Für meinen Vater war's eine Schmach, die ihn bis in den Sarg verfolgen wird. Als Katholik leidet er ohnehin unter einer geradezu neurasthenischen Angst, von Plätzen an der Sonne ausgeschlossen zu werden, da brauchte er wahrlich nicht noch einen Schandfleck auf der weißen Weste.«

»Ihre Familie ist katholisch?«, fragte Felice erstaunt.

»Soweit ich weiß, ist das selbst in Preußen nicht verboten«, erwiderte Quirin. »In jedem Fall hat mein Vater sich gegen eine

Enterbung entschieden und stattdessen seine Beziehungen spielen lassen, um dem unbotmäßigen Jüngsten doch noch eine Stellung zu verschaffen. Natürlich unter hundert Versprechungen, dass der künftig ein folgsames Jungchen sein und keinem Amtsrichter den Sessel unterm Hintern in Brand setzen würde.«

»Sie sind also Sozialist?«, hakte Felice nach.

Von der Partei der Arbeiter, der es im vergangenen Jahr gelungen war, die stärkste Fraktion im Reichstag zu bilden, hallten nicht nur die Schlagzeilen der Zeitungen, sondern ebenso erhitzte Gespräche in Milchläden und Wartehäuschen wider. Die Friedhofswärter bei Poetge, die den preußischen Landtag nicht einmal wählen durften, hatten schüchtern zu hoffen gewagt, die Sozialisten so nah an der Regierung würden ihnen ihren Lebenskampf ein weniger erleichtern. Benno dagegen hatte von der »Hölle des roten Parlaments« getönt und düster prophezeit, demnächst werde der gesamte Reichstag in Flammen aufgehen.

Felice war Juristin. Sie wusste, dass selbst der stärksten Fraktion des Reichstags zu beidem die Macht fehlte, zumal SPD-Abgeordnete in keinem bedeutenden Ausschuss zugelassen waren. Bei Haushaltsentscheidungen hatten die Parlamentarier ein Mitspracherecht, doch im Allgemeinen vermochten sie höchstens Debatten anzuregen und öffentliches Interesse zu wecken. Reichskanzler Bethmann Hollweg war natürlich vom Kaiser, nicht vom Präsidenten des Reichstags ernannt worden, und selbst über Krieg und Frieden entschied der Kaiser allein.

Dennoch haftete den Sozialisten, die Männer wie Benno mit geiferndem Hass verfolgten, etwas Verruchtes, Abenteuerliches an. Dass sie einmal einem ihrer Mitglieder gegenübersitzen würde, hatte Felice nicht erwartet.

»So weit würde ich nicht gehen«, antwortete Quirin. »Ich denke, ich wollte vor allem irgendetwas sein, das in meiner Familie noch keiner war.«

Etwas daran war Felice vertraut. Als sie dennoch fragend die

Stirn runzelte, lachte er unsicher auf. »Ich bin der fünfte. Der Überflüssige. Als ich zur Welt kam, waren sämtliche Rollen in meiner Familie schon besetzt: Wir haben den friedlichen Kronsohn, die brave Tochter, den nachgeborenen Streber und das empfindsame Nesthäkchen. Was blieb also für mich? Zudem haben meine Geschwister wenigstens Namen, auch wenn man über deren Schönheit streiten kann, aber bei mir befand meine Mutter: Ab Nummer fünf wird durchnummeriert.«

»Sie heißen Nummer fünf?« Wollte er sie auf den Arm nehmen, amüsierte er sich über ihre Naivität?

»Quintus«, sagte er. »Der fünfte. Und nein, bitte fragen Sie nicht im Brustton des Entsetzens: ›Was für ein Menschenschlag nennt seinen Sohn denn Quintus Quirin?‹ Die Antwort auf diese Frage wüsste ich nämlich liebend gern selbst.«

»Klingt ein bisschen nach Zirkusclown«, konstatierte Felice und blickte auf seinen Hals, an dem über dem albernen Tuch eine Ader pulsierte. »Allzu schlecht passt es nicht.«

»Au«, sagte er und legte sich die Hand an die Wange.

»Sie sind eitel«, erwiderte Felice. »Sie finden es großartig, Quintus Quirin zu heißen, und sind es gewohnt, dass alle Leute es genauso großartig finden. Mit mir plänkeln Sie herum, um sich die Langeweile zu vertreiben, dabei haben Sie längst entschieden, dass Sie die Stellung in Ihrer Kanzlei keiner Frau geben werden. Dass ich sie dringend brauche und hier meine Zeit vergeude, ist Ihnen egal. Stattdessen möchten Sie, dass ich Sie bemitleide, weil Sie nicht durch die Welt gondeln und Fotos von Soldaten mit Särgen und Blechnäpfen machen können. Wissen Sie was? Ich bemitleide Sie kein bisschen. Sie sind ein Mann, Sie haben Geld – wenn Sie so scharf auf diese Fotografie-Sache sind, warum sagen Sie Ihrem Vater nicht rundheraus: Ich pfeife auf deine Kanzlei und gehe meinen eigenen Weg?«

Wie schon zu oft hatte der Zorn aus ihr gesprochen, und das Ergebnis würde sein wie immer. Er würde ihr wie Richard

Zühlke erklären, sie könne doch einfach mehr aus sich machen, oder ihr wie Mo vorsülzen, sie solle sich beruhigen, es wäre ja alles nicht so schlimm. Die wild wuchernden Gedanken, die in ihrem Hirn durcheinanderwirbelten, interessierten ihn so wenig wie alle anderen, auch wenn er behauptet hatte, sie faszinierten ihn.

Wie damals bei Zühlke raubten Tränen des Zorns ihr die Sicht.

»Gute Frage«, vernahm sie seine Stimme wie durch Watte. »Was leider gleichbedeutend ist mit: Eine umfassende Antwort muss ich Ihnen schuldig bleiben.«

Hilflos zuckte sie mit den Schultern.

»Fräulein zur Nieden«, sagte er. »Felice«. Im nächsten Augenblick lag seine Hand über ihrer. »Um eine ordentliche Stellung in der Kanzlei meiner Familie geht es gar nicht. Sondern um etwas, das für eine so ehrenhafte Dragonerin wie Sie nie infrage käme. Ja, für meinen Vater ist es eine unumstößliche Säule, dass seine Söhne in seine Kanzlei eintreten, und ich mag sowohl den alten Herrn als auch meine Bequemlichkeit letztendlich zu gern, um für klare Verhältnisse zu sorgen. Also finde ich mich allmorgendlich als braver Bub in meinem Bureau ein und schwitze über den kleinen Mandaten, die mein Onkel mir zuschustert. Aber sobald das erledigt ist, muss ich raus auf die Straße. In die Kohlenkeller und Versammlungslokale, auf Fabrikhöfe und Bahnsteige, in Ballsäle, Grandhotels, in den Knast und ins Bordell, in die schwitzenden, atmenden Poren dieser Stadt.«

Jemandem, der so zungenfertig schwatzen konnte, misstraute Felice aus Prinzip. Jemandem, der sie berührte, ohne dazu berechtigt zu sein, geigte sie ihre Meinung, und das nicht zu knapp. Heute aber fühlte sie sich für all das zu abgekämpft. Ab Ende der Woche würde sie kein Zuhause mehr haben, und sie hatte alle Wege, ihren Traum zu verwirklichen, ausgeschöpft. Sie hatte wahrhaftig andere Sorgen und ließ ihre Hand unter seiner liegen.

»Ich schreibe für den Ullstein-Verlag«, sagte er. »Ab und an einen Artikel für die gerade übernommene *Vossische*, eine kleine politische Kolumne in der *Morgenpost*, und wenn ich meinen Glückstag habe, eine Bildreportage für die *Berliner Illustrierte*. Das ließ sich alles mehr oder weniger heimlich bewerkstelligen, zumal mein Onkel so nett ist, mich zu decken. Er weiß, dass ich als Jurist nichts tauge, und weil er selbst gern die Robe an den Nagel gehängt hätte, gibt er seinem Neffen Schützenhilfe. Bisher war ich angeblich zu Fallrecherchen unterwegs, besuchte Klienten oder hatte vor Gericht zu plädieren. Aber das genügt nicht mehr. Louis Ullstein gefällt meine Arbeit. Er hätte mich gern für sein Lieblingskind, die *BZ am Mittag*, seine schnellste Zeitung der Welt.«

»Schön für Sie«, brachte Felice heraus. Sie war neidisch, und dafür schämte sie sich – aber wie hätte sie es nicht sein sollen? Sie hatte alles aufgegeben und alles verloren. Andere blieben im sicheren Nest hocken und ergatterten obendrein den Hauptgewinn.

»Ja, ich bin wirklich ein Glückspilz«, sagte Quintus Quirin. »Nur müsste ich der schnellen *BZ* eben so viele Stunden zur Verfügung stehen, dass ich die Arbeit für die Kanzlei nicht mehr bewältigen kann. Erschwerend kommt hinzu, dass mein Bruder Marcus, seines Zeichens Streber der Familie, mir mit Argusaugen auf die Finger sieht. Die kleinste Schlamperei, und ich fliege auf. Deswegen suche ich einen versierten Juristen, der meine Fälle für mich bearbeitet. Und zwar so vollständig, dass ich die Akten nur noch übernehmen und mich mit Siegerlächeln zur Verhandlung einfinden muss.«

»Sie wollen also die Lorbeeren ernten, die ein anderer gesät hat?«

»So sieht es aus«, bestätigte er. »Mir war klar, dass sich das mit Ihren Begriffen von Ehre nicht vereinbaren lässt und Sie so etwas niemals tun würden.«

Doch, durchfuhr es sie. *Ich würde es tun.* Es war nicht der ersehnte Vorbereitungsdienst und keine Stellung, die sie bei Bewerbungen ins Feld führen konnte, aber es war Arbeit auf ihrem Gebiet. Hätte Quirin sie eingestellt, wäre sie ihre Geldsorgen los gewesen, sie hätte unschätzbare Erfahrung sammeln können, und wenn sie sich bewährte, hätte sich womöglich doch ein Weg aufgetan, die Beziehung zur Quirin-Kanzlei zu nutzen.

Sie zog ihre Hand weg und ballte die Fäuste, um nicht damit herauszuplatzen, wie gern sie diese Chance gewollt hätte. »Da eine Frau für Sie ohnehin nicht infrage kommt, spielt es ja wohl keine Rolle, was ich getan hätte oder nicht.«

»Nein«, sagte er, »im Grunde nicht. Aber mich interessiert es. Alles, was Sie tun oder nicht tun, was Sie lieben und was Sie verabscheuen. *Sie* interessieren mich, Felice.«

Aber Sie mich nicht, wollte sie ihm entgegenschleudern, *nur eine Stellung in Ihrer Kanzlei.* Sofort darauf flog jedoch die Tür auf, und ein Pulk in Mäntel gewickelter Menschen trieb in den überfüllten Schankraum. In dem Lärm, den sie machten, wäre es sinnlos gewesen, sich noch zu verständigen.

Der Kellner Kuno und ein weiterer Mann, der Schürze und Kochmütze mit dem Turm-Emblem trug, stürzten auf die Gruppe zu und überschlugen sich in ihren Bemühungen, sie unterzubringen. Tische wurden aneinandergeschoben, Stühle herbeigetragen und Gäste gebeten zusammenzurücken. Offenbar störte sich niemand daran. Im Gegenteil. Die Leute rissen sich darum zu helfen. Bei den Neuankömmlingen musste es sich um irgendwelche Berühmtheiten handeln.

Eine der Frauen, die auf dem Tisch getanzt hatten, drängte die übrigen aus dem Weg und hielt einer Frau aus der Gruppe ihre Serviette hin. Die Frau, eine höchst auffällige Erscheinung, die sichtlich den Mittelpunkt des Kreises bildete, förderte einen Stift zutage und setzte schwungvoll einen Schriftzug auf den Stoff.

Im Nu war sie umringt von Leuten, die ebenfalls um ein Autogramm bettelten. Die Frau, die nicht groß war und sich doch unweigerlich ins Gedächtnis prägte, unterschrieb geduldig für einen nach dem anderen, obwohl sie erschöpft wirkte. Sie hatte prachtvolle rostbraune Locken, die als Kopfschmuck für drei Frauen ausgereicht hätten, und ein Gesicht, das man unmöglich vergessen konnte.

»Und Wolfgang Vanselow is' ooch da!«, brüllte ein Mann durch den Saal. »Rieke, Nette, kommt hier rüber, ick bin dem Vanselow so dicht auf der Pelle, ick könnt' ihm in die Oojen kieken.«

»In der Tat«, bemerkte Quintus Quirin über den nur zögernd verebbenden Lärm hinweg. »Recha Süßapfel und Wolfgang Vanselow. Wie erstaunlich.«

»Warum? Wer sind die beiden denn?«

»Das wissen Sie nicht?« Quirin grinste. »Mein Vater hätte seine helle Freude an Ihnen – Sie setzen sich wahrlich Scheuklappen auf, damit nichts Sie von Ihren Paragraphen ablenkt, was? Vanselow und Süßapfel sind derzeit in aller Munde. Sie haben in Babelsberg diesen neuen Film *Stadtwald* gedreht, der am Ku'damm sämtliche Rekorde bricht. Der Mann ist ein Phänomen. Setzt das, was sich in verborgensten Winkeln unseres Hirns verbirgt, in Bilder um, die das Mark durchschütteln.«

»Kino interessiert mich nicht«, versetzte Felice knapp.

»Tatsächlich nicht? Finden Sie es nicht aufregend, wie eine Kamera ein Bild einfangen kann, wie es uns vor Augen steht – und doch zugleich sichtbar macht, was uns verborgen bleibt, die Geschichte dahinter, die Träume und Abgründe? *Stadtwald* ist so ein Fall und dieser Vanselow ziemlich genial. Er zeigt uns das grandiose Gesicht dieser Frau, die sich im Dschungel der Großstadt verirrt hat, uns allen bricht das Herz, und keiner weiß, dass ihm gerade das Drama seiner eigenen Generation erzählt worden ist.«

Wieder zuckte Felice mit den Schultern. »Sie erklären hier einer Kuh, wie man Klavier spielt.«

Quirin lachte. »Wenn Deutschlands Kühe neuerdings so rassig sind, werde ich zum Patrioten. Hielten Sie mich für sehr unhöflich, wenn ich versuchen würde, mich zu Vanselow durchzuschlängeln und ihm rasch ein paar Fragen zu stellen?«

»Tun Sie sich keinen Zwang an«, sagte Felice. Sie hielt ihn nicht nur für unhöflich, sondern für geradezu flegelhaft, und doch war etwas in ihr, das ihn verstand. Er war Journalist, und er hatte Feuer gefangen. Vermutlich hätte sie an seiner Stelle dasselbe getan.

Mit dem Versprechen, gleich zurück zu sein, stürzte er sich ins Gewühl, und Felice sah zu, wie er tänzelnd und flirtend alle aus dem Weg schob und dabei noch seinen seltsamen Walzer pfiff. Im Handumdrehen stand er vor dem geradezu zierlichen Mann mit dem Schlapphut, der still und beschützend über die Frau mit dem schönen Haar wachte. Ob der Regisseur Quirin ein Gespräch gewährte, konnte Felice nicht weiter verfolgen, denn im Rest des Pulks entdeckte sie einen Mann, den sie kannte. Eine Sekunde lang trafen sich ihre Blicke. Dann befreite sich der Mann aus dem Pulk und steuerte geradewegs auf sie zu.

Ihr Bruder Willi.

Instinktiv sprang Felice auf.

»Nein!«, rief Willi, der bis auf zwei Schritte herangekommen war. »Versuch nicht, mir auszuweichen. Irgendwann musstest du mir ins Netz gehen, viel länger hätte ich nicht umsonst in dieser Kneipe hocken und darauf warten können, dass du auftauchst. Ich will nur ein paar Antworten von dir. Mehr nicht. So viel Zeit wirst du für einen Bruder ja wohl übrighaben.«

Im letzten Schritt schwankte er und stützte sich am Tisch ab. Felice hatte es bereits an seiner Stimme gemerkt: Er war sturzbetrunken.

Für gewöhnlich riefen Betrunkene in ihr eine Mischung aus

Angst und Ekel hervor. Aber sie konnte unmöglich Angst vor Willi empfinden, und auch der Ekel hielt sich in Grenzen. »Setz dich hin«, sagte sie und half ihm. Er war ihr kleiner Bruder. Dass er sie verraten, ihrem Verkauf an den widerlichen Schlachter zugestimmt hatte, zählte nicht mehr. Die Nächte unter einer Decke zählten. Vertrauen und Nähe, die sie bei keinem Fremden hätte ertragen können.

»Weißt du, wie schlimm das ist?« Aus glasigen Augen starrte er sie an. »Dass du uns einfach sitzenlässt, ohne ein Wort, als wenn wir gar keine Schwester mehr hätten? Ein halbes Jahr lang versuche ich, dich zu erreichen, aber du ignorierst meine Briefe, lässt dich von Mos komischer Schwester verleugnen und behandelst mich, als wäre ich ein Nichts.«

Die ineinanderschwimmenden Worte waren kaum zu verstehen. Felice schob ihm den Rest ihres Wassers hin. »Hier, trink das. Wenn zu dem Kellner ein Durchkommen ist, bestelle ich dir Kaffee.«

»Ich will keinen Kaffee«, lallte Willi. »Ich will eine Antwort. Was haben wir dir getan, dass du uns einfach aus deinem Leben wirfst?«

Felice öffnete den Mund und schloss ihn wieder. Dass sie ihm vorwarf, ihr nicht geholfen zu haben, ließ sich auf einmal nicht mehr aussprechen. Er war noch so jung, beinahe ein Kind. Immer hatte sie ihn beschützt, wie konnte sie erwarten, dass jetzt er andersherum dazu in der Lage war? Er fuhr gut Rad, aber er war kein Held. Jäh wünschte sie sich auf seinen Gepäckträger, an einem Sommertag, mit baumelnden Beinen.

»Wenn es nur um mich gegangen wäre, hätte ich aufgegeben, weißt du?« Über seine Wangen rannen Tränen. »Ich habe auch meinen Stolz. Für dich bin ich der dumme Willi, der mit offenem Mund zu dir aufschaut, aber die Zeiten sind vorbei.« Mit einem Kopfschwenk wies er auf die Mitte des Raumes, wo Quintus Quirin wild gestikulierend mit der schönen Frau und dem zartgliedrigen Mann sprach. »Ich habe jetzt mein eigenes Leben.«

Es war wirklich so, besann sich Felice. Die zwei Kleinen, Willi und Ille, hatten zu ihr aufgeschaut, als wäre sie nicht nur ein paar Jahre, sondern eine ganze Generation älter. Ille mit ihren Poesiealben und Mondprinzessinnen schien überhaupt nie erwachsener zu werden, doch auch Willi, wie er jetzt vor ihr saß und weinte, kam ihr noch immer wie der kleine Junge vor, den sie getröstet hatte, sooft Benno ihn sich vorgeknöpft hatte. Auf schwer erklärliche Weise hatte sie sich immer für ihre Geschwister verantwortlich gefühlt. Nicht weil Sybille es ihr predigte, sondern weil etwas in ihr glaubte, sie schulde es ihrem Vater.

Er hätte da sein sollen und seine Kinder schützen, aber er war gestorben, und Sybille hatte sie Benno von Cosel ausgeliefert. Sie hatten nur Felice gehabt. Sie hatten nur Felice vertraut.

»Da staunst du, was?« Willi griff sich eins von Quirins Weingläsern und verschluckte sich daran. »Weißt du überhaupt, wer das ist?«, fragte er. »Bestimmt denkst du, na, wer soll das schon sein, irgendwelche Leute, die der dumme Willi durch die Otti kennengelernt hat, aber solche wie die zwei, die geben sich mit der Otti gar nicht ab. Ja, ich mag durch die Otti nach Babelsberg gekommen sein, aber bekannt gemacht habe ich mich alleine. Und jetzt mach' ich schon mal ein bisschen Regieassistenz, und Wolfgang Vanselow sagt, ich habe ein gutes Gespür. Das ist er nämlich, der Herr, der da mit dem Pressefritzen steht. Der große Regisseur Wolfgang Vanselow von der Bioscop, der Mann, der das deutsche Kino an den Franzosen vorbeiführen wird.«

Er trank noch einmal von Quirins Wein, diesmal mit spitzen Lippen und Vorsicht. Vorbei ging trotzdem die Hälfte. »Und das Mädchen«, begann er von Neuem, »dieses süße, hinreißende, einzigartige Mädchen, das sie alle anglotzen, ist Recha Süßapfel, der Star aus *Stadtwald.* Der neue Stern am Kinohimmel. Wer braucht Asta Nielsen, wer braucht Henny Porten, wenn er die unvergleichliche Recha Süßapfel haben kann?«

Den letzten Satz hatte er quer durch den Saal gerufen. Einige der Filmleute, mit denen er gekommen war, lachten, andere stöhnten. Recha Süßapfel aber sah ihn direkt an und legte sich einen Finger auf die Lippen.

»Ja, ja, Recha, meine Süße, ich bin ja schon still«, nuschelte Willi. »Alles, was du willst, du kannst ja alles von mir haben.«

»Wohnst du noch in der Platanenallee?«, fragte Felice. Ihr Blick flog zwischen Willi, der sich kaum noch auf dem Stuhl halten konnte, und der Filmschauspielerin, die am Arm des Regisseurs hing, hin und her. Offenbar hatte ihr kleiner Bruder sein Herz an diese Frau verloren, der er nicht im Mindesten gewachsen war. Zudem war sie gebunden. Der Regisseur war viel älter als sie, aber von der Obszönität, die Felice beim Gedanken an eine Ehe zwischen sich und Reinhold Berndt empfunden hatte, war nichts zu bemerken. Er hatte etwas Linkisches, Scheues an sich, während sie ins Auge sprang, ein Schattengewächs neben blühendem Leben, und dennoch passten sie zusammen, weil sie beide außergewöhnlich waren und aus der Masse herausstachen, die sich um sie tummelte.

Zorn auf die unbekannte Frau packte Felice. Wie konnte diese Schauspielerin in Pelz und Humpelrock ein Spiel mit ihrem Primaner von Bruder treiben? Willi gab gern den Mann von Welt, aber er machte dabei eine so lächerliche Figur, dass eine erwachsene Frau das Spiel durchschauen musste. Da sie es mit dieser Recha Süßapfel nicht konnte, packte sie ihren Bruder an den Schultern und rüttelte ihn. Er war widerstandslos wie ein Sack in ihren Händen, zarte Schulterblätter, zerbrechliche Knochen mit zu wenig Muskulatur.

»Willi, ich hab dich was gefragt. Hör auf, dich vor dieser Frau zum Narren zu machen. Sag mir lieber, ob du noch bei Sybille im Westend wohnst oder wo du untergekommen bist?«

»Wo soll ich denn sonst wohnen?« Unter ihrem Griff duckte sich Willi, doch er setzte sich nicht zur Wehr. »Unsere Mutter, die du Sybille zu nennen beliebst, hat genug daran zu knabbern, dass ihr die Tochter davongelaufen ist. Ja, ich würde es dir gern nachtun, Schwesterherz, du bist nicht die Einzige, die Träume hat. Aber im Gegensatz zu dir habe ich's nicht übers Herz gebracht, alle Brücken niederzubrennen. Also mache ich brav mein Abitur und lasse mich nebenbei von Onkel Benno in den ermüdenden Betrieb der Bank einweisen. Nach Babelsberg, in meine eigene Welt, fahre ich, wenn mein Sack voller Pflichten erledigt ist. Also hat niemand sich darüber zu mokieren, am allerwenigsten du.«

Felice atmete durch und gab ihn frei. »Ich mokiere mich nicht. Ich mache mir Sorgen um dich.«

»Ach! Tust du das? Und seit wann bitte? Hast du dich in mehr als einem halben Jahr ein einziges Mal nach uns erkundigt? Bei Moritz, bei Alma, wenigstens bei deiner geliebten Oma Hertha? Wenn einer von uns gestorben wäre – wüsstest du davon?«

Felice fuhr zusammen. »Natürlich wüsste ich davon.« Bilder vom Friedhof stiegen vor ihr auf, von Onkel Werner in schwarzer Kleidung, die er anlegte, wenn es an Trauergästen fehlte.

»Und wie hättest du davon erfahren?«, fuhr Willi auf. »Bei deinem Friedhof reißen sie die Sternwarte ab. Weißt du das?«

Er musste betrunkener sein, als sie für möglich gehalten hatte. »Schinkels Sternwarte? Was soll denn der Unsinn?«

»Ist kein Unsinn«, lallte Willi. »In Berlin wird's des Nachts zu hell, da kann man keine Sterne mehr erkennen. Deshalb kommt die alte weg, und die neue wird bei uns in Babelsberg gebaut, wo wir sowieso nach den Sternen greifen.« Krächzend lachte er auf, wollte wie ein Lebemann klingen und klang wie ein verlassenes Kind.

»Du musst nach Hause, Willi.«

Er hörte sie gar nicht. »Du behauptest, du wüsstest, ob einer von uns gestorben ist, ja? Weißt du, ob deine Schwester Ille nicht gestorben ist, sag es mir, weißt du's?«

»Ille?« Jäh spürte Felice ihren Herzschlag. »Wieso soll die gestorben sein, die ist doch gesund wie ein preußisches Urpferd.«

Willi trank Quirins Wein, der ihm aus dem Mundwinkel wieder herauslief. »Wenn's nur um mich gegangen wär, hätt ich längst aufgegeben, dir nachzulaufen«, murmelte er noch einmal. »Bestimmt hätt ich dann heute Abend die andern nicht überredet, mit mir in diese Kneipe zu kommen, nicht ausgerechnet heute, wo wir die hundertste ausverkaufte Vorführung von *Stadtwald* feiern. Im *Marmorhaus.* Schnieke, schnieke. Ich hätt mir gesagt, was soll's, wenn Feli mich nicht braucht, brauch ich sie auch nicht mehr. Aber die Ille, die hätte dich gebraucht. Die Ille, die für dich ein Opfer bringen wollte und die auf ihrer Hochzeit nur einen Gedanken hatte: *Felice ist nicht gekommen.*«

Felices Herz hämmerte gegen ihre Rippen. »Ille hat geheiratet? Ja, aber warum denn? Wen?«

»Reinhold Berndt«, antwortete Willi. »Um die Bank zu retten, damit du es nicht musstest. Sie hat es für dich getan, und alles, was sie wollte, war, dass du zu ihrer Hochzeit kommst. Aber du bist nicht gekommen. Nicht einmal das war dir deine Schwester wert.«

»Aber ich wusste doch gar nichts davon!«, rief Felice.

»Mutter hat dich eingeladen. Sie hat deinen Verlobten nach deiner Adresse gefragt.«

Sybille zur Nieden. Die Frau, die sich ihre Mutter nannte, hatte die Übrigen belogen, weil sie vor Felice verbergen wollte, dass sie statt ihrer ältesten die jüngere Tochter an den Schlachter verscherbelt hatte. Weil sie einen Skandal vermeiden wollte, eine Felice, die mit fliegenden Fahnen in die Kirche stürmte und ihre Schwester vom Altar wegzerrte.

Und?, fragte eine Stimme schneidend in ihrem Kopf. *Wärst du wirklich in diese Kirche gestürmt, oder warst du zu sehr mit dei-*

nen eigenen Dingen beschäftigt? Hättest du Ille retten wollen, oder hättest du dir gesagt, wenn sie ihn heiraten will, ist sie selbst schuld, und mich geht es nichts an?

Aber stimmte das denn nicht? Was konnte sie dafür, wenn Ille von Geld, das sie nicht hatte, Poesiealben kaufte? Was konnte sie dafür, wenn Ille einen unausstehlichen Mann heiratete? Hatte Felice sie vielleicht darum gebeten?

»Ille ist im Krankenhaus«, sagte Willi. »Im Auguste Viktoria, weil sie da die besten Spezialisten für Frauenleiden haben.«

»Seit wann hat Ille denn ein Frauenleiden?«

»Sie hat keines.« Willi sah sie nicht mehr an, sondern starrte in die Weinlache auf dem Tisch. »Ein Kind kriegt sie. Unsere kleine Schwester, in deren Zimmer Puppen auf dem Bett saßen, bis Onkel Benno ein Herrenzimmer draus gemacht hat. An Weihnachten hat sie gesagt, es steht alles zum Besten, aber letzte Woche ist sie in ihrem Haus die Treppe runtergefallen. Gehirnerschütterung und gebrochene Rippen, aber vor allem um den Leib steht es übel. Die Ärzte kämpfen darum, dass sie das Kind nicht verliert.«

Felice griff nach dem Glas mit Kirsch, ehe ihr einfiel, dass es ausgetrunken war. Stattdessen packte sie das letzte Weinglas, das noch gefüllt war, und leerte es. Der Wein kam ihr so bitter vor, dass sie würgen musste. »Sie ist die Treppe runtergefallen? In ihrem Haus? Ja, war denn die Ille so betrunken wie du?« Sie war selbst betrunken. Alles um sie drehte sich.

»Und wenn sie betrunken war?«, schrie Willi sie an. »Ist es ein Verbrechen, dass man sich betrinkt, weil man einen Menschen vermisst?«

Ich bin schuld, hämmerte es in Felices Kopf. *Ich bin also schuld.*

Schwankend versuchte Willi aufzustehen, doch er fiel nieder und fegte sämtliche Gläser vom Tisch. Felice wollte ihm zu Hilfe eilen, aber auch ihr gelang es nicht, sich in die Höhe zu stemmen. Obwohl das Bild vor ihren Augen verschwamm und ihr

Bruder betrunken zwischen Weinpfützen und Scherben lag, fiel ihr plötzlich auf, wie hübsch er war. Sein Gesicht mit den vollen Lippen hätte zu dem blonden Offizier aus ihrem Traum gepasst.

In ihrem Rücken polterten Schritte. Die Filmleute kamen, der Regisseur und dic Schauspielerin, die ihrem Bruder das Herz brach. Sie scharten sich um Willi, sprachen beruhigend auf ihn ein.

Zu ihr selbst trat auch jemand. »Felice?« Quintus Quirin legte ihr seine Hände auf die Schultern. »Bitte entschuldigen Sie. Ich hatte nicht vor, so lange wegzubleiben.«

Bleib, wo der Pfeffer wächst, wollte Felice erwidern, doch ihre Zunge war zu schwer.

»Ich begleite Sie nach oben«, sagte er. »Nur etwas wollte ich vorher noch klären: Wenn ich Sie bitten würde, die Stellung für mich zu übernehmen, wenn ich Ihnen hundertzwanzig Mark im Monat zahlen würde – würden Sie darüber nachdenken? Ich hätte gern Sie, Felice. Keinen Bruder, sondern eine Dragonerin.«

Willi

Oktober 1913

Uns Junge hat es umgerissen.
Wir stehen draußen so im Feld,
wir glaubten schon, zu halten und zu wissen –
und da versank die ganze Welt.

Kurt Tucholsky

15

Sie waren früh, als um acht Uhr die Kassen aufmachten, mit dem Zug vom Görlitzer Bahnhof eingetroffen. Das Großereignis sollte laut Programm um zehn stattfinden, und der ganze Tag erstreckte sich vor ihnen. Das war Willi wichtig: Zeit zu haben, bis die Sonne sank und die letzte Bahn fuhr. Zeit im Paradies.

Alle zwölf Tore in dem zweimal mannshohen Zaun waren geöffnet worden, um die Ströme von Besuchern einzulassen. Für gewöhnlich trieben Platzwarte mit Spazierstöcken Schaulustige vom Zaun fort und zwangen die Inhaber von Eintrittskarten, sich am Eingang anzustellen. Heute aber wäre das eine Tor dem Ansturm nicht gewachsen gewesen. Wer wie Willi Karten für die überdachte Haupttribüne ergattert hatte, hätte sie versteigern können. Von hier aus hatte man die beste Sicht auf das Geschehen, und keine Sekunde des Spektakels würde ihnen entgehen.

Am liebsten hätte Willi sich die Hände gerieben: Alles war perfekt, alles wirkte, als hätte er es eigens für diesen Anlass inszeniert. Der Tag war herrlich – einer jener goldenen Oktobertage, die Sprenkel auf dem Gras tanzen ließen und den Himmel in einem so tiefen Blau färbte, dass man Sehnsucht bekam, selbst dort hinaufzusteigen. Vor allem war es windstill. Wäre der schwächste Luftzug aufgekommen, selbst einer, der höchstens seidige Taschentücher blähte, hätte er ihnen das Vorprogramm verdorben, weil die Eindecker, die über dem Flugfeld ihre Kunststücke vorführten, nicht hätten starten dürfen.

Natürlich bildete das Vorprogramm nicht die Hauptattraktion, die die Berliner in Scharen auf den Flugplatz Johannisthal gelockt hatte. Zur Not hätte man auf die Kreise und Schleifen der kleinen Flugzeuge verzichten können, aber ihnen zuzusehen, während man auf den mit Spannung herbeigesehnten Höhepunkt wartete, machte das Ereignis rund und vollkommen. Genau so, wie Willi es sich für seinen Tag mit Recha gewünscht hatte.

Den ganzen Sommer über hatte er sie bestürmt, sich von ihm zu einem Ausflug einladen zu lassen – vorgeblich als Dank für ihre unschätzbare Hilfe, in Wahrheit aber, weil er seit einem Jahr von dem Wunsch besessen war, mit ihr allein zu sein.

Sie war seine Traumfrau. Die eine, für die er hätte sterben wollen, auch wenn für sie zu leben eine hundertmal verlockendere Vorstellung war. Dass sie die schönste Frau der Welt war, spielte dabei natürlich eine Rolle. So, wie sie in ihrem wollweißen, dezent ihre Formen umschmiegenden Ensemble mit passendem Mantel und Hütchen an seiner Seite stand, war sie zum Luftanhalten schön, und doch war das nicht das Entscheidende. Recha setzte um, was in Willis Kopf war, gab den Ideen in seinen Gedanken einen Körper und ein Gesicht. Willi wusste, er würde Recha bis an sein Lebensende zuschauen können, ohne sich auch nur eine Sekunde lang zu langweilen.

Aber selbst das war nicht alles. Recha war interessiert an dem, was er zu sagen hatte, sie redete mit ihm, und sooft sie es tat, spürte Willi, dass er einen Platz im Leben hatte und dass er ihn eines Tages finden konnte. Er war nicht einmal mehr weit davon entfernt und hätte ihn vielleicht längst gefunden, wenn er seine Tage nicht hätte in der Bank vergeuden müssen, wo die Minuten wie Stunden dahinkrochen und ihm zur wachsenden Qual wurden.

Wenn er sein eigener Herr gewesen wäre.

Und wenn er Recha hätte haben können.

Sie war reizend zu ihm. Auf ihre ruhige, ein wenig spröde Art gab sie ihm zu verstehen, dass er ihr wichtig war. »Kommen Sie doch noch mit«, sagte sie, wenn die Filmleute einen Arbeitstag im Café beendeten. »Warum lassen wir das nicht Wilhelm probieren?«, schlug sie vor, sooft eine Aufgabe ausstand, die er als Laie bewältigen konnte. Er hatte Aufnahme in ihren Kreis gefunden, weil sie ihn hineingezogen hatte, und sie war es, die dafür sorgte, dass er sich nicht wie ein überflüssiges Rad am Wagen fühlte. Oft setzte sie sich zu ihm, fragte nach seiner Meinung, und im Handumdrehen steckten sie tief im Gespräch.

Es konnte keine Einbildung sein: Er war nur ein dummer Junge, gerade erst weg von der Schulbank, und sie war eine Göttin, der die Kinozuschauer zu Füßen lagen, aber wenn sie zusammen waren, sprühten zwischen ihnen Funken. Auch in diesem Moment, wo sie gar nichts taten, außer Seite an Seite über das Flugfeld zu blicken. Recha elektrisierte ihn, förderte Talente in ihm zutage, die er nicht kannte. Recha war seine Muse, sein Lebenselixier. Sie hatte nur einen Fehler: Sie war nicht frei.

Wäre sein Rivale ein anderer gewesen, hätte er sich nicht gescheut, ihn herauszufordern. Aber der Mann, zu dem Recha gehörte, war Wolfgang Vanselow, den Willi bewunderte wie nie einen Mann zuvor.

»Wolfgang ist mein Mann«, hatte Recha gesagt, als Willi nach langem Zaudern zu fragen gewagt hatte.

»Sie sind verheiratet?«

»Nein. Aber das ändert nichts daran, dass wir zusammengehören.«

»Warum heiraten Sie dann nicht?«

»Weil Wolfgang meint, ich bin zu jung dazu«, hatte sie erwidert. »Er findet, ehe ich mich entscheide, müsse ich eine Zeitlang unbelastet leben dürfen, wie er es seit Jahren getan hat.«

Damit gab ihm Wolfgang einen weiteren Grund, ihn zu bewundern. Wie konnte der Mann derart edel sein, wie konnte er ein solches Risiko eingehen? Vermutlich konnte er es, weil es kein

Risiko war. Welche Frau, die Wolfgang Vanselow haben konnte, hätte sich mit Willi zur Nieden abgegeben?

Wolfgang war viel mehr als ein Regisseur. Er war ein Zauberer, der die verborgenen Tiefen des Films bis in ihre letzten Spitzen auslotete. Durch sein Können stand er meilenweit über dem Rest ihres Kreises, aber Wolfgang hatte nichts Überhebliches an sich. Er behandelte jedes Mitglied seines Stabes, vom Kameramann bis zum Kabelträger, mit Bedacht und Aufmerksamkeit. Weil er seine Leute beobachtete, gelang es ihm, jeden dort einzusetzen, wo das Beste in ihm zum Vorschein kam, und die Leute dankten es ihm, indem sie über sich hinauswuchsen.

Auch Willi war in den Genuss dieser Behandlung gekommen. Hatte er sich bei *Nachtmahr*, dem Film nach *Stadtwald*, sowohl in der Regieassistenz als auch hinter der Kamera versuchen dürfen, so nahm ihn Wolfgang vor dem Drehbeginn zu *Morgen aus Stahl* beiseite und sagte: »Wissen Sie, was ich mich frage, Wilhelm? Ob Sie sich nicht einmal mit Christoph und mir ans Reißbrett setzen wollen und ein paar Ideen austauschen, wie wir diesem Film Fleisch und Haut auf die Knochen pflastern können.«

Christoph Wenzel war der Mann, der ihm die Drehbücher schrieb – die Gerüste der Geschichten, die auf der Leinwand in voller Plastizität erstanden. »Reißbrett« nannte er den Tapetentisch, den er in einer Kammer des Filmateliers aufgestellt hatte und der mit Notizzetteln übersät war. Er arbeitete langsam. Urban Gad drehte einen Film mit seiner Frau Asta Nielsen in einer Woche ab, aber Wolfgang Vanselow nahm sich Zeit für die Vorbereitung und setzte seine Pläne mit minutiöser Behutsamkeit um. Bei *Morgen aus Stahl* handelte es sich um eine düstere Zukunftsvision, bei der eine Frau und ein Kind als letzte Menschen in einer Welt außer Kontrolle geratener Technik um ihr Überleben kämpften. Anfangs war Willi viel zu eingeschüchtert, um ein Wort herauszubringen, doch sobald die beiden Männer begannen, Elemente der Geschichte zu erörtern, rutschte ihm auf einmal etwas heraus:

»Der Einstieg ist schwach. Wenn wir mit der Szene beginnen, in der Recha vor den Robotern flieht, weiß der Zuschauer nicht, was sie verloren hat. Er leidet nicht mit ihr. Wir müssen als Erstes ein Bild aus ihrer alten Welt zeigen, ein lebendiges Bild – sie und ihre Schwester am Klavier, um sie herum die Familie, auf der Anrichte Bilder von Opa Paul und eine Vase mit halb verwelkten Blumen.«

Vor sich selbst erschrocken, war er verstummt. In dem Schweigen, das folgte, mussten die anderen jeden jagenden Schlag seines Herzens hören. Dann aber zog Wolfgang einen der angepinnten Zettel von der Tischplatte, zerknüllte ihn in der Hand und sagte: »Wissen Sie was, Wilhelm? Ich glaube, Sie haben recht. Mir fehlt ja oft diese Fähigkeit, eine Vorstellung, die in meinem Kopf ist, so zu übersetzen, dass sie direkt zu den Menschen spricht. Sie haben mir gerade sehr dabei geholfen. Und mit den verfluchten Worten jonglieren können Sie auch.«

Willis Körper spannte sich, um den Triumph des Augenblicks festzuhalten. Er fühlte sich in dem Raum mit dem Reißbrett in seinem Element, spürte, dass er dabei war, etwas Neues, geradezu Bahnbrechendes an sich zu entdecken, und dass er sich darin erproben durfte, verdankte er Wolfgang. »Wir fahren zum Drehen nach Belgien«, hatte der gesagt. »Für den Film brauche ich ein Grau, das leuchtet. Was ist, Wilhelm – kommen Sie mit?«

Willi hatte Onkel Benno etwas über die Einladung eines Kunden vorgelogen und war auf seine erste Reise mit einem Filmteam gegangen, ein Erlebnis, das ihm die Augen öffnete und zu allen Seiten Horizonte aufriss. Das – wie so vieles – verdankte er Wolfgang, und Recha, so hatte sie ihm einmal gestanden, verdankte Wolfgang alles. Wie konnte er sich wünschen, dass es Wolfgang in Rechas Leben nicht mehr gab, wie konnte er auch nur mit dem Gedanken spielen, sich zwischen die beiden zu drängen?

Aber er hatte ja ohnehin keine Chance. Warum sollte er

also nicht diesen einen Tag genießen, an dem Recha ihm allein gehörte? Es hatte so viel Mühe gekostet, sie zu einem Ausflug mit ihm zu überreden, und am Ende war ihm ein glücklicher Zufall zu Hilfe gekommen: Die Jeannin Flugzeugbau, eines der Unternehmen, das in Johannisthal ihren Sitz hatte, war Kunde der Bank, die somit auch einmal zu etwas nütze war. Willi fasste sich ein Herz und bat den Direktor des Unternehmens um zwei Karten für die Flugschau, die seit Wochen ausverkauft war. Der Kunde ließ sich nicht lumpen und schickte ihm Billetts für die Haupttribüne samt einem Glas Sekt zum Empfang. Diesmal konnte Recha nicht Nein sagen. Sie zögerte und zog die Nase kraus, was Willi Stromstöße durch den Leib jagte. Dann lächelte sie und sagte Ja.

»Ja, wenn wir meinen Bruder Gabriel mitnehmen können. Er ist erst sechzehn und ein wenig einsam. Würde es Ihnen etwas ausmachen, Wilhelm?«

Es machte ihm nicht nur etwas aus, sondern zerstörte all seine Pläne, dennoch hatte er zähneknirschend eingewilligt. Rechas Bruder Gabriel war ein hochaufgeschossener, mädchenhaft hübscher Junge, den Recha auch des Öfteren zu Filmvorführungen und Premierenfeiern mitbrachte, wo er großäugig vor sich hin starrte und sich die Stirn zerkratzte. Bis er dann jäh eine Bemerkung einwarf, die alle aufschreckte und das Gespräch ins Stocken brachte. Willi hatte nichts gegen den Jungen, sondern teilte Rechas Meinung: Er war zu viel alleine, zu viel mit Büchern und den eigenen kreisenden Gedanken beschäftigt, und ein Ausflug, wie ihn gewöhnliche Jungen seines Alters unternahmen, wäre seinem frühreifen Gemüt gut bekommen. Willi aber hatte davon geträumt, mit Recha allein zu sein.

Ihrem Wunsch gab er nur nach, weil er wusste, wie viel ihr an ihrem Bruder lag. Für ihre Eltern war Recha als Filmschauspielerin ein Schandfleck, und umso enger hielten die Geschwister zusammen. Recha war ständig in Sorge um Gabriel, so intensiv, dass Willi ihn beneidete. Widerwillig hatte er sich um eine dritte Karte bemüht und seine Träume abgeschrieben.

Dann aber war ihm der Zufall zu Hilfe gekommen: Drei Tage vor der Veranstaltung hatte sich Gabriel, der ständig kränkelte, einen Katarrh zugezogen, mit dem seine Mutter ihn nicht aus dem Haus ließ. Die dritte Karte wurde nicht benötigt, und Willi hätte die Welt umarmen wollen.

Der Tag gehörte ihm. Ein einziges Mal konnte er Recha etwas bieten, konnte ihr imponieren, beweisen, dass auch mit ihm etwas los war. Er betrachtete ihr hochgerecktes Profil, während sie den Eindeckern zusah, die ihre Achten ans Himmelsblau zeichneten. »Gefällt es Ihnen, Recha? Amüsieren Sie sich?«

»Es ist wunderschön«, sagte sie, ohne den Blick von der kleinen Maschine zu wenden. »Ich frage mich, ob man auf der Erde ein anderer Mensch wird, wenn man im Himmel gewesen ist. Etwas in einem muss sich doch weiten, kann nicht mehr so engstirnig sein und sich vor Schatten an der Wand fürchten, meinen Sie nicht auch?«

Sie sagte ständig solche Dinge. Dinge, die in seinem Hirn einen Strudel auslösten. »Sie denken so schöne Sachen«, sagte er. »So klug. So besonders.«

Recha lachte. »Finden Sie? Neben Wolfgang komme ich mir immer ganz dumm vor.«

»Ich auch«, gab er zu.

Sie wandte den Blick von dem Eindecker weg, und ihre Blicke trafen sich.

Zu Otti, der er reinen Wein eingeschenkt hatte, hatte Willi gesagt: »Das Unglaublichste ist, dass Wolfgang aus ärmlichen Verhältnissen stammt. Seine Mutter hat ihn mit Näharbeiten durchgebracht, er ist nicht einmal ehelich geboren, und aufgewachsen ist er in irgendeinem Hinterhaus im Wedding. Er hat alles, was er ist, aus eigener Kraft geschafft, einfach weil er so mörderisch begabt ist. Wie soll einer wie ich da mithalten?«

»Gar nicht, mein Schweinchen«, hatte Otti erwidert, gefolgt von ihrem Lachen, das Willi in letzter Zeit allzu schrill in den Ohren gellte. Er besuchte sie noch. Ein Mann hatte nun einmal Bedürfnisse, und seit er in der Bank seine Pflicht erfüllte, hatte er zumindest hin und wieder etwas Geld in der Tasche, um sie zu unterstützen. Aber bei jedem seiner Besuche merkte er, wie sein Wunsch, mit ihr in ihr Bett zu steigen, schwand. Die kurzlebige Befriedigung in Ottis Armen half der Sehnsucht nach Recha nicht ab. Zudem fing ihn auf der Treppe jetzt meist Oma Hertha ab und fragte ihn, wie es Felice ging, wobei Willi sich vor Scham hätte winden wollen.

Er wollte kein Mann sein, der wie ein Sklave des eigenen Körpers beliebige Frauen aufsuchte und sich dabei noch von seiner Oma erwischen ließ. Der Mann, der er werden wollte, errichtete einer einzigen Frau einen Altar und entsagte um ihretwillen allen anderen.

Das Dilemma war nur – diese eine Frau gehörte Wolfgang Vanselow!

In einer Nacht, in der er die Zerrissenheit, das Taumeln zwischen Glücksrausch und Seelennot, nicht länger ertrug, hatte er seinem Herzen Luft gemacht und seine Gefühle für Recha in hastigen, kopflosen Zeilen auf eine Postkarte geworfen, die zum Thronjubiläum des Kaisers ausgegeben worden war. Seither trug er sie mit sich herum, unter dem Hemd, auf der bloßen Haut: auf der einen Seite sein gebieterisch dreinblickender Kaiser, auf der anderen seine zügellose Leidenschaft für eine schöne Frau.

Der Eindecker beschrieb noch eine Spirale, dann wechselte er in den Sinkflug und setzte mit ein, zwei Holpern am Ende des Flugfelds auf. Es war eine französische Maschine, eine Bleriot, und während sie schwankend auf ihren Hangar zurollte, um das Feld für die Attraktion des Tages zu räumen, wirkte sie ein wenig wie ein Vogel, der sich den Kopf an einer Scheibe angeschlagen hatte. Von der Majestät, der Erhabenheit, die sie in der Luft an den Tag gelegt hatte, war nichts mehr zu spüren.

Umso erhabener trat das Musikcorps der Kaiserlichen Marine auf, das auf dem Podium zwischen den Tribünen aufmarschiert war und jetzt begann, das schmissige *Preußens Gloria* zu spielen. Die Marine war heute sozusagen Gastgeber. Sie würde ihre jüngste Errungenschaft präsentieren, die selbst die großen Torpedoboote der imposanten S-13-Klasse in den Schatten stellte: das brandneue Starrluftschiff LZ 18, das binnen Kurzem vor ihren Augen seine Jungfernfahrt antreten würde. Im Stillen beglückwünschte sich Willi zu seiner Idee, Recha hierher einzuladen. Sie waren beide Filmmenschen, sie hatten einen Nerv für Größe, für Drama, für Sensation.

Vielleicht war das das Einzige, das Wolfgang Vanselow ein wenig fehlte. Seine Filme hatten trotz ihres Erfolges etwas Leises, zu dem ein Klavierkonzert von Chopin als Untermalung passte. Willi hingegen hätte gerne einen Film gedreht, der es an Wucht mit diesem Militärmarsch aufnehmen konnte.

Hatte er das wirklich eben gedacht?

Zum ersten Mal hatten sich die Worte klar in seinem Kopf geformt, während er die grandiosen Schlussakkorde der Bläser hörte und der schönen Recha zusah, deren Profil sich gegen die Halle des Luftschiffs zeichnete: *Eines Tages will ich einen Film drehen.*

Recha presste sich die Hände auf die Ohren.

»Was ist denn los?«, fragte Willi erschrocken, als sie sie wieder sinken ließ. »Ist Ihnen nicht wohl?«

»Doch, doch«, erwiderte Recha. »Ich mochte nur die schrecklich laute Musik nicht.«

»*Preußens Gloria?*«, fragte Willi verwundert. »Was kann man denn daran nicht mögen? Der Marsch wurde 1871 komponiert, um unseren großartigen Sieg über die Franzosen zu feiern. Er ist der Lieblingsmarsch des Prinzen Heinrich, des Großadmirals unserer glorreichen Marine.«

Rechas Augen waren grün. Um keinen Preis der Welt würde Willi jemals eine Frau lieben können, deren Augen nicht grün waren. Leicht gequält verzog sie den Mund zu einem halben Lächeln. »Vielleicht liegt es daran, Wilhelm.«

»Woran?«

»Daran, dass es eben *Ihr* großartiger Sieg über die Franzosen ist und *Ihre* glorreiche Marine.«

»Warum denn das?«, rief Willi. »Weil Sie eine Frau sind und der Marine nicht angehören können?« Dass er selbst sich nur zur Infanterie – immerhin aber einem Seebataillon – vorgewagt hatte und seiner zarten Konstitution wegen ausgemustert worden war, verschwieg er ihr lieber. »Mit Verlaub, das ist Unsinn, liebe Recha. Wofür sollte ein Mann denn kämpfen, wenn nicht für die Frauen seines Volkes? Es sind Frauen, die warten, die das Feuer im heimischen Herd am Brennen halten, die in der Tür stehen, wenn der Soldat zu Tode erschöpft nach Hause kommt. Nicht zuletzt sind es Frauen, die Söhne aufziehen, damit sie eines Tages als Offiziere und Soldaten ihrem Land von Neuem dienen werden.«

Einen solchen Film möchte ich machen, dachte er. *Mir fehlt nur noch die Gelegenheit, etwas von solcher Größe zu erleben.* Dass ihm weit mehr fehlte – zuallererst die Befreiung aus der verhassten Bank und die Anstellung bei einer Filmproduktion –, wollte er für den Augenblick vergessen.

Recha quälte sich noch immer mit ihrem halben Lächeln. »Nein, nicht weil ich eine Frau bin«, sagte sie. »Sondern weil ich Jüdin bin.«

Willi sog Luft ein und hielt inne. Gewiss, sie hieß Recha Süßapfel, nicht Else Schulze – er aber hätte reinen Gewissens schwören können: Er hatte in dem Jahr, seit er sie kannte, kein einziges Mal darüber nachgedacht, dass sie Jüdin war. Was es bedeutete, war ihm, wenn er ehrlich war, nicht klar. Unter seinen Klassenkameraden waren jüdische Jungen gewesen, da hatte es ab und an Witze gegeben, manchmal Blicke beim Turnen, sonst nichts. Onkel Benno schimpfte über die jüdische Großfinanz, die den feinen Privatbanken die Luft zum Atmen raubte, aber Onkel Benno schimpfte auch darüber, dass Katholiken keinen Nationalstolz kannten und dass das Wetter zu warm für Oktober war. Willis Mutter ließ sich bei einem französischen Juden in Halensee ihre Hüte entwerfen und schickte Mia, die Köchin, zum Juden, um Fisch zu kaufen.

Gewiss, es gab in der preußischen Armee keine jüdischen Offiziere, aber davon ging ja die Welt nicht unter. Schließlich konnte überhaupt nicht jeder Offizier werden, ein Junge aus kleiner Familie konnte sich den langen Aufstieg gar nicht leisten. Daran konnte Recha sich nicht stoßen, doch etwas anderes wurde in Willis Hinterkopf laut und schob sich wie eine finstere Wolke vor den hellen Tag: Es schien eine stillschweigende Verordnung zu geben, die Angehörigen preußischen Adels die Heirat mit jüdischen Frauen verbot.

Er fuhr zu Recha herum, hatte auf einmal ihre Hände in seinen, und etwas in ihm veränderte sich. »Das spielt für mich keine Rolle«, sagte er. »Überhaupt keine.«

»Danke«, sagte sie. »Aber Sie müssen das nicht sagen. Ich habe mich über nichts zu beklagen, Berlin ist meine Stadt, und nur manchmal, wie eben, als dieser Militärmarsch gespielt wurde, fällt mir ein, dass das nicht jeder so sieht. In der *Deutschen Allgemeinen* soll nach der Premiere von *Nachtmahr* gestanden haben: ›Dass die halbe Reichshauptstadt dem seelenlosen Spiel einer Judenprinzessin verfällt, sagt nichts Beruhigendes über den Zustand der Nation.‹«

Willi umklammerte ihre Hände so fest, dass es ihr wehtun musste, und zog sie näher zu sich, als es die Schicklichkeit erlaubte. »Warum lesen Sie solche Schmutzblätter?«, fragte er, obwohl die *Deutsche Allgemeine Zeitung* auch in seinem Elternhaus gehalten wurde. »Lesen Sie *Bild und Film.* Da finden Sie auf jeder zweiten Seite eine Ode an Sie.«

»Ich lese gar keine Zeitungen«, sagte Recha. »Aber Wolfgang ist derart beflissen darum bemüht, die üblen vor mir zu verbergen, dass ich nicht anders kann, als hineinzusehen. Aber lassen wir das. Ich denke, die Schau geht gleich weiter, und Sie haben mich schließlich nicht hierher eingeladen, um sich über Probleme zu ergehen, die im Grunde keine sind.«

»Oh ja, die Schau geht weiter!« Im Nu war Willis gute Laune wiederhergestellt. Die Tore des großen Hangars hatten sich geöffnet, und die Gespräche auf den Tribünen verstummten. »Jetzt bekommen wir ihn gleich zu sehen, den schönen LZ 18, der bei der Kaiserlichen Marine allerdings die Nummerierung L 2 erhält.«

»Weil er das zweite Starrluftschiff ist, das die Marine gekauft hat, richtig?« Recha befreite ihre Rechte und griff nach dem Programmheft, das Willi ihr besorgt hatte.

Willi nickte. »Er verfügt über vier Motoren und ist in der Luftschiffhalle in Potsdam gebaut worden.«

»Und die Marine hat ihn bestellt, weil ihr erstes Luftschiff vor fünf Wochen vor Helgoland abgestürzt ist«, sagte Recha.

»Ich denke, Sie lesen keine Zeitungen.«

»Ich weiß es von Wolfgang«, erwiderte sie. »Er hat mit dem Gedanken gespielt, darüber einen Film zu machen. Über diese Männer, die völlig der Technik vertrauen und glauben, sie fliegen der Zukunft entgegen, um dann jämmerlich in der Nordsee zu ertrinken wie Menschen seit etlichen Jahrhunderten.«

»Das gefällt mir an Wolfgang nicht«, entfuhr es Willi. »Sein ewiger Pessimismus, wenn es um Technik geht. Ich fürchte, das wird ihm bei seiner Arbeit noch einmal Probleme bereiten, denn so etwas wollen die Leute heutzutage nicht sehen. Was sie wollen, ist Zuversicht, Vertrauen darauf, dass der Mensch sich in unserem neuen Jahrhundert selbst übertrifft.«

Recha gab keine Antwort, entzog ihm ihre Linke und sah nach vorn, auf das gigantische Luftschiff, das langsam und elegant wie ein mythisches Wesen aus dem viel zu kleinen Hangar glitt.

»Der L 1 ist nach vierundsiebzig störungsfreien Flügen in einen Sturm geraten, so etwas ist höhere Gewalt«, versuchte Willi es weiter. »Und der Luftschiffbau hat daraus gelernt. Der L 2 fliegt nicht mehr mit drei, sondern mit vier Motoren in den Gondeln, jeder einzelne mit sechs Zylindern. Felix Pietzker, der Konstrukteur, fliegt heute selbst mit. Der Mann ist kein Idiot, sondern war der hoffnungsvollste Schiffbauingenieur des Reiches, ehe er zur Luftfahrt abberufen wurde. Er würde sich wohl kaum persönlich an Bord begeben, wenn er der Marine kein verlässliches Flugfahrzeug übergeben hätte.«

»Wozu braucht die Marine eigentlich Luftschiffe?«, fragte Recha, den Blick gebannt auf den silbrig schimmernden, bald hundertsechzig Meter langen Flugkörper gerichtet.

»Ja, das ist auf den ersten Blick verwirrend«, erklärte Willi. »Aber eigene Luftstreitkräfte befinden sich ja erst im Aufbau, und bis dahin bleiben Seeflieger wie Luftschiffe der Marine zugeordnet. Damit fährt die Sache der Luft nicht schlecht, denn es ist ja kein Geheimnis, dass die Marine das Lieblingspferd im Stall unseres Kaisers ist.«

»Ich verstehe«, sagte Recha. »Oder, um ehrlich zu sein, verstehe ich nicht. Marine oder Luftstreitkraft – ich frage mich, was man mit diesem Riesen anfangen will. Aber bemühen Sie sich nicht, Wilhelm. Eigentlich bin ich ganz zufrieden damit, mir Dinge anzusehen, ohne dass ich viel darüber weiß.«

Willi hätte ihr erklären können, dass Luftschiffe zur Aufklärung eingesetzt werden sollten und Sprengstoff in großen Mengen in ihren Leibern transportiert werden konnte, ja, dass die Italiener im Krieg gegen die Osmanen bereits erfolgreiche Versuche mit dem Abwurf von Bomben gemacht hatten. Aber sosehr ihn die rasante Entwicklung auf diesem Gebiet interessierte – für den Moment war auch er gebannt von der Schönheit des majestätischen Flugkörpers. Seine Hand tastete wieder nach der Rechas, und sie ließ ihn gewähren, erwiderte sogar den Druck und hielt die seine fest. Sie verspürten dieselbe Begeisterung, denselben Zauber. Dieser Tag, den sie teilten, würde zwischen ihnen für immer ein Band bilden

Die Bedienung ließ sich blicken, während der Zeppelin zum Start in Position gerollt wurde, und Willi bestellte rasch noch zwei Gläser Sekt. »Nein, warten Sie«, verbesserte er sich. »Bringen Sie uns eine ganze Flasche. Und dazu Pralinen und eine Schachtel *Duke of Edinbourgh.*«

»Sie sind aber großzügig, Wilhelm.« Recha sandte ihm ein Lächeln, das diesmal frei von Qual war. »Haben Sie in der Lotterie gewonnen?«

»Ja«, sagte er aufrichtig und ließ ihren Blick nicht los.

16

LZ 18 oder L 2 taugten nicht als Namen für ein Menschenwerk, das so sinnlich und schön war wie das Luftschiff, das einem Traum gleich durch den flimmernden Oktobertag schwebte. *Recha* hätte es heißen sollen, Recha, nur Recha, nichts anderes kam infrage.

Es war so warm, tatsächlich ungewöhnlich warm für Oktober, und die Leute auf der Tribüne begannen, Mäntel und Schals abzulegen. Auch Willi hatte Recha aus dem von der Taille an ausgestellten Mantel helfen dürfen. Es gab so vieles, das sie beide zusätzlich in Hitze brachte: der Sekt, den sie tranken, der Anblick des mit Wasserstoff gefüllten Flugkörpers, doch vor allem die Nähe zueinander. Längst standen sie nicht mehr Hand in Hand an der Brüstung, sondern Seite an Seite, aneinandergeschmiegt, einer mit dem Arm um die Mitte des anderen. Ein junges Paar des Jahres 1913 durfte wohl schon einmal so stehen, es mochte das eine oder andere Kopfschütteln auslösen, aber noch mehr Wohlwollen. Gerade die Älteren dachten womöglich: *Was soll's, wir waren auch mal jung, es ist ein Tag, der nie wiederkommt, und die beiden da sind gewiss schon recht lange verlobt.*

Es war ein Tag, der nie wiederkam. Aus den winzigen Gondeln winkten die Passagiere zu den Zuschauern hinunter, und Willi fühlte sich, als befände er selbst sich auf einem Höhenflug, hundertfünfzig Meter über dem Boden und stetig steigend. Die Zuschauer winkten zurück, sie schwenkten Taschentücher und Programmhefte, und Recha riss sich das weiße Hütchen herunter und winkte ausgelassen in den Himmel. Sie hatte den Kopf tief in den Nacken gelegt, sodass die Flut ihres Haars, sich über ihren Rücken und Willis Arm ergoss.

Seine Hand verfing sich darin und spielte, flocht ein Seil, aus dem er sich nie mehr befreien würde. *Recha, Recha.* Was immer es war, das sie zu ihm trieb, er hatte es sich nicht eingebildet, sondern spürte es hier und jetzt im ganzen Körper: Sie sehnte sich nach ihm, wie er sich nach ihr sehnte. Die Rundung ihrer Hüfte rieb sich am Ansatz seines Schenkels. Ihre Lippen standen leicht offen vor Staunen über den Zeppelin, doch zugleich als warteten sie darauf, geküsst zu werden.

Willi wollte sie küssen. Und wie er es wollte! Er würde warten, bis LZ 18, den Recha auf ihren Namen hätte taufen sollen, in Richtung Berlin am blauen Horizont verschwunden war, dann würde er sie bei der Hand nehmen und mit ihr davonlaufen, ins Waldland um den Flugplatz, wo sie im kühlen, duftenden Dunkel allein waren. Später, viel später würde er sie in eine der Gaststätten für Ausflügler führen, die nur im Sommer mit schwitzenden Matronen und quengelnden Kindern überfüllt waren. Er wollte von einem Teller mit ihr essen, aus einem Glas mit ihr trinken und ihr Dinge zuflüstern, die ihn jetzt schon vor Seligkeit lachen machten. Der ganze Tag lag noch vor ihnen, der ganze lange, köstliche Tag. Wenn er zu Ende war, würde etwas mit ihnen geschehen sein, das ein Versprechen für die Zukunft war.

Etliche Zuschauer waren auf das Flugfeld gelaufen, um von unten zum Luftschiff hinaufzusehen. Zwischen den Marinesoldaten in den weißen Matrosenanzügen tummelten sich gestandene Herren und Damen so erregt wie Kinder. Willi und Recha aber waren glücklich, wo sie standen, weltvergessen und von Zauber umfangen an der Brüstung der Tribüne.

Bis hinter ihnen jemand aufschrie.

»Was ist da los, was ist das?«

Unwillkürlich reckte sich Willi, doch das Vorderteil des Luftschiffs verschwamm in blendendem Sonnengleißen. Aus der vorderen der beiden Motorengondeln schien etwas wie ein Blitz zu schießen, eine schmale, grelle Flamme. Gleich darauf war sie wieder verloschen oder verschluckt von einer dunklen Wolke, die aus dem Nichts auftauchte und den Vorderteil des Schiffes umhüllte.

Gleich darauf ertönte ein weiterer Schrei, und die Zuschauer auf dem Flugfeld begannen zu laufen. In alle Richtungen flüchteten sie, hielten sich die Hüte auf den Köpfen fest und rannten, als ginge es um ihr Leben.

Rechas Körper neben seinem straffte sich. Das Flötenglas, in dem noch ein Rest Sekt war, glitt ihr aus der Hand und zerschellte klirrend am Boden. Sie sah nicht hin, ihr Blick blieb starr auf den Zeppelin gerichtet. »Er brennt«, murmelte sie fassungslos, »er brennt.«

Viel schneller, als irgendwer begreifen konnte, war der graue Riesenleib von Rauch umfangen. Durch die Schwaden von Qualm blitzten Flammen wie gelbrote Schwerter. Entsetzensschreie hallten über das Flugfeld und die Tribünen hinauf und hinunter. Im nächsten Moment ragte das Gestänge des Zeppelins bereits nackt durch das Grauen. Fetzen seiner Haut segelten lichterloh brennend zu Boden.

Was als Nächstes brennend zu Boden stürzte, wollte niemand, nicht einmal in Gedanken, beim Namen nennen. Verkrümmte, schon schwarz verkohlte Körper, einer mit ausgestrecktem Arm, abgespreizter Hand, die eben noch voll fröhlichem Triumph gewinkt hatte.

Dann stürzte der lodernde Rest des Zeppelins.

Zu Willis Schrecken machte Recha sich daran, über die Brüstung zu steigen. Er griff nach ihrem Arm, rief: »Recha, bleib hier!«, aber Recha hatte bereits ein Bein über die Absperrung geschwungen und riss sich mit einer Kraft los, die ihn überrumpelte. Noch immer erstarrt sah Willi, wie sie mit wehendem Haar über das Flugfeld rannte, dem Wrack des Zeppelins entgegen, das wie ein riesenhaftes brennendes Blutgerüst auf den Boden prallte. Ohne Zweifel erstreckte sich vor ihm der furchtbarste Anblick seines Lebens, und doch hörte in seinem Kopf ein Gedanke nicht auf, sich im Kreis zu drehen: *Großer Gott, was für eine Filmszene, was für eine ergreifende, unübertreffliche Filmszene!*

Was für ein Mensch war er nur? Hatte er den Verstand verloren und zugleich jedes Gefühl?

Mit mehreren Sekunden Verzögerung löste sich sein Körper aus der Starre, und das Gedankenkarussell setzte aus. Halb flog, halb stolperte er über die Brüstung und jagte hinter Recha her, wobei er mit aller Kraft seiner Lunge ihren Namen brüllte.

Recha schien niemanden zu hören und niemanden zu sehen, nur das brennende Wrack. Marinesoldaten hatten begonnen, den Unglücksort weiträumig zu umstellen. »Bleiben Sie auf Ihren Plätzen!«, riefen sie den Leuten entgegen, die sich zu nähern versuchten. »Keinen Schritt weiter, treten Sie zurück!«

Recha aber hörte auch das nicht. Zwei Männer mussten ihr in den Weg springen und sie bei den rudernden Armen packen, um sie aufzuhalten. »Seien Sie doch vernünftig, Fräulein. Sie können da drüben nichts ausrichten. Sie bringen sich nur in Gefahr und behindern die Rettungsarbeiten.«

»Rettungsarbeiten!«, rief ein Mann, der sich auf Zehenspitzen reckte, um über die Soldaten hinweg einen Blick zu erhaschen. »Soll das ein Witz sein? Die armen Hunde in der fliegenden Zigarre sind verbrannt wie Brathühnchen. Die rettet keiner mehr.«

Kurz herrschte Stille, und Willi gelang es, zu Recha vorzustoßen. »Die Dame gehört zu mir«, rief er.

»Dem Himmel sei Dank«, brach es aus einem der Soldaten heraus. »Vielleicht passen Sie demnächst ein bisschen besser auf Ihre Dame auf.«

Recha beachtete auch Willi nicht, sondern kämpfte weiter,

stieß seine Hand weg, als er nach ihrer Schulter langen wollte. Sie schlug um sich, bis ihr die Kräfte erlahmten. Dann ließ sie abrupt die Arme sinken und hörte auf, sich zu wehren. Schwarze Fetzen der Schiffshaut trieben mit dem Wind zu ihnen herüber und fingen sich in Rechas Haar.

Willi hatte ihr in einer Mischung aus Hilflosigkeit und Faszination zugesehen. Dies war eine andere Recha, eine Fremde, die er nicht kannte. Die Recha aus Babelsberg war ruhig und beherrscht, ungeheuer fleißig und diszipliniert. Man konnte ihr nach einem vollen Drehtag um neun Uhr abends noch sagen, dass eine Szene wiederholt werden musste, und während die übrigen Beteiligten protestierten, machte sie sich unverzüglich an die Arbeit. Höchstens auf der Leinwand wurde zuweilen spürbar, was verborgen in ihr schlummerte, welche Kraft und Leidenschaft sie im Innern unter Verschluss hielt. Sie war ein stiller Gipfel, der zum Vulkan werden konnte, und dies erlebt zu haben steigerte Willis Begehren noch. Er musste sich an den Hals fassen und sich den Kragen und den Binder lockern.

Was bin ich nur für ein Mensch?, fragte er sich noch einmal. Vor seinen Augen waren Menschen zu Asche verkohlt, der Konstrukteur Felix Pietzker, der eine Frau und zwei kleine Kinder hatte, die Offiziere des Königin-Augusta-Regiments, die zu einem fröhlichen Spazierflug eingeladen worden waren. Die junge Frau, die er hierhergebracht hatte, stand totenbleich und mit schreckgeweiteten Augen vor ihm, weil ihr mitten im strahlendsten Leben der Tod begegnet war, und alles, woran er denken konnte, war sein Wunsch, sie zu besitzen.

Wir werden nicht ins Waldland laufen können, ich kann Recha nicht halten, nicht umfangen, nicht küssen.

Spielte das jetzt wirklich eine Rolle? Die Männer, die im Luftschiff LZ 18 geflogen waren, würden nie wieder in einen Wald laufen und nie wieder eine Frau umfangen und küssen.

Willi schluckte mit rauem, staubtrockenem Gaumen. Seine

Augen brannten vom Qualm, und Tränen rannen ihm die Wangen hinunter. »Komm, Recha«, sagte er, nicht länger fähig, sie mit dem formalen, Abstand schaffenden Sie anzusprechen. »Ich bringe dich nach Hause.«

Sie schien ihn noch immer nicht richtig zu bemerken, doch als er sie behutsam beim Arm nahm, setzte sie sich wie ein Automat in Bewegung.

»Entschuldigen Sie«, sagte einer der Soldaten und klang plötzlich schüchtern. »Sie sind Anna-Maria, nicht wahr?«

Anna-Maria hieß die Hauptfigur aus *Morgen aus Stahl*, das blinde Mädchen, das mit dem Findeljungen an der Hand durch himmelhoch aufragende, auf sie niederberstende Gerüste aus Eisen floh.

Ein Ruck ging durch Rechas erschlafften Körper. Sie wandte sich dem Mann zu, und die Vulkanfrau, die eben noch mit Klauen und Zähnen gekämpft hatte, war nicht wiederzuerkennen. Wild an ihr war nur noch ihr Haar, in dem die Asche des Zeppelins hing. »Ja, ich denke, die bin ich.«

Auf das Gesicht des Mannes in der rußgeschwärzten Matrosenbluse trat ein Ausdruck, den Willi kannte. Dutzende von Männern bekamen ihn, sobald sie mit Recha sprachen. »Sie sind wundervoll«, sagte er. »Am Sonntag ins Kino zu gehen und Sie zu sehen ist alles wert, womit man sich die Woche über schinden muss.«

»Vielen Dank«, sagte Recha und gab ihm ihre kleine, kühl und sauber wirkende Hand. »Es ist sehr freundlich von Ihnen, das zu sagen.«

Der Mann ergriff die Hand und starrte darauf nieder. »Nein, nein«, sagte er. »Das dürfen Sie nicht. Sich bei mir bedanken, wo ich doch Ihnen danken will. Wenn wir Krieg hätten, dann könnt ich was für Sie tun, dann ja. Ich komm auf ein Torpedoboot, auf die neue SMS S 20 zur U-Boot-Sicherung, und wissen Sie, was ich dann machen würde, im Krieg? Auf jeden Torpedo, der aus meinem Stoßrohr auf den Feind gefeuert wird, schreib ich vorher Ihren Namen.«

Recha lächelte angestrengt, sagte »Danke« und wollte sich zum Gehen wenden.

»Anna-Maria«, sagte der Soldat. »Und wie weiter? Das muss ich ja dann doch wissen, zum Schreiben.«

»Anna-Maria Schulze«, sagte Recha, nickte ihm noch einmal zu und ging.

Sie war eine Heldin, und Willi hätte nicht einmal sagen können, warum. Er bot ihr seinen Arm, sie nahm ihn nicht an, ging aber neben ihm her. *Nicht noch einmal umdrehen,* beschwor er sie und sich stumm. In seinem Nacken spürte er die Hitze des Feuers, als würden ihm die feinen Härchen auf dem Hals versengen. Liebend gern hätte er die gerade erst gekaufte Schachtel Zigaretten aus der Hosentasche gezogen und sich eine angesteckt, doch sein Taschenfeuerzeug zu öffnen und zu entzünden fühlte sich an wie ein Sakrileg.

Ein Gedanke kam ihm. In die Gaststätte, die er für diesen Tag eingeplant hatte, konnten sie noch immer gehen. Es würde ihnen helfen, in dem jetzt gewiss leeren Garten dicht beieinanderzusitzen, unter tief hängenden, noch belaubten Kastanienzweigen ein Glas Wein zu teilen und sich die Not von der Seele zu reden.

»Ich glaube, es wäre recht hart für uns, gleich den nächsten Zug zurück nach Hause zu nehmen«, begann er, während sie durch das Gewühl verstörter, wie herrenlos umherstreifender Menschen auf die Tribüne zustrebten, um die zurückgelassenen Mäntel einzusammeln. »Eine Pause täte uns gewiss gut. Ein Getränk, das beruhigt, eine friedliche Umgebung, ein paar Worte nur zwischen uns beiden, wo niemand uns stört.«

Recha langte über die Brüstung nach ihrem Hut und Mantel. Sie zog sich ordentlich an, ohne Willis Hilfe zu benötigen, und richtete sich mit ein paar Griffen, ohne Spiegel, das Haar. »Wenn Sie möchten, Wilhelm«, sagte sie.

»Bitte, Recha.« Er streckte die Hand nach ihr aus und zog sie zurück. »Nennen Sie mich Willi. Warum ich mich damals bei Ihnen als Wilhelm vorgestellt habe, weiß ich nicht mehr, ich wollte wohl wie ein Mann klingen, nicht wie ein kleiner Junge. Aber alle Menschen, die mir etwas bedeuten, sagen Willi zu mir. Meine Schwester Felice, meine Schwester Ille, meine Großmutter, obgleich sie sich aus mir nicht viel macht, und meine zuckersüße Nichte und Patentochter Lisettchen sagt hoffentlich eines Tages Onkel Willi. Sie bedeuten mir auch etwas, Recha. So viel, dass ich Sie mit dem fremden, formalen Sie nicht länger ansprechen kann, sondern du sagen muss. Empfinden Sie, empfindest du es genauso, Recha? Dass wir du sagen müssen, nach dem, was wir zusammen erlebt haben?«

Sie rückte ihren Hut zurecht und schloss den Kragenknopf an ihrem Mantel. »Natürlich, Wilhelm. Ich meine Willi. Wie Sie wollen. Nur würde ich, wenn es Ihnen nichts ausmacht, doch lieber gern gleich nach Hause. Macht es Ihnen etwas aus? Dann sagen Sie es mir bitte ehrlich.«

»Dir«, verbesserte Willi sinnlos.

»Wie bitte?«

»Macht es *dir* etwas aus«, sagte Willi. »Nein, natürlich nicht. Wenn du nach Hause willst, dann nehmen wir den nächsten Zug von Niederschöneweide.«

Wenigstens blieb ihnen noch ein Stück gemeinsamen Weges. Es schien eine Ewigkeit zu dauern, bis sie sich aufmachten, unentschlossen, nicht fähig, sich ins Getümmel zu drängen. Erst als die Knäuel sich allmählich lösten, gingen sie los. Willis Schritte schleppten sich, und Recha passte sich ihm an. Mit wachsender Verzweiflung suchte er nach einem Thema, um ein Gespräch anzufangen, sich die kostbaren Minuten nicht durch die Finger rinnen zu lassen, doch nichts schien ihm angemessen.

Sie hatten das Tor fast erreicht, als ihm in seiner Not doch noch etwas einfiel. »Ich habe etwas für Sie. Für dich. Eine Erinnerung an den Tag.« Auch das klang falsch. Dabei war er sonst mit der Zunge flink und geschickt. Er schob die Hand unter sein Hemd, suchte nach der Kaiser-Postkarte und ertastete den feuchten Karton. Am liebsten hätte er einen Rückzieher gemacht, aber Recha war ja stehen geblieben und wartete darauf, etwas von ihm zu bekommen. Vor allem durfte ihr Tag, nachdem er in Feuer und Rauch aufgegangen war, nicht noch sang- und klanglos verfliegen. Recha musste etwas davon übrig behalten, seine Zeilen, die seinen Gefühlen Ausdruck verliehen. Er zog die Karte unter dem Hemd hervor und hielt sie ihr hin, wobei er den Kopf von ihr wegdrehte.

Seltsamerweise erinnerte er sich an kein Wort, das er geschrieben hatte, nur noch an die Verse, die vorn unter dem Bild des Kaisers standen und jetzt keinen Sinn mehr ergaben:

Festen Sinnes in die Zeit
Friedgesinnt, doch kriegsbereit.

Friedgesinnt – war das überhaupt ordentliches Deutsch?

Recha hatte die Postkarte an sich genommen und war weitergetrottet. Nach ein paar Schritten schrie sie auf. »Wolfgang!« Sie ließ Willi stehen, rannte geradewegs zwischen all den Menschen hindurch auf das Tor zu und warf sich dem Mann in die Arme, der dort auf sie wartete. Ihrem Mann. Wolfgang Vanselow.

Mechanisch ging Willi weiter, blieb zwei Schritte vor den beiden abrupt stehen und dachte wiederum wie ein Verrückter: *Was für eine Filmszene. Was für ein starkes Ende für einen starken Film.* Recha weinte. Wolfgang hatte sich über sie gebeugt, sein Gesicht bis fast auf ihr Haar, das er abwechselnd mit beiden Händen streichelte. Sie redeten leise, sagten dieses und jenes, das man im Film in den Untertiteln hätte zeigen müssen, die Wolfgang hasste. Er wollte alles in seine Bilder legen, hätte vermutlich befunden, ihre Gesichter sagten genug.

Recha fragte ihn, wie er hierhergekommen sei, und er antwortete ihr, er sei in Teltow zum Drehen gewesen, hätte von einem Zuarbeiter, der aus Johannisthal eintraf, erfahren, was geschehen sei, und habe sich auf den Weg gemacht. Demnächst würde es Extrablätter geben, Reporter von der *BZ am Mittag* waren gewiss schon unterwegs.

»Aber bis dahin sind wir hier weg. Ich habe das Automobil vom Produktionsleiter vorn an der Straße. Du setzt dich auf die Rückbank, wir lassen die Blenden herunter, damit du niemanden sehen musst, und ich fahre dich nach Hause.«

Sie hielt sich an ihm fest. »Bleibst du heute Nacht bei mir?«

»Aber ja doch, Lulu. Aber ja.«

»Ich würde dir so gern davon erzählen. Aber ich weiß keine Worte dafür. Nur Gehinnom.«

»Gehinnom ist gut, Lulu. Alle anderen Worte sind entweder zu groß, sodass ich nicht sehe, was drinsteckt, oder zu klein, sodass sie mir aus den Fingern springen. Wenn die verdammten Worte eines Tages den Film überrennen, bin ich weg vom Fenster.«

In seinen Armen nickte sie und weinte weiter. Ihr Rücken bebte, und tatsächlich war es hier, ein Stück weit weg vom Höllenfeuer, nicht mehr warm.

»Gehen wir nach Hause? Ich mache dir einen Gin Fizz und stecke dich ins Bett.«

»Wilhelm.« Recha fuhr zusammen. »Wir müssen Wilhelm mitnehmen.«

»Ach so, ja. Natürlich.« Wolfgang hob den Kopf und sah sich um, bis er Willi entdeckte. »Ah, Wilhelm«, sagte er. »Es tut mir sehr leid für Sie. Sie sind mit so viel Enthusiasmus an diese Sache gegangen, ich hätte Ihnen einen anderen Ausgang gewünscht. Kommen Sie mit uns. Ich bin mit dem Automobil hier, und wir nehmen Sie mit in die Stadt.«

»Das ist sehr aufmerksam«, brachte Willi heraus. »Aber ich

glaube, ich gehe lieber zu Fuß. Ein strammer Spaziergang wird mir nach der Aufregung guttun, und außerdem hoffe ich, unterwegs noch Freunde zu treffen.«

»Wie es Ihnen lieber ist«, sagte Wolfgang. »Geben Sie auf sich acht. Wir sehen uns dann demnächst in Babelsberg.«

Recha hob den Kopf und sah Willi noch einmal an, ehe sie mit Wolfgang davonging.

17

Dezember

»Liebst du mich?« Ihre Hand hielt inne.

Er gab einen Laut von sich, eine Mischung aus Lachen und Seufzen. »Nicht aufhören. Auch wenn ich diese Frage für völlig überflüssig halte – solange du weitermachst, erkläre ich mich bereit, darüber nachzudenken.«

Recha fuhr fort, ihm mit den Nägeln den Rücken zu kratzen, die schmale Furche zwischen den Schulterblättern, wo er es am meisten genoss. Er genoss es nicht nur. Er war süchtig danach. Sie waren beide nass und bis auf die Knochen durchgefroren nach Hause gekommen – er mit dem Zug aus München, wo er sich um jeden Preis ein Theaterstück hatte anschauen müssen, und sie zu Fuß vom Tempelhofer Filmgelände, wo sie eine Komödie für die PAGU drehte, die Rivalin der Bioscop.

Es war Wolfgang, der es so wollte. »Herrgott, der Film entsteht in Zusammenarbeit mit den *Pathé Frères* aus Paris«, hatte er gesagt. »Sie haben einen französischen Regisseur vor Ort, das ist eine andere Dimension. Solch eine Chance kannst du dir nicht entgehen lassen.«

Recha hatte erwidert, sie wolle lieber in seinem Film spielen, und er hatte sie ausgelacht. »Sei nicht so ein Mäuschen, Lulu. Wenn du in diesem Geschäft deine zwei Füße in der Tür behalten willst, kannst du dich nicht nur auf mich festlegen.«

»Und warum kann ich das nicht?«

»Weil ich ein wackliger Kandidat bin«, hatte er gesagt und sie geküsst. »Ein Querulant. Stell dir vor, ich leiste mir irgendetwas

Idiotisches, nenne meine Produzenten zwei Backen desselben Arsches oder gehe mit einem roten Schild gegen diese Schweinerei in Saverne protestieren – willst du dann als mein Anhang mit mir vor die Tür gesetzt werden?«

»Und wenn ich es will?«

Er hatte sie wieder geküsst. »Dann bist du dümmer, als du aussiehst, Lulu.«

Wegen einer Kundgebung gegen das, was er die »Schweinerei in Saverne« nannte, war Rechas Straßenbahn ausgefallen, und sie hatte durch Schneetreiben nach Hause laufen müssen. Zuhause, das war die Wohnung, die er für sie gemietet und ausgestattet hatte: drei riesige lichtdurchflutete Räume in einer stillgelegten Putzmacherei auf einem Fabrikhof in Kreuzberg. Der hohen Wände wegen ließ sie sich kaum richtig beheizen, aber das änderte nichts daran, dass sie himmlisch war. Klara, das Mädchen, das er eingestellt hatte, ging nach getaner Arbeit nach Hause, die Fabrikarbeiter strömten nach Feierabend aus dem Tor, und sie hatten den stillen Hof für sich allein.

Wolfgang hatte sie an der Tür erwartet, seinen Schlapphut noch auf dem Kopf, doch in den Händen schon den Silberbecher, in dem er seine Cocktails mixte. »Ohne dich zu reisen macht zu dieser Jahreszeit keinen Spaß«, hatte er gesagt, in einem seltenen Eingeständnis von Gefühl.

Sie waren ins Bett gegangen, in das ausladende, schneeweiß bezogene Bett im Winkel des Schlafzimmers, das Recha nicht zum ersten Mal wie der einladendste Ort außerhalb eines Filmstudios vorkam. Das Licht war schwaches, schmeichelndes Gold, wie von Glühwürmchen, nicht aus Lampen. Wolfgang hatte die gesamte Wohnung von seinem Beleuchter Gunter Agnelli ausleuchten lassen, auf den er schwor wie Rechas Mutter auf ihre Chasma.

Er legte seine Brille auf den Nachttisch. Seine nackten Augen faszinierten sie. Sie waren braun und kamen nie zur Ruhe.

Der schmiedeeiserne Ofen bollerte vor Wärme, die Daunendecken waren aufgeschüttelt, und der ganze Raum duftete nach den Köstlichkeiten, die er sich im Komrey'schen Speisewagen hatte einpacken lassen. Nichts Überladenes, nichts, das im eigenen Sud verkochte, nur Blankes, Klares: dünn geschnittenes Roastbeef, Steinbutt in Pfeffer und Butter, französischen Weichkäse, in Rum eingelegtes Obst. In seinen Gin Fizz quirlte er im Winter, wenn sie sich mit Erkältungskrankheiten herumschlugen, einen goldgelben Eidotter. Sie warfen die Kleider auf einen Haufen und krochen unter die Decken.

Das Essen wärmte. Die Liebe wärmte auch. Sie konnten beides zugleich.

»Wie war dein Stück?«, fragte Recha, als sie von beidem genug hatte, nachdem er Tee aufgebrüht, die Rumflasche danebengestellt und sich bäuchlings wieder zu ihr gelegt hatte.

»Nein«, sagte er, »erst du: Wie war dein Drehtag, wie kommst du mit Revaillac zurecht? Und bitte ein bisschen kratzen, wenn es dir nicht zu viel ist.«

»Mit Revaillac zurechtzukommen ist ein Kinderspiel«, erwiderte sie und begann, ihm den Rücken zu kratzen. »Er ist brillant, unglaublich routiniert, er weiß, wo alles und jedes seinen Platz hat, und er spricht sogar leidlich Deutsch.«

»Habe ich es dir nicht gesagt? Und der Film? Bist du zufrieden?«

»Der Film ist ganz anders, als wir sie bei uns machen. Spritzig. Leichtherzig. Tanzt mit dem Zuschauer, statt mit Donner und Blitz auf ihn niederzufahren.«

»Französisch eben. Kein Wunder, dass neunzig Prozent aller in der Welt gezeigten Filme noch immer aus Frankreich stammen. So etwas können wir hier in Deutschland nicht.«

»Meinst du, wir lernen es noch? Können wir den Vorsprung, den die Franzosen haben, überhaupt aufholen?«

»Warum sollten wir?«, fragte er zurück. Seine wie Drahtstränge verspannten Muskeln lockerten sich unter ihren Fingernägeln. »Wenn wir mit unserer Schwerblütigkeit den Franzosen hinterherhecheln, sehen wir aus wie Schwäne auf dem Land – watschelnde Füße und quakende Schnäbel.«

Sie lachte. Er rollte auf den Rücken, und in seinen Augen spiegelte sich das Glühwürmchenlicht. »Wir können anderes«, sagte er. »Und solange wir voneinander lernen, ist das auch gut so – solange uns kein säbelrasselnder Hosenscheißer wie dieser Kretin von Saverne das alles zerdrischt.«

Von Saverne redete dieser Tage jeder, von schreienden Zeitungsjungen bis zu tuschelnden Statisten. Nur war Wolfgang der Einzige, der die Garnisonsstadt in Elsass-Lothringen Saverne nannte. Alle anderen nannten sie Zabern. Die Region war nach dem Franzosenkrieg annektiert und zum deutschen Reichsland erklärt worden. Soweit Recha es verstand, lebten dort nach wie vor in der Mehrheit Franzosen unter eigener ziviler Verwaltung. Die meisten von ihnen hatten sich nach über dreißig Jahren mehr oder minder damit abgefunden, dass in ihren Städten deutsche Regimenter stationiert waren.

In Zabern stand das Infanterieregiment Nr. 99 unter einem Kommandierenden General, der Berthold von Deimling hieß. Was geschehen war, wusste angeblich jeder ganz genau, was zur Folge hatte, dass es am Ende niemand wusste. Offenbar hatte die Geschichte ihren Anfang genommen, als ein zu kurz geratener, kaum zwanzigjähriger Leutnant die elsässische Bevölkerung als *Wackes* – Taugenichtse – beschimpft und seine Leute aufgefordert hatte, bei Kontrollgängen durch die Stadt ihre Bajonette einzusetzen. »Für jeden Drecks-Wackes, dem du eins verpasst, zahle ich dir zehn Mark«, sollte er zu einem strafentlassenen Rekruten gesagt haben. »Und auf die französische Fahne kannst du scheißen.«

»Und der kleine Wadenbeißer ist dabei nicht einmal das Problem«, grollte Wolfgang. »Das Problem sind die, die ihm vor aller

Augen auf die Schulter klopfen, statt ihn aus dem Verkehr zu ziehen und ihm zu spüren zu geben, dass es uns ernst ist mit unserer Rechtsstaatlichkeit, mit den Verträgen, die wir unterzeichnet haben, mit Völkerrecht und Friedenswillen. All den Krakeelern in den Kasernen, den schlagenden Verbindungen, den Kadettenanstalten und Reservistenvereinen dauert doch diese Zeit schon viel zu lang, in der wir den Franzosen ihren Wein und ihren göttlichen Brie abkaufen, statt ihnen die Schädel einzuschlagen. Neulich habe ich bei einem Hetzer von der *Deutschen Allgemeinen* gelesen, der Krieg wäre ein Gärtner, und in Europa sprieße allzu viel Unkraut auf.«

»Wolfgang«, sagte Recha, »Unter den Linden war eine Kundgebung der Sozialisten, sie haben gegen das Vorgehen von Militär und Regierung in dieser Zabern-Sache protestiert. Die Straßenbahn fuhr nicht. Deshalb bin ich zu spät gekommen. Es hat mir Angst gemacht.«

Sie kniete über ihm, die Hände aufs Bett gestützt. Er umschlang ihr Gelenk. »Angst, Lulu?«

Recha nickte. »Ich habe gedacht, die Polizisten und Gardesoldaten, die versucht haben, den Demonstranten den Weg abzuschneiden, gehen mit Knüppeln und Säbeln auf sie los und schlagen alles kaputt.«

»Das tun sie auch.« Er strich mit der Hand ihren Arm hinauf. »Wenn nicht heute, dann morgen oder nach Neujahr. Und wenn ein Gardist einen der verhassten Sozis blutig haut wie dieser Leutnant Forstner den humpelnden Schustergesellen in Saverne, bekommt er vom Kaiser noch einen Orden angesteckt, weil er angeblich die Ehre der Armee verteidigt hat.«

»Aber worüber regen sich die SPD-Leute denn so auf?«, fragte Recha. »Über den Schuster in Saverne? Über eine Handvoll randalierender Bürger, die ein paar Nächte lang in einen Keller gesperrt worden sind?«

Er fuhr fort, ihren Arm zu streicheln. »Manchmal möchte ich

so leben wie du«, sagte er. »Ohne Zeitungen. Ohne Nachrichten, die mir vor Wut den Magen umdrehen.«

»Mir drehen sie vor Angst den Magen um«, sagte Recha.

Er ließ ihren Arm los, hob seine Hand an ihr Gesicht. »Hier ist deine Höhle, Lulu. Kein Gehinnom. Du bist hier sicher.«

Sie sah auf ihn hinunter und wünschte, er würde ihr versprechen, dass er immer hier bei ihr blieb. »Diese Angst, Wolfgang, vor Zeitungsnachrichten, vor Krawall auf der Straße, vor brennenden Luftschiffen – denkst du, ist das das Jüdische in mir?«

Er lächelte, zwei scharfe Furchen in den Wangen. »Nein. Ich denke, das ist das du in dir.«

»Und du meinst nicht, ich sollte anfangen, Zeitungen lesen?«

»Natürlich nicht. Wozu denn?«

»Findest du mich oberflächlich?«

Er versuchte zu lachen. »Aber gewiss doch. Du dich etwa nicht?«

»Warum bist du dann mit mir zusammen?«

»Warum wohl?« Er hörte auf, sie zu streicheln, und rollte sich wieder auf den Rücken. »Weil du die schönsten, festesten Fingernägel von Berlin hast. Kratz noch ein bisschen, ja? Mir ist heute, als hätte ich Ameisen unter der Haut.«

»Erklär mir das mit Zabern«, sagte Recha und begann wieder, den Streifen zwischen seinen Schulterblättern zu kratzen.

»Dass ein dummer Bengel sich danebenbenimmt, ist keine Tragödie«, sagte Wolfgang. »Nicht einmal, wenn er damit Verträge zwischen Völkern bricht. Dass General von Deimling, der die Verantwortung trug, diesen Bengel aber in Schutz nimmt, ist ein Skandal, der uns den mühsam im Gleichgewicht gehaltenen Frieden in der Region kosten könnte. Es haben Übergriffe auf die Zivilbevölkerung stattgefunden. Das muss geahndet werden. Der Bursche hätte in Festungshaft und anschließend strafversetzt gehört. Stattdessen ist er mit grinsender Billigung des Kaisers freigesprochen worden. Einen solchen Affront können sich die Franzosen nicht gefallen lassen. Das Militär ist ein Raubtier, Lulu, kein niedliches Bübchen in Paradeuniform. Wenn man eine solche Bestie in eine Stadt voller Menschen setzt, muss man sicher sein, dass man sie kontrollieren kann.«

Auf seiner ausgekühlten Haut spürte sie, wie ihm Schweiß ausbrach. »Nur hat es ja niemand kontrollieren wollen«, sagte er. »Deimling ist ein tumber Choleriker, der von der Allgewalt des Militärs über ein niedergebrülltes Zivilleben träumt. Und der Kaiser träumt fröhlich mit, weil für ihn die Allgewalt seines Militärs gleichbedeutend mit der Allgewalt Wilhelms II. ist. Er sammelt Kriegsschiffe wie der kleine Max Zigarettenbildchen, damit er allen zeigen kann, dass er mehr hat als Cousin Georgie aus London.«

»Hat er mehr?«

»Noch nicht«, sagte Wolfgang. »Aber die Unterschiede dürften marginal sein, wenn diese beiden bis über die Reling mit Kriegsspielzeug bepackten Armadas erst mal vom Stapel gelassen werden. Da bleibt kein Auge trocken.«

»Glaubst du, dass das geschieht? Dass Großbritannien und Frankreich gegen Deutschland Krieg anfangen? Wegen dieser Zabern-Sache?«

»Oder Russland macht den Anfang mit Österreich wegen des armen Bosnien und all der anderen schwelenden Brandherde auf dem Balkan. Wer weiß.«

»Aber was haben denn wir oder die Briten mit dem Balkan zu tun?« Recha fand, dass sie nahezu hysterisch klang.

»Wir nichts«, sagte Wolfgang. »Ich jedenfalls bin kein Kaiser und kein König und halte mir weder in der Badewanne eine Hochseeflotte noch ein Garderegiment im Schrebergarten. Wer sich aber eine Feuerwaffe anschafft und auf den Nachttisch legt, muss sich von mir die Frage gefallen lassen, ob er beabsichtigt, damit zu schießen.«

Ein Schauder jagte ihr über den Rücken, sie hörte abrupt mit dem Kratzen auf und warf sich neben ihn aufs Bett. »Sie waren doch alle im Mai noch hier, als die Prinzessin geheiratet hat!«, rief sie. »Der russische Zar, der englische König – sie sind hintereinander durchs Brandenburger Tor gefahren und alle miteinander verwandt.«

»Ist doch gut«, sagte er, legte den Arm um ihren sich klein machenden Körper und zog ihn dicht an seinen. »Es muss ja nicht sein. Ja, sie sind alle eine einzige, große, verseuchte Sippe, und das Netz der Bündnisse, das sich über Europa spannt, ist so locker geknüpft, dass praktisch in jeder Lage die Entscheidung offensteht. Die Neutralität Belgiens haben sämtliche Großmächte garantiert, für die müssten sie im Notfall mit der Waffe einstehen. Da aber keiner mein verschwiegen lächelndes Belgien angreift, bleiben nur Konflikte übrig, bei denen jeder sich fragen kann: Ist mir das Krieg wert oder nicht? Ist es eine Gefahr, die ich entschärfen will, oder die Gelegenheit, auf die ich mit zitternden Hamsterbäckchen gewartet habe.«

Recha vergrub ihren Kopf in seiner Achselhöhle. »Und was glaubst du? Ist Zabern die Gelegenheit?«

»Solange die Franzosen die Füße stillhalten, nicht«, sagte er. »Aber Saverne hat deutlich gemacht, wer in Deutschland im Zweifelsfall die Zügel in der Hand hält: das Militär. Nicht der Reichstag, den der Kaiser wahlweise ›Quasselbude‹ oder ›Reichsaffenhaus‹ nennt. Die Parlamentarier haben in der Sache ein Missbilligungsvotum gegen Kanzler Bethmann Hollweg gestellt, und was ist die Konsequenz? Nichts. Dagegen demonstrieren die Leute. Sie fühlen sich verschaukelt.«

Recha hielt sich fest, krallte die Nägel in ihn, spürte unter der Haut gleich Knochen. »Ich will nicht, dass Krieg kommt. Dabei weiß ich nicht einmal, was ich mir darunter vorzustellen hätte. Warum bin ich so eine Gans, Wolfgang? Erst von zu Hause fortgehen und alles anders machen und dann schreckstarr hier liegen, weil ich Angst habe, es könnte etwas anders werden.«

»Und warum macht dich das zur Gans?« Über sie hinweg angelte er nach dem Tee, schenkte ein und goss Rum dazu. Recha hörte, wie Übergeschwapptes in die Untertasse platschte. »Na komm. Trink was.« Er richtete sie auf und hielt ihr die Tasse an die Lippen. Der Tee war längst erkaltet, weckte aber die Lebensgeister.

»Dass wir Angst haben, scheint mir eher gesund zu sein«, sagte er. »Unser Himmel ist ziemlich leer, wenn wir uns keine Götzen wie den Kaiser, das Reich oder den Fortschritt der Waffentechnik reinhängen, und wir mit unseren ausgerissenen Wurzeln treiben mittendrin. Wer hätte da keine Angst?«

Recha trank noch etwas und stellte die Tasse weg. »Du, dachte ich.«

»Unsinn.« Sein Lachen klang fast verlegen. »Wer bin ich denn? Eine Rotznase aus dem Wedding, den die Hinterhof-Bande als Bastard ohne Vater verhöhnte, und der sich jetzt in eine derart luftige Höhe hinaufgeschraubt hat, dass ihm fortwährend schwindlig wird. Wer etwas ganz Neues machen will und keine Angst hat, ist ein Idiot. Aber wer sich von der Angst abhalten lässt, ist es erst recht. Das Leben ist hinreißend spannend, Lulu.«

Sie küssten sich, dann drehte er sich wieder auf den Bauch und bot ihr seinen Rücken zum Kratzen dar. Recha beruhigte sich. Zumindest ein wenig. Vielleicht drohte zurzeit einfach zu viel Veränderung, vor der sie sich fürchtete. Selbst die Jahreszahl würde wechseln. Am besten sie hielt sich an ihre bewährte Methode, an Geschichten zum Hineinflüchten. »Erzählst du mir jetzt von dem Stück, das du in München unbedingt sehen wolltest?«

»Das kann man nicht erzählen«, erwiderte Wolfgang. »Das musst du gesehen haben. Der verflucht begabte Hund, der es sich ausgedacht hat, ist bald achtzig Jahre tot, und er hat es nicht einmal fertig geschrieben, aber von der Wucht und der Wut, die das hat, gerät das alte Residenztheater ins Wanken. Zu unserem

Thema passt es wie ein Fußtritt in den Magen. Da ist dieser Kerl, Soldat, Schütze Arsch im letzten Glied, der von überall auf die Mütze kriegt, um den's immer dunkler wird, und dem's in den Ohren rauscht. ›In der Stadt ist alles Glut. Ein Feuer fährt um den Himmel und ein Getöse herunter wie Posaunen.‹ So etwas haut mich um: Einer der Worte schreibt, die weder zu groß noch zu klein sind, sondern wie Bilder. Passgenau.«

Recha sah das passgenaue Bild vor sich, die Glut über der Stadt, den brennenden Zeppelin, der mit Getöse aus dem Himmel fuhr, und schüttelte sich.

»Erbsen geben sie dem«, erzählte Wolfgang weiter. »Wochenlang nichts als Erbsen, um auszuprobieren, ob man Soldaten nicht auch ohne teures Fleisch durchgefüttert bekommt. Dieser niedergeknüppelte Wurm geht so lange zum Brunnen, bis er bricht. Und dann kann er nicht mehr anders, als das Mädel, das er liebhatte, abzustechen, nur um sich zu beweisen: Da drinnen regt sich noch was, ich bin noch nicht ganz tot.«

»Wie heißt das?«, fragte Recha, die wollte, dass er aufhörte. Sie hatte eine Geschichte zum Verkriechen gewollt, kein Kabinett voller Zerrspiegel, in denen sie ihr Gesicht sah.

»Woyzeck«, sagte Wolfgang. »Georg Büchner, *Woyzeck*, fast hundert Jahre zu spät auf der Bühne und jetzt nicht mehr wegzukriegen. Ich will einen Film daraus machen, aber dazu ist der Christoph nicht der richtige Mann. Zu brav, zu sehr im Alten verhaftet. Ich brauche deinen jungen Freund. Den kleinen Kaiser, Wilhelm zur Nieden. Der hat die Jugend, das Pathos und die Radikalität dazu.«

Tu das nicht, wollte Recha ihm sagen. *Nenn Willi zur Nieden nicht meinen Freund, zieh ihn dir nicht heran, um einen Film zu machen. Sag, er geht dir auf die Nerven und du willst nicht mehr, dass ich mit ihm verkehre. Mir geht er auch auf die Nerven, und wenn ich oberflächlich bin, dann ist Willi flach wie eine Flunder.*

»Wilhelm zur Nieden hat mich gefragt, ob wir Silvester mit

ihm im *Babylon* feiern«, sagte sie. »Er hat an Neujahr Geburtstag und plant, alle einzuladen, angeblich wieder einmal, um sich zu bedanken. Kuno und Bodo bereiten ein kleines Sektbüfett vor, Musik und Tanz, ein paar Leute machen die üblichen Faxen und um Mitternacht bengalisches Feuer.«

»Babylon«, sagte Wolfgang. »Weißt du, dass sie den gefunden haben, den Turm? Bei Bagdad, wo der Kaiser seine Leute hingeschickt hat, damit sie ihm genauso viele vorzeitliche Paläste ausbuddeln, wie die Briten und Franzosen sie haben. Er soll ganz anders ausgesehen haben, als wir denken, der Turm. Wie vier zum Quadrat gestellte Treppen, die aber nicht in den Himmel führen, sondern zueinander.«

Recha versuchte, sich den Turm vorzustellen, und wusste nichts darauf zu sagen.

»Und?«, fragte Wolfgang. »Hast du deinem Wilhelm für Silvester zugesagt? Ins *Babylon* gehst du doch ganz gern, oder nicht? Und die anderen – Gunter, Christoph, Sonja – lassen sich bestimmt auch nicht lange bitten, wenn der kleine Kaiser bezahlt.«

»Ich will aber nicht gehen«, sagte Recha.

»Warum denn nicht?«

»Weil ich zum neuen Jahr mit dir allein sein will«, hörte sie sich sagen. »Hier, von mir aus. Oder wir könnten ein paar Tage verreisen. Ich bin noch nie verreist. Wir könnten uns irgendwo in deinem geliebten Belgien das Meer ansehen. Das Grau, das leuchtet. Oder diese Stadt Ypern mit der Tuchhalle, von der du so begeistert bist.«

»Könnten wir machen«, sagte Wolfgang. »Aber das wäre ein bisschen harsch dem kleinen Kaiser gegenüber, findest du nicht? Er stürzt sich in Ausgaben, und am Ende war der ganze Aufwand für die Katz, weil seine Recha nicht erscheint. Das Meer wird uns kaum weglaufen, und Yperns Tuchhalle, die seit siebenhundert Jahren am Platz steht, schon gar nicht. Es muss also nicht ausgerechnet zu Neujahr sein.«

Du solltest nicht so reden, dachte sie. *Nicht so, als wäre es dir ganz recht, dass Willi zur Nieden sich als Schatten an meine Fersen heftet, weil du dann mit ihm über deinen Film debattieren kannst.*

»Er bringt sie aus Eifersucht um«, murmelte Wolfgang. »Zumindest glaubt er das.«

»Wer?«

»Woyzeck. Entschuldige. Ich war in Gedanken noch mal bei dem Film, über den ich mit deinem Wilhelm sprechen will. Das Mädel heißt Marie. Sie schäkert ein bisschen mit einem Kerl, der die hübschere Uniform anhat, und Woyzeck zerrt sie in den Wald und sticht sie ab. Das Bild sehe ich vor mir. Dein Gesicht, wenn er mit dem Messer ausholt und du ihn anstarrst, weil du überhaupt nichts begreifst. Du willst ihm sagen, er soll zu sich kommen, du bist nicht schuld, bist genauso ein armes kleingemachtes Würstchen wie er, aber es kommt nichts raus. Kein Wort. Also macht er dich tot.«

Was du nie tun würdest, dachte Recha. *Du bist ja nicht eifersüchtig, dir ist gleichgültig, dass der blonde Willi, dem in Babelsberg die Statistinnen nachschmachten, zwar gern einen Film mit dir machen, aber noch lieber neben mir in diesem Bett liegen würde.*

»Und aus deinem Gesicht sprechen alle«, fuhr Wolfgang fort. »Die, die von Saverne hören und nicht wissen, wie ihnen geschieht; die, die sich fragen, was der Balkan mit ihnen zu tun hat; die, denen niemand erklärt, warum mitten im Frieden Geld zur Aufstockung einer Armee da ist, aber keines für eine Rente, von der du dir nicht einmal einen Tod leisten kannst. Ich muss diesen Film machen, Lulu, und ich habe nicht mehr viel Zeit.«

»Warum nicht? Die Bioscop hat doch deinen Vertrag verlängert.«

»Hat sie. Aber demnächst werden Jagusch und Hohner mich zur Seite nehmen und mir drucksend nahelegen, andere Filme zu drehen. *An uns liegt es nicht, Herr Vanselow. Wir lieben Ihre Sachen. Aber die Zensur, ach Gott, ach Gott, Sie wissen doch, die Zensur …*«

Jagusch und Hohner waren die Produktionsleiter, die die Bioscop ihm übergeordnet hatte. Wolfgang mokierte sich in einem fort über sie, aber Wolfgang hätte sich über jeden mokiert, der ihn in seiner Freiheit beschnitt. In seinen Augen musste sich der Film als brandneue Kunstform ohne Beschränkungen entwickeln, oder er würde zu einem traurigen Abklatsch des Alten verkommen.

»So, wie der Kaiser und seine Heeresleitung das Parlament plattgewalzt haben, werden sie auch uns plattwalzen«, sagte er. »Mundtot machen. Zensurbestrebungen, die Deutschlands Kinder vor dem schändlichen Einfluss von Filmen schützen sollen, sind bereits im Gange. Und sobald denen da oben klar ist, was für eine mächtige Propagandamaschinerie sie mit dem Zauber der Leinwand in den Händen halten, können wir einpacken. Dann werden nur noch Sachen gedreht, die ihren Zwecken dienlich sind.«

»Siehst du nicht zu schwarz?«

»Wer weiß.« Er stützte sein Kinn in eine Hand. »Besser ich schreie, so laut ich kann, bevor sie mir den Mund verbieten. Meinen Woyzeck will ich schreien lassen, dass die Stille in den Ohren gellt: Leute, wenn ihr euch in einen Krieg hetzten lasst, dann seht wenigstens zu, dass es euer eigener ist und dass ihr wisst, worum es dabei geht.«

Eine Zeitlang schwiegen sie beide. Dann hatte sie ihn gefragt, ob er sie liebte, und er hatte die Frage für überflüssig erklärt, wobei er sie anbettelte, nicht mit dem Kratzen aufzuhören.

Recha kratzte weiter. »Warum ist die Frage, ob du mich liebst, überflüssig?«, fragte sie.

»Liebe ist wie Gott und die Rechte der Arbeiter«, sagte Wolfgang. »Weil die noch nie jemand gesehen hat, müssen alle davon reden.«

Sie hörte endgültig auf, ihn zu kratzen, und setzte sich auf. »Ich will, dass wir heiraten.«

»Ach herrje, Lulu.«

»Nein, sei still. Ich will es wirklich. Es ist so, wie du gesagt hast: Ich habe meine Familie verloren, weil meine Eltern das Leben, das ich mit dir führe, nicht begreifen können. Ich treibe mit ausgerissenen Wurzeln durch die Leere und brauche Sicherheit.«

»So etwas gibt es nicht«, sagte er, drehte sich auf den Rücken und bot ihr seinen flachen Bauch dar, die Linie dunkler Haare vom Nabel bis zur Scham. »Es ist eine bürgerliche Illusion, die dir Sand in die Augen streut. So wie die ganze Ehe.«

»Dann gib mir eben die Illusion«, sagte Recha. »Wenn ich dir etwas bedeute, mach Nägel mit Köpfen, heirate mich und zieh hierher zu mir. Falls du deine Mutter nicht alleinlassen willst, könnte ich das verstehen, dann müssen wir eben eine Lösung finden. Von mir aus teilen wir uns diese große Wohnung zu dritt.«

Wolfgangs Mutter war ohne Zweifel der umgänglichste Mensch, den Recha kannte. Nie wäre es ihr eingefallen, sich über Wolfgangs Art, sein Leben zu führen, ein Urteil zu erlauben. Sie wohnte noch immer in den zwei Räumen – Küche und Stube – im Parterre einer Weddinger Mietskaserne, wo sie ihn mit aller Liebe und Fürsorge aufgezogen hatte, und Wolfgang wohnte bei ihr, wenn er nicht bei Recha oder auf Reisen war. Als Recha nach den ersten Monaten ihrer Beziehung darum gebeten hatte, sie kennenlernen zu dürfen, hatte Wolfgang sie dorthin mitgenommen.

Die beiden Zimmer – so eng, so dunkel – hatten ihr beim Eintreten Angst gemacht, aber die Angst verflog. Sie hatten zu dritt in der vollgestopften Stube gesessen, in der Wolfgang und die Mutter geschlafen, gegessen, gearbeitet und ihr bisschen Freizeit verbracht hatten, hatten Kaffee getrunken, auf den die Mutter stolz war, weil sie ihn sich durch Wolfgangs Erfolg jetzt leisten konnte, und das Gefühl der Beklemmung, das Recha mit diesem Leben – den rußgeschwärzten Wänden, dem Gestank der Müllkästen – verbunden hatte, war verschwunden.

Es war ein sorgenvolles, hartes, aber kein beklemmendes Leben gewesen.

»Dass ich Wolfgang hatte, war für meine Familie eine Schande«, erzählte die Mutter, die Recha bat, sie Käthe zu nennen. »Als ich das Spießrutenlaufen hinter mir hatte, lernte ich aber, dass es für mich keine Schande war, sondern Glück. Ein Kind bleibt am Ende ja immer ein Kind, egal, woher man es hat. Und wo ein Kind ist, ist Glück, das geht ganz von allein.«

Recha war ebenfalls von ihren Eltern mit Liebe überschüttet worden, doch was Wolfgang von seiner Mutter empfangen hatte, war weit seltener und vielleicht noch wertvoller: Respekt. »Was Wolfi mit seinen Filmen macht, brauch doch ich nicht zu verstehen«, sagte sie. »Wenn die Alten nicht verstehen, was die Jungen machen, heißt es, dass es vorangeht mit der Welt.«

Wolfgangs Humor, der so oft sarkastisch und manchmal zynisch klang, bekam etwas Weiches, wenn er seiner Mutter galt: »Sie fand, sie müsse für mich einen Weihnachtsbaum haben, und es war sinnlos, ihr zu sagen, dass ich keinen brauchte. Weil sie sich keinen leisten konnte, bat sie den Verkäufer um weggeschnittene Zweige und stoppelte einen zusammen. Den sollte ich aber nicht sehen, weil die Kinder reicher Leute ihn vor Heiligabend auch nicht sehen dürfen. Nur hatten die Fluchten von Zimmern, während wir in einem einzigen hausten. Also hat sie Bettlaken von der Decke gehängt, als bräuchte der Weihnachtsbaum eine Umkleidekabine, und wenn wir nachts im Bett lagen, sahen wir, wie der Luftzug die Laken bewegte. ›Das ist das Christkind‹, behauptete sie. ›Das arbeitet an einem Geschenk für dich.‹ Ich war zehn und glaubte schon jahrelang an kein Christkind mehr, aber sie bestand darauf.«

Über die Umkleidekabine für das Christkind lachte auch die Mutter, und dann erzählte sie Recha, diese Jahre mit ihrem Kind in der muffigen Wohnung seien ihre schönste Zeit gewesen. Sie hatte Rheuma in den Fingern und sah schlecht, weil sie nächtelang im Licht einer Ölfunzel Totenhemden genäht hatte, um Wolfgang sonntags Hoppelpoppel aufzutischen: Kartoffeln, Ei und ein paar Fetzchen Fleisch. »Wenn ich einen Wunsch frei hätte, würde ich noch einmal mit Eimerchen und Schaufel auf die Düne gehen wollen«, sagte sie. »Die kleine Hand ganz vorsichtig in meiner und wichtiger sein als eine, die die Kronjuwelen trägt.«

Recha mochte Käthe. Sie mochte die Art, in der Käthe und Wolfgang einander liebten, und auch wenn sie sich daran gewöhnt hatte, ihre Wohnung für sich zu haben, fand sie die Vorstellung erträglich, Käthe darin aufzunehmen. Ein kleines Opfer. Sie stellte fest, dass es das war, was sie wollte.

»Was spricht dagegen, zusammen zu sein, solange man es beieinander gut hat?«, fragte Wolfgang, und Recha erwiderte: »Ich will nicht, dass wir nur zusammen sind, solange wir es gut haben. Ich will, dass wir Opfer füreinander bringen, beweisen, dass wir einander etwas wert sind.«

Zu einer Antwort kam er nicht mehr. An der Tür der einstigen Putzmacherei klopfte es so heftig, dass die Bodendielen bebten. Die Tür war aus Eisen, und wer sich Gehör verschaffen wollte, hatte keine Wahl, als sie mit den Fäusten zu bearbeiten. Eine Klingel gab es nicht. Recha hätte vor die Tür des Aufgangs den schweren Stabriegel legen können, sobald die Fabrikarbeiter gegangen waren, und hätte oben in der Wohnung völligen Frieden gehabt. Sie aber ließ den Riegel aus gutem Grund offen.

Der Grund stand vor ihrer Tür. Sie stieg aus dem Bett und zog den seidenen Pyjama über, den Wolfgang ihr von einem Drehtermin in Belgien mitgebracht hatte, in seinem Belgien, in dem er so gern drehte, weil das Grau dort leuchtete. Darüber kam ihr uralter Morgenrock. Wolfgang zog ebenfalls seinen Morgenrock über, aber keinen Pyjama, weil er keinen besaß. Er setzte die Brille auf. Auf dem Weg zur Tür tauschten sie einen wissenden Blick.

Rechas Vermutung täuschte sie nicht: Vor der Tür stand ihr Bruder Gabriel, durchnässt, ohne Mantel, mit klappernden Zähnen und blutig gekratzter Stirn. »Kann ich bei dir bleiben, Recha? Ich habe es in dieser jüdischen Spießerwelt nicht länger ausgehalten, ich hatte nur die Wahl, wegzulaufen oder mich umzubringen.«

Recha trat beiseite, um ihn einzulassen. Wolfgang ging ins Bad, zu dem er die Nasszelle der Putzmacherei hatte ausbauen lassen, und kehrte mit einem Handtuch zurück. »Ich mache mehr Tee. Und falls es dir nicht zu spießig ist, wären auch noch Käse und ziemlich frisches Brot da.«

»Mir ist nach etwas Starkem, Betäubendem, das alles abtötet«, sagte Gabriel, dem Schultern, Lippen und die rot gefrorenen Finger zitterten.

»Kann ich verstehen«, sagte Wolfgang. »Danach war mir in deinem Alter auch.«

Recha nahm ihm das Handtuch ab und schlang es ihrem Bruder um das Haar, das tropfnass am Schädel klebte. Er war längst größer als sie, aber die Geste hatte etwa Beruhigendes, als könnte sie ihn in Sicherheit einhüllen, wie ihre Mutter es in ihrer Kindheit gekonnt hatte. Jetzt war die Mutter von ihren beiden Kindern Lichtjahre weit entfernt. Kinder wollten geliebt werden, junge Erwachsene vor allem verstanden.

Sie tauschte noch einen Blick mit Wolfgang, dann drehte er sich um und machte sich in Richtung Küche auf. »Vielleicht Suppe?«, rief sie ihm hinterher, und er drehte sich um und sandte ihr ein Nicken. »Keine Sorge. Irgendwas werde ich schon auftreiben.«

»Na, dann komm«, sagte sie zu Gabriel. »Sehen wir zu, dass wir dir ein Bett zurechtmachen und dich warm bekommen.«

Über die Frage, die sie aufgeworfen hatte, würden sie in dieser Nacht nicht noch einmal sprechen.

18

Kuno, der Kellner, der auf jeder Hand ein Tablett balancieren konnte und nach Felices zweitem Besuch bereits wusste, dass sie Zitronenwasser und einen kleinen Kirsch trank, war gar kein Kellner, sondern einer der beiden Betreiber des *Babylon.* Der andere hieß Bodo, war weißblond und bleich wie ein Albino und jonglierte mit Zahlen wie sein Partner mit Tabletts. Vor den Gästen gaben sie sich als Brüder aus, was die meisten verblüffte, weil sie einander nicht ähnlich sahen. Felice verblüffte es nicht. Ille und Willi sahen ihr auch nicht ähnlich, und das rundliche, semmelblonde Geschöpf, das im Juni zur Welt gekommen war, erst recht nicht. Suse zufolge waren Kuno und Bodo jedoch tatsächlich nicht miteinander verwandt.

»Bruderliebe ist das nicht zwischen denen«, sagte sie. »Der ätherische Bodo zieht sich heimlich Mädchenkleider an, wenn sie in der Schlafkammer allein sind, und Akrobat Kuno spielt den wilden Mann. Was soll's? Wenn's ihnen Spaß macht? Tut ja keinem weh.«

Felice tat es auch nicht weh. Sie dachte nicht über das nach, was Menschen in ihren Schlafkammern taten. Heute schon gar nicht. Es war der letzte Tag des Jahres. Silvester. Die erzwungenen Feierlichkeiten in der Platanenallee – Punsch und Räucherfisch-Platten und um Mitternacht dünne Suppe – hatte sie immer gehasst. Noch grauenvoller war es gewesen, wenn dieselben Feiern anderswo stattfanden, in den Häusern von Leuten, mit denen sie gesellschaftlichen Umgang pflegten. Sobald die widerstrebende Felice durch ihre erste Saison geschleift worden war, waren sie stattdessen auf einen Subskriptionsball gegangen, was die Krone des Grauens darstellte.

In einem einzigen Jahr – dem nach dem Tod ihres Vaters – hatte sie über die Feiertage bei Oma Hertha bleiben dürfen. Sie waren am späten Abend noch auf den Friedhof gefahren, um Opa Paul ein Grablicht zum neuen Jahr hinzustellen, und aus dem Dunkel war Onkel Werner mit einer Stalllaterne aufgetaucht, um sie beide zu Poetge zu bitten. »Zum Aufwärmen. Die Püppi holt sich ja kalte Haxen hier draußen, und das kann zum neuen Jahr doch keiner brauchen.« Sie hatten Karten gespielt, nicht Skat, sondern Schlesische Lotterie, Bouletten und Pfannkuchen gegessen, und Felice hatte eine ganze Kanne Saft von eingeweckten Kirschen leer getrunken.

Daran musste sie denken, als sie mit Suse den überfüllten Schankraum des *Babylon* betrat oder besser: als Suse hineinschwebte und Felice in ihrem Windschatten hinterdreingespült wurde. Es war seit damals das erste Mal, dass sie sich auf einen Silvesterabend freute. Draußen herrschte ein Schneetreiben, wie Berlin es seit Jahren nicht erlebt hatte, und drinnen glitzerte elektrisches Licht, das sich in Gläsern spiegelte. Draußen pfiff der Wind, und drinnen schwappten ihnen Rauchschwaden, Fetzen von Musik und helles Gelächter entgegen.

Suse hatte sich prachtvoll ausstaffiert, trug über dem Hosenrock eine Art grüne Uniformjacke mit weißen und lilafarbenen Quasten, Kleidung, wie die Frauen sie anlegten, die im Kampf für das Wahlrecht durch Londons Straßen marschierten. In einer Destille der Kaiserstadt würde niemand die Bedeutung erkennen, aber das hielt Suse nicht ab. Sie setzte ihr Zeichen, darauf kam es ihr an.

Und angestarrt und beklatscht wurde sie im *Babylon* sowieso.

»Hereinspaziert, nur immer hereinspaziert, je später der Abend, desto mehr schöne Gäste bekommen wir noch gestapelt.«

»Ah, Suse, Königin der Knesebeckstraße – es sind bereits zahllose Jünglinge hier, die die Ankunft Euer Majestät gar nicht erwarten können.«

»Und diese erfreuliche Erscheinung ist?« Der Herr, der Felice die Tür aufhielt, trug Zylinder und Gehstock, stand in einer aus Mantelsäumen getropften Pfütze und verbeugte sich.

»Felice zur Nieden.« Sie wusste, sie war in diesem Treiben ein Mauerblümchen, das zu keinem der Kreise dazugehörte, aber das machte ihr nichts aus. Sie freute sich auf den Abend, zu ihrer eigenen Verblüffung freute sie sich wirklich und war nicht nur hier, weil Suse und Willi sie bestürmt hatten.

Sie hatte sich an das *Babylon* gewöhnt, daran, dass sie hier Pause von der Stille ihres Arbeitsplatzes machen konnte, ein paar Worte mit Menschen wechseln und dennoch für sich bleiben. In zahllosen Cafés waren Frauen nur im Damenzimmer willkommen, und in anderen wurden sie ohne männliche Begleitung überhaupt nicht bedient. Das *Babylon* war anders. Leben und leben lassen. Wer hier sein Glas bezahlte, bekam ohne Gezeter ein zweites serviert. Und wer sich ein zweites nicht leisten konnte, durfte vor den Resten des ersten sitzen bleiben, bis der Laden schloss.

Wenn ein neues Jahr, ein Ausblick in die Zukunft ein Fest verdiente, dann war das *Babylon* der Ort, es zu begehen. Und das Jahr, das bevorstand, verdiente eines. 1914. Mit nur ein wenig zusätzlichem Mut und ein wenig zusätzlichem Glück würde es das bedeutsamste Jahr in Felices bisherigem Leben werden.

Ihr Jahr. Das erste von vielen.

Der Herr mit dem Zylinder winkte Kuno heran und fischte ein Glas Sekt von einem seiner ewigen Tabletts, um es Felice zu reichen. »Gunter Agnelli«, stellte er sich vor. »Sonst gemeiner Beleuchter der Bioscop, aber heute Nacht königlicher Palastwächter des sündigen Babylon. Und Sie sind die Schwester vom kleinen Kaiser, habe ich das richtig verstanden?«

Felice musste lachen. »Darauf wäre ich zwar selbst nicht gekommen, aber ich gebe zu, es passt.«

Sie wollte sich bedanken und mit Suse weitergehen, doch die wurde bereits ins Getümmel gezerrt. In gespielter Verzweiflung wandte sie den Kopf: »Macht's dir was aus, dich ein bisschen allein zu amüsieren, Täubchen? Diese Bande hier scheint kein Nein als Antwort zu akzeptieren – wir sehen uns später!«

»Auch die Freundestreue ist nicht mehr, was sie einmal war«, bemerkte der Beleuchter mit dem Zylinder. »Nehmen Sie sich's nicht zu Herzen. Wir finden andere Gesellschaft für Sie, heute Nacht bleibt niemand allein.«

»Lassen Sie's gut sein«, sagte Felice. »Ich denke, mein kaiserlicher Bruder wird sich meiner erbarmen.«

Kurz hatte sie Sorge gehabt, Willi könne es überhaupt nicht nach Charlottenburg geschafft haben. Gerüchten nach fielen Straßenbahnen aus, und Kraftdroschken blieben in Schneebergen stecken. Umso froher war sie, ihn bester Laune und flankiert von Gefolge auf sich zusteuern zu sehen.

»Schwesterherz! Was für eine Freude! Recha, Wolfgang – meine Schwester Felice ist heute mein Ehrengast. Ohne sie hätte ich unser *Babylon* im Dschungel der Großstadt vielleicht niemals entdeckt.«

Seit jener Nacht, in der er sich so schwer betrunken hatte, dass der Filmregisseur Suse und der selbst alles andere als nüchternen Felice hatte helfen müssen, ihn nach oben in ihre Wohnung zu schleppen, schien seine Welt sich um hundertachtzig Grad gedreht zu haben. Er war kaum wiederzuerkennen – aufrecht, im geradezu frivol eleganten Frack und strahlend vor Selbstbewusstsein. Das blonde Haar war mit Brillantine zu Fügsamkeit gescheitelt, und über dem hübschen Mund ließ er sich ein Schnurrbärtchen stehen. »Du weißt ja nicht, wie knorke das ist, dass du dich hast überreden lassen. Meine große Geburtstagsfeier wäre ohne dich zu einem traurigen Beisammensein verkommen.«

Die Bank bekam ihm offenbar besser, als Felice und vor allem er selbst es befürchtet hatten. Bereits im August, zur Taufe von Illes Tochter, war Felice aufgefallen, dass er gewandter wirkte, mehr wie ein junger Mann, der wusste, dass er über Charme verfügte. Jetzt aber schien er sich in diesem Charme regelrecht zu sonnen. Und wie es aussah, machte er seine Sache gut und hatte ein beachtliches Einkommen. Felice kannte sich in modischen Fragen nicht aus, doch die Kleidung, die er am Leib trug, wirkte gediegen, und im seidenen Binder steckte eine Brillantnadel.

Sie war froh, dass er wieder zu ihrem Leben gehörte, auch wenn eine ausdrückliche Versöhnung nie stattgefunden hatte. Auf sein Betreiben hatte sie Ille im Krankenhaus besucht und war später der Einladung zur Kindstaufe gefolgt, obwohl das bedeutete, dass sie Sybille und Benno wiedersehen musste. Es hatte sich ertragen lassen. Um ihr beizustehen, war Mo mitgekommen, und er war ihr als Verlobter nicht von der Seite gewichen. Erst im Aufbruch hatte Benno versucht, sie allein in einen Winkel zu drängen, während sich Mo um ihre Garderobe kümmerte, doch im Nu hatte er wieder neben ihr gestanden, und Felice hatte aufgeatmet.

Ille war wie immer gewesen. Geistesabwesend, lieb lächelnd, höchstens ein wenig aus der Form gegangen und mit dem Kind auf den Armen, das an ein rosiges Ferkel erinnerte. Richtig weh tat nur die Begegnung mit Oma Hertha, mit der Felice wie mit einer Fremden Floskeln tauschte, während eine jähe Sehnsucht sie packte.

Oma Hertha, das war ihr Hafen, ihr Zuhause gewesen, wie sie keines mehr finden würde. Aber verzeihen konnte sie ihr nicht. Ausgerechnet ihre Oma, ihre Verbündete, die ihr beigebracht hatte, wie sich Freiheit anfühlte, hatte keinen Finger gerührt, um sie vor dem Verkauf an den Schlachter zu bewahren. Das Gefühl, allein und ohne Schutz zu sein, hatte sich wie mit

Krallen in Felices Innerstes gegraben, und dort würde es bleiben. Willi aber nahm sie nichts mehr übel. Er war jung, und er war ein Mann – er konnte unmöglich begreifen, wie verraten sie sich fühlte.

Es tat gut, wieder einen Bruder zu haben. Und mit jener Nacht, in der er zu ihr zurückgekommen war, hatte sich ihr Leben zum Besseren gewendet.

Zwanzig wurde er. Fast erwachsen. Auf dem Tresen, neben dem Turm aus Gips, entdeckte Felice ein sahniges Tortengebilde, auf dem fragile schwarze Schokoladenlocken die Zahl 20 bildeten. Schwungvoll ließ er sein Glas gegen ihres klirren, dass der Sekt ihnen über die Hände perlte. »Auf das Neue, Felchen, auf unser neues Leben! Meine Freunde kennst du ja, stimmt's? Recha Süßapfel, die du demnächst in *Frauen sind auch nur Menschen* von den *Pathé Frères* wirst bewundern können, und Wolfgang Vanselow, der mir gerade eröffnet hat, was für ganz und gar unglaubliche Pläne er mit deinem kleinen Bruder hat.«

Krachend schlug er dem zierlichen Regisseur, der in einem Jackett wie für einen Zimmermann steckte, auf den Rücken. Die Frau, Wolfgang Vanselows Geliebte, stand wie unbeteiligt daneben, während Willi jede ihrer Bewegungen aus dem Augenwinkel verfolgte. Sie war unglaublich schön. Das Tunika-Ensemble in Grüntönen, das ihre Silhouette umspielte, gab ihr etwas von einer Meerjungfrau.

Felice las keine Klatschspalten, schon gar nicht die *Welt der Frau*, die illustrierte Beilage der *Gartenlaube*, für die Suse zu schreiben gezwungen war, seit ihre Romane nicht mehr gekauft wurden. Als Suse sie ihr mit den Worten »Hier, ist das nicht dein Bruder, da neben der rassigen Recha?« hingeschoben hatte, hatte sie jedoch nicht widerstehen können. Die unscharfe Fotografie zeigte Willi in Johannisthal, bei der Flugschau, wo der Zeppelin verunglückt war und achtundzwanzig Menschen in den Tod gerissen hatte. Details ließen sich nicht erkennen, nur Willis Arm um die Taille der Schönen, ihr Haar, das im Wind wehte, und etwas in Willis Gesichtsausdruck.

In dem dazugehörigen Artikel mokierte der Verfasser sich darüber, dass die Schauspielerin, die Quellen zufolge in wilder Ehe mit ihrem Regisseur lebe, sich nun auch noch erdreistete, Deutschlands edle Jünglingsblüten in ihrem Lotterbett zu verderben. Allerdings ließ er es bei verquasten Andeutungen, denn die Leserinnen der Zeitschrift waren propere Gattinnen und Mütter, deren zartes Moralempfinden nicht beschädigt werden durfte.

Für gewöhnlich konnten Felice und Suse sich über derlei Tugendwächterinnen, die im stillen Kämmerlein mit roten Ohren über solchen Blättchen hingen, vor Lachen ausschütten. In diesem Fall aber blieb Felice das Lachen im Hals stecken. Die Sache missfiel ihr. Sie hatte ihr schon im Februar missfallen, und auch jetzt trat sie unwillkürlich einen Schritt zurück, um von Recha Süßapfel Abstand zu nehmen. Die Frau sollte sich als Spielzeug suchen, wen sie wollte, aber nicht ihren kleinen Bruder. Der nämlich war ihr nicht gewachsen, und wenn er hundertmal verruchte Kaschemmen für seine Partys mietete und sich wie ein Pariser Lebemann anzog.

Gleichgültig zog die Frau die dargebotene Hand wieder weg. Der Regisseur dagegen streckte seine gar nicht erst aus. »Wir hatten schon das Vergnügen, richtig? Ich erinnere mich dunkel, obwohl es eine jener Nächte war, die man am Morgen am liebsten via Filmriss aus seinem Gedächtnis streichen würde. Wir haben uns grässlich danebenbenommen, nicht wahr?«

Felice erwiderte sein Lächeln. Sie fand ihn unglaublich gewinnend und wusste nicht, warum. Er kam ihr vor, als wäre er an Klugheit jedem im Raum überlegen, und zugleich wirkte er bestürzend verletzlich. »Sie haben sich nicht danebenbenommen«, sagte sie. »Soweit ich mich besinne, war es mein Bruder, der sich mit Ruhm eher weniger bekleckert hat.«

»Oh, das nehmen wir bei der Bioscop nicht so genau.« In Vanselows Augenwinkel grub sich ein feines Netz von Sprüngen. »Mal ist es der eine, mal der andere, und solange wir alle die Köpfe hinhalten, bekommt keiner allzu viele Beulen ab.«

Sie lachten alle. »Ich war der Ansicht, mein Bruder sei Bankier«, sagte Felice. »Dass die Bioscop für ihn Verwendung hat, überrascht mich.«

»Ihr Bruder ist ein Mann zahlreicher Talente«, erwiderte der Regisseur. »Ich bin sicher, er wird Sie noch weit mehr überraschen. Und nicht nur Sie, sondern uns alle und am meisten sich selbst.«

Verblüfft hielt Felice inne. »Wie reizend, so etwas über jemanden zu sagen.«

»Meinen Sie das ernst?« Er kratzte sich am Ohr und brachte sein Haar durcheinander. »Sie finden etwas, das ich gesagt habe, reizend?«

»Das finde ich allerdings.«

Er nahm seine Brille ab und rieb sie an einem Hemdzipfel. »Ich bedanke mich. Darf ich mich trotzdem auf Englisch verabschieden? Ich hätte mit ein paar Leuten noch etwas wegen der veritablen Bombe zu besprechen, die Ihr Bruder und ich demnächst platzen lassen wollen.«

Er wartete die Antwort nicht ab, sondern tauchte rückwärts in der Menge unter. Felice glaubte, eine Bewegung wahrzunehmen, einen Kopfschwenk, mit dem Recha Süßapfel ihm nachsah, doch gleich darauf war die Meerjungfrau mit anderen ins Gespräch vertieft, mit einem langen, hübschen Jungen und mit Willi, der in die von Vanselow hinterlassene Lücke nachrückte.

»Darf man sich dazugesellen?« Felice fuhr herum und fand sich neben Moritz wieder, von dem sie nicht einmal gewusst hatte, dass er eingeladen war.

Ich hätte ihn selbst einladen müssen, durchfuhr es sie. *Er ist für mich da, wann immer Not am Mann ist, aber sobald ich ihn nicht mehr brauche, vergesse ich, dass er existiert.* Und jetzt, wo er hier war, war es ihr nicht einmal recht, so streng ihr Gewissen sie auch zur Ordnung rief. Sie hatte nicht vorgehabt, den Abend in seiner Gesellschaft zu verbringen, sondern hatte auf den Platz, der ihm gebührte, einen andern eingeladen.

»Ah, Mo.« Das war Willi. »Ich hatte schon Angst, du schaffst es gar nicht mehr.«

»Der Weg war höllisch«, erwiderte Mo, dem aus Haar und Kleidern das Wasser tropfte. »Wenn man da draußen unterwegs ist, glaubt man, es wird nicht Silvester begangen, sondern der Weltuntergang.«

»Armer Mo.« Willi klatschte ihm auf die nasse Schulter. »Jetzt lass es dir erst mal gut gehen, verschaff dir ein Glas Sekt oder Bodos berühmte Pfirsichbowle, und halt dich schadlos am Büfett. Felice wird sich um dich kümmern. Wir Filmverrückten haben noch ein Wörtchen unter vier Augen zu wechseln. Bei uns findet nämlich gerade ein Erdbeben statt, aber ihr zwei Turteltäubchen brennt sicher sowieso darauf, allein zu sein, habe ich recht?«

Du hast entschieden unrecht, werter Bruder, wollte Felice ihm entgegenschleudern, aber das hatte Moritz nicht verdient. Sie hakte sich bei ihm unter und steuerte ihn durch den Pulk vor dem Tresen, an dessen Flanke das Büfett aufgebaut war. Aus belegten Schrippen hatte Bodo ein wackliges Modell des Turms von Babylon errichtet, und drumherum scharten sich Schüsseln und Platten. In seiner Kochkleidung stand Bodo dahinter und bediente wie ein Krake mit acht Armen Gäste, arrangierte Schnittchen und kalten Braten auf Tellern, schenkte Kellen seiner Bowle aus und fischte mit hölzernen Zangen Spreegurken aus einem Fass.

»Worauf hast du Lust?«, fragte sie Moritz mit gespielter Munterkeit. »Ich weiß, es ist nicht die Umgebung, die du gewohnt bist, aber Speisen und Getränke sind wirklich gut. Der Besitzer kocht selbst, sein Matjessalat und seine Putensülze sind bis nach Schöneberg bekannt.«

»He.« Moritz nahm sie bei der Schulter und drehte sie sacht zu sich herum. »Was ist denn los? Dass ausgerechnet du von Essen schwärmst, habe ich in zwanzig Jahren nicht erlebt.«

Allzu steif stand sie in seinem Arm. »Recht hast du«, murmelte sie. »Was diese Dinge betrifft, bin ich nicht gerade eine Expertin.«

Er nahm ihre Hand und drehte den Ring um ihren Finger.

»Aber was die Getränke betrifft, bin ich besser beschlagen!«, rief sie hastig. »Die Pfirsichbowle solltest du dir nicht entgehen lassen, die Früchte hat Bodo selbst eingelegt.« Ohne auf seine Antwort zu warten, stellte sie das leere Sektglas ab und griff nach zwei Bechern, um sie Bodo entgegenzuhalten. Der sagte nichts. Er sagte selten etwas. Ohne einen Tropfen zu verschütten, schöpfte er die Becher voll bis zum Rand.

Felice wandte sich wieder Moritz zu, wusste jedoch nichts zu sagen. Warum taten alle anderen sich mit Floskeln wie »Auf dein Wohl« oder »Lass es dir schmecken« so leicht, und nur ihr lagen solche Worte wie Steine im Mund?

Moritz war nett. Er war schon immer der netteste Junge gewesen, den sie kannte. Er nahm ihr einen der Becher ab, stieß gegen ihren und sagte: »Das ist nett von dir, Feli. Ich mag Pfirsiche gern. Sie schmecken nach Sommer.«

Felice war die Bowle zu süß, aber in der Not fraß der Teufel Fliegen. Sie nippte daran. Und dann sah sie über den Rand des Bechers hinweg, wie die Tür aufschwang und der wütende Nachtwind Quintus Quirin in den Raum blies. Sich Hut und Mantel herunterreißend, pfiff er seinen Walzer, von dem sie inzwischen wusste, was für einen albernen, sinnentleerten Text er hatte:

Tiralala, tiralala,
Verstehst du?
Aus Langeweile nur.
Tiralala, dass Frauen viel
Allein sind
Tiralala, ist gegen die Natur.

Er stammte aus einer Operette. *Der tapfere Soldat.* Vermutlich fühlte Quintus Quirin sich wie ein solcher, wenn er auf Autodächer sprang, um seine kostbaren Fotos zu machen. Seine Locken schüttelte er aus wie ein Hund, kam sogleich mit dem Mann ins Gespräch, der Gunter Agnellis Platz eingenommen hatte, und winkte dann Kuno, Suse und dem halben Saal. Wie üblich war er teuer, aber kein bisschen korrekt gekleidet, sein Anzug weder blau noch schwarz, und um den Hals hatte er sich einen Seidenschal geschlungen. Seinen Auftritt genoss er in vollen Zügen, und Felice war es, der er ihn verdankte. Sie hatte ihn eingeladen.

Warum?

Weil ich für ihn arbeite. Weil die Arbeit das Wichtigste ist. Weil ich mit ihm über das neue Jahr sprechen muss.

Sie hatte tatsächlich nach jener Nacht im Februar begonnen, für die Kanzlei Quirin zu arbeiten. Im Verborgenen zwar, in ihrem eigenen Zimmer über dem *Babylon*, wohin ihr Robert Quirin, Quintus' Onkel, jeden Montagmorgen durch einen Chauffeur einen Stapel Akten bringen ließ, aber an richtigen Fällen, die vor ein richtiges Gericht gingen und dort anhand ihrer Strategie verteidigt wurden. So ungerecht es war, dass Quintus und seine Familie die Früchte ernteten, die ihr gebührten, hatte Felice in ihrem Leben nie etwas getan, was so aufregend, so belebend und erfüllend war.

Sie machte es gut. Es war das eine Gebiet, auf dem sie keine Zweifel kannte: Sie war gut und wurde von Woche zu Woche besser. Das war das Schönste: nicht länger stillzusitzen und Zeit zu vergeuden, sondern zu lernen und sich Erfahrung anzueignen.

Hinzu kamen andere Annehmlichkeiten: Geld, das sie selbst verdiente und zwar so reichlich, dass sie es sparen konnte. Sie war ins nächstbeste Bankhaus marschiert – Bleichröder am Savignyplatz – und hatte ein Konto eröffnet, an dem weder Benno noch sonst jemand sich vergreifen würde. Und sie führte Fachgespräche. Nicht mit widerwilligen Professoren, die sie nicht ernst nahmen, sondern mit Robert Quirin, dem Bruder eines Justizrats, der sie über den Verlauf der Fälle auf dem Laufenden hielt. Einmal im Monat lud er sie zum Essen ein, um den Stand der Dinge zu erörtern, und jedes Mal beschwor er sie, seinen Neffen für die Verhandlung einzuweisen:

»Nehmen Sie diesen Schlawiner bei den Ohren, Fräulein zur Nieden. Sie sind so unglaublich begabt. Ein Jammer, dass die Dinge liegen, wie sie liegen – wir würden Sie andernfalls mit Kusshand einstellen.«

Die Kusshand brauche ich nicht, dachte Felice. *Aber einstellen werdet ihr mich. Im neuen Jahr, 1914.* Sie würde Robert Quirin dazu bringen, sich beim Amtsgericht Schöneberg, wo einer seiner Schwager Gerichtspräsident war, für sie einzusetzen. Dass so etwas noch nie gemacht worden war, würde sie als Argument nicht gelten lassen. Wenn nicht einmal das erste Mal war, gab es keinen Fortschritt. Robert Quirin mochte sie, wenn sie so sprach.

»Ich wünschte, ich könnte Sie mal plädieren hören«, hatte er gesagt. »Sie würden in die alte Bude ganz hübsch Leben bringen. Mein Neffe Quintus sagt das auch: Mit Ihnen ist nicht gut Kirschen essen. Nur Kirsch trinken – haha.«

»Eines Tages werden Sie mich plädieren hören«, hatte Felice erwidert.

Er lachte nicht. »Von Ihrer Entschlossenheit könnte sich mancher Mann eine Scheibe abschneiden. Auch ich selbst.«

Er war nicht gesund, dieser Robert Quirin. Er schrak zusammen, sooft die Hochbahn mit schrillem Pfeifen vorbeifuhr, schwitzte Sturzbäche und gestand ihr, er schlafe schlecht. »Neurasthenie sagt der Arzt. Die Krankheit unserer Zeit. Aufs Land zurückziehen soll ich mich und ein ruhiges Leben führen – ach Gott, der Mann weiß nicht, wie gern ich das längst getan hätte! Aber ein Quirin kneift nicht. Zum Kampf der katholischen Quirins gegen die protestantische Übermacht Preußens hat ein jeder mannhaft seinen Teil beizutragen, oder er wird aus dem Familienregister gestrichen.«

Seine Neurasthenie war der Grund dafür, dass sein jüngerer Bruder – Quintus' Vater Rudolph – ihn in der Kanzlei überflügelt hatte. Sie war auch der Grund dafür, dass er bald nicht nur Quintus' Fälle durch den Chauffeur zu Felice in die Knesebeckstraße schaffen ließ, sondern auch seine eigenen. Von seinen Geständnissen fühlte Felice sich zwar peinlich berührt, doch sie kamen ihr auch zupass. Sie hatte nicht vor, ihn zu erpressen, plante aber, ihn an das Prinzip *Eine Hand wäscht die andere* zu erinnern.

Sein Neffe trieb sich noch immer bei der Tür herum und machte keine Anstalten, sich nach Felice umzusehen. Er wirkte ganz zufrieden damit, zwei Frauen aus dem Kreis um die Bioscop mit seinen Mätzchen zu unterhalten und sich bewundern zu lassen. Sie würde es ihm später sagen. Vor Mitternacht, ehe das neue Jahr anbrach: *Quintus, ich muss mit Ihnen reden. Mit Ihnen und mit Ihrem Onkel.*

Deshalb hatte sie ihn eingeladen.

»Feli.«

Felice erschrak. Sie hatte vergessen, dass Mo noch immer neben ihr stand.

»Ich wollte dir etwas erzählen«, sagte er leise. »Es spielt vielleicht keine Rolle, aber ich wohne jetzt wieder bei meiner Familie in der Platanenallee. Aus dem Haus der Guestphalia bin ich ausgezogen.«

»Warum denn das? Du warst doch so begeistert davon.«

»Weil du es nicht mochtest«, sagte Moritz. »Ich habe mir gedacht: Es hat ja keinen Sinn. Dir ist die Verbindung ein Gräuel, und auch wenn du es nicht aussprichst, verachtest du mich, weil ich ein Teil davon bin. Also habe ich mich entschieden auszutreten. Ich habe lange dazu gebraucht, du kennst mich ja – bei der Nachtmütze Mo braucht alles seine Zeit. Aber jetzt ist die Sache erledigt. Ich werde ja doch noch ein Weilchen studieren müssen, auch damit geht es bei mir nicht so schnell, und derweil wohne ich eben bei meinen Eltern. So schlecht ist das ja nicht.«

Fassungslos starrte Felice in sein freundliches, aufgeräumtes Gesicht. »Du bist meinetwegen aus dieser Verbindung ausgetreten, nachdem dir so viel daran lag, dort aufgenommen zu werden?«

Er nickte. »Ich fand es nicht richtig, Corpsbruder zu bleiben, wo es dir so zuwider war.«

Er durfte das nicht tun. Sie musste ihm sagen, dass er ihr keine solchen Opfer bringen durfte, weil sie ihm keines bringen würde, weil diese ganze Situation etwas war, das man vor Gericht eine Schieflage nannte. Nur gab es vor Gericht Gesetzestexte, nach denen die Dinge sich richten ließen – und hier gab es keine.

Musik setzte ein. Zu dem Klavier, an das Bodo sich setzte, hatten sie ein kleines Ensemble gemietet: einen Bassisten, einen Stehgeiger, eine dunkelhaarige Sängerin mit einer Stimme wie ein Mann. »Ich weiß, du tanzt nicht gern«, sagte Mo.

»Doch«, erwiderte Felice, nahm ihm den Becher weg und ergriff seine Hand. Mit ihm zu tanzen war das Mindeste, was sie ihm schuldete. Und obendrein rettete es sie vor dem Gespräch.

19

Felice tanzte saumäßig, und auch Mo war nicht eben ein Weltmeister. Außerdem gab es kaum Platz. Bei jedem dritten Schritt rammten sie ein anderes Paar. »Mit diesem Onestepp komme ich nicht zurecht«, entschuldigte er sich. »Zu modern für mich, obwohl die Schrittfolge ja gar nicht schwierig erscheint. Ich habe dauernd das Gefühl, ich mache mir einen Knoten in die Beine.«

»Macht nichts«, sagte Felice. »Das hier ist das *Babylon*, nicht der Opernball.«

»Auf den würde ich gern mit dir gehen.« In seiner Stimme schwang Sehnsucht. »Aber du nicht mit mir, nicht wahr?«

»Nein, Mo. Mit niemandem.«

»Ist es nicht albern, dass mich das tröstet?«, fragte er. »Dass du auch mit keinem anderen gern tanzt, dass du keinen anderen heiraten willst?«

Etwas in seinem Ton, in seinem Blick, missfiel ihr. Sie verspürte den Impuls zu flüchten, kam sich wie in einer Falle vor.

»Du willst doch noch immer keinen anderen heiraten, oder?«

»Natürlich nicht. Das ist das Letzte, was ich im Kopf habe.«

»Dann ist es ja gut, Feli. Damit gebe ich mich zufrieden und dringe nicht weiter in dich, versprochen.«

»Da ist Willi«, rief Felice in ihrer Not. »Ich habe ihm vorhin fest zusagen müssen, dass ich heute Abend mit ihm tanze.«

In Wirklichkeit hatte Willi nur Augen für Recha Süßapfel, mit der er zwischen den anderen Paaren hindurchschwebte. *Ein schönes Paar.* Nur waren sie keines. Aber im Moment hatte Felice andere Sorgen. »Willi, hier bin ich!« Ihre Stimme klang wie in die Höhe geschraubt. »Wir beide wollten doch tanzen.«

»Geschehen jetzt Zeichen und Wunder? Meine Schwester Felice meldet sich freiwillig zum Tanz?« Verblüfft hielt Willi inne, doch ehe er mehr Schaden anrichten konnte, pflückte sie ihn Recha aus den Armen und begann linkisch, mit ihm zu tanzen.

»Wir tauschen nur kurz«, warf sie Moritz noch hin. »Zum nächsten Tanz bin ich wieder da.«

»Was ist denn los?«, fragte Willi, sobald sie außer Hörweite waren.

Felice sah sein halbes Grinsen und dachte: *Der Kleine ist in diesen Dingen gewitzter als ich.*

»Ach, ich weiß auch nicht. Ich brauchte mal eine Atempause von Mo.«

»Jetzt schon?« Er lachte. »Ihr seid doch noch nicht mal verheiratet.«

»Wir heiraten auch nicht! Wie kommst du darauf, wir könnten heiraten?«

»Wie ich darauf komme? Ganz einfach: Weil es das ist, was Verlobte eines Tages tun.«

Wir sind gar nicht wirklich verlobt, wollte Felice rufen, aber sie konnte unmöglich Moritz so sehr bloßstellen. Offenbar hatte er der gesamten Platanenallee von der Verlobung, die keine war, erzählt. Es war ein Spiel, auf das sie sich nicht hätte einlassen dürfen, doch so einfach kam sie da jetzt nicht heraus.

Glücklicherweise hielt sich Willi nicht länger bei dem Thema auf. »Ich muss dir was erzählen«, sagte er, und seine Augen leuchteten. »Ich weiß nur nicht, wo ich anfangen soll, und außerdem will ich unbedingt wissen, was du von Recha hältst.«

Das willst du ganz und gar nicht wissen, dachte Felice. Sie zuckte mit den Schultern. »Ich kenne sie ja nicht.«

»Sie ist wundervoll. Die wundervollste Frau auf der Welt.«

»Und vergeben«, entfuhr es Felice.

Er fing sie ab, ehe sie wieder jemanden rammte. »Ja, das mit Wolfgang«, sagte er, »das liegt mir selbst auf der Seele. Und das Verrückteste dabei ist, dass Wolfgang an Recha eigentlich nicht viel liegt. Nimm heute zum Beispiel – siehst du ihn mit ihr tanzen, reden, sich um sie kümmern? Kein Stück. Er hat seinen Film im Kopf und sonst nichts. Wenn es um Filme geht, vergisst Wolfgang, dass Recha überhaupt existiert.«

Felice wusste darauf nichts zu sagen. Vielleicht hatte er recht, sie kannte all diese Leute ja nicht, und dennoch stieß es ihr auf.

»Weil wir gerade von Filmen sprechen.« Willi sah aus, als wollte er die gesamte Kneipe umarmen. »Das war es, was ich dir erzählen wollte: Wolfgang will einen Film mit mir machen. Nicht für die Bioscop. Wir gründen unsere eigene Produktionsgesellschaft. Was sagst du dazu? Dein kleiner Bruder steigt ins Filmgeschäft ein.«

»Was ich dazu sage, tut wenig zur Sache«, gab Felice zurück. »Aber was sagt denn Benno? Und was wird mit der Bank?«

Sie konnte kaum glauben, was sie da von sich gab. Weshalb war sie so ein Spielverderber und missgönnte Willi die Freude?

»Das mit der Bank bekomme ich schon hin, da mach dir mal keine Sorgen«, sagte Willi. »Und Onkel Benno erfährt nichts davon. Meine Stunden sitze ich ab, daran hat er nichts zu meckern, und was ich mit meiner freien Zeit anfange, geht ihn nichts an.«

So wie Quintus, dachte Felice. Noch ein Sohn, der aus dem Rahmen, in den er geboren war, ausbrechen wollte, jedoch nicht den Mut dazu fand, sondern sich heimlich aus dem Bild stahl.

»Es ist das, was ich tun muss, Feli. Das, wofür ich geboren bin.« Bittend suchte er ihren Blick. »Gerade du müsstest das doch verstehen. Ich weiß noch nicht einmal, wo ich meine Rolle bei der Filmarbeit sehe, aber Wolfgang hilft mir auf die Sprünge. Dass er ausgerechnet mich dabeihaben will, den unbedeutenden Willi, den kein Mensch kennt, das kann ich einfach nicht fassen.«

Felice verstand ihn nur zu gut. Die warnende Stimme in ihrem Hinterkopf verstimmte dennoch nicht. »Kostet so ein Film nicht eine Stange Geld? Wenn ihr beide eine Firma gründet, werdet ihr ja wohl auch zusammen für die Finanzierung zuständig sein.«

»Ja, das sind wir.« Willis Miene verdüsterte sich. »Auf dem Papier noch nicht, weil ich dazu erst volljährig sein muss, aber bei Wolfgang weiß ich, dass er mich nicht übers Ohr haut. Wir teilen alles, Kosten und Gewinne, und in einem Jahr, wenn ich einundzwanzig werde, lassen wir mich ganz ordentlich als Gesellschafter eintragen.«

»Und woher nimmst du das Geld?«

»Warum fragst du das?«, versetzte er ungewohnt scharf. »Bist du vielleicht der Ansicht, es steht mir nicht zu? Du redest doch ständig von Gerechtigkeit – war es etwa gerecht, dass Vater für dich Geld angelegt hat, während er mich ohne einen Pfennig dastehen ließ? Manchmal habe ich nicht übel Lust, alles hinzuwerfen und ihm zuzurufen: ›Du hast dich um mich nicht gekümmert – warum soll jetzt ich mich darum kümmern, dass deine Bank nicht zum Teufel geht?‹«

Ich an seiner Stelle würde es tun, erkannte Felice. Bei allem Stolz, den sie als Kind empfunden hatte, weil ihr Vater allein mit ihr seine Zeit verbringen wollte, hatte sie sich die Frage, die Willi ihr stellte, längst selbst gestellt: Was brachte einen Vater dazu, für nur eines seiner Kinder ein Erbe bereitzustellen und die zwei anderen zu übergehen, als würden sie nicht existieren?

»So weit gehe ich ja nicht«, fuhr Willi fort. »Ich bin ein zur Nieden, ich weiß, was ich dem Namen meiner Familie schuldig bin. Aber das mit dem Filmen, das ist meins. Da spüre ich, dass ich was tauge, dass ich etwas richtig Gutes zustande bringen kann. Habe ich denn dazu nicht das Recht?«

»Wenn du mich fragst, hast du jedes Recht dazu«, erwiderte Felice. »Nur, wie gesagt, es geht nicht um das, was ich denke.«

Im Handumdrehen war der Anflug von Trübsal verflogen. Willi strahlte wieder und zog sie nach einem Ausfallschritt in den Arm. »Was du denkst, ist mir wichtig, und die anderen kannst du getrost meine Sorge sein lassen. Wenn unser Debütfilm erst einmal die Kinokassen stürmt, wird sich ja wohl niemand beschweren. Wer Erfolg hat, hat recht. Das ist der Lauf der modernen Welt.«

Felice sah das anders. Aber sie drehte ja auch keine Filme, sondern war Juristin, dafür zuständig, dass denen, die keinen Erfolg hatten, nicht auch noch ihr Recht abgesprochen wurde. So wie gerade in Zabern, im Reichsland Elsass-Lothringen. Ein heikler Fall, der das Gerüst eines Rechtsstaats ins Wanken bringen konnte. Doch das gehörte hier nicht her. Sie konzentrierte sich wieder auf Willi.

»Weißt du, an Sorgen will ich heute Nacht nicht denken«, sagte er. »Nur an das Große, das vor uns liegt. Ist es nicht herrlich, jung zu sein, ausgerechnet im Jahr 1914? Stell dir mal vor, du wärst vor hundert Jahren geboren, als es keinen Film gab, kein Automobil, kein elektrisches Licht …«

»Das stelle ich mir lieber nicht vor.« Felice verzog das Gesicht. »An Frauen in Universitäten war vor hundert Jahren nicht einmal zu denken.«

Ihre Blicke trafen sich, und sie lachten einander an.

»Ich bin so glücklich, Feli. Bist du auch glücklich?«

»Ich bin kein so himmelhoch jauchzender Mensch wie du – aber ja, ich denke, glücklich bin ich auch.«

»Es gäbe nur eins, was mich noch glücklicher machen würde«, sagte er. »Wenn Ille auch hier bei uns wäre.«

Unwillkürlich sah Felice sich im Raum um, die kreisenden Gesichter, manche bunt, fast clownesk geschminkt, eine Frau mit Zigarettenspitze zwischen den Lippen, ein Mann ohne Kragen, ein anderer, der beim Tanzen ein Schild mit der Aufschrift »Freiheit für Otto Gross« hochhielt. »Es würde nicht passen«, sagte sie. »Das *Babylon* taugt für Größenwahnsinnige und Individualisten wie uns, aber nicht für Mondprinzessinnen. Es würde Ille Angst machen, weil es keine Regeln gibt, an die man sich mit liebem Lächeln und Schleifen um die Zöpfe halten kann.«

Willi überlegte und tanzte mit ihr an den Rand, warf dabei Recha Süßapfel, die am Arm des fassungslosen Moritz Pirouetten hinlegte, einen schmelzenden Blick zu. *Mo passt auch nicht hierher,* fiel Felice auf. *Nicht mein Mo Nachtmütze, der gern hätte, dass alles bleibt, wie es ist.* Hatte sie je bemerkt, wie nett es war, dass Mo von den anderen, die alles umstürzen wollten, nie jemanden kritisierte? Weder sie selbst noch Suse noch Willi. *Wenn der Tanz zu Ende ist, gehe ich wie versprochen zu ihm zurück,* beschloss sie. Sie brauchten ja nicht zu tanzen, konnten sich hinsetzen und belanglos unterhalten.

»Du hast recht!«, rief Willi sie zu sich zurück. »Sowieso ist unsere Ille jetzt ja eine verheiratete Frau, hat ihr eigenes Leben, und das kleine Lisettchen ist so ein Zuckerstück.«

Felice zuckte unter einem Gewissensbiss, weil sie dem kleinen Lisettchen so wenig abgewinnen konnte. Sie hätte Ille und das Kind besuchen müssen, wo sie sich schon geweigert hatte, an Sybilles heuchlerischer Familienweihnacht teilzunehmen. Aber sie hatte doch keine Zeit gehabt, nicht mit Robert Quirins Fällen neben ihren eigenen! Zudem war ihr Bedürfnis, einen Fuß in Reinhold Berndts Haus zu setzen, ungefähr so groß wie das, bei dem Wetter, das draußen herrschte, in der Spree zu baden.

»Ich habe mich hier ja auch um meine Gäste zu kümmern«, sagte Willi. »Für Ille hätte ich kaum Zeit, und in ihrem schmucken Heim ist sie viel besser aufgehoben. Ich glaube, ich wünsche sie mir nur deshalb her, weil … weil ich dann wüsste, es geht ihr gut.«

»Warum sollte es ihr denn nicht gut gehen?«

Die Musik verstummte. Sie hätte jetzt ihr Versprechen einlösen und zu Moritz zurückkehren sollen, aber sie blieb mit Willi am Rand der freigeräumten Fläche stehen. Auch Willi machte keine Anstalten, sich wieder mit seiner Loreley zu vereinen, sosehr er eben noch danach gelechzt hatte. »Ich weiß es selbst nicht«, sagte er. »Sie ist ständig krank, und früher war sie doch die Gesundheit in Person. Weißt du noch? Wir lagen beide flach wie zwei Tote, bekamen den Hals gepinselt, und Ille hüpfte auf einem Bein um das Goldfischglas und sagte den Fischen Schüttelreime auf.«

»Allerdings. Schließlich kam Ottchen und hat Ille den Hintern versohlt, aber hinterher hat sie unverdrossen weitergedichtet.«

»Das meine ich«, sagte Willi. »Sie war so unverwüstlich, und jetzt kommt's mir vor, als wenn der kleinste Wind sie umpustet.«

Wie Quintus' Schwester, dachte Felice. Cäcilie, die viertgeborene, die so kränklich war, dass sie kaum je das Haus verließ, sondern ihre Zeit damit verbrachte, eine gigantische Puppenstube einzurichten. »Alle sechs Monate liegt sie einmal im Sterben«, hatte Quintus erzählt.

»Weihnachten saß Ille in ihre Pelzkrawatte gewickelt auf dem Sofa und krächzte, sie hätte sich auf einem Spaziergang mit der Kleinen verkühlt«, fuhr Willi fort. »Heute in der Frühe bin ich bei ihr vorbeigegangen, um ihr einen Gruß zum neuen Jahr zu bringen, und sie wollte mich kaum ins Haus lassen. Sie ist schon wieder nicht auf der Höhe. Diesmal ist sie bei Glatteis gestürzt und hat sich das Handgelenk gestaucht.«

Felice gab sich alle Mühe, ihm zuzuhören, aber das war schwierig. Hinter ihr, am mit Gläsern vollgestellten Tisch, lehnte Wolfgang Vanselow und redete mit fuchtelnden Händen auf Gunter Agnelli, den dünnen Jungen und zwei weitere Männer ein: »Es geht doch gar nicht mehr darum, einen Krieg zu verhindern, Curt. Der Dampfer ist abgefahren und der Krieg, von dem du unkst, längst da.«

»Ich wünschte, er wäre tatsächlich da.« Der Junge klang, als würde er ein Gedicht deklamieren. »Der Krieg, der große Zerreißer und der große Einiger – wer weiß, wo wir, die deutschen Juden, uns unter den neu gemischten Karten wiederfinden würden.«

Die Männer lachten höflich, beachteten ihn jedoch nicht weiter. »Ich weiß, du meinst den Balkan«, sagte der Angesprochene, ein kleiner Mann mit einem Kopf wie eine Dessertbirne, zu Vanselow. »Aber mit Verlaub – welchen Hund von Zeitungsleser soll ich denn mit Bosnien hinter dem Ofen vorlocken?«

»Ah, bah, natürlich, wen kümmert das arme, besetzte Bosnien?«, rief Vanselow. »Keinen als die Serben, die es wiederhaben, und die Österreicher, die es behalten wollen, und dann vielleicht noch die Russen, weil die Serben ihre slawischen Brüder sind, und die Franzosen, die mit den Russen immerhin ein Bündnis unterhalten, und eventuell noch die Briten – deren George ist ja im April nach Paris zum Staatsbesuch geladen. Wer weiß, ob man da die Entente cordiale nicht über den Austausch von Nettigkeiten hinaus erweitern will.«

»Jetzt hör schon auf, du alte Unke«, sagte der Mann mit dem Birnenkopf, aber Wolfgang Vanselow hörte nicht auf:

»Warte mal. Haben wir nicht noch jemanden vergessen auf der Landkarte unseres schönen Kontinents? Ach ja. Den Neuankömmling auf der Bühne der Weltbeherrscher. Unseren wichtigen Wilhelm. Der könnte sich darauf besinnen, dass der Österreicher sein Busenfreund ist, dem keiner ungestraft sein Spielzeug wegnehmen darf. Wo kämen wir denn da hin? Oder er könnte sich darauf besinnen, dass seine schofeligen Vettern in Russland und Britannien ihn beim Völkerball nie mitspielen lassen. Oder darauf, dass er die Franzosen sowieso nicht leiden kann.«

»Jetzt reicht's, Wolfi.« Gunter Agnelli hielt ihm den Mund zu. »Im Moment schneit's ja. Da kann dein wichtiger Wilhelm seine Heerscharen schlecht aufmarschieren lassen. Und ansonsten verkneifst du dir vielleicht das eine oder andere Bonmot, bis du mit deiner Recha im Himmelbettchen liegst. Hier ist es zwar hübsch, aber wir sind nicht allein, und wenn du wegen Majestätsbeleidigung einsitzen musst, ist's Essig mit deinem *Waitschik*.«

»*Woyzeck*«, verbesserte Vanselow. »Und beleidigt habe ich bitte wen? Wilhelm heißt doch der Mann nun mal, und nichts ist ihm so wichtig wie seine Wichtigkeit. Aber reimt euch doch zusammen, was ihr wollt. Solange ihr mir meinen *Woyzeck* auf die Beine stellt, soll euer Geschwätz mich nicht jucken.«

Der Rest des Gesprächs ging unter, weil weitere Leute mit lautem Hallo an den Tisch traten. »Ich finde ihn nett«, murmelte Felice.

»Wen?«

»Deinen Geschäftspartner. Den Filmmenschen.«

»Wolfgang? Ja, Wolfgang ist einer unter Millionen, wenn auch leider ein ewiger Schwarzseher. Jetzt, wo ich ein Wörtchen mitzureden habe, wird in die Filme eine andere Note kommen. Liebe zum Beispiel. Wenn ein Regisseur nicht an Liebe glaubt, wird sie ja höchstens zynisch dargestellt, aber bei mir ist das anders. Recha ist wie gemacht, um eine Liebende zu spielen. Eine große Liebende. Tragisch wohl, aber echt und tief und ohne Zynismus.«

»Glaubt dein Wolfgang wirklich nicht an Liebe, oder redest du dir das ein, weil es dir in den Kram passt?«

»In welchen Kram denn?« Willi lachte und wurde rot.

Ich glaube auch nicht daran, dachte Felice. *Von den beiden, von Liebe und Krieg, redet jeder, aber kann sie sich wirklich jemand vorstellen?*

20

Sie wollte zu Moritz zurück, sie wollte, bevor die Musik begann, und sie sagte es zu Willi, der bereits nach seiner Loreley Ausschau hielt. Als sie sich jedoch umdrehte, stand sie vor Quintus Quirin. »Felice zur Nieden.« Er lächelte auf diese eigentümliche Art, bei der sie nie sicher war, ob er sie verschaukelte oder ob das, was ihm in den Augen blitzte, Wärme war. »Ich wusste nicht, dass Sie tanzen.«

»Ich tanze ja nicht.«

»Das sehe ich anders«, sagte er, bat Willi mit einer Verbeugung um Erlaubnis und tanzte beim ersten Taktschlag mit Felice davon.

»Ich dachte, Sie wüssten, wie sehr ich das hasse«, sagte sie. »Nicht gefragt, sondern übergangen zu werden, von einem Mann an den nächsten weitergereicht.«

»Ja, das weiß ich.« Er sah ihr in die Augen, als suche er nach etwas. »Aber könnten Sie nicht eine Ausnahme machen? Nicht so streng sein – nur heute Abend, zu Ehren des neuen Jahres?«

Er roch gut. Er hatte die passende Größe, und in seinen Armen war all das Drehen und Wenden beinahe bequem. Felice bemerkte, dass sie es auch wollte: Einen Abend lang Pause machen – von der Strenge, der Wachsamkeit, dem Zwang, das Richtige zu tun.

»Vertrauen Sie mir«, sagte er. »Ich leite daraus keine Rechte ab, zwischen uns wird morgen nichts anders sein, als es gestern war.«

Verwundert stellte sie fest, dass sie Tanzen vor allem deshalb nicht mochte, weil das Gesicht des Partners keine Handbreit vor dem eigenen schwebte, weil man jede Pore sah, jedes Barthaar und jeden Schweißtropfen. Selbst von Weitem schöne Menschen bekamen aus der Nähe etwas Unästhetisches. Quintus Quirin war glatt rasiert, schwitzte nicht, und Felice ertappte sich dabei, dass sie die Einzelheiten, die sein bewegliches Gesicht preisgab, gern betrachtete. Seine Locken, die von ferne drahtig wirkten, schienen jetzt weich und dicht. Seine Nasenflügel bebten, sein Mund war zu groß, und die Augen, umrahmt von schwarzen Wimpernkränzen, waren ein schillerndes Gemisch aus Farben.

»Das gefällt mir«, sagte er.

»Was?«

»Dass Sie mich ansehen. Ich sehe Sie auch gern an. Darf ich Ihnen sagen, dass Sie heute sehr schön sind, Felice?«

Etwas in ihrer Brust rührte sich, verschaffte sich wie mit Ellenbogen Platz. Sie wollte das Gesagte billig finden. Es war so leicht, einer Frau ein Kompliment zu machen, es brauchte nicht der Wahrheit zu entsprechen, und außerdem war Schönheit gegen Klugheit nichts.

Aber sie fand es nicht billig. Das, was sich in ihrer Brust regte, wollte die Worte an sich reißen und festhalten. Jäh spürte sie ihre Wangen, die ihr heiß vorkamen, ihre Kehle, die eng war, und ihren ganzen Körper bis in die Beine, die schlank und wie gemacht zum Tanzen waren. Sie trug ein blaues Kleid, das sie mit Suse am Savignyplatz gekauft hatte, weil Suse befunden hatte, sie brauche irgendetwas für Silvester. Es war nicht teuer gewesen, von der Stange und nur Wollbatist, aber sie hatte die Farbe gemocht, und jetzt fand sie, dass es ihr stand.

»Felice, ich wollte sie nicht verlegen machen. Oder doch, das wollte ich, aber …« Er brach ab und lachte so leise, dass nur sie es hörte. »Ich weiß gar nicht weiter. Ich bin sonst eigentlich nicht schüchtern mit Frauen, wissen Sie?«

Ja, dachte Felice, *das weiß ich*. Sie kannte ihn ja schon bald ein Jahr, und auf einmal wollte sie laut herauslachen. War sie betrunken? Sie hatte das Glas Sekt allzu schnell und auf nüchternen Magen heruntergestürzt, und wer konnte wissen, was Bodo in die Bowle gab?

Sie mochte ihn schüchtern. Von dem Lachen, das in ihr war und nicht herausdurfte, konnte sie nicht weitertanzen, und so blieb sie stehen. »Ich wollte über die Arbeit mit Ihnen sprechen«, zwang sie sich ab. »Deswegen habe ich Sie herbestellt.«

Tanzpaare begannen sie zu streifen – da schloss Quintus sie in seine Arme ein wie in einen Panzer, der vor Stößen schützte. Es hätte unschicklich sein müssen, selbst hier im *Babylon*, aber das war es nicht, denn es diente ja ihrem Schutz. Sein Gesicht kam näher, selbst sein Atem roch sauber, Lippen rot, Zähne weiß, vorn einer schief, der sich über den anderen schob. »Mich bestellt niemand her. Ich bin Qui-Qui, der rasende Reporter, entweder bin ich längst da, oder ich komme nie.«

Die Musik spielte weiter, und er schwenkte sie kaum spürbar mit dem Takt. »Ich weiß doch, dass Sie über die Arbeit sprechen wollen, das wollen Sie immer, und ich will es ja auch. Ich brenne darauf, Ihnen von den Aufträgen zu erzählen, die mir gerade in den Schoß gefallen sind, und von meinem Entschluss, im neuen Jahr mindestens die Hälfte des Globus zu erobern. Und worauf brennen Sie? Ich wette, neben Ihren Plänen nehme ich mich wie ein Waisenknabe aus, und da ist nur eine Frage, die ich mir stelle.«

»Was für eine?«

»Muss es heute sein, Felice? Jetzt sofort?«

Er gab sie frei, öffnete langsam die Arme, überließ die Entscheidung ihr.

»Aber ich muss doch wissen …«, begann sie.

»Kein Thema. Wenn Sie müssen, dann müssen Sie.« Galant lächelte er sie an, reichte ihr seinen Arm und führte sie aus dem engen Viereck, in dem die Verliebten, die Trunkenen tanzten, fort. In ihrem Winkel, dort, wo sie in der ersten Nacht gesessen hatten, war ihr Tisch noch frei, weil keiner in der Silvesternacht so abgeschieden vom Geschehen sitzen wollte. »Getränke erlaubt?«, fragte er, während sie sich setzte. »Oder nicht mehr als Wasser?«

Fragend sah er sie an, dann ging er und kam mit einem Tablett zurück, das er wie Kuno balancierte. Wie der Oberkellner eines Grandhotels arrangierte er vor ihr ihren Kirsch, ihr Zitronenwasser und seinen griechischen Wein. Dann verschwand er noch einmal und kehrte mit einem Teller zurück. Schmalzstullen, wie sie bei Poetge auf der Theke standen, umgeben von fächrig geschnittenen Gurken und Zwiebeln. »Ich dachte nur«, sagte er. »Vermutlich sind Sie vor lauter Arbeit heute noch nicht zum Essen gekommen.«

Der Schuss traf ins Schwarze. Ohne nachzudenken, griff Felice zu. Oma-Hertha-Geschmack, der auf der Zunge zerging. Quintus Quirin setzte sich ihr gegenüber, trank Wein und stützte den Kopf in eine Hand. Seine Ausgelassenheit schien verflogen, und das, was zwischen ihnen lag, fühlte sich an wie ein Verlust.

»Falls es um Ihr Gehalt geht, so betrachten Sie das bitte als geregelt«, sagte er. »Ich habe mit meinem Onkel schon gesprochen, und wir sind uns einig, dass eine Erhöhung überfällig ist. Sagen Sie mir, was Sie sich gedacht haben, und ich sorge dafür, dass Sie die Summe bekommen. Wir brauchen Sie. Wir wissen gar nicht mehr, wie wir ohne Sie zurechtgekommen sind.«

»Warum machen Sie dann nicht Nägeln mit Köpfen?«, fuhr sie pfeilschnell dazwischen. »Lassen Sie Ihre Klienten wissen, dass Sie eine Frau beschäftigen, deren Arbeit sich mit der eines Mannes messen kann. Zeigen Sie der Stadt, dass die Kanzlei Quirin den Mumm hat, an der Spitze des Fortschritts zu reiten. Und wenn Sie schon einmal dabei sind, verlangen Sie bei Ihrem Verwandten im Amtsgericht, dass er Ihrer Mitarbeiterin den Vorbereitungsdienst ermöglicht, damit sie ihre Zulassung vor Gericht erhält.«

Felice erschrak. Sie hatte ihm das alles nicht geballt ins Gesicht werfen wollen. Warum nur saß unter ihrer Oberfläche der Zorn so dicht, dass er beim kleinsten Nadelstich wie Gift herausspritzte?

»Sie wissen, dass ich das nicht kann«, sagte er. »Die Kanzlei leiten weder ich noch mein Onkel, sondern mein Vater, seines Zeichens Justizrat und besessen von der Paranoia, ganz Preußen habe sich in einem Geheimbund zur Auslöschung katholischer Würdenträger verschworen. Was Sie ›an der Spitze des Fortschritts reiten‹ nennen, nennt mein Vater ›aus der Reihe tanzen‹. Und ich glaube, er ist wahrhaftig überzeugt: Wer aus der Reihe tanzt, kommt um.«

Die Musik machte Pause, und das Stimmengewirr flammte auf.

»Bosnien«, rief Wolfgang Vanselow mit nicht mehr ganz sicherer Stimme. »Wer von uns vollgefressenen Wänsten weiß denn überhaupt, wo ein Land namens Bosnien liegt.«

»Freiheit für Otto Gross!«, grölte der Mann mit dem Schild von der Tanzfläche zurück.

»Wer ist der denn?«, entfuhr es Felice.

»Otto Gross? Einer von diesen Psychoanalytikern, noch extraordinärer als Jung und Freud zusammen. Zog kreuz und quer durch Europa und zerschmetterte die bürgerlichen Fesseln, indem er diversen Frauen namens Frieda Kinder machte. Leider hat ihn sein Vater an der österreichischen Grenze abfangen und in die nächste Irrenanstalt stecken lassen, und nun hetzen die herrenlosen Friedas die Avantgarde auf die Barrikaden.«

»Haben Sie sich das ausgedacht?«

»Liebste Felice«, sagte er, verschränkte die Hände und sah ihr, ohne zu lächeln, in die Augen. »Die Welt des Jahres 1914 spielt so grandios verrückt, wie mein kleines Hirn es sich unmöglich ausdenken kann. Paris tanzt Tango, den unser Kaiser seinen Offizieren verbietet, San Francisco plant Flugrennen rund um die Erde, und Albanien krönt einen preußischen Rittmeister zum König, damit sich Serben und Österreicher nicht länger um es zanken. Die Welt ist ein Karussell, bei dem sich die Drehzahl überschlägt. Wissen Sie, wie gern ich mit Ihnen Karussell fahren würde? Aber Sie wollen ja nicht. Sie sind wie das grausame Fräulein Kunigunde in dem Schiller-Gedicht, das wir in der Schule lernen mussten: Sie werfen Ihren Handschuh in die Löwengrube, und wenn der Ritter Ihnen den nicht heraushohlt, hat er bei Ihnen verspielt.«

»Das ist pathetisch«, sagte Felice, obwohl sie in den blitzenden Lichtern ein Karussell zu erkennen glaubte, bunt bemalte Pferde, die zu Musik von Leierkästen auf und ab tanzten.

»Ist es nicht«, sagte Quintus. »Sie verlangen von mir, ein Held zu sein, und dass ich keiner bin, macht mich in Ihren Augen zum Feigling, oder etwa nicht?«

Lügen kam nicht infrage. »Doch«, gab sie zu.

»Sie wollen, dass ich in die Löwenarena springe und meinem Vater die Wahrheit sage: *Nun mal Tacheles, Väterchen, das letzte Jahr über habe ich dich übrigens verschaukelt. Statt in der Kanzlei Klienten zu trösten, die ihre Nachbarn wegen kläffender Dackel verklagen, flitze ich durch die Gegend und knipse, wie du es ausdrückst. Zu allem Unglück auch noch für eine Zeitung, bei der sich aus deiner Sicht höchstens Schweinehirten verdingen.*«

»Wieso Schweinehirten?«

»Kennen Sie nicht? Es gibt da dieses Gleichnis im Lukas-Evangelium, den Sohn, der auf seinen Vater pfeift und sein Erbe in der Weltgeschichte durchbringt, bis er schließlich als Schweinehirt anheuern muss, um nicht zu verhungern. Eines Tages steht er dann reumütig bei seinem Vater vor der Tür, und der nimmt ihn in Gnaden wieder auf. Unser Vater hat uns von klein auf eingebläut: ›Einmal Schweinehirt, immer Schweinehirt. Wer sich durch diese Tür davonmacht, der bleibt draußen.‹«

»Und davor fürchten Sie sich?«

»Ja«, erwiderte er unverblümt. »Ich würde meine Familie verlieren.«

»Aber die können Sie doch nicht leiden!«, rief Felice. »Sie lästern in einem fort über sie – über Ihren Vater, der einen Stock verschluckt hat, ihre Mutter, das wandelnde Damenkränzchen, Ihren Bruder Titus, den Langweiler, Marcus, den Streber, Unitas, die Erdmutter, und Cäcilie, die Puppenschnitzerin, deren Stimme zittert, wenn ein Luftzug geht.«

»Und weil ich Ihnen das erzähle, denken Sie, ich kann den Haufen nicht leiden?« Er beugte sich über den Tisch, die Augen vor Unglauben weit. »Ja, meinen Sie denn, über Sie lästere ich nicht? Mein Geläster, meine dummen Witzeleien gehören zu meinem Beruf, doch vor allem sind sie meine Art, meine Liebe zu erklären. Cäcilie geht mir auf die Nerven, und Marcus ist der Prototyp einer Landplage, aber lieben – oh mein Gott, ich könnte sie vor Liebe auffressen, was leichter ist, als sie zu ertragen. Sie sind ein Teil von mir, und ich bin ein Teil von ihnen. Der Stall, in den ich gehöre.«

»Ich verstehe«, sagte Felice bitter. »Nur gehöre ich nirgendwohin.«

»Das glaube ich nicht«, erwiderte er. »Sie gehören zu Ihrem als Held gefallenen Großvater, der gar nicht Ihr Großvater war, und zu der Oma, die ihn unverdrossen gießt – kann es ein prächtigeres Sinnbild für Preußens Gloria geben? Sie gehören zu dieser Wohnung, über deren Decke Postbeamte im Kreis spazieren, zu Ihrem höchst interessanten Bruder und zu der Schwester, die Glanzbilder sammelt und Hase auf Nase reimt.«

Jedes Wort tat weh. »Ich habe sie aufgegeben«, sagte sie. »Ich fand, mein Traum wäre das wert, aber letzten Endes war alles umsonst.«

»Und von mir wollen Sie, dass ich denselben Mut beweise? Wissen Sie was? Vor zwei Tagen war ich kurz davor, Ihnen recht zu geben und genau das zu tun. Ich habe Ihnen ja erzählt, Louis Ullstein hat aus irgendwelchen Gründen an mir einen Narren gefressen, und jetzt hat er mir zwei der begehrtesten Aufträge überhaupt zugeschanzt: Ich übernehme die Bildreportage zum Kaisergeburtstag. Und zwei Wochen später fahre ich nach Posen, wo diesem polnischen Reichstagsabgeordneten der Prozess gemacht wird. Ich hatte mir eingebildet, Sie würden vielleicht mitkommen wollen, Felice. Die Verhandlung dürfte eine Sensation werden, so etwas bekommt man nicht alle Tage zu sehen.«

»Sie wollen mich mit auf eine Reise für Ihre Zeitung nehmen? Zum Prozess gegen den Grafen Brudzewo?« Der Skandal um den adligen Reserveoffizier war in aller Munde. Mathias von Brudzewo-Mielzynski, der für die polnische Liste im Reichstag saß, hatte seine Frau und deren jüngeren, trunksüchtigen Neffen erschossen, nachdem er den Neffen bei der Frau im Bett erwischt hatte.

»Vermutlich würden Sie lieber nach Frankfurt fahren, wo Rosa Luxemburg wegen ihrer Reden gegen Aufrüstung und Kriegsgefahr verurteilt wird«, sagte Quintus. »Aber Ullstein schickt mich nun einmal nach Posen. ›Quirin, ich könnte Sie sonst wo hinschicken‹, hat er gesagt. ›Zum Eisenbahnbau nach Bagdad, zur Weltausstellung nach San Francisco.‹ Sie sind mein Mann, aber Sie müssen diese Sache mit Ihrer Familie in Ordnung bringen. Solange Sie mir im besten Fall drei Tage am Stück zur Verfügung stehen, kann ich Ihnen nicht helfen voranzukommen.«

»Er hat recht«, sagte Felice und verlor den Kampf gegen Neid. Wie konnte er ein solches Angebot wegwerfen, ihm wurde die Welt zu Füßen gelegt, und er nahm sie nicht an.

»Das habe ich mir vor zwei Tagen auch gesagt«, erwiderte er. »*Schluss jetzt*, habe ich gedacht, *es hilft mir alles nichts, ich muss endlich reinen Tisch machen.*«

»Und warum haben Sie nicht?«

Er zog sich zurück, stützte den Kopf wieder auf und sah sie prüfend an. »Wollen Sie auf die Frage wirklich eine Antwort?«

»Natürlich. Sonst hätte ich nicht gefragt.«

»Weil Sie dann Ihre Arbeit verloren hätten«, sagte er. »Haben Sie so weit nicht gedacht? Ja, ich könnte mich durchringen, für Sie den Helden zu spielen und in die Höhle des Löwen zu springen, aber was geschieht danach? Glauben Sie wirklich, mein Vater lässt mich in meinen Schweinekoben ziehen und chauffiert Sie ins Amtsgericht, damit Sie demnächst meinen Platz einnehmen können? Ich fürchte, dann haben Sie die Rechnung ohne den Wirt gemacht. Mein Vater setzt uns beide vor die Tür. Dass er mir eines Tages verzeiht, ist theoretisch denkbar. Aber Ihnen? Nie.«

Felice saß stockstarr da und kam sich vor wie eine Idiotin. Hatte sie wirklich nicht weiter gedacht als bis zu dem Moment, in dem Quintus und sein Onkel taten, was sie als »das Gerechte« empfand, und Justizrat Quirin enthüllten, wer für die Vielzahl gewonnener Fälle des letzten Jahres verantwortlich war? Er hatte recht. Statt auf ihrem Weg voranzukommen, würde sie die Arbeit verlieren, in der sie aufging, und damit ihren Zugang zur Juristerei.

»Mein Onkel und ich würden Ihnen gern interessantere Fälle zuschanzen«, sagte er. »Große Strafsachen, Kapitalverbrechen, auch das eine oder andere Politische. Nur wissen Sie selbst, dass ich nicht gut genug bin, um solche Mandanten vor Gericht zu vertreten. Wir werden sie Titus oder Marcus abluchsen müssen, und wir haben uns bereits Gedanken gemacht, wie sich das bewerkstelligen lässt. Sie könnten noch mehr Erfahrung sammeln. Weiterlernen, was Sie für eine Zukunft als Juristin brauchen.«

»Und wozu? Es lässt mich doch niemand Juristin sein.«

»Es lässt Sie *jetzt* noch niemand Juristin sein«, erwiderte er. »Aber Sie spüren es doch genauso wie ich. Das gesellschaftliche Gefüge, in dem wir leben, ist ein Ballon, der so lange gefüllt worden ist, dass nichts mehr hineinpasst. Lange kann es nicht mehr dauern, bis er platzt.«

Verblüfft hielt Felice inne. Beinahe denselben Vergleich hatte sie damals, auf dem unsäglichen Corpshaus, benutzt, um Mo zu erklären, was sie sich von der Zukunft erhoffte. Seither aber war viel geschehen, und sie war längst nicht mehr sicher, ob sie noch daran glaubte.

»Und dann?«, fragte sie ihn.

»Dann ist alles offen. Ein umgestoßenes Schachbrett, Felice, und wir sind es, die die Figuren neu aufstellen. Es könnte Ihre Stunde sein, genau wie meine, unsere große Gelegenheit. Sollten wir nicht darauf warten? Fortschritt braucht Tempo. Aber er braucht auch Geduld.«

»Ich habe keine«, platzte Felice heraus.

Quintus Quirin langte über den Tisch und nahm ihre Hand. »Ich auch nicht. Und ich fühle mich ziemlich schäbig, weil ausgerechnet ich Ihnen Predigten halte. Mir ist klar, dass Warten ein Kinderspiel ist, wenn man im Auge des Sturms mitmischen darf, auf eine Leiter steigen, um das kaiserliche Geburtstagsgesicht abzulichten, die verbrannte Hand auf eine Bildplatte bannen, die unter der Gondel des Zeppelins noch zuckt.«

»Das waren Sie? Das Bild war von Ihnen?« Das Foto von der Unglücksstelle in Johannisthal hatte wochenlang die Gemüter erhitzt und auch das *Babylon* in erbitterte Gegner und begeisterte Befürworter geteilt.

»Mein Chefredakteur hat es einen Geniestreich genannt«, sagte Quintus. »Sein Kollege von der Wirtschaft nennt es einen Beweis für die Pietätlosigkeit unserer Zeit. Worauf ich stolzer bin, kann ich Ihnen nicht sagen, aber ich wollte ja endlich einmal nicht von mir reden.«

Er ließ Felices Hand los, senkte den Kopf und nahm sein Gesicht in die Hände. Sein unmögliches Haar schloss sich wie ein Vorhang vor seinen Augen. »Felice.«

»Ja?«

»Kommen Sie mit mir ins Auge des Sturms. Jetzt im Februar nach Posen, zum Prozess gegen den gräflichen Gattenmörder, das nächste Mal Gott weiß wohin. Lassen Sie mich Ihnen helfen, Ihnen das Warten leichter machen. Etwas anderes habe ich Ihnen nicht zu bieten, ob ich in Löwengruben springe und nach Handschuhen fische oder ob ich solchen Blödsinn bleiben lasse.«

Ich habe noch nie einem Mann auf den Mund gestarrt, dachte Felice. »Warum tun Sie das für mich?«, fragte sie. »Warum machen Sie mir solche Angebote?«

»Das ist nicht Ihr Ernst.«

»Was?«

»Das, was Sie mich eben gefragt haben. Es kann doch nicht dieser unsäglich kluge Blaustrumpf, neben dem ich mich in jedem Fachgespräch fühle, als hätte ich besser Holzwirtschaft studieren sollen, eine Frage stellen, die – mit Verlaub – das dümmste Mütterchen im Handarbeitskreis beantworten könnte.«

Er legte seine Hände auf ihre. Mit den Fingerspitzen spürte sie den Puls an seinen Gelenken. »Ich mache Ihnen solche Angebote, weil ich in Sie verliebt bin, mein schlafendes Dornröschen. Verliebte Männer sind in der Regel blöd genug, um Handschuhe aus Löwengruben zu fischen, aber bei Ihnen dachte ich immer, Sie hätten für blöde Männer so viel Herz wie für Schmeißfliegen.«

Er hatte sich außer Atem geredet, und sie wollte lachen, konnte aber nur nicken. An seiner Kehle, wo der seidene Schal verrutscht war, pochte eine Ader. »Fahren Sie mit mir nach Posen?«

»Wohin?«

»Zur Hauptverhandlung gegen den mörderischen Grafen. Mein Onkel deckt uns, und Louis Ullstein lässt ein Abteil in der Ersten Klasse springen. Wir könnten uns mindestens drei Prozesstage samt der Urteilsverkündung ansehen, und abends hätten wir ein bisschen Zeit, in der Stadt herumzustreunen. Sie soll bemerkenswert sein. Eine einstige Königsstadt in einem Staat, den es nicht mehr gibt.«

Felice befreite ihre Hände und hob sie, wie um einen Ansturm aufzuhalten. Er hatte ihr gerade erklärt, er sei verliebt in sie. Und im nächsten Moment fragte er sie, ob sie mit ihm verreisen wollte, dem – neben der Zabern-Affäre – spannendsten Prozess des Reiches beiwohnen.

»Ach, ich vergaß. Mit luxuriösen Reisewagen und attraktiven Flaniermeilen kann man Sie ja nicht ködern. Aber wie steht es mit einem Mörder, für den die konservative Presse ein mildes Urteil fordert, weil eine preußische Gattin, die ihren Mann betrügt, schließlich nichts Besseres als eine Ladung Schrot verdient?«

In Felices Rücken spielte die Musik, tobte Erregung vor dem Ende des Jahres, doch hier hinten im Winkel waren sie allein. Seine Augen erschienen ihr übergroß. Sie musste endlich lachen, ganz leise, zu hoch und fremd. »Das geht doch nicht.«

»Ach was. Das neue Jahr fängt gleich an. 1914 geht alles.«

Sie wollte, dass es ging. Aus heiterem Himmel stampfte ihr Innerstes mit dem Fuß und verlangte: *Ich will.*

Er beugte sich vor und schloss die Hände um ihre Wangen. »Es fängt wirklich gleich an. Wenn ich jetzt keinen Sekt für uns auftreibe, gehen wir leer aus. Und dann will ich mit Ihnen allein sein. Mit dir. Du auch mit mir, Felice?«

Er nahm sie bei der Hand und zog sie auf die Füße. Eilig drängten sie sich durch die Menge, die schon begann, die letzte Minute des alten Jahres herunterzuzählen: »Neunundfünfzig, achtundfünfzig, meine Jüte, nur noch siebenundfuffzich …«

Wo das Büfett gestanden hatte, baute Kuno mit zwei Helfern ein Tischfeuerwerk auf: zwei silbrige Körper in der Form von Luftschiffen, die aufspringen und einen Funkenregen entladen würden. Unter gewöhnlichen Umständen hätte Felice das makaber gefunden, jetzt aber hätte sie über alles lachen können. An der Tür zur Straße verteilte Gunter Agnelli bengalische Fackeln, die draußen entzündet werden sollten. Im Vorbeilaufen glaubte Felice, Moritz' Gesicht zu erkennen, drehte sich hastig zur Seite und schämte sich. Gleich darauf aber hatte sie Moritz vergessen. Vielleicht hatte sie sich ohnehin geirrt, und er war längst gegangen.

Bodo stand am Tresen und füllte sämtliche Gläser aus dem Wandschrank mit Sekt. Zwei griff sich Quintus, klemmte sie sich zwischen die Finger einer Hand und strebte mit Felice auf den Aufgang zum Hof zu. Im Gehen pfiff er:

Tiralala, tiralala,
Verstehst du …

Der Hof war klein, von einer mehr als mannshohen Mauer umgeben und fast völlig dunkel. Vom Küchenfenster in Suses Wohnung sah Felice oft darauf hinunter, auf die Kastanie, die sich über das Viereck breitete und deren Krone jetzt als Skelett in den Himmel ragte. Der Schnee glitzerte, und eine verzauberte Sekunde lang war alles still.

Quintus stellte die Sektgläser auf einen Mauervorsprung, zog Felice an sich und küsste sie. Sobald sie seine Lippen auf ihren spürte, brach drinnen im Lokal das Getöse los.

»Frohes neues Jahr!«

»Prosit, Prosit!«

»Willkommen, 1914!«

Was Felice betraf, so musste das neue Jahr noch warten. Sie hatte keine Zeit dafür, sondern küsste Quintus Quirin. Flüchtig wunderte sie sich darüber, dass man Küssen nicht zu lernen brauchte. Man fing damit an und war auf der Stelle Meisterin, erhielt seine Zulassung ohne Examen und Vorbereitungsdienst.

Sein Mund löste sich von ihrem, und im Dunkeln erkannte sie sein Lächeln. Staunend. Als wäre er so überrascht wie sie. Mit einem Finger fuhr er den Linien ihres Gesichts nach, ihren Lippen und Wangen, den Nasenflügeln, dem Bogen der Brauen. Felice tat es ihm gleich, fuhr mit der Fingerspitze über die feinen Sicheln seiner Wangenknochen und fühlte sich unglaublich kühn, wie eine Pionierin, Melli Beese auf Höhenflug.

Dann knirschte etwas im Schnee. Felice und Quintus wandten sich zur Tür, nahmen an, jemand wäre in den Hof getreten. Aber die Tür war geschlossen, wie sie sie hinterlassen hatten.

Zögerlich drehten sie sich um, lenkten die Blicke durchs Dunkel auf die hintere Mauer. »Oha«, bemerkte Quintus, mehr amüsiert als erschrocken. »Wie es aussieht, hatte vor uns jemand dieselbe Idee.«

»Frohes neues Jahr«, antwortete eine Stimme, die Felice unter Hunderten erkannt hätte.

An der Mauer, unter den Ästen der kahlen Kastanie standen Willi und Recha Süßapfel.

21

Juni

Die Leute mochten den Film nicht. Recha kannte das aus dem *Apollo*, das mit dem *Tapferen Soldaten* einen letzten Erfolg erzielt hatte und dennoch in ein Lichtspielhaus umgewandelt worden war: Sie buhten ihn nicht aus, sie riefen keine Obszönitäten durch den Saal, sondern weckten nur ihren eingeschlafenen Nachbarn und trotteten gelangweilt nach Hause. Auch nahm die Zahl der Zuschauer von Vorführung zu Vorführung ab. Heute hatte sie zu Beginn noch sechsundzwanzig Personen gezählt, von denen die ersten nach einer Viertelstunde gegangen waren.

Jetzt, während der rote Samtvorhang sich über dem Abspann senkte, waren außer sieben verstreuten Gestalten nur noch sie selbst da: Wolfgang, Willi, Recha, Gabriel und Sonja Vogt-Behringer, die im Film ihre Mutter spielte. In Wolfgangs Filmen gab es zwar nie ein funktionierendes Liebespaar, aber immer eine Mutter.

Wolfgang rannte wie unter Zwang in jede Vorstellung. Recha hatte ihn beschworen, damit aufzuhören, sich selbst nicht mehr als nötig zu quälen. Seit sie damit gescheitert war, ging sie mit, um ihn nicht alleinzulassen, auch wenn er tönte, er brauche keine Hilfe. Willi kam meistens mit, zum Teil wohl, um in ihrer Nähe zu sein, und zum Teil, weil er sich selbst Sorgen machte, obwohl Sorgen bei Willi schwer vorstellbar waren. Gabriel kam, wenn er jemanden zum Reden suchte, und Sonja hatte sich heute aus Solidarität mit Recha angeschlossen:

»Du armes Ding tust mir leid. Wolfgang ist ein Besessener, das ist er immer gewesen, und seit er diesen Film hat, sieht er nichts anderes mehr. Lieben muss man ihn, aber das heißt ja nicht, dass man's erträgt, mit ihm zu leben.«

Manchmal wünschte sich Recha, die anderen würden sie und Wolfgang allein lassen. Nicht weil das etwas besser gemacht hätte, sondern weil ihnen im Schlechten keiner mehr zusah.

Die Premiere vor sechs Wochen war noch wie eine Sensation behandelt worden: Wolfgang Vanselow, das Enfant terrible der Bioscop, dreht mit Recha Süßapfel seinen eigenen Film. Seine beiden vorigen Filme waren schon keine großen Erfolge mehr gewesen, nicht mit der luftig-routinierten Komödie zu vergleichen, die Recha mit den Franzosen gedreht hatte. In einer Kurzkritik der *Bild und Film* hatte gestanden:

Der Recha-Effekt nutzt sich ab. Anfangs war das Publikum bereit, Vanselow alles zu verzeihen, solange er ihm die herrlichen übergroßen Bilder vom geöffneten Mund der Süßapfel und den Augen, die die Welt nicht verstanden, lieferte. Inzwischen vernimmt man mehr und mehr Klagen darüber, dass er sein Juwel nicht einsetzt, wie die Leute es sich wünschen, auf seinem Instrument nicht die Saite anschlägt, die danach verlangt.

So wie Wolfgang jede verletzende Kritik vor Recha versteckt hatte, bemühte jetzt sie sich, die Blätter nicht herumliegen zu lassen, sondern sie Klara für den Abfall zu geben. Das eine war so sinnlos wie das andere: Wolfgang kaufte sich jedes Presseerzeugnis, in dem er die kleinste Zeile über seinen *Woyzeck* vermutete, mehrmals. Er hatte kein Talent, sich zu schonen, er erlaubte sich nicht einmal, krank zu sein.

Die Kritiken zu *Woyzeck* fielen allerdings kaum boshaft, sondern eher wohlwollend, wenn nicht sogar mitleidig aus:

Was Vanselow da auf seine Leinwand stellt, ist intelligent, gewagt und stilistisch von bemerkenswerter Schönheit. Die Frage ist nur: Wer versteht das? Und wer, der ins Kino geht, um sich aus seinem Alltag hinauszuträumen, möchte stattdessen in seinem Albtraum landen?

Vanselows Woyzeck *sticht mit spitzem Finger in die Wunde. Nur dürften seine Zuschauer in der Mehrzahl nicht einmal bemerkt haben, dass sie verletzt worden sind.*

Sie sagten jetzt alle *Woyzeck* – Kritiker, Zuschauer und ihr eigener Kreis. Dabei lautete der eigentliche Titel des Films *Und niemand mehr auf der Welt*, was einem Zitat aus dem Drama des seit achtzig Jahren toten Büchner entnommen war: »Es war einmal ein arm' Kind und hatt' kein Vater und keine Mutter, war alles tot und niemand mehr auf der Welt.«

»Davor graust's einem ja«, hatte Willi gesagt, der dagegen gewesen war, den Film *Und niemand mehr auf der Welt* zu nennen. Er hatte auch das Zitat nicht an den Anfang des Films setzen wollen, schwarze Lettern über dem Bild eines verwüsteten Dorfes, von dem niemand wusste, dass es vom Balkan stammte, aus Bosnien oder Albanien, einem dieser Länder, die außer Wolfgang keinen Menschen interessierten. Die Aufnahme war verschwommen, mehr als geborstene Dachbalken und leeres Land war nicht zu erkennen. »Das verscheucht uns die Leute«, hatte Willi gesagt. »Wenn du's haben willst, bringen wir's später als Zwischentitel. Wir sind Menschenfischer, Wolfgang, wir müssen unsere Pappenheimer erst einmal ins Netz bekommen. Lass uns sie umgarnen, verführen, ehe wir sie zu Tode erschrecken.«

Wolfgang aber hatte darauf bestanden. Er hasste Zwischentitel, weil er fand, ein Regisseur, der nicht jedes Wort des Drehbuchs in Bilder übersetzte, hatte seine Arbeit nicht getan. Bei *Woyzeck* aber wusste er, dass er Worte brauchte. Er hatte sich Willi ins Boot geholt, da er ihn für ein Naturtalent hielt, das mit schlafwandlerischer Sicherheit die Klippen der Sprache umschiffte, während er selbst mit seinem genialen Auge für Bilder daran abprallte. In den entscheidenden Fragen hatte er jedoch nicht auf Willi gehört.

Willi hatte den Film *Franz und Marie* nennen wollen.

»Und wer soll das sein?«, hatte Wolfgang ihn angefahren.

»Franz ist der Vorname von diesem verkommenen Woyzeck, den du unbedingt auf einen Sockel stellen willst, und Marie ist das arme Mädchen, das er totsticht. Mir dreht sich das Herz um, ich sehe immer Rechas Gesicht dabei. Und was ist es am Ende wert, dass Recha so elend sterben muss, wenn es den Zuschauern nicht auch das Herz umdreht?«

Wolfgang hatte einen unbestechlichen Blick für die Essenz, die in allem steckte. In Dingen, in Menschen, in Orten und Ereignissen. Er sah die Schönheit im Hässlichen und das Verdorbene, längst schon Verlorene im Schönen. Willi dagegen hatte einen Blick für das, was sich verkaufte. Wolfgang hatte das gewusst und ihn eben deshalb an den *Woyzeck*-Film binden wollen, doch seinen wichtigsten Rat schlug er in den Wind.

Dafür war er zu bewundern. Recha hegte keinen Zweifel daran, dass der *Woyzeck*-Film das Beste war, was er in seinem Leben gemacht hatte. Nur saßen jetzt, sechs Wochen nach der Premiere, an einem Sommerabend, an dem die halbe Stadt ins Kino strebte, nur noch sieben Menschen in den Reihen.

Nein, korrigierte sich Recha, *gar keiner mehr.* Einen Film, der seine Zuschauer mitriss, erkannte man daran, dass sie hinterher wie erstarrt auf ihren Stühlen klebten. In *Woyzeck* dagegen, in *Und niemand mehr auf der Welt*, blieben nur die vier Menschen sitzen, die den Film geschaffen hatten. Nicht weil Überwältigung sie fesselte, sondern weil die neuerliche Niederlage es schwierig machte, ein Glied zu rühren.

Selbst Gabriel war aufgestanden, verschränkte die Arme vor der Brust und lehnte sich gegen den hochgeklappten Sitz.

»Wir müssen die Werbung anders aufziehen«, sagte Willi. »Ganz neue Plakate, flächendeckend an allen Litfaßsäulen. Ernst Melchior, der wie irre aus der Düsternis stiert, würde mich auch nicht dazu bewegen, meine Liebste ins Kino einzuladen.«

»Was für ein Plakat hättest du denn gerne?«, schoss Wolfgang zurück. »Schmetterlinge und Blümchen?«

»Recha und Lutz«, sagte Willi. »Ein Liebespaar.«

Lutz Petersen spielte den Tambourmajor, dessen Schmeicheleien die arme, dumme, gebeutelte Marie nicht widerstehen konnte und für die sie mit dem Leben bezahlte. Ein Frauenschwarm. Nicht so hübsch wie Willi, aber dafür stattlich. »Steht dir«, hatte Sonja zu Recha gesagt, nachdem die einzige laszive Umarmung des Films im Kasten war.

»Wenn ich Hoppelpoppel mit Schmalz will, lade ich mich bei meiner Mutter zum Sonntagsessen ein«, sagte Wolfgang.

»Jetzt langt's aber.« Sonja stieß ihm den Ellenbogen in die Flanke. »Findest du das etwa nett gegen Recha und Lutz? Überhaupt – welcher von beiden soll denn Hoppelpoppel sein und welcher Schmalz?«

Wolfgang stöhnte. »Wie oft muss ich mich eigentlich dafür rechtfertigen, dass ich die Leute nicht verschaukeln will? Diese Leute, die sowieso von Anbeginn an verschaukelt werden, die wir mit Gott und Liebesschund abspeisen, damit sie nicht auf die Idee kommen, dass wir ihnen ihren Anteil an der Welt schulden.«

»Und wenn sie sich gern mit Liebesschund abspeisen lassen?«, rief Willi. »Wenn sie das andere gar nicht wissen wollen?«

»Dann betrachte ich es als meine verdammte Pflicht, es ihnen beizubringen.«

»Das möchte ich auch«, kam es so unverhofft von Gabriel, dass die Übrigen zusammenfuhren. »Anderen etwas beibringen, was die gar nicht wissen wollen. Aber das ist schwierig. Die meisten laufen vor mir weg.«

Willi und Sonja lachten. Recha machte sich Sorgen. Gabriels überwacher Geist hätte mehr Nahrung gebraucht, damit er nicht ziellos umherirrte und aufpickte, was ihm begegnete. Immerhin hatte sie ihn überreden können, zurück zu ihren Eltern zu ziehen, wo er sich zwar eingesperrt fühlte und von Neuem begann, sich die Stirn aufzukratzen, aber auch beschützt war. Sie selbst hatte zu wenig Zeit und deshalb ein schlechtes Gewissen, weshalb sie ihn zu Gelegenheiten mitnahm, für die sie ihn zu jung und zu verwundbar fand.

»Vor mir auch«, sagte Wolfgang zu Gabriel. »Aber ich weigere mich, sie entkommen zu lassen. Ein guter Film ist ein guter Film und setzt sich irgendwann durch. Man muss den Leuten eben mehr Zeit lassen.«

Aus dem Vorführraum hinter der letzten Bankreihe trat ein Mann mit butterweichen grauen Locken: Maximilian Deutler, der Betreiber des *Marmorhaus*, des prachtvollsten Lichtspieltheaters von Berlin. Er hatte die Premiere von *Und niemand mehr auf der Welt* um jeden Preis haben wollen, hatte sich darum gerissen und der neu gegründeten Firma Wilwo ein kleines Vermögen gezahlt – ein warmer Regen und zugleich ein Tropfen auf den heißen Stein.

Die Produktion eines Films verschlang Unsummen. Zu ihrem Glück hatte Willis Bankhaus ihnen einen Kredit eingeräumt, aber der musste in hohen Raten abbezahlt werden. Wolfgang hatte seinen Vertrag mit der Bioscop gekündigt, um alle Kraft in die Arbeit an *Woyzeck* zu stecken. Er hatte kein Einkommen mehr, nur eine ersparte Summe, von der er monatlich die Kosten für Rechas Wohnung und den Unterhalt seiner Mutter bestritt. Dass Recha für die Wohnung selbst aufkommen konnte, wollte er nicht hören. »Du musst dein Geld zusammenhalten. In unserer Branche weiß man nie, und du sollst nicht eines Tages gezwungen sein zu heiraten.«

Er hatte ihr einen Telefonanschluss legen lassen, und zurzeit suchte er nach einer Firma, die ihr zum Ende des Sommers eine Zentralheizung einbaute.

Deutler trat in den Gang und blieb vor ihrer Reihe stehen wie bestellt und nicht abgeholt.

»'n Abend, Max«, sagte Wolfgang und starrte weiter nach vorn, auf den Vorhang über der Leinwand. »Tut mir leid, alter Junge. War wohl nicht unser Tag.«

Max Deutler rieb sich das Kinn mit dem lockigen Bart. »Darüber wollte ich mit dir sprechen, Wolf. Nein, ich will nicht. Ich muss.«

»Immer raus damit. Wir haben auch gerade darüber gesprochen, ein paar Ideen in den Raum geworfen, die man angehen könnte. Wilhelm meint, wir bräuchten eine neue Plakatierung, aber mir gefällt die alte, und dann kostet allein der Druck ja auch schon eine Stange Geld. Falls mich einer fragt, habe ich gerade zu Wilhelm gesagt, dann brauchen die Leute einfach nur mehr Zeit.«

Er war sonst keiner, der wie ein aufgedrehter Wasserhahn quasselte, um ein drückendes Schweigen oder eine unliebsame Antwort nicht zu hören. Er musste Angst haben. Richtige Angst. Recha, die neben ihm saß, ihr Schenkel von seinem nur durch die Armstütze getrennt, hätte hinüberlangen und seine Hand nehmen sollen, ihm zeigen, dass sie zu ihm stand, dass er sie behalten würde, was immer er jetzt auch verlor.

Ihre Hand blieb auf ihrem Schenkel liegen und sträubte sich. Eine Stimme in ihr beharrte gehässig: *Das will er doch nicht. Sich mit Liebesschund abspeisen lassen. Er vergleicht mich mit Schmalz oder Hoppelpoppel. Soll er sehen, wie er allein fertigwird.*

»Wolf, es hilft ja nichts, wenn ich es hinauszögere«, sagte Deutler. »Wir setzen deinen Film ab. Glaub mir, die Entscheidung ist mir alles andere als leichtgefallen, aber mir hält man auch die Pistole auf die Brust. Ich habe mit Müh und Not Urban Gads Sommerkomödie bekommen, die wir ab morgen spielen, um zumindest die ärgsten Verluste wettzumachen.«

»*Engelein?*«, platzte Wolfgang heraus, als hätte er den Rest nicht gehört. »Das ist nicht dein Ernst. Die Schmonzette ist der dümmste, flachste Mist, den Gad je gemacht hat. Statt dafür von den Leuten Eintritt zu verlangen, sollte man ihnen Schmerzensgeld zahlen, weil sie sich das antun.«

»Es ist hübsch«, sagte Deutler. »Frivol und frech, aber in sicheren Grenzen, was fürs Auge und was fürs Herz. Das spricht zu den Leuten. Urban Gad weiß, dass er mit der Nielsen ein Ass im Ärmel hat, und das spielt er aus, was ist dagegen einzuwenden?«

»Er verkauft sie, meinst du, er macht eine Prostituierte aus ihr, die neckisch das Röckchen lüftet, statt ihr Talent zu entwickeln. Was willst du von mir? Dass ich mit Recha, deren Talent ungleich größer ist, dasselbe mache?«

»Natürlich nicht. Aber …«

»Aber was?«

»Du lässt die Leute nicht nah an sie heran.«

»Das ist Quatsch, und du weißt es. Ich stelle dir Recha nackt auf die Leinwand, wenn die Geschichte, die ich erzähle, davon profitiert. Aber ich werde bestimmt nie ein schönes Mädchen mit den Hinterbacken wackeln oder mit den Wimpern klimpern lassen, um zu vertuschen, dass ich gar nichts zu erzählen habe.«

Deutler räusperte sich und rang die Hände.

»Du kannst *Und niemand mehr auf der Welt* nicht absetzen«, sagte Wolfgang. »Nicht weil du mir etwas schuldest, sondern weil es verdammt noch mal der beste Film ist, den du je auf deine verdammten Spulen bekommen wirst.«

»Das ist gut möglich. Aber Filme müssen nun einmal Geld einspielen, und das *Marmorhaus* hat einen Ruf zu verlieren. Einen gerade erst erworbenen Ruf, zerbrechlich wie ein rohes Ei.«

Wolfgang wandte endlich den Blick von dem Vorhang weg und dem Kinobesitzer zu. Eine Weile lang betrachtete er ihn, nicht einmal unfreundlich, eher so, als wäre er nicht sicher, welcher Spezies er angehörte. Dann stand er auf. »Dann habe ich hier nichts mehr verloren«, sagte er. »Hals- und Beinbruch, Max.«

»Das heißt ja nicht, dass ich nicht in Zukunft wieder einen Film von dir zeigen werde, nur …«

»Doch«, unterbrach ihn Wolfgang. »Das heißt es. Kommt ihr mit? Ich jedenfalls bin müde und gehe nach Hause.«

»Augenblick«, rief Willi. »Jetzt lasst doch die Preußen mal nicht ganz so schnell schießen. Irgendeine Einigung wird sich da doch finden lassen, denken Sie nicht, Herr Deutler? Ich meine, Sie müssten uns ja zumindest die Einkünfte ersetzen, die uns verloren gehen, weil Sie aus dem Vertrag aussteigen.«

»Er ersetzt uns gar nichts«, sagte Wolfgang. »Wenn er meinen Film nicht will, will ich sein Geld nicht, wir verzichten und gehen.«

»Von was für Einkünften reden wir denn?« Deutler wies mit dem Arm durch das geleerte Kino. »Wir haben eine Klausel im Vertrag, die mich berechtigt, vorzeitig auszusteigen, wenn die Einnahmen auf ein existenzbedrohendes Niveau absinken. Sosehr ich es bedaure, der Fall ist eingetreten, und von diesem Recht mache ich jetzt Gebrauch.«

Willi wollte verhandeln, aber Deutler hörte ihm nicht zu. Ihn interessierte nur Wolfgang, und der war schon auf dem Weg. Recha folgte ihm, und die Übrigen schlossen sich an. Zu fünft trotteten sie durch das Foyer, wo Arbeiter die Plakate des *Woyzeck*-Films bereits mit denen von *Engelein* überklebten, und hinaus auf die Straße, in die Lichterpracht des Kurfürstendamms. Es war Sommer, noch nicht völlig dunkel, in der Luft lag der Duft von kandierten Mandeln. Menschen, die einen Vergnügungstempel verließen oder in den nächsten strebten, wogten durcheinander.

»Und was jetzt?«, fragte Willi

»Ja, was jetzt«, wiederholte Wolfgang.

»Wir müssen sofort einen neuen Film machen.« Willi sah schön aus, wie er sich vor dem Auf- und Abblinken der Lichtreklamen aufbaute und sein Feuer versprühte. »Einen völlig anderen, Wolfgang, einen, der den Banausen da draußen die Herzen zum Zucken bringt, dass die Platzanweiser Taschentücher ausgeben müssen.«

»So einen habe ich schon gemacht«, sagte Wolfgang. »Er heißt *Und niemand mehr auf der Welt*, und mein Freund Max Deutler hat ihn gerade aus seinem Programm geworfen. Wenn das *Marmorhaus* ihn nicht hält, brauche ich mir für die Zuschauerzahlen im Rest des Landes wohl kaum Hoffnung zu machen. Vermutlich werden ein paar Bouillonkeller mit Vorführapparat ihn noch zwei, drei Wochen lang zeigen, oder ein dörflicher Damenkreis leiht ihn sich für sein Jubiläum aus.«

»Wir könnten ihn hier zeigen«, rief Gabriel begeistert. »Wenn wir mitten auf der Straße eine riesige Leinwand aufstellen, kommt keiner mehr vorbei, und alle müssen ihn sich ansehen.«

»Verdammt, Wolfgang!«, rief Willi, ohne Gabriel zu beachten. »Ob es dir schmeckt oder nicht, du musst dich auch mal an die eigene Nase fassen.«

Wolfgang griff sich an die Nase. »Was soll ich denn deiner Ansicht nach künftig verfilmen?«, fragte er. »Die gezuckerte Kriegerdenkmal-Scheiße von Filip von Schlei?«

»Ich weiß nicht mal, wer das ist.«

»Dein Glück«, gab Wolfgang zurück. »Für den Kodder brauchst du einen harten Magen.«

»Ich habe jedenfalls nicht gesagt, du sollst irgendwas verfilmen, was du nicht magst«, hielt Willi sich tapfer. »An dieser *Woyzeck*-Geschichte ist nichts auszusetzen, du hättest sie nur anders aufziehen müssen. Du kippst den Leuten deinen Nachttopf über die Köpfe, alles, was stinkt und scheußlich ist, auf einen Haufen. Aber das, was am Leben schön ist, verschweigst du. Die Liebe, Wolfgang. Warum hast du sie nicht erleben lassen, wie Franz und Marie sich geliebt haben, wie sie miteinander glücklich waren?«

»Woyzeck«, sagte Wolfgang. »In dem Elend, in dem der Mann

herumkrebst, ist für Franz keinen Platz, nur für Woyzeck. Und zum Lieben gibt's da nicht genug Licht. Merkt ihr das eigentlich, während ihr euch an euren Zuckrigkeiten ergötzt, dass diese ganze Belle Époque eine Kulisse ist, hinter der ein Abgrund klafft?«

Recha wurde übel, so heftig, dass sie sich den Magen halten musste.

Willi stöhnte und schluckte ein Knäuel Worte herunter. »Also schön«, sagte er stattdessen. »Über Kinder, die in den Brunnen gefallen sind, lohnt ja kein Gerede mehr. Konzentrieren wir uns auf die Zukunft, da brauchen wir jetzt einen schnellen Erfolg. Über künstlerische Absichten können wir diskutieren, wenn unsere Namen wieder an Plakatwänden stehen, und das muss der Fall sein, bevor der Sommer vorbei ist. Wenn Urban Gad in einer Woche einen Schmachtfetzen hinlegen kann, können wir das schon lange.«

»Aha«, sagte Wolfgang. »Und wer gibt uns das Geld dafür? Urban Gad bekommt seines von der Bioscop, aber soweit ich weiß, sind weder du noch ich dort unter Vertrag.«

»Dafür haben wir unsere eigene Firma gegründet, oder? Wir müssen eben sämtliche Einnahmen flüssigmachen und noch einmal investieren. Wer nicht wagt, der nicht gewinnt.«

»Und wer keine Einnahmen hat, gewinnt erst recht nicht«, sagte Wolfgang. »Ich habe mich vorhin schon gewundert, wovon du die flächendeckende Schmalzwerbung bezahlen wolltest.«

»Aber wir müssen doch noch etwas haben!« Vor dem flimmernden, das Dunkel zerfetzenden Licht wurde Willi bleich. »Das ganze Geld, das die Bank bereitgestellt hat – das kann doch nicht weg sein.«

»Leider kann es das doch«, sagte Wolfgang. »Deine Bank wird uns die nächste Rate noch ein bisschen stunden müssen. Das ist kein großes Problem, richtig? Und dass ich vorläufig keinen neuen Film drehen kann, ist auch keines, denn in den, der eben erwürgt worden ist, habe ich alles gesteckt, was ich hatte. Jetzt sind meine Speicher leer, und ich kann nur hoffen, dass etwas sie mir wieder füllt. In der Zwischenzeit verdinge ich mich aufs Neue als Hanswurst, schaffe Geld ran, rapple mich auf die Füße. Was dann wird, werden wir sehen. Du fängst ja erst an, kleiner Kaiser, für dich war das hier keine verlorene Entscheidungsschlacht, sondern höchstens ein Vorgeplänkel.«

Wolfgang sprach sonst nicht so, reihte keine Vergleiche aus der Militärwelt aneinander, wie Willi es liebte. Recha wurde wütend. Es klang, als machte er sich über Willi lustig, und dazu hatte er kein Recht. Willi hatte ebenfalls seine Hoffnungen an den *Woyzeck*-Film gehängt, er war nicht schuld daran, dass Deutler ihn absägte, und indem Wolfgang seinen Schmerz, den er nicht artikulieren konnte, an ihm ausließ, machte er nichts besser. Zudem empfand Recha es nicht als Kulturschande, wenn Willi ihr Bild auf einem Filmplakat für werbewirksam hielt. Ja, die meisten von Willis Vorschlägen waren trivial, aber er war jung, und dass er Wolfgangs Radikalität um das ergänzte, was ihr fehlte, hatte dieser selbst erkannt.

Wolfgang liebte Menschen, auch wenn er noch so viel spottete. Die kleinen Leute. Er war beseelt von dem Wunsch, ihnen etwas zu schenken, sie stärker, klüger, sich ihres Wertes bewusster zu machen, aber er sprach ihre Sprache nicht. Bei aller Traurigkeit hatte das etwas Komisches: Wolfgang, der unter diesen kleinen Leuten aufgewachsen war, hatte keine Ahnung, wie sie zu erreichen waren. Der hochwohlgeborene Willi hingegen langte bedenkenlos hin und griff ins Schwarze.

»Warum holst du nicht erst einmal Luft?«, fragte Wolfgang ihn jetzt. »Fährst du nicht morgen an die Ostsee, zu irgendeinem Höhepunkt der Sommerfrische?«

»Zur Kieler Woche«, bestätigte Willi, der noch immer bleich war und angespannt wirkte. »Ich habe Karten für die große Regatta und das Motorbootrennen und bin in der *Seelust* eingemietet, eine allererste Adresse. Es gibt alle möglichen Bälle und Empfänge, und der Kaiser wird natürlich auch nicht fehlen. Er kommt wie jedes Jahr mit einer Yacht, diesmal mit der neuen *Meteor.*«

»Interessant«, behauptete Wolfgang gelangweilt.

»Die Reise war in der Tat als Sommerfrische geplant«, fuhr Willi fort. »Mein Schwager hatte vor, mit seiner jungen Familie zu reisen, aber leider hatte meine Schwester einen Unfall beim Reiten. Der Nutznießer ihres Missgeschicks bin ich.«

»Das sei dir gegönnt«, sagte Wolfgang.

»Um ehrlich zu sein, habe ich daran gedacht, Recha mitzunehmen«, sagte Willi. »Die Suite, die mein Schwager gebucht hat, enthält ohnehin zwei Schlafzimmer, und Recha würde es nach der Quälerei der letzten Wochen guttun, ein paar Tage lang nur an ihr Vergnügen zu denken.«

Recha fuhr zusammen. Wie konnte er einen derartig impertinenten Vorschlag machen? Jäh wünschte sie sich, Wolfgang möge ihn am Revers packen und ihm zu verstehen geben, dass er sich solche Angebote an seine Frau verbot.

Auch wenn sie vor dem Gesetz nicht seine Frau war.

»Das ist eine glänzende Idee«, sagte Wolfgang. »Wäre das denn möglich?«

»Warum sollte es nicht möglich sein? Findest du nicht, Recha hätte ein bisschen Abwechslung verdient?«

»Und ob ich das finde.« Mit einem seltsamen, falsch wirkenden Ausdruck klopfte Wolfgang ihm den Arm. »Das ist wirklich ein großzügiges Angebot von dir, Kumpel, ich bedanke mich. Wie du weißt, bin ich gerade nicht sonderlich flüssig, aber für Rechas Anreise komme ich natürlich auf.«

»Fragt mich eigentlich auch jemand, ob ich überhaupt mitfahren will?«, fuhr Recha dazwischen.

»Warum solltest du denn nicht wollen?« Wolfgang hob die Brauen. »Ich dachte, du wolltest unbedingt mal verreisen und auch das Meer sehen. Nun gut, die Nordsee ist es nicht, nicht meine blassgraue Wilde mit ihren bunt lackierten Badehütten, aber für den Anfang tut es die Ostsee ja auch.«

»Wenn Recha nicht will – kann ich dann mitfahren?«, fragte Gabriel hoffnungsvoll. »Es sollen doch auch Kriegsschiffe der britischen Flotte gezeigt werden, vier *Dreadnoughts*, darunter die stählerne Riesin *George V.*, und drei Kreuzer. Die würde ich zu gern einmal sehen.«

»Was machen denn britische Kriegsschiffe in Kiel?«, fragte Sonja, vielleicht um vom Thema der Reise abzulenken.

»Ein Freundschaftsbesuch«, erklärte Willi. »Admiral Warrender ist eingeladen, auf der *Meteor* gemeinsam mit dem Kaiser die Regatta zu bestreiten, und auf der *Hohenzollern* wird es entsprechende Festlichkeiten geben. Ein einzigartiges Spektakel. Ich bin sicher, aus nächster Nähe wird unsere Hochseeflotte sich vor der britischen keineswegs verstecken müssen.«

»Bitte nehmen Sie mich mit«, bettelte Gabriel. »Vielleicht ist es ja doch kein reiner Freundschaftsbesuch, sondern dient der Erkundung unserer Schiffe.«

»Und dann?«, fragte Sonja.

»Wer weiß.« Gabriels Stimme bekam etwas Verklärtes. »Es könnte der Moment sein, in dem uns der Atem der Geschichte streift. Deutschlands Flotte umfasst nun zwei vollständige Geschwader von Großkampfschiffen, und mit den beiden neuen Schleusen ist der Kaiser-Wilhelm-Kanal betriebsfertig. Das Reich wäre kriegsbereit. Oh bitte, Herr zur Nieden, lassen Sie mich dabei sein. Ich kann kaum fassen, wie aufregend es ist.«

»Das kommt überhaupt nicht infrage«, sagte Recha, schob sich zu ihm und nahm ihn am Arm. »Ich bringe dich jetzt nach Hause, wo du für den Rest der Woche bleibst. Lern für die Schule. Das ist aufregend genug.«

»Es langweilt mich zu Tode«, sagte Gabriel. »Ich meine das im Ernst: Wenn nicht bald ein Sturm kommt und mich dort wegholt, werde ich in absehbarer Zeit an meinem Pult gestorben sein.«

»Ich dachte, wir gehen noch etwas trinken«, bemerkte Willi enttäuscht. »Im *Babylon* sind wir in zehn Minuten, und wir haben doch überhaupt noch nicht beschlossen, was jetzt werden soll.«

»Dann trinkt und beschließt mal«, sagte Wolfgang. »Ich für mein Teil gehe nach Hause und lege mich aufs Ohr. Der Verlauf dieses Tages macht mich nicht scharf darauf, ihn in die Länge zu ziehen.«

Tatsächlich schickte er sich an zu gehen, wobei er nur kurz die Hand zum Gruß hob, als hätte er nicht seine Freunde und seine Geliebte vor sich, sondern beiläufige Bekannte.

»Und du?« Willi sah Recha an und gab sich keinerlei Mühe, aus seiner Sehnsucht einen Hehl zu machen. »Kommst du noch mit, wenigstens auf ein Glas?«

»Nein«, sagte Recha, »ich muss Gabriel nach Hause bringen, und müde bin ich auch. Aber sofern dein Angebot noch gilt, fahre ich morgen mit dir nach Kiel.«

22

Ihr Zug ging um acht vom Hauptbahnhof. Im letzten Augenblick ließ Willi das Zweite-Klasse-Abteil, das sein Schwager für seine Familie gebucht hatte, gegen eines in der Ersten Klasse tauschen. Er bestellte geräucherten Lachs und Champagner und wies den Kellner an, hinter sich die Tür zu schließen. Recha trug einen Flanellrock und eine hochgeschlossene Bluse mit Stehkragen. Dennoch kam sie sich nackt vor.

»Das kannst du nicht machen«, hatte Sonja gesagt. Gestern Abend, als diese verrückte Idee geboren worden war. Sonja hatte Recha zum Haus ihrer Eltern begleitet, und kaum dass sie Gabriel abgeliefert hatten, begann sie auf Recha einzureden. »Diese Reise mit dem kleinen Kaiser – wenn du ein Herz im Leib hast, schminkst du dir das ab.«

»Warum sollte ich? Wolfgang kratzt es doch nicht, wie du gesehen hast.«

»Mir geht es nicht um Wolfgang«, hatte Sonja gesagt. »Er ist als Freund sein Gewicht in Gold wert und zudem der begabteste Hund, unter dem ich je arbeiten werde, aber wie er mit dir umgeht, ist lausig. Wenn du ihm Hörner aufsetzt, hat er es sich selbst zuzuschreiben.«

»Ich denke nicht, dass ihm das etwas ausmacht«, sagte Recha. »Im Gegenteil. Er schien ausgesprochen erleichtert zu sein, dass Willi ihm die Last mit mir für eine Weile abnimmt.«

»Ich weiß, Süße. Und ich würde an deiner Stelle genauso schäumen. Einen Denkzettel hat Wolfgang mehr als verdient, aber um ihm den zu verpassen, darfst du nicht den kleinen Kaiser als Waffe missbrauchen.«

Durch den noch immer schönen, hier im Süden der Stadt sogar stillen Sommerabend gingen sie zu Fuß zum neuen U-Bahnhof Podbielskiallee, um in unterschiedliche Richtung nach Hause zu fahren. Bei Sonjas Worten blieb Recha abrupt stehen. »Was willst du mir erzählen? Dass ich das Böse in Person bin und unschuldige Kinder verderbe? Dann kannst du dich mit Willis Schwester zusammentun. Die ist derselben Ansicht.«

»Die mit dem *BZ*-Reporter? Hat sie das zu dir gesagt?«

»Zu mir nicht«, erwiderte Recha. »Mit einer wie mir spricht sie ja nicht. Sie verfolgt mich nur quer durchs *Babylon* mit ihren vernichtenden Blicken. Zu ihrem Bruder hat sie dagegen gesagt, er solle sich vor mir hüten, denn ich betrachte ihn als mein Spielzeug und würde ihn bedenkenlos ins Verderben reißen.«

»Und er erzählt dir das?«

»Nicht direkt«, sagte Recha. »Aber Willi hat kein Talent dazu, aus seinem Herzen eine Mördergrube zu machen.«

Gerumpel unterbrach sie. Ein Gurkenheinrich zerrte seinen Handkarren mit dem Fass über das Kopfsteinpflaster, und Sonja schrie auf: »He, warten Sie, Sie schickt der Himmel! Mir hängt der Magen in den Knien, ich habe seit zwölf Uhr bei *Aschinger* nichts mehr gegessen.«

Sie kaufte dem Mann die beiden letzten verbliebenen Gurken ab und gab eine davon Recha. Obwohl sie ebenfalls seit dem Mittag nichts gegessen hatte, verspürte sie keinen Hunger, aber die Säure der Gurke, von der sich ihr Gaumen zusammenzog, entsprach ihrer Stimmung.

»Grundsätzlich spricht nichts dagegen, einen Mann als Spielzeug zu betrachten«, sagte Sonja im Weitergehen. »Die meisten spielen ja nicht ungern mit, und in der Regel wird keiner daran sterben. Aber der kleine Kaiser ist zu jung. Und er meint es ernst.«

Warum fragt mich eigentlich niemand, wie ich es meine?, dachte

Recha. Laut sagte sie: »Wenn ein Mann achtzehn Jahre älter ist als ich, findet niemand etwas daran auszusetzen. Ist einer dagegen zwei Jahre jünger, macht mich das zur Kinderschänderin.«

»Das habe ich nicht gesagt«, erwiderte Sonja. »Der kleine Kaiser ist ein bildhübscher Kerl, er hat Charme, und er quillt über vor Leben. Dass du dir mit so einem ein bisschen Vergnügen gönnst, um dich von Wolfgangs Kompliziertheit zu erholen, kann dir keiner verdenken. Aber er ist im Innern wirklich noch ein Kind.«

»Ein Kind, das sein Kindermädchen verführt hat, als es noch in kurzen Hosen steckte«, versetzte Recha.

»Tatsächlich?« Sonja lachte. »Was für ein Schlingel. Aber um mit Kindermädchen zu kuscheln, braucht man nicht erwachsen zu sein. Im Gegenteil. Der kleine Kaiser schmachtet mit der Unbedingtheit eines Siebzehnjährigen und beträgt sich, als wüsste er nur zwei Möglichkeiten: für dich zu leben oder für dich zu sterben. Fahr ans Meer, erhol dich, aber such dir zum Spielen einen andern.« Sonja biss in ihre Gurke und lachte. »Warum nicht einen von den Engländern? In deren Reich geht die Sonne nicht unter.«

Natürlich hatte sie recht. Recha hatte daheim, im Schubfach ihres Sekretärs, eine Postkarte, die bewies, wie sehr sie recht hatte. Diese Fahrt mit Willi hätte sie nicht vereinbaren dürfen, aber da sie es nun einmal getan hatte, warf sie daheim ein paar Kleider in eine Kostümtasche und fand sich am Morgen auf dem Bahnhof ein. Ihre erste Reise. Sie besaß nicht einmal einen Koffer.

Und jetzt saß sie in diesem Abteil, an dessen Fenster die Stadt vorbeiflog, durch einen Servierwagen mit Lachs und Champagner von Willi getrennt. Sie war sicher, sie würde nichts herunterbekommen, ihre Kehle war zu trocken, um zu schlucken.

»Hat Wolfgang noch etwas gesagt?«, fragte Willi. Er trug einen rahmweißen Sommeranzug, und seine Augen leuchteten. Sommerhimmelblau.

»Willi«, sagte Recha. »Tu mir einen Gefallen, lass uns auf dieser Reise nicht von Wolfgang sprechen, sonst muss ich auf dem nächsten Bahnhof aussteigen und zurück nach Hause fahren.«

»Ich weiß, was du meinst«, behauptete er und schenkte Champagner in die Kelche. »Und ich will auch nicht von ihm sprechen. Nur von dir. Von uns.«

Sie bekam die Flüssigkeit doch herunter, und das machte auf einen Schlag alles leichter. Willi begann, ihr von den Schiffen zu erzählen, die in der Kieler Förde vor Anker lagen, von den Yachten, die ins Rennen gehen würden, und von den Veranstaltungen zu Ehren der englischen Gäste. Es tat gut, ihn reden zu hören, und nach dem zweiten Glas nahm er ihre Hand. »Wollen wir für diese paar Tage alles vergessen, Recha? Berlin und die ganzen Sorgen, wollen wir das hinter uns lassen und zwei andere Menschen sein, bis wir am Montag in der Frühe nach Hause müssen?«

»Ja«, sagte Recha, ohne zu überlegen. »Lass es uns so machen.«

Das musste erlaubt sein. Sie würden nichts an ihrem Leben ändern, niemandem etwas wegnehmen, nur drei Tage lang von diesem Leben Urlaub nehmen. Die in Berlin zurückblieben, würden keinen Schaden leiden, denn Recha und Willi würden ja als dieselben zurückkehren, als die sie aufgebrochen waren, und alles würde weiterlaufen wie bisher.

Willi stand auf, schob sich um den Servierwagen und setzte sich neben sie. Aneinandergelehnt blickten sie aus dem Fenster und sahen der sommerlichen Landschaft beim Vorbeilfliegen zu.

Die knapp fünf Stunden Fahrt waren im Nu vorüber, und als sie auf dem Bahnhof aus dem Zug stiegen, roch die Luft wie kräftig gewürzt. »Das ist das Meer. Die Ostsee. Berlins große Badewanne.« Willi lachte, und Recha lachte auch, und noch auf dem Bahnsteig fielen sie sich in die Arme. Der Chauffeur des Hotels, der sie abholte, wartete dezent. Er empfing sie als Herrn und Frau Berndt und wunderte sich nur, wo die Kinder waren. »Mit Sohn Hermann und Tochter Lisette steht auf meiner Order.«

»Meine Gemahlin und ich haben uns entschieden, die Kinder in der Obhut von Verwandten zu lassen, um diesen Anlass allein zu genießen«, erklärte ihm Willi. »Wir sind einander nämlich auf der Kieler Woche zum ersten Mal begegnet, und in diesem Jahr kommen wir wieder her, um unseren Hochzeitstag zu feiern.«

Dabei blieb es. Der Kieler Chauffeur fragte nicht weiter nach. Die ganze Stadt war mit Girlanden und Wimpeln geschmückt, die im Wind flatterten, sie wirkte viel ordentlicher als Berlin, die Fassaden wie frisch herausgeputzt, und Recha fand sie reizend. Ihr Hotel befand sich im Stadtteil Dietrichsdorf, stand direkt an der Förde und war ein Palast aus weißen Mauern und Glas. Von ihrem Balkon aus konnte Recha den Streifen Meer sehen, die weißen Segel, die zwischen glitzernden Sonnenreflektionen auf der blauen Fläche tanzten. Es war unglaublich schön, erfüllt von Leichtigkeit, als ließe sich wahrhaftig alles, was Sorge bereitete, in den Wind werfen und vergessen.

Die Promenade war ebenfalls geschmückt. Unter den Bannern flanierten weiß gekleidete Gäste mit Sonnenhüten. Eine Kapelle spielte neben der andern, Tanzlieder und Marschmusik mischten sich zu einer schwungvollen Kakophonie. Willi trat hinter sie und umschlang sie. Seine Lippen berührten ihren Nacken. »Bist du glücklich, Recha?«

Das hat mich noch nie jemand gefragt, fiel ihr verwundert ein. Sie drehte sich in seinen Armen um und lächelte ihn an. »Ja, ich glaube, das bin ich.«

Auch wenn ich es nicht sein darf.

Langsam schlang sie ihm die Arme um den Hals, und er zog Nadeln aus ihrer Reisefrisur, sodass ihr Haar ihr schwer auf die Schultern fiel. Dann küssten sie sich, wie sie sich in der Silvesternacht geküsst hatten, nur hatten ihnen damals vor Kälte die Lippen gezittert, während jetzt warmer Wind die Vorhänge aufblies und sie wie streichelnd einhüllte.

Das zweite Schlafzimmer sahen sie gar nicht erst an. Sie liebten sich nicht, Willi versprach, nichts dergleichen zu versuchen, aber beieinanderzuliegen, sich geliebt und bewundert zu fühlen, tat gut.

Sie bestellten Kaffee nach oben und blieben in der Suite, bis die Sonne unterging und auf der Promenade die Laternen angezündet wurden. Dann halfen sie einander beim Anziehen und verließen das Hotel, um am Wasser entlangzuflanieren, eingehakt wie ein Ehepaar und so dicht aneinandergeschmiegt, dass sie manchmal stolperten. Sie aßen in einem Restaurant mit verglaster Front Fischgerichte, die Recha noch nie probiert hatte und von denen sie sicher war, dass sie sie nicht hätte essen dürfen. Aber auch die Speisevorschriften waren in Berlin zurückgeblieben. Um es sich leichter zu machen, tranken sie einen Weißwein, der aus Frankreich stammte und auf der Zunge prickelte.

Die Tage verflogen. Alle Stunde fragte er sie, ob sie glücklich war.

Sie wanderten die Förde hinauf bis zu den Tribünen und bestaunten die riesigen Schlachtschiffe, britische und deutsche, die einander wie verfeindete Untiere gegenüberlagen. Recha fand ihren Anblick beklemmend, auch wenn die knatternden Flugzeuge, die sie umkreisten, etwas von Schmetterlingen hatten. Die Angst, von der sie gehofft hatte, sie hätte sie daheim zurückgelassen, bildete Klumpen in ihrem Hals.

Sie wollte Willi, der sich wie ein kleiner Junge an der Parade freute, nicht den Spaß verderben, doch als auch noch ein Zeppelin einschwebte, sagte sie: »Wenn du nicht böse bist, gehe ich irgendwo einen Kaffee trinken und lasse dich in Ruhe deine *Dreadnoughts* bewundern. Wir treffen uns später.«

Er schoss herum, ließ die Schiffe Schiffe sein. »Warum, Recha? Habe ich dich verärgert?«

»Nicht doch. Ich kann nur diesen Kriegsschiffen nicht viel abgewinnen. Die Segelyachten gefallen mir besser.«

»Recha«, sagte er, »ich will jeden Augenblick mit dir zusammen sein. Wenn du die Schiffe nicht sehen magst, machen wir eben etwas anderes.«

»Aber sie gefallen dir doch so gut.«

»Du gefällst mir besser«, sagte er. »Wenn du bei mir bist, zählt sonst nichts, weil es nichts gibt, das mir wichtiger ist als du.«

Sie gingen zum Einkaufen in das Kaufhaus Karstadt am Alten Markt, das zur Kieler Woche mit Segelmotiven dekoriert war. Willi bestand darauf, für Recha Geld auszugeben. Als er hörte, dass sie keinen Sonnenhut eingepackt hatte und nichts zum Baden besaß, kaufte er ihr einen tiefroten Hut mit einem riesigen Federgesteck, der schräg auf dem Kopf getragen wurde, und ein Schwimmkostüm im Matrosenstil, dessen Beine nur bis zu den Knien reichten. Die Sachen waren ein wenig zu grell, zu auffällig, aber Recha gefielen sie. Zumindest hier in Kiel, in ihrer Sommerfrische.

An der Promenade nahmen sie eine Kraftdroschke und ließen sich die Förde entlang in einen Ort namens Strande fahren, wo sich hauchfeiner weißer Sand bis ans unbefestigte Ufer erstreckte. Es war ein Idyll. Väter in komischen Badeanzügen bauten ihren Kindern Sandburgen, auf der Mole reihten sich Buden, die Zuckerwatte, Limonade und Sandspielzeug verkauften, und ein Esel mit buntem Zaumzeug wurde unaufhörlich den Strand hinauf- und hinuntergeführt, während ein Kind nach dem anderen im Sattel thronte.

Am Saum des Wassers stand eine Reihe handtuchschmaler Holzhäuser auf Rollen. Recha sah Damen, Herren, ganze Familien in voller Montur hineinstapfen und mit nackten Armen und Beinen auf der anderen Seite entsteigen, um geradewegs in die seichten Wellen zu laufen. Sie musste lachen und konnte sich kaum daran sattsehen. »So etwas sollten wir uns in Babelsberg auch anschaffen. Viel billiger als die aufwendigen Garderoberäume und kinderleicht an jeden Drehort mitzunehmen.«

Dann fiel ihr ein, dass Wolfgang von Belgien erzählt hatte, die Badehütten wären dort in allen Farben der Palette bemalt, und so wie der Sommer voranschreite, so blättere der Putz. Das Lachen erstickte ihr.

»Liebste Recha.« Willi beugte sich nieder und streifte mit den Lippen ihre Schulter. »Bitte nicht traurig sein.«

»Bin ich nicht«, beeilte sie sich, ihm zu versichern. Sah er ihr ständig zu und bemerkte jede Regung von ihr? »Ich habe nur – an Filme gedacht.«

Willi lachte und zog sie an sich. »Du bist wie ich – wir denken ständig an Filme. Weißt du, dass ich, seit wir hier sind, eine Sommerkomödie vor Augen habe, eine ganz wunderbar zarte Geschichte von Liebe, die nur einen Sommer lang dauern darf …«

»So eine hätte Wolfgang um ein Haar auch einmal gedreht«, entfuhr es Recha. »Jagusch und Hohner von der Bioscop wollten so etwas von ihm: ein mit dem Herrscher eines Fantasiereichs verlobtes Mädchen, das in seinem freien letzten Sommer bei einem Fischer eine letzte Liebe findet. Wolfgang war kurz davor, sich darauf einzulassen, weil er in Belgien hätte drehen können. Er dachte, es könnte ihn reizen, solch eine völlig farblose Geschichte gegen die Farbenpracht dieses Badeorts Ostende zu setzen, von der er sagt, sie wäre auch in Schwarz-Weiß noch leuchtend blassbunt. Letzten Endes war ihm aber sein blassbuntes Belgien zu schade für einen so läppischen Film.«

»Warum ist das ein läppischer Film?«, platzte Willi heraus. »Warum muss das eine farblose Geschichte werden? Nur weil es darin um zwei Menschen geht, die sich lieben?« Sein Gesicht war gerötet, halb von der Sonne und halb vor Zorn. »Ja, ich weiß, Wolfgangs Filme sind klug und wichtig und in ihrer Bilderwahl genial, aber soll ich dir mal was sagen? Das ist nicht genug. Ja, du hast richtig gehört, ich, der kleine Anfänger Willi Niemand, der tagsüber stumpfsinnig in einer Bank hockt, findet, die Filme des großen Wolfgang Vanselow sind nicht genug. Und weißt du auch, warum? Weil er von der Liebe keine Ahnung hat. Um einen unsterblichen Film zu machen, muss ein Mann unsterblich verliebt sein – nicht in hübsche Farben in Belgien, sondern in eine schöne Frau.«

Sie erschraken beide so sehr, dass sie auseinanderfuhren. Dann standen sie sich mit zwei Schritten Abstand gegenüber und sahen einander hilflos an. »Es tut mir leid«, brachte Willi heraus. »Ich weiß nicht, was in mich gefahren ist.«

»Es ist nicht nur deine Schuld«, sagte Recha, »sondern meine genauso. Ich sollte zurück nach Berlin fahren.«

»Nein!«, rief Willi. »Bitte fahr nicht ab, lass mir noch diese zwei Tage. Ich verspreche dir, so etwas kommt nicht wieder vor.«

»Wir sprechen nicht mehr von Wolfgang?«

»Nie mehr, das schwöre ich dir. Ich wollte sowieso von nichts sprechen, sondern mit dir in der Ostsee baden.«

»Baden?«, rief Recha entsetzt, sah an sich herunter und dann auf den Saum der Förde, wo die spärlich Bekleideten bis zu den Hüften im Wasser standen und plantschten. Sie war Schauspielerin. Aber ohne Kostüm war sie noch immer die Tochter ehrbarer jüdischer Eltern, Enkelin einer Greisin, die von einem Handkarren Gehinnom, die Schlucht des Mordens, auf ihre sündigen Nachkommen herunterbeschwor. »Ich kann nicht schwimmen«, sagte sie.

»Ach, darum mach dir keine Sorgen. Die Ostsee ist friedlich, die schwemmt dich nicht davon. Und wenn doch, dann hast du ja mich.«

Es kostete sie Überwindung, in der winzigen Kabine sämtliche Schichten geziemender Frauenkleidung abzulegen und stattdessen in die seltsame Création zu schlüpfen, in der sie sich wie eine Mischung aus Clown und Revuegirl fühlte. Als sie aus der Kabine trat, wartete Willi am Fuß der Leiter, und Recha musste lachen. Willi wusste sich zu kleiden und machte im Gesellschaftsanzug eine gute Figur. Im geringelten Badekostüm ließ sich jedoch nichts kaschieren, weder die Hühnerbrust noch die fast haarlosen Beine. In Babelsberg hatte jemand getuschelt, beim Militär sei er wegen allgemeiner Schwäche ausgemustert worden.

»Findest du mich lächerlich?«, fragte er.

Sie sah ihn sich noch einmal an und schüttelte den Kopf.

Er hielt ihr die Hand hin, und sie sprangen durch den nassen Sand ins Wasser. Es war so kalt, dass Recha aufkreischte, und gleich darauf war es herrlich. Hand in Hand liefen sie von den übrigen Badenden weg, unter dem endlosen Himmelsblau hinaus ins Meeresblau, bis es mit jeder Welle Rechas Schultern umspülte. Sie wünschte, sie hätte schwimmen können, eintauchen und einfach weitertreiben. So frei wie in diesem Augenblick hatte sie sich nie zuvor gefühlt, und flüchtig glaubte sie zu wissen, sie würde sich nie wieder so fühlen.

An diesem Abend bestellten sie sich eine leichte Mahlzeit und einen schweren Wein aufs Zimmer und aßen in Laken gewickelt auf dem Bett. Beim Ausziehen rieselte Sand aus ihren Kleidern, ihre Haut fühlte sich noch sonnenwarm an, und als es dunkel wurde, schalteten sie kein Licht ein, sondern liebten sich.

Am nächsten Tag ließen sie die Karten für die Feier zur Eröffnung des erweiterten Kaiser-Wilhelm-Kanals verfallen und fuhren wieder zum Baden nach Strande. Das Wetter war noch immer herrlich, der Himmel ohne eine Wolke. In einem Lokal des einst von Fischern bewohnten Ortes machte man ihnen ein Picknick aus geräuchertem Fisch, Salat und Käse zurecht, das sie im Sand, im Schatten eines Sonnenschirms verzehrten.

»Morgen willst du die große Regatta sehen, nicht wahr?«, fragte Recha. »Den Wirbel um den Kaiser und den britischen Admiral?«

»Ich will mit dir zusammen sein. Wenn du nicht zu der Regatta gehen willst, gehe ich auch nicht hin.«

»Ich weiß«, sagte Recha, beugte sich zu ihm und küsste seine Wange. »Aber ich komme mit dir.«

»Wirklich, Recha? Tust du das für mich? Und gehst du abends mit mir auf den Empfang? Es wird alles da sein, was Rang und Namen hat: der Kaiser, sein Bruder Prinz Heinrich, Vize-Admiral Warrender …«

»Aber wir haben keinen Rang und Namen«, sagte Recha. »Zumindest ich nicht.«

Willi zuckte mit den Schultern. »Mein Schwager ist Hoflieferant, deshalb konnte er Karten kaufen. Um ehrlich zu sein, frage ich mich bei ihm des Öfteren, wie er an das kommt, was er immer so auftreibt.«

»Du magst ihn nicht?«

»Nein, so ist es nicht.« Willi schüttelte den Kopf. »Er ist mein Schwager, und er bietet meiner Schwester und der Kleinen ein angenehmes Leben. Trotzdem kann ich mir nicht helfen, ich mache mir Sorgen um sie. Ille ist so anders, seit sie verheiratet ist – sie war früher solch ein Sonnenschein. Eins von diesen Kindern, die immer freundlich und fröhlich sind und in ihrer kleinen Traumwelt voller Märchenprinzen und Wolkenschlössern leben.«

»Wolfgang sagt, so etwas wird Mädchen eingeredet.« Die Worte waren heraus, ehe Recha sich den Mund zuhalten konnte. »Sie sollen glauben, dass eines Tages ein Prinz sie auf sein weißes Pferd holt, damit sie nicht aufstehen und um ihre Rechte kämpfen.«

»Ille ist anders«, sagte Willi. »Sie wollte nie um irgendwelche Rechte kämpfen, sondern war glücklich, wenn die Familie zusammen war und alle sich leidlich vertrugen. Meine Schwester Felice dagegen denkt vermutlich so ähnlich: Für sie ist alles, was mit der Liebe zu tun hat, Illusion und Augenwischerei.«

»Ich dachte, sie wäre verlobt.«

»Ja, das ist sie.« Willi lachte. »Der arme Moritz kann einem manchmal schon leidtun.«

»Moritz? Ich dachte, dieser Reporter hieße Quintus Quirin.«

Willi gab einen schnaufenden Laut von sich. »Ihr Verlobter ist Moritz Gantzow, ein Freund der Familie. Netter Kerl. Dieser Quirin ist wie die meisten von diesen Zeitungsfritzen: Schrecklich aufdringlich, akzeptiert kein Nein als Antwort und glaubt, er müsse immer bekommen, was er will.«

»Und du bist sicher, deine Schwester Felice sieht das genauso?«

»Ich hoffe es«, sagte Willi. »Ansonsten beginge sie eine riesige Eselei. Der Skandal um ihren Auszug ist durch die Verlobung mit Mo noch einmal abgefangen worden, aber wenn sie das verspielt, kann sie ihre Heiratschancen vergessen. Und außerdem hat Mo es wirklich nicht verdient, verletzt zu werden.«

Wer hat das schon verdient?, fragte sich Recha. *Ein Mann, der einem Mädchen die Tür in die Welt geöffnet und den Weg geebnet hat, der nur nicht in der Lage ist, ihr auf Postkarten Liebesschwüre zu schreiben und sie anzubeten?* »Deine Schwester Felice kann mich nicht leiden«, sagte sie, um nicht länger darüber nachzudenken.

»Oh nein, so kannst du das nicht sagen.« Er zog sie zu sich und küsste sie mit vom Räucherfisch glänzenden Lippen. »Sie kennt dich ja gar nicht – ansonsten würde sie dich lieben. Ihr seid euch ein bisschen ähnlich, weißt du? Auch wenn ihr in anderem wieder wie Feuer und Wasser seid.«

»Und welches bin ich?«

Er lachte und küsste sie wieder. »Das Feuer natürlich. Felice ist gegen dich ein kalter Fisch.«

»Ein Hai«, sagte Recha. »Zumindest sieht sie mich an, als würde sie im nächsten Augenblick die Zähne fletschen.«

»Ich glaube, das liegt daran, dass ich für sie immer ihr kleiner Bruder bleibe«, erwiderte Willi. »So wie Ille für mich immer meine kleine Schwester bleiben wird. Und ihrem kleinen Bruder traut sie eben nicht zu, dass er mit einer ausgewachsenen Femme fatale fertigwird. Schon gar nicht mit der schönsten von allen.«

Recha versuchte zu lachen. »So ähnlich geht es mir mit Gabriel auch. Nur wäre ich vermutlich sogar froh, wenn es in seinem Leben eine Frau gäbe – irgendeinen Menschen, der ihm helfen würde, sich wie ein gewöhnlicher Heranwachsender zu fühlen.«

»Das kommt schon noch«, sagte Willi. »Ich glaube, in Gabriels Alter waren wir alle mehr oder weniger verrückt. Wenn es dir hilft, kümmere ich mich ein bisschen um ihn, gehe mal mit ihm aus, rede mit ihm wie von Mann zu Mann.«

»Du weißt nicht, wie dankbar ich dir wäre.« Die Sorge um Gabriel saß ihr beständig im Hinterkopf. Mit Wolfgang konnte sie darüber nicht reden. Er fand Gabriel richtig, so wie er war: *»In einer Gesellschaft wie unserer sind ja wohl nicht die krank, die herausfallen, sondern die, die perfekt hineinpassen.«*

»Er hatte nie einen Freund«, sagte sie.

»Er hat jetzt einen«, sagte Willi. »Verlass dich auf mich, ich verspreche dir, dass ich Gabriel unter meine Fittiche nehme. Ich mag den kleinen Kerl gern. Zuerst natürlich, weil er dein Bruder ist, aber auch weil er mich an mich selbst in dem Alter erinnert.«

Nur warst du nicht jüdisch, durchfuhr es Recha. Dennoch berührte sie sein Versprechen. Ja, sie würde morgen mit ihm nicht nur zu der Regatta, sondern auch auf den Empfang gehen, obwohl ihr mulmig dabei war. Sie war nicht ganz unbekannt. Verschiedentlich hatten Leute sie auf der Promenade angehalten und gefragt, ob sie Recha Süßapfel sei. Gerüchte mochten nach Berlin dringen, aber selbst wenn – was machte das noch aus?

Willi wünschte sich von ihr diesen Abend, und er hatte ihn verdient. »Ich möchte mich so gern vor aller Augen mit dir zeigen«, sagte er. »Erleben, wie jeder Mann im Saal mich mit neidischen Blicken verfolgt.«

So etwas hatte sich wahrlich noch nie ein Mann von ihr gewünscht. »Ich komme gern«, sagte sie. Ein Abschiedsgeschenk.

Wenn mit dem Empfang die Festwoche endete, würden sie wie die britischen Schiffe nach Hause fahren.

23

Es war ein Morgen, um die Welt zu umarmen. Ein Himmel wie blank geputzt, ein Meer wie ein Spiegel, bunte Wimpel im Zickzack zwischen die Häusern gespannt. An hohen Masten flackerten die Fahnen des Reiches, Großbritanniens, Schleswig-Holsteins und der Stadt Kiel. Zwischen Tribünen, Restaurants und Geschäften wimmelte es von Menschen in Sommerkleidern. Kinder trieben Reifen oder ritten auf Steckenpferden, und niemand wollte sich das Spektakel auf der Förde entgehen lassen. Die *Meteor*, des Kaisers brandneue Segelyacht, hatte soeben mit ihm selbst, seinem Bruder Heinrich und den englischen Marineoffizieren an Bord zur großen Wettfahrt abgelegt, dem Höhepunkt der Kieler Woche. Admiral von Müller blieb an Bord der Motoryacht *Hohenzollern* im Hafen zurück, um den reibungslosen Ablauf der Regatta zu überwachen.

An einem Stand auf der Promenade hatte Willi zwei Postkarten gekauft, mit denen er zu Recha an den Tisch zurückkehrte: zwei brandneu gedruckte, die das kaiserliche Flaggschiff *Friedrich der Große* stolz neben der imposanten *George V.*, dem Flaggschiff des britischen II. Schlachtgeschwaders, in der Bucht der Förde zeigten.

Die Briten gefielen ihm. Nicht nur ihre *Dreadnoughts* und Kreuzer, die Meisterstücke des Schiffbaus waren, sondern ihre gesamte Haltung und Kultur. Sie waren den Deutschen ähnlich, ihnen durch Blutsbande enger verbunden als den Franzosen oder gar den Russen. Dieser Freundschaftsbesuch war ein Anfang, der auf ein Bündnis hinauslief. Natürlich durfte man davon nichts an die große Glocke hängen, um die Herren in Paris nicht aufzustören. Aus diesem Grund war auch der Erste Lord der Admiralität, Winston Churchill, nicht persönlich angereist, sondern hatte seinen Vize-Admiral George Warrender geschickt. Über kurz oder lang aber würden diese beiden Nationen – die altbewährte Weltmacht und der neue Stern am Firmament der Staaten – ihre gerade begonnene Freundschaft durch Verträge festigen.

Überdies fand Willi, dass Freundschaftsversprechen und Ehrenworte unter Männern schwerer wogen als Verträge. Für die zwei Völker, deren Repräsentanten sich hier trafen, galt das mehr als für jedes andere: So wie sich der britische Nationalcharakter durch Fairness auszeichnete, tat es der deutsche durch Treue.

Willi schob eine der Postkarten über den Tisch zu Recha. Weil ihnen das Gedränge auf der Tribüne zu wenig intim war, waren sie auf eins der Kaffeehäuser an der Promenade ausgewichen, das eine breite Sonnenterrasse bot. Von ihrem Platz hatten sie beste Sicht auf das Geschehen in der Förde. Die *Meteor* war schon weit vorangekommen, ein leuchtend weißer Flecken auf ihrem Weg zum Horizont. »Ich habe für uns beide dieselbe genommen«, sagte er zu Recha. Er hatte eine Postkarte für Ille besorgen wollen und ihr vorgeschlagen, auch für Gabriel eine mitzubringen.

»Danke, Willi.« Sie blickte von ihrem Kaffee auf und sandte ihm ihr süßes Lächeln. Diesem Lächeln, bei dem ihr Mund sich nicht spannte, sondern klein machte, und ihr Gesicht eine perfekte Herzform annahm, war er vom ersten Tag an verfallen gewesen. Für sie hatte er erwachsen werden wollen, kein Junge mehr sein, sondern ein Mann. Er hatte sein Ziel erreicht. Für Recha. Und für sie würde er auch jedes andere Ziel erreichen. Die Sorgen, die ihn gequält hatten, schmolzen vor diesem Lächeln zusammen. Der Mann an Recha Süßapfels Seite ließ sich nicht länger wie ein dummer Portokassenjüngling herumschubsen, und sobald er erst einmal mit der Faust auf den Tisch gehauen hatte, würde sich schon alles finden.

Flüchtig berührte er Rechas Hand. »Wollen wir sie rasch schreiben, ehe es spannend wird? Oben am Platz ist ein Briefkasten, da kann ich sie einwerfen, sobald wir fertig sind.«

Recha lächelte noch immer. »Wir werden schneller in Berlin sein als die Karten.«

»Das macht nichts«, sagte Willi. »Über eine Postkarte aus der Sommerfrische freut man sich doch immer.«

»Sicher hast du recht.« Sie betrachtete die Postkarte, drehte sie um, blickte dann wieder auf und lachte auf entzückend verlegene Weise. »Ich habe ja gar nichts zum Schreiben dabei.«

Willi hatte gerade seinen Füllfederhalter aufschrauben wollen und reichte ihn nun an Recha weiter. »Hier. Schreib du als Erste.«

»Bist du dir sicher?«

Er nickte, und sie versprach: »Ich schreibe nur einen kurzen Gruß.« Das tat sie, warf zwei Zeilen und ihren Namenszug auf die Karte und fügte die Adresse ihres Bruders hinzu.

»Soll ich auch einen Gruß dazusetzen?«, fragte Willi.

Recha senkte den Blick auf die Karte. »Ach nein, Willi. Lieber doch nicht. Gabriel hängt sehr an Wolfgang, er würde es vielleicht nicht mögen, wenn ein anderer Grüße auf meine Urlaubskarten schreibt. Aber das Motiv, das du ausgesucht hast, wird ihm gefallen. Er begeistert sich genauso für all dieses Kriegszeug wie du.«

»Ich wollte mit dir allein sein. Aber nächstes Jahr nehmen wir ihn mit.«

Recha sah auf das Hafenbecken, auf den hohen Bug des deutschen Flaggschiffs. »Ich weiß nicht«, sagte sie. »Damit würden wir ihm ja nur vor Augen halten, was ihm nicht offensteht. Er ist Jude, Willi. Dem beißt die Maus keinen Faden ab.«

Als er darauf keine Antwort wusste, hielt sie ihm seinen Füllhalter hin. »Danke, dass du daran gedacht hast.«

»Ich habe immer etwas zum Schreiben bei mir«, sagte er.

»Warum das?«

Er zuckte mit den Schultern. »Ich habe das schon als kleiner Junge so gemacht. Irgendwie hatte ich immer das Gefühl, ich könnte mir plötzlich etwas aufschreiben müssen.«

»Und schreibst du dir manchmal etwas auf?«

Willi lachte. »Kein Stück. Ich bin Bankier geworden, kein Dichter.«

Recha blieb ernst und ließ Willi nicht aus den Augen. »Da bin ich mir nicht so sicher«, sagte sie.

Auf ihrem Gesicht tanzten Sonnenflecken, warmer Wind zupfte Locken aus ihrer Frisur in die Stirn, und ihr Bild prägte sich ihm so fest ein, dass er sicher war, er würde es nie vergessen. Wenn sie verheiratet waren und Kinder hatten, wenn ihre Kinder erwachsen waren und ihnen Enkel brachten, wenn sie grau und altersschwach beieinandersaßen, würde er sie noch immer so vor sich sehen wie heute, wie in Kiel, im Sommer 1914. Und genau wie heute würde er nur den einen Wunsch haben: sie in seine Arme zu nehmen und ihr zu sagen, dass er der glücklichste Mann auf der Welt war.

»Ich schreibe rasch Ille, ja? Es ist schon zwei Uhr, ich denke, wir werden recht bald zu sehen bekommen, wie die *Meteor* ihren großen Sieg nach Hause fährt.« Er hielt inne. »Wenn du das aber gar nicht sehen möchtest …«

Sie legte ihre Hand über seine. »Ich möchte es sehen, keine Bange. Jetzt schreib deiner Schwester.«

Willi beugte sich über die Postkarte, schraubte den Füllhalter auf und schrieb:

Liebe Ille, liebes kleines Schwesterchen,
hier schreibt Dir Dein Bruder Willi, um Dich wissen zu lassen, dass er der glücklichste Mann auf der Welt ist. Und dass er Dir für diese Reise dankt und an Dich denkt. Du bist nie »ganz von mir vergessen« – weißt Du noch? Ich hoffe, Dir und

meinem Patentöchterchen geht es gut, und wenn ich wieder in Berlin bin, würde ich Dich recht gern mit der Zauberin bekannt machen, die Deinem Bruder so viel Glück schenkt. Pass auf Dich auf, meine kleine Ille, ich hab dich lieb. Gruß und Kuss, Dein Willi.

Als er fertig war, nahm er ihre und seine Karte hastig an sich und stand auf, um sie einzuwerfen. Sosehr er sich wünschte, Recha unentwegt seine Liebe zu erklären, es wäre ihm allzu peinlich gewesen, sie seine Zeilen an Ille lesen zu lassen.

Seine Recha! Wie sehr sein ganzes Empfinden von ihr abhängig war, brauchte sie denn doch nicht zu wissen.

Nachdem er die beiden Postkarten auf die Reise geschickt hatte, ließ er sich Zeit, den Weg zurück zum Café hinunterzuschlendern. Von der Straße aus hatte er einen noch besseren Überblick über die Förde, sah, wie die *Meteor* sich elegant in die Wende legte, und zudem konnte er über Recha nachdenken. Über das, was er ihr sagen wollte. Dass er sie liebte, wusste sie – wenn er es ihr in diesen Tagen nicht oft genug erklärt hatte, so musste sie es in der wundervollen vergangenen Nacht gespürt haben. Aber er wollte ihr auch sagen, dass diese Liebe von Dauer war, dass sie darauf zählen konnte und dass er vor aller Welt dazu stehen wollte.

Vor aller Welt und vor Wolfgang. Dass dies den endgültigen Bruch zwischen ihm und dem Regisseur bedeuten würde, war ihm bewusst, und die Probleme, die auf ihm lasteten, würden dadurch nicht einfacher zu lösen sein. Recha aber war mehr als nur einen Kampf wert, für Recha fühlte er sich dem gewachsen. Er hatte die kleine Treppe zur Promenade fast erreicht, als ein Schatten auf ihn fiel. Im Aufblicken sah er, dass die Reichsflagge, die vor dem Grandhotel flatterte, gesenkt worden war. Im selben Atemzug wurde auch die Flagge Großbritanniens auf Halbmast gezogen, gefolgt von den Flaggen Schleswig-Holsteins und der Stadt Kiel.

Willi blieb wie angewurzelt stehen. Was hatte das zu bedeuten? Es hatte doch nicht etwa einen Unfall bei der Regatta gegeben, ausgerechnet heute, an ihrem letzten strahlenden Tag, an dem er mit Recha von der Zukunft sprechen wollte? Bereits zur Eröffnung der Feierlichkeiten war ein Eindecker der Flugstaffel abgestürzt, und Willi hatte von Glück sagen können, dass die Veranstalter den Vorfall diskret zu vertuschen suchten und Recha nichts davon mitbekommen hatte. Er wollte nichts weniger, als Recha an die Tragödie von Johannisthal erinnern, an den brennenden Zeppelin und die aus leuchtendem Himmel stürzenden Toten. Damals hatte sie ihn gebraucht, und er hatte versagt, sodass sie sich in Wolfgangs Arme hatte werfen müssen. Heute aber würde er für sie da sein, was immer auch geschehen war.

Vermutlich war nur jemand an Altersschwäche gestorben, des Kaisers Tante Luise zum Beispiel, mit der er sich, nach allem, was man hörte, nie sonderlich verstanden hatte. Der Kaiser hatte sich auch mit seinen Eltern nie sonderlich verstanden, er hatte etwas von einem Rebellen, und das war einer der Gründe, weshalb Willi ihn bewunderte.

Während er seinen Weg fortsetzte, blickte er hinüber zum Hafen und sah ein Dampfboot, das vor der *Hohenzollern* beidrehte. Klein wie ein Spielzeug wirkte die Yacht aus der Ferne, noch kleiner der Mann, der an Bord genommen wurde, und das Kommando, das ihn empfing. Dennoch glaubte Willi, Admiral von Müller zu erkennen, der sich aus dem Pulk löste und dem Ankömmling entgegentrat. Auf einen Wortwechsel folgte Schweigen. Willi kam es vor, als verfolge er einen Film. Im Gehen wäre er um ein Haar mit einem Matrosen zusammengestoßen, der ihm einen Fluch nachschickte.

Als er das Café erreichte, war der Bote gerade auf sein Dampfboot zurückgekehrt, und die Strickleiter wurde eingezogen. Ohne Umschweife vollführte das Dampfboot eine Wende und nahm Fahrt auf, zerschnitt mit einem breiten Schweif aus Schaum das

Wasser. Es kehrte nicht zu seiner Anlegestelle zurück, sondern hielt Kurs auf den Horizont, geradewegs auf die Segelyachten zu, die sich ihr Rennen lieferten. Nicht auf irgendeine Yacht. Sondern auf die *Meteor*, die in Führung lag.

Im Café waren die meisten Gäste aufgesprungen und an die Brüstung der Terrasse gelaufen, um herauszufinden, was vor sich ging. Recha jedoch saß noch immer vor ihrer leeren Tasse und blätterte in einem Buch. Willi erkannte es. Das schmale Bändchen hatte er vorhin im Andenkenladen mitgenommen, es musste ihm aus der Tasche gerutscht sein. Sie blickte auf, als sie seine Schritte hörte. »Filip von Schlei«, sagte sie. »Gefällt dir das?«

»Ich kenne es gar nicht«, erwiderte Willi, der sah, wie zwei Kellner des Cafés hastig an Winde und Seilen zurrten, um die Flagge herunterzubekommen, die vorn vor der bunten Markise gehisst war. »Ich habe das Bändchen in einem Ständer neben den Postkarten gesehen und den Namen wiedererkannt. Wolfgang hat ihn neulich erwähnt.«

Schon wieder Wolfgang! Er verfolgte sie, legte sich über sie wie der Schatten, der nun, wo knatternd die Fahne sank, auch über ihren sonnigen Terrassentisch fiel.

»›Aus Preußens hartem Erz sind wir gegossen‹«, las Recha vor: »›Der Eiche Flor kränzt uns den Widerrist. Und ist dem Reich auch unser Blut geflossen – wir sterben froh, wenn es für Deutschland ist.‹«

Willi sah, wie sie die Nase krauste, und vernahm den spöttischen Ton. Zorn wallte in ihm auf, weil dieser Spott nach Wolfgang klang, nicht nach ihr. »Ich finde es nicht schlecht«, behauptete er, während Zeilen von Illes Osterhasengedicht in seinem Hinterkopf wie ein Echo schepperten.

»Das ist nicht dein Ernst«, kam es von Recha. »Einen Widerrist haben Pferde, nicht Menschen. Und dass dich das Versmaß ›Reim dich oder ich fress dich‹ vom Hocker reißt, wirst du mir ja wohl nicht erzählen wollen.«

»Darauf kommt es nicht an«, erwiderte Willi. »Du machst denselben Fehler wie Wolfgang, gehst an Kunst wie mein Lateinlehrer an eine Übersetzung, als käme es nur darauf an, jeden Ablativus absolutus korrekt zu markieren, und nicht darauf, das große Ganze zu begreifen. Aber den meisten Leuten ist der Ablativus absolutus egal, sie wissen nicht mal, was das ist.«

»Ich auch nicht«, sagte Recha.

»Da siehst du's. Und hast du deshalb vielleicht keine Gefühle? Das ist es nämlich: Dieser Filip von Schlei drückt ein Gefühl aus, in dem viele Deutsche sich wiedererkennen. Da kommt es auf den einen oder anderen holpernden Reim nicht an.«

»Dann wirft der Herr bei mir seine Perlen vor die Säue«, erwiderte Recha. »Ich bin ja auch keine Deutsche, für mich ist das hehre Dichtwerk gar nicht gedacht.«

»Weshalb solltest du keine Deutsche sein?«

»Weil meine Familie aus einem Dorf namens Izdebnik in Galizien stammt«, versetzte sie. »Und weißt du was? Wenn ich dieses Zeug hier lese, bin ich darauf stolz.«

»Recha …« Das durfte nicht sein! Sie hatten die Tage in vollendeter Harmonie verbracht wie zwei Hälften derselben Seele. Sie durften nicht jetzt streiten, wo es nach Hause ging, wo sie die Kraft ihrer Liebe brauchten, um für ihre Zukunft zu kämpfen.

»Wenn du dich in diesen Gefühlen vom frohen Sterben erkennst, hast du noch niemanden sterben sehen«, sagte sie.

»Nein, habe ich nicht«, sagte er. »Du etwa?«

»Ja«, antwortete sie und klang fremd. »Meine Großmutter. Sie hat den Verstand verloren, weil sie glaubte, Berlin sei Gehinnom.«

»Berlin sei was?«

»Gehinnom. Eine Art jüdischer Hölle, eine Schlucht, in der Judenkinder dem Götzen Moloch zum Opfer gebracht und verbrannt werden. Ein Ort der Bestrafung.«

»Du liebe Güte.«

»Meine Großmutter hat sich mit ihrer Stopfnadel die Pulsadern aufgestochen. Ihr Blut ist nicht für das Reich geflossen, sondern über das Parkett, das dem Vermieter gehörte. Gabriel und ich haben sie gefunden. Als der Arzt kam, hat er gesagt, sie hätte nicht sterben müssen, aber ich war sieben und Gabriel war zwei, wir wussten nicht, was zu tun war.«

»Mein Gott, Recha.« Er streckte die Hand aus und wagte doch nicht, sie zu berühren. »Das ist schauderhaft. Es tut mir so leid.«

»Nein, hör auf«, sagte sie kalt und ruhig. »Ich habe das noch nie jemandem erzählt, und ich weiß nicht, warum ich es dir erzähle. Oder warum ich mich über diesen Dichterfürsten aufrege.« Sie gab dem Buch einen Stoß und ließ es über den Tisch schlittern. »Wenn es dir gefällt, warum sollst du nicht damit selig werden?«

Es gefällt mir gar nicht, wollte er sagen, ihr versichern, dass er nur gegen den Wolfgang-Ton in ihrer Stimme aufbegehrt hatte, die miesen Verse aber so albern fand wie sie. Wind blätterte die Seiten auf. »Filip Graf von Schlei war ein deutscher Dichter und Offizier der preußischen Kavallerie, der im Alter von erst dreißig Jahren auf tragische Weise ums Leben kam«, las er, ohne es zu wollen. Damit war die Chance, die Sache mit Recha zu bereinigen, verflogen, denn es entstand eine Aufregung, die alles andere auslöschte.

Die Leute an der Brüstung gerieten in Bewegung, neue drängten hinzu, und die Ausflügler, die auf der Promenade umherflaniert waren, strömten zum Kai. Alles redete aufeinander ein, jemand packte einen der Kellner beim Arm und überschüttete ihn mit Fragen, andere wiesen hinaus auf die Förde. Dort war die *Meteor*, der der Sieg praktisch sicher gewesen war, zum Halt gekommen, damit das Dampfboot sich an ihre Seite manövrieren und einen Mann an Bord entsenden konnte. Denselben Mann, der bereits Admiral von Müller unterrichtet hatte, vermutete Willi.

Unterrichtet von was?

»Was ist denn los?«, fragte Recha, die bisher nichts mitbekommen hatte.

»Ich mache mich kundig«, versprach Willi und eilte los. Er war froh, etwas Nützliches zu tun zu bekommen, und an der von Soldaten des Seebataillons bewachten Hafeneinfahrt würde er gewiss eine Auskunft erhalten. Das Dampfboot hatte inzwischen beigedreht und die Rückfahrt angetreten. Aber die *Meteor* setzte ihren Kurs nicht fort, sondern drehte ebenfalls bei und steuerte den Hafen an.

Auf seine Idee waren offenbar andere vor ihm gekommen. Als er die Einfahrt erreichte, umringte die Wachsoldaten bereits eine Menschentraube. Die bunten Hüte und Tücher wirkten auf einmal grotesk. Dass dies kein Ort sommerlicher Fröhlichkeit mehr war, stand auf einen Schlag fest.

»Was ist denn los, warum wird die Regatta abgebrochen?«

»Ist der Kaiser wohlauf?«

»Machen die Engländer Ärger?«

Laut wirbelten Rufe durch die Luft, und leise, hinter vorgehaltenen Händen, kamen Antworten zurück. Es war wie Stille-Post-Spielen. Eine Frau mit einem Früchtearrangement auf dem Hut und dazu passendem Sonnenschirm gab die Nachricht schließlich an Willi weiter: »Das muss man sich mal vorstellen: Der Franz Ferdinand ist auf offener Straße erschossen worden. Regelrecht von Kugeln zerfetzt, heißt's, in Sarajevo, in einer dieser wilden Ecken vom Balkan. Und seine Frau, das arme Geschöpf, die hat's auch erwischt.«

»Erzherzog Franz Ferdinand? Österreichs Thronfolger?« Wie bei der Stillen Post musste es einen Übertragungsfehler gegeben haben, ein Missverständnis, das sich aufklären würde.

Der Gatte der Früchtefrau drehte sich ebenfalls um. »Das ist doch kein Wunder«, wetterte er. »Wer so dumm und arrogant ist, am höchsten serbischen Feiertag auf Staatsbesuch nach Sarajevo zu fahren, der hat's nicht besser verdient. Und wer hat jetzt den Salat? Wieder einmal wir Deutschen. Wenn es eine Vergeltungsaktion gegen Serbien gibt, tritt der Russe auf den Plan, und wir sind ja dem Österreicher im Wort, ob's uns gefällt oder nicht.«

Willi schwirrte der Kopf. Die Zusammenhänge, die der Mann ihm vor die Füße rotzte, waren ihm vage – wie ein blasses Skelett ohne Fleisch – im Gedächtnis: Das bockige kleine Serbien, das den gesamten Balkan in Aufruhr hielt, feierte heute das Gedenken an irgendeine tausend Jahre zurückliegende Schlacht, und der Erbe des österreichischen Kaiserthrons hatte sich trotzdem nicht davon abhalten lassen, zu einem Besuch nach Sarajevo zu reisen, nach Bosnien, das die Serben beanspruchten. Wenn er tatsächlich dabei einem Anschlag zum Opfer gefallen war, würde Österreich reagieren müssen. Willi glaubte eine Europakarte vor sich zu sehen, auf der die Mächte standen wie Dominosteine, die einer nach dem anderen umfielen.

Er hätte darüber nachdenken müssen, doch viel stärker durchfuhr ihn ein anderer Gedanke: *Recha.* Er musste zu ihr, sie sollte die Nachricht von ihm und keinem anderen erhalten. In wilder Hast jagte er zurück zum Café, wobei er Haken um Knäuel von Menschen schlug. Das eben noch so heitere Hafenviertel schien sich im Chaos aufzulösen. Als er die Terrasse erreichte, traf ihn Rechas Blick über alle Tische hinweg. Sie stand auf, kam zu ihm und umarmte ihn mit den Augen. »Willi, es tut mir so leid.«

»Was tut dir leid?«

»Der Besitzer war eben hier und hat es bekannt gegeben. Das Café schließt, und es wird davon ausgegangen, dass der Kaiser alle Feierlichkeiten abbrechen lässt. Aus Pietät. Es hat ein Attentat gegeben, in Bosnien, wie Wolfgang es seit Jahren vorausgesagt –«

»Das weiß ich«, fiel Willi ihr ins Wort.

»Du hast dich so sehr darauf gefreut – auf die Regatta, den Empfang, doch wie es aussieht, wird nun nichts stattfinden.«

»Das macht nichts«, sagte Willi. »Du bist bei mir, dann ist alles andere nicht so tragisch.«

Die Leute begannen, das Café zu verlassen, schoben sich an Willi und Recha vorbei, die im Weg standen und sich unentwegt in die Augen sahen. Rechas Augen waren unglaublich schön.

»Ich habe mir gedacht, ich fahre besser heute noch zurück«, sagte sie. »Es ist nun einmal geschehen, es kommt mir vor wie ein Zeichen.«

»Dass der österreichische Thronfolger in Sarajevo erschossen worden ist? Aber warum denn, Recha, das hat doch mit uns nicht zu tun!«

»Hat es nicht? Wolfgang sagt, es hängt alles zusammen und die Staaten Europas haben ihre Fässer bis zum Rand mit Pulver vollgestopft. Die warten nur noch auf den Funken, der die Lunte zündet. Auf dem Balkan. Wolfgang hat immer gesagt, er wettet darauf, dass es auf dem Balkan geschieht.«

»Jetzt beruhige dich erst mal«, sagte Willi, obwohl Recha geradezu unnatürlich ruhig erschien. »Wenn wir hier nichts mehr bekommen, lass uns ins Hotel fahren, etwas trinken und vernünftig über alles sprechen. Ja, dieser Vorfall ist bitter, man wird die Schuldigen zur Verantwortung ziehen müssen, und wenn tatsächlich die serbische Regierung ihre Finger in der Sache hat, sind ernsthafte Konsequenzen unvermeidlich. Aber das Gerede von Pulver und Lunten ist unnötige Dramatisierung.«

»Das tut Wolfgang nie«, sagte Recha. »Er dramatisiert nichts, das ist nicht seine Art.«

»Wolfgang weiß auch nicht alles. Wenn es um Politik geht, bläst er meist nur Parolen vor sich her, die klingen, als hätte er sie aus einer dieser radikalen Zeitungen.«

»Ich weiß nicht, was du eine radikale Zeitung nennst«, sagte Recha. »Wolfgang liest den *Vorwärts.* Aber er ist kein Parteimitglied, und er regt sich über Artikel im *Vorwärts* genauso auf wie über die in jeder anderen Zeitschrift. Wolfgang kannst du in keine Schublade stecken. Er vertritt nur seine eigene Meinung – deshalb eckt er ja überall an.«

»Wolfgang, Wolfgang, Wolfgang!«, brach es aus Willi heraus. »Allmählich kann ich schon den Namen nicht mehr hören. Hier geht es doch gar nicht um Wolfgang, hier geht es auch nicht um den österreichischen Thronfolger, sondern um uns! Um unsere Zukunft, Recha. Ich weiß, wir müssen Geduld haben, weil ich auf dem Papier noch nicht volljährig bin und in der Bank nach wie vor mit Almosen abgespeist werde. Aber es sind nur noch ein paar Monate. Ich möchte nicht abreisen, ehe wir darüber gesprochen haben, wie es für uns weitergeht.«

»Wie es *für uns* weitergeht?« Sie sah ihn noch immer an, der Wind zerrte Locken aus ihrer Frisur, und die letzten Gäste eilten an ihnen vorbei. »Für uns geht es gar nicht weiter, das wussten wir doch von Anfang an. Ich bin dir dankbar für diese Tage, Willi, sie haben mir Kraft gegeben, und ich würde unsere Freundschaft gern fortsetzen. Wenn du aber Wolfgang davon ausschließt, ist das nicht möglich. Wolfgang ist mein Mann.«

»Das ist Unsinn!«, rief Willi, ohne sich um die Köpfe zu scheren, die sich zu ihnen drehten. »Wolfgang wird dich im Leben nicht heiraten, er findet die Ehe ist eine spießbürgerliche Institution, die den Geist und die Kreativität erstickt. Und du willst ihn doch auch gar nicht heiraten! Du liebst ihn nicht, hast vielleicht einmal für ihn geschwärmt, weil er so viel älter und erfahrener ist, aber das ist jetzt vorbei. Du kannst auf mich bauen, Recha. Ich liebe dich, und ich werde dir ein Leben bieten. Ein richtiges.«

»Du willst mir ein Leben bieten?«, fragte sie, als hätte sie nicht ganz verstanden, was er gesagt hatte. »Aber ich habe doch schon eines. Ein anderes gibt es für mich nicht. Ich gehöre zu Wolfgang, das stand nie zur Diskussion.«

»Ich muss Sie jetzt bitten, unser Lokal zu verlassen.« Ein Herr im Frack, wohl der Besitzer, trat vor sie hin, und Willi bemerkte, dass sie die Letzten auf der Terrasse waren. »Ich bedaure, aber in

Anbetracht der bestürzenden Umstände …« Der Mann drehte die Hände und zeigte ihnen die leeren Handflächen.

»Selbstverständlich«, sagte Recha. »Das alles ist ja nicht Ihre Schuld.« Sie ging los und zog Willi mit sich.

Auch er wollte das Café so schnell wie möglich verlassen, aber seine Glieder fühlten sich an wie mit Blei gefüllt. Er stolperte hinter ihr her, fort vom Festgelände und in die erste Pferdedroschke, die vorn am Platz auf Fahrgäste wartete. Sie redeten erst wieder, als sie das Hotel erreicht hatten, ihre Suite, wo Recha auf der Stelle begann, ihre Kleider und Habseligkeiten in die unförmige Tasche zu packen, mit der sie gekommen war. Das Zimmer, das ihm gerade noch wie ein Zuhause erschienen war, in dem er als Hausherr regierte, wirkte im Nu nackt, kalt und fremd.

»Recha, hör doch damit auf, und komm zu mir. In meine Arme. Was immer ich getan habe, um dich zu verärgern, ich nehme es zurück und bitte dich um Entschuldigung. Ja, du hast recht, was ich über Wolfgang gesagt habe, war nicht in Ordnung, und es ehrt dich, dass du auf ihn nichts kommen lassen willst. Schließlich hat er für dich viel getan, er hat für uns beide viel getan, und ich würde mir wünschen, dass er unser Freund bleibt, aber …«

Recha hielt im Packen inne, wandte aber nur den Kopf nach ihm. »Wolfgang ist der feinste Mensch, den ich kenne«, sagte sie. »Und der Einzige, zu dem ich gehöre, ob amtlich beurkundet oder nicht. Wenn ich den Eindruck vermittelt habe, ich würde mein Leben mit Wolfgang infrage stellen, tut es mir leid. Ich hätte auf diese Reise nicht mitkommen dürfen, ich habe mich dir gegenüber nicht richtig verhalten, aber ich kann die Zeit nicht zurückdrehen.«

Sie schloss die Schnallen der Tasche, und ihm fiel nichts ein, als zu jammern, zu betteln, sie anzuflehen. Er wollte sie an sich ziehen, sie in seinen Armen zum Zerfließen bringen, wie es ihm in diesen Tagen gelungen war, sobald er sie nur berührt hatte. Er hatte es doch gespürt, sie sehnte sich nach ihm wie er sich nach ihr. Sie gehörten zusammen, ihre Körper durchlebten höchste Glücksgefühle, weil ihre Herzen glücklich waren.

Nichts, aber auch gar nichts, was er im Zusammensein mit Otti empfunden hatte, kam diesem Rausch des Glücks auch nur nahe.

Recha aber befreite sich. »Ich werde nach unten an den Empfang gehen und mir den nächsten Zug nach Berlin heraussuchen lassen«, sagte sie.

»Recha, nein!« Ihm schwammen die Felle davon. Mit jedem Schritt, den sie auf die Tür zusetzte, zerrann sein Glück, und die drückenden Sorgen, die er doch abgeschüttelt hatte, stürzten über ihn her. Wie eine Woge. Er aber lag flach auf dem Strand, von keinem Wellenbrecher geschützt.

»Das kannst du nicht machen!«, schrie er, als sie die Hand nach der Klinke streckte. »Was glaubt ihr eigentlich alle, wer ich bin – euer dummer August, der für euch die Kastanien aus dem Feuer holt? Ich habe in der Bank meinen Hals riskiert, um Wolfgang das Geld für seinen verdammten Film, der keinen Pfennig einspielt, zu verschaffen. Glaubst du etwa im Ernst, mein Onkel hätte für solch einen Leichtsinn die Zustimmung erteilt? Außerdem wäre es längst nicht nur mein Onkel gewesen, der die Dokumente hätte zeichnen müssen, sondern obendrein mein Schwager, der sich praktisch die ganze Bank unter den Nagel gerissen hat. Der hat nichts übrig für Filme. Der will auf Rüstung setzen, nicht auf Kunst.«

Recha ließ die Klinke los und drehte sich um. »Was willst du damit sagen? Dass deine Verwandten überhaupt nichts von dem Kredit wissen, den ihre Bank uns eingeräumt hat? Dass du die Sache an ihnen vorbeigemogelt hast?«

»Was heißt denn ›vorbeigemogelt‹?«, rief Willi. »Habe ich etwa kein Recht, Kredite zu vergeben, bin ich vielleicht nicht der Erbe? Und ich war ja sicher, der Film würde die Summe locker einspielen, das Geld im Handumdrehen wieder in der Kasse sein.«

Er hatte es getan, um Recha zu beweisen, dass er ein Mann war, dass er mit Wolfgang Vanselow mithalten konnte. Dass das mit ihr und Wolfgang nur mehr platonisch war und aufs Ende hinlief, bemerkte ein Blinder. Willi hatte zur Stelle sein wollen, ihr zeigen, dass er ihr trotz seiner Jugend ein reifer, erwachsener Gefährte sein würde.

Drei Tage lang war er überzeugt gewesen, das Spiel gewonnen zu haben, doch er hatte sich auf grausame Weise getäuscht.

»Das tut mir alles sehr leid, Willi«, sagte sie. »Du hättest dich zu so etwas nicht hinreißen lassen dürfen, aber das nützt ja jetzt nichts mehr. Sobald ich in Berlin bin, werde ich dafür sorgen, dass du dein Geld bekommst, mach dir darum keine Sorgen. Auf Wiedersehen. Vielen Dank für alles. Ach – und hier ist dein Buch, das du im Café vergessen hast.«

Sie setzte noch einmal drei Schritte zurück in den Raum und legte den dünnen Gedichtband auf das Tischchen, auf dem in einer Vase Rosen welkten. Filip von Schlei. Dichter und Offizier. Auf tragische Weise verstorben mit erst dreißig Jahren.

Recha nickte ihm zu, dann drehte sie sich um und verließ den Raum.

Willi wollte aufschreien, doch aus seiner Kehle kam nur ein Winseln. Er fiel aufs Bett, fühlte sich, als wäre er wie der Erzherzog Franz Ferdinand von Kugeln getroffen und zerfetzt worden. Das vermaledeite Buch schlug auf, als wolle es ihn verhöhnen:

So wie die Glut der Esse Schwerter schmiedet,
So ist's die Glut des Krieges, die den Mann erschafft.
Und holde Frauenliebe krönt den Krieger,
Weil sie sich weidet an der kampfgestählten Kraft.

Diesem dichtenden Offizier fehlte tatsächlich jedes Gespür für sprachliche Feinheit und Finesse. Aber unter seinem grob gezimmerten Geklapper verriet er, dass er etwas von einer Welt verstand, die Willi wie ein Buch mit sieben unzerbrechlichen Siegeln schien: die Welt der Frauen.

Für Recha war er kein Mann. Seinen Coup mit dem Kredit, den er für eine Heldentat gehalten hatte, tat sie ab wie einen Jungenstreich, den sie in Ordnung bringen musste.

Er würde andere Heldentaten begehen müssen, um sich ihr zu beweisen.

Ganz andere.

24

Juli

Felice lag auf dem Rücken und spürte die Grashalme, die ihr in den Rücken stachen. Über der nahen Wasserfläche schwirrten Mückenschwärme, und die Sonne, die mit ungemilderter Kraft vom Himmel prallte, würde ihr die Nase verbrennen. Nie hatte sie gedacht, sie könne diesen Tête-à-Têtes mit der freien Natur etwas abgewinnen, denn die Familienausflüge, zu denen das damals noch vorhandene Hausmädchen ihnen Warmhalteschüsseln hinterdreingeschleppt hatte, hatte sie gehasst.

Auch zu den Treffen am Spreeufer hätte sie sich nicht bereit erklärt, hätte sich das erste nicht zufällig ergeben, weil Quintus im Zeitungsviertel arbeitete und auch sie gelegentlich zur Recherche dort war. An jenem Tag waren sie beide ausgehungert und halb verdurstet wie Raubtiere nach der Jagd gewesen. In dieser Hinsicht waren sie von einer Art: Nahm ihre Arbeit Fahrt auf, so vergaßen sie alles um sich, auch das, was ihre Körper verlangten. Zu Tode erschöpft hatten sie nicht mehr als ein paar Schritte zum nächsten Restaurant laufen wollen, doch in der quirligen Friedrichstadt war alles überfüllt.

Sie hätten sich irgendwo dazuzwängen können, einen Tisch mit Quintus' Kollegen teilen, doch das wollten weder er noch sie.

Die nächste Straßenecke nahm ein Kolonialwarenladen ein. »Warum besorge ich uns da vorn nicht rasch ein bisschen Aufschnitt, Brot und was man sonst so braucht?«, hatte Quintus vorgeschlagen. »Mein Magen hängt mir in den Kniekehlen, und mein Herz hängt sich dazu, wenn es nicht bald mit dir allein sein darf. Es ist Mai, es ist sonnig, und in höchstens drei Minuten sind wir an der Spree – was sagst du zu dem Vorschlag, Schöne?«

Felice, der es nicht anders ergangen war als ihm, hatte zumindest nichts dagegen gesagt. Er war in den Laden gegangen und kurz darauf mit einem Korb, aus dem der Hals einer Weinflasche ragte, wieder herausgekommen. Am sacht abfallenden, grasbewachsenen Spreeufer hatte er ihr sein Jackett zum Sitzen ausgebreitet und auf einem Brett, das die Verkäuferin ihm angeblich zum Einkauf dazu geschenkt hatte, in Würfel geschnittene Speisen serviert. Käse, Hartwurst, Spreegurken. Weißer Frankenwein, mit Zitrone aufgewertet. Dazwischen Küsse. So hatte es angefangen mit ihnen beiden und der Spree.

Käfer, die ihr über den Hals krabbelten, und Wespen, die im Wein ertranken, mochte Felice noch immer nicht sonderlich. Aber sie mochte ihren Platz am Flussufer. Mit Quintus. Im Sommer 1914.

Er hatte sein Versprechen gehalten. Den Vorbereitungsdienst hatte er ihr nicht bieten können, selbst sie musste einsehen, dass er weniger seine als ihre Stellung gefährdete, wenn er sich deswegen aus dem Fenster hängte. Stattdessen hatte er sie zu maßgeblichen Gerichtsverhandlungen des Reiches mitgenommen, wann immer es möglich war. Er war Reporter, und sein Redakteur, der ihm aus der Hand fraß, finanzierte ihm auf Reisen eine Sekretärin. Die war sie, Felice. Es tat weh, sich für jeden Schritt, der sie auf ihrem Feld vorwärtsbrachte, degradieren und demütigen zu lassen, zumal sie für die zur Verhandlung stehenden Rechtsfälle besser qualifiziert war als Quintus. Aber es war ja nicht er, der sie degradierte und demütigte, es war die Welt, in der sie lebten. Was Quintus betraf, so zweifelte er ihr Wissen nie an, sondern wusste es zu schätzen und machte davon Gebrauch.

Der erste jener Fälle war der des polnischen Grafen gewesen, Mathias von Brudzewo-Mielzynski, der seine Frau und deren jungen Geliebten erschossen hatte und dafür freigesprochen worden war. Felice hatte es nicht fassen können, doch das aus Männern bestehende Gericht befand, man könne dem armen Grafen seine Tat nicht übel nehmen. Schließlich habe die Frau ihm Hörner aufgesetzt, noch dazu unter seinem eigenen Dach. Sollte ein Mann sich das vielleicht gefallen lassen?

»Wenn gleiches Recht nicht für alle gilt, wenn es ausgelegt werden kann, wie es denen passt, die am Ruder sitzen, dann ist es nichts wert«, hatte Felice gewettert, sobald sie mit Quintus allein war, in der trüben Gaststube des Hotels, in dem sie zwei Zimmer bewohnten. »Recht muss sein wie Stahl. Nicht zu beugen.«

»Ist es dann noch menschlich?«, fragte Quintus.

»Dann ist es so, dass Menschen sich daran festhalten können«, hatte Felice erwidert. »Alle Menschen. Nicht nur die, die ohnehin niemand anzurühren wagt.«

Er hatte sich über die Tassen mit unappetitlicher Tomatensuppe und die Gläser mit zu süßem Weißwein zu ihr gebeugt und sie geküsst. »Alle Achtung, Schöne. Langsam scheint mir, du wirst vor Gericht nicht zugelassen, weil dein Gegner nach deinem Plädoyer kein Bein mehr auf den Boden bekäme.«

Stolz fuhr ihr in die Kehle wie ein warmer Schwall. Sie wollte es ihm nicht zeigen. »Musst du mich so nennen: ›Schöne‹? Kannst du nicht einfach Felice sagen?«

»Mit Verlaub, meine Schöne, das kann ich nicht«, sagte er. »Ich könnte es mir zwar vornehmen, aber wenn ich dich anschaue, vergesse ich es ja doch wieder.«

Er nahm sie ernst, wenn er mit ihr sprach. Und er brachte sie zum Lachen. Sie stritten sich ständig, weil er es liebte, sie herauszufordern, und wenn sie stritten, flogen die Fetzen, weil sie beide leidenschaftlich für das eintraten, was sie überzeugte. Felice genoss es. Einen solchen Sparringpartner, an dem sie sich die Zähne wetzen und ausbeißen konnte, hatte sie nie gehabt. Über Mielzynski diskutierten sie noch oft:

»Die mildernden Umstände, die der Richter eingeräumt hat, lässt du also nicht gelten?«

»Er war nicht betrunken, und er ist nicht geisteskrank. Dass sie ihn gedemütigt hat – das soll ein mildernder Umstand sein?«

»Ist es keiner?«

Sie hatten sich einen Film angesehen, weil Willi irgendetwas mit dessen Produktion zu tun hatte, *Und niemand mehr auf der Welt,* der Felice, die sich im Kino sonst langweilte, wider Erwarten gefallen hatte. »Dieser Mann Woyzeck«, sagte sie zu Quintus, »der kann solch einen mildernden Umstand geltend machen.« Es fiel ihr nicht leicht, das auszusprechen. Die unsägliche Gewalt, mit der Woyzeck das Mädchen in die Finsternis des Waldes gezerrt und mit seinem Messer geradezu zerfleischt hatte, saß ihr wie eine Nadel im Hirn. Sie wusste, sie würde davon träumen, und der blonde Offizier ohne Gesicht würde sich im Traum zu Tode bluten wie das Mädchen Marie.

Dennoch zwang sie sich weiterzusprechen: »Er ist unaufhörlich gedemütigt worden, und er hatte keine Möglichkeit zu entkommen. Dein Graf dagegen hat Geld und Verbindungen, mehrere Wohnungen und einen Sitz im Reichstag. Er hätte die Frau, die ihm wehtat, einfach verlassen können.«

»Er ist nicht mein Graf«, hatte Quintus gesagt.

»Doch das ist er – du verteidigst ihn.«

»Nur, weil meine schöne Staatsanwältin sonst keinen ebenbürtigen Gegner hätte.«

»Du und mir ebenbürtig? Wenn mir die Gesellschaft keine Knüppel zwischen die Beine werfen würde, hätte ich dich Schmierenreporter längst an die Wand gespielt.«

Sie hatte gelacht, ihn bei den Schultern gepackt, und im Handumdrehen waren sie miteinander verkeilt, was oben in den Straßen für einen Skandal gesorgt hätte, und kugelten den Uferhang hinunter bis vor den Saum des Flusses. Felice hatte ihr blaues Kleid getragen und Quintus eine helle, fast weiße Hose.

Die Grasflecke, die ihr Kleid abbekommen hatte, ließen sich nicht mehr herauswaschen, und der Gedanke an ähnliche Flecke auf seiner Hose machte ihr ein Kribbeln im Bauch, das sie nicht kannte. So wie sie vieles in diesem Sommer mit Quintus nicht kanntc, als hättc sic hinter einer Wand gelebt.

Es war schön. Es lenkte sie von Dingen ab, um die sie sich hätte kümmern müssen, und es gab ihr Kraft. So wie es ihr als Kind Kraft gegeben hatte, wenn sie einen Tag mit Onkel Werner bei Poetge und die Nacht in Oma Herthas Zufluchtsort hatte verbringen dürfen und in sich dieses Aufatmen verspürt hatte, das Glück hieß und stark machte. An den Tagen mit Quintus erschien ihr ihre Zukunft nicht mehr so sorgenvoll. Etwas von seiner Zuversicht ging auf sie über, und zudem entdeckte sie eine Seite an sich, der jede Zukunft egal war, weil sie sich mit aller Gier auf die Gegenwart stürzte.

Dass sie von ihm abhängig blieb, dass er es war, der beruflich von Erfolg zu Erfolg schwebte, während sie am Boden hocken blieb, war schwierig, aber Quintus tat sein Bestes, um es sie vergessen zu lassen. Nie nahm er seine Arbeit wichtiger als ihre, nie verlangte er, dass sie ihren Zeitplan nach seinem ausrichtete, sondern er passte sich so oft wie möglich ihren Bedingungen an. Sie waren nicht ebenbürtig, aber er ließ es sie nicht spüren. Bis zu dem Tag, an dem der österreichische Thronfolger Franz Ferdinand und seine Frau in Sarajevo erschossen worden waren.

In seiner Redaktion war die Hölle los gewesen. Eine abendliche Verabredung im *Babylon* hatte er nicht einhalten können, und Felice war ihm nicht böse gewesen. Die ganze Stadt war ja in Aufruhr, ein Extrablatt jagte das andere, und an jeder Straßenecke redeten Leute sich die Köpfe heiß. Auch als er in den folgenden Tagen hatte verreisen müssen – erst nach Wien, dann sogar nach Paris und Brüssel –, hatte Felice Verständnis gezeigt. Er musste eben vor Ort sein, es war ein Tanz um den Schlund des Vulkans, wie es ihn nie zuvor gegeben hatte, und eine Spekulation jagte die nächste: Der Mörder des österreichischen Thronfolgers war ein bosnischer Serbe namens Gavrilo Princip, offenbar Angehöriger eines serbischen Geheimbunds und – so mutmaßten die Zeitungen in aller Offenheit – von der serbischen Regierung unterstützt.

Die Nationalisten in dem kleinen Staat verlangten die Vereinigung aller Serben, befreit von österreichischer Fremdherrschaft. War die Forderung berechtigt? Felice kannte sich nicht gut genug aus, doch dass auch ein Zwerg, der gegen einen Riesen auftrat, Gehör erhielt, entsprach ihrem Rechtsbewusstsein. So wie es ihrem Rechtsbewusstsein entsprochen hätte, dass dem erst neunzehnjährigen Mörder Princip ein fairer Prozess gemacht wurde. Darauf, dass man ihm als Angehörigen eines gedemütigten Volkes mildernde Umstände zuerkannte wie einem gehörnten Ehemann mit Grafentitel, durfte der minderjährige Nationalist, der noch am Tatort verhaftet worden war, sich jedoch kaum Hoffnungen machen.

Wenn Österreich die Serben mit Krieg bedrohte, würde das Russland auf den Plan rufen, und hinter Russland standen Frankreich und Großbritannien. Das Deutsche Reich hingegen musste es naturgemäß mit Österreich-Ungarn halten, und Behauptungen zufolge hatte der Kaiser dem Hof in Wien seine bedingungslose Unterstützung bereits zugesagt.

Mit jedem Tag sickerte es tiefer ins Bewusstsein, dass der Krieg, von dem so lange geredet worden war, den die einen herbeibeschworen, während die anderen in düsteren Worten vor ihm warnten, jetzt tatsächlich vor der Tür stand. Aber was geschah, wenn die Nationen ihn einließen? Was war das, Krieg? Felice sah sich am Hundekehlesee ihr Spielzeugschwert schwingen, und es beschlich sie das seltsame Gefühl, erst jetzt ginge ihre Kindheit vorbei, und zwar ohne dass sie darauf vorbereitet war.

Quintus saß an der Quelle, er bekam hautnah und im Detail jede neue Entwicklung mit. Felice dagegen ließ sich am Strand der Spree von Mücken zerstechen und wartete darauf, dass der viel beschäftigte Reporter einen Augenblick Zeit fand und sie ebenfalls ins Bild setzte. Anfangs tat er das zumindest noch mit einiger Regelmäßigkeit. Von seiner Reise berichtete er ihr, der französische Sozialist und Friedenskämpfer Jean Jaurès sei ins neutrale Belgien gereist, um sich dort mit Hugo Haase, einem sozialistischen Abgeordneten des Reichstags, zu treffen und einen Vermittlungsplan zwischen ihren beiden Ländern zu erarbeiten. »Dieser Jaurès ist so feurig in seinem Hass auf den Krieg wie Moltke in seiner Liebe dazu«, hatte er ihr erzählt.

Er war selbst feurig, schlampiger gekleidet denn je, die Wangen gerötet, die Sehnen gespannt. Jede Faser seines Körpers vibrierte wie bei einem Pferd auf der Galopprennbahn Hoppegarten vor dem Start. »Glaubt man Jaurès und Haase, dann müssen wir den Krieg um jeden Preis verhindern, hört man auf Generalstabschef Moltke, dann ist Krieg das einzige Mittel, das uns bleibt, und je eher wir hineingehen, desto besser. Hugo Haase erklärt, seine Partei würde im Reichstag keinen Kredit für einen Krieg bewilligen, Moltke dagegen, im Kriegsfall müsse der Kaiser eben ohne Reichstag regieren. Und wer hat nun recht? Wer setzt sich durch? Verflucht spannend, das Ganze.«

Das war es für ihn: ein spannendes großes Spiel, das größte seines Lebens und zugleich eine einzigartige Chance. Man sah ihm an, wie sehr er jeden Augenblick genoss. Felice fand ihn in seiner Erregung höchst anziehend, doch das steigerte noch den Zorn, der in ihr schwelte. Er war mittendrin. Sie blieb außen vor. Die ewige Ungerechtigkeit. Dass er nichts dafürkonnte, machte nichts besser. Er gehörte zu denen, die nichts dagegen taten.

Hinzu kam, dass ihre Arbeitsmenge zusammenschrumpfte. Quintus bearbeitete kaum noch Fälle, redete sich auf einen langwierigen Erbstreit heraus, und Robert Quirin, seinem Onkel, schlug die Aufregung aufs Gemüt. Er legte sich krank ins Bett, und Felice bekam kein neues Material mehr. Sie hatte auf einmal Zeit und hätte tun können, wozu sie sich seit Langem verpflichtet fühlte: Ille besuchen, die schon wieder ein Kind erwartete und ständig krank war. Sich um Mo kümmern, der ihr wie ein Stein auf dem Gewissen lag. Mit Willi Kontakt aufnehmen, der sich seit Wochen nicht mehr im *Babylon* hatte blicken lassen. Sie nahm sich all das vor, doch zu nichts davon konnte sie sich durchringen.

War sie ehrlich, so gingen ihr Illes Krankheiten, die zweifellos zum größten Teil eingebildet waren, auf die Nerven. Mo, der fortwährend »zufällig vorbeikam« und wie ein geprügelter Hund wieder abzog, war ihr kaum erträglich, und um Willi zu sehen, hätte sie in die Platanenallee fahren müssen, was sie nur tat, wenn es sich nicht vermeiden ließ. Vor allem aber war dies keine Zeit, um Zeit zu haben, kein Moment, um sich in privaten Banalitäten zu verlieren. Sie wollte im Auge des Sturms stehen, im Zentrum des Geschehens, und ein Teil von ihr war der Ansicht, dass Quintus ihr genau das schuldete. Dass er es ihr nicht geben konnte, riss zwischen ihnen eine Kluft auf und belastete ihre Beziehung, die im herkömmlichen Sinne gar keine Beziehung war: Frei von Zwängen und Schwüren war sie, unbelastet von Zukunft und Pflicht, doch zugleich zerbrechlich und durch nichts befestigt.

Jetzt wartete Felice wieder einmal allein an ihrem Platz am Spreeufer, seit einer Stunde schon, und ihr Unmut wuchs mit jeder Minute, die verstrich. In der vergangenen Woche hatten die Ereignisse sich überschlagen, die Lage sich täglich zugespitzt. Das Ultimatum an Serbien war einer Demütigung des kleinen Landes gleichgekommen, und Russland hatte offiziell seinen Beistand erklärt. Quintus erschien zu ihren Treffen zu spät oder versetzte sie sogar ganz, weil er in seiner Redaktion oder auf irgendwelchen Krisensitzungen gebraucht wurde. Felice dagegen brauchte niemand. Während an allen Ecken und Enden des Kontinents Stichflammen hochschnellten, die in ein Lauffeuer umschlagen konnten, kam sie sich vor wie ein Heimchen am Herd. Dass neben ihr der Picknickkorb stand, den er ihr geschenkt und den sie wie eine brave Gattin gefüllt hatte, besserte ihre Laune nicht.

Sie war so begeistert gewesen, als er damit gekommen war – mit dem Korb, einem kleinen Tiegel Schmalz darin und einem hohen Glas: »Damit du auf auch in Gottes freier Natur deine Eier stilgerecht aus dem Glas löffeln kannst.«

Gerührt und verlegen hatte sie an dem karierten Stoff gezupft, mit dem der Korb gefüttert war. Sie war es nicht gewohnt, ein Geschenk zu erhalten, das ganz für sie gedacht war, für keinen anderen Menschen. »Womit habe ich das denn verdient?«

»Es ist dein Geburtstag, oder nicht?«

»Und woher weißt du das?«

Er grinste. »Man hat so seine Informanten. Und merken konnte ich es mir leicht. Mein Geburtstag ist es nämlich auch.«

»Du meine Güte, Quintus – und jetzt habe ich nichts, das ich dir schenken könnte.«

Er küsste sie in die Grube zwischen Hals und Kiefer. »Du hast mir ein Lächeln geschenkt – genau das, was ich mir gewünscht habe.«

»Das ist nichts wert.«

Er hatte sie noch einmal geküsst und zart, beinahe unmerklich, an sich gezogen. »Das würden wir anders sehen, Schöne, wenn wir keines mehr hätten.«

Wie heftig sich der Sinn von Worten verändern, ja, ins Gegenteil umschlagen konnte: An jenem Tag, ihrem gemeinsamen Geburtstag, der erst ein paar Wochen her war, hatte sie das kleine Geplänkel zärtlich, spritzig und auch ein wenig tief gefunden. Nun, wo sie wütend auf ihn war, fand sie es dümmlich und trivial.

Wenn er jetzt nicht kommt, gehe ich, beschloss sie. Sie hatte dasselbe in der vergangenen Stunde gewiss fünfmal beschlossen und jedes Mal umgeworfen. Brach sie auf, so würde sie keine vertraulichen Informationen erhalten, sondern musste sich mit dem begnügen, was die Zeitungen preisgaben. Sie war abhängig von ihm. Einmal mehr.

Als sie aufstand und sich ein wenig zu lange das Gras vom Rock klopfte, tauchte sein Kopf wie so oft ohne Hut oben an der Uferböschung auf. »Meine Schöne! Du bist noch da. Gott sei Dank.«

»Ich wollte gerade gehen.«

»Du weißt nicht, wie leid es mir tut.« Er sprang die Böschung hinunter und pfiff sein Lied. *Tiralala, tiralala, verstehst du …* Vom hellgrauen Anzug trug er nur Hose und Weste, das Hemd stand am Hals offen, das Jackett hatte er über eine Schulter geworfen. Ehe sie ihn daran hindern konnte, hatte er sie in die Arme gezogen. »Sei mir nicht böse, Felice, bitte nicht heute. Du glaubst nicht, unter was für abenteuerlichen Ausreden ich mich davongestohlen habe. Es bleibt kein Stein auf dem andern. Österreich hat Serbien den Krieg erklärt.«

»Das war doch schon gestern.« Sie versuchte, sich freizukämpfen, doch seine dünnen, drahtigen Arme ließen sie nicht los.

»Aber seit heute früh wird Belgrad vom Wasser her beschossen«, sagte Quintus und küsste sie. »Es wird ernst. Der Vermittlungsvorschlag des britischen Außenministers wird von der Wilhelmstraße nicht angenommen Eine Einigung ohne Österreich wird es für uns nicht geben, und ob der Krieg beschränkt bleibt oder sich ausweitet, liegt nun bei Russland.«

»Und was macht Russland?«

»Gerüchten aus verlässlicher Quelle nach steht die Generalmobilmachung unmittelbar bevor. Zudem soll Außenminister Grey noch einmal eine Warnung an unsere Wilhelmstraße gesandt haben. Der Mann muss vor Angst schier außer sich sein. Ein Krieg, der jetzt ausbrechen würde, wäre die größte Katastrophe, die die Welt je gesehen hat, soll er bekundet haben.

Deutschland solle das verhindern und dabei bedenken, dass Britannien bei einem Angriff gegen seine Verbündeten nicht neutral bleiben dürfe, nicht einmal, wenn es das wollte.«

»Stimmt das denn?«, fuhr Felice dazwischen. »Ich habe das gesamte Material zur Triple Entente durchgesehen, aber das ist nicht einmal ein Vertragswerk zu nennen. Nicht viel mehr als die Beteuerung gegenseitiger Freundschaft und guten Willens.«

Quintus lächelte. »Wie immer hat meine kluge Liebste bereits sämtliche Akten studiert und die richtigen Schlüsse gezogen.«

Felice fand seinen Ton gönnerhaft, doch er stahl sich einen Kuss, ehe sie ihn hindern konnte, und sie ließ ihn davonkommen, weil sie auf das brannte, was er zu sagen hatte. »Was ist jetzt also mit dieser angeblichen Verpflichtung der Briten?«

»Wenn du mich fragst: eine leere Drohung, die uns auf unseren Platz verweisen soll«, sagte Quintus. »Großbritannien mag einen bunten Staffage-König auf dem Thron sitzen haben, aber im Kern ist es eine parlamentarische Demokratie. Mit einer liberalen Partei an der Regierung, die sich in keinen Krieg zerren lassen wird, der nicht der ihre ist. Sie haben Schiffe bis dorthinaus, diese Briten, aber sie sind auch träge.«

»Sie halten sich also raus?«

Quintus nickte. »Es wird ein Gezeter und eine Reihe entrüsteter Erklärungen geben, aber dass die Briten ernsthaft ihre kostbare Flotte riskieren, um Frankreichs Kanalküste zu sichern, halte ich für ausgeschlossen. Sie sind Pragmatiker. Ihre militärischen Kräfte sparen sie für den Erhalt ihrer Kolonien auf, und ein Konflikt auf dem Kontinent bringt ihnen keinen Gewinn. Im Gegenteil. Als Handelsnation profitieren sie mehr als jede andere von stabilen internationalen Beziehungen. Deshalb müht sich ja Edward Grey so angestrengt um Vermittlung – und solange keiner sie zu etwas anderem zwingt, werden die Herren Insulaner sich auf diese Rolle zurückziehen: Auf die des Vermittlers, der sich die Hände nicht schmutzig macht.«

»Aber dass Frankreich Russland zur Seite springt, steht für dich fest? Und dass es Russland mit seiner Mobilmachung ernst ist?«

Er zögerte, wollte sie noch einmal küssen, aber sie drehte den Kopf weg. »Ja«, sagte er dann. »Das beides steht für mich fest.«

Kurz hielt Felice inne und lauschte auf etwas, das sie nicht zu benennen wusste. Die Welt, die sie kannte, geriet ins Wanken. Jahrelang hatte sie sich nichts dringlicher gewünscht, und jetzt, wo offenbar der Strudel nicht mehr aufzuhalten war, wusste sie kaum, was sie denken sollte. Zu ihrer Schande musste sie sich eingestehen, dass sie von Krieg heute nicht viel mehr verstand als damals am Hundekehlesee, beim Sturm auf fiktive Franzosen.

Diese Franzosen werden nicht fiktiv sein, durchfuhr es sie. Auch der Krieg, den der Vater mit ihr nachgespielt hatte, war in Wahrheit nicht fiktiv gewesen, auch in dem waren wirkliche Menschen gestorben, die gelebt hatten, geliebt, in einer Kneipe wie dem *Babylon* gefeiert oder sich am Spreeufer die Mücken vom Gesicht geschlagen. Kein ausgedachter Opa Paul, sondern Oma Herthas Mann, der fünfundzwanzig Jahre alt gewesen war.

Fünf Jahre älter als Willi.

Es war nicht vorstellbar. Felice schüttelte sich. »Deutschland erscheint mir so eingezwängt«, sagte sie. »Frankreich im Westen, Russland im Osten – wie kann das denn gutgehen?«

Sie kam sich naiv vor, dumm, wie Ille hinterm Mond.

»Liebste, ich würde dir das gern erklären«, presste er unglücklich heraus. »Aber ich muss zurück in die Redaktion.«

»Das ist nicht dein Ernst.«

»Leider doch. Wir sind die schnellste Zeitung der Welt. Von einer Minute zur andern kann Deutschland im Krieg stehen, und im selben Moment entsendet die Redaktion Reporter an die Front. Wer jetzt vor Ort ist, kann sich den größten Fisch seines Lebens ins Netz holen. Wer aber zu spät kommt, hat den Zug verpasst.«

»So wie ich«, versetzte Felice.

»Oh mein Gott, ich bitte dich!« Quintus stöhnte. »Kann das Thema nicht wenigstens heute einmal ruhen? Wir schreiben Geschichte, Schöne, und gerade jetzt entdeckt die Welt, dass man mit Fotos Geschichte erzählen kann, wie sie nie erzählt worden ist. Von diesen Tagen werden noch unsere Enkel reden, und ich will, dass es meine Fotos sind, die sie dabei in den Händen halten. Dass meine Fotos ihnen erzählen, wie es wirklich gewesen ist im Sommer 1914, als in Europa Krieg ausbrach.«

»Ich verstehe«, sagte Felice, löste sich aus seinen Armen und hob den nun überflüssigen Picknickkorb auf. »Also gehe ich und lasse euch eure Geschichte schreiben, denn ich nehme nicht an, dass ihr dazu eine Sekretärin braucht.«

»Felice!«, rief er ihr hinterher, während sie den Uferhang erklomm. »Du musst mich doch verstehen, du von allen Menschen! Würdest du an meiner Stelle anders handeln? Und würdest du einen Mann wollen, der am Flussufer turtelt und sich die Chance seines Lebens entgehen lässt?«

Sie ging weiter, ohne ihn zu beachten, bis sie den geschmiedeten Zaun erreicht hatte, der den Uferhang vom Gehsteig trennte. Dann erst drehte sie sich zu ihm um. »Keine Sorge. Ich halte dich mit meiner Turtelei am Flussufer nicht länger von deinen weltbewegenden Aufgaben ab.«

Er stand da und breitete die Arme aus, blickte zu ihr auf, als fühle er sich tatsächlich zu Unrecht angegriffen. »Ich liebe dich«, rief er. Eine Frau, die mit einer Einkaufstasche und einem kleinen Jungen an der Hand die Straße entlangging, blieb stehen, um dem Schauspiel zuzusehen. »Wenn ich diesen Coup lande, wenn ich zu denen gehöre, die ihre Bilder von der Front in die Zeitung bekommen, habe ich es geschafft. Nicht einmal mein Vater kann dann noch an der Tatsache vorbei, dass ich für diesen Beruf geboren bin.«

»Schön für dich. Ich wünsche gutes Gelingen.«

»Ich dachte, das ginge uns beide an.«

»Und ich wüsste nicht, was ich damit zu tun hätte.«

»Felice!«, rief er, »wenn mir das hier gelingt, verdiene ich genug, um uns ein Leben zu finanzieren. Als Reporter, nicht als nutzloser Erbe einer überalterten Kanzlei. Sicher sind am Anfang keine großen Sprünge drin. Aber für eine Wohnung, in die zwei Schreibtische passen, wird's reichen, auch für Bodos Schmalzstullen zu Wein und Kirsch im *Babylon.* Zu kochen brauchst du nicht. Ich bin ja nicht lebensmüde.« Er wagte ein Lachen, doch als er merkte, dass sie nicht einfiel, hörte er auf. »Es wird uns an nichts fehlen, Schöne. Wir werden leben wie im Paradies.«

»Ich brauche keinen Mann, der mir ein Leben finanziert«, gab sie zurück, ehe die verhassten Tränen ihr die Stimme raubten. »Einen, der mir hätte helfen wollen, mir selbst eines zu finanzieren, den hätte ich vielleicht gebraucht.«

»Hast du gehört, was ich gesagt habe?« Noch immer hielt er die leeren Arme ausgebreitet. »In Europa ist in ein paar Tagen Krieg, und ich mache dir einen Heiratsantrag.«

Es kostete sie Kraft, die letzten Worte herauszubringen: »Kein Bedarf«, presste sie sich ab. »Ich bin verlobt.« Dann drehte sie sich um und ging die Straße hinunter, an der Frau mit dem Kind vorbei und weiter bis zur Haltestelle der Straßenbahn, ohne nach links oder rechts zu sehen. Sie ging schnell, weil sie annahm, dass Quintus ihr folgen würde, und als ihr der Korb am Arm zu schwer wurde, stellte sie ihn kurzerhand am Rinnstein ab. Dazu, es zu bereuen, kam sie erst, als sie bereits in der Bahn saß. Es war ein schöner Korb gewesen, er hatte neben ihrem Eierglas zarten Putenschinken enthalten, ihren gemeinsamen Lieblingskäse, ein ganzes Pfund Herzkirschen und eine teure Flasche Wein. Aller Wahrscheinlichkeit nach war sie demnächst ohne Einkommen und würde wieder lernen müssen zu sparen.

Es war ihr egal.

Es sollte ihr gefälligst egal sein.

Durch einen Schleier sah sie sich jeden Fahrgast im Waggon

an, jedes einzelne Gesicht, und fragte sich: *Was geht in dir vor, was macht dieser Tag aus dir und deinem Leben?* Sie hatte die Scheu vor Menschen, die Fremdheit zwischen sich und den anderen immer als Teil ihres Wesens akzeptiert, doch heute regte sich in ihr der verrückte, unerfüllbare Wunsch, sich den Menschen verbunden zu fühlen, die sie umgaben.

Lasst uns doch reden, hätte sie ihnen zurufen wollen, *in ein paar Tagen ist Krieg, und wer von uns weiß, was das bedeutet? Ein Mann hat mir ins Gesicht gerufen, er liebt mich, und ich weiß nicht, was von beidem wichtiger ist und was mir mehr Angst macht.*

Vor ihrer Wohnung wollte sie durchatmen, doch kaum schob sie den Schlüssel ins Schloss, zog Suse die Tür auf.

»Du hast Besuch«, sagte sie statt einer Begrüßung. »Wartet in deinem Zimmer.«

»Du hast jemanden in mein Zimmer gelassen?«, fuhr Felice sie an. »Dazu hattest du kein Recht!«

Es war eine Vereinbarung zwischen ihnen, dass Besucher vor der Tür zu bleiben hatten, solange die jeweils andere nicht ausdrücklich erklärt hatte, dass der Betreffende ihr willkommen war. Felice hatte mehr als einmal für Suse Gläubiger, Bittsteller und verflossene Liebhaber abgewimmelt und erwartet, die andere würde für sie dasselbe tun. Die Wohnung über Stammkneipe und Kastanienbaum war ihr Refugium, zu dem niemand Zutritt hatte, der ihre Sicherheit bedrohte.

Felice fühlte sich in ihrer Sicherheit bedroht, noch ehe sie überhaupt wusste, um wen es sich bei dem Besucher handelte. Ausgerechnet heute, wo sie es mehr denn je gebraucht hätte, sich in das Zimmer wie in eine Höhle zurückzuziehen.

»Langsam, langsam«, sagte Suse, während hinter ihr im dunklen Flur die Gestalt von Moritz auftauchte. »Du wirst ja wohl nicht von mir erwarten, dass ich eine alte Dame, die wie eine Dampfmaschine keucht, vor der Tür stehen lasse. So schlecht erzogen bin nicht einmal ich.«

»Mo«, stammelte Felice, ehe sehr langsam in ihr Bewusstsein sickerte, was Suse gesagt hatte. »Es tut mir leid, ich weiß, wir waren am Donnerstag verabredet.«

Sie war nicht besser als Quintus. Sie hatte Moritz, der sie zum Jagdrennen nach Karlshorst eingeladen hatte, ohne eine Nachricht sitzen lassen.

Ich hab an Jagdrennen ja gar kein Interesse, verteidigte sie sich, musste jedoch zugeben, dass das eher trotzig als sachlich argumentiert war. Sie hatte Moritz zugesagt, um ihn loszuwerden, war in Gedanken aber woanders gewesen und hatte am Ende die Verabredung vergessen. Das war unentschuldbar.

Aber draußen begann gerade ein Krieg!

»Das macht ja nichts«, sagte Moritz kleinlaut. »Du hattest eben Besseres zu tun, und ich bin nicht hier, weil ich dir einen Vorwurf machen wollte. Wirklich nicht. Ich hab Suse besucht, weil ich dachte, sie könnte vielleicht einmal von Schwester zu Schwester mit Alma sprechen. Die Arme weint so, sie will weder essen noch schlafen, und Mutter hat derzeit natürlich mehr denn je mit ihren Kirchenkreisen zu tun.«

»Ich habe ihm gesagt, ich kann ihm nicht helfen«, sagte Suse zu Felice. »Ich habe mit dem Mädel nichts zu tun, ihre um Kirchen kreisende Mutter hat schließlich dafür gesorgt, dass ihre kostbaren Küken mit der bösen Suse nicht in Berührung kommen. Und wenn das Schätzchen sich mit einem Offizier verlobt, muss es ja wohl damit rechnen, dass der irgendwann in den Krieg zieht. Dazu sind die doch da – oder geben wir all das Geld zur Aufstockung des Heeres nur aus, damit sie auf Pralinenschachteln hübsch aussehen?«

Vage erinnerte sich Felice. Moritz' Schwester Alma, die für Suse nur eine Halbschwester war, hatte sich Hals über Kopf in einen Major eines Garderegiments verliebt und hätte ihn laut Willi, der als Trauzeuge vorgesehen war, in diesem Herbst heiraten sollen.

»Wird Almas Fritz denn schon mobilisiert?«, fragte sie Moritz. »Soweit ich weiß, hat doch außer Österreich noch niemand den Krieg erklärt.«

»Fritz heißt der nicht«, sagte Moritz traurig. »Sondern Alfred. Aber wenn man den Namen von jemandem nicht weiß, sagt man immer Fritz, nicht wahr? Hoffentlich merken sie sich nachher wenigstens von denen die Namen, die gefallen sind, und wir werden nicht alle zu Fritzen.«

»Herrgott, es tut mir leid!«, platzte Felice heraus. »Ich hatte wirklich genug anderes am Hals, als mir den Namen vom Verlobten deiner Schwester zu merken.«

»Weiß ich ja«, sagte Moritz immer noch traurig. »Es sollte auch kein Vorwurf sein, es fiel mir nur auf, und es ist nett, dass du nach Alfred fragst. Nein, sein Regiment ist noch nicht mobilisiert, doch seit heute früh in Bereitschaft versetzt. ›Zustand drohender Kriegsgefahr‹, heißt das offiziell. Zu Alma hat er gesagt, er will ihr wegen der Heirat keine Hoffnungen machen, denn sie müssten mit dem Schlimmsten rechnen.«

»Pompöser Quatsch«, mischte Suse sich ein. »Wenn er mit dem Schlimmsten rechnet, sollte er sie erst recht heiraten, denn dann kann sie ja wohl mit einer ordentlichen Rente rechnen und sich als Witwe ein behagliches Leben machen. Außerdem frage ich mich, warum einer zum Militär geht, wenn Krieg für ihn das Schlimmste ist. Warum lassen wir den Irrsinn dann nicht bleiben?«

»Ach, Suse«, sagte Moritz. »So einfach, wie du und deine friedlichen Freunde es euch vorstellt, ist es doch nicht immer.«

»Es ist überhaupt nicht einfach«, fauchte sie zurück. »Nur ihr glaubt, Pazifisten wären Leute, die auf grünen Wiesen in der Sonne liegen und von Friede-Freude-Eierkuchen träumen. In Wirklichkeit erfordert Frieden Arbeit, Forschung und Intelligenz. Hast du deine Nase zufällig mal in ein Buch von Henri La Fontaine gesteckt? Weißt du überhaupt, wer das ist?«

Moritz schüttelte den Kopf.

»Ein belgischer Friedensforscher«, erklärte Suse. »In seinen Schriften legt er klar wie Kloßbrühe dar, dass wir ein internationales Schiedsgericht brauchen, um dauerhaft Frieden zu halten.«

»Rechtssicherheit«, murmelte Felice, die die Ideen des Juristen La Fontaine faszinierten. »Eine Rechtssicherheit, auf die sich alle verlassen könnten – das große Österreich wie das kleine Serbien –, würde die internationalen Beziehungen auf eine ganz neue Grundlage stellen.«

»Aber dazu müsste man eine solche Grundlage erst einmal wollen«, trumpfte Suse auf. »Und die Militärs, die in Europa die Macht innehaben, wollen sie nicht. Sie haben La Fontaine letztes Jahr den Friedensnobelpreis aufs Auge gedrückt, damit er Ruhe gibt, und danach sind seine Ideen in die Mottenkiste gewandert, naiver Unsinn für Pazifisten, wie meine sogenannte Familie ja auch annimmt.«

»So ist es doch nicht, Suse.« Moritz klang nicht nur traurig, sondern müde. »Du siehst nur alles so radikal.«

»Ha!«, rief Suse. »Und wie soll man es bitte schön sonst sehen? Krieg ist Krieg, und Frieden ist Frieden, dazwischen gibt es nichts. Statt La Fontaine, für den dein Französisch vermutlich nicht ausreicht, hättest du übrigens auch Bertha von Suttner lesen können. *Die Waffen nieder.* Aber das Buch einer Frau anzufassen, kann man einem Mann ja nicht zumuten. Soweit ich mich erinnere, habe ich es dieser Halbschwester von mir zur Konfirmation geschenkt. Hätte sie es gelesen, hätten sie und ihresgleichen ein bisschen Kraft darauf verwendet, Kämpferinnen wie Bertha von Suttner zu unterstützen, statt vor dem Spiegel Schmollmündchen zu üben. Dann hätte sie ihren Axel oder wie immer der heißt heute wohlbehütet in der guten Stube. Tut mir leid, Mo. Dir helfe ich gern, wenn ich kann, aber was Verlobungen mit Kriegstreibern angeht, bin ich die falsche Frau.«

»Schon verstanden«, sagte Mo. »Ich wollt ja auch nicht noch

einmal davon anfangen, sondern nur Felice erklären, dass ich nicht hier bin, um sie zu stören. Obwohl ich dich schon gern gesprochen hätte, Feli. Aber nur, wenn du Zeit hast. Und deine Großmutter habe ich ganz zufällig getroffen, das hat mit dieser Sache nichts zu tun.«

»Meine Großmutter?«

Wie aufs Stichwort erschien Oma Hertha in der Tür zu Felices Zimmer. Das von weißen Locken umrahmte Gesicht mit den hellwachen blassblauen Augen löste noch immer denselben Impuls aus, den Felice seit ihrer Kindheit kannte. Sie wollte loslaufen und sich der Oma in die Arme werfen. Aber die Zeiten waren vorbei. Der Verrat blieb wie ein Grenzzaun zwischen ihnen stehen.

»Tut mir leid, dass ich ohne Einladung in dein Allerheiligstes eindringe«, sagte Oma Hertha. »So was kann ich selbst nicht verknusen, aber um ehrlich zu sein bin ich am Ende mit meinem nicht existenten Latein. Es geht weder um mich noch um dich, Püppi. Sondern um deine Geschwister.«

»Um Willi und Ille? Was ist mit denen?«

»Die Frage ist gut«, sagte Oma Hertha. »In jedem Fall sind sie weg.«

25

Willi war in Kiel. Von der Reise, die er nach Illes Reitunfall anstelle von Illes Familie angetreten hatte, war er nicht zurückgekehrt. Er hatte diese Frau mitgenommen, Recha Süßapfel, den Dorn in Felices Auge. Erzählt hatte er es ihr im *Babylon*, in der Nacht vor der Abreise, aufgekratzt, als sei er mit einer Glücksdroge vollgepumpt. Felice hatte es ihm ausreden wollen, aber sie war mit Quintus da gewesen, sie hatten Geschäftliches zu besprechen gehabt, und letzten Endes fand sie, sie könne nicht ihres Bruders Hüter sein. Sie hatte sich vorgenommen, später in Ruhe mit ihm zu reden, doch dann war der österreichische Thronfolger ermordet worden. Ein paar Wochen lang hatte sie ihren kleinen Bruder praktisch vergessen, und jetzt war er fort. In Kiel. Beim I. Seebataillon.

Noch am Abend nach dem Attentat von Sarajevo hatte er sich bei einem Wehramt gemeldet, das überhaupt nicht für ihn zuständig war. Zweimal zuvor war er einer allgemeinen Körperschwäche wegen ausgemustert worden, doch jetzt hatten sie ihn vom Fleck weg rekrutiert. Noch dazu für eine Eliteeinheit. Offenbar herrschte im Kommandostab der Regimenter kein Zweifel: Es würde Krieg geben. Und das Reich würde in Scharen Kriegsfreiwillige brauchen, die sofort zur Verfügung standen und nicht erst ausgehoben werden mussten.

»Sie haben ihn gleich in die Ausbildung gesteckt«, sagte Oma Hertha. Von Suse genötigt hatten sie und Felice sich an den Küchentisch gesetzt und saßen dort steif wie Fremde. »Natürlich könnte man ihn zurückholen lassen, er ist ja nicht volljährig, und Bennos Unterschrift fehlt auf der Erklärung. Aber mit Bennos Hilfe ist natürlich nicht zu rechnen. Der meint ja, dem Kleinen hätte längst militärischer Schliff gefehlt, und dann ist da noch etwas. Er war kaum weg, als sich herausstellte, dass er unberechtigt Kredite ausgegeben hat. Es kommt einer Unterschlagung gleich, behauptet Benno. In jedem Fall ist er außer sich.«

Vor Felice tat sich ein Abgrund auf: Ihr harmloser Bruder tätigte unlautere Bankgeschäfte? Ihr leutseliger Bruder ging zur Armee, ohne von irgendwem Abschied zu nehmen? Daran war die Frau schuld. Recha. Was geschehen war, konnte Felice sich an fünf Fingern ausrechnen: Sie hatte Willi benutzt und ihn fallenlassen, um zu Wolfgang Vanselow zurückzukehren, und Willi hatte darüber den Verstand verloren. Die ganze Geschichte klang wie einer seiner geliebten Filme, ein Schmierendrama, nicht wie das Leben.

»Ich habe mich mit Herrn Wichmann besprochen«, sagte Oma Hertha. »Wir sind beide keine Glucken, die ewig auf Eiern sitzen, und dass der Willi mal unter Bennos Fuchtel rauskommt, ist ja nichts Schlechtes. Aber wenn es doch jetzt wirklich Krieg gibt? Unser Willi ist erst zwanzig. Und weißt du was?«

Felice schüttelte den Kopf und nickte Suse Dank zu, die eine halbe Flasche Korn und ihre Kanne mit kaltem Tee zwischen sie auf den bekrümelten Tisch stellte. Ihr war nicht nach Trinken. Aber die Geste schenkte ihr in aller Beklommenheit etwas Geborgenheit.

»Ich hab einen geheiratet, der war für den Krieg gemacht«, sagte Oma Hertha. »Der konnt's nicht abwarten, hat gesabbert, ehe es endlich losging, und mir noch vorgesäuselt, wie süß und ehrenvoll es wäre, fürs Vaterland zu sterben. Dass er das dann auch ziemlich schnell geschafft hat, sei ihm gegönnt. Aber der Willi ist anders. Der ist nicht dafür gemacht.«

Es war das erste Mal, dass Oma Hertha vor Felice ihren Mann

erwähnte. Nicht Opa Paul, sondern Edgar von Kalben und Stachau. Es war, soweit Felice sich erinnerte, auch das erste Mal, dass sie Sorge um Willi äußerte.

»Ich weiß, ich habe mich um das Jungchen nie viel gekümmert.« Einen Moment lang war es wie früher, als ein so großes Einvernehmen zwischen ihnen geherrscht hatte, dass die Oma oft aussprach, was Felice dachte. »Auch um die Kleine nicht. Eine von denen, die sich für Scharen von Enkeln die Beine ausreißen, war ich ja nicht. Ich hatte an meiner Püppi genug.«

Und warum hast du mir nicht geholfen? Die Frage blieb ungestellt. Felice griff nach der Kornflasche und ließ sie wieder los.

»Aber der Willi ist ein lieber Junge«, sagte Oma Hertha. »Und er hat was los. Vielleicht werde ich auf meine alten Tage ja sentimental und entdecke, dass Blut tatsächlich dicker ist als Tinte, aber dass es dem jetzt ans Leder gehen soll, nur weil er irgendeine Dummheit gemacht hat, geht mir gegen den Strich. Er hat doch noch gar nicht angefangen zu leben, und er hat ja keinen, der sich kümmert und ihm zeigt, wie man ein Mann wird.«

In Felices Kopf waren längst Räder in Bewegung geraten und hatten einen Plan entworfen. »Ich hole ihn zurück«, sagte sie. »Darauf kannst du Gift nehmen.«

»Zwingen kannst du ihn nicht«, gab Oma Hertha zu bedenken. »Selbst wenn sich mit Hilfe von Doktor Gantzow ein Attest beibringen ließe, das seine Untauglichkeit belegt, müsste er mitspielen, eingestehen, dass er sich übernommen hat.«

»Keine Sorge, das wird er«, erwiderte Felice und stand auf. »Ich rede nicht mit ihm. Ich rede mit der Frau.« Wie Recha Süßapfel es anfangen würde, Willi zur Vernunft zu bringen, war ihr gleichgültig. Sie hatte ihn vorher belogen, also sollte sie es jetzt noch einmal tun, solange sie ihn nur heil nach Hause brachte und danach aus ihrer aller Leben verschwand.

»Mit welcher Frau?«

»Tut nichts zur Sache.« Felice wandte sich zum Gehen. »Bleib von mir aus hier, bis du dich ausgeruht hast. Ich habe keine Zeit zu verlieren.«

Oma Hertha stand ebenfalls auf. »Ausruhen hat Zeit, bis ich beim Herrn Wichmann auf dem Friedhof lande«, sagte sie. »Aber dahin wollte ich erst einmal dich schicken.«

»Zu Onkel Werner? Warum das?«

»Weil deine Schwester dort ist«, erwiderte Om Hertha. »Du hast mich zwar nicht nach ihr gefragt, und ich drehe dir daraus keinen Strick, weil du ja nicht die Einzige bist, bei der die Kleine durch den Rost fällt, aber sagen muss ich es dir trotzdem: Deine Schwester ist Mann und Kind davongelaufen, und kein Mensch weiß, warum. Sie hat mich auf dem Friedhof abgepasst, ein heulendes Elend auf Beinen, und alles, was aus ihr herauszukriegen war, lautete: Sie geht um keinen Preis der Welt zurück. Zu mir wollte sie auch nicht, sie meinte, dort würde ihre Mutter sie aufspüren und zu Berndt zurückschleifen. Also haben wir sie zu Poetge gebracht. Dort kann sie aber nicht bleiben. Berndt droht ihm bereits, und Poetge wird die Sache zu heikel.«

Felice stöhnte. »Als hätten wir jetzt keine anderen Sorgen.«

»Wir haben immer andere Sorgen«, sagte Oma Hertha. »Das mag Teil des Problems sein.«

Felices Gewissen zuckte. »Und was soll ich dabei?«

»Ich hatte gehofft, du könntest mit ihr reden. Herr Wichmann und ich haben ihr bereits ein Ohr abgekaut, ohne dass es uns ein Stück weitergebracht hätte.«

»Also schön, ich rede mit ihr«, erklärte Felice sich bereit, weil alles andere nur noch mehr Zeit vergeudet hätte. »Auch wenn ich nicht wüsste, warum ich mehr erreichen sollte als du.«

»Weißt du das wirklich nicht?«, fragte Oma Hertha. »Weil du das größte Idol dieses Mädchens bist. Weil in jedem dritten Satz, den sie von sich gibt, das Wort ›Felice‹ vorkommt.«

26

Felice war entschlossen gewesen, zuerst mit Recha Süßapfel zu sprechen. Es konnte Tage dauern, Willi aus den Fängen der Militärmaschinerie herauszulösen, und währenddessen rollten die Kugeln des Weltgeschehens weiter. Dem Krieg entgegen. Mit jeder neuen Meldung, die die Zeitungsjungen in die sommerblaue Luft brüllten, erhob dieses Phantom, das doch noch keine Gestalt hatte, sich höher, wie ein Gebäude am Ende einer Sackgasse, das seinen Schatten über die gesamte Straße warf.

Am folgenden Tag, einem Donnerstag, erfolgte die zweimal zurückgenommene Generalmobilisierung Russlands zum dritten Mal und diesmal endgültig. Am nächsten Tag, dem letzten Tag des Julis, mobilisierte Österreich. In Berlin ritt ein Offizier mit achtundzwanzig Soldaten im Gefolge vom kaiserlichen Schloss zum Zeughaus, wo er mit Trommelwirbeln empfangen wurde. So entsprach es preußischer Tradition, wenn die höchste Stufe der Kriegsgefahr verkündet wurde. Ihr Vater hatte Felice einen Kupferstich mit einer solchen Szene gezeigt. Der prächtig aufgeputzte Offizier, die aufgereihten Trommler, die andächtig wartende Menschenmenge, das alles hätte in ein Märchen gepasst. Nur hatte ihr Vater niemals Märchen erzählt.

Die Menge jubelte, sang die Kaiserhymne und zog weiter zum Schloss. Dort zeigte sich der Kaiser auf seinem Balkon und erklärte, wenn auch um den Frieden noch gerungen werde, sei er doch bereit, das Notwendige zu tun und Deutschlands Ehre mit der Waffe zu verteidigen. Der Jubel schwoll an, die Kaiserhymne hallte durch die Straßen, doch noch immer entlud sich die kaum mehr erträgliche Spannung nicht. Niemand wagte mehr, banale Pläne zu machen, einen Sommerausflug, einen Besuch beim Friseur. Die Luft war schwer und wartete auf ein Gewitter. Die Menschen bewegten sich wie unter einer Glasglocke und warteten auf einen Krieg.

In diesen Stunden, in denen jede Minute Bedeutung erhielt, hatte Felice die Stadt nach Recha Süßapfel abgesucht. Sie war zu dem Kreuzberger Fabrikhof gefahren, wo die Schauspielerin ihre Wohnung hatte, aber das Gelände war wie ausgestorben, und selbst auf Rufen und Hämmern machte niemand auf. Sie hatte Bodo und Kuno beschworen, sie aufzuhalten, sollte sie sich im *Babylon* blicken lassen, und sie war zur Abendvorstellung ins *Marmorhaus* gelaufen, in das Recha und ihre Freunde ständig gingen, hatte jedoch das Kino wie etliche andere Vergnügungsstätten geschlossen vorgefunden.

Für all die Wege kreuz und quer durch Berlin brauchte sie dreimal so lange wie gewöhnlich. Es war ja kein Durchkommen mehr, überall blockierten Menschenmassen Verkehrswege, fielen Straßenwagen und Busse aus. Und wenn sie zwischendurch kurz nach Hause kam, um zu verschnaufen, war Mo da, und sie brach fluchtartig wieder auf, weil sie nicht auch noch ihn verkraftete. Ihr war zumute, als jage sie im Zickzack durch ihr Leben und hätte ihr Ziel aus den Augen verloren.

Erschöpft entschied sie sich am Freitagabend, ihre Pläne zu ändern und zuerst mit Ille zu sprechen. War diese lästige Angelegenheit aus dem Weg, würde sie hinaus nach Babelsberg fahren. Wenn die Filmleute in der Stadt nicht zu finden waren, lag das wohl daran, dass die Geschehnisse sie nicht interessierten und sie draußen in der Kunstwelt ihrer Ateliers ihre Filme drehten.

Felice fürchtete sich davor, Poetges Destille wieder zu betreten, doch derlei Empfindlichkeiten durften jetzt keine Rolle spielen. In dem dunklen Schankraum hatte sich nichts verändert, nur die Friedhofswärter, die sonst hier ihren Skat kloppten, ließen die Karten liegen und redeten vom Krieg. »Ach Mensch, Püppi.« Onkel Werner stand auf. »Is det schön.«

Er kam zu ihr, blieb vor ihr stehen, und sein Gesicht verzog sich zum Lächeln. Mehr tat er nicht.

»Ich find's auch schön«, presste Felice heraus. Sie hatte ihn dafür geliebt und sich bei ihm zu Hause gefühlt: Weil er ihr nie etwas aufdrängte, ihr nie näher kam, als sie es wollte.

»Bist eine richtige Dame geworden.«

»Das ist gelogen, oder?«

Das Lächeln in seinem verschrumpelten Gesicht bekam etwas Verschmitztes. »Na, ick kenn mir ja nich' aus. Zu mir komm' die Damen erst, wenn se jenauso tot aussehen wie die Weiber.«

Sie lachten beide, und es tat trotz aller Beklommenheit gut. Sie hatten das immer gemacht: Witze über den Tod gerissen und gelacht, als würde er dadurch weniger bedrohlich.

»Du willst zu deiner Schwester, ja?«, fragte Onkel Werner. »Jott sei Dank! Der Poetge wird mir schon wuschig, weißte? Musste nicht krummnehmen, jeht auch nich' gegen das arme kleine Ding. Aber der Herr Jemahl war ja schon hier und hat Krawall jeschlagen, wir sollen ihm die Frau rausgeben. Wir wollen alle keinen Ärger. Jetz' schon gar nich'. Der hat die Macht und kann uns alte Kerle an die Front schicken, hat er zum Poetge jesacht. Landsturm. Kanonenfutter. Bumm und wech.«

»Es gibt doch noch gar keine Front«, sagte Felice erschrocken.

Onkel Werner zuckte mit den Schultern. »Wat weeß denn ick. Jetz' red' erst mal mit der Kleenen, ja?«

Er führte Felice in Poetges Hinterzimmer, in dem der Gastwirt Vorräte stapelte: Fässer mit Bier und Fässer mit Fassbrause, ein Fass mit Gurken und eines mit Schmalz. Dazwischen war kaum noch Platz, doch in den winzigen Freiraum hatte jemand einen Schemel gequetscht. Darauf saß Ille und aß Eier aus dem Glas. Sie sah so fürchterlich aus, dass Felice zurückwich: aufgedunsen und verheult, das Haar wirr, die Augen zugeschwollen. An der Stirn prangte ein Pflaster. Konnte das noch immer von dem Reitunfall stammen? Wieso setzte sich Ille auch auf ein Pferd, wenn sie sich in jedem Sport so ungeschickt anstellte?

»Ick lass euch alleene«, murmelte Onkel Werner und verdrückte sich.

»Feli«, sagte Ille. Mit der kleinsten Stimme der Welt.

Felice hatte sie zusammenstauchen wollen, ihr klarmachen, dass jetzt nicht der richtige Moment für ihre Spielchen um Aufmerksamkeit war, dass sie einer ganzen Reihe von Menschen einen Haufen Ärger einbrachte und dass sie gefälligst liegen sollte, wie sie sich gebettet hatte. Aber eine Stimme, die schon so klein war, konnte man ja nicht noch niederschreien. Auch wenn es hart war, immer auf jemanden Rücksicht zu nehmen, nur weil er von Natur aus kleiner war.

Felice setzte sich auf eins der Fässer. Ille stellte das Glas auf ein anderes und blickte zu ihr auf. Aus der Nähe sah sie noch elender aus, beinahe nicht zu erkennen. War das die Schwangerschaft? Wie konnte eine Frau sich das antun? Bei dem Gedanken fielen Felice die Kinder ein, der dicke Säugling, den Ille bei der Taufe so stolz präsentiert hatte, und der Junge Hermann, den sein Vater mit der Peitsche prügelte. »Du musst zu deinem Mann zurück«, sagte sie. »Du bist für die Kinder verantwortlich – das kannst du nicht einfach abschütteln, egal, aus welchem Grund.«

Etwas daran war falsch. Aber etwas daran war auch richtig: Ille mochte klein sein, doch ihr Kind war kleiner. Und Ille war nicht gezwungen worden, den Schlachter Berndt zu heiraten. Die beiden Kinder dagegen hatte niemand nach ihren Wünschen gefragt.

»Das kann ich nicht, Feli.« Illes verschwollene Augen füllten sich mit Tränen. Wie konnte ein Mensch so schnell weinen? Als hätte sie irgendwo einen Knopf, auf den sie nur zu drücken brauchte, um einen Wasserspeicher zu öffnen. »Ich hab mich so gefreut, dass du gekommen bist, so sehr, wie du's gar nicht wissen kannst, aber zu Berndt zurück, das kann ich nicht.«

Absurderweise fiel Felice ein, dass sie zu Quintus, mit dem sie offiziell höchstens bekannt war, Quintus sagte, auch wenn das der lächerlichste Name der Welt war. Ille dagegen nannte den Mann, mit dem sie verheiratet war, beim Nachnamen. War das normal? Hatte ihre Mutter, wenn sie von ihrem Vater sprach ›zur Nieden‹ gesagt? Sie erwähnte ihn selten, und wenn, dann sprach sie von ›Papa‹. Oma Hertha hingegen nannte ihren Mann bei einem Vornamen, nur hieß der Edgar, nicht Paul.

Sie riss sich zusammen. »Kann-nicht liegt im Grabe, Will-nicht steht daneben«, sagte sie zu Ille. Der Spruch stammte von Sybille, und Felice hatte ihn gehasst, aber jetzt war ihr alles recht, um dies hier so schnell wie möglich hinter sich zu bringen. Sie musste Recha Süßapfel finden, sie musste Willi in Sicherheit bringen, ehe der Krieg begann. Also ließ sie auf Ille niederprasseln, was sie aus Oma Herthas und Onkel Werners Worten entnommen und sich selbst zusammengereimt hatte: Reinhold Berndt machte Ärger. Er bedrohte die Existenz der ganzen Familie, wenn er seine Frau nicht zurückbekam, ja, er bedrohte sogar den harmlos verschrobenen Poetge, der sich höchst unwohl dabei fühlte, die Frau eines andern unter seinem Dach zu beherbergen, aber Ille in ihrem elenden Zustand ja auch schlecht vor die Tür setzen konnte.

Reinhold Berndt konnte all diese Drohungen ausstoßen, weil er die von Benno zugrunde gerichtete Bank praktisch vollständig an sich gerissen hatte. Aller Wahrscheinlichkeit nach entrichtete er erhebliche Spenden an militärische Einrichtungen – nicht nur ein paar Mark für einen Zeppelin oder ein größenwahnsinniges Denkmal, sondern Summen in einer Höhe, die ihm Macht erkaufte. So wie er sich in die Guestphalia eingekauft haben musste, obwohl er gewiss nie studiert hatte. Berndt war ein gefährlicher Mann, weil er viel Geld und überhaupt keine Skrupel hatte. Er konnte auch Willi bedrohen.

»Wenn er in seiner Wut ein paar von seinen Verbindungen spielen lässt, bekommen wir Willi nicht heil nach Berlin zurück. Dann muss er in den Krieg, und Suse sagt, in einem Krieg mit industriellen Waffen werden mehr Männer fallen als jemals zuvor.«

Warum sagte man eigentlich ›fallen‹, nicht sterben – als purzelten Zinnsoldaten um und könnten hinterher wieder aufgestellt werden? Felice holte Atem und setzte noch einmal an: »Außerdem ist da diese undurchsichtige Sache mit dem Kredit, den Willi nicht hätte erteilen dürfen und für den Berndt ihn womöglich belangen kann.«

»Davon verstehe ich nichts«, murmelte Ille.

Nein, dachte Felice, *du verstehst gar nichts, weshalb wir dich wie beim Blinde-Kuh-Spielen an der Hand durchs Leben führen müssen.* »Hör zu«, sagte sie. »Du kannst diese Ehe mit Berndt jetzt nicht einfach wegwerfen und uns die Suppe auslöffeln lassen. Hättest du mich gefragt, hätte ich dir gesagt: ›Heirate ihn auf keinen Fall.‹ Aber du hast ihn nun einmal geheiratet, du hast dir von ihm Kinder machen lassen und wirst jetzt dazu stehen müssen.«

Ille, über deren Gesicht Ströme von Tränen rannen, hob den Kopf. »Hättest du das gesagt, Feli? Dass ich ihn nicht heiraten soll? Wäre ich dir so wichtig gewesen?«

»Oh mein Gott. Es kann doch nicht ewig und drei Tage nur darum gehen!« Felice hatte Mühe, an sich zu halten. »Ja, du bist wichtig, du bist von mir aus die wichtigste Person auf der Welt, aber was ist mit den anderen? Die hält dein Mann als Pfand in der Hand – allen voran dein eigenes Kind!«

»Mein Lisettchen.« Ille schluchzte. »Ich hab sie doch nicht tragen können, ich war so schwach, und wo sollt' ich denn mit ihr hin? Aber der Hermann passt auf. Wir haben ein nettes Kindermädchen, die Anna, und der Hermann hat mir versprochen, er passt auf.«

»Herrgott, der Hermann ist selbst noch ein Kind und ein bedauernswertes obendrein!« Sie hatte nicht schreien wollen. Die beiden Kinder gingen sie nichts an, und beim Anblick der kleinen Lisette auf der Tauffeier hatte sie vergeblich nach einem Gefühl in sich gesucht. Aber dass die Kleine, die sich weder wehren noch Hilfe holen konnte, bei Berndt im Stich gelassen wurde, war nicht gerecht, und so war das eben mit Felice zur Nieden: Was nicht gerecht war, ertrug sie nicht, einerlei wen es betraf.

»Willst du das?«, fragte Ille. »Wünschst du dir von mir, dass ich zu Berndt zurückgehe?«

Was für eine verdrehte Frage war das? Eines Tages würde Ille in ihrem spinnerten Wolkenkuckucksheim, das sie für die Welt hielt, Felice in den Wahnsinn treiben. »Ja, das wünsche ich mir«, rang sie sich ab und hoffte, das Richtige getroffen zu haben, die Antwort, die Ille hören wollte.

Ille sprang auf. Das Glas fiel vom Fass, zerbrach klirrend in Scherben, und im nächsten Augenblick hatte Felice Illes Arme um den Hals. Sie hockte auf dem mit zersplittertem Glas übersäten Boden und hing wie ein Sandsack an ihr. »Feli. Ach, Feli.«

Sie schluchzte und schniefte, und Felice verspürte einen Anflug von Ekel. Warum war sie so? Warum mochte sie es so wenig, von Menschen umarmt zu werden, sie hatte Ille doch lieb und wollte nicht, dass es ihr schlecht ging. Aber sie konnte sich nicht helfen. Allzu große Nähe von Menschen war ihr zuwider, ausgenommen Oma Hertha, manchmal Willi – und Quintus. Mit jäher Heftigkeit begann sie sich nach ihm zu sehnen, nach der drahtigen Härte seines Körpers, nach seinem Duft, den sie kühl und herb und sauber fand.

An Ille war alles weich und süß, feucht und nicht gründlich gewaschen. Sie weinte noch immer. »Ich hab gedacht, ich kann das nicht«, stieß sie zwischen Schluchzern hervor. »Zu Berndt zurückgehen, ich habe gedacht, ich will lieber sterben, und sterben geht nicht, weil in mir doch das Kindchen wächst. Aber wenn du es dir von mir wünschst, Feli, und wenn es Willi hilft, dann kann ich es doch. Ich gehe zu ihm zurück.« Sie schluckte, schniefte und hielt sich an Felice fest, um sich aufzurichten. »Ich gebe mir mehr Mühe, damit alles besser wird. Wenn ich immer daran denke, dass ich es für dich tue, bekomme ich es ganz sicher hin. Kannst du auch etwas für mich tun, Feli? Nur einen kleinen Gefallen, der mir so viel bedeuten würde?«

Felice nickte. Sie hätte ihr das Blaue vom Himmel versprochen und konnte kaum glauben, dass sie diese Schlacht gewonnen hatte.

»Wenn das neue Kindchen da ist – zu Weihnachten soll's ja kommen – würdest du dann seine Patin werden?«

Felice nickte noch einmal und wünschte, sie hätte sich wenigstens ein »Aber gern« abringen können.

Sie half Ille, sich halbwegs herzurichten, und bat dann Poetge, ihrer Schwester einen Becher warme Milch zu geben, um ihr in der letzten Nacht unter seinem Dach beim Einschlafen zu helfen. In der Frühe, versprach Onkel Werner, würde er Oma Hertha herschaffen, damit sie Ille zurück zu ihrem ehelichen Heim begleitete.

Es ist nicht richtig, dachte Felice, als sie sich todmüde auf den Heimweg machte. *Dass eine Frau bei ihrem Mann bleiben muss, obwohl sie lieber sterben würde, kann nicht richtig sein.* Auch wenn sie wusste, dass Ille zur Übertreibung neigte, staken die Worte ihr im Gedächtnis, und sie beschloss, sich darum zu kümmern, sobald Willi in Sicherheit war und der Aufruhr sich legte.

Natürlich war es viel zu spät, um Willis wegen noch etwas zu unternehmen, als sie endlich nach Hause kam. Das *Babylon* schloss gerade, Kuno und Bodo ließen den scheppernden Rollladen herunter, und im Türrahmen, im Lichtkegel der Straßenlaterne, stand Suse und rauchte eine letzte Zigarette. »Ach«, sagte sie. »Mylady geben sich auch die Ehre.« Ihre Stimme klang nicht ganz nüchtern, was merkwürdig war. Suse trank gern und reichlich, aber nie so viel, dass sie die Kontrolle verlor.

»Ich hatte den ganzen Abend mit meiner Schwester zu tun«, sagte Felice. »Gibt es schon wieder etwas Neues? War jemand für mich hier?«

Quintus, flammte eine Hoffnung in ihr auf. Er musste eingesehen haben, dass er sich wie ein Idiot benommen hatte, und musste gekommen sein, um sich mit ihr zu versöhnen. Er würde irgendeine Lösung gefunden haben, einen Weg, mit seinem Traum voranzukommen, ohne sie auszuschließen. Wenn er auf ein wenig verzichtete, um sie teilhaben zu lassen, wenn er den Zorn über die Ungerechtigkeit teilte, würde ihr das mehr bedeuten als sein Liebesschwur, mit dem sie nicht viel hatte anfangen können.

»Etwas Neues gibt es in der Tat«, sagte Suse mit schleppender Stimme. »Jean Jaurès ist in Paris von einem nationalistischen Fanatiker ermordet worden.«

»Dieser französische Abgeordnete, der gegen den Krieg zu Felde zieht?«

»Pazifist«, erwiderte Suse. »Heutzutage sagt man Pazifist, Schätzchen, und die pazifistische Bewegung hat damit eine ihrer einflussreichsten Stimmen verloren. Ausgerechnet in dem Moment, wo sie sie am dringendsten gebraucht hätte. Es ist Schluss mit lustig in Europa. Die Lichter gehen aus, und Gewalt regiert. Ach, und du wolltest ja noch wissen, ob jemand für dich hier war. Ja, so ist es, allerdings fürchte ich, es war nicht der Besucher, auf den du gehofft hast, sondern einmal mehr dein getreuer Verlobter Moritz, der mittlerweile ja täglich nach dir fragt.«

»Oh mein Gott.«

»Zerbrich dir nicht den Kopf«, versetzte Suse spitz und trat die Zigarette aus. »Wenn er kann, wird er sicher auch morgen wieder auf der Matte stehen, und wenn nicht – was soll's? Allzu lodernd brennst du ja ohnehin nicht darauf zu hören, was der gute alte Mo zu sagen hat.«

»So ist es nicht, ich habe nur ...« Felice brach ab.

Suses Blick unter hochgezogenen Brauen verriet ihr, dass sie sich keine Mühe zu geben brauchte. »Legen wir uns aufs Ohr. Morgen ist ohne Frage der Teufel los.«

Schweigend folgte sie Suse ins Haus. Sie würde sich nicht nur um Ille, sondern auch um Mo kümmern müssen, sie musste Zeit dafür finden.

Sobald Willi in Sicherheit ist, versprach sie ihrem Gewissen. *Sobald wir wissen, was dieser Strudel mit uns macht.*

27

Lautes Singen, das von der Straße durchs offene Fenster drang, weckte Felice am Morgen des Samstags. Vor lauter Erschöpfung hatte sie das Läuten ihres Weckers überhört.

Heil dir im Siegerkranz,
Herrscher des Vaterlands!
Heil, Kaiser, dir!

Sie eilte zum Fenster und sah die Menschenströme unter den Kronen der Platanen die Straße hinaufziehen, singend, in hellen Sommerkleidern, als ginge es zum Volksfest in den Lustgarten. Sie zogen zum Schloss. So wie gestern. Nur waren es heute gut zehnmal so viele, nicht Zehntausende, sondern Hunderttausende. Die halbe Stadt schien auf den Beinen zu sein, niemand wollte allein in seinen vier Wänden bleiben, wenn das vertraute Leben sich änderte und ein neues begann.

Suse war auch fort, und im Hof, wo oft Kuno und Bodo den Schatten der Kastanie genossen, regte sich nichts. Hitze oder Spannung lähmte selbst die Vögel. In aller Eile zog Felice sich an, lief hinunter auf die Straße und kämpfte sich gegen den Strom zum Bahnhof Charlottenburg. Gesungen wurde ununterbrochen, das Singen hielt die Menge zusammen, Fremde hakten sich beieinander ein und bewegten sich schunkelnd. Felice, die ans Alleinsein gewöhnt war, war sicher: Sie hatte sich nie so allein gefühlt wie unter diesen zahllosen Menschen.

Wir alle stehen dann
mutig für einen Mann,
kämpfen und bluten gern
für Thron und Reich!

Statt zu bluten, sangen die Horden weiter. Auf die *Kaiserhymne* folgte die *Wacht am Rhein*:

Und ob mein Herz im Tode bricht,
Wirst du darum ein Welscher nicht;
Reich wie an Wasser deine Flut
Ist Deutschland ja an Heldenmut.

Der Wunsch, einem Einzigen zu begegnen, den sie kannte und der nichts von Blut und Tod sang, sondern ein blödsinniges Lied pfiff, wurde übermächtig. Gleich darauf, als sie den Bahnhof erreichte, wurde er ihr erfüllt, wenn auch anders, als ihr Geist es sich zurechtgemacht hatte.

Sie hätte das Gleis wechseln, die Brücke überqueren müssen, um zum Zug in Richtung Babelsberg zu gelangen. Doch als sie sich eben anschickte, öffnete der aus Babelsberg eingetroffene Zug seine Türen, und heraus quoll eine Menschengruppe, in der sie jeden kannte. Zumindest vom Sehen. Willis vermeintliche Freunde. Die Filmleute um Wolfgang Vanselow und Recha Süßapfel.

Das Paar ging in der Mitte, umringt von Gunter Agnelli, der Schauspielerin Sonja Vogt-Behringer, Vanselows Assistent, von dem Felice nur den Vornamen Christoph kannte, dem Reporter Birnbaum und ein paar anderen, deren Namen ihr nicht einfielen. Rechas hübscher, lang aufgeschossener Bruder ging zu ihrer Linken. *Er hätte einem Künstler Modell stehen können,* dachte Felice. *Für einen Engel. Nicht für einen Menschen.* Sie mochte solche Bilder nicht, die etwas Banales verherrlichten, aber diesen Gabriel sah man unwillkürlich an. Seine Schwester auch, doch deren Schönheit wirkte robuster und bodenständiger.

Wolfgang Vanselow zu Rechas Rechter schließlich war überhaupt nicht schön, aber er war es, an dem die Blicke hängen blieben. Beim Reden holte er mit weiten Gesten aus, er beschrieb mit seinen Händen Dinge, und in seinen Augen war ein beständiges Funkeln, das müde machen musste. Er jedoch sah nicht aus, als würde er sich jemals Müdigkeit erlauben. Flüchtig packte Felice der Zorn auf ihren Bruder: Was bildete Willi sich ein? Wie konnte er glauben, er könne diesen Mann bei der rotgoldenen Recha ausstechen? Die beiden waren Ausnahmemenschen, ob man sie mochte oder nicht. Sie gehörten der neuen Zeit schon an, ehe diese überhaupt begonnen hatte, und ließen nette Jungen wie Willi, die gern an einem Sommermorgen durch die Landschaft radelten, meilenweit hinter sich zurück.

Die Gruppe bemerkte sie gar nicht. Sie wollte den Bahnhof verlassen, und Felices Zorn auf Willi schlug in neuerlichen Zorn auf Recha Süßapfel um. Sie vertrat ihnen den Weg.

»Ach je, ja«, machte Gunter Agnelli. »Wir sollten Sie kennen, nicht wahr? Alles andere wäre unhöflich. Bitte nehmen Sie's uns trotzdem nicht übel, bekanntlich geht's in der Welt gerade ein wenig drunter und drüber.«

»Lass stecken, Gunter. Manches wird vom Kleinreden nicht kleiner. So wenig wie vom Großreden groß.« Wolfgang Vanselow schob die Übrigen beiseite und hielt Felice die Hand hin. »Sie sind Wilhelms Schwester. ›Nett, Sie zu treffen‹, wäre wohl die passende Floskel, aber dafür eigne ich mich nicht.«

»Ich auch nicht«, sagte Felice. Seine Hand in ihrer war ein Flechtwerk aus Sehnen und zarten Knochen.

»Umso besser. Wollen Sie auch zum Schloss, um auf die Bekanntgabe der Entscheidung zu warten? Möchten Sie sich uns anschließen?«

»Verdammt, wir brauchen etwas in den Magen, Wolfgang!«

Das war Sonja, die ältere Schauspielerin. »Wir haben uns die ganze Nacht für dich abgerackert, weil du behauptet hast, sonst würde die Welt untergehen, wir haben kein Auge zugetan, aber wir können nicht auch noch auf offener Straße verhungern. Ehe wir uns vor dem Schloss die Beine in den Bauch stehen, musst du uns zumindest irgendwo einen Pott Kartoffelsuppe ausgeben.«

»Ja, natürlich.« Vanselow kratzte sich am Kopf. »Entschuldige. Ich habe nur nicht daran gedacht, weil ich nicht begreife, wie ihr euch jetzt die Bäuche vollschlagen könnt.« Dann wandte er sich an Felice. »Das *Babylon* hat wohl geschlossen, oder?«

»Ich denke.«

Vanselow nickte. »Nicht mal Kuno und Bodo hätten den Nerv, heute Schnittchen und Käffchen zu servieren.«

»Aber bei *Karlsen* muss es doch was geben.«

»Im Notfall tut's *Aschinger.*«

»Am Ku'damm wird einem irgendein Menschenfreund schon ein paar Eier und einen ordentlichen Kaffee verkaufen.«

Sie redeten durcheinander, machten Vorschläge, verließen dabei den Bahnhof und zogen die Kantstraße hinauf. Felice ging mit. Unterwegs traf ihr Blick den Recha Süßapfels. Ihre Verständigung dauerte nicht länger als einen Herzschlag. Später, als sie nach einigem Suchen einen Wurstmaxen gefunden hatten, alle mit Würsten und Schrippen versorgt waren und weiter durch singendes Gedränge aufs Schloss zustrebten, blieb die andere mit ihr zurück. »Sie wollten zu mir?«

»Es geht um meinen Bruder!«, rief Felice.

»Ja«, sagte die andere ruhig. »Das habe ich mir gedacht.«

»Er hat sich zum aktiven Dienst in ein Infanterieregiment gemogelt, obwohl er als untauglich ausgemustert war. Wenn es jetzt wirklich Krieg gibt, wird er an der Front eingesetzt – und er hat es Ihretwegen getan!«

»Ich weiß.«

»Willi ist erst zwanzig, er ist in Sie verliebt und Ihnen hilflos ausgeliefert! Was für ein Mensch sind Sie denn, dass Sie einen Jungen ohne jede Erfahrung zu Ihrem Zeitvertreib ausnutzen?«

»Das herauszufinden hilft Ihnen nicht«, sagte Recha Süßapfel. »Aber wenn es Sie erleichtert, mich mit Ihrem Hass zu überschütten, tun Sie sich keinen Zwang an.«

Felice verstummte. Sie hätte der Frau noch alles Erdenkliche an den Kopf werfen können, aber das brachte sie nicht weiter. Wenn sie Willi retten wollte, musste sie auf etwas anderes sinnen.

Sie erreichten das Schloss. Der Platz, der sich davor erstreckte, hatte etwas von einer riesigen Wiese aus Menschen, die farbigen Hüte wirkten wie Sommerblumen. Wolfgang Vanselow drängte sich ein Stück vor und befragte Leute, die schon länger warteten. Sonja Vogt-Behringer drehte sich zu ihrer Kollegin um. »Er ist außer sich, Recha, besessen von dieser fixen Idee mit Belgien. Ich an deiner Stelle würde ihn nach Hause schleifen und die Tür verriegeln.«

»Du an meiner Stelle«, sagte Recha. »Aber ich nicht.«

»Recha, ich möchte auch dort hinaufsteigen!«, rief Gabriel und wies auf eine Laterne, auf die ein Mann mit einer Boxkamera geklettert war. Er hielt den Apparat auf den Balkon des Schlosses gerichtet und die Beine um den Mast geschlungen, um sich festzuklammern. »Ich möchte der Erste sein, der den Kaiser sieht, wenn er auftaucht. Und weißt du, was das Größte für mich wäre? Wenn der Kaiser mich sieht. Wenn wir uns über all die Menschen hinweg in die Augen sehen könnten – mein Kaiser und ich.«

»Du hast keine Affenbeine«, sagte Recha. »Du würdest runterrutschten.«

»Der Anblick des Kaisers würde mich oben halten.« Die Wangen des Jungen glühten, und seine Stirn, über die Schweiß lief, war blutig gekratzt. »Und er? Was würde er denken? Würde er erkennen, dass ich Jude bin, und verstehen, dass wir, die deutschen Juden, genauso unser Blut für ihn geben wollen wie jeder andere?«

»Jetzt iss deine Schrippe«, bestimmte Recha. »Wenn du etwas im Mund hast, hört wenigstens dieser Kaiser-Unsinn auf.« Sie reckte sich auf die Zehenspitzen und hielt Ausschau nach ihrem Geliebten, der jedoch im Gewühl verschwunden war.

»Ohne Wurst mag ich sie nicht essen«, sagte Gabriel. »Ich will die Wurst auch essen. Der Kaiser –«

»Zum Teufel, dann iss sie!«, schnitt ihm Recha das Wort ab und ließ endlich einen Funken Nervosität erkennen. »Wenn dein Kaiser davon selig wird, dass seine Juden für ihn Bockwurst essen.«

Mehrere drehten sich um. Ein Alter im Gehrock schlug allen Ernstes ein Kreuz.

Felice wusste nicht, wohin mit ihren Blicken.

Der Mann mit den Affenbeinen war Quintus Quirin.

Später machte sich Gunter Agnelli auf die Suche nach Vanselow und kehrte mit der Nachricht zurück, der Regisseur sei zur Reichskanzlei gegangen. »Er meint, er bringt dort eher etwas in Erfahrung. Kanzler Bethmann Hollweg soll ja sprechen.«

»Sie müssen meinen Bruder überzeugen, dass er einen Fehler gemacht hat«, versuchte Felice es von Neuem bei Recha, bemüht, nicht an Quintus auf der Laterne zu denken. »Alles andere erledigen wir, ein befreundeter Arzt kann für ein Attest sorgen, aber wir brauchen Willis Einwilligung. Schicken Sie ihm ein Telegramm, von mir aus erzählen Sie ihm Lügen über Ihre heiße Liebe, nur bringen Sie ihn zu Verstand. Er ist für das Militär nicht gemacht.«

»Und dessen sind Sie sich sicher?«, fragte Recha. »So sicher wie darüber, dass ich lügen müsste, um ihn – wie Sie es ausdrücken – zu Verstand zu bringen?«

»Herrgott, mir ist das alles egal, ich will nur meinen Bruder zurück!«

»Das verstehe ich«, sagte Recha. »Aber spielt denn gar keine Rolle, was Willi selbst will?«

»Er will Sie, aber er kann Sie nun einmal nicht haben – das ist ja wohl kaum ein Grund, sich das Leben zu nehmen.«

Sie konnten nicht weiterreden, weil Wolfgang Vanselow zurückkam. Er war so bleich wie sein Hemd. »Krieg«, sagte er. »Krieg. Krieg. Krieg.« Bei den knackenden Lauten zitterte seine Oberlippe. »Ich bleib nicht hier, ich höre mir dieses tödliche Kasperletheater nicht an. Gib mir den Schlüssel, Lulu, ich brauche ein paar Sachen aus deiner Wohnung. Ich fahre nach Belgien, solange es noch einen Zug gibt.«

Recha wurde auch bleich. In der Menge standen sie einander gegenüber, als wären sie allein.

Aber sie waren nicht allein. Sie hatten ihre Freunde bei sich, die sich verzweifelt bemühten, ihnen zu helfen. »Nach Belgien geht es doch gar nicht«, sagte Gunter Agnelli. »Belgien ist neutral.«

»Wenn du einen Haufen Kompanien und schwere Waffen nach Frankreich schaffen wolltest«, sagte Vanselow, »und zwar so schnell, dass du den Gegner überrennen kannst, ehe der weiß, wie ihm geschieht – welchen Weg würdest du dann wohl wählen? Etwa den über die Kette von schwer bewaffneten Festungen an der deutsch-französischen Grenze?«

Agnelli schwieg lange. »Belgien ist neutral«, wiederholte er dann. »Durch Belgien geht's nicht.«

»Die Deutschen haben keine Zeit«, sagte Vanselow. »Wenn sie sich nicht in einem Zweifrontenkrieg aufreiben wollen, müssen sie Frankreich in die Knie zwingen, ehe Russland sein schwerfälliges Heer an die Grenzen geschafft hat.«

Wieder schwieg Agnelli, und Felice glaubte zu sehen, wie es hinter seiner Stirn arbeitete. »Erst einmal wird doch nur Russland der Krieg erklärt«, brachte er endlich heraus. »Was mit Frankreich wird, ist doch noch gar nicht raus. Vielleicht verläuft ja das Ganze noch einmal im Sande. Warum wartest du nicht ab?«

»Weil ich vor Ort sein muss, wenn es losgeht. Weil ich das

Verbrechen festhalten muss, das da begangen wird. Mit meiner Birtac. Damit es später kein Mensch abstreiten kann.«

Felice wusste nicht, was eine Birtac war, aber den Rest verstand sie. Vanselow wollte nach Belgien fahren, um Beweise zu sammeln, weil bei diesem Krieg nicht alles so edel und heldenhaft zuging, wie es in den Zeitungen, in den flammenden Reden und Gesängen dargestellt wurde. Sie sah die Angst in seinen Augen flackern, und ihre eigene wuchs.

»Ausgerechnet du mit deiner alten Birtac.« Christoph, der Assistent, versuchte sich an einem Grinsen. »Ich sehe es vor mir, wie du mit deinem Kamerakoffer über Dachrinnen kletterst und durch Fenster einsteigst, um geheime Verschwörungen zu filmen. Mit Verlaub, Wolfi, du bist der genialste Regisseur, den dieses Land aufzuweisen hat, aber als Kameramann taugst du nicht mehr als meine Oma. Auf den Filmen, für die du dir all die Mühe machen willst, wird womöglich nicht mal was zu erkennen sein. Warum überlässt du das nicht denen, die es können und die die Ausrüstung dafür haben?«

»Du meinst Oskar Messter?« Vanselows Augen wurden schmal. »Dem soll ich es überlassen festzuhalten, was in den nächsten Tagen in Belgien geschieht?«

»Oh mein Gott!« Sonja Vogt stöhnte. »Nicht schon wieder Messter. Der ist noch immer dein erklärter Erzfeind, richtig?«

»Nicht noch immer«, erwiderte Vanselow. »Sondern mit jedem Tag mehr.«

»Und warum?«

Durch Vanselows Leib lief ein Zittern. Recha berührte kurz seinen Arm und ließ ihn wieder los. Vanselow beachtete sie nicht. »Dieser Messter leckt der Heeresleitung schon jetzt, noch ehe es überhaupt losgeht, den Speichel«, sagte er. »Er ist ein verdammt schlauer Hund – ihm ist nämlich klar, dass unter dem ganzen Haufen neuer Wunderwaffen, die in diesen Krieg geschleppt werden, der Film die wirksamste ist.«

»Der Film?«

»Propaganda«, sagte Vanselow. »Sie werden Messter beauftragen, eine Art Kriegskaleidoskop für die Heimat zu erstellen: heldenhafte teutonische Krieger, die sich tapfer der Attacken hinterhältiger Feinde erwehren, fröhlich marschierende Jungs, die ihren Müttern in die Kamera winken, Mädel an den Stadttoren, die strahlende Deutsche mit Blumen begrüßen. Später dann Russen, Franzosen, Serben, die sich barbarisch an Verwundeten vergehen und Gräber schänden. Damit bekommt man ein Volk dazu durchzuhalten, so lange sich der Krieg auch hinzieht und so hart man es hernimmt.«

»Ach was«, rief Agnelli, »der Krieg dauert höchstens bis Weihnachten, das sagt dir jeder.«

»Aber sicher doch, Gunter. Und als Erstes sagt es dir dein Freund Oskar Messter. Der sagt es dir so lange, bis Weihnachten vorbei ist, und dann zeigt er dir neue rührende Filmchen von unseren tapferen Soldaten, die sich auf den Osterhasen freuen. Und damit kein hässlicher Miesmacher diese possierliche Glanzbilderfolge stört, wird die Heeresleitung ihren Kumpan Messter beauftragen, einen hübschen Satz Zensurbestimmungen aufzusetzen. Keine Bilder von Schwerverletzten, von Verstümmelten, von Übergriffen, von irgendwas, das den Herren von der Heeresleitung in die Suppe spuckt. Ehe das geschieht, will ich meinen Film im Kasten haben. Lulu, bitte sag meiner Mutter Bescheid. Ich fahre heute Nacht.«

»Jetzt reicht's aber!« Ein großer Mann, der fast aus seinem Hemd platzte, drängte die Freunde, die Wolfgang Vanselow wie ein schützender Ring umstanden, rücksichtslos auseinander und baute sich vor ihm auf. »Wissen Sie, dass das Majestätsbeleidigung ist, diese Hetzreden, die Sie hier halten? Melden sollte man Sie – und das an einem Tag wie heute, wo das nationale Gewissen jedem Bürger des Reiches schlagen sollte.«

»Auf dieses nationale Gewissen des Reiches komme ich zurück«, sagte Vanselow. »In ein paar Jahren wüsste ich gern, ob es so etwas tatsächlich gibt, aber heute fehlt mir die Zeit. Sie entschuldigen mich.«

Vanselow war zwar einen Kopf kleiner als der Dicke, schob diesen aber zur Seite und machte sich auf den Weg. Der Dicke fluchte und wollte ihm folgen, doch in diesem Moment erhob sich johlendes Gebrüll, und ein Mann in Uniform und Pickelhaube, der auf die Entfernung klein wirkte, erschien auf dem Balkon. Kaiser Wilhelm II.

Ein Militärfahrzeug bahnte sich im Schritttempo einen Weg durch die Menge. »Die Generalmobilmachung ist beschlossen«, rief einer der Offiziere, der sich aus dem Fenster lehnte, den Leuten zu. »Seit heute ist Deutschland im Krieg mit Russland.« Während das Automobil langsam weiter durch die Reihen glitt, wiederholte er den Ruf alle paar Meter, bis das Fahrzeug die Straße erreichte und davonglitt. Mit einem Schlag verstummte der Lärm.

»Aus tiefstem Herzen danke ich euch für den Ausdruck eurer Liebe, eurer Treue!«, rief der Kaiser. Er klang ein bisschen wie Ille, fand Felice, wenn sie im Begriff stand, in Tränen auszubrechen. »In dem bevorstehenden Kampfe kenne ich in meinem Volk keine Parteien mehr. Es gibt unter uns nur noch Deutsche, und welche von den Parteien sich auch im Laufe des Meinungskampfes gegen mich gewendet haben sollte, ich verzeihe ihnen allen. Es geht jetzt nur darum, dass wir alle als Brüder zusammenstehen, dann wird Gott dem deutschen Schwert zum Siege verhelfen.«

Hüte flogen in die Höhe, und ohrenbetäubender Jubel brach aus. »Das nimmt den Sozis den Wind aus den Segeln«, freute sich der Dicke, ehe er sich verzog.

»Vergesst Eure Juden nicht, Majestät!«, schnitt eine helle Stimme durch den Radau. »Deutschlands Juden wollen ebenfalls ihrem Land zum Sieg verhelfen, und zwar mit allem, was sie haben!«

Mehrere drehten sich um. An der Laterne klebte wie ein Äffchen Gabriel. In dem Leuchten auf seinem Gesicht schien sich die Sonne zu spiegeln, die sich abendlich rötete. Er riss eine Faust in die Höhe, verlor den Halt und rutschte zurück auf den Boden.

Quintus Quirin war nirgends mehr zu sehen.

Recha stöhnte. »Kann mir jemand einen Gefallen tun und ihn einfangen?«

»Klar«, sagte Gunter Agnelli. »Mach dir darum keine Sorgen, kümmere du dich um Wolfgang.«

»Wolfgang ist gegangen«, sagte Recha tonlos. »Mir fehlt nur die Kraft, mir jetzt Gabriels Kaiserhymnen anzuhören.«

»Wolfgang ist gegangen?«, fuhr Christoph auf. »Verdammt, wir müssen ihn aufhalten! Woher auch immer er diesen Tick mit Belgien hat, er begeht eine Wahnsinnstat, wenn wir ihn ziehen lassen.«

»Du kannst ihn nicht aufhalten«, sagte Recha. »Er ist ein freier Mann.«

Sie drehte sich weg, ließ ihre Freunde stehen und trat vor Felice. »So wie Willi«, sagte sie. »Er hat seine Entscheidung getroffen, weil er fand, es ist das, was er braucht. Wer bin ich, wer sind Sie, zu behaupten, wir wüssten es besser?«

»Sie können ihn doch nicht sein Leben riskieren lassen, nur weil Sie sich lange genug mit ihm amüsiert haben!«, rief Felice. »Wenn ihm etwas passiert, wenn er in diesem Krieg, den keiner richtig versteht, umkommt, sind Sie daran schuld – wollen Sie damit weiterleben?«

»Ich werde es müssen«, sagte Recha und starrte in die Richtung, in die Vanselow verschwunden war. »Freiheit, das ist ja wohl das Recht, selbst zu entscheiden, was für das eigene Leben das Beste ist, und das kann ich doch nicht nur für mich selbst gelten lassen.«

»Aber er irrt sich doch!« Felice spürte, wie ihre Hoffnung schwand und Verzweiflung ihr die Kraft raubte. »Und dieser Irrtum kann ihn das Leben kosten. Er ist erst zwanzig, er fährt gern Rad, isst gerne Königsberger Klops, er …«

»Er schreibt Gedichte auf Postkarten«, beendete Recha ihren Satz. Über ihr Gesicht flog ein verblüffendes Lächeln und war ebenso schnell wieder fort. »Er hat das Zeug, ein wundervoller Mann zu werden, aber den Weg dorthin muss er selbst wählen, nicht ich für ihn – auch wenn er sich irrt. Es ist ja nicht so einfach mit der Freiheit, wenn man nicht dazu erzogen, sondern stets angehalten wurde, Regeln zu befolgen und sich in vorgezeichnete Rollen zu fügen. Was bleibt uns anderes übrig, als gegen alle Angst unsere Schritte auszuprobieren und gegen alle Angst zu hoffen, dass wir sie überstehen?«

»Aber Willi übersteht diesen Schritt nicht!«, rief Felice. »Er ist ungeschickt, er ist Willi, unser Osterhase, wenn ich die Augen zumache, sehe ich ihn in die nächstbeste Kugel laufen. Ich flehe Sie an: Schicken Sie ihm das Telegramm. Schreiben Sie ihm nur, er soll auf einen Besuch nach Berlin kommen, für alles Weitere müssen dann wir einen Weg finden.«

»Ich glaube, Sie machen sich falsche Vorstellungen von dem, was Krieg bedeutet«, sagte Recha. »Kein Wunder. Wir kennen schließlich seit vierzig Jahren nur Frieden. Bis heute hätte ein Rekrut sicher auf einen Abschiedsbesuch kommen dürfen, aber jetzt, wo die Männer eingeteilt, die Divisionen gebildet und die Truppen an ihren Einsatzort verschickt werden, ist es dafür zu spät.«

»Verschickt? Sie werden schon jetzt verschickt, sie bleiben nicht noch in Kiel?«

»In Kiel ist Willi schon seit drei Tagen nicht mehr«, sagte Recha. »Ich kenne mich mit diesen Dingen nicht aus, aber soweit ich in Erfahrung gebracht habe, ist das Seebataillon eine Infanterieeinheit, die nicht auf Schiffen, sondern zur Küstensicherung zu Land eingesetzt wird. Genaueres kann ich Ihnen nicht sagen, ich weiß nicht mehr, als dass Willis Einheit bereits zum Einsatz nach Aachen verlegt wurde.«

»Und woher wissen Sie das?«

Recha warf ihr einen Blick zu. Dann zuckte sie mit den Schultern, drehte sich um und ging.

Felice wusste weder, wie lange sie wie erstarrt auf dem sich leerenden Platz gestanden hatte, noch, woher ihr die Kraft gekommen war, sich schließlich zu lösen. Mechanisch, mit schweren, taumelnden Schritten trat sie den Heimweg an. Es war nicht weit, keine halbe Stunde zu Fuß, doch ihr kam es endlos vor. Was würde ihr Leben von jetzt an sein? Ein in ständiger Spannung verbrachtes Warten auf schlechte Nachrichten?

Durch den goldenen Sommerabend hallten noch immer die heiteren, triumphalen Gesänge und verhöhnten sie. Verhöhnten sich selbst. Die Cafés, die vorhin geschlossen gewesen waren, hatten jetzt alle weit offene Türen, und die Gäste quollen singend und trinkend auf den Gehsteig. Alles umarmte sich, alles verbrüderte sich. Keine Parteien mehr. Nur noch Deutsche.

War es das, was ihr Vater sich gewünscht hatte: der große Krieg, um hinauszustürmen und sich zu bewähren?

Männer taten das. Frauen blieben daheim und mussten mit dem vorliebnehmen, was man ihnen hinwarf.

Als sie in ihre Straße einbog, sah sie das schwache Licht aus den Fenstern des *Babylon* und fühlte sich flüchtig nicht mehr ganz so allein. Suse stand wieder vor der Tür und rauchte, aber sie sah nicht mehr wie Suse aus. Statt einem ihrer bunt bedruckten Reformkleider trug sie ein geschnürtes blaues Kostüm, das einer Konfirmandin besser gestanden hätte als ihr. Auch ihr Gesicht sah verändert aus. Nass.

»Suse, was ist denn? Wo warst du?«

»Bei meinem Vater«, antwortete Suse. »In dem Haus neben eurem, falls du dich dunkel erinnerst.«

»In der Platanenallee?«, rief Felice. »Aber da gehst du doch sonst nie hin.«

»Sonst nicht. Aber heute«, sagte Suse. »Wir haben Mo verabschiedet. Ich kann solchen Abschiedsfeiern samt Geschluchze und Taschentüchern zwar nichts abgewinnen, aber Mo hatte sich gewünscht, uns alle noch einmal zu sehen. Ich fand, er hätte es verdient, dass ich den Zirkus ihm zuliebe auf mich nehme.«

»Mo«, stammelte Felice. »Aber warum denn Mo?«

»Die Frage ist etwas kurios, findest du nicht auch? Mo ist ein Mann, er hat gedient und gehört als Unteroffizier der Infanteriereserve an. Was war also anderes zu erwarten, als dass er auf der Stelle mobilisiert wird?«

»Du hast recht«, presste Felice sich ab. »Ich bin so naiv wie meine Schwester.«

»Die war auch da«, sagte Suse. »Ein bisschen ramponiert sah sie aus, aber das hinderte sie nicht am Kuchenessen. Deine Mutter und ihr Gespons bedauerten zwar, dass der Marinegefreite Wilhelm zur Nieden nicht persönlich verabschiedet werden konnte, aber das tat ihrer Würde als Heldeneltern keinen Abbruch. Sie thronten stolz wie Oskar auf dem Sofa und ließen sich Schaumwein kredenzen, den wir nicht Champagner nennen durften, weil das nicht patriotisch ist.«

Felice konnte ihr kaum folgen. »Wo ist Mo denn jetzt? Ich muss ihn doch noch einmal sehen.«

»Der Ansicht war er auch«, erwiderte Suse. »Eben deshalb ist er in den letzten Tagen ständig hier gewesen, ohne seine Verlobte allerdings je anzutreffen.«

»Es ging um Willi, Suse!«

»Keine Sorge, Moritz versteht das«, sagte Suse. »Du kennst ihn doch. Er versteht alles. Zwar hat er bis zum Schluss die Hoffnung nicht aufgegeben, du würdest noch auftauchen, um ihn zum Bahnhof zu begleiten, aber letzten Endes zockelte er allein los. Wir Übrigen boten uns zwar als Ersatz an, aber von uns wollte er keinen haben.«

»Ich muss ihn sprechen. Fährt er vom Schlesischen Bahnhof?«

Suse schüttelte den Kopf. »Vom Hauptbahnhof.«

»Aber warum denn das? Züge in Richtung Russland fahren doch alle vom Schlesischen.«

»Von wo auch immer«, sagte Suse. »Du kommst zu spät, du wirst zwar Hunderte von Zügen sehen, die im Zehn-Minuten-Takt mit Menschen vollgestopft den Bahnhof verlassen, aber der, in dem Mo saß, ist lange weg. Ist halb so schlimm, oder? Du musst dich eben bis Weihnachten gedulden, denn bis dahin soll der Krieg ja zu Ende sein.«

»Und wenn nicht? Ich habe Leute gesprochen, die sagen, er kann nicht bis Weihnachten zu Ende sein, sondern wird viel länger dauern.«

»Felice«, sagte Suse und fasste sie ins Auge. »Bisher hatte ich nicht den Eindruck, dass du dich sonderlich nach meinem Bruder Mo sehnst. Wann hat sich das denn geändert?«

»Seit Krieg ist«, sagte Felice ehrlich. »Ich will, dass er zurückkommt, ich will ihm noch so vieles sagen, auch wenn ich nicht einmal weiß, was.«

»Dann wirst du ihn heiraten müssen«, versetzte Suse nüchtern. »Oder dich umbringen. Für Hochzeiten und Begräbnisse kann ein Mitglied der kämpfenden Truppe Urlaub beantragen.«

Felice überlegte nicht eine Sekunde. »Ich heirate ihn«, sagte sie. »Hast du seine Adresse? Ich schreibe ihm noch heute.«

»Adressen haben sie nicht mehr«, erwiderte Suse. »Nur noch Feldpostnummern.« Aus ihrer Zigarettenschachtel – der goldenen mit dem Schriftzug *Duke of Edinbourgh*, die auch Benno rauchte –, zog sie eine gelbliche Karte und hielt sie Felice hin. »Wenn du dir sicher bist, dass du das willst, tut's auch die.«

»Ich bin mir sicher.« Felice nahm die Karte. »Sonst ist niemand hier gewesen, nein?«

»Wenn du demnächst meinen Bruder heiraten willst, solltest du mich das vielleicht nicht fragen«, sagte Suse, drehte sich um und ging Felice voran ins Haus.

28

August

Die Grundausbildung hatte Willi Vergnügen bereitet. Auf dem Exerzierplatz mit dem Bajonett auf Lumpenpuppen stürmen, bis er jeden Muskel in seinem Körper spürte. Leibesübungen im Zirkel, laufen, mit Gepäck marschieren, sich niederwerfen und im Nu wieder aufspringen, über Zäune hechten und Hänge erklettern.

Dann die Übung an der Waffe: anlegen, zielen, abdrücken, Wut und Schmerz mit dieser schmauchenden Explosion aus sich herausschießen. Ein seltsamer Zauber umgab die Handhabung eines Gewehrs, dieser Mauser 98, die an Willi ausgegeben worden war, als wäre sie fortan ein Teil von ihm. Einem Mann mit einer Waffe konnte niemand die Männlichkeit absprechen. Die Mauser in seinen Händen verschaffte ihm ein Machtgefühl, das sich mit nichts vergleichen ließ. Er war kein Niemand mehr, nicht länger das Jungchen, das sich beiseiteschieben ließ, sondern einer, mit dem man rechnen, ja, vor dem man sich sogar in Acht nehmen musste. Nachts tat ihm alles weh, er behielt vorschriftsmäßig die Schnürstiefel an und den Koppel umgeschnallt und schlief wie ein Stein, zu erschöpft, um nachzudenken.

Auch an das Leben in der Garnison hatte er sich rasch gewöhnt: an die Appelle in aller Herrgottsfrühe, das Strammstehen, bis einem der Schweiß lief, die harte Pritsche in einem Schlafsaal mit elf Kameraden, das eisige Waschwasser und das Essen aus Aluminiumnäpfen. Es war ein Abenteuer. Willi erkannte, wie verweichlicht und verzärtelt er sein bisheriges Leben verbracht hatte. Die meisten seiner Kameraden, einfache ungediente Gefreite wie er, waren von dem ausgegebenen Essen begeistert: Dauerwurst, Kunsthonig, Büchsenheringe, Dinge, die Willi früher mit keiner Kneifzange angefasst hätte, lösten bei den Männern, die der Arbeiterschicht entstammten, helle Freude aus. »Besser als bei Muttern«, bekundete Paul Brotkorb, der Packer bei Borsig war und wie Willi aus Berlin stammte. Am glücklichsten machte ihn jedoch der echte Bohnenkaffee. »Bei uns zu Hause gibt's nur Muckefuck, aber hier bekommen wir's in die Hintern gestopft wie die Prinzen.«

Willi selbst schmeckte der Kaffee besser, wenn er ihn mit den Kameraden teilte. Die Kameradschaft unter Männern gefiel ihm, auch wenn sich manche über ihn und seine Herkunft lustig machten. Es kam ihm nicht boshaft vor. »Graf Koks vonne Gasanstalt«, nannte ihn Paul Brotkorb und knuffte ihm dabei in die Seite.

Johann Broderson, ihr Feldwebel, schimpfte, wenn sich jemand über Blasen an den Füßen oder scheuernde Kragen beklagte, und nannte sie Zivilisten in Uniform, doch im Großen und Ganzen zogen sie an einem Strang. Es war ganz anders als in der Bank, wo er sich ständig von lauernden Blicken altgedienter Mitarbeiter verfolgt fühlte, die nur darauf warteten, dass er den nächsten Fehler beging.

Die Kragen der brandneuen feldgrauen Uniformen scheuerten in der Tat, und die Stiefel saßen schlecht, aber weil ja alle gleich litten und darüber Witze rissen, war es hinzunehmen. Das Beste war in Willis Augen, dass er so wenig Zeit zum Nachdenken hatte, und einmal sagte er zu Paul Brotkorb: »Vielleicht sind Männer gar nicht dazu gemacht, so viel herumzudenken, sondern froh, wenn sie zupacken können. Vielleicht ist uns das ständige Denken von den Frauen aufgezwungen.«

Paul Brotkorb lachte: »Wenn dir einer zuhört, könnte er glooben, du machst den janzen Tag nischt anderes wie denken.

Und dass er sich von 'ner Frau was aufzwingen lässt, das gibt's auch nur bei so 'ner halben Portion wie dir.«

Fotografien von Frauen zeigten sie alle herum – von ihren Bräuten, Ehefrauen, Angebeteten oder den hübschen Freundinnen ihrer Schwestern. Einer, der kleine Alfons Köpke, trug ein Bild von Zwillingen bei sich, das diese ihm angeblich eigens zu seiner Abreise hatten anfertigen lassen, weil sie beide rettungslos in ihn verliebt waren. »Die Luise, die hat lange Zähne, die würde mich vor Liebe glattweg auffressen. Wenn da die Hilde nicht dazwischenginge, hätte die mich längst mit Haut und Haar vertilgt.«

Auch auf diesem Feld konnte Willi mithalten: In seinem Waschbeutel hatte er ein Bild von Otti gefunden, auf dem sie ein rotes Kleid mit weißen Punkten trug und jünger aussah, als sie war.

»Proper«, lobte Brotkorb. »Wenn die badet, bleibt kein Tropfen hängen, was?«

Alles lachte, niemand rümpfte indigniert die Nase. Es war wie eine eigene Welt, eine Zuflucht für Männer, in der sie sich von der Überforderung der Frauen erholen konnten. Überfordert fühlte Willi sich von Recha allerdings – überfordert und so tief verletzt, dass er an die verkapselte Wunde in seinem Innern nicht rühren durfte. Er war entschlossen, den strahlenden Tambourmajor aus sich zu machen, der ihren Anforderungen genügte, aber hier, unter den Kameraden seiner Kompanie, durfte er eine Zeitlang schlicht Willi sein, und niemand verlangte mehr.

Es zweifelte niemand daran, dass Krieg bevorstand. Der Arzt, der an Willi die Musterung vorgenommen hatte, seinen splitternackten Körper geknetet hatte wie ein Stück Fleisch auf dem Schlachthof seines Schwagers, hatte ihm das ohne Beschönigung mitgeteilt: »Sie sind schwach auf der Brust, allem Anschein nach ein erbliches Leiden. Damit fahren Sie auf keinen Fall zur See, und schwach in Rücken und Schultern sind Sie obendrein. Für gewöhnlich würden wir einen wie Sie glattweg aussortieren, wie Sie ja in Berlin bereits aussortiert worden sind. Aber in der Not frisst der Teufel Fliegen. Russland soll anderthalb Millionen Mann ausheben können, und für Frankreich schätzen wir neunhunderttausend. Also nehmen wir, was sich uns hinwirft. Mit einer Repetierbüchse werden Sie ja wohl umgehen können, ohne zusammenzubrechen.«

Der Krieg kam also. Die Frage war nur: Wann kam er, und wie hieß der Gegner? Russland, Serbien, Frankreich? Mit den Briten rechnete niemand so richtig. Anders als der Rest des Kontinents hatten sie keine Armee von Wehrpflichtigen, sondern ein kostbares, exquisit ausgewähltes und trainiertes Berufsheer von nicht einmal hunderttausend Mann, das zum Einsatz in den Kolonien bereitstand und über keine schwere Artillerie verfügte. Das würden sie kaum herüberschicken, um es sich auf dem Kontinent in einem Krieg verheizen zu lassen, der sie nichts anging. Wenn die Franzosen auf Bündnistreue pochten, würde der liberale Premierminister ein paar Schiffe zur Küstensicherung bereitstellen, aber mehr auch nicht.

Sie spekulierten darüber, während sie sich ihr Dosenfleisch in Würfel schnitten und ihre Ration Zigaretten teilten, und die Kompanie spaltete sich in zwei Lager: die, die nach Russland wollten, und die, die auf Frankreich hofften. Willi war unentschieden. Die Welt kam ihm so weit vor. Außer zur Sommerfrische an der Ostsee und einmal zur Saison in Baden-Baden war er noch nie irgendwo gewesen. Wohin er kam, war ihm egal, nur reisen wollte er, an der Fremde wachsen und ein neuer, ein bedeutenderer Mensch werden.

Tagelang schien jede Bewegung zu stagnieren, hatten die Verhandlungen sich festgefahren, und in die Garnison drang so gut wie keine Neuigkeit. Dann aber ging es auf einmal viel schneller als erwartet. Die Russen machten mobil, das Ultimatum verstrich, und der Kaiser reagierte auf die einzige angemessene

Weise: mit der Kriegserklärung. Also nach Russland. Ins Reich des Zaren. Ein gerechter Krieg, in dem Deutschland seinem Verbündeten gegen einen übermächtigen Gegner treulich zur Seite stand. Beim Abendappell wurden neue Tornister, eiserne Rationen und je zwei Teile Kochgeschirr ausgegeben. »Alles nach Liste packen und ab Mitternacht bereithalten!«, bellte der Feldwebel. »Wir bekommen morgen noch Bataillone von der 4. Ersatz-Division her, dann werden Sie gemeinsam in Marsch gesetzt.«

»Und wohin, wenn man fragen darf?«, meldete sich der vorwitzige Köpke.

»Darf man nicht«, sagte Broderson. »Abtreten. Zur Nieden, Sie bleiben zurück.«

Broderson war kein Leuteschinder, da hatte Willi auf dem Gymnasium ganz andere erlebt. Er war nur kurz angebunden, wie es bei Männern von der holsteinischen Ostseeküste häufig der Fall war. »Nach Ihnen hat sich eine Dame erkundigt«, sagte er, als er jetzt zu Willi trat. »Mehrmals. Ihnen das zu sagen gehört nicht zu meinen Aufgaben, aber wenn Sie ihr noch schreiben wollen – tun Sie's schnell. Heute bei Nacht rücken wir aus.«

Willis Herz begann zu jagen. Er hatte geglaubt, schon ein wenig Ruhe und Kühle gewonnen zu haben, aber jetzt, bei der simplen Erwähnung Rechas, brannte er erneut lichterloh. Sie hatte sich nach ihm erkundigt. Noch ehe er sich fragen konnte, was das zu bedeuten hatte, schwappte eine Woge Hoffnung über ihn, gegen die er machtlos war. Im letzten Tageslicht nahm er sich eine Feldpostkarte vor und versuchte zu schreiben:

Geliebte Recha.

Nein, so war es nicht richtig. Er strich das *Geliebte* durch, denn eine solche Anrede hatte sie ihm verboten. Was aber sollte er sonst schreiben?

Ich komme morgen nach Russland.

Aber wusste er das denn so genau? Was, wenn sie nur auf eine andere Festung verlegt wurden? Er strich den Satz durch.

Ich gehe morgen in den Krieg und werde vielleicht nicht zurückkommen. In dem Fall möchte ich, dass du weißt: Ich habe dich mehr als mein Leben geliebt.

Um Gottes willen, er hörte sich an wie dieser Filip von Schlei, und er wusste doch, wie wenig sie dafür übrighatte! Er strich den Satz durch, und obwohl er klein geschrieben hatte, war nun nur noch Platz für eine einzige Zeile.

Ich denke an dich, obwohl ich nicht will. Dein Willi, schrieb er, schob die Postkarte in seine Brusttasche und wusste, er würde sie nicht abschicken.

Der Weckruf erfolgte tatsächlich mitten in der Nacht. Die war sternenklar und noch warm. Dass Willi fröstelte, lag an der Müdigkeit. Im Mondlicht zeichneten sich sechs Geschütze und vier Wagen ab, die zum Aufbruch bereitstanden, und ohne Federlesens wurden die Kompanien in Marsch gesetzt. Buchstäblich. Sechs Offiziere ritten vorneweg, und die endlose Marschkolonne folgte.

»Sollen wir bis nach Russland latschen?«, fragte Paul Brotkorb, nachdem sie eine halbe Stunde marschiert waren, ohne dass der erwartete Bahnhof in Sicht kam.

»Ich denke, wir werden nur woandershin verlegt«, erwiderte Willi enttäuscht. »Bis wir zu Fuß in Russland sind, haben unsere Leute den Krieg schon gewonnen, und außerdem laufen wir nach Westen, nicht nach Osten.«

»Sagt mal, seid ihr so blöd oder tut ihr nur so?«, fragte Ludwig Feldhege, der für sie zuständige Unteroffizier, der ganz anders war als Broderson: geschwätzig, eitel, von sich überzeugt. »Was meint ihr, was das da vorne ist?« Er wies über die weite, in Nebel getauchte Ebene, an deren Ende sich die Umrisse von etwas wie Zaunlatten und eine Reihe von spanischen Reitern aus tanzenden Schwaden schälten. *Auf eine so helle Nacht wird wieder ein schöner Tag folgen,* fiel Willi auf. Dieser Sommer war einzigartig.

»Das sind Grenzbäume«, sagte Feldhege. »Die werfen wir als

Vorauskommando jetzt um, und dann nichts wie rüber nach Belgien.«

»Wieso Belgien?«, fragte Brotkorb blöd, ohne stehen zu bleiben.

»Wieso nicht?«, fragte Feldhege zurück und blieb ebenfalls nicht stehen.

Stehen blieb nur Willi. »Aber Belgien ist doch neutral!«, platzte er heraus.

»Das habe ich nicht gehört«, sagte Feldhege. »Belgien, soweit es uns betrifft, ist der schnellste Weg nach Paris, wo ihr zu Weihnachten ja wohl eure Gabentische aufbauen wollt.«

»Aber seit der Konferenz von London haben alle Großmächte Belgiens Neutralität garantiert!«, rief Willi und klang wie sein halb vergreister Geschichtslehrer, Professor Georg Hartlieb. Paul Brotkorb versetzte ihm von der Seite einen Stoß, aber Willi gab nichts darauf, sondern setzte nach: »Wir können doch nicht ein Land überfallen, das mit dem Krieg gar nichts zu tun hat.«

»Pass mal auf, mein Freundchen mit dem hübschen Adelstitel.« Feldhege schob sich zwischen die Reihen und blies die breite Brust auf, bis sie die schmale von Willi berührte. »Wir können tun, wofür wir Befehle erhalten, verstanden? Du bist hier im Krieg, nicht in deiner Freimaurerloge, und solche Diskussionen führe ich zum letzten Mal. Wir haben dem belgischen König mitgeteilt, dass unsere Truppen sein Land durchqueren müssen, wir haben unser Bedauern erklärt und um freien Durchzug gebeten. Dass der Belgier das mit erhobener Nase zurückgewiesen hat, ist nicht unsere Schuld. Wie man in den Wald hineinruft, so schallt es heraus. Und jetzt weiter.«

Willis Herz klopfte dumpfer und wilder als am Abend zuvor, als Feldwebel Broderson ihm die Nachricht von Recha gebracht hatte. Was blieb ihm zu tun? Die Übrigen marschierten weiter auf die Grenze des fremden Landes zu und kamen ihm auf einmal vor wie die Roboter in Wolfgangs Film *Morgen aus Stahl,* die die Welt niedertrampelten, ohne etwas dabei zu empfinden. Sollte er sich umdrehen, sich dem Strom der Roboter entgegenstellen? Was hätte er damit ausgerichtet? Er ging weiter, ohne es zu wollen.

»Jetzt mach dir nicht ins Hemd«, sagte Paul Brotkorb. »Ist halt Krieg. Kein Kaffeekränzchen.«

Die Überquerung der Grenze verlief tatsächlich so einfach wie ein Spiel mit Zinnsoldaten. Auf der Linken gab es ein Scharmützel mit einer Anzahl belgischer Geschütze, an dem Willis Kompanie jedoch nicht einmal beteiligt war. Anschließend schlugen sie sich in die Wälder, um im beginnenden Tageslicht Deckung zu haben. Sie marschierten stundenlang weiter über unwegsames Gelände, bis die Erschöpfung sämtliche Gedanken auslöschte. Dann, als durch die Bäume eine Anhöhe und obenauf die Mauern einer Festungsanlage in Sicht kamen und gerade, als Willi sicher war, keinen Schritt mehr gehen zu können, kam das Kommando, zu halten und ein Lager zu errichten.

»Das ist Namur«, erklärte Feldhege, während sie ihre Zelte im Schutz der Wagenburg aufschlugen. »Vor uns liegt der Ring der Außenforts um Lüttich, den wir heute Nacht stürmen. Die Kompanie untersteht ab jetzt dem Oberkommando von General von Emmich vom X. Armeekorps. Bis morgen früh soll die Stadt eingenommen sein.«

Wieder verspürte Willi einen Stoß von Paul Brotkorbs Ellenbogen. »Stell jetzt bloß keine Fragen«, raunte er, als Feldhege sich abgewandt hatte. »Besser wir gehen Essen fassen.«

Vor dem Küchenwagen reihte sich eine Schlange. Warmes konnte nicht zubereitet werden, weil die kleinste Rauchwolke den Feind auf ihre Stellung aufmerksam gemacht hätte. *Den Feind,* dachte Willi, und zum ersten Mal begriff er, dass er hier stand und sich Wurst und kalten Sauerkohl abholte, um in dieser Nacht gegen einen sogenannten Feind zu kämpfen, der weder ihm noch seinem Land etwas getan hatte. In seinem von Müdigkeit umnebelten Hirn glaubte er, Wohnungen zu sehen, in denen Familien sich zum Essen setzten, Väter Tischgebete sprachen, Mütter Schüsseln aufdeckten. Keiner von ihnen konnte ahnen, dass das alles heute Nacht ein Ende finden würde. Aber das war ja Unsinn! Sie führten keinen Krieg gegen Zivilisten, sondern brauchten nur die Eisenbahnwege der Stadt, um Truppen und Kriegsgerät nach Frankreich zu schaffen.

Er hielt sein Geschirr hin, ließ sich den Henkeltopf vollschöpfen, und versuchte, sich zu beruhigen. Dies war noch immer ein gerechter Krieg. Andernfalls hätte ja wohl der Reichstag die Kriegskredite nicht ohne Gegenstimme bewilligt. Selbst die Sozis waren nach dem ganzen Aufstand, den sie von wegen Kriegshetze und Aufrüstung veranstaltet hatten, zuletzt doch auf die Linie des Kaisers geschwenkt: Es gab keine Parteien mehr. Es gab nur noch Deutsche. Daran wollte Willi sich festhalten.

Heute Nacht stand sein erster Angriff bevor. Dass seine Nerven davor ein wenig verrücktspielten, war nicht verwunderlich, zumal er anders als die gedienten Männer nichts als die dürftigste Grundausbildung vorzuweisen hatte. Aber er würde nicht schlappmachen. Männer zogen in Kriege, das war seit Anbeginn der Menschheit so, und er würde es ebenso bestehen wie die Unzähligen vor ihm.

Sie hatten vier Stunden, um zu schlafen, aber Willi kam es vor, als hätte er die ganze Zeit über mit geschlossenen Augen wach gelegen und dabei doch wie im Traum ein entferntes Grollen und Heulen vernommen, als braue sich über ihm ein Gewitter zusammen, das sich anderswo schon entlud. Als der Befehl zum Aufbruch erfolgte, zitterte sein ganzer Körper, und er fühlte sich wie im Fieber oder mächtig betrunken. In vier Reihen brachen sie aus dem Gehölz auf das freie Feld vor dem Festungsring. Die Nacht war gespenstisch, nicht klar, sondern wolkig, von Nebeln durchtanzt, und aus dem gesamten Waldgebiet brachen in weiteren Reihen die schwarzen Silhouetten von Männern hervor. Willi sah nach links, wo Paul Brotkorb und der kleine Alfons Köpke mit den verliebten Zwillingsschwestern gingen. Es beruhigte ihn, ihre Züge zu erkennen, keine gesichtslosen Wesen, sondern Kameraden neben sich zu haben, mit denen er in den letzten vier Wochen so eng aufeinandergelebt hatte wie höchstens als Kind mit Feli und Ille.

Paul Brotkorb grinste. »Wird schon schiefgehen«, flüsterte er.

29

Sie schlichen noch einen guten Kilometer weiter wie Geister durch die Nacht, bis in der völligen Stille der Kugelhagel losbrach. Willi sah, wie sich kurz vor ihm das Pferd des Feldwebels aufbäumte. Blut quoll in einer dicken Fontäne, dann stürzte das Tier vornüber und begrub seinen Reiter, Broderson, unter sich. Von hinten erfolgte der Befehl zum Angriff, und die Reihen stürmten los, ohne dass sichtbar wurde, wo ihr Ziel lag.

Angst nahm Willi die Luft. Er war ja Teil der Reihe, er sollte dort nach vorn, hinein in die Salven der Infanteriekugeln, die eben Brodersons Pferd getötet hatten. »Immer rein«, ertönte das Kommando von hinten, »Draufhalten, schießen!«

Willi zielte nach vorn, irgendwo in die blaue Schwärze, drückte mit stocksteifem Finger ab und rannte. Mit einem Satz musste er über das tote Pferd hinwegspringen, und einen Herzschlag lang sah er Brodersons Gesicht. »Weiter, weiter, draufhalten, schießen!« Das Gesicht des Feldwebels war zerbrochen, zu einer Masse zermalmt, von der Willi sich abwandte und floh. Dennoch kam es ihm nicht menschlich vor, den Mann liegen zu lassen, er selbst kam sich nicht menschlich vor. Eine Kugel zischte so dicht an seinem Gesicht vorbei, dass er an der Wange ein Streifen spürte. Automatisch rannte er weiter, legte an, feuerte, lud nach, legte wieder an.

Das Ziel kam näher, begann sich abzuzeichnen: ein Bahndamm, an dem belgische Infanterie mit allen Kräften versuchte, die Stellung zu halten. In das unaufhörliche Peitschen der Kugeln drangen die hohen, schrillen Schreie der Männer, die rings um Willi niederstürzten. »Weiter drauf, weiter drauf!«

Dann waren die Artilleriegeschütze in Stellung, und Willi hörte den Befehl zum Feuern. Aus der Ausbildung war ihm dunkel in Erinnerung, dass die eigene Artillerie kein Streubombardement feuern durfte, solange die Infanterie stürmte, aber das schien hier draußen, in der tödlichen Nacht, nicht zu gelten. Auf ein scharfes, das Mark durchdringendes Heulen folgte ein gewaltiger Donnerschlag, gleich darauf ein zweiter, ein dritter und vierter. Dann gab es kein Zählen mehr. Vor ihm, rund um ihn spritzte die Erde aus den Kratern, die die Granaten rissen, loderten Flammen und Rauch. Einschläge hackten das Gebrüll der Getroffenen in Fetzen. Es musste das Ende der Welt sein, es konnte unmöglich von ihnen allen etwas übrig bleiben.

Und dann, mit einem Schlag, war es so still wie zuvor. Wie im Film, wenn der Vorhang sich schloss. »Aufhören, nicht mehr feuern!«, kam das letzte Kommando ein wenig atemlos und geradezu freundlich. Willi taumelte weiter, brach in die Knie und blieb für kurze Zeit liegen. Ungläubig stelle er fest, dass er nicht verletzt war, dass nur seine Kehle sich wund anfühlte und seine Hände vom Umklammern des Gewehrs schmerzten. »Na los, auf«, sagte einer, der vorbeikam. »Wir haben's ja geschafft, Kerl – unser erster Sieg!«

Willi rappelte sich auf die Füße, schleppte sich weiter und schrie gleich darauf auf. Um ein Haar wäre er über ein Bein gestolpert und lang hingeschlagen, auf den Mann, der dort lag und nicht mehr aufstehen würde. Er ging seitwärts, um nicht noch einmal in ein zu Brei zermalmtes Gesicht zu sehen, aber das war sinnlos: Um zu der Stellung zu gelangen, die sie eingenommen hatten, musste er im Zickzack um die Leiber der Getöteten und die Trichter der Granaten laufen. Zuletzt sah er durch das sich lichtende Dunkel das, was von den belgischen Infanteristen übrig war. Sie lagen um den Bahndamm verstreut, ihre Körper in Stücke gerissen, Glieder abgetrennt, Gesichter unkenntlich.

Willi fiel von Neuem auf die Knie und würgte, würgte Wurst und Kohl und Kaffee und alles, was er jemals über Krieg geglaubt hatte, aus sich heraus. Dies hier war nicht gerecht. Es war auch nicht männlich. Es war haltloser Wahnsinn. Und es war erst der Anfang.

Die Eroberung der Stadt Lüttich und der umliegenden Festungen dauerte zwölf Tage und erforderte unentwegte Kämpfe. Am vierten Tag starb Paul Brotkorb, am elften Alfons Köpke. Am zwölften Tag war Willi zur Nieden noch immer am Leben und kam sich vor wie der letzte Mensch auf der Welt. In der Nacht, wenn er glaubte, nicht schlafen zu können, sah er Rechas Gesicht vor sich, wie es in *Morgen aus Stahl* gewesen war: allein, verständnislos und mit dem unauslöschlichen Grauen in den Augen.

Über der eingenommenen Stadt zog ein Zeppelin schnurgerade Bahnen. Jetzt also waren die Dinger so weit, dass sie am Himmel blieben und nicht länger ausbrannten. Jetzt also warfen sie Bomben.

Das Schlimmste war das, was seine Befehlshaber in den Städten und Dörfern anordneten, die sie eingenommen hatten. Darüber konnte er nicht reden, würde er nie mit jemandem reden können. General von Emmich hatte für das gesamte Armeekorps eine Warnung vor sogenannten Franktireurs ausgegeben – Freischärlern, Heckenschützen, die sich auf Dächern und in Baumkronen verschanzen und auf die einrückenden Besatzer feuern würden. Wo immer solche Schüsse fielen, wo immer ein Dorf, eine Siedlung ihnen Widerstand entgegensetzte, wurde Benzin ins nächstbeste Fenster geschüttet und das Haus in Brand gesteckt. Willi sah einen Priester, der sich mit brennender Soutane vom einstürzenden Dachstuhl einer Kapelle warf. Als er aufprallte, erreichten die Flammen seinen weißen Bart, doch er musste ja tot sein. In einem der benachbarten Vorgärten mit hübsch gezirkelten Rabatten lag eine Frau mit einem Kind in den Armen im Rosenbeet. Menschen wie Rosen waren schwarz verkohlt.

Für jeden Deutschen, der einem Schützen zum Opfer fiel, sollten drei Belgier zur Vergeltung sterben. »Zur Abschreckung«, erklärte Feldhege. »Wir können uns nicht alles bieten lassen. Wenn wir hier Schwachheiten zeigen, erwischt's nicht die, sondern uns.«

Männer wurden aus ihren Häusern, aus Lokalen und Geschäften auf die Straße gezerrt und gezwungen niederzuknien. Ein Erschießungskommando von acht Mann wurde beordert, sie zu umringen, vier stehend, vier ebenfalls kniend, um auf Kopf und Herz zugleich zu schießen. Eine einzige Salve mit acht Schuss, effektiv und schnell. Zuweilen ließen sich die Schlaglöcher von Granattreffern nutzen, zuweilen wurden die Verurteilten beordert, sich vorab ihre Gräber zu schaufeln.

Die Verurteilten. Aber nach welchem Gesetz und vor welchem Gericht waren sie denn verurteilt worden? Selbst Kriegsrecht musste doch eine Art von Verhandlung erfordern, musste doch einem Beschuldigten ein Wort zur Verteidigung erlauben? Willi musste an Feli denken und hätte ihr gerne gesagt, dass er sie endlich verstand: Ohne ein Recht, das für alle galt, nach dem alle sich richten und an dem alle sich festhalten konnten, gab es keine, nicht einmal die geringste Sicherheit. Was man für garantiert gehalten hatte – die eigene Menschlichkeit, das eigene halbwegs gutherzige Empfinden –, geriet ins Wanken, das Vertrauen in sich selbst ging zu Bruch. Die Erschießungskommandos wurden willkürlich gebildet, und Willi wiederholte bei Tag und Nacht unaufhörlich dasselbe Gebet: *Bitte lass die Reihe nie an mir sein, und wenn doch – bitte lass mich nicht schießen.*

Sie waren keine gerechten Verteidiger des Vaterlands. An ihrem Vaterland war ja hier nichts zu verteidigen; dass alte Priester und Kinder in Vorgärten dem Vaterland etwas anhatten, war lächerlich. Todbringer waren sie, die in langer Kolonne die von Pappeln gesäumten Chausseen entlangzogen, begleitet vom Rumpeln der Munitionswagen und dem Pochen der Karabinerkolben an die Koppel, vor sich das nächste verlorene Dorf, hinter sich eine Spur der Zerstörung.

Seine Kameraden, die er als solche nicht mehr empfand, schrieben in der freien Stunde, die ihnen jeden Abend blieb, voll Eifer ihre Feldpostkarten: an ihre Mütter und Schwestern, an ihre Frauen und Kinder, an propere Mädchen, auf denen beim Baden kein Tropfen blieb. Willi aber schrieb keinem. Er saß vor dem Zelt, in dem er zum Schlafen untergebracht war, und dachte, dass er gern Recha einen einzigen Satz geschrieben hätte: *»Ich werde nie wieder ein Gedicht von Filip von Schlei lesen.«*

Aber er schrieb nichts. Saß nur still und schonte die brennenden Muskeln.

Sie waren auf dem Weg nach Antwerpen, wohin die belgische Armee sich zurückgezogen hatte. Alarm erfolgte etwa einmal pro Tag, doch insgesamt gab es weit weniger Gegenwehr als erwartet. »Seht ihr vielleicht was, was ich nicht sehe?«, alberte der Obergefreite Rolf Rudow, der Feldheges Liebling war. »Die phänomenalen Engländer sollten doch kommen und diesen belgischen Schwächlingen zur Seite springen. Ja, aber wo sind sie denn? Put, put, put, Engländerchen, wo habt ihr euch denn versteckt?«

Am nächsten Tag fiel Ludwig Feldhege bei einem Gefecht mit einer verstreuten Artilleriebatterie auf dem Rückzug. Der Kompanie wurde ein neuer Unteroffizier zugeteilt, dazu ein ganzer Schwung neuer Männer, um die hohen Verluste auszugleichen. Die meisten waren Kriegsfreiwillige wie Willi selbst, viele jünger als er und mit nicht einmal vier Wochen, sondern nur acht Tagen Grundausbildung.

Der neue Unteroffizier allerdings war ein gedienter Mann. Er war groß, blond und hatte etwas Schlaksiges, Gemütliches an sich, das auf der Stelle Vertrauen einflößte. Willi sah ihn und konnte bei allem Kampf um Disziplin nicht an sich halten: »Moritz? Moritz Gantzow? Ist das wirklich wahr?«

Moritz' Gesicht scheiterte an dem Versuch zu lächeln, und in dem einen Augenblick erkannte Willi, dass der andere dieselbe Qual durchlitt wie er. Er war nicht der Einzige, der für dieses Leben nicht gemacht war. »Willi«, sagte der Freund mit schief verzogenem Mund. »Willi zur Nieden. Es ist wahr, oder? Es muss einfach wahr sein.«

Sie mussten warten, bis der Befehl zum Auflösen erteilt war und die Mannschaften sich zum Essen und einer Stunde Freizeit zurückziehen durften. Es gab keine Privatsphäre in einem Heerlager, wo in jedes der gedrängt stehenden Zelte zehn Mann gepfercht wurden. Letztlich fanden sie aber doch einen Winkel hinter einem der Fouragewagen, in den sie sich so dicht nebeneinanderkauerten wie ein Liebespaar. Viel zu sagen wussten sie nicht, aber das machte nichts aus, denn das, was ungesagt blieb, verstanden sie genauso. Sie hatten es ja beide erlebt. Nur für die, die es nicht erlebt hatten, wären Worte nötig gewesen, die erst noch hätten erfunden werden müssen.

»Ich dachte, ich halt's nicht aus«, sagte Willi.

»Ich auch«, sagte Moritz.

»Aber jetzt, wo du da bist …«

Moritz nickte. »Wir versuchen's zusammen, ja? Es muss ja seinen Sinn haben, seine Richtigkeit, auch wenn wir sie nicht finden.«

»Warum meldest du dich nicht zum medizinischen Corps?«, fragte Willi. »Ist es da nicht leichter?«

»Nicht für mich«, sagte Moritz. »Ich hätte nicht Arzt werden sollen. Patienten, die mit Warzen kommen oder sich den Hals pinseln lassen, bin ich noch gewachsen, aber ich kann niemanden sterben sehen. Schon gar keine Jungen in meinem Alter, die keine Gesichter mehr haben, denen die Gedärme aus absurd gewaltigen Wunden hängen, denen alle vier Glieder vom Rumpf getrennt sind – und die vor einer Woche noch kerngesund waren.«

Willi legte seine Hand auf die des Freundes. »Du hättest Bankier werden sollen, Mo.«

»Oh ja.« Noch einmal versuchte sich Mo an dem verunglückten Lächeln. »An einem behaglichen Schreibtisch sitzen und Zahlenkolonnen addieren, die nicht leiden, wenn ich mich vertue – ich glaube, das wäre mein Traumberuf.«

»Meinen Platz in der Bank kannst du haben«, sagte Willi. »Wenn ich hier herauskomme, wenn ich noch einmal eine Chance habe, mache ich Filme, egal wie und mit welchem Geld. Ich sage meiner Mutter und Onkel Benno: ›Das war's. Es ist mein Leben und ich will damit anfangen, was gut für mich ist.‹«

»Das ist schön«, sagte Moritz. »Als du es eben gesagt hast, hast du dich angehört wie deine Schwester.«

»Stimmt«, bemerkte Willi verwundert. »Felice lebt so. Ich wollte, ich hätte den Mut, den sie hat, schon früher aufgebracht. Ich wollte, wir alle hätten ihn aufgebracht. Mir kommt es vor, als würde es das hier dann nicht geben. Das ist aber Unsinn, oder?«

Mo zuckte mit den Schultern. »Wer weiß.« Er lächelte noch immer, jetzt schon fast wieder über den ganzen Mund. »Ich will mir Urlaub nehmen, Willi. Gleich geht es ja nicht, schon gar nicht, wo nun doch wirklich die Briten da sein sollen und wir jeden Mann brauchen. Aber so bald wie möglich. Deine Schwester hat mir nämlich geschrieben.« Stolz schob er die Hand zwischen die Knöpfe des Uniformrocks und zog den dünnen Bogen hervor. Keine vorgefertigte Feldpost, sondern echtes Briefpapier. »Kannst du das glauben? Sie will, dass wir jetzt heiraten.«

»Felice? Heiraten?« Willi brauchte einen Moment, um die Neuigkeit zu verarbeiten, dann boxte er dem anderen auf den Arm. »Das ist großartig, Mo, das ist einfach knorke. Du und ich werden endlich doch noch Schwäger.«

»Ich weiß auch nicht, wie mir geschieht«, sagte Moritz. »In

den ersten Tagen hier habe ich gedacht: ›Ich hoffe mich erwischt es, damit ich es nicht noch länger aushalten muss.‹ Aber als dann Felices Brief gekommen ist, war alles anders. Ich will lebend hier rauskommen, Willi, ich will Felice heiraten und eine Familie mit ihr gründen, in der alle miteinander es guthaben. Von mir aus kann sie auch arbeiten gehen, wenn ihr so viel daran liegt. Was ist schon dabei? Ich bin Moritz, die Nachtmütze, dass mich die Leute obendrein als Pantoffelheld verspotten, macht den Kohl nicht mehr fett. Dass Felice glücklich ist, das will ich.«

»Klingt paradiesisch«, sagte Willi. »Ich glaub, ich habe gar nicht gewusst, dass du unser Felchen so sehr liebhast.«

»Ich hatte sie schon immer so sehr lieb«, sagte Moritz. »Damals in unserem Garten hat sie ständig mit mir Krieg spielen wollen, sie die Deutsche, ich der Franzose und die Birnbäume unsere Festungen. Aber ich wollte schon damals am liebsten mit ihr Hochzeit spielen. Ich habe sie angebetet, und sie hat nichts bemerkt. Das ist das Süßeste an ihr: Sie merkt so etwas nie.«

Einen Tag später, ehe sie weiter gegen Antwerpen rückten, erhielt Willi selbst einen Brief. »Recha Süßapfel«, stand in der Spalte für den Absender, und es kostete Willi eine kleine Ewigkeit, den Umschlag zu öffnen:

Lieber Willi.
Vermutlich habe ich kein Recht, Dich zu bitten. Ich tue es trotzdem, auch wenn ich Dir nichts dafür geben kann: Bitte hilf mir. Es geht um Gabriel, der uns noch auf dem Schlossplatz, bei der Bekanntgabe der Mobilmachung entwischt ist und sich als Kriegsfreiwilliger gemeldet hat. Er ist gerade erst siebzehn Jahre alt, und Du kennst ihn – er ist nicht ganz von dieser Welt. Mein Vater weigert sich, ihn zurückzufordern, und vielleicht hat er damit ja recht. Wir sind nun praktisch ohne Nachricht von ihm, sieht man von zwei Episteln ab, die ganz am Anfang

kamen und denen außer Hurra und Tschingderassabum nichts zu entnehmen war. Nur dass er nach Belgien gekommen ist wie Du, das wissen wir. Deshalb meine Bitte: Ich habe keine Ahnung, wie es bei einer Armee im Feld zugeht, aber wenn es Dir möglich ist, ihn zu finden – kannst Du ihn unter Deine Fittiche nehmen? Und wenn Du die Zeit erübrigen kannst – würdest Du mir wohl schreiben, dass Du ihn bei Dir hast und wie es ihm geht? Wie schon gesagt,. hätte ich Dir nichts dafür zu geben als meine Dankbarkeit. Und meine Wünsche. Aber die bekommst Du auch so.
Recha.

Der Marschbefehl erfolgte, ehe Willi Gelegenheit hatte, mit Moritz über den Brief zu sprechen, doch als sie am Abend das belagerte Antwerpen erreichten und die Mannschaften sich für drei Stunden zur Ruhe legten, nahm er ihn zur Seite. Es musste schnell gehen, er durfte Mo nicht um seinen Schlaf bringen, nicht vor einem nächtlichen Angriff auf eine Stadt, in der sie neben den erschöpften belgischen auch frische, gut ausgebildete britische Truppen erwarteten. Zudem stand Mo im Rang zwar deutlich höher als er selbst, doch auch er war nur Unteroffizier mit geringem Einfluss. Willi wusste, dass er zu viel von seinem Freund verlangte, doch allein einen Freund zu haben, mit dem er seine Sorge teilen konnte, machte Hartes leichter.

Er hatte Mo früher nie als Freund betrachtet, er war ein Nachbarssohn, jemand, den er kannte, und doch wusste er jetzt, dass er einen Freund wie Mo nie wieder finden und dass die Bindung zwischen ihnen ein Leben lang halten würde, einerlei, was ihnen noch widerfuhr und in welche Richtung ein jeder von ihnen sich entwickelte.

»Der Junge ist erst siebzehn«, versuchte er Mo so knapp wie möglich zu erklären, warum er Recha um jeden Preis helfen musste. »Ich weiß, wir haben unzählige hier, die erst siebzehn sind, und vermutlich schreiben deren Schwestern dieselben Briefe, aber Recha ist kein hysterisches Mädchen. Im Gegenteil. Sie hat etwas Ruhiges und Starkes in sich, das andere auch stark macht, selbst in Momenten, wo sie vor Angst zittert.«

Willi begriff, dass er Recha in diesem Augenblick erst wirklich erkannt hatte und dass er erst jetzt verstand, warum er sie liebte und womöglich weiterlieben würde, selbst wenn sie für ihn unerreichbar blieb. Auch das begriff er: Der Mann, den dieser Krieg aus ihm machen würde, würde nicht größer und strahlender sein als der, der vor Wochen aufgebrochen war. Es gab keine verbesserte Version von Willi, die er ihr – wie beim Film nach einem gründlichen Schnitt – präsentieren konnte, es gab nur diesen todmüden, verängstigten, jeglichen Halts beraubten Mann in einer aus den Fugen geratenen Welt, und wenn sie den nicht wollte, würde er damit leben müssen.

»Sie würde nicht um Schutz für ihren Bruder bitten, wenn er ihn nicht unbedingt bräuchte«, erklärte er Moritz. »Er ist kein gewöhnlicher Siebzehnjähriger. Hochintelligent ist er, in der Lage, Mathematikaufgaben im Kopf zu lösen, vor denen wir zwei Faulpelze lange die Waffen strecken, aber überfordert, wenn er sich auf einer schlichten Speisekarte etwas zum Mittag aussuchen soll. In einem Augenblick schwadroniert er über philosophische Probleme wie ein weiser Alter, und im nächsten krakeelt er wie ein Kind auf einem Steckenpferd. Und obendrein ist sein höchstes Idol der Kaiser – der scheint für ihn heller als die Sonne.«

»War das bei uns so viel anders?«, fragte Mo traurig.

»Bei mir nicht«, musste Willi eingestehen. »Aber bei dir? Du bist mir nie wie ein Heißsporn vorgekommen.«

»Nein, wohl nicht«, erwiderte Mo. »Moritz, die Nachtmütze, neigt nicht zu Höhenflügen. Aber dass man seinem Kaiser gehorcht und dass man seinem Vater gehorcht und dass man sich niemals fragt, warum man das eigentlich tut, das habe ich genauso gelernt wie ihr. Und wenn der Vater ins Wanken gerät, dann hält man sich gefälligst erst recht an den Kaiser.«

»Ich habe gar keinen Vater gehabt.« Mit leisem Erstaunen stellte Willi fest, dass er sich dies zum ersten Mal sagen hörte. Es entsprach der Wahrheit. Er hatte keinen Vater gehabt, nicht nur, weil dieser gestorben war, sondern noch in anderer, weit weniger fassbarer Hinsicht. »Ich habe mich regelrecht an den Kaiser geklammert.«

Moritz hob den Kopf, und ihre Blicke trafen sich. *Und jetzt?*, lautete die Frage, die im Raum stand. Noch fehlte ihnen der Mut, sie auszusprechen und sich der Antwort zu stellen, doch dass die Frage auf ihren Einsatz wartete, war ihnen beiden klar.

»Was den Bruder deiner Freundin betrifft, mach dir keine Sorgen«, sagte Moritz. »Wir finden ihn und holen ihn zu uns.« Er legte eine kleine Pause ein, dann sandte er Willi ein halbes Grinsen. »Recha Süßapfel. Ich habe dich einmal mit ihr gesehen. An Silvester. Ihr wart ungeheuer glamourös und schön und faszinierend, und ich konnte nicht glauben, dass in diesem Kerl von Welt der kleine Junge von nebenan steckt, den ich beim Schaukeln angestoßen habe. Und verliebt habt ihr auch gewirkt. So verliebt, dass die Funken sprühten.«

Willi schüttelte den Kopf. »Sie liebt nicht mich, sondern Wolfgang Vanselow, ihren Regisseur.«

Moritz sah ihn noch eine Weile lang an, dann stand er auf, weil sie sich wirklich dringend aufs Ohr legen mussten, und gab Willi die Hand, um ihm aufzuhelfen. »Ich verstehe ja nichts davon«, murmelte er. »Ansonsten würde ich dir sagen, dass du dich irrst.«

Vor Antwerpen stießen sie zu Kompanien der österreichischen Festungsartillerie, die ihre Haubitzen, die Skoda-305, vor einem Waldsaum ausgerichtet hatten und den Verteidigungsring der Stadt fortwährend unter Beschuss nahmen. Von deutscher Seite kamen die 42-cm-Mörser der Firma Krupp hinzu, die noch massiver waren. Unter den Männern wurde das deutsche Geschoss *Dicke Bertha*, das österreichische hingegen *Schlanke Emma* genannt, was zu einer Reihe von schlüpfrigen Witzen und Lachsalven führte. Sie kamen Willi verkrampft vor, erzwungen, als wollte man mit aller Kraft an der eigenen Frivolität, der Leichtigkeit eines vergangenen Lebens festhalten.

Während die Schlanken Emmas und Dicken Berthas feuerten, die Luft mit Rauch und unentwegtem Lärm füllten, gruben die Kompanien der Infanteristen sich ein. Vier Gräben hintereinander wurden erstellt, durch Laufgräben miteinander verbunden und alle so tief, dass ein Mann aufrecht darin stehen konnte. Vorn, zur Front hin, wurde die Wand des Grabens angeschrägt, damit ein Schütze sie zur Brustwehr nutzen konnte, und davor bot ein Wall aus Sandsäcken zusätzlichen Schutz. Über diesen Wall mussten die Truppen stürmen, wenn der Befehl zum Angriff erfolgte. Die Männer in den ersten beiden Gräben hatten sich in ständiger Bereitschaft zu halten, die im dritten bildeten die Reserve, und der vierte und letzte beherbergte die, die ein paar Tage ausruhen durften. Außerdem wurden hier Verwundete behandelt, bei denen kein Abtransport ins Lazarett erforderlich war.

So begann das Leben in den Gräben. Während die Kämpfe um die Stadt ohne Unterlass tobten, schliefen, aßen, lebten sie fünf Wochen lang in ihren Mulden in der Erde, schrieben ihre Feldpostkarten, bewahrten ihre Habe auf, spielten Karten, rauchten Zigaretten, wuschen Kleider, die nie trocken wurden. Der Sommer ging zu Ende, Regen peitschte das Land, und die Gräben füllten sich mit Wasser. Alle fluchten. Viele wurden krank. Willi und Mo, so kam es ihnen vor, waren die Einzigen, denen die Gräben willkommen waren, weil es ständig Arbeit damit gab, für die sie sich so oft wie möglich freiwillig meldeten: Wassermassen mussten ausgeschöpft, Beschädigungen repariert werden, und nach den ersten Überschwemmungen wurden Leute ausgeschickt, um im Gehölz Zweige zu sammeln, mit denen sich Boden und Wände verstärken ließen.

Was für eine Wohltat war es, auf der Suche nach geeignetem Holz durch das Waldgebiet zu streifen wie Jungen auf einem Sonntagsausflug, statt die himmelhohe Hürde aus Angst zu überwinden und gegen jeden menschlichen Instinkt in den Angriff zu rennen, um zu töten oder getötet zu werden. Sie konnten dabei belangloses Zeug reden oder große Fragen des Lebens erörtern, herumalbern, einander aufziehen oder zusammen schweigen, einfach einen halben Tag lang wieder sie selbst sein. Mo erzählte Willi, dass die Stabsoffiziere vorhatten, Armierungsbataillone anzufordern, falls das Grabensystem noch länger benötigt wurde. »Leute, die nicht feldtauglich sind, aber arbeitsfähig, die würden dann für uns schippen und sammeln. Wünschst du dir auch gerade, wir zwei wären arbeitsfähig, aber nicht feldtauglich?«

»Ich Idiot war's ja«, erwiderte Willi. »Ich war handlungsfähig, aber leider nicht denktauglich.« Sie lachten beide.

Dann schlug eine Granate in den vordersten Graben ihrer Kompanie ein. Durch die schnurgerade Vertiefung breitete sich das Feuer so schnell aus wie das Wasser zuvor und tötete zwanzig Mann, ein Drittel ihrer Kompanie. »Verluste werden ausgeglichen«, lautete das Resümee des Stabes. Dies beinhaltete, dass auf schnellstem Weg neue Rekruten die Lücken füllen würden und ein neuer Graben ausgehoben wurde, diesmal im Zickzack, um künftig den Schaden zu begrenzen.

Willi und Mo, die sich für den Grabdienst wie üblich gemeldet hatten, wurden eingeteilt, die Toten dort, wo sie lagen, zu bestatten. Dazu hatten sie diejenigen, die durch den Einschlag nicht völlig verschüttet waren, mit Erde zu bedecken, und die Übrigen, wo es möglich war, noch einmal freizulegen, um die Hälfte ihrer metallenen Kennmarke an der gestanzten Trennlinie abzubrechen, damit sie als gefallen markiert und ihre Familien benachrichtigt werden konnten.

»Möcht' ich nicht machen müssen«, bemerkte Rolf Rudow. »Könnte danach nie wieder 'n Brathühnchen essen. Aber ihr zwei Trottel meldet euch ja für jeden Scheiß.«

Drei Tage später nahmen sie in zwei schweren Stürmen die belgischen Stellungen vor Lier ein, womit der Weg in die Stadt frei lag. Die belgische Regierung floh, und nicht enden wollende Ströme von Bewohnern taten es ihr nach. Sechs Tage lang nahmen die Emmas und Berthas und all die Haubitzen und Granatwerfer, die keine so hübschen Namen besaßen, Antwerpen unter Beschuss. Die belgischen Truppen und ihre Helfer von der britischen Marine traten den Rückzug in Richtung Westen an, und am siebten Tag, dem 10. Oktober, erklärte der Bürgermeister die Kapitulation seiner Stadt.

»Höchste Zeit«, bekundete Feldwebel Sachleben, der Johann Broderson ersetzt hatte. »Wir kommen gerade noch rechtzeitig für den Wettlauf zum Meer. Schlaft euch die eine Nacht aus, morgen früh geht's sofort auf Marsch. Die Briten decken den Rückzug der Belgier nach Ypern, sie haben sieben Infanteriedivisionen aufgezogen und die Franzosen elf, dazu jede Menge Kavallerie. Unsere beiden Armeen da unten warten dringend auf Verstärkung.«

»Wo ist Ypern?«, fragte Willi Mo, mit dem er zum Küchenwagen gehen wollte. Die Stadt war ihm ein Begriff, denn Wolfgang, der mehrmals dort gedreht hatte, sprach ihren Namen aus, wie er Willis Ansicht nach Rechas Namen hätte aussprechen sollen.

»Im Westen von Flandern«, erwiderte Moritz ungewohnt kurz angebunden. »Geh allein Essen fassen, ja? Ich habe noch mit Feldwebel Sachleben zu reden.«

So etwas geschah zum ersten Mal, und es verstörte Willi, zumal Mo sich ihm zwar bald wieder anschloss, sich jedoch weigerte, ihm zu verraten, was er mit Sachleben zu besprechen gehabt hatte.

Anderntags brachen sie bei strömendem Regen in Richtung

Westflandern auf und waren binnen einer halben Stunde bis auf die Haut durchnässt. Ihre Stellung ein Stück vor dem Küstenort Nieuwpoort, im Tal des Flusses Yser, erreichten sie frierend und müde, als die Sonne sank.

Unverzüglich ging es wieder ans Graben, doch das Vergnügen daran war Mo und Willi vergangen. Ihre Aufgabe bestand hier darin, dem britischen Nachschub und deren Versorgungslinien über die Häfen von Calais und Dünkirchen den Weg abzuschneiden. Wie lange würde das dauern? Von dem schnellen Marsch auf Paris, wo schon Weihnachtsfeiern geplant worden waren, war schon lange keine Rede mehr. Gerüchte kreisten, die deutschen Truppen in Frankreich seien vor dem Fluss Marne vernichtend geschlagen und zurückgeworfen worden, doch laut durfte niemand davon sprechen. Etwas musste dran sein, denn ein Mensch namens Erich von Falkenhayn hatte den Halbgott Moltke als Chef des Generalstabs ersetzt. Vermutlich würden sie weitere fünf Wochen in Erdmulden liegen, allmählich keine Menschen mehr, sondern einer Art von Regenwürmern zugehörig, nur nicht so widerstandsfähig wie diese.

Zu essen gab es Eierzwieback und Wurstkonserven, weil die Verpflegungswagen durch die verschlammten Wege aufgehalten worden waren. Nichts, das wärmte. Nichts, das tröstete. Mo wirkte dennoch auf für ihn ungewöhnliche Weise aufgekratzt, als führe er etwas im Schilde. Er brach noch einmal zu irgendeiner Unterredung auf, während Willi in seinen Woilach gewickelt im notdürftigen Unterstand kauerte und mit den Zähnen klapperte.

Als er zurückkam, wirkte er nicht länger aufgekratzt. »Ich hatte gehofft, dir eine gute Nachricht zu bringen«, sagte er zu Willi, während er sich ebenfalls in seine Pferdedecke wickelte. »Inzwischen weiß ich allerdings nicht mehr, ob sie wirklich gut ist. Es geht um den Jungen, den du suchst, Gabriel Süßapfel. Ich habe ihn gefunden.«

»Was ist mit ihm?« Von Moritz' Ton alarmiert fuhr Willi auf. »Er ist doch nicht tot?«

»Nein«, sagte Mo, »das nicht. Er ist hier, vor Ypern, mit einem Infanterieregiment der neuen 13. Brigade, die zum größten Teil aus Schuljungen ohne Ausbildung zusammengestoppelt worden ist. Ihr Kommandant ist Lorenz Sachleben, der Bruder unseres Feldwebels. Ich hatte ihn vor Antwerpen gebeten, den jungen Süßapfel nach Möglichkeit zu uns überstellen zu lassen, und dass wir nun hier zusammenkommen, macht die Sache einfach.«

»Das heißt, Gabriel kommt zu uns?«

Moritz nickte. »Feldwebel Sachleben hat schon mit seinem Bruder gesprochen. Der schickt den Jungen heute Abend noch.«

»Mo, du bist der Größte.« Willi hätte weit lieber geschlafen, als sich heute Abend noch Gabriels anzunehmen, doch Rechas Bruder in Sicherheit zu wissen wog alle Erschöpfung auf.

Mo wiegte den Kopf. »Wie gesagt, ich hätte dir gern eine bessere Nachricht überbracht. Oberst Sachleben war sofort bereit, den Gefreiten Süßapfel zu überstellen. ›Den Juden wollte ich sowieso loswerden‹, hat er gesagt. ›Der schmeißt sich auf den Boden und schreit wie ein Baby, sobald irgendwo im Umkreis eine Granate einschlägt, und dann ist er stundenlang nicht ruhig zu kriegen.‹ Wie es aussieht, ist der Bruder deiner Freundin zu dem geworden, was meine Kollegen Kriegszitterer nennen.«

»Und was heißt das?«

»Das weiß niemand genau«, erwiderte Moritz. »Offenbar versetzt ihn der Wahnsinn hier in eine solche Panik, dass er nicht mehr kontrollieren kann, was er tut. Das Beste, was ihm passieren kann, ist ein Untauglichkeitszeugnis und ein Zug nach Hause. Bis dahin werden wir gut auf ihn aufpassen müssen. Besser als auf uns selbst.«

30

Oktober

Er hatte für dieses Land von jeher eine Schwäche gehabt. Es machte ihn weich. Es war ein kleines Land ohne Höhen und Tiefen, und es hatte eine besondere Art, im Regen zu leuchten. Hohe, blassblaue Himmel. Nebel auf abgeernteten Feldern. Es gab ihm Ruhe, und das war etwas, das ihm in seinem Leben in der Großstadt abging. In Belgien war er kein Getriebener, Belgien gab ihm etwas von Angekommensein.

Vielleicht hatte es mit den Reisen in seiner Kindheit zu tun. Sein Gedächtnis bewahrte die Erinnerung daran wie ein geheimes Schmuckstück in einer Schachtel auf. Seine Mutter und er hatten beileibe nicht zu den Leuten gehört, die sich Ferien leisten konnten, und doch war er in seiner Kindheit zweimal nach Belgien gereist. Auf ein paar Tage nach Ostende, wo er zum ersten Mal das Meer sah, sich bäumendes, endloses Grau, das eine eigene Farbpalette hatte und das er bei keiner Filmszene, die er erwog, je vergessen konnte. Häuser an der Strandpromenade, die von Wind und Wasser so weiß gewaschen waren, als wären sie aus dem Meer herausgewachsen, und dazwischen bemalte Badehütten, blitzend bunt wie Bonbons, als hätte die Welt keine Sorgen. Den Rest der Reise hatte er in Ypern verbracht, der prächtigen Stadt in Westflandern, deren Schönheit ihn als kleinen Jungen überwältigt hatte.

Sie überwältigte ihn noch immer. Die gotische Tuchhalle mit ihrem hohen, schlanken Belfried war gewiss das schönste, harmonischste Menschenwerk, das es irgendwo geben konnte.

Menschen waren nicht dazu geboren, Vollkommenes zu schaffen, doch an der Tuchhalle von Ypern hätte man nicht einmal ihre Fehler ändern wollen. Als sanfte, vielleicht verstohlen lächelnde Herrscherin stand sie auf einem weiten Platz, auf den die engen Gassen zuliefen, die durch die Stadt mäanderten. Den Platz säumte ein schmalbrüstiges flandrisches Haus am andern, jedes in einer eigenen Farbe, mit eigens verziertem Giebeldach, gedrechselten Balkonen und jener seltenen Art von Heimeligkeit, die nur behütete, nicht beengte. Zu ebener Erde reihten sich die Terrassen von Restaurants und Cafés. Yperns Kaffeehauskultur hatte nichts von der quirligen Geschäftigkeit von Paris oder Wien, sondern war eine für Schlenderer, die gern da und dort sitzen blieben und dem Leben zuschauten. Alle halbe Stunde erklang dezent das Glockenspiel aus der Höhe des Belfrieds, als wolle es der verstrichenen Zeit ein Ständchen zum Abschied zu spielen.

Wolfgang war keiner, der sich von Pracht und Reichtum beeindrucken ließ, schon gar nicht von Pracht und Reichtum vergangener Zeiten, aber Ypern war etwas Besonderes. Die Stadt hatte Würde, fand er. Eine Art gelassener Heiterkeit, die Menschen einlud, ohne sich ihnen aufzudrängen.

Manchmal hatte er sich klammheimlich gewünscht, mit Recha nach Ypern zu gehen und dortzubleiben, das gehetzte Leben hinter sich zu lassen und in das kindliche, seltsam geborgene zurückzukehren. Natürlich war das illusorisch. Er war seit Langem kein Kind mehr, und Filme konnte er nur dort machen, wo das Leben sich an unzähligen Wänden den Schädel einrannte, nicht dort, wo es ohne Aufregung vor sich hin plätscherte. Zudem war die Geschichte, die ihn nach Ypern geführt hatte, in Wahrheit keine von Geborgenheit gewesen, auch wenn sie sich für ihn so anfühlte.

Dass der Mann, der ihn in der Wohnung seiner Mutter abgeholt und mit nach Belgien genommen hatte, sein Vater gewesen war, hatte er immer gewusst, obwohl niemand es ausgesprochen hatte. Sein Vater war verheiratet, das mit Wolfgangs Mutter war eine gedankenlose Affäre gewesen, und er hatte ihr zum Unterhalt des Kindes nie einen Pfennig gezahlt. Immerhin aber war er zweimal gekommen, um mit dem Sohn, den er versehentlich gezeugt hatte, drei Wochen lang durch sein Land zu reisen. Ein schweigsamer Mann. So wie Wolfgang ein schweigsames Kind war. Sie hatten an Zugfenstern gesessen, hinaus auf Belgien gesehen und in Wolfgangs Erinnerung kein Wort gesprochen.

In Ypern hatte der Vater ihn bei einer entfernten Verwandten untergebracht, die Godelieve hieß und kein Deutsch konnte. Sie kochte ihm Schokolade, in die sie kein Pulver gab, sondern für die sie unter Wolfgangs faszinierten Blicken von einem dicken Schokoladenriegel Würfel brach und in die Milch plumpsen ließ. Dazu gab es Krentenbrood, einen weißen Brotlaib mit Rosinen, von dem sie ihm Scheiben abschnitt und üppig mit Butter bestrich.

Godelieve allerdings hatte mit ihm gesprochen, unentwegt, in ihrem flötenden, flandrischen Singsang. Wolfgang, der Worte schwierig fand und alle Aufmerksamkeit für Bilder benötigte, zog Godelieves Art zu sprechen jeder anderen vor: Sie klang durchweg freundlich, und er brauchte kein Wort zu verstehen.

Er hatte seine Mutter – seiner Erfahrung nach die beste Art von Familie, die ein Mensch sich wünschen konnte –, doch aus einem unerfindlichen Grund gefiel es ihm, auf einmal noch eine Verwandte zu haben, noch jemanden, der zu ihm gehörte. Nicht den Vater, an den er sich kaum erinnerte. Aber Godelieve.

Er fand sonst selten etwas an Worten, aber er mochte ihren Namen: Godelieve, gute Liebe. Er passte zu ihr und klang nach dem blau karierten Kopftuch, das sie trug. Dass ihr Name in Wahrheit Gottesliebe bedeutete, erfuhr er erst Jahrzehnte später, und er konnte es nie ganz glauben.

Nach der zweiten Reise war sein Vater gestorben und der Kontakt mit Godelieve abgerissen. Wolfgang hätte sie nicht wiederfinden können, er neigte auch zu so etwas nicht, doch nach Ypern war er gefahren, sobald er sein erstes eigenes Geld verdient hatte. Die Stadt war noch immer dieselbe, während Berlin, die gigantische Baustelle, das Gesicht so rasant veränderte, dass man sich in der eigenen Straße verlaufen konnte. Er brauchte beides: die rasende Metropole, die ihm Ideen lieferte, und Ypern, wo er in einem Café mit Blick auf die Tuchhalle sitzen und darauf warten konnte, dass die Ideen Gestalt annahmen.

Diesmal aber war er nicht zu seinem Vergnügen hier. Er war nach Ypern gekommen, wie man zu einem vom Tod bedrohten Freund kam.

Natürlich hatte er mit seiner düstersten Befürchtung recht behalten. Generalstabschef Moltke war der typische zu kleine Geist, der vergeblich versuchte, einen großen zu beerben: Moltkes Onkel hatte im deutsch-französischen Krieg von '71 den entscheidenden Sieg errungen und galt als strategisches Genie. Sein Neffe hingegen war ein Idiot ohne Visionen, zum Ausgleich nahe am Größenwahn. Den Krieg hatte er von Anfang an gewollt, denn solange er nicht seinen Krieg bekam, fiel ein so kleiner Mann wie Moltke nicht auf. Als er ihn dann hatte, versuchte er die eigene Ideenlosigkeit zu vertuschen, indem er auf einen Plan seines Vorgängers Schlieffen zurückgriff: Um einen Zweifrontenkrieg zu vermeiden, müsse man die eine Front – die im Westen – durch einen Blitzangriff ausschalten, ehe die andere – die im Osten – ihre Truppen mobilisiert bekam. Zu Deutsch: Paris einnehmen, ehe Sankt Petersburg aufwachte.

Um dies vorzubereiten, hatte Schlieffen den Bau von strategisch wichtigen Bahnlinien veranlasst und schwere Artillerie feldfähig gemacht. Er hatte dargelegt, wie man die Festungen von Metz und Straßburg umgehen konnte und Frankreich im Rücken zu fassen bekäme. Das alles war nicht wenig beeindruckend, wenn man ein Faible für Kriegführung hatte. Wolfgang hatte keines. Seine Freunde hatten ihn mehr als einmal gefragt, weshalb er sich damit befasste, und er hatte zur Antwort gegeben: »Weil ich kennen muss, was mir am meisten Angst macht.«

In Sachen Schlieffen-Plan hätte er den Kaiser vermutlich besser beraten können als der Taschennapoleon Moltke. Der nämlich hatte etliche Faktoren außer Acht gelassen und war schnurstracks in das neutrale Belgien einmarschiert. Womöglich hatte er wirklich nicht damit gerechnet, dass Großbritannien, das in den Wellen schlafende Seeungeheuer, endlich doch ein Auge öffnete und sich um die Querelen des Festlands scherte. »Belgien ist ein Schritt zu weit«, lautete die Devise, die die britische Regierung ausgab, und somit wurde das kostbare Expeditionskorps über den Kanal verschifft.

Um zu erfassen, was seither geschah, hatte Wolfgang noch immer kein Mittel gefunden, obwohl für nichts anderes in seinem Hirn mehr Platz war. Dass es keine Worte gab, die es festhielten, wunderte ihn nicht, denn für das meiste, das ihm des Festhaltens wert war, reichten seine Worte nicht aus. Für Liebe so wenig wie für Elend, für Schönheit so wenig wie für Hass. Er fühlte sich unter Menschen ein bisschen wie Godelieve, die mit Sprache ein erfreuliches Geräusch erzeugen konnte, aber keine Chance gehabt hatte, sich mit ihm zu verständigen. Weil das schwierig war, weil Menschen nach Worten von ihm verlangten, wünschte er sich manchmal, er hätte keine Menschen gebraucht und niemanden enttäuschen müssen.

Aber er brauchte sie. Liebte sie. Sie waren das Beste in seinem Leben.

Seine Mutter. Die war wie Ypern. Machte Hartes weich.

Seine Freunde, ein großartiger Haufen, der es mit ihm und seinem Starrkopf, seiner Verbissenheit aushielt.

Und Recha.

Recha, Recha, Recha.

Um mit ihnen allen zu kommunizieren, ihnen zumindest im Ansatz zu erklären, was in ihm war, hatte er die Bilder entdeckt.

Für das, was seit dem 4. August in Belgien geschah, gab es jedoch auch keine Bilder. Keine, die man weitergeben konnte, nur die, die hinter seiner Stirn, hinter seinen Augen tobten und ihm die Sicht auf alles andere raubten. Er hatte keine Möglichkeit, sich anzusehen, was er filmte, hätte auf der überstürzten Reise nicht auch noch einen Projektor mitschleppen können, und außerdem hatte er den daheimgelassen, damit jemand das Material sichten konnte, das er schicken würde. Nicht Recha. Auf keinen Fall Recha. Rosa Luxemburg war wegen Majestätsbeleidigung ins Gefängnis geschickt worden, und das sterbende Untier, das dieses Kaiserreich war, würde sich nicht scheuen, auch Recha einzubuchten, wenn sie sich eines Vergehens schuldig machte. Das Material, das er zu schicken vorhatte, würde im Handumdrehen von der neuen Zensur verboten werden. Besser, er hielt Recha da raus. Er hatte sie schon in zu vieles gezogen.

An den Projektor in ihrer Wohnung hatte er einen Zettel mit der Aufschrift »Birnbaum senden« geklebt. Curt Birnbaum war ein komischer kleiner Kauz, zu zurückhaltend und zu ehrlich für einen Journalisten, jedoch mit einem klaren Urteilsvermögen ausgestattet. Dass sich die Leute wegen Belgien ebenso wenig wie wegen Bosnien aus ihrem Schlendrian reißen lassen wollten, war ihm bekannt, aber er wusste auch, wo man sich dennoch Gehör verschaffte. Er würde in der Lage sein, das Material auszuwerten, zu entscheiden, was zu veröffentlichen, was eventuell ins Ausland zu schaffen und was als Beweis für eine andere Zeit, vielleicht eine andere Generation zu bewahren war.

In dem Zimmer, das Wolfgang gemietet hatte und das gar kein Zimmer, sondern eine Remise war, hätte er den Projektor ohnehin nicht nutzen können, weil es keine Elektrizität gab. Die Remise – angeblich gebaut, um ein Fahrzeug unterzustellen, nicht, um darin zu wohnen – hatte er genommen, weil sie kaum etwas kostete und weil niemand, der eine Remise vermietete, einen Pass verlangte. Er wollte als Ausländer nicht auffallen.

Als *feindlicher Ausländer.* Nach all den Reisen sprach er leidliches Flämisch, und sein Englisch hatte er nach Kräften aufgebessert, also ging er für die meisten Flamen als Engländer durch, doch es war besser, nichts zu riskieren.

Die Remise genügte ihm, er hatte diesbezüglich keine Ansprüche, sosehr er auf seinen Glücksgipfeln mit Recha das Schöne, Feine, stilistisch Perfekte genoss. Auch dass er sein Material nicht sichten konnte, spielte keine Rolle. Er war hergekommen, um es als Beweis zu erstellen, nicht um ein Kunstwerk daraus zu machen. Seinen Koffer hatte er mit Filmrollen vollgestopft, bis kaum noch Kleidung hineinpasste, um so viel wie möglich aufzunehmen. Mit seiner Birtac-Kamera, einem hölzernen, unhandlichen Kasten, der mit einer Kurbel bedient wurde, jagte er durch das Land, das er liebte, um das Unbegreifliche begreiflich zu machen.

Schon während er filmte und filmte und filmte, war ihm klar, dass nichts davon genügen würde, dass nichts davon taugte, nichts der Welt ins tatenlose Gesicht schreien würde, was ihm selbst ins Gesicht schrie. Es gab keine Worte dafür, und es gab keine Bilder. Nur die Wirklichkeit.

Vielleicht noch erschreckender war, dass es kein Bild, aber doch ein Wort dafür gab, ein einziges, das ihm Angst machte und mit dem er allein war: Gehinnom.

Tal des Mordens, Abgrund, in dem wimmelndes Leben dem Moloch geopfert wurde.

Er hatte nie an eine Hölle, die neben dem Himmel lag, glauben können. Aber er glaubte an eine auf Erden. Hätte er nicht daran geglaubt, so hätte er jetzt solch eine Hölle zu sehen bekommen.

Damit, dass das Kaiserreich das Völkerrecht brach und in ein neutrales Land einmarschierte, hatte er gerechnet. Dass aber dieses Land, das unbeteiligt in seinem Winkel am Meer lag, zerstört werden sollte, seine tausendjährige Geschichte ausgelöscht, seine neugeborenen Kinder zerstreut und zerschlagen werden sollten, hatte er sich nicht vorstellen können. Er konnte es immer noch nicht.

Als er mit dem womöglich letzten Zug über die Grenze gelangt war, waren ihm die deutschen Sommerfrischler aus Ostende entgegengekommen, panikartig, die Ärmel von Kleidungsstücken aus den Koffern schleifend wie auf der Flucht. Kurz darauf hatte sein Zug hinter Lüttich nicht weiterfahren können, weil jeder Wagen beschlagnahmt wurde, um Truppen vor die Grenze zu schaffen.

Hier hatte er die gesehen, die tatsächlich auf der Flucht waren: Männer, Frauen, Kinder, manche mit Wagen voller Habseligkeiten, viele ohne ein einziges Gepäckstück. Drei junge Leute, keiner älter als fünfzehn, schleppten einen Toten an Bein und Armen mit, dem Kopf und Brust zerschossen worden waren. Ihren Vater wohl. Sie heulten wie Wölfe. Eine Frau mit einem Handkarren heulte auch, aber der Mann, der quer darüberlag, lebte noch. Ihm waren die Augen ausgestochen worden, im Gesicht zwei schwarz-blutige Löcher. Wolfgangs Hand tastete nach der Birtac, glitt aber ab, weil er zum ersten Mal dachte: *Ich kann das nicht filmen. Davon darf es kein Bild geben.*

Später kämpfte er dagegen an. Davon musste es Bilder geben, die Welt dort draußen musste davon Kenntnis erhalten, und deshalb war er hier. Während er sich auf dem langen Weg in Richtung Ypern vorwärtsschlug, sich durch brennende Dörfer kämpfte, an von Kratern durchpflügten Feldern vorbeizog und an schwarz verkohlten Häusern von Gehöften haltmachte, fasste er sich ein Herz und bat Menschen, die verwirrt in den Straßen umherliefen oder wie betäubt am Rand kauerten, sie filmen zu dürfen. Er sei Engländer, er werde den Film nach draußen schicken, um aller Welt zu zeigen, was mit Belgien geschah.

Viel sagen konnte er nicht, aber das machte nichts, denn die Leute konnten auch nicht viel hören, und die meisten wussten nicht, was Filmen war. Er drehte die Kurbel und nahm Bilder von niedergemähten Landstrichen auf, von Bauern und Handwerkern, die nicht wussten, welcher Sturm der Apokalypse über ihre Dörfer, über ihr Leben hinweggetost war und für welche Todsünde sie vernichtet wurden. Bilder von Massengräbern, die nicht einmal zugeschüttet worden waren, von über den Haufen geschossenen Jungen, denen dünne sommerbraune Beine aus kurzen Hosen ragten.

Gehinnom.

Wolfgang kämpfte sich weiter in Richtung französische Grenze, in Richtung Ypern, und mit jedem neuen Grauen wuchs seine Angst. In den Städten versuchte er, eine Zeitung zu ergattern oder von Reisenden zu erfahren, wie die Lage anderswo im Land aussah. Das Unerträglichste – und dabei war das doch ein Wort, das sich nicht steigern lassen durfte – hatte er nicht zu sehen bekommen: Leuven, die Perle Brabants, Hauptstadt des Humanismus und seit einem halben Jahrtausend ein wissenschaftliches Zentrum Europas, war in Brand gesteckt worden, die dreihunderttausend Bücher seiner Bibliothek in Flammen aufgegangen. Wolfgang war ein Kind der ärmsten Klasse, und so feurig wie andere an Götter und Kaiser glaubte er an den Wert von Bildung. Bücher, Schulen und Universitäten machten aus engen Kammern weite Horizonte, rissen Grenzen zwischen Klassen und Kulturen nieder. Sie gehörten allen. Wer sich an ihnen vergriff, vergriff sich am Menschsein selbst.

Wie viele umgekommen waren, wusste niemand. Die Überlebenden waren aus den Ruinen ihrer Stadt, aus den Trümmern ihres Lebens geflohen, in Richtung Frankreich, Niederlande, Großbritannien. Wolfgang wusste, er würde sich den Schrecken von Leuven zumuten und dort filmen müssen, aber dass so schnell kein Transportmittel aufzutreiben war, erleichterte ihn. Erst einmal musste er nach Ypern, sich überzeugen, dass Ypern noch dieselbe Stadt war, so wie immer, wenn sie ihn empfangen und alles, was in ihm aufgewühlt gewesen war, beruhigt und besänftigt hatte. Dass das Glockenspiel aus dem Belfried noch spielte, das freundliche Abschiedsständchen an sanft verplätscherte Zeit.

Er reiste weiter durch verwüstetes, vom Tod durchpflügtes Land und kam endlich an. Ypern sah noch aus wie dieselbe Stadt. Sie war nur still. Wie geduckt. Das Glockenspiel im Belfried spielte noch, aber es nahm Abschied von den Bewohnern der Stadt, von schweigenden Menschenströmen, die sich durch die Straßen schleppten, um in Richtung Küste zu fliehen.

Wolfgang mietete die Remise, nannte sich Dan Selow, aus Southampton, gab vor, auf der Suche nach einem Stellplatz für eine reparaturbedürftige Kutsche zu sein. Die Vermieterin, eine Witwe, die sonst keine Räumlichkeiten, sondern Frauen vermietete, war daran gewöhnt, keine Fragen zu stellen. In der Remise richtete er sich mit Schlafsack, Öllampe, Waschschüssel und Feldgeschirr eine Höhle her wie ein Tier. Einen sicheren Ort. Dann zog er wieder nach draußen, schlug sich filmend so nah wie möglich an die Blutspur der deutschen Front heran und im Schutz der Nacht wieder zurück. Er verausgabte sich. Das war seine Art, mit der Welt zurechtzukommen. Gern hätte er an Recha geschrieben. Wenigstens: »Es geht mir gut, lass es dir auch gut gehen. Sag meiner Mutter Bescheid.« Aber er wagte es nicht. Er wusste nicht, wer die Post kontrollierte, wollte weder sie in Schwierigkeiten bringen noch Aufmerksamkeit auf sich selbst ziehen. Und er wollte nicht in Versuchung geraten, ans Ende »Du fehlst mir« zu schreiben.

Auch das Verschicken der Filmrollen war ein Problem. Er hätte sie liebend gern zu Birnbaum nach Deutschland gesandt, aber die Furcht, sie könnten in falsche Hände geraten und verloren gehen, war zu groß. So stapelte er sie einstweilen in der Remise. Vielleicht gab es keine andere Möglichkeit, als sie selbst über die Grenze zurückzuschmuggeln, wenn alle Rollen verbraucht waren, obwohl er sich derzeit nicht vorstellen konnte, wie er jemals nach Deutschland zurückkehren sollte.

Es würde ein anderes Deutschland geben. Eines, das all die guten Kräfte, die er doch kannte, zusammenführte und eine neue, eine menschlichere Welt daraus baute. Wenn er darauf nicht mehr hoffen konnte, musste er dennoch fortfahren, es vor sich selbst zu behaupten, denn sonst hätte er nicht länger kämpfen können.

Die Front rückte näher. In Antwerpen hielt die Verteidigung nicht stand, mehr und mehr Truppen zogen sich in Richtung Westen zurück. Die Deutschen folgten. Ein Wettlauf zum Meer. Dass sie Ypern erreichen würden, war nur noch eine Frage der Zeit.

Zuvor aber kamen endlich Franzosen und Briten samt mehrerer Einheiten aus den Weiten des Weltreichs, abenteuerlustige Burschen aus Kanada und Australien und verstörte Schwarzafrikaner, die in den Konflikt eines fremden Kontinents gezerrt wurden. Entlang der Polder vor dem Fluss Yser bauten sie ihre Verteidigungslinien auf. Yperns Bewohner pilgerten tapfer und proper in die Sint-Maartenskathedraal, wo die berühmte Skulptur stand, der *Tod von Ypern*, die Wolfgang für *Morgen aus Stahl* gefilmt hatte. Sie sprachen Dankgebete für die Ankunft der Beschützer und zündeten Kerzen an, aber Wolfgang gelang es nicht, Erleichterung zu verspüren.

Nicht, weil er an Skulpturen mit finsteren Kräften oder Omen glaubte. Sondern weil er sich fragte, was passieren würde, wenn die Deutschen hier gegen einen Wall rannten, den sie nicht durchbrechen konnten, wenn es den Alliierten aber genauso wenig gelang, sie zurückzustoßen. Sobald sie sich eingruben, Stacheldraht hochzogen und mit Maschinengewehren aufeinander feuerten, war ein Vorstoß auf dem Schlachtfeld praktisch nicht mehr möglich. Schwitzkasten des Wahnsinns. Wolfgang, der jeden Franken hätte umdrehen müssen, kaufte sich eine blau karierte flandrische Webdecke für die ersten feuchtkalten Nächte und schlief trotzdem schlecht.

Antwerpen kapitulierte. Sofort darauf begannen im Ysertal die Gefechte. Wolfgang zog jeden Tag hinunter in Richtung Fluss, verbarg sich hinter den Linien, vergeudete Filmmaterial, auf dem man nichts sehen würde als aufbrandende Wolken, unten weiß, oben schwarz, die sich in die Erde fraßen, gespenstisch ohne den Donnerschlag, der dazugehörte. Er wusste selbst nicht mehr, was er mit seinen Bildern wollte, wusste nur, dass sie einer späteren Generation unersetzlich sein würden, dass er nichts anderes hatte, um dieses Grauen zu bekämpfen, und dass er nicht aufhören konnte.

Die Deutschen setzten über den Fluss. Eine breit gestreckte Vorhut bewegte sich unaufhaltsam weiter, ging wie unverwundbar durch Sperrfeuer. Dass nach jeder Salve welche liegen blieben, würde auf dem Film kaum auffallen, weil sie so viele waren, Scharen von blutjungen Leuten, die in dieses fremde Land gekarrt worden waren, um sich schlachten zu lassen. Wolfgang musste zur Rechten ausweichen und in einem Krater Schutz suchen, um nicht von den zurückweichenden Belgiern und Briten überrannt zu werden. Von hier aus hatte er keinen guten Überblick mehr über das Gesamtgeschehen, doch dafür sah er etwas Unglaubliches: Am Rand der vorrückenden, feuernden Flanke bewegte sich ein Automobil mit einer Luke im Dach. Aus dieser Luke reckte sich ein Mann mit einer Boxkamera, der erst durch den Sucher sorgfältig sein Motiv auswählte und dann auf den Auslöser drückte.

Er pickte sich die heraus, die mit gestrafftem Rücken gingen, das Gewehr im Anschlag, als würden sie beim Feuern das Deutschlandlied pfeifen. Wurde einer von denen getroffen und stürzte nieder, ehe er ihn ablichten konnte, ließ er die Kamera sinken und suchte sich einen neuen aus. Bilder von Toten wollte er nicht, kein spritzendes Blut, keine erstarrten Kinderaugen und auch keine Verwundeten, denen es die Hälfte der Kindergesichter weggerissen hatte, die die Arme reckten und um Gnade bettelten, um den Schuss, der ein Ende machte. Nur strahlende, emsig marschierende Helden, die ihren Siegeszug fortsetzten, der nächsten Stadt entgegen.

Wer hatte den geschickt? Der Drecksack Oskar Messter? Aber der Mann filmte ja nicht, sondern schoss Fotos, also kam er vermutlich von der widerlichen *BZ am Mittag*. Deren Redakteure hätten ihre Großmütter gefressen, solange der Exklusivbericht nur schnell genug in ihre Zeitung gelangte. Wolfgang war außer sich vor Zorn. Er hätte sich aus dem Krater hieven, der deutschen Front entgegenrennen und den Kerl aus dem Auto zerren wollen, ihn fragen, was er sich dabei dachte. Gemälde, Gedichte, Geschichten – das alles erkannten Menschen als Werk der Fantasie, doch was sie auf einem Foto sahen, war für sie die blanke Wahrheit. Dieser Mann dort fälschte Geschichte. Die armen verheizten Hunde, die keine zwanzig hatten werden dürfen, radierte er daraus aus und brachte sie damit noch einmal um.

Vielleicht hätte Wolfgang tatsächlich vor Wut den Verstand verloren, wäre aus dem Krater gesprungen und ins Maschinenfeuer gerannt, wäre nicht in diesem Augenblick etwas geschehen, das ihn von dem Fotografen ablenkte. Er war zu weit weg, um genau zu erkennen, was vor sich ging, sah nur eine kleine Abordnung belgischer Füsiliere sich ungedeckt auf die Schleusen zubewegen, die die Polder schützten. Sobald sie sie erreichten, machten sie sich daran zu schaffen. Der Plan hatte etwas Geniales, so haarsträubend er zugleich schien. Während der Regenfälle der letzten Tage war der Fluss bis zum Bersten angeschwollen, und der Boden der Senke war ohnehin mit Nässe gesättigt. Wurden die Schleusen geöffnet, würde das Wasser in Sekundenschnelle über die Ufer treten, die Polder fluten und sie in eine Wüste aus Schlamm verwandeln. Für den Moment würde das die Deutschen zum Rückzug zwingen, doch das gesamte Gelände bis hinauf nach Nieuwpoort würde auch für die eigenen Geschütze, für Transportwagen und Pferde auf Monate nicht zu durchqueren sein.

Die Schleusen öffneten sich. Von der plötzlichen Wucht des Wassers überrascht, strauchelten Pferde, glitten Männer aus und schlugen platschend hin. Wagenräder blieben stecken, gruben sich mit jeder vergeblichen Umdrehung tiefer in den Schlamm. Befehle zum Rückzug ertönten, hallten lauter und lauter über die Köpfe der Truppen, die sich im Chaos auflösten. Die Deutschen würden sich auf den Poldern nicht einmal mehr eingraben können, in diesem Schlamm hielt keine Brustwehr, schwemmte jeder Unterstand davon. Sie mussten bis über den Fluss zurück, das mühsam gewonnene Gebiet wieder aufgeben. Ypern war eine ruhigere Nacht beschert. Das allein war die Sache wert.

Es dauerte lange, bis alle Männer das geflutete Gebiet geräumt hatten. Einen hatte Wolfgang beobachtet, der versuchte, einen toten Kameraden mit sich zu zerren, der ihn schließlich loslassen musste, weil ihm die Kräfte schwanden, und der zusehen musste, wie der Kamerad im Morast verschwand. Er hatte geweint, war nicht älter als Gabriel, hätte zu einer Mutter gehört, die ihm den Kopf zurechtsetzte und ihn dann mit einer Wärmflasche ins Bett steckte.

Die Mutter des anderen würde in den nächsten Tagen eine Todesnachricht erhalten, falls der Kamerad daran gedacht hatte, die Hälfte seiner Kennmarke mitzunehmen.

Wolfgang schüttelte das Bild seiner eigenen Mutter an ihrem Küchentisch ab. Er stand in seinem Krater bereits bis zu den Knien im Wasser und machte besser, dass er zurück in die Stadt kam. Die Sonne sank, und bis Ypern würde er noch eine gute Stunde unterwegs sein. Er sehnte sich nach Recha, und da Sehnen nach Recha verboten war, nach seiner Remise und der flandrischen Decke.

Er schob die Brille, die sich von den Schmutzspritzern nicht mehr richtig reinigen ließ, in die Tasche. Unter seinen Armen brachen die verschlammten Wände des Kraters, und es kostete ihn Mühe, sich herauszustemmen. Flugs rappelte er sich auf, klopfte sich Kälte und Steifheit aus den Gliedern und wollte den langen Heimweg antreten. Da jedoch bemerkte er das Automobil.

Es musste sich über die Räder hinaus in den Schlamm gegraben haben, so tief, dass sein Benutzer es zurückgelassen hatte, ehe es ihm zur Todesfalle wurde. Wiederum wollte Wolfgang sich zum Gehen wenden, aber etwas fesselte seinen Blick. Er setzte die beschmierte Brille wieder auf, hob die Kamera aus dem Kasten und blickte durch den Sucher. Sicher war er nicht, er glaubte aber, hinter den verdunkelten Scheiben und dann flüchtig auch über dem Dach eine Bewegung wahrzunehmen. Wie unter Zwang ging er darauf zu und erkannte im Näherkommen, dass er sich nicht getäuscht hatte.

Der *BZ*-Reporter war in dem Wagen gefangen!

Warum der Mann es nicht schaffte, aus der Dachluke ins Freie zu klettern, war Wolfgang ein Rätsel, doch er war längst ins Rennen gefallen. Je schlammiger der Boden wurde, desto mühsamer kam er vorwärts, versuchte, von Grasbüschel zu Grasbüschel zu springen, und sank dennoch immer wieder bis über die Knöchel ein. Der Reporter streckte eine Hand aus der Luke, dann kurz seinen Kopf, doch beides sank ihm wieder zurück.

Endlich hatte Wolfgang den Wagen erreicht. »Kommen Sie da raus!«, rief er in der Sprache, in der er seit drei Monaten kein Wort gesprochen hatte. »Sind Sie lebensmüde, wollen Sie in dem Ding ersaufen?«

Der Mann gab keine Antwort, doch als Wolfgang noch näher kam, hörte er ihn stöhnen. Mit einem Satz sprang er dem Wagen auf die Motorhaube, auf der tatsächlich der weiße Schriftzug *BZ am Mittag* prangte. Obwohl Wolfgang so leicht war, trieb sein Gewicht das Fahrzeug noch tiefer in den Schlamm. »Strecken Sie die Arme raus, versuchen sie, sich hochzustemmen. Ich helfe Ihnen.«

Unter neuerlichem Stöhnen kämpfte der Mann sich in die Höhe und stützte schließlich die Ellenbogen auf die Seiten der Luke. Wolfgang griff ihm unter die Achseln und zerrte ihn mit aller Kraft nach oben. Es war eine elende Viecherei, der Kerl war viel schwerer als er und dazu ellenlang. Mit einer letzten gemeinsamen Anstrengung glitt er letztendlich dennoch heraus, und umklammert wie Liebende rutschten sie auf die Motorhaube zurück.

Der Mann atmete in wilden, röchelnden Stößen. Ihn sofort zum Laufen zu bewegen wäre sinnlos gewesen, also ließ Wolfgang ihn ausruhen. Die Hälfte seines Gesichts war mit Blut verschmiert, das noch immer aus einer Wunde an der Schläfe sickerte. Offenbar hatte der Mann einen Streifschuss abbekommen und sich beim Sturz den Kopf angeschlagen. Gefährlich wirkten die Verletzungen nicht, aber er war unterkühlt, musste ins Trockene und versorgt werden. Da Wolfgang nicht zu den Männern gehörte, die Taschentücher mit sich herumschleppten, löste er dem anderen das Halstuch und presste es auf die Wunde.

Erkannt hatte er ihn längst. Er gehörte zu den Reportern, die ins *Babylon* kamen, und hatte Wolfgang vor Jahren interviewt. Sie hatten ein gutes Gespräch geführt, und das Interview war in der *Aktion* erschienen, die Wolfgang für eine wichtige Zeitschrift hielt. Es hatte ihm gefallen. Enttäuschung überfiel ihn. Ohne es zu wollen, versetzte er dem Mann einen Stoß.

Der hatte sich inzwischen erholt. »Sie schickt der Himmel«, sagte er.

»Von dem würde ich mich nicht schicken lassen.«

Verkrampft grinste er. »Und dann auch noch Wolfgang Vanselow. Mein Idol. Wissen Sie, wie lange ich Ihnen schon sagen wollte, dass *Und niemand mehr auf der Welt* der großartigste Film ist, den je ein Mann gemacht hat? Und jetzt ergibt die Gelegenheit sich ausgerechnet hier.«

Wolfgang ging darauf nicht ein. »Wir müssen hier weg. Schaffen Sie es bis zum Deich? Von dort müssten Sie über halbwegs trockene Wege bis nach drüben zu Ihren Leuten kommen.«

»Schaffen werde ich es schon, auch wenn mir der Schädel brummt.« Der Mann, dessen absurder Name Wolfgang wieder einfiel, gab sich Mühe, sich aufzurichten. »Nur um den schönen Wagen ist es schade …«

»Wenn Sie mit dem versinken wollen, hätte ich mir die Arbeit sparen können.« Wolfgang ließ sich von der Motorhaube gleiten.

»Nein, auf keinen Fall.« Der andere tat es ihm nach. Er taumelte stark und sank schneller als Wolfgang in den Schlamm, aber er würde in der Lage sein zu gehen. »Meine Zeitung wird schon für einen neuen sorgen, auch wenn das seine Zeit dauern kann.«

»Ihre Zeitung ist keine Zeitung. Ein Haufen Dreck ist die.« Wolfgang konnte nicht länger an sich halten. »Warum machen Sie das? Sie haben doch mal für die *Aktion* geschrieben. Warum geben Sie sich für einen solchen Schandkram her?«

Der Mann, der Quintus Quirin hieß, beugte sich vor und stützte sich auf der Motorhaube ab. Ehrlich erstaunt sah er zu Wolfgang auf: »Was ist daran Schandkram? Ich mache nur meine Arbeit wie jeder andere auch. Bildreportagen. Die können Blätter wie *Aktion* oder *Zukunft* sich nicht leisten. Wenn man auf dem Feld Fuß fassen will, muss man seine Chance ergreifen, und eine Chance wie diese kommt nie wieder.«

»Chance nennen Sie das?«, brüllte Wolfgang. »Dass ein Erdteil mit Krieg überzogen, ein ahnungsloses Land überrannt, ein Volk gemetzelt und aus seiner Heimat vertrieben wird, dass unsere jungen Leute krepieren und die Errungenschaften unserer Kultur in Flammen aufgehen – das nennen Sie Ihre Chance, die nie wiederkommt?«

»Mir ist nicht klar, weshalb ausgerechnet Sie sich so aufregen«, erwiderte Quirin noch immer in freundlichem Konversationston. »Sie sind doch wohl auch hier, um zu filmen, Sie müssten meine Intention somit am besten verstehen.«

»Ich bin hier, um das zu filmen, was Leute wie Sie aus diesem Krieg herausschneiden!«, schrie Wolfgang. »Die Bilder, die ich mache, die ich als Beweise sammle, dürfen in Deutschland gar nicht gezeigt werden, seit Oskar Messter wie eine fette Spinne in der Zensurbehörde sitzt. Ich kann nicht einmal wagen, sie meinem Vertrauensmann zu schicken, weil sie auf dem Postweg abgefangen würden und verloren wären und weil dann dank Ihrer Propaganda kein Mensch je wissen wird, wie dieser Krieg wirklich war!«

Ohnmächtig vor Wut packte er die Kamera, die Quirin am Riemen vom Hals baumelte, und schleuderte sie in weitem Bogen über den Polder, wo sie mit einem Platschen versank.

»Sind Sie wahnsinnig?« Quirin fuhr in die Höhe, schrak zusammen und hielt sich den schmerzenden Kopf. »Was Sie da sagen, ist nicht wahr. Ich habe diesen Auftrag übernommen, weil ich den Leuten zeigen wollte, was vor sich geht, weil das die große Neuerung unserer Zeit ist: dass wir Fotografien haben, dass wir uns alles mit eigenen Augen ansehen und uns unser eigenes Urteil bilden können. Wussten die Leute bisher überhaupt, was Krieg ist?« Er klang nicht länger, als säße er bei einer Plauderei im *Babylon*, er klang aufgerieben, und am Ende raubte die Schwäche ihm die Stimme. Er musste sich schnellstmöglich hinlegen. Zudem spürte Wolfgang selbst, wie ihm die Kräfte schwanden.

»Wenn Ihre Bilder gezeigt werden und meine nicht nach Deutschland gelangen, werden die Leute es auch nie erfahren«, sagte er und begann, durch den Schlamm nach Westen, in Richtung Menin-Straße und Ypern zu stapfen.

»Dass Sie meine Kamera weggeworfen haben, nützt Ihnen gar nichts«, rief ihm Quirin wie ein trotziger Junge hinterher. »Ich habe an der Basis noch eine zweite.«

»Ich habe nichts anderes erwartet«, erwiderte Wolfgang und drehte sich nicht noch einmal um.

31

Über die Straße nach Menin erreichte er im ersten Dunkel das Osttor, das auf die belebte Hauptstraße und geradewegs hinunter zur Tuchhalle führte. Er wollte nichts mehr, als sich in seiner Remise auf sein Lager fallen lassen und die karierte Decke über seinen Kopf ziehen. Stattdessen fand er sich einem britischen Wachtrupp gegenüber, fünf Männern, einer aufgestellten Schranke und dem Lauf eines *Vickers*-Gasdruckladers.

»Ihren Pass«, sagte der Mann mit dem Maschinengewehr auf Flämisch.

Wolfgangs Herz vollführte schmerzhafte Sprünge. Wie hatte er ein solcher Idiot sein können? Die Truppen waren hier, um die Stadt zu schützen, natürlich würden sie dafür sorgen, dass keine Spione und Kundschafter eindrangen. Er war geliefert. Wenn ihm nicht schleunigst ein genialer Einfall kam, landete er vor einem britischen Militärgericht.

Und wo landeten seine Filme, das unersetzliche Material in der Remise? Madame Pepi, die Bordellmutter, würde vermutlich den Besitz des sonderbaren Mieters verhökern, sobald von diesem keine Zahlung mehr kam, und auf den Abfall werfen, was sich nicht zu Geld machen ließ.

»Es tut mir leid, ich habe meinen Pass daheim vergessen«, antwortete er mit höchstens der leisesten Spur von Hoffnung.

Der, der flämisch gesprochen hatte, wandte sich einem anderen zu und fragte hinter vorgehaltener Hand auf Englisch: »Was hat der gesagt?«

Der Angesprochene zuckte mit den Schultern. »Probier's auf Französisch. Das können von denen hier die meisten.«

»Ich aber nicht«, erwiderte der Mann mit der *Vickers*. »Vielleicht einer von euch?«

Von den übrigen kam Kopfschütteln, verneinendes Murren.

»Ich spreche Englisch«, rief Wolfgang, ehe ihm einfiel, dass das vermutlich ein Fehler gewesen war. Als Flame ging er bei diesen Männern zumindest eher durch als als Dan Selow aus Southampton.

»Na bestens«, sagte einer der anderen. »Dann mal her mit Ihrem Pass, oder haben Sie keinen? Was haben Sie überhaupt da draußen gemacht? Wir sind hier keine Stunde hinter der Front, ist Ihnen das nicht klar?«

Nichts könnte klarer sein, dachte Wolfgang, biss sich jedoch auf die Lippen. »Ich war spazieren. Ich mache das jeden Abend. Dass ich meinen Pass nicht dahabe, tut mir leid. Ich wusste nicht, dass man ihn neuerdings bei sich tragen muss.«

»Sie sind Belgier, ja?«

Wolfgang nickte.

»Aus Ypern?«

Er nickte wieder. »Dehemlaan 19. Bei der Witwe Marinus Pevenaege.«

»Und heißen tun Sie?«

Wolfgang stockte. Der Schrecken wischte sein Hirn blank. Nur drei Namen schien es darin noch zu geben, und da er die beiden ersten – seinen eigenen und das alberne Konstrukt Dan Selow – nicht nennen konnte, nannte er den dritten: »Woyzeck, Franz.«

»Fritz? Sie sind einer von den Fritzen?«

»Franz«, verbesserte Wolfgang kläglich, wohl wissend, dass das kein bisschen besser war.

»Mir wird das zu brenzlig«, sagte der Wachmann mit der *Vickers*. »Los, Männer, holen wir Captain Brown-Brown.«

Jedenfalls war es das, was Wolfgang verstand. Zwei der Wachleute packten ihn bei den Armen, während ein dritter loslief und kurz darauf mit seinem Offizier zurückkehrte, einem Mann, der aussah wie ein Brite aus dem Bilderbuch: langbeinig, sportlich, glatt rasiert, gesunde Gesichtsfarbe, das dunkelblonde Haar kurz wie englischer Rasen.

»Sind Sie das?« Die Stimme klang jünger, als der Mann dem Gesicht nach sein konnte. »Englisch sprechender Belgier ohne Pass, dafür mit deutschem Namen?«

Ich habe keine Kraft mehr zum Lügen, dachte Wolfgang, *außerdem bin ich darin die größte Niete der Nation.* Ihm taten die Arme weh. Alles tat ihm weh. Er war ein Bündel aus Müdigkeit, Angst und Schmerz. »Mein Vater war Belgier«, sagte er. »Meine Mutter ist Deutsche. Ich bin Filmregisseur, Wolfgang Vanselow, seit drei Monaten in Belgien, um zu filmen und eines Tages vor der Welt zu belegen, dass in diesem Land Kriegsverbrechen begangen worden sind. Beweisen kann ich Ihnen das nur, wenn Sie einen Filmprojektor haben. Ich habe die Filme in der Dehemlaan.«

Der Offizier überlegte, ohne sich mit einem seiner Leute zu beraten. Dann zog er aus seinem Koppel eine schmale Armeepistole und zielte auf Wolfgangs Brust. »Lasst ihn los, geht wieder in Stellung. Ich übernehme das«, sagte er und an Wolfgang gewandt: »Sie kommen mit mir.«

Die Männer gaben seine Arme frei, und Wolfgang trottete neben dem Offizier durch das Tor. Der hielt zwar die Pistole weiter auf ihn gerichtet, gab sich aber keine Mühe, deren Position zu korrigieren. »Da rein.«

Sie betraten das erste Haus auf der Rechten, ein Ladengeschäft, in dem Kurzwaren verkauft worden waren, das jetzt jedoch der Wachmannschaft als Quartier diente. Durch den Geschäftsraum, in dem ein paar Männer beim Essen saßen, gingen sie in ein Hinterzimmer, in das der Ladentisch samt der Kasse gerückt worden war. Zwei Stühle gab es auch. Der Offizier setzte sich, legte die Pistole auf den Tisch und bot den freien Stuhl Wolfgang an. »Zigarette?«

Ungläubig starrte Wolfgang auf die hingehaltene Schachtel. »Das ist nicht Ihr Ernst.«

»Ich weiß. Meine Leute lachen über mich, aber mein Vater hat mir eingetrichtert, dass es unhöflich ist, in Gegenwart eines anderen Mannes zu rauchen und ihm keine anzubieten. Solche Gewohnheiten schüttelt man so leicht nicht ab.«

Wolfgang nahm die Zigarette und sog den Rauch in einem tiefen Zug in seine Lunge. Er tat unendlich wohl. In allem Irrsinn eine Erinnerung an ein ganz gewöhnliches Leben.

»Ich müsste Sie festsetzen lassen. Aber ich habe dazu keine Lust. Ihren Film würde ich mir gern ansehen, ich sehe ganz gern mal einen Film, nur habe ich keinen Projektor. Sie werden mir drei Fragen beantworten müssen, um zu beweisen, dass Ihre Angaben zutreffen. Keine sehr zuverlässige Methode. Aber selbst wenn ich mich von Ihnen übers Ohr hauen lasse, werden Sie mir schon nicht im Alleingang die Stadt in Brand setzen, oder doch?«

Wolfgang glaubte zu spüren, wie sämtliches Blut ihm aus dem Gesicht wich. »Niemals«, stammelte er. »Ich habe die Dörfer um Lüttich gesehen, die verkohlten Ruinen. Ich habe Albträume, in denen ich Ypern so sehe.« Er atmete auf, hatte nicht gewusst, wie dringend er diese Sätze hatte aussprechen müssen. Wie dringend er überhaupt mit jemandem hatte sprechen müssen.

»Werten wir das als Antwort auf die erste Frage«, sagte der Offizier. »Hier haben Sie die zweite: Sagt Ihnen der Name Deimling etwas?«

Wolfgang zog so fest an der Zigarette, dass er husten musste. Sein »Ja« war auch ein Husten, und beim Abstoßen der Asche auf dem Blechteller, den der Brite ihm hinschob, zitterten seine Finger. »Warum fragen Sie mich das?«

»Weil ich muss«, erwiderte der Brite. »Erzählen Sie: Wer ist der Mann?«

»Ein Irrer«, brach es aus Wolfgang heraus. »Ein geltungssüchtiger Egomane, der schon in Saverne auf jegliches Völkerrecht geschissen hat und uns um ein Haar in den Krieg gehetzt hätte. So einer ist das: Einer, dem nichts, nicht einmal ein Weltkrieg, groß und grauenhaft genug ist, um seinen beschissenen Namen der Nachwelt ins Gedächtnis zu brennen. Das ist das Schlimmste am Krieg: dass ihn Leute führen, die sich dafür schadlos halten wollen, dass sie Plattfüße haben oder als Kind nie beim Blindekuh mitspielen durften. Sagen Sie mir nicht, der ist noch immer am Ruder. Sagen Sie mir nicht, er befehligt eine kämpfende Truppe. Sagen Sie mir bitte nicht, er kommt hierher.«

»Er befehligt das 15. Armeekorps«, sagte der Brite. »Und er ist schon da.«

Sie sahen einander an. Wolfgangs leerer Magen verkrampfte sich zu einer eisenharten Kugel. Der Brite drückte seine Zigarette aus und reichte ihm über den Tisch hinweg seine kräftige, fast quadratische Hand. »Ich bin Scott Brown-Brown, Captain der 4. Division, 12. Bataillon, Sherwood Foresters Line Infantry. Und Sie waren noch mal?«

»Wolfgang Vanselow. Filmregisseur.«

»Deutscher.«

»Aus Berlin, ja. Dass mein Vater Belgier war, stimmt, aber ich habe ihn kaum gekannt. Ich bin trotzdem hier, weil ich nicht zulassen will, was diesem Land angetan wird. Genau wie Sie. Auch wenn Sie mir das nicht glauben.«

Der andere rieb sich die Stirn. »Wissen Sie, warum ich es glaube, warum ich hier sitze und mit Ihnen rede?«, fragte er. »Weil ich mich mit diesem Krieg fühle wie der Ochse vorm neuen Tor. Ich. Ein Berufsoffizier. In einen Teich geschmissen, in dem ich nicht nur nicht schwimmen kann, sondern nicht einmal weiß, ob die Brühe Ufer hat. Weshalb sollte es nicht Männern in Deutschland genauso gehen? In Lüttich war noch im September einer Ihrer Landsleute mit Namen Charles Lib…, Lib…«

»Karl Liebknecht.«

»Libknescht, richtig. Freund von Ihnen?«

»Zurzeit sind alle Leute, die diesen Krieg verdammen, meine Freunde«, sagte Wolfgang. »Karl Liebknecht ist Sozialist. Und ein guter Mann.«

»Vor den Sozialisten haben uns unsere Altvorderen immer Angst eingejagt wie vor dem *Bogieman.* Aber dieser Libknescht soll viel Eindruck gemacht haben, weil er mitten im Krieg in ein fremdes Land fährt und für das, was sein eigenes Land tut, um Entschuldigung bittet.«

»Ich bitte auch um Entschuldigung«, sagte Wolfgang. »Wenn die Welt dies übersteht, hoffe ich, dass es noch so etwas wie eine Entschuldigung gibt. Dass die Völker Wege finden, wieder zusammenzuwachsen.«

Der Brite nahm die Pistole vom Tisch, sicherte sie und schob sie in seinen Koppel. »Eine Frage fehlt noch, Mister …«

»Vanselow.«

»Ja, richtig. Wenn Sie schon seit Monaten hier sind – wissen Sie vielleicht, wo ein ordentlicher Puff ist? Ich habe dringend einen nötig, und ein Militärbordell kann ich nicht ertragen. Dienstleistende nach Nummern aufgestellt wie bei der Reihenuntersuchung, und der Spaß ist schneller vorbei als auf der Latrine. Ich brauche ein richtiges Haus mit richtigen Frauen. Irgendwas, wo ein bisschen Wärme ist, ein bisschen Leben, wo man begrüßt wird, als käme man nach Hause. Wie sieht's aus, Mr. Fennsehlou – können Sie mir so etwas empfehlen?«

Es hatte etwas Ironisches, dass ausgerechnet er, der gegen Prostitution als brutalste Form der Ausbeutung zu Felde zog, auf diese Frage eine Antwort wusste. Er hätte auch den Mann, der ihm gegenübersaß, nicht für einen Bordellbesucher gehalten, aber er glaubte zu verstehen, was er meinte. »Meine Wirtin betreibt so ein Haus«, sagte er. »Madame Pepi. Ich war nie da, aber ich denke, es ist ein bisschen muffig und sehr flandrisch. So, wie Sie gesagt haben.«

»Und Sie bringen mich hin?« Der Brite sah auf seine Uhr. »Ich habe dienstfrei ab neun. Das sind keine fünfzehn Minuten mehr.«

Wolfgang nickte.

»Damit sind Sie vom Haken.« Er stand auf und fischte von einem Regalbrett ein Formular. »Ich stelle Ihnen einen provisorischen Passierschein aus, ich denke, wir erklären Sie zum Deutschsprachigen aus dem Areler Land, der uns mit Übersetzungen aushilft. Seien Sie trotzdem vorsichtig. Versuchen Sie nicht, über einen anderen Kontrollposten nach Wipers rein- oder rauszukommen, nur über unseren an der Menin-Straße. Verhalten Sie sich unauffällig.«

»Nach wo?«

»Wipers.« Mit der flachen Hand klopfte er an die Wand, dass die verblichene Tapete staubte. »Hier. Das ist unsere Stadt. Die halten wir, egal, was es kostet. Die lassen wir uns nicht nehmen.«

»Zu Ypern sagen Sie Wipers?«

»Pop und Wipers, ja.« Er legte das Formular auf den Tisch, kritzelte darauf herum und suchte auf dem Regal nach einem Stempel. »Die zwei sind unsere, und das bleiben sie. Wir fanden, wenn das die zwei Städte sein sollen, auf die wir stolz sind, unsere Zeichen dafür, dass wir uns ganz Belgien zurückholen, dann müssen die Namen haben, die wir aussprechen können.«

»Welche ist Pop? Poperinge?« Die kleine Stadt lag zu Fuß eine gute Stunde westlich von Ypern, umgeben von Hopfenfeldern und so nah an der Grenze, dass man bei klarem Licht nach Frankreich hinüberwinken konnte. *Westlich von Wipers,* korrigierte er sich. Es kam ihm vor wie der Name Lulu aus dem verbotenen Drama von Frank Wedekind, den er Recha gegeben hatte. Wer liebt, gibt Namen. Macht sich zu eigen.

»Ja, Pop.« Der Brite nickte. »Frage mich, wie diese Belgier

ihre komischen Namen herausbringen, ohne sich die Zungen zu brechen.« Er hatte den Stempel gefunden, rollte ihn auf dem Formular mehrmals hin und her und gab das Dokument dann Wolfgang. »Hier. Stecken Sie's ein und hängen Sie's an keine große Glocke.«

»Vielen Dank.«

Er winkte ab, sichtlich nicht fähig, mit Dank umzugehen, und auch darin ganz der Brite aus dem Bilderbuch. »Gehen wir auf unseren Schwof?«

Wolfgang schloss sich ihm an. Jeder Schritt fiel ihm schwer, und als sie aus dem Haus traten, ließ ihn die Kälte in den nassen Kleidern schlottern. Etwas in ihm aber fühlte sich wieder wie so oft in Ypern. *In Wipers.* Angekommen. Angenommen. So, als wäre auch der größte Schrecken so schrecklich nicht, sondern mit Schokolade in Milch behandelbar. »Darf ich Sie auch etwas fragen?«

»Nur raus damit.«

»Heißen Sie wirklich Brown-Brown?«

Er lachte, sein Atem eine weiße Wolke in der klaren Nacht. »Das ist ein Pech, was? Wir Engländer lieben ja so was, den Stolz auf unsere Herkunft, aber wenn dein Vater ein Brown ist und deine Mutter ist auch eine Brown und beide sind so kleinadelig-verarmt und verbissen, dass sie auf ihren Namen auf keinen Fall verzichten wollen – was können Sie da machen? Meine Leute finden es komisch, das hat auch seinen Wert. Und Sie sagen Scott, wenn Sie wollen. Ist wie mit Pop und Wipers, soll ja alles nach menschlicher Sprache klingen.«

»Dann sagen Sie Wolfgang«, antwortete Wolfgang. »Aber das klingt nicht nach menschlicher Sprache für Sie, fürchte ich.«

»Wuffkank«, probierte Scott Brown-Brown.

»Gefällt mir«, sagte Wolfgang, der bereit gewesen war, Wolfi vorzuschlagen, wie ihn nur seine Mutter und eine Handvoll unschätzbarer Freunde nannten.

»Dann hätten wir das ja geregelt.«

Das Etablissement der Witwe Marinus Pevenaege, genannt Madame Pepi, befand sich in deren Wohnhaus, eine Ecke von Wolfgangs Remise entfernt in einer stockdunklen Seitenstraße. Er hatte einmal dort sein Mietgeld abgeliefert, daher kannte er den Weg. Es war ein kleines Haus, bald zu niedrig für zwei Stockwerke, aber mit hohem Giebel wie überall in Ypern. Es lag zurückgesetzt hinter einem Vorgarten und hatte etwas Verschwiegenes, doch aus den Fenstern, durch geklöppelte Spitzenvorhänge fiel gedämpftes Licht. »Das ist es. Ich hoffe, es ist ein bisschen so, wie Sie es sich gedacht haben.«

Er wollte sich umdrehen, aber der kraftvolle Brite hielt ihn am Arm fest. »Das ist nicht Ihr Ernst, Wuffkank. Sie kommen doch wohl mit rein? Ich bezahle. Das ist keine Sache. Zu Hause habe ich keinen zu bedenken, und sein Geld wird man hier sonst ja nicht los.«

»Mir ist nicht danach.«

»Nach einer Frau? Ob mir nach einer sein wird, weiß ich auch noch nicht. Aber danach, nicht allein zu sein. Und zu trinken bekommen wir da auch was, oder nicht?«

Sie schwangen das Tor des Vorgartens auf und gingen nebeneinander auf das Haus zu.

Madame Pepi, gekleidet wie eine Totengräberin, allein die blutrot geschminkten Lippen eine Konzession an ihren Beruf, empfing sie mit allem anderen als Begeisterung. »Ach, du lieber Jesus, noch zwei heute Nacht, woher soll ich's eigentlich nehmen und nicht stehlen? Und dann noch aus dem Schlamm da draußen, tretet euch bloß die Füße ab, oder ich werfe euch raus. Nun setzt euch schon hin, da ins Eck, aber stille, damit ihr die oben nicht stört.«

Das Haus war innen noch kleiner als draußen. Hinter einem rosafarbenen Wandschirm brannte eine einzelne Birne, und an den weißen Kachelofen quetschte sich ein Tisch mit Eckbank. Dorthin drängte Madame Pepi die Männer, verschwand auf hohen Hacken und kehrte mit zwei hohen Krügen zurück. »Recht so? Warten werdet ihr schon müssen, seid ja nicht die Einzigen.«

Über ihnen auf der Fensterbank vertrocknete eine Topfblume neben einer eingestaubten Schäferin aus Porzellan. Flandrische Bordelle mussten die eigentümlichsten der Welt sein: Sie waren eingerichtet wie die guten Stuben von altjüngferlichen Tanten.

Scott Brown-Brown, der von dem flämischen Wortschwall sichtlich kein Wort verstanden hatte, grinste. Es war ein bisschen, als würde man nach Hause kommen. Er hob seinen Krug und probierte den Schaum auf dem trüben, würzig nach Hopfen schmeckenden Getränk. »Was ist das?«

»Witbier«, sagte Wolfgang. »Sämiges Bier aus Weizen. Sehr praktisch, vor allem für leere Geldbeutel: Steigt in den Kopf und kann obendrein eine Mahlzeit ersetzen.« Er hatte nicht gemerkt, dass er Hunger hatte, und vergessen, wie gut es tat, an einem Ofen zu sitzen.

»Heilige Scheiße«, sagte Scott Brown-Brown, der ebenfalls von dem Bier probiert hatte. »In der Suppe möchte ich, wenn Frieden ist, ein Bad nehmen. Ein Mädel links, ein Mädel rechts, und das Leben ist schön.«

Dann gab es ein Gepolter auf der Treppe, auf der man den Kopf einziehen musste, und gleich darauf erschien ein Mann, der sich mit einer Hand die Hosen zuknöpfte und mit der anderen ein Mädchen die Stufen hinunterzerrte. Der Mann war von dem Gefummel mit dem Hosenlatz abgesehen vollständig angekleidet, das Mädchen dagegen trug weder Strümpfe noch Schuhe, nur ein verschossenes Kleid aus grünem Plissee.

»Die ist mir zu dürr«, empörte sich der Mann. »Und zu struppig erst recht. Ich hab eine Süße verlangt, eine, die sich ins Zeug legt. Für eine Ziege wie die hier geb ich mein Geld nicht aus.«

Er hielt Madame Pepi die Hand hin, und als die nicht reagierte, schob er sie ihr unter die Nase.

»Ach, du lieber Jesus«, bellte Madame Pepi zurück und stieß

die Hand beiseite. »Glaubst du, ich bin Adam und schneid' mir bei Nacht die Mädel aus den Rippen? Die hauen alle ab. Wer Beine hat, der nimmt sie in die Hand, bevor die Deutschen Blutwurst aus uns machen. Und die Tommies, die wollen ja auch bedient werden, also begnügt man sich mit dem, was man kriegen kann. Wird für dich wohl auch reichen.«

Da der Mann die Hand ungerührt weiter aufhielt, seufzte sie pikiert auf und zählte ihm ein paar Franken hinein. »Das war's dann wohl mit uns beiden«, sagte sie zu dem Mädchen. »So leid's mir tut, eine, die mir die Freier vergrault, kann ich nicht brauchen.«

Das Mädchen stand still, gerade wie eine Kerze, bemüht, das Zittern ihrer Beine zu verbergen. Wolfgang fand sie unglaublich tapfer. Sie war sehr blond, richtiggehend golden, wie man es selten sah, sonst aber mager und unscheinbar. Ihm gefiel sie. Sie erinnerte ihn an Recha, auch wenn Recha alles eher als unscheinbar war.

Eine Persönlichkeit.

Ein arm' Kind und hatt' kein Vater und keine Mutter, Ein kleiner Mensch, der im Sturm seinen Mann oder seine Frau stand.

»Du hast dein Geld, also pack dich«, fuhr Madame Pepi den Mann an, der die Hose befestigte und aus dem Haus schlurfte. »Und du auch«, sagte sie zu dem Mädchen. »Hat ja keinen Wert.«

Scott Brown-Brown, der stumm und aufmerksam dem Geschehen gefolgt war, wandte sich an Wolfgang: »Was geht da vor, was ist mit der Kleinen?«

»Madame kann sie nicht brauchen«, erklärte Wolfgang, der sich wünschte, er hätte etwas gehabt, um zu helfen, Geld oder tröstende Worte, nur nicht nichts. »Die Kunden mögen sie nicht.«

»Ich nehme sie.« Scott Brown-Brown sprang auf und zog Geld aus der Tasche, mehrere große braune Scheine. Er hielt Madame Pepi das Geld hin, drehte sich dann zu Wolfgang um und bat ihn: »Sagen Sie ihr, dass ich bezahle. Nicht nur für heute. Für morgen auch.«

Madame Pepi steckte die Scheine ein, obwohl Wolfgang noch gar nichts übersetzt hatte, und das Mädchen, das noch immer wie eine Kerze dastand, sagte rau, in gebrochenem Englisch: »Ich versteh Sie. Paar Worte Englisch ich kann. Wenn ist Krieg zu Ende, geh ich England, meine Leute suchen. Dafür ich lern's.«

Scott Brown-Brown drehte sich von der Frau weg und lächelte das Mädchen an. Wie ein Bilderbuchbrite beim verklemmten Werben um die Nachbarstochter. »Das ist ja wunderbar. Du sprichst besser Englisch als so mancher von meinen Jungs.«

Das Mädchen wies auf die Scheine, die aus Madame Pepis Schürzentasche ragten. »Das zu viel Geld. Reicht für ganze Woche, ganze Nächte. Tags ich kann nicht. Hab ich meine Mutter zu besorgen, die ist krank.«

»Ich kann auch nur nachts«, sagte Brown-Brown glücklich. »Aber nachts habe ich viel Zeit. Wie heißt du?«

»Godelieve«, antwortete das Mädchen, wie Wolfgang es sich gedacht hatte. Es war ein häufiger Name in Ypern, irgendeine Heilige, die in den etlichen Kirchen der Stadt verehrt wurde.

»Hübsch«, sagte Scott Brown-Brown. »Ich bin Scottie.« Er streckte die Rechte aus und streichelte zaghaft über Godelieves Linke. Dann zog er seinen Uniformrock aus, legte ihn ihr um die Schultern und führte sie die Treppe hinauf, wobei er sich den Kopf am Deckenbalken stieß. Vom Absatz herunter rief er sehr leise und schon weit weg: »*Good night*, Wuffkank. Man sieht sich in Wipers.«

Wolfgang blieb allein zurück, doch das machte ihm nichts aus. Er trank langsam sein Bier aus, trocknete an der bollernden Hitze des Ofens seine Hose und dachte: *Ich wünschte, ich wüsste, wohin es diesen Kerl Willi verschlagen hat. Ich wünschte, ich könnte ihm etwas über Filme schreiben, einen unserer alten Streits anfangen, auch wenn ich dabei zugeben müsste, dass ich gerade überlege, ob er recht haben könnte. Dieser Scheißkerl Willi. Der kleine Kaiser. Nimmt mir die Frau weg, aber von Filmen versteht er was.*

Dann wünschte er Madame Pepi gute Nacht, ging durch die stille, stockdunkle Straße nach Hause, und seine Stadt kam ihm vor, als läge sie heute Nacht friedlich im Schlaf.

32

November

Den Verteidigungsring, den die Belgier, Franzosen und Briten um die Stadt gezogen hatten, nannten sie *Ypres Salient* – Ypernbogen. Da den Deutschen die Rückgewinnung der gefluteten Gebiete nicht möglich war, splitteten sie ihre beiden großen Armeen auf und rannten aus jedweder Richtung gegen diesen Bogen an. Das Knattern der Maschinengewehre, das Heulen der Granaten, das Donnern der Einschläge wurde zur dauernden Beschallung. Ypern wurde darunter leiser und leiser, zog sich auf sich selbst zurück. Nur das Glockenspiel zu jeder halben Stunde verriet, dass es noch immer da war.

Wolfgang verließ die Stadt nicht mehr. Er wagte es nicht. Wenn etwas geschah, musste er die Filmrollen in Sicherheit bringen. Er hatte Scottie Brown-Brown gezeigt, wo sie sich befanden, Scottie Brown-Brown, der mit seiner kleinen Kompanie das Tor einer Stadt zu schützen hatte, die von allen Seiten eingekesselt wurde, der die Vororte und Dörfer weggerissen wurden und um die sich die Schlinge zuzog. Und der zugleich einen Liebesfrühling erlebte, im Herbst von Wipers, in der umzingelten Stadt.

»Wenn ich Urlaub bekomme, könnte ich Ihre Rollen mit auf die Insel nehmen«, sagte er. »Aber ob das so schlau wäre? Wenn Sie erwischt werden, wär's keine Majestätsbeleidigung mehr, sondern Spionage, Hochverrat, Kopf ab. Und außerdem – wann kriegt unsereiner ohne Heimatschuss schon Urlaub? Zur Zeit sieht's nicht aus, als hätten Ihre Landleute vor, uns hier jemals wieder wegzulassen.«

Es war ihr letztes Gespräch, bevor die Hölle losbrach, bevor Gehinnom, das Tal des Mordens aus Rechas Albtraum, aus dem Wolfgang Filme hatte machen wollen, über ihre Stadt kam.

Vorn, am Tor auf die Straße nach Menin, das Brown-Brown mit seinen Leuten bewachte, konnte ein Angriff noch einmal abgewehrt werden, doch von Norden, über den Ort Feldhoek, durchbrachen die Deutschen die dort bereits ausgedünnte Verteidigungslinie der Stadt. Allen voran das 15. Armeekorps. General von Deimlings Deutsche.

Die Bewohner Yperns, die nicht rechtzeitig die Flucht ergriffen hatten, verkrochen sich seit Tagen in ihren Häusern, und auch Wolfgang hätte sich gerne in seiner Remise verrammelt und nichts mehr gesehen, nichts mehr erfahren. Aber das durfte er nicht. Er war hier, um das Grauen festzuhalten, um Zeugnis abzulegen von allem, was bis zum letzten Augenblick geschah.

Der Lärm ließ ihn aufschrecken. Nicht der Lärm an sich, denn an den gewöhnte sich der Kopf, sondern dessen Veränderung. Die Donnerschläge waren nicht mehr dumpf, sondern scharf, rumpelten nicht mehr in der Ferne, sondern zischten dicht an seinem Gehör vorbei. Seit drei Tagen schlief er in Hose und Schuhen wie ein Soldat. Er brauchte nur nach der Joppe und der Kamera zu greifen.

Als er mit dem Birtac-Kasten um den Hals die Dehemlaan hinunter in Richtung Tuchhalle rannte, fiel ihm inmitten des ungeheuren Krachs etwas auf. Umringt von Getöse, das so laut war, als bräche die Welt in Stücke, bemerkte er, dass ein Geräusch darin fehlte. Ein kleines Geräusch. Dezentes Glockenspiel, um verstrichener Zeit zum Abschied zuzuwinken. Der Belfried läutete nicht mehr. Natürlich hätte man die leisen Klänge in diesem Röhren, Grollen und Donnern ohnehin nicht hören können, aber Wolfgang kannte Ypern viel zu gut, um nicht zu wissen: Er hatte schon seit der Frühe nicht mehr geläutet. Etwas hatte ihn zum Schweigen gebracht.

Man kann manches ahnen, sich manches ausrechnen, manches befürchten, aber wenn es geschieht, hat man dennoch nichts gewusst. Weil nicht sein kann, was nicht sein darf. Weil man das Grauenhafteste nicht im Voraus wissen kann, wenn man daran nicht im Voraus verrückt werden wollte.

Wo Deimling seine Artillerie gruppiert hatte, konnte Wolfgang nicht sehen. So nah vermochte er sich an das Kampfgeschehen nicht heranzukämpfen, denn schwarzer, dichter, fettiger Qualm raubte ihm bereits am Ende der Dehemlaan den Atem. Aber das war gleichgültig. Moderne Artilleriegeschütze konnten überall, sogar weit hinter den Linien der Front platziert werden, wo die Infanterie der Verteidiger keine Chance hatte, sie auszumachen, und dennoch vermochten sie, präzise zu zielen.

Erst recht, wenn das Ziel so groß war, wenn es so leicht Feuer fing und das Feuer so beflissen von einem Balken zum nächsten sprang. General von Deimling tat, was Wolfgang bei allen Vorahnungen, allen Befürchtungen im Innern doch für unmöglich gehalten hatte: Er nahm die Tuchhalle von Ypern unter Beschuss. Um das Jahr 1200 sollte ein Graf von Flandern ihren Grundstein gelegt haben. Seitdem hatte sie hier gestanden, als Wahrzeichen ihrer Stadt, weithin sichtbar, um die Wanderer alter wie die Touristen neuer Tage auf gemächliche, typisch flandrische Weise wissen zu lassen: *Ihr seid nach Ypern gekommen. Nur herein, nur herein.* Sie würde morgen nicht mehr hier stehen. Sie würde nicht mehr gebraucht, denn sie würde keine Stadt mehr haben, in die sie Besucher hineinwinken könnte.

Das wolfsartige Heulen, das ihm in den ersten Kriegstagen auf Straßen und Bahnhöfen, unter den Flüchtlingsströmen begegnet war, füllte jetzt jeden Winkel, alle Hauseingänge und Verstecke. Wolfgang zwang sich, sich vorwärtszukämpfen, obwohl seine Lunge, sein ganzes Inneres wie das Gebäude brannte. Er musste das Ende des Platzes erreichen, irgendeinen Standort, von dem er eine Sichtachse hatte und filmen konnte. Auch wenn man auf dem Film nichts sehen würde als Rauch, auch wenn es ihm das Herz aus dem Leib brennen würde, das Ende seiner Stadt starr und stoisch auf Zelluloid zu bannen.

Er schuldete es ihr. Er hätte sie hundertmal, tausendmal filmen sollen, wie sie gewesen war, um die Erinnerung an das festzuhalten, was sie der Welt geschenkt hatte, er hätte Recha herbringen sollen, wie sie es sich gewünscht hatte, aber das war verloren. Ihm blieb nur die Zerstörung. Bilder von Rauchschwaden, die ein großes Gebäude verschlangen, von Flammen, die auf umliegende Häuser übergriffen, dämonische Schattenschnitte, um der Welt ins Gedächtnis zu schreien, dass eine Stadt namens Ypern existiert hatte.

Dort, wo die Hauptstraße zum Osttor, zum Menenpoort und zur Straße nach Menin führte, fand er einen Mauervorsprung, an den er seinen ausgelaugten, von Hustenanfällen geschüttelten Körper lehnen konnte. Das gab ihm ein wenig Festigkeit. Er holte die Kamera aus dem Kasten, hielt sie geradewegs auf das Inferno und begann zu filmen, ohne auf Ausrichtung und Einstellung zu achten. *Ich bin kein Regisseur mehr, ich kann nie wieder einen Film machen,* dachte er und filmte weiter, drehte die Kurbel und filmte mit all seiner Kraft. *Ein Film, das ist ja nur Schwarz und Weiß und Grau, aber die Wirklichkeit ist rot. Ein Film ist stumm und lässt den Bildern Raum, aber die Wirklichkeit macht blind vor Gebrüll.*

Leute flohen schreiend in jegliche Richtung, während britische Verstärkung von der Menin-Straße her nachströmte und die Kämpfe sich über Straßen und selbst Dächer von Häusern zersplitterten. Wolfgang aber blieb stehen und filmte, bis ihm die Kräfte versagten und er in die Knie brach. Der Belfried brach auch ein. Flammende Brocken stürzten hinunter auf den Platz. Vielleicht schmolz das Glockenspiel. Der Artilleriebeschuss hatte aufgehört, und stattdessen war das Krachen des Dachstuhls zu hören, das klang, als würden Knochen zermalmt.

Gehinnom. Und niemand mehr auf der Welt.

»Herr Vanselow.« Jemand packte seine Schulter und rüttelte sie. »Herr Vanselow, bitte sehen Sie mich an.«

Wolfgang hatte noch immer weiter an der Kurbel gedreht, obwohl der Film längst zu Ende war. Er wandte mühsam den Kopf und sah hinter sich Quintus Quirin stehen. Dessen Gesicht war weiß und tränenüberströmt. »Ich habe Sie gesucht, weil ich Ihnen das sagen muss«, stieß er heraus. »Ich kann sonst mit mir nicht mehr leben. Sie hatten recht: Was ich mache, ist Schandwerk. Ich picke die glattesten Gesichter heraus, ich lasse Offiziere in Paradeuniformen auf Hügeln im Hinterland vor Geschützen posieren. Sie hatten recht, Sie hatten mit jedem Wort recht!«

Er heulte auf. Nicht wie ein Wolf, sondern wie ein kleines Kind. Noch einmal beherrschte er sich, saugte für letzte Worte Luft in die Lunge: »Ich bringe Ihre Filme nach Deutschland«, sagte er. »Ich schlage mich über die Grenze durch und sorge dafür, dass sie dort gesehen werden. Dass niemand sagen kann, er hat von dem hier nichts gewusst.«

Dann sackte er neben Wolfgang zusammen und begrub das Gesicht in den Händen.

Nach mehrtägigen Gefechten gelang es den alliierten Truppen, die Deutschen aus Ypern zurückzutreiben und die Frontlinie des Salient erneut zu errichten. Somit hatten beide Seiten in der Schlacht keinen Vorstoß erzielt und kein Gebiet gewonnen, für den Verlust von jeweils mehr als hunderttausend Mann nichts vorzuweisen. Alles zog sich in die Stellungen zurück und grub sich wieder ein.

Für die Schlacht, in der niemand etwas vorzuweisen hatte, brannte Ypern tagelang, bis Regen kam und über Nacht die Flammen löschte. Der gesamte Stadtkern war Schutt und Asche, aus denen Teile von Mauern ragten, und in der Mitte staken die Überreste des Belfrieds und der Sint-Maartenskathedraal wie hohle Zähne. Scott Brown-Brown und seine Leute untersuchten die Trümmer nach Überlebenden und nach Toten, liefen stundenlang durch die Zerstörung wie Verirrte in der Wüstenei.

Mit einem Spaten stocherte Brown-Brown im Schutt, den Kopf tief gesenkt, ohne etwas auszurichten. »Ein Kind mit Zöpfen haben wir gefunden«, murmelte er vor sich hin, »da vorn, wo eine von den Brandbomben in den Keller eingeschlagen ist. Höchstens zehn Jahre alt. Beide Beine zermalmt und der ganze Rücken voll Schrot, aber zwei Stunden hat das arme Ding noch gelebt.«

Er schüttelte den gesenkten Kopf, schüttelte ihn wieder und wieder. »Da wird doch ein Mann verrückt dran«, murmelte er weiter. »Dem Himmel sei Dank für meine Livvy, die mich bei Verstand hält. Wenn ich dies Mädchen, dieses kleine, stille, höllisch tapfere Mädchen nicht hätte, ich wäre längst dran verrückt.«

Dann richtete er sich auf und sah Wolfgang an, das gesunde Bilderbuch-Briten-Gesicht von schwarzen Rußspuren überzogen. »Wir geben sie nicht auf«, sagte er. »Das habe ich Ihnen geschworen, nicht wahr? Und dabei bleibt es: Wir haben unsere zwei Städte gehalten, Pop und Wipers, was es auch gekostet hat. Diese zwei Städte, dieses Pop, dieses Wipers, die sind zwei Ladies, die man unserem Schutz anvertraut hat, und diese zwei hübschen Ladies, die geben wir nicht auf.«

Seine Stimme krächzte und brach. Einer seiner Leute kam herbeigeeilt, um ihm etwas zu zeigen, und erschrak bei seinem Anblick. Scheu hielt er ihm den Gegenstand entgegen, den er in den Trümmern eines Wohnhauses gefunden haben musste. »Harris und Pearson haben dahinten in einem Laden eine komplette Druckerpresse entdeckt. Und ich das hier. Sehen Sie sich das an, Captain, ist es nicht hübsch?«

Der Gegenstand war eine zierliche Tischuhr aus Kirschholz, die halb verkohlt war, jedoch mit einem leisen Pling die halbe Stunde schlug.

Felice

Februar 1917

Denn nichts ist schwerer und nichts erfordert mehr Charakter,
als sich in offenem Gegensatz zu seiner Zeit zu befinden
und laut zu sagen: Nein.

Kurt Tucholsky

33

Feldlager, Ypernbogen, 1. Dezember 1914

Liebe Felice,
mein Urlaubsgesuch ist abgelehnt worden. Der General könne es jetzt nicht möglich machen, heißt es, hier, vor der Entscheidungsschlacht in Flandern, werde jeder Mann gebraucht, also dürften nur die Kameraden mit Anträgen kommen, deren Bräute in der Hoffnung sind.
Dein Bruder nimmt ja kein Blatt vor den Mund. Als wir später abseits beisammensaßen, hat er mich gefragt: »Fragst du dich das auch, wie ein Kamerad seine Braut in die Hoffnung kriegen soll, wenn er nicht auf Urlaub fahren darf? Oder erledigt das auch der General für ihn?«
Sein Mut ist bewundernswert, denn der General, dem das Bataillon jetzt zugeteilt ist, ist alles andere als ein Spaßvogel. Anderntags hat dieser Teufelskerl von Bruder, den Du da hast, ganz offen im Reservegraben gefragt, ob vor der Entscheidungsschlacht nach der Entscheidungsschlacht ist und ob das immer so weitergeht. Man sollte so etwas nicht fragen, ich sollte es nicht einmal schreiben, aber es ist, was alle denken. Wir haben wochenlang in einer Entscheidungsschlacht gestanden, wir haben praktisch eine ganze Brigade verloren, die meisten davon um die siebzehn, achtzehn, und jetzt wird erklärt, das alles war nur ein Vorspiel und das Eigentliche stünde noch bevor. Das ist den Männern schwer beizubringen. Erst recht so kurz vor Weihnachten.

Mir geht es um Weihnachten ja nicht, mir geht es um Dich. Ich komme mir vor wie der größte Idiot aller Zeiten, der das Glück seines Lebens vorüberziehen lässt. Ich wäre gern findig und mutig und würde einen Weg auftun, doch nach Berlin zu kommen, aber Du kennst ja Deinen Mo. Er ist nun einmal, wie er ist. Und wenn ich an die Leute in der Stadt denke, wenn ich auf den Turm sehe, den wir von allen Seiten vor Augen haben, dann sage ich mir wieder, dass es doch so arg nicht ist, wenn wir zwei noch warten müssen. Für die in der Stadt, für die ist doch alles zu Ende. Für uns vielleicht nicht. Es fühlt sich nur so an.
Frage Dich bitte nicht, welche Stadt, welcher Turm, welcher General, denn all solche Einzelheiten sollen wir ja nicht schreiben. Lieber von der Landschaft und die Daheimgebliebenen beruhigen, dass es uns gut geht. Das Letztere kann ich leicht machen, denn es geht mir leidlich gut. Ich bin kein einziges Mal verwundet worden und bis auf zweimal einen kurzen Katarrh auch nicht krank gewesen. Am Katarrh sind uns hier in den Gräben schon Männer binnen zweier Tage gestorben, weil sich in der Feuchtigkeit die Entzündungen so schnell ausbreiten.
Ich aber habe mich immer gleich wieder erholt, habe eben eine Konstitution wie ein Berliner Brauereigaul. Dein Bruder leidet stärker, doch seit er sich freiwillig als Fahrradbote gemeldet hat, geht es ihm besser. Ich würde alles lieber tun, als bei dem Wetter, in dem schlammigen Boden zwischen Etappe und Front hin und her zu radeln, aber er sagt, frische Luft und Bewegung bekommen ihm besser als das ewige Kauern in den feuchten Gräben.
Und wie geht es Dir, Felice? Dieser Brief kommt mir vor, als kreise er nur um mich, und dabei denke ich ständig an Dich. Wirklich ständig. Ich wäre gar nicht mehr ich ohne Dich.
Wenn er darf, küsst Dich:
Dein Mo.

***

Feldlager, Ypernbogen, 21. Januar 1915

Geliebte Felice,
auch wenn es nun schon recht spät ist, wofür ich um Entschuldigung bitte, möchte ich Dir ein recht schönes, gesundes, zufriedenes neues Jahr wünschen. Und wenn ich noch einen Wunsch frei hätte, dann wünschte ich mir, dass es dieses Jahr ist, das uns wieder miteinander vereint, und dass Du, wenn Du ihn denn wiederbekommst, mit Deinem alten Mo noch etwas wirst anfangen können.
Mir geht es recht gut. Es passiert nicht viel. Wir sind sehr nahe an der Stadtgrenze, in einem System aus Gräben, über das Du staunen würdest, weil es selbst ein bisschen ist wie eine Stadt. Eine Maulwurfsstadt mit allem Drum und Dran: Poststelle, Zahnarzt, Geistlicher, sogar einen richtiggehenden Kramladen hat so manch ein Kamerad eröffnet, wo Du vom Bindfaden bis zur Speckschwarte alles kaufen kannst, was das Herz begehrt. Deinem Bruder geht es auch gut. Nur dieser jüdische Junge, Gabriel, von dem ich Dir schrieb, macht uns Sorgen. Als zuständiger Unteroffizier hielte ich es für angeraten, ihn dringlich zur Ausmusterung und Verschickung nach Hause zu empfehlen, aber sobald man ihm diese Möglichkeit auch nur andeutet, verlegt er sich auf das allerflehentlichste Betteln: Wir sollen mit ihm tun, was wir wollen, nur ihn um alles in der Welt nicht nach Hause schicken. Er hat so gern ein Kaiserjude sein wollen, er kann von dem Wunsch nicht lassen, schon gar nicht jetzt, wo er gehört hat, dass es sogar Juden gibt, die das Eiserne Kreuz bekommen haben. Armer Kerl. An uns hat er sich sehr angeschlossen, sodass zumindest zu hoffen ist, dass wir ihm ein wenig Stütze und Halt geben können.
Ich hoffe, Du und Ihr alle daheim seid wohlauf. Es ist das Schönste für mich, an Euch alle zu denken und mir Euch vorzustellen, wie Ihr beispielsweise um einen Kaffeetisch sitzt – in

Eurem Haus oder in unserem. Die gute alte Platanenallee – ich weiß, Du hast Dich dort nie wohlgefühlt, aber aus der Ferne und der Erinnerung erscheint sie mir wie ein Idyll. Die neuen Rekruten, die frisch aus der Heimat kommen, berichten allerdings, bei Euch wäre jetzt auch noch das Brot rationiert. Gebe Gott, dass Ihr nicht Hunger leidet, und müht Euch bitte nicht, mir Päckchen zu schicken. Ich bin hier ja versorgt, bekomme sogar Schinken, was Ihr Euch ganz gewiss auch einmal wünschen würdet.

Zuletzt muss ich Dich leider wissen lassen, dass mein Urlaub abgelehnt wurde. Wegen der Schlacht, die den Feldzug entscheiden soll. Es heißt, es ginge jetzt bald los und hinterher könne es dann ja auch so lange nicht mehr dauern.

An Dich denkt
Dein Mo.

***

Feldlager, Ypernbogen, 20. März 1915

Geliebte Felice,
es wird jetzt hier Frühling. Das heißt nicht, dass es aufhört zu regnen. Aber dass in dieser Landschaft, von der wir Euch daheim ja schreiben sollen, in dieser Landschaft, die wir zerrissen, zerpflügt, zermalmt haben, an den am wenigsten erwarteten Stellen auf einmal wieder Grün herausspriеßt. An den Hängen der Krater. Am Saum eines Grabens. Nicht viel Grün. Aber etwas.

Diese Landschaft, dieses Flandern, ist ja, so könnte man sagen, ein bisschen wie ich. Ganz flach. Nachtmützig. Nicht so richtig wichtig. Ich glaube, es hätte mir gefallen, hier mit Dir Ferien zu machen, über die weite Ebene, wo der Wind das Gras biegt und wo auf allen Feldern roter Mohn blühte, als wir angekom-

men sind, zum Meer zu spazieren. Du hättest dich ein bisschen gelangweilt und am Strand juristische Bücher gelesen, und ich wäre ganz zufrieden gewesen und hätte mit meinem Hut gespielt.
Stattdessen haben wir das Land mit unseren Minen und Granaten durchlöchert, und wo wir nicht feuern, da graben wir es um, hacken unsere Gräben und Bunker und Schießstände in den Schlamm und sichern sie mit Stacheldraht. Stellungskrieg heißt das. Wir graben auf unserer Seite, und die anderen graben hinter der Senke. Hier macht keiner mehr Ferien.
Wir sind gesund, Dein Bruder ebenso wie ich und auch der Junge Gabriel. Er hat sich noch dichter an Deinen Bruder angeschlossen und eifert ihm in allem nach. Das bekommt ihm gut. Wenn wir in der Etappe sind und es nicht allzu stark regnet, übt dein Bruder mit ihm Fahrradfahren, was ihm Stabilität gibt.
Ein neues Urlaubsgesuch habe ich heute erst stellen können.
In Liebe
Dein Mo.

***

19. April

Felice, nur schnell ein paar Zeilen, denn eben ist das Kommando erfolgt, dass wir in den Schützengraben einzurücken haben. Alliierte Offensive soll vereitelt werden, neue Waffen sind eingetroffen, mehr kann ich nicht schreiben. Dein Bruder ist ein Muster an Stärke. Kein Urlaub vorläufig. Grüß alle. In Liebe.
Mo.

***

Felice schob die zerknitterten Briefe und Karten zur Seite, weil Kuno an ihren Tisch trat und wortlos Wasser und Kirsch vor sie hinstellte. Zitronen waren nicht mehr zu bekommen. Allein die Vorstellung war im dritten Kriegswinter ein Witz, wo nach dem Weizenmehl auch noch die Kartoffeln ausgeblieben waren. Rationiert wie Fleisch, Fett und Eier waren mittlerweile auch sämtliche Hülsenfrüchte, und die Berliner mussten mit den Steckrüben vorliebnehmen, die sonst ans Vieh verfüttert wurden. Sie kochten Eintopf und Marmelade daraus, buken Kuchen und Pasteten, aber das machte nichts besser. Wer keine Verwandten auf dem Land und keinen Zugang zum Schwarzmarkt hatte, musste seinen Körper mit der Hälfte des menschlichen Mindestbedarfs am Leben halten.

Vor den Volksküchen standen Menschen stundenlang an, um sich eine Kelle Reissuppe, in der sich außer Wasser und Reis nichts befand, mit zwei sauren Pflaumen in ihren Henkeltopf füllen zu lassen. Dem Milchladen gegenüber des *Babylon* hatte eine Horde wütender Mütter die Scheiben eingeworfen, weil sie für ihre Kinder Milch und Butter hatten kaufen wollen und vor leeren Auslagen standen.

Getreide war kostbar und durfte unter Androhung von Haftstrafen nicht mehr zum Schnapsbrennen verwendet werden. Kunos Vorrat schrumpfte, und Nachschub war nicht leicht zu beschaffen, weshalb er die Gläser nur noch bis zum ersten Eichstrich vollschenkte. An manchen Tagen und für manche Gäste schenkte er sie jedoch so voll wie üblich. Felice betrachtete ihr Glas. Heute war einer jener Tage.

Der 22. Februar.

Kunos Blick schweifte über die auf dem Tisch verteilten Briefe. »Keine Hochzeit?«

Felice schüttelte den Kopf. »Zurzeit wird Urlaubsgesuchen nur in Notfällen stattgegeben.«

»Zurzeit, zurzeit«, murmelte Kuno traurig. »Und wie lange

dauert *zurzeit* schon? Drei Jahre? Und wie lange soll's noch gehen? Bis wir Frauen zum Schießen schicken müssen, weil wir keine Männer mehr haben?«

»Ich weiß nicht, Kuno.«

Er zuckte mit den Schultern. »Kuno wird wohl das *Babylon* bald schließen. Wenn alle weg sind – für wen soll er's aufhalten?«

Felice wusste, dass er darauf keine Antwort wollte. Das leere Tablett verkrampft in beiden Händen haltend, schlurfte er davon, während sie nach dem kleinen Glas griff und in die klare Flüssigkeit starrte.

Der kräftige Kuno, der eine geschlagene Stunde lang auf jeder Hand ein gefülltes Tablett hatte balancieren können, war wegen eines Rückenleidens ausgemustert worden. Bodo hingegen, der zartknochige Bodo, der in Friedenszeiten aus Schnittchen Schwäne geschnitzt hatte, war für tauglich befunden und in den Osten geschickt worden.

Heute vor zwei Jahren hatte Kuno Nachricht erhalten:

> *… ist es meine schmerzliche Pflicht, Ihnen anzuzeigen, dass Ihr Bruder, der Gefreite Bodo Mälzer, am 22. Februar 1915 auf dem östlichen Kriegsschauplatz den Heldentod fürs Vaterland gestorben ist.*

Also doch Brüder.

Die meisten Gäste hatten Bodo und Kuno für ein verbotenes Liebespaar gehalten, wohl weil das verruchter schien und zum *Babylon* der Vorkriegszeit besser gepasst hatte. Kuno hatte die Benachrichtigung der Heeresleitung ins Fenster des Lokals gesteckt, damit er mit niemandem zu reden brauchte. »Das macht Kuno mit sich aus. Dabei hilft ihm keiner.«

Seit Felice wusste, wie eine solche Todesnachricht aussah, fürchtete sie sich vor jeder Postsendung.

Sie zog sich die Briefe wieder zu sich, den Stapel, den sie noch vor sich hatte. Sie las sie gesammelt von Zeit zu Zeit an einem freien Abend im *Babylon*, allein aus dem Grund, dass sie sonst für Mo nichts tun konnte. Die Frauen strickten alle. Selbst Sybille war irgendeinem Handarbeitskreis für frierende Soldaten an der Front beigetreten, Doktor Gantzows Gattin und ihre Töchter produzierten Leibbinden am Fließband, und Ille probierte sich beflissen an Socken, brachte es jedoch fertig, sich selbst bei einer derart harmlosen Tätigkeit zu verletzen. Sogar Suse hatte ständig ein schmuddelig graues Knäuel im Schoß liegen, das nach Rauch stank. *Flaggengala.* Auf der goldenen Schachtel war der Schriftzug *Duke of Edinbourgh* als unpatriotisch überklebt worden. Suse verabscheute jegliche Form von Kriegspropaganda, aber auf ihre Zigaretten konnte sie nicht einmal dann verzichten, wenn sie die Bezugsscheine mühsam gegen Brotrationen tauschen und am Kiosk *Flaggengala* verlangen musste.

Felice konnte nicht stricken. Der arme Mo kam ihr ohnehin vor wie eine Wurst, die von allen Seiten in eine Pelle eingestrickt wurde. Auch in seinen Briefen schrieb er davon:

Gestern Paket von meiner Mutter erhalten. Zwei warme Leibbinden. Erkälten werde ich mich also wohl nicht.

Felice konnte auch nicht hamstern und sich Lebensmittel vom Mund absparen, um sie Mo an die Front zu schicken. Sie stellte sich zu selten in Schlangen, um mehr als Rüben im Speiseschrank zu haben. Alles, was sie tun konnte, war, von Zeit zu Zeit seine Briefe zu lesen, sie sich zuzumuten, obwohl sie sie hätte wegwerfen oder vor ihnen davonlaufen wollen. Ihr war, als begreife sie beim Lesen der Briefe allmählich etwas, das noch unter Schleiern lag.

Nach jenem in Eile hingeworfenen vom März '15 war lange

kein Brief mehr gekommen. Erst wieder im Juni, und der hatte eine verwelkte rote Blüte enthalten, die Felice auf den Schoß gesegelt und zerfallen war.

Feldlager, Ypernbogen. Juni 1915

Liebe Felice,
ich werde Dir heute erzählen müssen, was geschehen ist, was wir getan haben, obwohl Dein Bruder gesagt hat, ich soll es nicht tun. Er ist überzeugt, die Zensur würde meinen Brief konfiszieren und ohnehin müssten wir mit dem Geschehenen allein fertigwerden und dürften es nicht denen in der Heimat aufbürden. Schon gar nicht den Frauen.
Nach Ansicht Deines Bruders muss die kämpfende Truppe das Vorgefallene auf sich nehmen, damit nicht ein ganzes Volk daran verroht und zu keiner zarteren Empfindung mehr fähig ist. Gewiss hat er recht, und aus selbigem Grund dürfen von den Dingen, von denen ich Dir berichten muss, keine Fotografien und kein Filmmaterial für die Wochenschau erstellt werden. Dein Bruder aber ist stärker als ich. Ich muss es jemandem schreiben, oder ich ersticke daran.
Im April haben wir nach monatelangem Stillstand wieder gekämpft. Es gab Anzeichen dafür, dass der Feind eine groß angelegte Offensive plante, und diese sollte durch einen Überraschungsangriff von unserer Seite vereitelt werden. Die Hauptlast fiel dabei unserem Frontabschnitt zu, den General von Deimling befehligt. Uns wurde mitgeteilt, es solle die vom Feind gehaltene Stadt zu Fall gebracht und ein den Feldzug entscheidender Sieg errungen werden. Uns wurde dazu am Morgen des 11. April eine neue Spezialeinheit aus Berlin zugeteilt, das Pionierregiment 36. Dieses begann unverzüglich damit, Tausende von zylinderförmigen Stahlflaschen an der Länge unseres Frontabschnitts in Stellung zu bringen und sie einzugraben.

Am 22. April waren die Vorbereitungen abgeschlossen. Gegen 18 Uhr, als der Wind sich auf die französischen Linien hin gedreht hatte, wurden die Flaschen geöffnet.

Es bildete sich augenblicklich eine grünlich-gelbe undurchsichtige Wolke, die sich kilometerweit ausbreitete und auf die Franzosen, bei denen es sich zum überwiegenden Teil um algerische Einheiten handelte, zutrieb. Wir sahen durch die Wolke nur wenig, hörten aber Schreie und konnten ausmachen, dass die Franzosen in Panik die Flucht ergriffen. Die Wolke trieb über sie hinweg und anschließend auf die Reihen der Briten zu, die dahinter einen Gürtel zum Schutz der Stadt bildeten. Es war dann für lange Zeit nichts mehr zu sehen, da die Wolke wie eine Mauer jede Sicht raubte. Wir hatten Befehl, in unseren Gräben auszuharren und Mund und Nase mit in Sodalösung getränkten Kleidungsstücken vor den Auswirkungen der Wolke zu schützen, da an uns keine spezielle Schutzausrüstung ausgegeben worden war. Wie wir erfahren haben, dass es sich bei der Wolke um Chlorgas handelte, von dem auf General Deimlings Befehl 150 Tonnen abgeblasen worden waren, weiß ich nicht mehr. Ich kann Dir aber versichern, dass wir davon wussten.

Nach einer Weile begann die Luft sich zu klären, wenn sie auch weiter nach dem Gas stank. Unser Befehl zum Vorrücken erfolgte. Wir liefen an den Gräben des Pionierregiments und an den geleerten Gasflaschen vorbei. Immer weiter. Ohne zu denken. Über die Ebene und die niedrigen Hügel. Da war immer noch das bisschen Gras zwischen Kratern, und das wehte im Wind, aber sonst regte sich nichts mehr. Kein Wesen. Ratten und Mäuse waren aus ihren Löchern gekrochen und lagen tot da, mit himmelwärts gedrehten Bäuchen. Das Gas stank weiterhin, es setzte sich uns in die Kehlen, sodass viele von uns husten mussten. Ansonsten hörte man kein Geräusch. Es stand ein Strauch dort, der hatte alle Blätter verloren, und ein Vogel, ein Star, war mit aufgerissenem Schnabel tot aus den Zweigen gefallen.

Dann kamen die Schützengräben, wo die Algerier seit Monaten verschanzt gewesen waren, und in den Gräben war keine Seele mehr, nur ein totes Huhn. Wir zogen über die Gräben hinweg, und nach ein paar Metern sahen wir, wo die Männer geblieben waren, die in diesen Gräben gehaust hatten. Sie lagen da wie die Ratten, die Bäuche nach oben, die Hälse nach hinten verbogen und die Nägel noch in der Haut der Gesichter, die sie sich blutig gekratzt hatten, wild vor Verzweiflung, als ließe sich damit Luft in Mund und Hals und Lunge zwingen. Sie sind eigentlich schöne Menschen, diese Algerier, sie haben schwarzes, eng am Kopf gekraustes Haar und sehr klar geschnittene Züge. Wir hatten ihnen drei Monate lang in unseren Stellungen gegenübergelegen, die Geschütze aufeinander gerichtet, und erst jetzt, wo sie tot waren, kam ich dazu, sie genauer zu betrachten. An den Gesichtern war aber nichts Schönes mehr. Sie waren verzerrt, die Augen in einem solchen Entsetzen aufgerissen, als hätten sie die Hölle gesehen.

Wir gingen dann weiter und kamen zu dem Abschnitt, wo die Briten lagen. Sie waren langsamer gestorben, weil die Wirkung des Gases schon abgeschwächt gewesen war. Manche hatten Zeit gehabt, sich eine Kugel in den Kopf zu schießen. Was mir auffiel, waren die Fliegen. Sie waren unser ständiger Begleiter, wer Tod bringt, holt sich Fliegen an den Hals, und als Erstes kreisten sie immer um die Augen der Toten. Hier kreisten sie nicht. Sie lagen wie Kränze um die Augen herum und waren selbst tot. Tot war auch das Vieh in den Ställen und auf den Weiden der Gehöfte, Schweine, Milchkühe, ein altes Pferd und jede Menge Geflügel, umringt von Federn, mit den eigenen Schnäbeln ausgehackt.

Ich bin Arzt, wenn auch kein guter. Ich bin in der Lage, mir vorzustellen, wie Chlorgas, das schwerer als Luft ist und somit sinkt und sich in den Gräben konzentriert, auf Menschen wirkt. Es verätzt die Schleimhäute, es zieht Körperwasser in den Lun-

gen zu prall aufgeblasenen Ödemen zusammen, es tötet quälend und aller Wahrscheinlichkeit nach bei vollem Bewusstsein.
Die tödliche Wolke war unsere Vorhut. In ihrer Spur rückten wir etwa drei Kilometer weit vor, mussten dann jedoch haltmachen, weil die Konzentration des Gases in unseren Lungen zu hoch wurde und die Ersten von uns keuchend niederbrachen.
Nach bisheriger Schätzung haben wir an diesem 22. April dem Feind Verluste von an die zwanzigtausend Mann – Briten, Algerien-Franzosen und Kanadier – beigebracht. Die Gesamtverluste des Feindes in der Schlacht betrugen um die neunzigtausend Mann und unsere eigenen nicht ganz vierzigtausend.
Wir haben eine Anhöhe eingenommen und den Gürtel der Briten um die Stadt um gut vier Kilometer zurückgedrängt. Die Stadt allerdings wurde von den Briten gehalten, auch nachdem wir im Mai noch einmal Chlorgas einsetzten.
Jetzt ist Juni. Die Toten sind tot, und die Überlebenden liegen von Neuem in den Gräben, nur ein kleines Stück näher an der Stadt. In den Kratern und Trichtern und auf den flachen Gräbern wächst nichts mehr, nur der rote Mohn blüht wieder. Der bringt unentwegt neue Blüten hervor, jede einzelne aber blüht nur wenige Tage.
Ich will nicht mehr leben, Felice, ich weiß nicht, wie ein Mensch mit so etwas lebt, wie er zu denen, die er liebt, zurückkehren kann und sich unter sie mischen, als gehöre er noch derselben Art an wie sie.
Mo.

Felice faltete die Hände um ihr Glas, als tauge das Getränk darin, um sich daran zu wärmen. Nach diesem Brief, den sie bei sich den »Gasbrief« nannte, hatte sich der Ton von Mos Briefen verändert. Er schrieb seltener, kürzer, berichtete nicht länger von Kartenspielen im Schützengraben oder gestrickten Liebesgaben seiner Mutter. Nur von Willi und dem Jungen Gabriel berichtete er in jedem Brief, von seiner Bewunderung für Willis Stärke und davon, dass es ihm ein wenig Mut zurückgab, die beiden zu erleben, den Jungen, der Willi wie ein kleiner Hund überallhin folgte, und Willi, der ihn wie ein älterer Bruder beschützte.

Ich glaube, er will gar kein Kaiserjude mehr sein, sondern hat diese glühende Liebe für den Kaiser auf Deinen Bruder übertragen. Und bei Deinem Bruder ist er in guten Händen. Dadurch, dass er sich ihm so anschließt, findet er Freude an ganz gewöhnlichen Dingen wie dem Radfahren oder einem Fußballspiel in der Etappe. Und wenn er Dinge tut, die nicht gewöhnlich sind, sondern ihn in den Augen der Kameraden zum Sonderling machen, verteidigt ihn Dein Bruder. So hat er sich angewöhnt, nach Gefechten den roten Mohn auszurupfen und überall dort auf dem Schlachtfeld zu verstreuen, wo er einen Toten vergraben glaubt. Ein paar der Männer haben sich über ihn lustig gemacht, denn der rote Mohn blüht ja von selbst überall, aber Dein Bruder hat ihnen von Dir und Deiner Großmutter erzählt, davon, wie ihr jahrein, jahraus auf den Friedhof gegangen seid, um ein fremdes Grab zu pflegen, weil es eben das ist, was Menschen tun: Wir begraben unsere Toten liebevoll und pflegen ihre Gräber, wir lassen sie nicht wertlos im Felde liegen, wo Ratten sie zerfressen.
Gabriel hat den Toten im Schlamm der Schlachtfelder etwas von ihrer Würde wiedergegeben, indem er den roten Mohn auf ihren Gräbern ausstreute, auch wenn die Blüten so schnell verwelken wie wir. Vielen ist ja der Gedanke unerträglich, dass wir sie in fremder Erde liegen lassen müssen, in Belgien, wo sie nicht hingehören und als Feinde verhasst sind. Indem er den roten Mohn ausstreut, zeigt Gabriel, dass etwas von Belgien nun auch uns gehört, ganz Belgien und der Norden Frankreichs ein einziger riesiger Friedhof, Europa im Tod vereint, wie es im Leben nicht sein konnte.

Von dem roten Mohn schrieb er ebenfalls in jedem Brief. Davon, dass er in dem zerklüfteten Land wiederauftauchte, wenn der Sommer begann, und davon dass er ihn vermisste, wenn er verblüht und verschwunden war. Er schrieb den ganzen Winter des Jahres 1915 und den Frühling des neuen Jahres 1916 hindurch davon, wie die Frontlinie sich immer um einige Hundert Meter nach vorn bewegte, um dann wieder zurückgestoßen zu werden; davon, wie die Gräben, die die Truppen beim Vorrücken aufgaben, mit Stacheldraht gefüllt wurden, um den Gegner fernzuhalten, und wie kurz darauf der Stacheldraht entfernt werden musste, weil man wiederum auf dieselbe Stelle zurückgeworfen war.

> *Krieg um ein bisschen verschlammtes Land zwischen Wäldern und Wasserläufen, um ein paar Hügel, Dörfer und Kuhweiden. Immer vor und zurück. Und wozu? Wenn Du hier Fragen stellst, wirst Du entweder degradiert oder verrückt.*

Er berichtete von den Kästen mit Mullbinden und Blechflaschen, die an jeden Soldaten ausgegeben worden waren, um sich vor Gas zu schützen, dem eigenen, falls der Wind sich unverhofft drehte, und dem, das der Feind demnächst einsetzen würde. Die Mullbinden wurden mit der unsäglich stinkenden Ammoniaklösung aus der Flasche getränkt und mit einer Schleife vor dem Gesicht befestigt. Wer den Inhalt seiner Flasche verbraucht hatte, musste stattdessen auf die Binde pinkeln.

Mo war alles andere als ein Mann gewesen, der seiner Braut Briefe vom Pinkeln geschrieben hätte. Jetzt aber tat er es. Er schrieb ihr auch von den zwei Kameraden, die auf dem Latrinenbalken von einer Granate getroffen worden waren:

Dem einen hat es den Hintern weggerissen, und der Rest von ihm ist ohne Hintern in die Jauche geplumpst. Ich sollte Dir das nicht schreiben, Dein Bruder hat recht, ich sollte es keinem Menschen schreiben, aber muss ich es denn nicht? Ein Mann, dem die Würde geraubt wird, der zerfetzt in der eigenen Jauche versickert, der ist ja auch einst rosig und heil auf die Welt gekommen, von glücklichen Eltern ersehnt und willkommen geheißen, gehegt und aufgezogen als ihr kostbarster Besitz. Er hatte uns mal ein Bild gezeigt, vom Tag seiner Abreise, er selbst in Uniform zwischen Vater und Mutter, die Gesichter so stolz, der Vater, der den Arm um ihn legt, und die Mutter, die den Kopf an seine Schulter lehnt. Einziger Sohn, keine Brüder, keine Schwestern. Jetzt liegt er in der Jauchegrube und verrottet – und soll obendrein schon so sehr zum Nicht-Menschen geworden sein, dass man ihn nicht erwähnen darf?

Felices Magen zog sich zusammen. Sie trank Kirsch, was ein wenig half. Die meisten dieser Briefe hatte sie unbeantwortet gelassen, sosehr sie sich dafür schämte. Wie aber ließ sich auf solche Dinge eine Antwort finden?

»Du musst von kleinen erbaulichen Ereignissen berichten«, hatte Sybille, die sich selbst zur Expertin im Umgang mit Frontsoldaten ernannt hatte, sie gedrängt. »So etwas richtet die Männer auf – herzerwärmende Geschichten aus der Heimat, Erlebnisse des täglichen Lebens. Wenn es jemand wissen muss, dann ja wohl ich. Ich bin mein Leben lang Offiziersfrau gewesen.«

Dass weder der Offizier, mit dem sie verheiratet gewesen war, noch der, mit dem sie zusammenlebte, je in einem Krieg gekämpft hatte, unterschlug sie geflissentlich. Ebenso die Tatsache, dass Mo nie befördert worden war, sondern noch immer als Unteroffizier diente. Willi hatte ihn inzwischen eingeholt – ein Anlass, zu dem Sybille ihm eine Gratulationskarte schickte, vermutlich gespickt mit erbaulichen Anekdoten aus dem Alltag.

Felice graute vor jedem Besuch, und wenn sie heimkam, schmerzte sie der steife Nacken. Sie ging nur in die Platanenallee, weil sie dort erfuhr, wie es um Willi stand, und weil sie Ille dort traf, der sie schließlich versprochen hatte, sich als Patin um ihre Jüngste – Jenny Lore Berndt – zu kümmern. Ille ging es elend. Sie trank zu viel, was so schlecht zu ihr passte, dass es beinahe grotesk schien. Felice konnte sie kaum ansehen. Illes zerdrücktes Gesicht, ihr kleines Stimmchen und Sybilles Ratschläge waren zu viel. Und zu allem kam noch Benno, der immer unleidlicher wurde, angeblich weil die Heeresleitung für ihn keine Verwendung hatte, ihm den »heiligen Kampf fürs Vaterland« verweigerte.

»Bei Reinhold ist es dasselbe«, behauptete Ille. Seit ihrer Flucht zu Poetge, seit ihrem Versprechen, sich Felice zuliebe »Mühe zu geben, damit alles besser wird«, hatte sie sich angewöhnt, von Reinhold zu sprechen, nicht länger von Berndt. »Er war fünfmal auf dem Wehramt, aber sie können ihn nicht brauchen – zu alt, und dann hatte er doch als Junge diese Verletzung. Hüfte gebrochen und nicht richtig zusammengewachsen. Er regt sich schrecklich darüber auf. ›Soll ich als erwachsener Mann noch immer dafür bestraft werden?‹, sagt er. Alles, was er für sein Land tun kann, ist Kriegsanleihen zeichnen.«

Illes Augen füllten sich einmal mehr mit Tränen, als wäre an Berndt, dem zur Strafe für seine Kinderverletzung der Krieg erspart blieb, irgendetwas Trauriges. Als sie den Mund öffnete, um ein aus Ersatzmehl zusammengeschustertes Stück Streuselkuchen hineinzuschieben, sah Felice, dass ihr seitlich ein Schneidezahn abgebrochen war. Sie hätte ihre Schwester fragen sollen, wie sie sich das schon wieder zugezogen hatte, sie hätte sie überhaupt fragen sollen, warum sie einen so elenden Eindruck machte, aber sie fand weder Zeit noch Energie. Ihr Leben bestand aus allzu vielen *hätte*.

Felice trank ihr Glas leer. Waren das vielleicht die herzerwärmenden Geschichten aus der Heimat, die sie Mo hätte erzählen sollen? Reinhold Berndt, der sich über seine Ausmusterung echauffierte und als Ersatz bereits sein Haus und praktisch die gesamte Bank in Kriegsanleihen überzeichnet hatte? Oder ergötzte ihn womöglich ein Bericht vom Familienausflug zum hölzernen Riesenstandbild des Generalfeldmarschalls Hindenburg? Sie schauderte innerlich, wenn sie nur daran dachte. Zu dem grausigen Ausflug, zu dem sie sich Ille zuliebe hatte breitschlagen lassen, war auch Berndt mitgekommen, der im Duett mit Benno Elogen auf Hindenburg, den »siegreichen Helden von Tannenberg« hielt. Lisette, die im Marschschritt neben Jennys Kinderwagen einherstampfte, quäkte *Heil dir im Siegerkranz*, und Felice wäre gern in einem Erdloch versunken.

Hindenburg hatte seit dem letzten August zusammen mit General Ludendorff die oberste Heeresleitung übernommen und seither die Zügel so fest an sich gerissen, dass man sich fragte, was der Kaiser überhaupt noch für eine Rolle spielte. Die gigantische Statue des Generalfeldmarschalls, die auf dem Königsplatz, nicht weit vom Reichstag, aufgestellt worden war, sah aus wie ein menschlicher Turm von Babylon. Jedes Mitglied der Bevölkerung war aufgefordert, zum Preis von einer Mark einen Nagel zu erwerben und in den Hindenburg einzuschlagen. Bei Bedarf durfte man dazu eine Leiter erklimmen, was weder Berndt noch Benno sich nehmen ließen. Auf diese Weise sollte aus dem hölzernen ein eiserner Hindenburg werden, und der Erlös kam »dem wichtigen Kriegsanliegen der Luftfahrtförderung« zugute.

Zur Untermalung der Nagelei gab es ein Militärkonzert, zu dem Lisette krakeelend im Kreis hopste. »Sei doch still«, beschworen sie Ille und der Junge Hermann abwechselnd, aber still war sie erst, als Berndt von der Leiter stieg und sie sich zwei Ohrfeigen fing.

Felice bezweifelte, dass Mo von diesem erbaulichen Ereignis etwas wissen wollte. Eher hätte ihn vielleicht interessiert, worüber Berndt und Benno sich anschließend bei laut Berndt überteuertem Bier ereiferten: Karl Liebknecht, der als Armierungssoldat an die Front geschickt worden war, um ihn mundtot zu machen, hatte sich nicht mundtot machen lassen. Als Abgeordneter des Reichstags besaß er das Recht, für Sitzungen beurlaubt zu werden, nicht aber, sich darüber hinaus politisch zu betätigen. Daran hatte er sich nicht gehalten. Sooft er nach Berlin kam, sprach er auf Kundgebungen und forderte die Versammelten auf, gegen den Krieg auf die Straße zu gehen. Im November war er schließlich verhaftet und wegen Hochverrats zu vier Jahren Zuchthaus verurteilt worden. Auch Rosa Luxemburg, für die Suse schwärmte, saß noch immer in Haft.

Was von den beiden zu halten war, wusste Felice nicht. Sie waren Sozialisten, aus der regulären Partei ausgeschlossen und gewillt, jegliche Rechtsordnung umzustoßen, was Felice nicht gutheißen konnte. Sie kam aber nicht umhin, ihren Mut zu bewundern, und Mo hätte vielleicht gern erfahren, dass es in seiner Stadt inzwischen Menschen gab, die offen ein Ende des Krieges forderten.

Aber davon zu schreiben, wagte sie nicht, weil sie ihn nicht noch mehr gefährden wollte, als er selbst es ohnehin tat. Prozesse wegen Verrat und Majestätsbeleidigung häuften sich, und Mo ließ seit dem Gasbrief in keinem seiner Schreiben mehr Vorsicht walten. Die einzige Konzession an die Zensur, die er noch machte, bestand darin, Willi nie beim Namen zu nennen. Dass er bisher Glück gehabt hatte und kein Brief zensiert worden war, passte zum Rest seines Lebens: Er war eben der harmlose Mo, der niemandem auffiel, niemandes Verdacht erregte und unbemerkt durchrutschte.

Er war noch immer nicht verwundet worden, obwohl seine Einheit vorübergehend nach Frankreich, an den Fluss Somme abkommandiert worden war, wo über vier Monate die blutigste Schlacht des gesamten Krieges an der Westfront geführt worden war. Es gab geflüsterte Schätzungen, nach denen dreihunderttausend deutsche Soldaten in den Tälern des Flusses gefallen waren, ohne dass der geringste Erfolg erzielt worden war. In der ergebnislosen Schlacht hatte Mo die Hälfte seiner Kompanie verloren, doch er selbst war unversehrt nach Flandern, in den zu völliger Bewegungslosigkeit erstarrten Grabenkrieg zurückgekehrt.

Selbst Granaten finden mich offenbar nicht wichtig genug, hatte er Felice geschrieben.

> *Ich habe mir gewünscht, in eine hineinzulaufen, aber sogar das ist mir misslungen. Ich darf nur anderen zuschauen, wie sie ihre Arme, Beine, ihr Augenlicht oder ihr Leben verlieren, darf wissen, dass von den tausend Mann, die mit mir eine von Schlaglöchern übersäte Landstraße hinuntertrotten, fünfhundert morgen nicht mehr existieren werden, während ich selbst keinen Kratzer abbekomme. Äußerlich, denn im Innern bin ich so verrottet wie ein Toter, der im Krater liegen bleibt, weil keiner ihn begraben kann. Vielleicht sind wir lebendigen Toten das größere Übel. Der Krieg hat uns kaputtgemacht. Im ersten Jahr schon hat er eine ganze Generation von Männern kaputtgemacht, und seither hat er noch zwei volle Jahre weiterwüten können. Das Eine frage ich mich: Wenn jemals das, was von dieser Generation kaputter Männer übrig ist, zu Euch zurückkommt – was soll dann werden? Wie sollt Ihr mit denen fertigwerden, und was richten die unter Euch an?*

Es machte Felice Angst, diese letzten Briefe zu lesen. Sie wollte Mo keine Socken stricken und auch keine netten Anekdoten aus der Heimat erzählen. Sie wollte ihn nach Hause holen, auf Urlaub, damit er sich erholen und sie ihm neuen Mut zusprechen konnte. Aber Mut wofür? Und seit wann besaß ausgerechnet sie dazu Talent? Es war egal. Sie musste es wenigstens versuchen.

Mit ihren unverbrauchten Fleischmarken hatte sie sich angestellt und eine sündhaft teure, nicht einmal handtellergroße Büchsenleberwurst erworben, die sie ihm zusammen mit ihrem Brief schicken wollte. Entschlossen zog sie ihre Briefmappe heran und entnahm ihr einen Bogen, auf den sie bereits ein Datum und »Lieber Mo« geschrieben hatte. Das Datum – 12. Dezember 1916 – zeugte von einem früheren vergeblichen Versuch, ließ sich jedoch ohne größere Schwierigkeiten ausbessern.

Lieber Mo,
Du hast jetzt zweieinhalb Jahre ununterbrochen Deinen Dienst und Deine Pflicht getan. Meinst Du nicht, Du hast es jetzt endlich verdient, einmal die Heimat wiederzusehen und bei der Gelegenheit Deine Verlobte heiraten zu dürfen?

Sie brach so abrupt ab, dass die Füllfeder einen Strich quer über das Papier vollführte. Sie konnte das nicht. Dieser künstlich neckische Ton, das war nicht sie, und Mo würde es entweder merken oder aber sich von ihr verhöhnt fühlen. Aber sie musste den Brief doch schreiben, musste ihn dazu bewegen, Urlaub zu beantragen, und sie zur Not dabei helfen zu lassen. Suse hatte von jemandem gehört, dass sich verlobte Frauen von ihren Ärzten Atteste wegen irgendwelcher Krankheiten ausstellen ließen und diese beim Wehramt einreichten. War die Braut krank, so wurde der Antrag auf Heiratsurlaub beschleunigt. Felice war kerngesund, aber sie würde zur Not die ständig kranke Ille unter ihrem Namen zur Untersuchung schicken, wenn es nur Moritz half.

Sie war es ihm schuldig – es musste ihr einfach ein Einfall kommen, wie dieser Brief zu schreiben war. Seit dem Gasbrief hatte er nie mehr »Mein Urlaubsgesuch wurde abgelehnt« unter seine Schreiben gesetzt. Vermutlich hatte er gar keinen Antrag mehr gestellt, und ihre Aufgabe war es, ihn noch einmal dazu zu bringen. Sie zog einen neuen – den letzten – Bogen aus ihrer Briefmappe.

»Lieber Mo«, schrieb sie und stockte. Über diese zwei Worte kam sie zum hundertsten Mal nicht hinaus.

34

Jemand pfiff.

Felice hielt inne, ohne ein weiteres Wort geschrieben zu haben. Es musste zweieinhalb Jahre her sein, dass sie zuletzt jemanden in einem Lokal hatte pfeifen hören. Nicht in einem Lokal. *In diesem Lokal.* Die Melodie war eine andere gewesen. Aber der Mann, der pfiff, war derselbe.

Sie blickte auf, und er stand schon vor ihr. Quintus Quirin. Mit einer Schiebermütze wie ein Zeitungsjunge und einer Binde mit der Aufschrift *Presse* am Ärmel des schlampigen Jacketts, das einmal schick gewesen sein musste. »Felice«, sagte er leise. Dann begann er noch einmal zu pfeifen, pfiff die letzten Takte des Liedes zu Ende.

»Hör auf!«, rief Felice und erschrak. Sie war auf einmal sicher, keinen weiteren Ton des Liedes zu ertragen, das das traurigste Lied auf der Welt sein musste. So traurig, als stünde man vor seinem eigenen Sarg.

»Warum denn?«, fragte er. »Sag bloß, du findest es nicht schön.«

Doch. Sie fand es schön. Aber es war keine Schönheit, die sie ertragen konnte. *Ich bin so dünnhäutig geworden,* dachte sie. *Dieser Krieg wetzt uns alle wie Pfennige ab.*

Er beugte sich zu ihr, dass sie seinen Atem spürte und seinen Duft wahrnahm. Nicht mehr so sauber, wie sie ihn in Erinnerung hatte, doch noch immer so, dass sie ihn hätte festhalten wollen. Statt zu pfeifen, sang er, die Stimme ein raues Wispern:

Roses are shining in Picardy,
in the hush of the silver dew,
Roses are flowering in Picardy,
but there's never a rose like you!
And the roses will die with the summertime,
and our roads may be far apart …

»Hör auf«, bettelte sie hilflos. »Das ist englisch, das wird nicht gern gesehen. Du könntest Kuno Ärger einhandeln.«

»Das lass mal Kunos Sorge sein.« Der Wirt stand direkt hinter Quintus und reckte den Kopf an seiner Schulter vorbei. »Von dem Griechenwein hab ich noch eine Flasche. Den trinkt ihr besser aus, ehe die Griechen auch noch in den Krieg eintreten und der verboten wird wie die englischen Lieder. Bei den Amerikanern dauert's auch nicht mehr lange. In diesen Krieg geht die ganze Welt, bis sie sich selbst gefressen hat.«

Quintus nahm ihm Flasche und Gläser ab und gab ihm ein Knäuel Marken.

»Vielleicht solltest du dir überlegen, den da zu heiraten«, sagte Kuno zu Felice. »Wo der andere doch nicht herkommt. Wenn du scharf aufs Heiraten bist, machst du's besser, solange noch einer übrig ist.«

Er schlurfte von dannen, und vor ihrem Tisch stand noch immer Quintus Quirin. Als hätte er sich im Jahr geirrt. »Darf ich mich setzen?«

Nein, wollte sie sagen und sagte: »Das hast du doch schon gemacht.«

»Aber nicht doch. Ich stehe.«

Er setzte sich hin. Warf einen Blick auf die Briefe und füllte sich dann ein Glas mit Wein. »Für dich einen Kirsch?«

»Ich hatte schon einen. So viel verdiene ich nicht.«

»Ich lade dich ein.«

»Das kommt nicht infrage.«

»Ach, Felice«, sagte er. »Weißt du, wie schön das ist, dass du dich überhaupt nicht verändert hast?«

Er hatte sich im Jahr geirrt. Ihr Jahr war süß und kurz und falsch gewesen. »Du dich auch nicht«, sagte sie und meinte es nicht als Kompliment.

Er füllte das zweite Glas und schob es ihr hin. »Trink wenigstens den mit mir. Wo ist Bodo? Schmiert er Schnittchen?«

»In Masuren«, sagte Felice. »›In feindlicher Erde‹, wie es in den Traueranzeigen in den Zeitungen heißt.«

»Ach, Erde. Die kann ja nicht feindlich sein, sondern muss sich's gefallen lassen. Mein Bruder Titus ist auch gefallen. Am Naratsch-See, in Weißrussland. Hast du je von einem Naratsch-See gehört und gewusst, wo er ist? Gegen den Krieg sieht mein Geographielehrer blass aus. Der bringt uns was bei.«

»Mein Beileid«, sagte Felice. Der Tod von Titus Quirin lag ein knappes Jahr zurück. Felice hatte durch Robert Quirin davon erfahren, der sie das erste Kriegsjahr hindurch noch mit ein wenig Arbeit versorgt hatte. Mit Recherchen zu seinen eigenen, meist langweiligen Fällen, denn Quintus war offiziell aus der Kanzlei ausgeschieden. Ein Schweinehirt, nur dass sein Vater anders als das biblische Vorbild geschworen hatte, ihn als verlorenen Sohn nicht wieder aufzunehmen. »Mein Bruder schämt sich«, hatte Robert Quirin ihr erklärt. Die sensationell aufgemachten Bildberichte seines jüngsten Sohnes, die auf den Titelseiten der *BZ* prangten, schienen Justizrat Rudolph Quirin in seinen Grundfesten tiefer zu erschüttern als der Tod seines ältesten.

Marcus Quirin, der eines Augenfehlers wegen ausgemustert worden war, hatte keine Zeit verloren. Ein Bruder tot, der andere in Ungnade, der Onkel seiner Neurasthenie verfallen und der allmächtige Vater vor Scham und Schande gelähmt – die Gelegenheit war perfekt, und Marcus hatte sie genutzt. In dem Augenblick, in dem er das Ruder an sich gerissen hatte, war Schlamperei mit Aktenmaterial, das mit Kraftdroschken in geheime Außenstellen verbracht wurde, zur Unmöglichkeit geworden.

»Es tut mir unendlich leid, Fräulein zur Nieden«, hatte Robert Quirin mit schweißbedeckter Stirn beteuert. »Nicht nur für Sie, nicht einmal für Sie in erster Linie, sondern vor allem für uns. Wir verlieren einen der erstaunlichsten Juristen, den wir je beschäftigt haben, und werden jemanden einstellen müssen, der nicht halb so talentiert ist wie Sie. Und das in einer Zeit, in der Frauen in Rüstung und Straßenbau die Plätze der Männer einnehmen, weil ja sonst alles zum Erliegen käme. Warum sollte also eine Frau nicht auch den Platz eines Juristen einnehmen? Aber jedes *sollte* und *hätte* ist müßig, mit meinem Bruder gäbe es darüber kein Reden und mit meinem Neffen noch weniger. Also müssen wir uns, so schwer es mir fällt, von Ihnen trennen.«

Er hatte sich umständlich geräuspert und einen Umschlag aus der Rocktasche zutage gefördert. »Sie werden gestatten, dass wir uns zumindest mit einer kleinen Abfindung erkenntlich zeigen …«

Felice war so heftig aufgesprungen, dass ihr Stuhl umstürzte. »Nein, das gestatte ich nicht.« Damit hatte sie ihn stehen lassen. Er konnte zweifellos für all das am wenigsten, aber er war ein Feigling, und das war unappetitlicher als ein schlechter Kerl. Sie war nach Hause gerannt und hatte Suse davon ins Bild gesetzt, dass sie ab Ende des Monats vor dem Nichts stand.

Die hatte abgewinkt. »Ja und? Du heiratest meinen Bruder, du hast gesagt, du machst damit ernst. Da werde ich dich und deine Siebensachen wohl kaum in den Rinnstein kippen, oder?«

»Das kann ich nicht annehmen«, sagte Felice.

»Kannst du nicht?« Suse fischte über ihren mit Papieren übersäten Küchentisch nach einer Feldpostkarte und las vor: »›Wenn es etwas gibt, das du für Felice tun kannst, bitte tu's um meinetwillen. Es ist Felice, die mich durchhalten lässt, der Gedanke an Felice, der mich manchmal hoffen lässt, es gäbe ein Danach.‹«

Die Wucht der Gefühle, die ein so stiller Mann wie Moritz ihr entgegenbrachte, nahm Felice wie so oft den Atem. Die Verantwortung, die damit einherging. Die Unmöglichkeit einer Umkehr. »Ich kann es trotzdem nicht annehmen, Suse. Du brauchst Geld, und ich habe keins.«

Mit einem Seufzen griff Suse noch einmal nach der Postkarte: »›Was Geld betrifft, so lasse ich dir meinen Sold direkt zustellen. Ich brauche nichts, habe mehr als genug, und mir ist wohler, wenn ich Felices Unterhalt gesichert weiß. So gehört es sich nun einmal, auch wenn unserer Heirat derzeit Hindernisse im Weg stehen.‹«

Suse lüftete den Deckel einer Konfektschale, fischte eine Handvoll Banknoten heraus und ließ sie wieder hineinfallen. »Du siehst also, obdachlos durch die Straßen wandeln wirst du vorerst nicht. Und bei den Spatzenmahlzeiten, die du zu dir nimmst, sollten wir dich auch noch eine ganze Weile durchfüttern können. Wenn dir das nicht passt, lass es mich wissen. Ich habe nichts dagegen, das Geld alleine zu verprassen.«

Es passte ihr nicht. Ihr Schuldenberg Mo gegenüber wuchs ins Unermessliche, doch das Geld abzulehnen wäre grausam gewesen. Somit war sie, was sie nie hatte sein wollen: abhängig von einem Mann.

»Schläfst du deshalb schlecht?«, hatte Suse gefragt. »Warum stellst du dann kein Geschäft auf die Beine? Nun schön, du hast kein Examen, aber das haben die Frauen, die derzeit Dächer abdecken und Straßenbahnen fahren, auch nicht. Du könntest Rechtsberatung anbieten. Die armen Teufel, die mit einem Bein weniger aus dem Krieg kommen und nicht wissen, wo sie sich ihrer Versorgung wegen hinzuwenden haben, würden's dir genauso danken wie die Kriegerwitwen mit fünf Blagen, die sich fragen, wo das Vaterland denn für den Heldentod die Rente auszahlt. Reich wirst du damit nicht. Aber du hättest was zu tun, bekämst ein paar Kröten auf die Hand, und wer weiß, wofür's mal gut ist.«

Felice hatte keinen Tag gezögert. Sie hatte sich Visitenkarten und ein Firmenschild mit dem Namenszug »Cand. jur. F. zur Nieden« drucken lassen und die Möbel in ihrem Zimmer so umgestellt, dass sie Klienten darin empfangen konnte. Die letzte Geldausgabe galt einer Anzeige in der *Vossischen Zeitung*, in der sie ihre Dienste anbot. Das Triumphgefühl, das die Ankunft des ersten Interessenten begleitete, war unvergleichlich: Dies war ihre eigene Arbeit, die sie vor niemandem verheimlichen musste, ihr eigener Betrieb, den sie dem Rat von Suse und sonst nur sich selbst zu verdanken hatte.

Die Abkürzung des Vornamens, die sie vorgenommen hatte, um Geld zu sparen, erwies sich als Segen: Die Leute kamen, weil sie einen Felix oder Friedrich erwarteten – und wenn sie erst einmal vor einer Felice saßen, kehrten sie nicht wieder um, weil sie allzu froh waren, dass endlich jemand bereit war zu helfen. Felice durfte keinen von ihnen vor Gericht vertreten, so dringend diese Leute einen Rechtsbeistand benötigt hätten. Aber sie konnte zumindest Empfehlungen aussprechen, Menschen, die verzweifelt waren und sich von aller Welt verlassen fühlten, über die Rechte aufklären, die ihnen dem Gesetz nach zustanden. Es war zweifelhaft, dass der Staat, den Hindenburg und Ludendorff in eine Militärdiktatur umformten, ihnen diese Rechte zugestehen würde, doch wer um ein Recht kämpfen wollte, musste erst einmal sicher sein, dass er es hatte.

»Rechte erlöschen nicht, solange Sie daran festhalten«, erklärte Felice. »Was man Ihnen jetzt verweigert, steht Ihnen noch immer zu, wenn die Zeiten sich ändern.«

Sie nahm ein bisschen Geld ein, und das Gefühl, in ihrer Arbeit gut zu sein, verlieh ihr Kraft. Was wollte sie mehr? Nur dass Mo und Willi heil nach Hause kamen. Sie würden heiraten, sie würden beide arbeiten und gut miteinander auskommen. Mehr konnte niemand wollen. Nicht nach fast drei Jahren Krieg, nach Angst und Not und Kindern, die in Moabit am Hunger starben.

Jetzt aber saß ihr gegenüber Quintus Quirin. Wie aus dem Boden gewachsen. Kuno kam und löste die Frage der Getränke, indem er Felice einen neuen Kirsch hinstellte. »Ach, Kuno«, sagte Quintus. »Wenn wir dich nicht hätten und die kleinen Kartoffeln …«

»Kartoffeln gibt's keine mehr«, sagte Kuno. »Weder kleine noch große. Wenn die da, wo du herkommst, noch auf Bezugsschein zu haben sind, vergiss das nächste Mal nicht, welche mitzubringen.«

»Leider gibt es da auch keine«, sagte Quintus. »Nur Soldaten, die von Eierzwieback und ein paar Bücklingen leben.«

»Und wo ist das?«, fragte Felice, als Kuno gegangen war.

»In Belgien. Flandern.«

»Da warst du die ganze Zeit?«

Er nickte.

»Und warum bist du jetzt hier?«

Sein Blick aus dreieckigen Augen hielt ihren fest. »Ich wollte dich sehen. Ich habe es nicht länger ausgehalten.«

»Das ist Unsinn, Quintus. Du hast es bald drei Jahre lang ohne mich ausgehalten. Wir kennen uns praktisch überhaupt nicht mehr.«

»Ich kenne dich«, sagte er. »Abends, in den Gräben, singen die Engländer *Roses of Picardy*, und ich stehe allein dort und denke an dich:

Und sie sieht diese Straße bei den Pappeln,
wo sie sich trafen in den Jahren, die vorbei sind.
Und das erste kleine Lied der Rosen
ist das letzte kleine Lied, das sie hört.

»Bitte hör damit auf, Quintus. Das ist belanglos, und es nützt uns nichts. Schon gar nicht nach drei Jahren.«

»Wärst du als Soldat im Krieg, würdest du das anders sehen«, sagte Quintus. »Die Männer halten sich daran fest. An dem Lied, das sie alle kennen, und an der Sehnsucht nach denen, die sie lieben.« Blitzschnell hatte er ihre Hände in seine genommen und drückte Küsse in ihre Handflächen. »Ich habe mich auch daran festgehalten. An dir, meine Schöne. Meine süße, ehrenhafte Dragonerin.«

Sie zog ihm die Hände weg und wies über den Tisch, auf die verstreuten Briefe. »Ich bin verlobt, Quintus. Wenn du es nicht vorziehen würdest, das zu ignorieren, hättest du es schon vor drei Jahren wissen können.«

»Sehr merkwürdig«, bemerkte Quintus. »Wenn jemand, den ich kenne, vor drei Jahren verlobt war, würde ich annehmen, dass er inzwischen verheiratet ist.«

»Mein Verlobter ist im Feld. In Belgien wie du. Nur ist er im Gegensatz zu dir Soldat und nicht zu seinem Vergnügen dort.«

»Glaubst du das? Dass ich zu meinem Vergnügen dort bin?«

»Ja, das glaube ich«, platzte sie heraus. »Du bist doch von deiner Zeitung als kriegswichtig reklamiert und brauchst dich nicht zu sorgen, dass du eingezogen wirst. Ich kann mir vorstellen, was es dir für einen Heidenspaß macht, überall der Erste zu sein und deine sensationellen Fotos zu schießen. Mein Verlobter dagegen muss in einem Krieg kämpfen, den er nicht gewollt hat und den er mit jedem Tag weniger will. Ich war im Begriff, ihm zu schreiben, Quintus. So leid es mir tut, ich habe keine Zeit.«

Nicht einmal sich selbst hätte sie eingestanden, dass sie damals wochenlang gehofft hatte, er käme zurück. Wider jede Vernunft. Noch weniger wollte sie sich eingestehen, dass sie einen Augenblick lang verrückt vor Glück gewesen war, als er eben vor ihr gestanden hatte. Sie musste an Mo denken, an seine über den Tisch verstreuten Briefe, ihr Nacken war steif, und ihr tat alles weh.

»Ach doch«, sagte er. »Du musst doch Zeit haben, wo wir uns endlich wiedersehen. Und dieses Alibi mit deiner Verlobung – das meinst du heute nicht ernster als vor drei Jahren, oder?«

»Doch«, fuhr sie ihn an. »Ich meine es todernst. Ich versuche, Moritz dazu zu bewegen, mich zu heiraten. Jetzt sofort. Es geht ihm nicht gut, es geht meiner kleinen Schwester nicht gut, und ich habe Sorgen genug. Du kannst nicht einfach wieder in mein Leben spazieren, als wäre nichts gewesen, nur weil es dir gerade passt.«

Quintus drehte den Stiel des Weinglases in seinen Händen, sah dabei auf Felices Gesicht und wurde aschfahl. »Ich will das nicht glauben.«

»Du wirst es glauben müssen. Du bist losgezogen, um deine einzigartige Chance zu nutzen, und ich gratuliere dir herzlich zu deinem Erfolg. Deine Berichte haben es auf die Titelseiten geschafft, und dir stehen jetzt sicher alle Türen offen, wie du es dir gewünscht hast. Das ist gut und schön, aber ich habe mir eben auch mein Leben eingerichtet. Ohne dich. Lassen wir es beide damit genug sein, ja?«

Stumm schüttelte er den Kopf.

Felice tastete nach dem Gasbrief und presste die Hand darauf. »Im Grunde war das mit uns doch nichts Halbes und nichts Ganzes. Ein paar Monate. Ein paar Treffen. Sonst nichts.«

»Das mit uns war etwas Besonderes«, fuhr er ihr ins Wort. »Und das ist es immer noch. Das kannst du nicht leugnen, nur weil dein Kriegsheld dir tapferer erscheint als ich. Damit machst du niemanden glücklich.«

»Mit Moritz war ich schon glücklich, als ich von dir nicht mal wusste«, sagte Felice. »Als Kind. Wir haben unter den Birnbäumen in seinem Garten zusammen gespielt. Vater, Mutter, Kind. Die Mutter war er, er hat Illes Puppen die Haare geflochten, und ich war der Vater und zog in den Krieg. Moritz hat nie versucht, aus mir eine andere zu machen, sondern mich so genommen, wie ich bin.«

»Natürlich hat er versucht, aus dir eine andere zu machen«, sagte Quintus. »Er kennt dich doch gar nicht, kennt nur die

Felice aus euren Birnbaumtagen, die er sich im Kopf zurechtgeträumt hat.«

»Wie kannst du so etwas sagen? Du bist es, der mich nicht kennt. Warum gibst du dich nicht zufrieden mit dem, was du erreicht hast? Du bist Bildreporter, bist erfolgreich, bei der *BZ* küssen sie dir sicherlich die Füße, und über mangelnden Zuspruch von Mädchen wirst du dich auch nicht beklagen können. Oder gibt es in Belgien keine Mädchen?«

»In Belgien sind wir der Feind«, sagte er, senkte den Blick auf eine Pfütze auf dem Tisch und malte mit einem Finger darin herum. »Ein Mädchen, das sich mit uns einließe, wäre in den Augen ihrer Leute eine Verräterin. Ich kenne nur eine, die mit mir spricht. Eine Rose von Picardy.«

»Wo soll das überhaupt sein: Picardy?«

»Um die Somme herum. Da, wo sich jetzt ein riesiges Schlachtfeld erstreckt, das bis an die Küste von Flandern reicht. Die Rosen von Picardy und Flandern sind Mohnblumen, denn etwas anderes wächst da nicht mehr. Eine Mohnblume von Flandern ist sie, das Mädchen, das ich dort kenne. Sie arbeitet tagsüber in einem Magazin bei den Briten. Und nachts in einem Bordell.«

Felice schrak zusammen. »Ich will das nicht hören, Quintus.«

»Doch, Felice, das willst du. Bitte hör mich an. Es ist nicht so, wie du denkst.«

»Ich denke gar nichts«, sagte Felice. »Ich weigere mich nur, mir deine Bordellgeschichten anzuhören.«

»Hast nicht du mir beibringen wollen, wie falsch es ist, ein Urteil zu fällen, ehe man die Fakten kennt? Meine Bordellgeschichte soll die ganze Welt hören. Es ist gar nicht meine. Sie gehört Wolfgang Vanselow, und wenn er nach Hause kommt, erzählt er sie in einem Film. Mit deinem Bruder Willi, den er nach dem Krieg wiederfinden will. Bis dahin hüte ich sie für ihn.«

»Du klingst, als wärst du betrunken.«

Er schüttelte den Kopf. »Ich glaube, das können wir gar nicht mehr. Uns betrinken, vergessen. Den Kopf mit diesem Nebel füllen, der alles weichzeichnet. Bei manchem kannst du trinken wie ein Loch, und es bleibt trotzdem hart. Dieses Mädchen arbeitet nachts im Bordell, weil es nicht schlafen kann. Es hat nur einen Kunden, in jeder einzelnen Nacht, in der kein Angriff kommt, zum Preis von zehn Franken. ›In der Nacht kannst du kommen‹, hat das Mädchen zu ihm gesagt. ›Da kann ich nicht schlafen, weil's zu laut ist. In der Nacht weint Wipers, meine Stadt.‹ Bitte schick mich nicht weg, Felice. Ich höre es auch, das Weinen, mir tut mein Kopf weh, und ich bin so müde. Bitte lass mich heute Nacht bei dir bleiben.«

Jäh fühlte sie sich schwach. Als wäre das, was er ihr gesagt hatte, ihr in den Körper und bis in die Knie gefahren. »Du kannst nicht bei Verstand sein«, krächzte sie. »Suse, bei der ich wohne, ist Moritz' Schwester. Nicht einmal wenn ich wollte, könnte ich dich dort mit hochnehmen.«

»Willst du? Dann kannst du es.« Er beugte sich noch weiter vor, nahm wieder ihre Hände, berührte mit seinem Gesicht fast das ihre. »Du weißt nicht, wie gut ich schleichen kann, ich bin zweieinhalb Jahre lang nur geschlichen. Deine Suse wird mich gar nicht bemerken, das verspreche ich dir.«

»Es geht nicht, Quintus.« Aber alles in ihr wollte, dass es ging. Eine Nacht lang nicht allein sein. Seine Schultern packen und sich festhalten.

Er bewegte ihre Hände, als wollte er sie in seinen wiegen. »Es muss doch gehen. Wenn gar nichts mehr geht, dann gibt man auf. Dieser Mann, der einzige Kunde von dem Mädchen, der hat mir auch das Lied beigebracht. *Roses of Picardy.* Ein britischer Infantry Captain. Scott Brown-Bouvier. Toller Bursche. Seine Leute gehören zu *Kitchener's Army*, alle blutjung und vom Tuten und Blasen keine Ahnung. Die Briten haben das ja vorher nie gemacht, Zivilisten in den Krieg schicken, die bereiten sie noch schlechter vor als wir. Aber dieser Brown-Bouvier ist zu dem krausen Haufen wie ein netter Onkel von den Pfadfindern. Am ersten Tag stellt er sich den Männern vor, und statt Brown-Bouvier versteht einer Brown-Brown und sagt: ›Heilige Scheiße, so heißt doch keiner‹. Gibt er zurück: ›Doch, ich. Was dagegen?‹ Und alles lacht. So ein Bursche ist das. Etwas Besonderes hat er gar nicht an sich, hat es nur geschafft, in diesem gottverdammt kranken Krieg ein gottverdammt netter Kerl zu bleiben.«

»Warum erzählst du mir das?«

»Weil ich ihn gefragt habe: ›Wie halten Sie das aus?‹ Und er hat gesagt: ›Ich geh in der Nacht zu Livvy, die macht mich wieder zum Menschen. Livvy und ich, wir halten es zusammen aus.‹ Livvy. So nennt er das Mädchen, weil er ihren Namen nicht aussprechen kann, und die Stadt nennt er Wipers, weil er Ypern erst recht nicht aussprechen kann. Ein paar seiner Leute haben in den Trümmern von Wipers eine Druckerpresse und eine Uhr gefunden, und jetzt geben sie für die Soldaten eine Zeitung heraus. *Wipers Times.* Saukomisch. Wie man mitten auf diesem endlosen Friedhof etwas zustande bringt, das saukomisch ist, muss mir mal jemand erklären. Woher nehmen Sie die Kraft?, habe ich Brown-Brown gefragt, und er hat gesagt: ›Ich geh zu Livvy. Zehn Franken pro Nacht, und die Uhr, die alle halbe Stunde wie ein Glockenspiel Pling macht, habe ich ihr geschenkt.‹«

Zwischen ihre Gesichter hätte keine Hand mehr gepasst, und er wiegte noch immer ihre Hände. Er küsste sie nicht. Berührte nur ihre Lippen mit seinen und zog sich wieder zurück. Blieb mit den Augen in ihren. »Mach mich wieder zum Menschen, Felice. Nur die eine Nacht.«

Ihre Kehle war zugeschnürt. Ihr Herz klopfte, als gäbe es keine andere Antwort.

»Es ist so verdammt kalt da draußen. Ich weiß nicht, wohin ich gehen kann, und ich habe kaum noch Geld.«

Endlich ließen sich Worte herauszwingen. »Ist das deine Masche? Deine Redaktion wird dich ja wohl gut bezahlen und dir auch ein Hotel stellen.«

»Ich arbeite nicht mehr für die *BZ*«, sagte er. »Im Grunde habe ich gleich nach den ersten zwei Reportagen damit aufgehört. Ich konnte es nicht mehr, Felice. Dieser Beruf, den ich unbedingt wollte, den ich noch immer unbedingt will – er kam mir in Belgien vor wie eine Perversion. Hinten, in der Etappe, sollte ich gestellte Fotos von wohlgenährten Schützen mit polierten Maschinengewehren machen, und vorn ging eine Stadt in Flammen auf.«

Sie war nicht sicher, ob sie so schnell begriff, wie er sprach. »Du hast dort aufgehört? Diese Chance deines Lebens, von der du mir erzählt hast, die hast du weggeworfen?«

Er nickte. »Ich habe noch den einen oder anderen kleinen Bericht und ab und an ein verwaschenes Foto geschickt, damit sie mich nicht rausschmeißen und meine Reklamierung nicht aufheben. Dafür, dass ich nichts Vernünftiges bringen kann, habe ich mir unaufhörlich neue Ausreden aus den Fingern gesaugt, und irgendwie mochte mich Louis Ullstein wohl wirklich so gern, dass er ewig und drei Tage gute Miene zum bösen Spiel gemacht hat.«

»Und was hast du stattdessen gemacht?«

»Wolfgang Vanselow getroffen.« Quintus ließ ihre Hände los und hob sein Weinglas, das zweite, das noch bis zum Rand voll war. Er hielt es so, dass sie beide die Lippen daran legen und trinken konnten. Warmen Wein in kalter Nacht. Stirnen, die sich aneinanderlehnten. »Wolfgang filmt das, was wirklich passiert. Jede Einzelheit. Und ich bringe seine Filme außer Landes. Die ersten zwei habe ich nach Frankreich geschafft, wo eine Kommission sie benutzt hat, um einen Bericht über deutsche Kriegsverbrechen in Belgien abzufassen. Anfangs ging es uns darum, diese Verbrechen anzuprangern und beweisbar zu machen. Inzwischen aber wollen wir nur noch festhalten, dass dieser Krieg eine Hölle ist, die der Mensch sich selbst geschaffen hat. Dass die Welt sich auffrisst, wie Kuno gesagt hat, und alle zerbrechen, keine Täter mehr, nur noch Opfer. Wir wollen unseren Film zeigen, um die Spirale der Gewalt aufzuhalten, und dann die Welt erinnern, dass es nie mehr so weit kommen darf.«

Sie schluckte und blickte auf. »Ein Gesetzwerk schaffen?«

Er nickte. »Internationale Gerichtshöfe installieren. Jede Möglichkeit ausschöpfen, jeden überzeugen, der noch immer vom heldenhaften Kriegertum schwärmt und Lieder von Filip von Schlei singt. Dazu brauchen wir die Filme. Bilder vom Krieg, die niemanden schonen. Und dazu brauchen wir Geschichten wie die von Captain Brown-Brown und seiner Livvy, die in der Stadt geblieben ist, um ihre gelähmte Mutter zu versorgen, während ihr Mann, ihre kleine Tochter, ihre Schwestern, jeder, den sie kannte, floh. Sie weiß nicht, wohin. *Ein arm' Kind und hatt' kein Vater und keine Mutter und niemand mehr auf der Welt.* Die Mutter ist ihr in der Wohnung verbrannt. Wir brauchen Geschichten von denen, die in diesem Krieg zu Helden geworden sind, ohne es jemals zu wollen.«

Er stellte das Glas weg, wirkte auf einmal zu erschöpft, um es zu halten. Womöglich hätte Felice ihm sagen müssen, dass sie keine käufliche Frau war und sich seinen Vergleich verbat, aber sie hätte sich dafür geschämt. Vor dem Mädchen namens Livvy, deren Stadt nachts weinte.

»Ich habe dich belogen«, sagte Quintus müde. »Dass ich nicht weiß, wo ich heute Nacht schlafen kann, ist nicht wahr. Wann immer ich Filme zu Wolfgangs Kontaktmann in Berlin schmuggele, übernachte ich bei Wolfgangs Frau. Recha Süßapfel.«

Vielleicht war das der Tropfen, der ihr Fass zum Überlaufen brachte, ihre Schleusen einriss. Rechas Name. Eine Welle von absurder Eifersucht. »Schlaf bei mir«, sagte sie. »Aber dass du schleichst, musst du mir wirklich versprechen.«

»Kein Thema.« Er blickte auf und hatte ein Funkeln in den Augen. War wieder Mensch.

Am Morgen machte er sich wie versprochen noch vor Tagesanbruch auf den Weg, damit Suse nichts bemerkte. Er musste zu Wolfgang Vanselows Kontaktmann, um Material abzuliefern, und dann zu Louis Ullstein in die Redaktion, um sich ein weiteres Mal eine Erklärung abzuringen, warum er mit leeren Händen kam.

Ehe er aufbrach, weckte er Felice. Die hatte zum ersten Mal seit Wochen tief und traumlos geschlafen, und war noch völlig benommen, als er sie küsste und ihr mit beiden Händen das Gesicht streichelte. Er kniete vor dem Bett. »Meine geliebte Felice, meine Schöne«, flüsterte er. »Weißt du, woran ich jetzt wieder glaube? Daran, dass wir da rauskommen, dass wir das schaffen und aus all den Trümmern etwas Neues bauen. Ich liebe dich. Bevor ich nach Wipers zurückgehe, komme ich noch einmal und nehme dich in die Arme, ja?«

Er war fort, ehe sie zu sich kam und etwas erwidern konnte.

Und er kam nicht noch einmal, sondern schaffte es gerade noch, ihr über Recha Süßapfel eine hingekritzelte Nachricht zu senden, ehe er über irgendeine grüne Grenze entfloh. Louis Ullstein hatte seine letzte Ausrede nicht mehr geschluckt, sondern die Geduld verloren und ihn entlassen. Seine Reklamierung war damit mit sofortiger Wirkung aufgehoben. Wenn er nicht verschwand, würde er in wenigen Tagen an der Front stehen.

»Das könnte ich nicht«, schrieb er ihr:

Kämpfen. Töten. Namenlos verrecken. Nicht nach allem, was ich erlebt habe. Ich muss nach Wipers und zu Wolfgang zurück, egal, auf welchem Weg. Wenn ich nicht wiederkäme und wenn ganz Belgien dem Erdboden gleichgemacht würde, blieben nicht einmal Bilder übrig. Du verstehst, dass ich nicht anders kann, nicht wahr? Wir sehen uns wieder. Ich liebe Dich.

35

Oktober

I died in hell – they called it Passchendaele.

Siegfried Sassoon

Sie kämpften seit dem frühen Sommer, seit der Mohn blühte, den Mo so sehr mochte. Die Briten wollten zum Meer, noch einmal in einer großen Offensive versuchen, die Häfen einzunehmen und die deutschen U-Boot-Stützpunkte vom Land her unschädlich zu machen. Seit ein paar Wochen waren die Amerikaner an ihrer Seite, das mochte ihnen neuen Mut machen.

Zum Mut gesellte sich Angst: In Russland tobte seit Februar die Revolution, was in den deutschen Gräben sehr viel offener verbreitet wurde als Berichte über den Kriegseintritt von Woodrow Wilsons USA. Dass das Zarenreich kollabieren und zur Kapitulation gezwungen sein würde, schien nur noch eine Frage der Zeit zu sein. Über die russische Revolution hätte Willi gern nachgedacht – über diese Möglichkeit, die doch völlig undenkbar, ja, geradezu ketzerisch schien: Das zu Tode erschöpfte Volk, das von seinen Herrschenden nicht den Frieden bekam, den es verzweifelt ersehnte, wischte die Herrschenden beiseite und schuf sich den Frieden selbst. War das tatsächlich machbar?

»Auf, Männer, die paar Wochen werdet ihr ja wohl noch durchhalten!«, feuerten Zug- und Kompanieführer die Mannschaften an. »Russland geht in die Knie, und mit der Verstärkung, die von da oben zu uns runterkommt, haben wir die Tommies und ihre Spießgesellen im Nu in die Tasche gesteckt.«

Vorerst aber schafften die Tommies Truppen aus allen Winkeln ihres Riesenreiches in den Dauerregen von Flandern: Kanadier, Australier, Neuseeländer, Südafrikaner, Männer aus Ländern, die in Willis Zug niemand auch nur dem Namen nach kannte. Das Gemunkel blühte. Einer behauptete, in einer britischen Stellung würde ein Brahma-Tempel errichtet, damit die Inder, die mit Turbanen zum Angriff zogen, ihren Ritualen nachgehen konnten. Ein anderer glaubte zu wissen, dass die Briten bereit waren, in Flandern alles auf eine Karte zu setzen, und zwei neue Armeen von drei Millionen Mann aufstellten.

Drei Millionen.

Das waren so viele wie alle Einwohner von Berlin zusammen.

Kein guter Zeitpunkt, um über Revolutionen nachzudenken, um überhaupt etwas zu denken, etwas anderes als manchmal, im Dämmer zwischen Wachen und Schlafen: *Recha, Recha.*

Denken war das nicht. Es war Willis Gebet ums Überleben.

Meist tastete er in solchen Momenten, sofern Gabriel zu seiner Linken schon schlief, hinüber zum Lager zu seiner Rechten und rüttelte Mo an der Schulter. Der Freund war nicht mehr er selbst, Willi machte sich Sorgen und versuchte, ihn nie allzu lange aus den Augen zu lassen.

»He, Mo, mein Alter«, flüsterte er hinüber.

»Was ist denn, mein Kleiner?«

»Träumst du auch von deiner Süßen?«

»M-mh«, brummte Mo. »Mach ich immer.« Kurz trafen sich ihre Hände, dann drehten sie sich beide zum Schlafen um.

Auf dass sie noch da ist, dachte Willi. Das war sein Nachtgebet. Wenn Recha noch da war, würde er es schaffen und zurückkommen. Irgendwann. Manchmal träumte er wilde Dinge, wie dass er sie mit Wolfgang teilen könnte. Warum sollte das nicht möglich sein, wenn kein Krieg mehr war? Warum sollte nicht alles, was sie wollten, möglich sein?

Die Offensive der Briten, denen eine französische Armee zur Seite stand, begann mit einem Paukenschlag. Bei dem Dorf Messines, nicht weit von der Stellung, in der Willis Bataillon lag, musste es ihren Sappeuren – Teufelskerlen, die angeblich im Frieden die Londoner U-Bahn ausgehoben hatten – gelungen sein, einen Stollen bis unter einen deutschen Höhenstützpunkt zu graben. Vermutlich waren es Hunderte von Tonnen Dynamit, die sie in dem Gang deponiert hatten und an einem Junimorgen zur Explosion brachten. Der Knall ließ die Erde beben. Von der Brustwehr des Schützengrabens, wo Willi auf Wache stand, platzte der Schlamm in Brocken. *Wir werden tatsächlich noch die Welt in die Luft sprengen,* dachte er, als er später – tunlichst ohne Gabriel – sein Fahrrad bestieg und auf Erkundung fuhr. Die deutsche Stellung, die sich auf der attackierten Anhöhe befunden hatte, war in einem gewaltigen Krater verschwunden.

Danach begann der Artilleriebeschuss, der Wochen anhielt und alles Bisherige übertraf. Jeden Abend sagte sich Willi, wenn er sich mit Mo und Gabriel zum Essen kauerte: *Ich lebe noch. Ich muss unsterblich sein.*

Im Fünf-Tage-Rhythmus erfolgte der Wechsel in den Gräben: vorderste Front, zweite Front, Reserve, dann fünf Tage Ausruhen in der Etappe. Zum Stillstand aber kamen die Kämpfe nie. Selbst im Etappengraben, wo man zu nichts mehr fähig war als zusammenzubrechen und zu schlafen, hörte man ohne Unterlass das Knattern des Infanteriefeuers und das Pfeifen, Zischen und Donnern der Granaten.

Das Prasseln des Regens, der auf allem und jedem niederging, nahmen die Männer hingegen längst nicht mehr wahr. Mit sämtlichen verfügbaren Materialien – Zweigen, Latten, Planen und sogar Betonplatten – wurden die Böden der Gräben abgedichtet, und dennoch hockte man selbst in den Unterständen bis zu den Knöcheln im Wasser. Das Drainagesystem des Landes war nach drei Jahren ständiger Kämpfe längst völlig zerstört, und die kahl gebrannten Wälder fingen nichts mehr ab. Aus dem satten Acker- und Weideland in Küstennähe war ein Sumpf geworden, der sich mit unersättlichem Hunger tiefer fraß. Wasser lief in die Bunker. In einem ersoffen zwei Verwundete, die dort verwahrt worden waren, bis der nächste Sanitätswagen sich in die Stellung hätte durchschlagen können.

Warum nannte man das Netz aus Gräben eigentlich noch Stellung, wenn doch alles ins Gleiten geriet?

Hinzu kam die Versorgungslage. Willi, der mit dem Rad bessere Chancen hatte als der Verpflegungswagen, radelte oft viele Meilen weit, um die Rationen abzuholen, die er anschließend an die enttäuschten Männer verteilte: ein Drittel Kriegsbrot und ein Löffel Marmelade. Die Leute waren nicht nur bis zum Gotterbarmen hungrig, sie fühlten sich entwertet und gekränkt, weil man sie derart abspeiste. Willi verstand sie. Es hatte in diesem vierten Kriegsjahr unter den gutwilligen, leidensfähigen Freiwilligen so viele Deserteure gegeben wie nie zuvor. Einer von ihnen war Rolf Rudlow, der einstige Liebling sämtlicher Stabsoffiziere, der vor der Flucht mit einem lachhaft falschen Pass zum Preis von drei Franken erwischt worden war.

Für so schwere Fälle reichte eine Bestrafung durch das Stabsquartier, wie sie fürs Poussieren mit nicht lizensierten Frauenpersonen ausgesprochen wurde, nicht aus. Sie hatten ihn zur Kommandantur nach Lille schicken müssen, wo er vors Militärgericht gestellt werden würde. Nach der zweiten Flandernschlacht war Rudlow für seine Tapferkeit dekoriert worden. Jetzt, inmitten der dritten, drohte ihm ein Todesurteil wegen Feigheit vor dem Feind.

Nur Gabriel, bis auf die Knochen abgemagert und im Gesicht von Schuppenflechten übersät, verspeiste seinen Brotkanten noch immer mit strahlendem Eifer, als hätte der Kaiser persönlich ihn beschenkt. Hörte er einen Kameraden murren, brach er das, was er übrig hatte, in Hälften und reichte dem anderen die größere. »Na, na, nicht aufregen. Hier ist ja noch was zu prepeln!« Gabriel liebte es, Wörter wie »prepeln« aus dem Jargon der Soldaten aufzuschnappen. »Ich bin sowieso fast satt. Und unter uns deutschen Kameraden gilt ja wohl: Was mein ist, ist dein.«

Willi fand ihn anstrengend. Er war zum Unteroffizier befördert worden, trug Verantwortung für dreißig Männer, nicht nur für Rechas verdrehten kleinen Bruder. Aber er liebte ihn sehr. Diese beiden – der Kleiderschrank Mo und der Hänfling Gabriel – waren in gewissem Sinne seine Schwager, sie gaben ihm beide das Gefühl, ihn zu brauchen, und das ließ ihn über sich hinauswachsen.

Ende Juli zwang ein Sturm des alliierten Aufgebots Willis Bataillon zum Rückzug. Der Regen strömte so dicht, dass die heranrückenden Reihen der Infanterie nur als Schatten durch den eisengrauen Vorhang blitzten. Bei einem unbedachten Schritt sank Willi bis zur Hüfte in einen Morast, der ihm nicht fester zu sein schien als Haferschleim. Links und rechts von ihm spritzte der Haferschleim von Einschlägen auf und nahm ihm den Rest der Sicht.

Einen ewig verweilenden Augenblick lang war er sicher, dies sei das Ende von Willi zur Nieden, der ein großer Filmemacher hatte werden wollen und ein großer Liebender dazu. *Nein,* verbesserte er sich im Sterben, *ein großer Liebender zuerst. Oder ein kleiner. Recha, Recha. Ich hätte dir wenigstens noch sagen wollen, dass ich weiß, was für ein Idiot ich war.* Dann erfasste seinen ausgelaugten Körper eine Welle nie gekannter Kraft, mit der er sein Bein aus dem Haferschleim hievte und weiterrannte, noch immer, ohne völlig zu erfassen, dass er nicht gestorben war.

Es gab keine Deckung mehr. Der einst dichte Wald, in dem

sie im ersten Herbst Schlehen gepflückt hatten, bestand aus Reihen kahler Strünke. Dass sie es dennoch bis hinter eine Bodenwelle schafften, auf der sich verlassene, halb verschüttete Gräben nutzen ließen, verdankten sie dem Wetter. Die britischen Kommandanten kämpften darum, mit ihrer Artillerie einen Stellungswechsel zu vollziehen, das Feuer vorzuverlegen, doch die Kanonen und Haubitzen fanden nirgendwo festen Grund. Zum ersten Mal sah Willi auch die berüchtigten Panzer, die einer ihrer Stabsoffiziere »Teufel auf Ketten« genannt hatte.

Das graugrüne Gefährt glich dem Ungeheuer aus einem Abenteuerbuch seiner Jungenzeit. Es mochte bedrohlich sein, hatte aber auch etwas Hilfloses. Pioniere liefen ihm vorneweg und warfen Lattenbündel in Schlammlöcher, damit die tödliche Waffe nicht darin stecken blieb. Letzten Endes tat sie das trotzdem. Der britische Vorstoß, der womöglich eine Entscheidung in dem drei Jahre währenden, beinahe bewegungslosen Kampf um Flandern gebracht hätte, wurde abgebrochen, weil er im Regen ersoff.

Danach schwächten sich die Kämpfe eine Zeitlang ab. Das Bataillon schloss zu einem anderen auf und sicherte eine verlassene Stellung vor einem dieser Dörfer mit unaussprechlichem Namen, vor dem schon mehrmals gekämpft worden war. Passchendaele. Leben im Morast, bei hohem Krankenstand, sich verschlechterndem Wetter und weiter verknappten Rationen war nicht einfach, aber noch lebten sie. Es gab täglich Beschuss, Gefechte, die nie ohne Verluste abgingen, aber keinen großen gesammelten Sturm mehr, bis der rote Mohn von dem zerfurchten Land verschwand. »Das sehe ich jetzt zum vierten Mal«, sagte Mo, der auf die verödete Ebene starrte.

»Zum letzten Mal«, sagte Willi.

Unfroh lachte Mo auf.

»So habe ich es nicht gemeint, und das weißt du.«

»Ja, weiß ich. Mach dir keine Gedanken.«

Ein Mann namens Eduard Aabling, der erst vor Kurzem zum Ausgleich von Verlusten dem Bataillon zugestellt worden war, setzte sich zu ihnen und bot einen aus der Heimat erhaltenen Hartkäse zum Teilen an.

»Augenblick«, sagte Mo. »Ich nehme ein Stück für den Kleinen gern an«, er wies auf Gabriel, der entkräftet schlief, »aber nur auf Gegenseitigkeit.«

»Willst du uns die Strickwaren von deiner Mutter auftischen?«, versuchte Willi sich an einem Witz.

Statt zu lachen, förderte Moritz aus seinem Tornister eine winzige Leberwurstkonserve zutage, die er stolz herzeigte. »Nicht von meiner Mutter. Von Felice.«

»Du hast einen Brief von Feli?«, rief Willi. »Erzähl doch, was schreibt sie? Hat sie erwähnt, wie es Ille geht?«

Mo schüttelte den Kopf. »Du kennst sie doch. Viel erwähnt sie nie, und für lange Schreiben fehlt ihr ja auch die Zeit. Aber es lassen alle grüßen, und sie …« Er brach ab und errötete.

Willi boxte ihn in die Rippen und wandte sich Aabling zu. »Mein Schwager sieht zwar aus wie ein Preisboxer, aber er ist so verklemmt wie eine frisch erblühte Jungfer.«

Sie legten zusammen, was sie hatten, darunter auch Aablings letzte Zigarette, und genossen alles. Willi hatte nichts zum Teilen, doch daran stieß sich niemand, denn Willi war der beliebteste Unteroffizier, und jeder wusste, dass er sich für die Truppe ein Bein ausriss. »Sagt mal, ihr beiden«, begann Aabling. »Ihr habt euch auch ursprünglich mal zur Marine gemeldet, richtig?«

Mo lachte müde. »Willi hier ja, ich nicht. Schon richtig, das Seebataillon ist Teil der Marine und hätte eigentlich Manöver an der Küste unterstützen sollen. Nur sind wir ja nie bis zur Küste gekommen. Und inzwischen sind so viele Männer gefallen und ersetzt worden, dass mehr dem Heer als der Marine angehören. Nun ja.« Er lachte wieder. »Zumindest über Mangel an Wasser können wir uns nicht beklagen. Wenn's noch lange regnet, sollten wir den nächsten Sturm zur amphibischen Operation erklären, meint ihr nicht?«

Aabling, der Neue, war offenbar ein netter Kerl, besaß jedoch keinen Humor. »Verstehe.« Er lachte nicht. »Ich dagegen habe in der Marine gedient.«

»Tatsächlich?«

Aabling nickte. »Auf der *SMS Derfflinger*. Ich war vor Skagerrak.«

Mo und Willi tauschten einen Blick. Skagerrak, das war die lang erwartete Seeschlacht, in der die beiden Hochseeflotten – die der Briten und die des Reiches – nach all dem Wettrüsten endlich aufeinandertrafen. Sie war ausgegangen wie so vieles in diesem Krieg: ergebnislos, jedoch mit Tausenden von Toten.

Was erwartete Aabling jetzt? Dass sie ihn bejubelten, ihm gratulierten, weil er dem Vaterland solchen Dienst hatte erweisen dürfen? Seltsam lauernd sah der Neuling von Willi zu Mo. »Wusstet ihr, dass es in der Marine gärt?«, fragte er schließlich.

Willi und Mo verneinten, wussten noch immer nicht, worauf all dies hinauslaufen sollte.

»Es gibt eine Bewegung«, sagte Aabling. »Männer, denen es nicht mehr passt, wie Hindenburg und Ludendorff den Krieg in die Länge ziehen und solche wie uns ohne Sinn und Verstand verheizen. Ich dachte mir, ihr zwei seht aus wie Kameraden, die so etwas interessieren könnte.«

Was für ein Spiel spielte der Mann? Hatte die Kompanieführung ihn geschickt, um die Gesinnung der Leute zu prüfen? Oder meinte er es ernst und agierte leichtsinnig, weil er glaubte, nichts zu verlieren zu haben?

»Habt ihr gewusst, dass vor vier Wochen bei Köln zwei Matrosen der Marine erschossen worden sind?«, fuhr er fort. »Albin Köbis und Max Reichpietsch. Nicht älter als ihr zwei. Keine Radikalen, sondern gute, christliche Leute, hingerichtet, weil sie auf ihren Schiffen Stimmung gegen den Krieg gemacht haben, laut ausgesprochen, dass wir nicht bis zum letzten Mann elend krepieren wollen. Aber damit, dass man Männer umbringt, bringt man ja das nicht um, was sie denken.«

»Ich glaube, ich lege mich jetzt aufs Ohr«, sagte Willi, dem die Sache zu brenzlig wurde. »Mit den verdammten Ratten, die einem über den Wanst huschen, bekommt man ohnehin kaum Schlaf, und wer weiß, wann es morgen wieder rundgeht.«

Moritz schloss sich an. Sie wünschten Aabling gute Nacht, krochen neben Gabriel unter die klammen Decken und sprachen nicht mehr von dem, was der Mann gesagt hatte. Willi aber bezweifelte nicht, dass Mo genau wie er darüber nachdachte.

Am nächsten Morgen riss Trommelfeuer sie aus dem Schlaf. Grollendes Donnern, das keine Einzelziele anvisierte, sondern die gesamte Ebene unter Beschuss nahm. Den Horizont verhüllte ein Wall aus Rauchwolken. Briten. Noch in sicherer Entfernung, wohl weil die Artillerie sich wiederum schwer ins Geschehen führen ließ, aber stetig in Richtung Passchendaele vorrückend. Geradewegs auf sie zu.

Hatte es die ganze Nacht geregnet? Willis Woilach, Hemd und Haar waren klatschnass, ein Brett des Unterstandes durchgefault. Jetzt regnete es so gut wie überhaupt nicht mehr, nur ein schütteres Nieseln war übrig.

»Aufstehen, ihr Saftsäcke. Befehl zum Ausrücken.«

Der Angriff war offenbar erwartet worden. Die Divisionen der Gruppe Ypern, der sie seit Jahresbeginn zugeteilt waren, standen im Nu zur Abwehr bereit. Willi sah, wie sich aus dem schwarzen Dunst der Wolken in langer Reihe Gestalten lösten. Wie es aussah, hatten die britischen Befehlshaber beschlossen, auf die sich schleppende Artillerie nicht zu warten, sondern einen Infanterieangriff ohne Feuerschutz zu führen. *Keine sehr kluge Entscheidung,* dachte Willi noch, *denn wir hier oben sind ja im Vorteil,* da erfolgte von ihrem eigenen Stab derselbe Befehl: »Kompanie zum Angriff.«

Sie sollten dort hinunter. Den Briten entgegen. Als würde man Schweine auf Wölfe losschicken, damit die sich satt fressen konnten und keine menschliche Siedlung überfielen.

Aber wir sind auch Menschen!, wollte Willi schreien. *Zwar verdreckt, verlaust, mit Fetzen auf dem Leib, die uns vom Hintern fallen, aber immer noch Menschen.* Er war zehn Tage nicht im ersten Frontgraben gewesen, und in diesen zehn Tagen hatte es ununterbrochen geregnet. Man kam kaum über die Brustwehr, rutschte ab, hatte sich schließlich hochgehievt und rutschte gleich weiter, den Abhang hinunter.

»Die reinste Rodelpartie, so wie früher am Kreuzberg«, versuchte Willi einen letzten Witz. Dann verging es ihm. Befehl zum Feuern erfolgte, wo man sich kaum lange genug still auf einem Flecken halten und anlegen konnte. Und die drüben feuerten schon, sie feuerten ohne Pause, und ihre schiere Zahl, die auf die schmale Front gedrängte Masse, traf ihn wie ein Hieb in den Magen.

»Gabriel, mach hinne!«

Der Junge kämpfte, fiel zurück, aber Willi wollte ihn in seiner Nähe wissen. Das mit seinen Anfällen, dem Zittern und Heulen, war in letzter Zeit seltener aufgetreten, doch man wusste nie, wann es ihn das nächste Mal überkommen würde. Wann immer so ein Anfall ihn packte, war er hilflos wie ein Kind.

»Ich komm schon zurecht! Musst dir keine Sorgen machen, Willi.« Gabriel legte an und gab schnell hintereinander zwei Schüsse ab. Dieser Junge war kaum in der Lage, allein auf einem Rad zu fahren, ohne sich in Gefahr zu bringen, aber er hatte erstaunlich präzise zu schießen gelernt. Das war ja auch keine Kunst, wenn man nicht an die Folgen dachte. Und das durfte man nicht. Nur schießen, schießen, schießen.

Die feindliche Linie rückte heran, die Einschläge kamen

näher, und in ihrem Rücken erfolgten schneidend, bellend, beklemmend die Befehle zum Stürmen. Aber wie stürmte man, wenn man bei jedem Schritt einsank, wenn die Stiefel sich wie lecke Boote mit Wasser füllten? Einer brüllte, steckte fest bis zum Bauch, bekam einen Schuss ab, vermutlich einen Irrläufer aus den eigenen Reihen. Aus seiner Schulter schoss Blut.

»Weiter, weiter.«

Wer versuchte, einen Verwundeten mitzuschleifen, sackte selbst ein und verreckte mit ihm. Aber was machte das mit einem, wenn man stur immer weiterwatete, immer weiterfeuerte, die liegen ließ, die rechts und links niedersackten? Er durfte nur an Recha denken, daran, dass er hier wieder rauswollte, sein Leben noch vor sich haben.

Infanteriegeschütze begannen ungezielt zu feuern. Schrapnellgranaten, die mit jeder Sprengladung eine Fontäne von Stahlkugeln verspritzten. In den Reihen vor ihnen plumpsten Männer hintüber wie Dominosteine. Jetzt hatte man die Wahl, in einen der frisch gerissenen Krater zu treten oder einem der versickernden Toten auf Rücken, Schulter und Kopf.

Der Regen wurde stärker. Viele Granaten zündeten nicht richtig, aber für weiche Ziele reichte die schwache Zündung allemal. Manche Tote wurden in Fetzen gerissen. Der Mann Aabling, der ihnen von der Erschießung der Matrosen in Köln erzählt hatte, wollte einen Kameraden vor einem Einschlag zurückzerren, kam dabei selbst ins Taumeln und rutschte in einen der Trichter. »Zum Teufel mit dem Krieg!«, brüllte er. »Zum Teufel mit dem Kaiser und Ludendorff!« Das Gebrüll ging in Heulen über, bis die Laute erstickten.

»Weiter, weiter.«

War das die Hölle? Aber die Hölle war Menschen doch von einer gnadenlosen Gottheit aufgezwungen, und diese hier hatten sie sich selbst bereitet!

»Da auf der Flanke! Verdammte Scheiße, die Hunde vom ANZAC!«

Das Corps der Australier und Neuseeländer tauchte von rechts aus Rauchschwaden auf, war plötzlich da und griff an. Bei Beschuss von zwei Seiten war Gegenwehr Selbstmord, zumal die britische Artillerie trotz ihrer Schwierigkeiten näher rückte, die flammenden Todespilze überall aus dem Boden sprossen, die Donnerschläge ineinander übergingen. Ein drei Jahre lang eingeübter Instinkt ließ die Männer nach Deckungslöchern suchen, nach schützender Böschung, die es kaum noch gab. Wer nichts fand, kam hier nicht mehr weg. Versank im Schlamm, als hätte es ihn nie gegeben, ein ganzes Bataillon ausgelöscht – und wofür? Um ein Dorf zu verteidigen, in dem sich keine Eisenbahn fand, kein Materiallager, keine Festung, nur ein paar Milchbauern, die Schnittkäse verkauften.

Willi hatte Glück. Keine zwei Schritte vor ihm tat sich ein halb mit schwarzem Wasser vollgelaufenes Loch auf. Dass etwas herausragte, das eine menschliche Hand sein mochte, durfte ihn nicht abhalten. Er dachte an Recha, an Berlin und zwang sich zum Sprung. Mit einem Platschen landete er in der Grube, drückte sich von dem Toten weg in den schlammigen Rand und zog den Kopf ein. Geschützfeuer tobte über ihn hinweg, krachend, fauchend, schrillend. *Ich werde taub,* dachte er, *mein ganzer Körper wird taub.* Das Wasser war eisig. Er kniff die Augen zu.

Eine Ewigkeit verstrich ohne Feuerpause. Erst als die Abstände zwischen den Einschlägen sich zu vergrößern schienen, wagte er einen Blick über den Rand seiner Deckung und sah Mo, der zwischen Treffern im Zickzack lief, immer ein Bein im Schlamm, das zweite nach Halt rudernd. Das Bataillon war aufgelöst, geflüchtet, tot und über die Ebene verstreut. Willi sog alle Luft ein, die er bekommen konnte, und brüllte Mos Namen aus Leibeskräften.

Der Freund fuhr herum, sank wieder ein, ließ sich auf Hände und Knie fallen und robbte heran. Willi hätte jubeln wollen, mit jedem Zoll, den Mo näher kam, lauter. Er vergaß den Toten in seinem Rücken, das kalte Wasser, alles, streckte Mo die Arme entgegen und half ihm in die Grube. Sie standen gegeneinandergepresst wie Hure und Freier. Wie sie von hier wegkommen sollten, wusste er nicht, aber das würde sich finden. Solange sie es schafften, in der relativen Sicherheit auszuharren, bis der größte Irrsinn vorüber war, würde alles gut.

Sich zu verständigen war schwierig. Das Geschützfeuer dröhnte weiter, doch sie spürten einander, waren nicht mehr allein. Keiner von ihnen würde nach oben steigen müssen und der letzte überlebende Mensch sein.

»Willi, deine Schwester«, brach es aus Mo unvermittelt heraus. »Du fragst mich doch immer nach ihr, willst wissen, ob ich an sie denke.«

»Ja, ja. Was ist denn daran nun wichtig? Spar deine Kräfte.« Mo, diese Pflaume, wollte er ihm etwa ausgerechnet hier und jetzt beichten, dass er Felice betrogen hatte? Und wenn schon. Jeder tat es. Krieg war Krieg, und das bedeutete nicht, dass sie ihren Frauen daheim nicht gute Männer sein würden, wenn ihr Glück sie lebend hier herausbrachte.

»Ich denke immer an sie.« Mo brüllte gegen Salven aus kleinen Haubitzen an, deren Lafetten feststeckten und die nur noch verfeuern konnten, was sie hatten. »Aber das wird nichts mit uns. Ich weiß es schon lange. Felice braucht einen, der mehr Saft hat.«

»Mo, du Idiot, halt doch die Klappe. Wer so schnell aufgibt wie du, wie soll denn der was gewinnen?«

»Da hast du recht. Das habe ich Felice nur nie sagen können. Deshalb habe ich ihr ständig geschrieben, dass ich zur Heirat keinen Urlaub bekomme, weil ich wusste, dass sie mit einem wie mir nicht glücklich wird. Sie wollte nett sein, sie ist im Innern so ein furchtbar nettes Mädchen, aber lieben kann sie nur einen, der ihr Kontra gibt, der es mit ihr aufnimmt. Als dann das erste Gas kam, im April '15, habe ich das mit meinem Urlaub nicht mehr erwähnt, und sie hat mich nie danach gefragt.«

Es war grotesk. Sie kauerten auf einem Schlachtfeld, umgeben von Granatfeuer und bis zu den Bäuchen im Wasser. Wenn sie nicht bald hier herauskamen, würden sie an Unterkühlung krepieren, und sie brüllten sich über irgendwelchen Unsinn an, den Willi nicht einmal richtig verstand.

Mo zog etwas aus der Brusttasche und warf es Willi hin, der es zu fassen bekam, gerade ehe es im Schlamm versank. Es war ein Päckchen, gewickelt in aufgeweichtes Geschenkpapier, das in Fetzen abfiel. Eine Schachtel, die aufsprang und einen Füllfederhalter der Marke Montblanc freigab. »Steck ein und gib's ihr, ja?«, rief Mo. »Hab's ihr mal zum Geburtstag schenken wollen, weil ich dachte: Wenn ich Felice zur Nieden mit einem Ring frage, ob sie mich heiratet, sagt sie im Leben nicht ja. Aber das Ding da hat auch nichts genützt, sie hat's nicht mal haben wollen. Vielleicht will sie's ja, wenn sie nicht mich dazunehmen muss.«

Willi steckte die Schachtel irgendwohin und zerbiss sich die Lippen, um nicht mehr daran zu denken. Er musste sich auf etwas anderes konzentrieren, auf die Bewegung des Gegners, dessen Vorhut längst an ihnen vorbei war, inzwischen wohl schon vor Passchendaele. Übrig war nur die Artillerie, die so elend schlecht vorankam. Er sah ein Maultier, das eine Kanone zu ziehen hatte und schneller einsank als das Geschütz. Bis zum Hals steckte es schon im Schlamm, das Maul aufgerissen, ohne dass ein Schrei herauskam. Als Nächstes sah er einen Mann, einen der ihren, der noch stand, auch noch sein Gewehr im Anschlag hatte, aber sichtlich keine Kraft mehr aufbringen konnte, sondern wie ein Betrunkener taumelte.

Mo sah ihn auch. »Gabriel!«

Gabriel sah und hörte nichts, torkelte wie ein Blinder auf das

Geschütz mit dem Maultier zu, das von seinen Kanonieren ein letztes Mal schussbereit gemacht wurde. Moritz brüllte so laut wie Willi vorhin, jedoch ohne Erfolg. Der Junge war nicht bei sich. Seine Arme und sein Kopf schlenkerten, als gehörten sie nicht zu ihm. »Gabriel!«

Im Bruchteil eines Herzschlags begriff Willi, was der Freund vorhatte. Er stützte die Arme auf den Rand der Grube, versuchte mit aller Kraft, im Schlamm Halt zu finden und sich hochzustemmen.

»Mo, lass die Scheiße. Du kannst ihm nicht helfen.«

Er hatte Recha versprochen, den Jungen zu beschützen, aber mit ihm in den Granatenwerfer zu laufen war kein Schutz, sondern blanke Idiotie. Mo allerdings ließ sich nicht beirren. Willi versuchte, ihn am Arm zurückzureißen, doch der andere schüttelte ihn ab und robbte bäuchlings aus der Grube. Triefend vor Schlamm kämpfte er sich auf die Füße und stolperte voran. »Gabriel! Gabriel!«

Willi stand wie gelähmt in seinem Wasserloch und sah zu, wie Mo Gabriel erreichte und wie er den Jungen in dem Augenblick bei den Schultern packte, in dem die Kanone feuerte. Das so vertraute grollende Pfeifen ertönte, und mit dem Einschlag schossen Flammen und Rauch in die Höhe.

Der Qualm brauchte lange, um sich zu klären, obwohl der Regen stärker wurde und die Feuer rasch löschte. Als die Schwaden sich teilten, sah Willi die beiden auf dem verschlammten Feld liegen, Mo halb über Gabriel gebreitet, beide ohne Regung. Es war viel Blut da. Viel Zerrissenes. Mo, der in drei Jahren Krieg keinen Kratzer davongetragen hatte, sah aus, als wäre er am Rücken aufgeplatzt. Sonst erkannte man nichts.

Die Kanoniere hatten ihr Geschütz, das langsam versackte, aufgegeben und waren ihrer Batterie gefolgt, während das Maultier erstickt war. Es kostete Willi allen Mut sich aus dem Loch herauszuarbeiten und zu den beiden hinüberzugehen, zu prüfen, ob in einem von ihnen noch Leben war. Die schlammigen Kleider klebten ihm am Körper, und der Regen peitschte seine Schultern. Mit jedem Schritt wurden ihm die Füße schwerer wie einem steinalten Mann.

36

Dezember, Heiligabend 1917

Die Glocken der Matthäuskirche läuteten. Darüber hinweg begann die versammelte Gemeinde zu singen:

Nun danket alle Gott,
mit Herzen, Mund und Händen,
der große Dinge tut,
an uns und allen Enden.

Dann noch ein Weihnachtslied. *Stille Nacht, heilige Nacht.* Damit war die Farce zu Ende, und Felice atmete auf. Sie hatte befürchtet, sie würden auch noch die Kaiserhymne singen, wobei ihr Widerwille sich womöglich nicht länger hätte beherrschen lassen. Stattdessen öffneten sich die Flügeltüren, und die Ersten strömten hinaus in die eisklare Nachtluft. *Warum bist du so?*, fuhr Felice sich stumm an. *Warum kannst du nicht einmal einen Weihnachtsgottesdienst mit deiner Familie ertragen, warum spürst du keine Wärme, bist nicht wie alle anderen dankbar, dass du noch Menschen hast, die zu dir gehören?*

Es nützte nichts. Sie konnte nicht an sich halten, sondern eilte los und gelangte endlich ins Freie. Wie eine entflohene Gefangene rang sie nach Atem. Dabei hatte in der Kirche mit ihrem hohen Dach gewiss kein Mangel an Platz geherrscht.

Noch hatte sie die verhasste Unternehmung nicht hinter sich. Im Gegenteil, das Schlimmste – das weihnachtliche Karpfenessen in der Platanenallee – stand erst noch bevor, wenngleich es im vierten Kriegswinter keinen Karpfen geben würde. Auch sonst nicht viel. Berlin hungerte, obwohl Hindenburg und Ludendorff getönt hatten, wenn erst die Russen aus dem Krieg wären, würde Deutschland das reinste Schlaraffenland. Stattdessen war Ottchen – ihr nudeldickes Kindermädchen Ottchen – mit Hungerödemen ins Krankenhaus geschafft worden, nachdem Oma Hertha sie bewusstlos in ihrem Zimmer gefunden hatte. Ohne den Einsatz der Ärzte in letzter Sekunde wäre sie hungers gestorben.

Die zu erwartende Kargheit des Weihnachtsessens machte Felice nichts aus. Im Gegenteil. Von der Aussicht, sich mit ihrer Familie zu Tisch zu setzen, wurde ihr übel. Warum tat sie sich das eigentlich an, wenn sie sich kein herzliches Gefühl abringen konnte? Um Illes willen wohl kaum noch – allein beim Gedanken an die Schwester, die in Tempelhof zum Gottesdienst ging und zum Essen zu ihnen stoßen würde, hatte sie Mühe, sich nicht zu schütteln. Aber dem Kind, ihrer kleinen Patentochter gegenüber hatte sie ja wohl eine Art von Verpflichtung übernommen.

Und vor allem tust du es, weil Willi dich darum gebeten hat, erinnerte sie sich. Seinen Brief trug sie in der Tasche ihrer Kostümjacke bei sich. Dort, wo sie den Füllfederhalter trug, den er ihr ebenfalls geschickt hatte. Es gab Tage, da kam es ihr vor, als wäre Willi der letzte Mensch, mit dem sie verbunden war, und was er durchgemacht hatte und immer noch durchmachte, presste ihr Herz wie zwischen Steinen.

»Bitte sprich doch mit Ille, überzeug dich selbst, was hinter alledem steckt, lasst doch einander in diesen stockdunklen Tagen nicht allein«, hatte er ihr geschrieben.

Er wusste durch Recha Süßapfel, was in der Villa Brandt vor sich ging – zumindest soweit Recha Süßapfel es wusste, soweit sie alle es wussten. Gerüchte. Boshafter Klatsch und Tratsch. Willi hatte recht: Ille hatte ein Recht, sich zu erklären und gegebenenfalls zu verteidigen.

Geh Weihnachten in die Platanenallee, sprich mit Ille, sprich mit ihnen allen. Ich möchte Euch vor mir sehen, wie Ihr zusammen feiert, Mutter und Onkel Benno und Mos arme Eltern, Gine und Alma, die genauso eine Witwe ohne Hochzeit ist wie du, unsere kleine Ille und die Kinder und Oma Hertha, die Du einmal so liebgehabt hast. Lass mich doch hier, in meinem Inferno daran glauben, dass wenigstens meine Familie in der Heimat in der Lage ist, Frieden zu halten.

Sie würde es tun. Für Willi. Was kostete es sie? Die Übrigen kamen aus der Kirche, ihre Mutter am Arm Bennos, dann Gantzows, Gine und Alma, die einander stützten, und Tante Ariane mit Cousine Bettina. Felices Nacken versteifte sich, und sie hasste sich selbst. Überstanden sie alle nicht weit Schlimmeres als einen Weihnachtsabend mit der Familie?

Hinterdrein trippelte Oma Hertha, als Einzige allein. *Sie ist geschrumpft,* durchfuhr es Felice.

»Machen wir, dass wir nach Hause kommen«, knurrte Benno. »Das Pfaffengeschwätz von Frieden und Barmherzigkeit steht mir bis hier. Man sollte doch denken, ein protestantisch-preußischer Geistlicher wäre imstande, eine vaterländische Weihnachtsandacht zu gestalten, während Deutschlands Helden im Feindesland ihr Leben opfern. Aber nichts da. Und obendrein wird man nass bis auf die Haut, da man ja neuerdings wie die Plebs zu Fuß gehen muss.«

Bennos Automobil war von der Armee konfisziert worden. Von der Matthäuskirche bis in die Platanenallee waren es keine zehn Minuten Fußweg, und auch nass werden würde niemand, da es weder regnete noch schneite. Benno brauchte eben immer etwas, um darüber zu schimpfen. Man hätte es als harmlose, höchstens lästige Marotte betrachten können, und Felice begriff nicht, warum es sie mit solchem Widerwillen erfüllte.

Wie eine Mädchenklasse trotteten sie die Straße hinunter. Wären sie jedoch eine Mädchenklasse gewesen, so hätte das Fräulein Oma Hertha und Felice, die Benno und Sybille hatte vorbeiziehen lassen, befohlen, wie die Übrigen ein Paar zu bilden und sich an der Hand zu halten. Die Laternen zwischen den kahlen Bäumen blieben dunkel, um für die Kriegsanstrengung Ressourcen zu sparen. Wäre die Sternwarte nicht niedergerissen worden, hätten die Wissenschaftler nun vermutlich wieder bis weit ins Universum blicken können.

Vielleicht zehn Schritte vor dem Haus, in dem in der Wohnung des Postbeamten Licht brannte, während ihr eigenes Stockwerk in völligem Dunkel lag, blieben Benno und Sybille stehen. »Da hört sich doch alles auf.«

Tante Ariane schloss mit Bettina am Arm zu ihnen auf. »Der Tod von Ypern«, stammelte sie. »Es muss ja wohl alles Grenzen haben.«

Marlene Gantzow weinte auf, und ihr Mann platzte los: »Merken Sie eigentlich nicht, wie taktlos Sie sind mit Ihren Redensarten? Unser Sohn ist bei Ypern fürs Vaterland gefallen. Es liegt keine zwei Monate zurück, und jetzt muss man sich so etwas anhören.«

»Himmel, Himmel, ich bitte untertänigst um Vergebung«, erwiderte Tante Ariane pikiert. »Das kann ein Mensch ja schließlich nicht wissen, oder steht Ihnen das auf der Stirn? Und bei allem Verständnis – es gibt Dinge, die ertrage ich nicht, schon gar nicht an Weihnachten.« Sie stützte sich auf die Schulter ihrer Tochter, beugte sich über den Rinnstein und würgte.

Felice taten die Gantzows leid. Sie wäre ihnen gern beigesprungen, doch ihre Aufmerksamkeit war wie die der Übrigen abgelenkt. Vor dem Haus hatte eine der selten gewordenen Kraftdroschken gehalten, der eine Handvoll Menschen entstieg: Ille in einer Pelzpelerine, die ihr abgerissen von einer Schulter hing, die kleinen Mädchen, Lise und Jenny, wie Puppen zurechtgemacht in Samtmäntelchen mit weißen Spitzenkragen, der still einherschlurfende Hermann und zuletzt eine Kreatur, die nichts Menschliches an sich hatte.

Nein. So war es nicht. Die Kreatur hatte durchaus etwas Menschliches, und eben das war das größte Grauen: Sie erinnerte genauso an einen Menschen wie die bösen Zerrbilder in Schauerromanen, in denen wahnsinnige Wissenschaftler aus menschlichen Überresten Monstren schufen. Das Geschöpf hatte nur ein Bein, das zweite, leere Hosenbein war hochgebunden. Es hatte auch nur einen Arm, wie überhaupt die gesamte linke Körperhälfte verkümmert schien und sich beim Gehen schwer und wie unter Schmerzen über der Krücke krümmte. Beim Blick auf das Gesicht zog sich Felices Innerstes zusammen, obwohl sie es nicht zum ersten Mal sah und sich für ihre Reaktion schämte.

Das linke Auge war eine leer gebrannte Höhle. Auch die linke Wange, das Ohr, die Hälfte von Kinn und Stirn waren weggebrannt. Das verbliebene Auge, zwischen nackten roten Fleischwülsten wirkte riesenhaft, geradezu aufgequollen, ohne Lid und Wimpern. Nase und Mund waren wie von Kinderhänden aus Lehm geformt – zwei Klumpen, deren Funktion sich höchstens erraten ließ. Das Einzige, das an dem Gesicht noch heil erschien, waren die weichen, rötlich-braunen Schnurrbarthaare über der gequollenen Oberlippe.

Wie konnte ein Mensch damit leben, mit sich selbst, mit dem Bild im Spiegel, mit den Blicken der andern? Die Fragen hatten sie angefallen, wann immer sie dem begegnet war, was der Krieg von dem jungen Mann übrig gelassen hatte, und sosehr sie sich wehrte, war jedes Mal auf dem Fuß der Gedanke gefolgt: *Dem Himmel sei Dank, dass es nicht Mo war, der überlebt hat, nicht Mo, den sie zusammengeflickt haben.*

Wir sind es, vor denen uns ekeln sollte, dachte sie. *Nicht dieser arme Kerl dort, sondern wir.*

»Das geht zu weit. Das geht endgültig zu weit.« Benno ließ Sybille los und preschte in langen Schritten auf die Gruppe zu, wobei er den Hals verdrehte, um den Kriegsversehrten nicht sehen zu müssen. »Wo dein Mann ist, frage ich nicht mal, und bei aller Rücksicht auf deine Mutter – dieser Mensch kommt mir nicht ins Haus. Hast du das verstanden, Ilsebill?«

Ille wandte ihm das Gesicht zu, das jetzt immer ramponiert wirkte: dick, gedunsen, schlecht und zu grell geschminkt. Im Licht, den der Weihnachtsbaum der Postbeamten auf die Straße warf, füllten ihre blauen Puppenaugen sich mit Tränen. »Aber es ist doch Weihnachten. Die Kleinen haben sich so sehr gefreut.«

»Um dich und die Kinder geht es nicht«, versetzte Benno. »Einer Tochter des Hauses wird sich dieses Haus kaum verbieten lassen, auch wenn mir als preußischem Offizier vor der Schande der Atem stockt.«

Die plumpe Lisette stand auf der Straße wie ein Postsack, den niemand abholen würde, und sah sich hilfesuchend um. Jenny, das winzige Persönchen neben ihr, straffte erstaunlich unkindlich den Körper und bekundete: »Die Mama weint. Wenn der Gabi nicht kommen darf, hört die Mama nicht auf zu weinen.«

Ille gab einen gequetschten Laut von sich, und Felice hielt es nicht länger aus. Am liebsten hätte sie die Schwester samt ihrer Bagage zurück in die Droschke geschoben, und sie verstand nicht, warum Ille nicht selbst den Stolz aufbrachte, auf dem Absatz kehrtzumachen und davonzufahren. Der Chauffeur der Droschke gab jedoch bereits Gas, und gleich darauf sah man nur noch die blinkenden Rücklichter und die kleinen Rauchwolken, mit denen der Wagen die Straße hinunter davonknatterte.

»Das ist also euer Umgang mit unseren vaterländischen Helden«, rief Felice stattdessen. »Die eine kotzt, und der andere weist dem Kriegsversehrten die Tür, weil der Anblick braven Christen am Weihnachtsabend nicht zuzumuten ist.«

Der ganze Kanon von Geräuschen – Weinen, Zetern, Protestieren – wallte an ihr vorüber. Als gäbe es einen Augenblick lang nur noch sie und Benno auf der Straße. Er war neben Jenny stehen geblieben, neben der niedlichen kleinen Jenny, hatte sich niedergebeugt und dem Mädchen die Hände auf die Schultern gelegt. Felices Nacken wurde steif bis zum Bersten. Genauso hatte er sich hinter sie gestellt, all die Jahre hindurch, hatte sich gegen sie geschoben, ihre Schultern umfasst und von Besuchern noch Lob geerntet, weil er sich so rührend um die armen Halbwaisen kümmerte. Hätte Felice etwas gesagt – hätte sie irgendjemandem ein Wort gesagt –, hätte sie einen Sturm der Empörung ausgelöst.

Sie hätte nichts sagen können. Es war ja nichts passiert, nichts, das unter Verwandten unter einem Dach nicht üblich und schicklich wäre, und sie hätte nicht gewusst, was es zu sagen gab. Nur dass Benno von Cosels Nähe sie quälte, dass sie sich Hilfe wünschte und dass doch keiner ihr helfen würde.

Keiner. Nur Onkel Werner, dem sie nichts hatte sagen müssen, der sie einfach losgelassen hatte, als sie bei seinem Versuch, sie in die Arme zu nehmen, in Tränen ausgebrochen war. Und als sie sich schluchzend zu entschuldigen versuchte, weil sie das alles – Onkel Werner, Poetge, den Friedhof mit Oma Hertha – nicht verlieren wollte, hatte er ernst und ohne Tadel zu ihr gesagt: »Det is schon richtich so, Püppi. So'n kleenet Mädchen hat keen großer Kerl anzupacken, wenn die Kleene det nich' will.«

Sie hätte auch jetzt in Tränen ausbrechen wollen, weil so vieles in ihrem Leben sich auf einen Schlag zusammenfügte, erklärlich wurde, weil es wehtat und weil die Liebe zu Onkel Werner sie überwältigte. Damals war das Eis gebrochen. Von dem Tag an hatte Onkel Werner direkt zu ihr sprechen können, nicht länger nur durch Oma Herthas Vermittlung, und sooft sie auf den Friedhof gekommen waren, war sie ihm strahlend entgegengelaufen, um sich in seine Arme zu werfen.

Sie riss sich zusammen. Vor Benno von Cosel zu heulen stand außer Frage.

Der ließ von Jenny ab, die ihm vermutlich noch zu klein war, und drehte sich nach ihr um. »Um Kriegsverletzungen geht es nicht«, behauptete er. »Für Kriegsverletzte wie überhaupt für jeden Aspekt dieses Krieges opfere ich mein letztes Hemd, ohne dass jemand es mir dankt. Jener Mensch dort hingegen ist Jude. Es wird mir ja wohl nicht noch jemand abverlangen wollen, dass ich am Heiligen Weihnachtsabend einen Juden in mein Haus aufnehme.«

Felice zögerte. Sie hatte Ille den Kopf zurechtrücken wollen, ihr vor Augen halten, was sie der Familie, allen voran ihren Kindern, antat, indem sie Gerüchte aufkommen ließ, sie gäbe sich Gabriel Süßapfel als Geliebte hin. Sie fühlte sich schuldig, denn sie selbst hatte das Arrangement vorgeschlagen: Willi hatte sie geradezu angefleht, sich des armen Gabriels anzunehmen, ihm irgendwie zu vermitteln, dass er der Gesellschaft noch von Nutzen sein konnte. Die Straßen waren voll mit Kriegskrüppeln, denen Beine, Arme, Augen fehlten, die um Pfennige bettelten, für die aber niemand mehr Verwendung und kaum jemand einen Blick übrighatte. Felice hatte Männer unter ihren Klienten, die nicht wagten, ihr in die Augen zu sehen, so sehr schämten sie sich ihrer Nutzlosigkeit.

Ein solches Schicksal wollte Willi Gabriel ersparen, und Ille, die einen Unfall nach dem anderen hatte, brauchte dringend einen Hausburschen. Einen Gesunden konnte sie sich angeblich nicht leisten, weil das Kapital ihres Mannes in Kriegsanleihen gebunden war, aber Gabriel, der auf eine Beinprothese wartete und auf Krücken recht beweglich war, würde einiges erledigen können. So schien allen geholfen, und in keinem Albtraum wäre Felice auf die Idee gekommen, in der Situation läge irgendeine Gefahr.

Inzwischen tratschte jedoch halb Tempelhof darüber, dass die ohnehin schlampige Gattin des Großhändlers Berndt unter seinem Dach ein Verhältnis mit einem Kriegskrüppel begonnen hätte. Berndt hatte Gabriel vor die Tür gesetzt, doch Ille lud ihn offenbar immer wieder ein. Er hatte Benno mit Abzug seines Kapitals und Scheidung gedroht, wobei die beiden Mädchen bei ihm bleiben würden. An diesem Punkt war Willi – im Bilde durch Recha Süßapfel – eingeschritten und hatte Felice um Vermittlung gebeten. Sie hatte Ille erklären wollen, dass sie jeden Verkehr mit ihr abbrechen würde, wenn sie ihrem skandalösen Verhalten kein Ende machte, aber das würde warten müssen. Alles würde warten müssen. Wenn ein Rest Menschlichkeit in ihnen allen noch übrig war, gab es nur eines zu tun.

»Kommen Sie, Gabriel«, sagte sie, überwand sich und griff dem jungen Mann unter den Arm. »Ich bringe Sie nach Hause. Zu Ihrer Schwester, oder? Irgendeine Bahn wird sich selbst heute Nacht ja finden.«

Sie wandte sich zu ihrer Familie um. »Du, geh ins Haus«, sagte sie zu Ille. »Verdirb den Kindern nicht den Weihnachtsabend, auch wenn ich nicht weiß, was daran noch zu verderben ist. Ich habe mit dir zu reden, aber das können wir erledigen, wenn ich zurück bin.«

»Verurteile mich doch nicht!«, rief Ille. »Ich habe mich so sehr angestrengt, um bei Reinhold zu bleiben, wie du es dir gewünscht hast, aber es ist zu hart. Ich war ganz allein, bis Gabi gekommen ist, aber Gabi mag mich gern. Gabi ist der einzige Mensch, der mich gern mag. Bitte versteh mich doch!«

Felice gab sich die größte Mühe, nicht hinzuhören, und war heilfroh, dass Sybille Ille zum Schweigen brachte. Sie ging forsch los, musste ihren Schritt jedoch dem viel langsameren Gabriel anpassen. Er gab Laute von sich, vermutlich Worte, die sie nicht erkannte. Aus seinem Mundwinkel rann ein Speichelfaden. Nach wenigen Metern spürte sie an ihrer freien Seite eine flüchtige Berührung. »Ich komme mit dir.« Oma Hertha.

Hätten sie mit dem mühsam sich voranquälenden Gabriel bis nach Kreuzberg zu Fuß gehen müssen, wären sie vor dem Morgen nicht dort eingetroffen. Zu ihrem Glück wartete am

Bahnhof Westend jedoch eine Kraftdroschke auf Kundschaft, und Oma Hertha hatte Geld bei sich. Die Oma war es auch, die Gabriel über den dunklen Fabrikhof in die Wohnung seiner Schwester begleitete, da Felice der Frau nicht begegnen mochte.

Sie war noch immer die Frau, die Willi in den Krieg getrieben hatte und die mit beiden Männern ihr Spiel trieb – mit Willi wie mit Wolfgang Vanselow, der in Belgien eine Verhaftung wegen Spionage riskierte, wenn deutsche Armeeangehörige ihn beim Filmen von Kriegshandlungen erwischten. Hätte es die Frau nicht gegeben, hätten die Männer Freunde sein können. Sie hatten einen Film zusammen gemacht, der selbst Felice beeindruckt und von dem Quintus behauptet hatte, er sei großartig. Dass ihr kleiner Bruder zu etwas so Fremdem, Glamourösem wie dem Filmgeschäft berufen sein sollte, kam ihr unglaublich vor, aber Willi war ein anderer geworden. »Wolfgang hält ihn für unglaublich begabt«, hatte Quintus gesagt.

Quintus, Quintus.

Er war der letzte Mensch, an den sie in dieser verdrehten Nacht denken wollte. Dass sie nämlich dasselbe getan hatte – mit zwei Männern ein Spiel getrieben, während beide ihr Leben riskierten –, stimmte sie Recha Süßapfel gegenüber nicht weicher. Lag ihr Fall nicht anders? Quintus war nicht irgendein Mann gewesen, sondern der einzige, den sie hatte umarmen wollen, dessen körperliche Nähe nicht den Ekel aus den Jahren mit Benno heraufbeschwor.

Aber das war eine Ausrede, ein mildernder Umstand, den sie für sich nicht gelten ließ. Auch das hatte Quintus gesagt: »Wer weiß, vielleicht hättest du wirklich das Zeug, ein großer Jurist – eine große Juristin – zu werden, aber nur wenn du lernen würdest, mildernde Umstände gelten zu lassen. Anders wird man Menschen nämlich nicht gerecht, so brillant du auch mit den Buchstaben der Gesetze jonglierst.«

Er war noch einmal gekommen, heimlich, mit Filmrollen

über die grüne Grenze. In Deutschland galt er als fahnenflüchtig, da er sich auf seinen Gestellungsbefehl hin nicht beim Wehramt gemeldet hatte. Wenn er den Behörden in die Hände fiel, drohte ihm das Todesurteil, doch er beharrte, er habe dennoch kommen müssen.

»In Ypern steht kein Stein mehr auf dem anderen. Wenn wir aufgeben, Leute wie Wolfgang und Scottie Brown-Brown und ich, dann ist die Stadt Ypern von der Karte der Welt gelöscht. Ich musste dem Kontaktmann die Filme von Passchendaele einfach bringen – mehr Soldaten sind dort im Schlamm ersoffen als durch Granatentreffer getötet worden. Und ich musste dich sehen.«

Das war vor vier Wochen gewesen, nach der dritten Flandernschlacht, in der Mo gestorben war. Felice war wie gelähmt gewesen. Sie war noch immer vor Schmerz wie gelähmt und konnte nicht fassen, dass Quintus ihr solch eine Niedertracht zutraute, dass er ernsthaft annahm, zwischen ihnen könnte noch irgendetwas sein, jetzt, wo Mo nicht mehr lebte. Mo hatte sie geliebt, sie hatte ihn verraten, und er war elend umgekommen – wie sollte sie das jemals hinter sich lassen und mit Quintus Quirin, diesem Hans im Glück, der jeglicher Gefahr durch die Maschen schlüpfte, in ein neues Leben entfliehen?

Sie waren im Streit auseinandergegangen, sie hatte ihm die Knesebeckstraße entlang hinterhergerufen, er solle nicht mehr zu ihr kommen, und er hatte im Gehen den Kopf gedreht und über seine Schulter zurückgerufen: »Liebe braucht Mut, Felice, und sein Glück kann man nicht beliebig oft wegwerfen. Irgendwann zerplatzt es, und ich gehöre nicht zu den Leuten, die Scherben zusammenkleben.«

Seither war sie einsamer, als sie sich je gefühlt hatte, ehe sie ihm begegnet war. Suse behandelte sie wie eine Fremde, was Felice ihr nicht verdenken konnte. Mos Schwester war weder blöd noch blind, und Felice hatte auch sie betrogen. Sie hasste Quintus dafür, dass er sie so weit getrieben, sie zu einer Frau gemacht hatte, die sie nicht war und nicht sein wollte. Eine Frau wie Recha Süßapfel. Wie Ille, die keine Scham zu kennen schien.

Oma Hertha kam zurück, wackelte mit ihrer Handtasche über den dunklen Hof, wie Felice sie tausendmal über eine nächtliche Straße hatte wackeln sehen. Sie stieg ein, und schweigend ließen sie sich in die Platanenallee zurückchauffieren. Alles in Felice sträubte sich dagegen, das Haus noch einmal zu betreten, doch sie schuldete es Willi, mit Ille zu sprechen. Willi, der jetzt ihre ganze Familie war.

Kaum aus dem Wagen wollte sie schnurstracks auf das Haus zulaufen und es hinter sich bringen, doch Oma Hertha hielt sie am Ärmel zurück. »Schenk mir zwei Minuten deiner Zeit, Püppi«, bat sie. »Ansonsten muss ich Herrn Wichmann holen und durch ihn mit dir sprechen, wie wir es früher umgekehrt gemacht haben.«

»Was gibt es denn?«, bemühte Felice sich um eine Gleichgültigkeit, von der sie meilenweit entfernt war.

»Ich muss mich setzen«, sagte Oma Hertha. »In letzter Zeit wird mir mein Atem ständig so komisch kurz.«

Ohne Federlesens, mit nur ein bisschen Ächzen ließ sie sich auf der Rinnsteinkante nieder. Der Lichtkegel aus dem Weihnachtszimmer des Postbeamten fiel auf sie, und durch die Scheibe glaubte Felice Gesang zu hören. Leichter Schneefall setzte ein, der auf dem Pflaster sofort zerschmolz.

»Ich will dir nicht lästig fallen«, sagte Oma Hertha, ohne den Kopf zu Felice zu drehen. »Nur dir sagen, dass ich dich verstehe. Ich hätte dir helfen sollen, damals, als sie dich mit diesem Menschen verheiraten wollten. Ich hätte der armen kleinen Ille helfen sollen, als sie sich in den Kopf setzte, an deiner Stelle das Opfer auf sich zu nehmen. Und ich hätte meiner Tochter helfen sollen, als sie sich ohne Sinn und Verstand meinem Vater auslieferte, der sie verkaufte, wie er mich verkauft hat.«

»Der sie was?«, fragte Felice, die Schwierigkeiten mit dem Hören hatte, weil die Oma mit dem Rücken zu ihr saß.

»Sie verkaufte«, wiederholte Oma Hertha. »Mein Vater war besessen davon, seine Stellung in der Welt zu verbessern, indem er erst seine als ansehnlich geltende Tochter und dann seine Enkelin meistbietend versteigerte. In meinem Fall erhielt Edgar von Kalben und Stachau den Zuschlag. Mir wäre etwas in der Art von Paul Neugebauer lieber gewesen, aber ich wurde nicht gefragt. Wir wurden alle nicht gefragt. Vermutlich nicht mal mein Vater, der sich sein Leben lang abgestrampelt hat, um in einem Stand mitzuhalten, in den er nicht hineingeboren worden war.«

Felice musste jedes zweite Wort erraten. *Ist doch albern,* befand sie endlich und setzte sich neben Oma Hertha in den Rinnstein. Die rutschte, wie um ihr Platz zu machen, und Felice rutschte wie von selbst hinterher.

»Sieh uns doch an, Püppi. Wir strampeln immer noch. Mein Vater hat nach mir die arme, törichte Sybille verkauft, und die vollführt zeitlebens die abenteuerlichsten Verrenkungen, um diese bankrotte Bank zu halten. Ich hatte ja noch Glück. Durfte meinen Edgar Von-und-zu schließlich doch noch gegen einen Paul Neugebauer tauschen, der mir nicht den geringsten Ärger machte. Du weißt nicht, wie dankbar ich war und wie gern ich den armen Kerl dafür gegossen habe, einen Mann, der nichts weiter von mir fordert als einmal wöchentlich eine Kanne Feuchtes. Aber deine Mutter? Die muss an dem Druck ja krank geworden sein. Allein die Angst, ausgetauscht zu werden, weil der so dringend benötigte Erbsohn sich nicht einstellte …«

»Ach!« Sybilles Stimme zerschnitt die Stille und ließ Felice und die Oma herumfahren. Ihre Mutter stand ohne Mantel, im eleganten milchfarbenen Ensemble auf der Straße und stemmte die Hände in die Hüften. »Was erzählt dir meine saubere Frau Mutter denn gerade? Dass die beiden Kleinen nicht vom Papa sind? Die hat es nötig, gerade die muss sich erheben, meine Frau Mutter, bei der ich als kleines Mädchen ständig Angst hatte, dass sie mir einen Bastardbruder von einem verdreckten Friedhofswärter anhängt.«

Felice begriff blitzschnell. Sie rechnete zwei und zwei zusammen, erhielt fünf und fragte sich, warum sie es nicht längst gewusst hatte. »Und stattdessen habe ich einen Bastardbruder und eine Bastardschwester von wem?«, fragte sie kalt.

»Er hat doch um jeden Preis einen Sohn gewollt!«, schrie Sybille und legte die erste Szene ihres Lebens hin. »Und machen konnte er mir ja keinen mehr, nachdem er bei diesem kindischen Jagdrennen vom Pferd geknallt ist. Das war sein Leben: Reiten, Schießen, Fechten, gegen die Schatten an der Wand kämpfen, als trüge er noch kurze Hosen. Auf dem Tisch im Speisezimmer standen seine Zinnsoldaten, die durfte kein Mensch anfassen.«

Die Frau des Postbeamten öffnete die Tür ihres Weihnachtszimmers und reckte den Kopf auf die Straße. »Ist alles in Ordnung, Baronin zur Nieden?«, rief sie und blies ihre weiße Atemwolke in die Nacht.

»Kehren Sie lieber den Dreck vor Ihrer eigenen Tür!«, rief Sybille zurück, doch mit dem letzten Wort kippte ihr die Stimme. Felice hatte an ihrer Mutter nie Schwäche erlebt, jetzt aber schien diese sich kaum mehr auf den Beinen halten zu können. Sie taumelte ein paar Schritte, dann setzte sich Sybille zur Nieden im seidenen Rock auf den Rinnstein, allerdings weit genug von ihrer Mutter und ihrer Tochter entfernt.

»Gesegnete Weihnachten«, murmelte die Frau des Postbeamten und klappte das Fenster wieder zu.

Sybille weinte. Verhalten rutschte Oma Hertha näher und breitete ungeschickt den Arm um sie, doch ihre Tochter schob sie weg. »Darüber spricht man ja nicht«, spie sie aus. »Über solche Dinge spricht mit einer Frau aus gutem Hause kein Mensch.«

Ich will so nicht werden, dachte Felice. *Hätte ich Quintus Qui-*

rin geheiratet, hätten wir über alles geredet, wir hätten uns gestritten, dass die Fetzen fliegen, ich hätte ihm seine Zeitung aus den Fingern gerissen und damit die Zinnsoldaten vom Tisch gefegt. Und wenn ich Mo geheiratet hätte … ach, Mo. Ach, mein Mo. Du hättest dich lieber zum Gespött machen lassen, als mich zu Dingen zu zwingen, mit denen ich nicht glücklich wäre. Wie kann der unsägliche Krieg solche Männer verheizen, statt sie aufzusparen, weil eine neue Welt sie braucht?

Sie hätte gerne ebenfalls geweint, aber sie riss sich noch einmal zusammen. »Ich möchte dennoch wissen, wer der Vater von Ille und Willi ist«, sagte sie. »Willi steht im Krieg und kann jeden Tag sterben, er hat ja wohl ein Recht darauf, es zu erfahren. Und ich habe ein Recht darauf zu erfahren, wie mein Vater gestorben ist. Diese Sportverletzung gab es gar nicht, oder? Er lag in keinem Krankenhaus, sondern in einem Bett, das ihr im Herrenzimmer aufgeschlagen hattet. Oben, wo jetzt der Postbeamte wohnt. Und ich durfte nicht zu ihm.«

Oma Hertha wollte etwas sagen, doch Sybille kam ihr zuvor. »Filip von Schlei!«, schrie sie über die Straße. Sie trank sonst höchstens ein kleines Glas Likör oder Champagner, aber heute musste sie in sich hineingekippt haben, was in der kurzen Zeit ging. »Er war hübsch, er war wohlerzogen, er stammte aus feiner Familie – zumindest habe ich dafür gesorgt, dass mein Mann einen Sohn von bester Abstammung bekommt.«

»Ja, das hast du«, sagte Oma Hertha, legte ihrer Tochter ein zweites Mal, diesmal resoluter den Arm um die Schultern und stemmte sie auf die Füße. »Wie bei den Gäulen in Hoppegarten, Sybillchen. Stammbaum ist alles.«

Sybille weinte, als wollte sie ein tränenloses Leben wettmachen. »Ich konnte doch nicht ahnen, dass die beiden den Verstand verlieren würden. Ich habe Filip immer wieder gesagt, wenn er nicht vernünftig bleibt, lasse ich ihn fallen, ich würde um seinetwillen nicht meine Stellung riskieren.«

»Der Vater von Willi und Ille ist tatsächlich Filip von Schlei?«, fuhr Felice dazwischen. »Dieser vaterländische Kitschdichter?«

Oma Hertha, die ächzend noch immer ihre Tochter stützte, nickte. »Diese ganze Sache war ein Pulverfass, an das irgendwann jemand ein Streichholz hielt. Duelle waren verboten, aber niemand erwartete, dass diese im Uralten festgefressene Gesellschaft sich daran halten würde. Pistolen im Morgengrauen, Männer in Abendanzügen, die auf Waldlichtungen aufeinander zielen, das passte in unsere Welt. Einen Treffer haben beide erzielt, und gestorben sind sie auch beide. Der dichtende Liebhaber noch auf dem Kampfplatz. Der gehörnte Ehemann hingegen hätte gerettet werden können, wäre weniger Mühe darauf verwendet worden, seine Schussverletzung zu vertuschen, und mehr darauf, ihn so rasch wie möglich zu behandeln.«

»Er ist hier im Haus an einer Duellverletzung gestorben?«, fragte Felice ungläubig.

Oma Hertha nickte. »Wenn zwei sich streiten, freut sich der Dritte. Der war das Bennochen von Cosel, nicht hübsch, nicht allzu wohlerzogen und auch nicht mit ganz so astreinem Stammbaum – zum Ausgleich aber mit ein bisschen Kapital, mit dem sich ein weiteres Mal die marode Bank und der siechkranke Ruf derer zur Nieden retten ließ. Auch wenn wenig später das Mietgeld des Postbeamten das nächste Loch stopfen musste. Und wiederum später das Kapital des Schlachtermeisters, der jetzt Leib und Leben für einen ewig währenden Krieg verpfändet hat.«

»So übel ist Benno nicht.« Sybille hatte ein Taschentuch zutage gefördert, dessen Blütenweiße im Dunkeln leuchtete. Sie betupfte sich Augen und Nase und war schon fast wiederhergestellt. »Er hat für die Bank getan, was er konnte, er hat den Kindern ein ordentliches Heim gegeben, und was er dafür verlangt hat, hielt sich in erträglichem Rahmen.«

Felice wollte nicht wissen, worin ein erträglicher Rahmen für Sybille bestand, und sie wollte ihr auch nicht erklären, welchen Preis sie als Tochter für diese Erträglichkeit bezahlt hatte. »Sag mir nur noch eines«, forderte sie die Frau, die ihre Mutter war, auf: »War alles gelogen – wirklich alles? Hast du dir nie gewünscht, die Karten auf den Tisch zu legen und ein echtes Leben zu führen?«

Sybille betupfte sich noch einmal die Unterlider, dann war sie in der Lage, die Brauen zu lüpfen. »Ich bin mir nicht sicher, dass ich weiß, was du meinst.«

»Schon gut«, sagten Felice und Oma Hertha gleichzeitig.

Die Oma begleitete Sybille die paar Schritte bis zum Gartentor und versicherte ihr, es hätte niemand von Wichtigkeit irgendetwas gehört. Schließlich feiere jeder gerade Weihnachten, und nebenbei wären die meisten Leute seit bald vier Jahren mit dem Krieg beschäftigt. Dann machte sie kehrt und setzte sich wieder neben Felice auf den Rinnstein.

»Tut mir leid, Püppi«, murmelte sie, ohne Felice zu berühren. »Tut mir von Herzen leid, aber davon kannst du dir nichts kaufen. Ihr alle nicht. Wir haben für euch nicht gekämpft und nichts erreicht. Wir sitzen auf Chaiselongues, wir feinen Damen, wir spreizen die kleinen Finger von Teetassen, aber um unsere Freiheit ist's nicht besser bestellt als um die von Sklavinnen. Damit haben wir euch in diesen Schlamassel manövriert, und wenn ihr uns nach einem Ausweg fragt, zucken wir mit den Schultern oder fangen an zu heulen.«

Felice saß still und blickte über die Straße, auf der sich die ersten Pfützen bildeten. Von Zeit zu Zeit rieb sich ihr Oberarm an Oma Herthas Schulter.

»Das werdet nun ihr ganz allein machen müssen, das mit dem Ausweg«, sagte Oma Hertha. »Und alles, was wir euch raten können, ist: Seid mutiger als wir. Wagt mehr zu hoffen.«

Danach waren sie beide über lange Zeit still. Schließlich erhob sich Oma Hertha unter hörbaren Mühen ein weiteres Mal. »Diesen ganzen Kladderadatsch habe ich dir also sagen wollen,

Püppi.« Zwischen den Worten keuchte sie. »Nicht um mich rauszureden. Für so was bin ich zu alt. Sondern um dich wissen zu lassen: Ich habe dich im Stich gelassen, weil ich feige war. Nicht weil ich dich nicht geliebt hätte.«

Felice fühlte sich noch nicht in der Lage, ins Haus zu gehen und das Gespräch mit Ille zu suchen. Sie wollte eine Zeitlang hier draußen im leichten Schneeregen verbringen und ihre Gedanken ordnen. Dennoch stand sie auf und hielt die Oma am Mantelärmel fest, zog sie so nah zu sich heran, dass sie durch den Stoff die Wärme ihres Körpers spürte. Herz und Puls, die bei Oma Hertha immer ein bisschen stürmischer schlugen als bei anderen Leuten. »So ähnlich ist es bei mir auch«, sagte sie.

»Bei dir?« Oma Hertha krauste die Stirn, dass ihr Hut wippte. »Das ist ja wohl Unsinn, Püppi. Du magst alles und jedes sein, aber bestimmt nicht feige.«

»Ach doch.« Felice wollte sich ein Lächeln abzwingen, was nicht gelang, und letzten Endes fand sie es in Ordnung, wie es war. »Ein Mann hat zu mir gesagt, ich hätte keinen Mut zum Lieben. Und je länger ich darüber nachdenke, desto mehr fürchte ich, der Mann hat recht.«

37

April 1918

Seine Leute hatten ihn in die Stadt geschleppt. Seine blutenden, kranken, ausgehungerten und zu Tode erschöpften Leute. Sie hatten Befehl, die Getroffenen liegen zu lassen und sich ohne Verzug hinter die Stadtgrenze zurückzuziehen, aber ihn ließen sie nicht liegen. Ihren Captain Scottie Brown-Brown ließen diese Sherwood Foresters, ein Haufen junger Männer, die aus einem verschlafenen Ort zwischen Wäldern stammten und zum ersten Mal von zu Hause fort waren, nicht im Schlamm des Ypernbogens liegen und verrotten.

Sie hatten von irgendwoher eine Trage beschafft, die vier Männer zwischen sich trugen. Er war ein schwerer Mann, stabil und gesund, einer von denen, die mit ihren Vätern zum Fischen gehen und zum Geburtstag einen Korb mit einem jungen Hund geschenkt bekommen. An einem der Abende, an denen sie zusammengesessen und vom Baden in Witbier nach dem Krieg geträumt hatten, hatte er Wolfgang die Geschichte seines völlig unspektakulären Lebens erzählt, in dem alles freundlich und glatt verlaufen und dann nur eine Kleinigkeit schiefgegangen war:

»Nichts Weltbewegendes, wirklich nicht. Etwas, das alle naselang passiert. Meine Süße, Annie, meine Kinderliebe und ich, wir haben Verlobung gefeiert, wie unsere Eltern und Großeltern vor uns – im Mai, an weiß gedeckten Tischen im Garten, mit sämtlichen Browns und sämtlichen anderen Browns und sämtlichen Chisholms. So hieß sie nämlich: Annie Chisholm. Ein Fotograf kam, und auf den Bildern haben wir alle gestrahlt, weil es eine so rundum geglückte, erwünschte Verbindung war. Vier Wochen später war die süße Annie über alle Berge. Mit Harold, meinem Studienkameraden, den ich ihr vorgestellt hatte. Also habe ich das Studium hingeschmissen und bin zum Militär. Berufssoldat. Ich dachte, das wäre eine vernünftige, standesgemäße Art, die Wut im Bauch auszutoben, ohne Schaden anzurichten.«

Traurig hatte er aufgelacht und mit dem Arm über das Trümmerfeld gewiesen, das einmal Yperns Großer Markt gewesen war. »Hört sich jetzt an wie Hohn, was?«

»Nein«, hatte Wolfgang gesagt.

Nicht von ihm, nicht von Scottie Brown-Brown, der tatsächlich geglaubt hatte, Krieg sei auch nur ein Geschäft, das von Leuten, die etwas davon verstanden, von Zeit zu Zeit anständig und gutwillig erledigt werden musste. Als ihn dieser Krieg überrollte, in dem es keinen Anstand, keinen guten Willen und nichts zu verstehen gab, hatte er an seiner Überzeugung festgehalten wie am letzten Stück Land in der Sintflut.

Er gehörte zu den Offizieren, die den Auftrag bekommen hatten, Pop und Wipers um jeden Preis zu halten, und genau das hatte er getan. Wipers gehalten. »In Ypern steht kein Stein mehr auf dem andern«, behaupteten Wortklimperer wie Qui-Qui, aber Scottie Brown-Brown hatte das niemals gelten lassen. Er hatte Leute, die er entbehren konnte, abgestellt, um Dächer zu flicken und Wände zu richten, zerstörte Häuser bewohnbar zu machen. Wipers Wipers sein lassen, nicht Gehinnom. Nicht nur nach der ersten Schlacht, sondern von Neuem nach der zweiten und dann auch ein drittes Mal.

Als klar wurde, dass die Deutschen noch einmal eine große Frühjahrsoffensive an der Westfront planten, hatte jeder geglaubt, sie würde im Sand verlaufen. Den Deutschen musste doch endlich der Atem ausgehen, und wenn sie tatsächlich noch einmal großflächig stürmten, dann nicht auf Wipers, denn was wollten sie noch mit einer Stadt, in der aus ihrer Sicht kein Stein mehr auf dem anderen stand und ein paar britische Divisionen ums Überleben kämpften? Nicht einmal der Blitz Ludendorff konnte sich erdreisten, ins selbe Dach viermal einzuschlagen. Als das Undenkbare dann dennoch geschah und es ein viertes Mal auf Wipers ging, war Scottie Brown-Brown sehr müde geworden. Er wusste, dass es in seinem Generalstab Erwägungen gab, ob es nicht klüger sei, die Stadt aufzugeben, aber er riss sich noch einmal zusammen und gab allen zu verstehen: »Aufgeben geht nicht. Pop und Wipers sind unsere Städte. Wenn wir die verlieren, haben wir Belgien verloren.«

Dass Wipers seine Stadt war und unter seinem Schutz stand, hatte fast vier Jahre lang sein Handeln bestimmt. »Solange wir hier stehen, ist das unsere Stadt, und auf die achten wir«, hatte er erklärt und stützende Gerüste um die verbliebenen Mauerreste der Tuchhalle hochziehen lassen. Einer der Vorhallen, die noch drei Wände besaß, hatten sie eine vierte gezimmert und ein provisorisches Dach aufgesetzt. Aus dem entstandenen Raum machte er das Herzstück des Lebens, das er in Wipers mit seinen Männern führte. Er debattierte hier, am liebsten bei Witbier, über Streitigkeiten, Urlaubsanträge, Strafsachen, Heimweh und Probleme mit dem Essen, er brachte die, die ihr Quartier verloren hatten, hier auf Feldbetten unter und ließ denen, die das Kriegszittern hatten und nicht mehr sprechen konnten, den Lieblingsschlager der Truppen vorsingen: *Roses of Picardy.* Aus zehn, zwanzig grölenden Kehlen. Warum es half, war unerklärlich, aber zuweilen tat es das tatsächlich.

Und er erstellte hier mit ihnen ihre Zeitung. Die *Wipers Times*, ihrer aller Stolz. Wer eine Zeitung herausgab, eine richtige Zeitung mit Titelseite und Anzeigenteil und allem Drum und Dran, der war kein Kanonenfutter, sondern ein wichtiger Mann mit besonderen Fähigkeiten. Wer eine Zeitung herausgab, der dachte ans Leben, an Neuigkeiten für die nächste Ausgabe, nicht ans Sterben. Manch einer der Männer hatte ein neues Talent in sich entdeckt und hoffte, später in der Heimat, im Frieden etwas daraus zu machen.

Was die *Wipers Times* druckte, entschieden die Männer allein. Als einzige Bedingung galt: Es durfte nicht ernst gemeint sein. Eingereicht wurden Satiren, Anekdoten, Gedichte, Anzeigen, in denen jemand seinen Unteroffizier zum Verkauf anbot, und fingierte Leserbriefe mit Beschwerden über den »schändlichen Zustand der Menin-Straße«, wo ein nächtens heimkehrender Zecher in ein Schlagloch plumpsen konnte. Qui-Qui – der fließend französisch sprach und als Wallone durchging – durfte des Öfteren einen Gastartikel beisteuern, und Wolfgang half bei Satz und Layout, doch die Zeitung blieb das Werk der Sherwood Foresters.

Gedruckt wurde jede liebevoll gesetzte Seite in gebührlicher Pracht, wenn auch die Buchstaben Y und E nie ausreichend vorhanden waren. Die Ausgaben der Zeitung wurden ihnen noch feucht vom Druck aus den Händen gerissen. Die Arbeit daran hielt sie bei Verstand und bei der Stange. Ihren Schutzraum unter dem improvisierten Dach, wo Scottie Brown-Brown den abgeschlagenen Totenschädel der Skulptur *Tod von Ypern* an die Wand gehängt hatte, nannten sie *Wipers, Cloth Hall, Editor's Office* – ihre Insel in einem Meer aus Irrsinn.

Dorthin trugen sie ihn.

Wolfgang arbeitete am Satz der Titelseite, um sich vom näher kommenden Kampflärm abzulenken, als er die vier Männer mit der Trage eintreten sah. Entkräftet. Blutend. Überströmt von Tränen und Schweiß. Ein Schweif von weiteren Soldaten folgte auf dem Fuß und drängte in den Raum, auf einmal wieder viel zu jung, verstört, bleich und zitternd vor Angst.

»Wir brauchen einen Krankentransport!«, rief Harry, ein Bäckerlehrling, der bei Kriegsausbruch achtzehn Jahre alt gewesen war. »Wir müssen den Captain nach Pop ins Lazarett bringen.«

Pop – Poperinge –, das hinter den Linien lag, war genau genommen ein einziges Lazarett. Die Amerikaner hatten Fachkräfte und Ausrüstung herübergesandt, und wenn an einem Menschen überhaupt noch etwas zu flicken war, dann bestanden dort die besten Chancen.

Wolfgang zwang sich, den Blick auf seinen Freund zu lenken, der sich auf der Trage krümmte. Ein einziger Blick genügte. An Captain Scott Brown-Bouvier, 4. Division, 12. Bataillon, Sherwood Foresters Line Infantry, war nichts mehr zu flicken. Gar nichts mehr. Wolfgangs Inneres zog sich zusammen. Er wollte vor der Bahre zusammenbrechen und heulen, nicht für hundertzehn britische Jungen verantwortlich sein. Er hatte immer Freunde gehabt, gehörte zu den Männern, die aus Freundschaft Inspiration bezogen, aber ein Freund wie Scottie Brown-Brown machte aus einem Mann einen König. Einen verdammten Kaiser. Etwas verdammt viel Besseres.

Käthe Vanselow zur Mutter, Recha Süßapfel zur Liebsten, Scottie Brown-Brown zum Freund – warum hatte einer wie er, ein eher schwieriger Zeitgenosse, ein derart gottverdammtes Schwein?

Er hatte Scottie seine Geschichte mit Recha erzählt, wie dieser ihm von Annie erzählt hatte: »Recha Süßapfel. Die großartigste Idee zu einer Frau, die ein Mann haben kann. Dass ich sie nicht würde halten können, habe ich vom ersten Tag an gewusst. Sie braucht einen jüngeren, helleren, einen, der seinen strahlenden Optimismus gegen ihre Angst vor der Finsternis setzt. Ich wusste, ich würde ihr durch den Tunnel ihrer Angst helfen und den Weg weisen können, sie dann aber loslassen müssen. Ich hatte lediglich die Hoffnung, sie würde sich ein bisschen bei mir ausruhen, ehe sie mit fliegenden Fahnen weiterpreschte. Und was ist dabei herausgekommen? Das beste Jahr meines Lebens. Ich bin ein verdammter Glückspilz, Scott, auch wenn's wie die Hölle brennt, sie an den kleinen Kaiser zu verlieren.«

»Ich bin auch ein verdammter Glückspilz, Wuffkank«, hatte

Scott gesagt und den Arm gehoben, um ihn ganz unbritisch Wolfgang um die Schultern zu legen. »Wie sehr man so ein Mädchen lieb haben kann – vielleicht hätten wir zwei das gar nicht gelernt, wenn alles glattgegangen wäre.«

Und jetzt lag er hier vor ihm auf der Bahre und alles, was Wolfgang ihm noch wünschen konnte, war ein schneller, halbwegs gnädiger Tod. *Ich habe den da geliebt,* hätte er schreien und sich auf den Boden, vor die Bahre, werfen wollen, *ich hab das Gesicht von dem da geliebt wie das von Recha, und jetzt ist kaum noch etwas davon übrig. Ich habe es geliebt, einen halbgaren Gedanken in den Raum zu werfen und zu warten, was der da mir in schönster Ruhe zurückwerfen würde, aber der da, der vor mir liegt, der wirft gar nichts mehr.*

Sagt nichts mehr. Kein verdammtes, einziges Wort.

Nicht einmal: »Mach's gut.«

Sich vor die Bahre werfen und schreien ging nicht. Er war verantwortlich für hundertzehn britische Jungen. Scotts Jungen. Und nicht nur die.

»Verdammte Fritzen«, wetterte Georgie, ein Farmerssohn mit blutverschmiertem Gesicht. »Die haben wieder Granaten mit Senfgas geschmissen. Der Captain ist reingetaumelt, weil er da schon den Bauchschuss weghatte, aber die volle Ladung hat er ja nicht abbekommen.«

Senfgas. Scott hatte seinen Leuten verboten, den Namen *Yperit* zu verwenden, den die Deutschen ihm gegeben hatten, weil sie es wie zuvor das Chlorgas vor Ypern zum ersten Mal eingesetzt hatten. Es griff die weichen und feuchten Teile des Körpers an, verätzte Schleimhäute, blendete Augen und kroch in die Lungen, um seine Opfer langsam zu ersticken. »Nichts davon hat mit unserem Wipers zu tun«, hatte Scott zu seinen Leuten gesagt. »Unser Wipers war für ihre Tuchhallen, ihre Kathedrale und ihre Freundlichkeit bekannt. Wenn die Deutschen wollen, dass sie jetzt für ein schweinisches Giftgas bekannt ist, machen wir das nicht mit.«

»In Poperinge werden die das schon hinkriegen«, sagte Harry.

»Klar doch, die Amis, die kriegen alles hin – die machen dir Tote lebendig, wenn du sie schön drum bittest.«

»Und dann die niedlichen Schwestern – bei dem Anblick sitzt doch der Captain gleich wieder aufrecht im Bett.«

Das Gelächter, das folgte, klang wie Schnappen nach Atem.

»Könnten Sie uns helfen, einen Verwundetentransport aufzutreiben, Wuffkank?«, fragte Georgie. »Wir sind ein bisschen erledigt. Bis nach Pop schaffen wir's nicht. Jedenfalls nicht so schnell.«

Dabei hielten die vier noch immer die Trage mit dem ausgeweideten Körper ihres Captains fest.

»Nein«, sagte Wolfgang. »Lasst ihn hier. Legt ihn drüben auf Roberts Bett, wo er's bequem hat. Einer von euch läuft zu Madame Pepi und holt das Mädchen. Livvy. Der Rest trollt sich. Geht Essen fassen, ruht euch aus, seht zu, dass ihr euch die Wunden versorgen lasst. Indem ihr hier rumsteht, nützt ihr niemandem.«

Die Männer standen seit vier Jahren im Krieg. Um zu begreifen, brauchten sie keine weitere Erklärung.

Wolfgang ging und holte aus der einst als Lager benutzten Nische, in der er schlief, seit er aus Madame Pepis Remise ausgezogen war, die blau karierte flandrische Decke. Die legte er Scott über die Beine, von denen die Hose weggeätzt war und die wie steif gefroren wirkten. Aus Scotts Mund drang kaum hörbar ein röchelndes Stöhnen. »Es ist gleich gut«, sagte Wolfgang, »gleich vorbei«, und hoffte, dass es das sein würde.

Kurz darauf kam Godelieve. Um ihr leuchtendes Haar trug sie ein rotes Tuch mit kleinen Blüten.

Sie sah Scott an und zuckte nur kurz zusammen. »Er muss sterben?«, fragte sie Wolfgang, ohne den Blick von Scott abzuwenden.

Wolfgang nickte, obwohl Godelieve ihn nicht sehen konnte.

Sie kniete sich vor die Bahre, brachte ihr Ohr nahe an seinen Mund, um das Röcheln zu hören. Dann nahm sie seine verbrannte Hand und streichelte sie, wie er ihr in seiner britischen Schuljungenart jahrelang die Hand gestreichelt hatte. »Ich brauch' seine Pistole«, sagte sie.

Wolfgang trat neben sie, hob die Decke von Scotts Hüften und befreite die alte Pistole aus dem Holster. »Hast du das schon mal gemacht?«

Godelieve schüttelte den Kopf.

»Willst du, dass ich es mache?«

»Nein.«

Godelieve strich, was von Scotts Haar übrig war, von der blutverschmierten Schläfe weg und setzte die Mündung der Pistole dort auf. Dann drückte sie ab. Instinktiv kniff Wolfgang bei dem Knall die Augen zu. Als er sich zwang, sie zu öffnen, war schon alles vorbei. Godelieve, die durch den Rückstoß hintübergeworfen worden war, hatte sich aufgerappelt und kehrte zu Scott zurück. Sie brach die Hälfte von seiner Marke ab, wie es die Soldaten zur Kennung taten, dann zog sie die flandrische Decke über sein Gesicht. Blut sickerte durch den blau-weißen Stoff, versiegte aber nach kurzer Zeit.

»Er hat gesagt, er bringt mich nach England«, sagte sie und war ganz und gar verloren. *Es war einmal ein arm' Kind und hatt' kein Vater und keine Mutter, war alles tot und niemand mehr auf der Welt.* »Er hat gesagt, in London schlafen Flüchtlinge aus Belgien in Kirchen, die so groß sind wie unsere Sint-Maartenskathedraal. Und er geht dann mit mir, hat er gesagt, geht von Kirche zu Kirche und sucht mit mir, wo meine Leute sind.«

»Ich mach das, Livvy«, sagte Wolfgang, der sie immer Godelieve genannt hatte. »Ich bring dich nach England.«

»Ich verdien aber jetzt kein Geld mehr«, sagte Godelieve. »Im Magazin gibt's nichts mehr auszuteilen, und bei Madame Pepi hatt' ich immer nur einen Kunden. Die andern mochten mich ja nicht.«

»Das macht nichts«, sagte Wolfgang, der selbst keines mehr hatte, sondern seit geraumer Zeit von Scotts Geld gelebt und davon noch Qui-Quis Fahrten ins Reich und zurück finanziert hatte. »Er hat für den Rest von unserm Leben im Voraus bezahlt.«

Gleich darauf erfolgte der längst vertraute Donnerschlag, diesmal näher als zuvor. Er brachte Trommelfelle zum Platzen, ehe er den Rest in Fetzen riss. Menschenkörper mit all ihren zarten, weichen, zerbrechlichen Teilen waren für diese Art von Krieg von Anfang an kein geeignetes Material gewesen. Das Licht ging aus, die Brandbombe brach durch die Decke, und dann stand in Wipers endgültig kein Stein mehr auf dem anderen. Und vielleicht in ganz Europa und der Welt nicht mehr.

Abspann

Berlin 1918
9. November und weiter

Schaut nicht mehr rückwärts, und beraubt euch nicht aller Rechte, indem ihr euch mit uniformierten Verbrechern auf eine Stufe stellt. Ist ihre körperliche Bestrafung, durch unsere eigene Schuld, nicht mehr möglich, so straft sie, so gut ihr heute noch könnt: Treibt die Zeit an ihnen vorbei. Und haltet euch nicht auf.

Kurt Tucholsky

38

»Es lebe das Neue!«, schrie Philipp Scheidemann. »Es lebe die deutsche Republik!«

Unter dem Jubel brach Ille zusammen. Sie wehrte sich nicht länger, sondern ließ sich von Recha in die Höhe ziehen. Was die beiden redeten, hörte Felice nicht, weil um sie ein Sturm losbrach. Die Leute brüllten, johlten, fielen sich in die Arme, warfen ihre Hüte, sprangen in die Höhe und tanzten ohne Musik.

Wie bei der Mobilmachung, konnte Felice nicht aufhören zu denken.

Aber dies hier war nicht die Mobilmachung. Es war, was immer sie daraus machten.

Quintus hielt sie in den Armen. An ihrem Ohr summte er das Lied:

Roses are shining in Picardy,
in the hush of the silver dew …

»Ich dachte, du wärst tot«, sagte sie, nicht sicher, ob er sie hören konnte. »Wir alle dachten es. Deine Familie hat eine Nachricht erhalten, du wärst wegen Spionage vors Militärgericht gestellt und erschossen worden.« Die Tränen, die sie so dringlich hatte unterdrücken wollen, liefen jetzt unaufhaltsam. Tränen der Erschöpfung. Sie wusste nicht, ob dies hier wirklich das Ende war, ob sie Grund zur Freude hatten, ob sie nicht viel zu entkräftet waren und was mit ihren Geschwistern sein würde.

»Ich weiß«, sagte Quintus. »Und es tut mir leid. Dein Bruder Willi hat diese Meldung gefälscht, um mir das Leben zu retten. Gott sei Dank war in der Truppe niemand mehr scharf darauf, irgendeinen komischen Vogel an die Wand zu stellen, und Willi konnte meinen Fall mehr oder weniger unter den Tisch kehren. Anders wäre ich aus Belgien nicht lebend herausgekommen.«

»Willi?«

Quintus nickte. »Ich wollte ein letztes Mal Material aus Ypern herausholen, aber ich bin zu spät gekommen. Die Deutschen haben die Stadt noch einmal unter Beschuss genommen, diese Stadt, in der schon kein Stein mehr auf dem anderen stand. Sie sind alle drei dabei umgekommen: Scottie Brown-Brown, seine Livvy und Wolfgang Vanselow. Wolfgang, dieser Besessene, hat noch gelebt, als ich kam. Er hat mir noch sagen können, ich soll Willi suchen, ich soll ihm einschärfen, dass er den verdammten Krieg überleben und seinen Film für ihn machen muss. Mit den Bildern aus Ypern. Ich soll Willi sagen, dass Wolfgang jetzt weiß, was seinen Filmen gefehlt hat. Liebe im Elend. *Roses of Picardy.* Roter Mohn in Kratern. Ich soll ihm sagen, er hat freie Hand mit allem, das Einzige, worüber es keine Diskussion gibt, ist der Titel: *In der Nacht weint Wipers, meine Stadt.*«

»Willi?«, stammelte Felice. »Willi soll für Wolfgang Vanselow, der tot ist, einen Film machen?«

»Und Recha Süßapfel lieben«, sagte Quintus.

»Aber weißt du denn, was mit Willi ist?«, rief Felice.

»Seit wir von Wipers weg sind, nicht mehr«, sagte Quintus. »Ich bin kopflos aus der Stadt heraus und den vorrückenden Divisionen regelrecht in die Arme gelaufen. Dass ich ausgerechnet auf Willi traf, war mehr Glück als Verstand.«

»Wie immer bei dir.«

»Ja«, sagte er. »Wie immer bei mir. Wer diese vier Jahre Massenmord überlebt hat, hat mehr Glück als Verstand und die verdammte Pflicht, mit seinem verschonten Leben etwas anzufangen.«

»Willi auch? Willi ist in Kiel, Quintus, er ist dort als Deserteur verhaftet worden, und wir sind seit Tagen ohne Nachricht! Gestern stand noch in den Zeitungen, den Männern von der Marine, die dort den Aufstand begonnen haben, drohe ein Todesurteil. Und dabei kann ich mir meinen kleinen Bruder, der einen Aufstand anzettelt, gar nicht vorstellen. Ich weiß ja nicht einmal, wie er nach Kiel gekommen ist.«

»Er ist nicht mehr klein«, sagte Quintus. »Dieser Krieg hat nicht aus Knaben Männer gemacht, wie die Propaganda uns einreden wollte. Er hat aus Knaben Tote gemacht, aus Männern Schweine und aus Schweinen Monster. Aber dazwischen haben ein paar entdeckt, dass sie das Zeug zu feinen Kerlen haben. Einer von ihnen ist dein Bruder Willi. Sein Bataillon ist nach Kiel verlegt worden, als die Briten ihr Wipers zum vierten Mal hielten und selbst die Oberste Heeresleitung begreifen musste, dass in Belgien nichts mehr zu holen war.«

»Warum nach Kiel, warum nicht nach Hause? Jedem Kind muss doch klar gewesen sein, dass der Krieg verloren war.«

»Das Ende des Krieges ist das Ende ihrer Zeit«, sagte Quintus. »Statt das endlich hinzunehmen, haben sie sämtliche Marineangehörige an die deutschen Küsten geschafft, um noch einmal alles in ein Seegefecht gegen England zu werfen. In eine letzte Opferschlacht. Willi hat mich mit über die Grenze geschmuggelt, danach haben unsere Wege sich getrennt. Er war allerdings entschlossen, seine Leute, die Handvoll, die den Irrsinn überlebt hatte, in keinen neuen Kampf mehr gehen zu lassen.«

»Oh mein Gott! Du glaubst also, er war tatsächlich einer der Rädelsführer?«

»Felice«, sagte Quintus, »du weißt so gut wie ich, dass er tun musste, was er für das Richtige hielt. Kriege enden nicht, solange niemand, der einen Befehl erhält, den Mut hat, Nein zu sagen.

Aber dein Bruder ist nicht leichtsinnig, und er steckt voller Willen zu leben. Auf ihn warten die Frau, die er liebt, der Film, von dem er träumt, und die neue Zeit, die knapp an beherzten Menschen ist. Er wird kein vermeidbares Risiko eingegangen sein, dessen bin ich sicher.«

»Und du selbst bist wieder auf die Füße gefallen?« Trotz aller Angst um Willi konnte sich Felice nicht verkneifen, an der Armbinde zu zupfen, auf der wie auf dem albernen Schild auf seinem Rücken »Presse« stand. »Du giltst als tot, wirst als Fahnenflüchtiger gesucht und hast zuvor jahrelang deinen Arbeitgeber für dumm verkauft, aber du hast offenbar dennoch jemanden gefunden, der dich wieder als Reporter einstellt.«

»Nein«, sagte er. »Ich arbeite auf meine eigene Rechnung, will noch immer alles Material zusammentragen, das ich kriegen kann, und werde spätestens nächste Woche keinen Pfennig mehr in der Tasche haben.«

»Dein Vater nimmt dich zurück«, sagte Felice. »Ganz egal, was er irgendwann mal über Schweinehirten von sich gegeben hat. Er hat schon einen Sohn verloren und wird heilfroh sein, wenn der andere lebendig vor ihm steht.«

»Das kommt nicht infrage«, sagte Quintus. »Sobald ich rehabilitiert bin, will ich meine eigene Zeitung aufziehen und dafür sorgen, dass über das berichtet wird, was wir erlebt haben. Solche wie ich, die aus dem Nichts etwas Neues stampfen, werden jetzt dringend benötigt, also werden sich dafür auch Wege finden. Wenn wir aber mit dem Alten Kompromisse eingehen, brauchen wir gar nicht erst anzufangen. Dann sind wir im Nu wieder dort, wo wir waren, und das darf nicht sein. Nie wieder, Felice. Nie wieder.«

Es war so leicht gesagt. Wie aber fing man es an, wenn man allein und todmüde war?

»Fräulein zur Nieden?« In Quintus' Armen drehte sie sich um. Hinter ihr stand Curt Birnbaum mit dem Birnenkopf. »Fräulein zur Nieden, wegen Ihres Bruders – ich kann Ihnen versichern, dass es ihm gut geht. Die verhafteten Matrosen von Kiel sind auf freien Fuß gesetzt worden, und sobald er dort oben nicht mehr benötigt wird, kommt er hierher.«

Ehe Felice etwas erwidern konnte, wandte Birnbaum sich Quentin zu, und die freundliche Miene rutschte ihm vom Gesicht. Er sah auch müde aus. Um seine Augen zog sich ein Spinnennetz aus feinen Linien. »Sie dagegen haben wohl nichts mehr retten können, Herr Quirin?«

Quintus schüttelte den Kopf. »Ich habe Bilder von den Toten gemacht, wie Wolfgang es wollte. Aber der Film ist mit der Kamera verloren gegangen. Wir werden uns ohne behelfen müssen – mit dem, was wir von ihm haben.«

»Der Wolfgang«, murmelte Birnbaum. »So genial begabt. Was für eine himmelschreiende Verschwendung.«

Eine kleine Weile lang schwiegen sie alle drei. Die feiernde Menge um sie begann sich zu zerstreuen, und die erlösende Nachricht erreichte Felices Hirn: Willi lebte. Willi würde nach Hause kommen, sie hatte ihn nicht verloren. Das schuf endlich wieder Raum für Ille. Während die Männer ihr Gespräch fortsetzten, blickte sie sich um und sah die Schwester ein paar Schritte weiter auf der Straße kauern. Sie hielt das Gesicht in den Händen vergraben. Recha Süßapfel stand bei ihr und redete auf sie ein.

Curt Birnbaum verabschiedete sich. »Wenn Sie Lust haben – wir wollen versuchen, uns in Richtung *Babylon* durchzuschlagen. Zu einer Trauerfeier für Wolfgang – und einem Willkommensfest für die Republik.«

Es klang unglaublich verlockend. Dazugehören. Zusammen um Wolfgang Vanselow, um Mo, um Bodo, um all die anderen weinen. Und zusammen zaghaft zu hoffen beginnen. Aber es war nicht möglich. »Vielen Dank für die Einladung«, sagte Felice. *Ich habe mich früher viel zu selten bedankt,* dachte sie. *Viel zu wenig zu schätzen gewusst, wenn Menschen mich in ihrem Leben haben wollten. Hatte jedem etwas vorzuwerfen. Ohne mildernde Umstände.*

Hinter Birnbaums Rücken zogen junge Leute vorüber, die sich an den Händen hielten und ein revolutionäres Lied sangen. Felice gab sich Mühe, dem Reporter so etwas wie ein Lächeln zu schenken, von dem sie nie wieder behaupten würde, es sei nichts wert. »Ich wäre gern gekommen. Ich habe Herrn Vanselow kaum gekannt, aber ich mochte ihn sehr.«

»Jeder mochte ihn«, sagte Birnbaum traurig. »Selbst Jagusch und Hohner, die ihn hassten.«

»Das wundert mich nicht«, sagte Felice. »Leider fehlt mir die Zeit. Ich muss mich um meine Schwester kümmern.«

Jäh schloss Quintus, der sie inzwischen freigegeben hatte, den Arm fester um ihre Schultern.

»Ich muss jetzt gehen«, sagte Felice zu ihm und wurde mit jedem Wort langsamer, während sie vor sich hin starrte und sah, wie Recha Süßapfel Ille der Fürsorge irgendwelcher Bekannten überließ und auf sie zukam. »Illes Kinder scheinen mehr oder minder unversorgt zu sein«, sagte sie, »und dieses seltsame Verschwinden meines Schwagers muss auch geklärt werden. Trink du einen Kirsch oder zumindest ein Wasser auf Herrn Vanselow für mich.«

Quintus hielt sie noch fester. »Das ist doch Unsinn, Felice. Ich bleibe bei dir und helfe dir.«

Recha blieb vor ihr stehen. »Ich denke, das Verschwinden von Herrn Berndt braucht nicht mehr geklärt zu werden«, sagte sie, und ihre Stimme klang so schwer, wie Felice sie nie zuvor gehört hatte. »Jedenfalls nicht hier. Nicht von uns.«

»Was ist los?«, fuhr Felice auf.

»Er hat sie geschlagen«, sagte Recha. »Gabriel hat immer wieder versucht, es mir zu sagen, aber ich war zu sehr damit beschäftigt, auf Nachricht von Wolfgang zu hoffen. Und als dann feststand, dass Wolfgang tot war – ich weiß auch nicht. Ich muss es einfach vergessen haben.«

Wie ein Echo hallten die Verse aus dem Poesiealbum Felice durchs Hirn:

Und bittend soll dies Blättchen dich erinnern:
Ich möcht' nicht ganz von Dir vergessen sein.

Sie hatte Schlimmeres getan, als es zu vergessen. Ille hatte verzweifelt versucht, es ihr zu sagen, ihr zu verstehen zu geben, dass sie nicht bei Berndt bleiben konnte, nicht nur in der Nacht bei Poetge, sondern jedes Mal, wenn Felice beiläufig eine Sekunde für sie aufgebracht hatte. Sie hätte es wissen müssen. Schon damals, auf dem Haus der Guestphalia, als er seinen Sohn verprügelte, hatte sie gespürt, dass mit dem Mann etwas nicht stimmte. Etwas, das die Gesellschaft tolerierte und das trotzdem falsch war. Sie hätte es wissen und Ille beistehen müssen, aber sie hatte es nicht getan.

»Solange er Geld und Erfolg hatte, ist es ihr halbwegs gelungen, ihm auszuweichen und ihre Kinder zu schützen«, sagte Recha. »Als aber dem Reich das Kriegsglück ausging, als klar wurde, dass seine Welt zusammenbrechen und er dabei sein Vermögen verlieren würde, hat er alle Wut über seine Ohnmacht an seiner Familie ausgelassen. Einen Menschen, der ihr zugehört hätte, hatte sie nicht. Nur Gabriel. Der für die meisten kein Mensch mehr ist. Für ihn war sie der einzige Mensch. Der einzige, der ihn noch brauchte. Er hätte alles für sie getan.«

Felice spürte ihren Nacken, der sich versteifen wollte, und ihr Herz, das von Neuem hoch und scharf zu hämmern begann. »Was soll das heißen?«, entfuhr es ihr harscher, als sie wollte.

»Ich fürchte, es heißt, dass wir Reinhold Berndt nicht finden werden«, sagte Recha. »Dass sie zurückgeschlagen haben. Entweder einer im Auftrag des andern oder beide zusammen.«

»Zurückgeschlagen?«

Quintus zog sie an sich, so fest er konnte. »Sie haben ihn umgebracht«, sagte er.

39

Februar 1919

Reinhold Berndt war mit einer Infanteriepistole erschossen worden. Seine Leiche wurde Anfang Dezember beim Tempelhofer Flugfeld gefunden. Weder Ille noch Gabriel hatte tief graben können, und Gabriel war die flachen, notdürftigen Gräber aus Flandern gewohnt. Ein kräftiger Regenguss genügte, um den Toten freizulegen.

Ille hatte sich ihrer Verhaftung mit Kräften widersetzt, die niemand ihr zugetraut hatte. Sie, die sich nie gewehrt, sich nie ein Recht zugesprochen hatte, beharrte darauf, sie wolle ein letztes Weihnachten mit ihren Kindern verbringen, man dürfe ihren Kindern, die nichts verbrochen hatten, das letzte Weihnachten mit ihrer Mutter nicht nehmen. Felice, Quintus und Willi, der drei Tage vor dem Fund der Leiche nach Hause gekommen war, hatten alle Mühe, ihr in der halben Stunde, die die Polizei ihnen einräumte, verständlich zu machen, dass ein solcher Gnadenakt nicht möglich war.

»Du siehst deine Kinder wieder«, beschwor Felice sie. »Wir lassen nicht zu, dass es zum Schlimmsten kommt, das versprechen wir dir. Diesmal wirklich, Ille. Diesmal ganz wirklich.«

Hilfloser hatte sie sich nie im Leben gefühlt. Um ein Todesurteil zu verhindern, würden sie die Schuld auf Gabriel abwälzen müssen, der tatsächlich den tödlichen Schuss abgegeben hatte, aber es stand in den Sternen, wo sie einen Anwalt auftreiben sollten, der sich zu einer solchen Strategie bereitfand. Eine Ehefrau, die ihrem Mann Hörner aufsetzte, war per se die Schuldige.

Eine, die seinen Tod herbeigeführt hatte, war eine Teufelin. Dennoch wusste Felice, dass sie einen Weg finden musste, dass sie ihre Schwester nicht noch einmal im Stich lassen durfte.

Sie umarmte sie, so fest sie konnte, und empfand keinen Ekel, nicht einmal, als Ille ihr tränenverschmiertes Gesicht an ihrer Schulter abwischte. »Du musst mit den Beamten gehen, Ille. Aber wir holen dich da raus. Ich schwöre, wir holen dich wieder raus.«

»Das kannst du nicht.« Abrupt hörte Ille auf zu weinen, richtete sich auf und legte ein sonderbares halbes Lächeln auf. »Du hast doch diesen ganzen Gesetzeskram studiert, du weißt, dass ich da nicht mehr rauskomme. Wir wussten es auch, Gabriel und ich. Ich wünschte, sie würden wenigstens den armen Gabi leben lassen.«

»Sie werden dich leben lassen, Ille. Ich habe es dir doch versprochen, ich –«

»Nein, Feli.« Ille schüttelte den Kopf. »Ich will etwas anderes von dir. Versprich mir, dass du meine Kinder nicht zu Mutter und Onkel Benno gibst. Lass sie nicht dort. Nimm meine Kinder zu dir.«

Seitdem teilte ausgerechnet Felice zur Nieden ihr Zimmer mit zwei kleinen Mädchen. Dass sie noch nie vor einer Aufgabe gestanden hatte, der sie so wenig gewachsen war, hatte sie gewusst. Aber sie hatte auch gewusst, dass es das Richtige war, und keine Sekunde gezögert. Quintus half ihr. Nach einer kurzen Zeit der Überwindung half ihr auch Suse. Kuno vom *Babylon* brachte Lebensmittel aus seinem geheimen Vorrat nach oben, und Willi, der zum Onkel geboren schien, kam täglich vorbei und spielte Hoppe-hoppe-Reiter.

Lisette war dankbar für jedes kleinste Zeichen der Zuwendung. Jenny war scheu und stolz und hielt sich für sich, schien aber den Umständen entsprechend zurechtzukommen. »Ich denke, wir brauchen uns nicht allzu sehr um sie zu sorgen«, sagte

Quintus. »Sie ist wie ihre Tante: verletzlich, verschlossen – aber ihr Verstand hilft ihr durch.«

Felice fand es noch immer unglaublich schwierig, neben der Arbeit für die Klienten, die ihr förmlich die Tür einrannten und wenig bezahlten, kleine Kinder zu versorgen, doch sie war jeden Tag von Neuem überrascht, dass sie sie vorbehaltlos liebte. Und dass sie es leicht fand.

Einmal kam Quintus, als sie ihnen aus noch immer rationierten Zutaten eine ihrer grässlichen Abendmahlzeiten bereitete, und half ihr, indem er schließlich Schmalzstullen strich: »Dabei können nicht einmal du und ich etwas falsch machen.« Seine Schmalzstullen waren nicht weniger grässlich als ihre Eier im Glas, aber er schnitzte aus schlesischen Gurken Krokodile, was Lise und Jenny vollends zufriedenstellte.

Als die beiden schliefen, sagte er: »Das hier macht Spaß. Sobald die Einfuhr wieder läuft und wir die eine oder andere Mark einnehmen, könnten wir das Experiment wagen, ob Kinder bei einer Ernährung mit belgischen Fleischtomaten und französischem Blauschimmelkäse gedeihen. Ich will dich heiraten, Felice.«

Felice erschrak. »Ich weiß nicht, ob ich das kann.«

Er grinste mit krausgezogener Nase. »Ich glaube, das weiß vorher niemand, Schöne. Die meisten versuchen es trotzdem.«

»Und was kommt dabei heraus?«

Er küsste zart ihre Schläfe. »Das ist wie mit der Republik. Probier's aus, oder du erfährst es nie. Das Frauenwahlrecht haben wir immerhin schon ohne allzu große Beschädigungen überlebt.«

Felice schlug mit dem Geschirrhandtuch nach ihm, und sie lachten beide. Die Wahlen zur Nationalversammlung der Republik hatten im Januar stattgefunden – mit Frauen, die wählen, und Frauen, die sich wählen lassen durften. Derzeit tagte die verfassungsgebende Versammlung in Weimar, um der Republik eine Gesetzesgrundlage zu verleihen. Eitel Sonnenschein herrschte beileibe nicht. Wenige Tage vor der Wahl waren Karl Liebknecht und Rosa Luxemburg von Angehörigen einer mysteriösen Bürgerwehr ermordet worden, und die Verfassung wurde in Weimar geschrieben, weil in Berlin tödliche Straßenkämpfe tobten. Das Land war in eine Spirale aus Gewalt gezogen worden und musste seinen Weg hinaus hart erkämpfen. Aber es gab nicht klein bei. Das war für den Augenblick vielleicht alles, auf das sie hoffen durften.

»Ich kann darüber nicht nachdenken«, sagte Felice. »Nicht jetzt, ehe ich weiß, was aus Ille wird.«

»Das ist kein Wunder.« Quintus sammelte ein paar Bauklötze vom Boden und warf sie in ein von Kuno zur Spielzeugdose umfunktioniertes Gurkenfass. »Ich wollte dir eigentlich nur sagen: Du kannst auf mich zählen. Auch wenn es schiefgeht.«

»Es darf nicht schiefgehen.«

»Das weiß ich.«

Wenn Willi kam, brachte er Recha Süßapfel nie mit, obwohl es ein offenes Geheimnis war, dass er in ihre Kreuzberger Wohnung gezogen war und mehr oder weniger von ihrem Einkommen lebte. Er bereitete einen Film vor, in dem sie die Hauptrolle spielen würde, und war mit der Richard-Oswald-Film GmbH im Gespräch, einer neuen Produktionsgesellschaft, die auf die Leinwand bringen wollte, was die Zensur bisher verboten hatte. Sie zeigten großes Interesse daran, Willis Film zu produzieren. Wolfgang Vanselows Film. *In der Nacht weint Wipers, meine Stadt.*

Die Frage, ob er in die Bank wieder einsteigen würde, hatte er gar nicht erst aufkommen lassen. »Pleite ist der Kasten praktisch seit Jahrzehnten, und für eure Kriegsanleihen bekommt ihr nichts als wertloses Papier«, hatte er zu Sybille gesagt. »Versuch zu verkaufen, wirf Ballast ab. Wenn dir nicht zum Leben reicht, was dir als Pension bleibt, werde ich gern versuchen, dir zu helfen, aber nachdem ich vier Jahre lang von Büchsenfisch und Zwieback nicht gestorben bin, setze ich das, was zum Leben reichen muss, eher niedrig an.«

Somit war klar, dass Willi seinen Weg gehen würde und dass zu diesem Weg Recha Süßapfel gehörte. Felice hätte ihm gerne gesagt, dass er sie mitbringen sollte, dass sie sie den kleinen Nichten als Mitglied der Familie vorstellen und mit ihr Frieden schließen wollte, sie wenn nötig um Verzeihung bitten. Dass sie es nicht tat, hatte einen dunklen, gewichtigen Grund, den Willi irgendwann in Worte fasste: »Recha lässt grüßen«, sagte er. »Sie kommt nicht her, weil es allzu schwierig für euch beide wäre. Bei dem Prozess könnt ihr schließlich nur Gegnerinnen sein.«

Mehr brauchte nicht gesagt zu werden: Wenn ihrer Seite gelang, was sich als einzig mögliche Strategie darbot, würde Gabriel als der Schuldige verurteilt werden und sterben, während Ille mit einem Urteil wegen Begünstigung davonkam. Überzeugte hingegen Rechas Seite den Richter, so stünde Gabriel als ein missbrauchter, kaum bei Verstand befindlicher Kriegskrüppel da – das Opfer einer skrupellosen Frau, die dafür in den Tod gehen musste.

In ihren Träumen, in denen der blonde Offizier, der nun Filip von Schleis Gesicht hätte tragen können, nie mehr auftauchte, sah Felice Ille vor sich, die aus einer Zelle gezerrt wurde und sich mit Händen und Füßen wehrte, weil sie nicht sterben wollte, nicht mit kaum fünfundzwanzig von ihren Kindern weggerissen werden, ihr Kopf vom Hals geschnitten, der Leib noch einmal zuckend und dann leblos.

Sie musste das verhindern, so wie Recha verhindern musste, dass es Gabriel geschah. Als Schwestern konnten sie beide nicht anders, als um das Leben ihrer Geschwister mit allen Mitteln zu kämpfen. Dass Recha dies begriff, rechnete ihr Felice hoch an.

»Wie ist es für dich?«, fragte sie Willi.

Der hob die Hände. »Mich frag bitte nicht. Für mich sind Männer wie Deimling und Ludendorff Mörder. Nicht solche, die völlig alleingelassen in einer verrohten Welt keinen Ausweg mehr wissen. Für solche Menschen will ich Filme machen, so wie

Wolfgang es mir durch Quintus übermittelt hat: Damit wir lernen, dass es nichts gibt, das kostbarer und zerbrechlicher ist als der Mensch. Wie man dem vor dem Gesetz gerecht wird, weiß ich nicht – dafür bist du zuständig.«

Seine Worte gärten in Felice. Sie versuchte, mit Robert Quirin darüber zu sprechen, der sich nach zähem Ringen bereit erklärt hatte, Illes Verteidigung zu übernehmen, obwohl er sich eigentlich endgültig seiner Neurasthenie ergeben und zur Ruhe gesetzt hatte.

»Das kommt nicht infrage«, lehnte er Willis Ansatz ab. »Wenn ich die Frau vor dem Fallbeil retten soll, muss ich den Jungen belasten. Ich bin ein Jurist alter Schule. Einen Pazifisten, der sich in dieser neuen Zeit zurechtfindet und Männer anklagt, die eben noch Helden waren, werden Sie in mir nicht finden. Nicht einmal, wenn ich die Überzeugung teilen würde.«

Dagegen konnte Felice nicht angehen. Im Gegenteil, sie musste froh sein, dass er den Fall einer Gattenmörderin nicht rundheraus abgelehnt hatte wie sämtliche andere Anwälte, die sie konsultiert hatte. Aber sie war nicht froh. Weil sie Willis Gedanken nicht abschütteln konnte, sprach sie stattdessen mit Quintus darüber: »Mildernde Umstände. Weißt du noch, wie du versucht hast, mir das beizubringen? Eine Frau, die mit noch nicht achtzehn in eine grausame Ehe geschickt worden ist – und die dann noch in der Schwangerschaft so brutal verprügelt wurde, dass ihre Familie glaubte, sie könne nach einem Reitunfall wochenlang nicht gehen, hat mildernde Umstände verdient, oder nicht?«

Quintus nickte nur.

»Aber ein junger Mann, der mit noch nicht achtzehn in einen grausamen Krieg geschickt worden ist? Der drei Jahre lang nichts anderes erlebt hat als Brutalität und der nie wieder gehen wird? Hat der nicht dasselbe verdient? Hat Willi nicht recht, wenn er sagt, die wahren Schuldigen sitzen ganz woanders? Und gehören zu diesen Schuldigen nicht auch wir, die wir eine Welt der gewollten und bejubelten Gewalt mitgetragen haben?«

Quintus nahm ihre Hände und bewegte den Kopf so lange, bis die Linien ihrer Augen parallel zueinanderstanden. »Darf ich dich bitten, mir zu verraten, was du konkret damit sagen willst?«, fragte er. »Und was die Folgen dessen sind?«

»Dass ich nicht Gabriel anprangern kann, um Ille zu retten«, erwiderte Felice und erschrak vor der eigenen Courage. »Und dass damit dein Onkel als Verteidiger ausscheidet und wir zwei Wochen vor der Verhandlung ohne Rechtsbeistand sind.«

Er sagte lange Zeit nichts, stützte den Kopf in eine Hand und legte die Stirn in Falten. Dann langte er in die Tasche seines Schlamper-Jacketts, zog ein weißes, eindeutig druckfrisches Dokument heraus und schob es ihr über den Küchentisch.

»Was ist das?«, fragte Felice, während sie es sich ansah und feststellte, dass es seine gerade erneuerte Zulassung bei Gericht war. Sie stöhnte auf. »Dein Glück ist nicht zu glauben, Quintus. Ich habe einen als Fahnenflüchtigen verurteilten Klienten, der noch nicht einmal einen Termin zur Anhörung hat, und du bist wieder einmal durch die Maschen gerutscht und bereits vollständig rehabilitiert?«

»Willi ja schließlich auch.« Sein Grinsen geriet schief. »Darf ich Ihnen also meine Dienste antragen, Verehrteste?«

»Du willst Illes Verteidigung übernehmen?«, rief Felice. »Aber du hast doch von der Rechtslage schon vor dem Krieg keine Ahnung gehabt, geschweige denn jetzt, wo du dich vier Jahre lang nicht damit beschäftigt hast.«

»Dasselbe könnte man auch von meinem Onkel behaupten«, erwiderte er ein wenig verschnupft. »Wobei ich mir eingebildet hatte, ganz so transusig denn doch nicht zu sein.«

»Meine Güte, Quintus, hier geht es nicht um deine Eitelkeit, sondern um das Leben meiner Schwester! Und um das von diesem armen Jungen.«

Quintus ließ ihre Hände los. »Und du bist der Ansicht, dass mir das egal ist? Warum bin ich eigentlich nicht bei der *BZ* geblieben, wenn mich das Leben von Menschen so wenig kratzt, bei der schnellsten Zeitung der Welt, bei der ich die schnellste Karriere der Welt hätte machen können? Oder doch gleich in meines Vaters Kanzlei? Schließlich hat es bisher Juristen mit gemachtem Nest nur höchst selten geschert, wenn sie keinen Schimmer von dem hatten, was rechtens ist.«

Felice hielt inne. »Es tut mir leid«, sagte sie dann. »Ich bin und bleibe ein Ekel mit zu schneller Zunge.«

»Langsame Zungen sind fürchterlich öde«, sagte er, holte sich eine ihrer Hände zurück und küsste den Pulsschlag am Gelenk. »Entschuldigen musst du dich nicht, aber womöglich eines bedenken: Wäre es mir egal gewesen, dass ich kein grandioser Jurist bin, hätte ich meine Fälle eben lustlos abgeleistet, statt einen grandiosen Juristen dafür zu engagieren. Eine grandiose *Juristin*. Die Entscheidung liegt natürlich bei dir, aber ich kann mich als Rechtsbeistand nur wärmstens empfehlen. Ich bin schlau genug, um zu wissen, was ich nicht kann, und schlau genug, um zu wissen, wer es stattdessen kann. Felice zur Nieden. Wenn du in dieser Stadt eine Bessere findest, musst du mir die erst einmal zeigen.«

»Du meinst …«, stammelte Felice, »du meinst, du würdest mich die Verteidigung vorbereiten lassen? So wie ich eure Fälle von Klagen gegen Taubendreck in Hausfluren vorbereitet habe?«

»Dreck ist Dreck«, erwiderte Quintus. »Ob von Tauben oder von uns höchstpersönlich.«

»Und würdest du auch … vor dem Richter im Kriminalgericht mein Plädoyer lesen? Eines, das ich erarbeitet und geschrieben hätte?«

»Willst du darauf meine ehrliche Antwort?«, fragte Quintus.

Felice nickte, und ihr Herz schlug hart.

»Ich glaube, ein solches Plädoyer ist die einzige Chance, die deine Schwester und Gabriel Süßapfel haben.«

40

März

Zur Vorbereitung einer komplett neuen Verteidigungslinie waren Felice nur zwei Wochen geblieben. Sie hatte Ille mehrmals im Untersuchungsgefängnis besucht, während Quintus Kontakt zu Gabriel Süßapfels Verteidiger aufgenommen und sodann einen Besuch bei dem jungen Mann beantragt hatte. An dem Abend, als er aus dem Gefängnis kam, hatte Quintus, den Wolfgang Vanselow Qui-Qui, den Wortklimperer, genannt hatte, stundenlang kein Wort herausgebracht, und als mit Suses energischem Beistand die Kinder endlich im Bett waren, hatte ihm die Kraft gefehlt, in sein schäbiges Pensionszimmer zurückzukehren.

Felice hatte sich fröstelnd mit ihm ins Treppenhaus gesetzt, um niemanden zu wecken, sie hatten sich aneinandergedrückt, eine Zeitlang zusammen geweint und dann so lange geredet, bis ihnen vor Kälte die Zähne klapperten. Mit steif gefrorenen Gliedern waren sie in Felices Zimmer geschlichen, das sie der Kinder wegen bullig warm hielt, und hatten sich für ein paar Stunden unter ihre Bettdecke verkrochen – er vollständig angekleidet, um entschwinden zu können, sobald Lisette und Jenny sich regten.

Die Verantwortung war erdrückend: Mehrmals wollte Felice die Waffen strecken, weil sich ihr die Erkenntnis wie eine Schlinge um den Hals legte: Wenn ihr Plädoyer nicht gut genug war, würde ihre Schwester sterben.

Sie begriff, was Männer jahrhundertelang allein getragen hatten, und begriff auch, dass sie als Frau nicht weniger tragen durfte, wenn sie wirklich wollte, um was sie kämpfte: die volle Teilhabe. Die Hälfte der Welt.

In Nächten, in denen das ungewohnte Gewicht sie erdrückte, saß sie mit Quintus im Treppenhaus wie in der Nacht nach seinem Besuch bei Gabriel Süßapfel. Nach der dritten Nacht fasste sie sich ein Herz und sagte zu Suse: »Quintus baut eine Zeitung auf, er kann sich das Zimmer in Schöneberg kaum leisten, und während wir zusammen arbeiten, wird es oft spät, und er erwischt keine Bahn mehr. Außerdem lieben wir uns. Es tut mir weh um Mo, und ich weiß nicht, was daraus werden soll, aber das ändert nichts. Kann ich dir ein wenig mehr zahlen und ein Bett für ihn in die Ankleidekammer stellen?«

»Ich habe mich gefragt, wie lange du brauchen würdest, um mich darum zu bitten«, sagte Suse. »Ich habe die *Gartenlaube* bis dorthinaus satt, also drück deinem Galan aufs Auge, er hat für Suse Gantzow gefälligst einen Platz in seiner Redaktion freizuhalten.«

Zwei Tage vor der Eröffnung des Prozesses schafften sie Quintus' bisschen Besitz in die Kammer. In der letzten Nacht schliefen sie dort auf dem schmalen Feldbett. Als Felice aus dem Schlaf schreckte, fand sie sein Gesicht dicht vor ihrem, er war wach und sah sie aus weiten Augen an. Sie wusste auf der Stelle, was für ein Tag bevorstand, und ihr raste das Herz.

»Mir ist übel vor Angst«, sagte sie. »Vor dem Prozess, davor, dass ich mir dieses ganze juristische Talent nur eingebildet und alles falsch gemacht habe, dass Ille dafür sterben und ich es Lisette und Jenny sagen muss.«

»Ich habe mir deine Akten angesehen«, sagte Quintus.

»Die Akten meiner Klienten? Dazu hattest du kein Recht!«

»Für das Recht bist du zuständig«, erwiderte er. »Du hast einen Journalisten im Haus – die scheren sich darum nicht.«

Seine Unverschämtheit ließ sie nach Luft schnappen. Dann aber musste sie in all der Anspannung lachen. »Quintus, du bist unmöglich. Ich weiß oft nicht einmal, wie ich dir den Wind aus den Segeln nehmen soll.«

»Könnte das daran liegen, dass wir auf demselben Boot segeln?«

Sie stöhnte auf. »Und zu all der Angst vor dem Prozess habe ich jetzt noch Angst, dass ich von dir ein Kind bekomme.«

Blasses Morgenlicht fiel durch die Fensterluke auf sein Gesicht, über das eine Bewegung zuckte. Dann verzog er es zu einem Grinsen und küsste sie auf den Mundwinkel. »Man kann in allem immer nur sein Bestes geben, meine Schöne.«

»Und was soll dann werden?«, fuhr sie auf.

»Lass uns das Schritt für Schritt angehen, ja?« Er sah sie wieder so an wie in dem Augenblick, in dem sie erwacht war – weit und voll Staunen. »Erst einmal brauchen wir deine Zulassung vor Gericht.«

»Meine was? Quintus, du weißt doch, dass ich die nicht bekomme.«

»Ich weiß, seit ich deine Akten gesehen habe, dass du deinen Vorbereitungsdienst doppelt und dreifach absolviert hast«, erwiderte er. »Und wer seinen Vorbereitungsdienst absolviert hat, muss zur Prüfung zugelassen werden.«

»Frauen nicht!«, herrschte sie ihn an. »Das dürfte dir so wenig neu sein wie mir.«

»*Frauen nicht* war früher«, sagte er, küsste sie noch einmal und schwang die Beine aus dem Bett. »Heute halten wir nicht mehr still, wenn uns verweigert wird, was uns zusteht, sondern nehmen es uns selbst.«

Sie hätte ihn gern gefragt, was er damit meinte, aber dazu war keine Zeit mehr. Wenn sie nicht zu spät ins Gericht kommen wollten, mussten sie die Beine in die Hand nehmen.

Das Kriminalgericht Moabit war einer dieser wilhelminischen Monumentalbauten, die dazu gedacht waren, Menschen einzuschüchtern. Es schüchterte Felice ein, vor allem, weil sie wusste, wie sehr es ihre Schwester einschüchtern würde. Um aber Ille Mut zu machen, durfte sie sich nichts davon anmerken lassen. Die Schwester wirkte winzig und viel zu jung, wie sie in ihrem blauen Kittelkleid in der Anklagebank stand, durch zwei Polizeibeamte und eine hölzerne Wand von Gabriel getrennt, der ebenso verloren wirkte. Felice, der ein Galerieplatz für Angehörige zugewiesen worden war, riss sich zusammen und lächelte ihr im Vorbeigehen zu.

Der große Schwurgerichtssaal platzte vor Menschen geradezu aus den Nähten. Das Spektakel um den »Gattenmord von Tempelhof«, wie die *BZ* getitelt hatte, wollte sich niemand entgehen lassen. Endlich ein Sensationsprozess, der nichts mit dem grausigen Krieg zu tun hatte! Aber die Versammelten, die sich auf den Bänken drängten, irrten sich. Dieser Prozess hatte sehr wohl mit dem Krieg zu tun, so wie alles, was in ihrem Land geschah, noch sehr lange mit dem Krieg zu tun haben würde.

Genau das wollte Felice den Leuten durch Quintus sagen lassen: Wir können nicht jahrzehntelang Menschen zum Krieg hin erziehen, ihnen vier Jahre lang zeigen, dass wir vor nichts zurückschrecken, und uns dann empören, wenn sie auf keine Lösung mehr sinnen als Gewalt. Wir können nicht Menschen verrohen lassen, damit sie zum Töten fähig werden – und uns dann wundern, wenn sie es tun.

Zu diesem Zweck hatte sie auf die üblichen Leumundszeugen, auf Nachbarn, Bekannte und Verwandte verzichtet und Quintus lediglich zwei Zeugen benennen lassen: den tapferen Hermann Berndt, der sofort bereit gewesen war, zu Illes Gunsten auszusagen, die ihn sechs Jahre lang nach Kräften beschützt und in ihre Wärme eingeschlossen hatte. Er würde die maßlose Gewalt in Illes ehelichem Heim schildern, und gleich darauf sollte Willi in den Zeugenstand treten, um die maßlose Gewalt des Krieges zu schildern, die er vor der Stadt Ypern erlebt hatte.

Die beiden waren ihre Trumpfkarten – der stotternde Junge, der von den martialischen Erziehungsmethoden seines Vaters im Innern zerbrochen worden war, und der attraktive junge Mann, der personifizierte Kriegsheld, der klar und gut sprechen würde und doch keinerlei Scheu hatte, vor Hunderten von Menschen zu weinen.

Wenn diese zwei ihre Wirkung verfehlten, war es sinnlos, reihenweise weitere Zeugen aufmarschieren zu lassen. Dann blieb ihnen nur, auf die Präzedenzfälle zu hoffen, die Felice für Quintus vorbereitet hatte: nicht wie üblich vergleichbare Prozesse, denn diese hatten sämtlich ein Todesurteil zum Ergebnis, sondern solche, die Illes Fall ins Gegenteil verkehrten. Entschieden hatte sie sich für den Prozess des Grafen Mathias von Brudzewo-Mielzynski, in dem verletzte Eitelkeit als mildernder Umstand genügt hatte, und die Zabern-Affäre, die in einem Freispruch geendet hatte, weil Brutalität als Mittel nicht nur akzeptiert, sondern erwünscht war – obwohl die Täter riskiert hatten, die Welt in einen Krieg zu reißen.

Felice hatte gegeben, was sie konnte, und übrig blieb dennoch, dass ein Fall von Gattenmord stets den Tod der Mörderin nach sich gezogen hatte. Da sich daran nicht rütteln ließ, würde Quintus eben das als Herzstück des Plädoyers bringen müssen: dass diese Zeiten vorbei waren und dass etwas Neues nur beginnen konnte, wenn ein Staat Härte und Gnadenlosigkeit hinter sich ließ und Menschenliebe zur Grundlage seines Urteilens machte. Wenn er jedem Menschen dieselben Rechte zusprach – einer Frau ebenso wie einem jüdischen Kriegskrüppel, für den die Gesellschaft keine Verwendung mehr hatte.

Ihr Plädoyer brach Lanzen für die Gleichberechtigung der Frau, aber es war zugleich ein Plädoyer gegen die Todesstrafe. Der alte Staat hatte genug getötet. Nach ersten Schätzungen waren fünfzehn Millionen Menschen, Soldaten wie Zivilisten, in diesem Krieg umgekommen. Der neue Staat musste Vertrauen gewinnen und heilen, indem er das Leben der Übriggebliebenen schützte und in seinem Wesen zu verstehen suchte.

Würden die drei Berufsrichter und die beiden Schöffen – natürlich sämtlich Männer – sich davon berühren lassen? Waren die Menschen in Deutschland bereit dafür? Die Spannung im Saal ließ sich mit den Händen greifen. Sämtliche Eintrittskarten waren seit Wochen vergeben, aber als Felice die für Angehörige reservierte Bank betrat, fand sie dort leere Plätze. Sybille und Benno waren nicht gekommen und auch Tante Ariane und Cousine Bettina fehlten. Felice hatte damit gerechnet, dennoch tat es ihr um Ille weh. Alles, was ihre Schwester sich je gewünscht hatte, war, von ihrer Familie geliebt zu werden, und jetzt, in der größten Not, stand ihr nicht einmal ihre Mutter bei.

Auch die Eltern Süßapfel waren dem Prozess ferngeblieben.

Am Rand der Bank saß jedoch Recha, ohne Willi, der im Zeugenraum warten musste. Und in der Mitte thronte Oma Hertha zwischen Poetge und Onkel Werner! Felice hätte sie alle drei zugleich umarmen wollen, ohne jede Scheu und steifen Nacken. Da das außer Frage stand, sandte sie ihnen ein umarmendes Lächeln und nickte Recha zu.

Gleich darauf erhob sich der Saal, und im Gänsemarsch zogen die fünf Richter ein. Die Verhandlung begann.

Der Schwurgerichtsprozess in der Strafsache *Die deutsche Republik gegen Ilsebill Berndt und Gabriel Süßapfel* dauerte lediglich vier Tage. Dies lag daran, dass die Staatsanwaltschaft sich ihrer Sache sicher war, dass niemand an der Beweislage zweifelte und dass der Anwalt, der beide Beklagten vertrat, nicht um den heißen Brei redete, sondern sein Material knapp und zielgerichtet aufbereitet hatte. Quintus machte seine Sache gut. Er trug die Punkte mit dem ihm eigenen, ein wenig schrägen Charme und großer Wärme vor, und doch zitterten Felice die Hände vor Nervosität, weil sie das Gefühl nicht loswurde, dass etwas fehlte.

Dass Quintus im Herzen kein Jurist war, dass er die Paragraphen und Fallbeispiele lediglich auswendig gelernt hatte, mochte den Zuschauern, die ihm mehrmals dem Verbot zum Trotz applaudierten, entgehen, aber die routinierten Richter würden es bemerken. Je näher der Augenblick der Plädoyers rückte, desto unerträglicher wurde Felices Nervosität. Würden ihre Arbeit und Quintus' Einsatz genügen? Sie mussten es doch! Wie sollten sie beide denn damit weiterleben, wenn sie Ille in den Tod schickten, weil sie – im Grunde zwei Amateure – sich angemaßt hatten, ein Schwurgericht von etwas Undenkbarem überzeugen zu können?

Und dann war es so weit. Die Beklagten wurden als Letzte gefragt, ob sie noch etwas vorzubringen wünschten, und als beide kaum hörbar verneinten, erklärte der Vorsitzende die Beweisaufnahme für abgeschlossen. Der Staatsanwalt plädierte kurz und scharf, nannte die Tat »heimtückisch« und die Beklagten »im Innersten verrottet« und forderte die Todesstrafe für beide. Ein Mann wurde wegen lauten Jubels des Saales verwiesen, während andere verstohlen ihre Zustimmung murmelten. Oma Hertha hatte die Hand in Onkel Werners Arm verkrampft, und Recha Süßapfel hielt sich den Magen.

Dann erhob sich Quintus.

»Hohes Gericht, bitte haben Sie mit mir noch einen Augenblick Geduld«, rief er. »Ich habe noch jemanden aufzurufen.«

»Das ist nicht zulässig«, wies ihn der Vorsitzende zurecht und schlug mit dem Hammer auf die Matte, als hätte er den Hieb lieber dem aus der Reihe tanzenden Anwalt verpasst. »Die Vernehmung der Zeugen ist abgeschlossen.«

»Es muss zulässig sein«, erwiderte Quintus mit all der Chuzpe, vor der Felice bei ihm so oft mit offenem Mund stand. »Wir können nichts Neues beginnen wollen, indem wir uns weiter den starren Regeln des Alten fügen. Diese Regeln sind für uns zu eng geworden, und wenn wir weiterkommen, wenn wir uns aus dem Abgrund der Katastrophe, in dem wir gelähmt vor Schrecken gefangen sind, herausarbeiten wollen, brauchen wir den Mut, sie zu sprengen. Im Übrigen berufe ich keine Zeugin. Ich berufe eine Kollegin, eine studierte Juristin, die dieses Plädoyer hätte halten sollen, der das Recht dazu vom alten Staat jedoch verweigert wurde. Ich sage: Der alte Staat ist zerschmettert, und der neue wird niemandem versagen, seinen Beruf auszuüben, nur weil er mit dem falschen Geschlecht geboren ist. Ich rufe Felice zur Nieden und fordere sie auf, meinen Platz einzunehmen. Den Platz, der ihr gebührt.«

Felice wurde so übel, dass sie würgen und die Hände auf den Mund pressen musste. Als Nächstes versagten ihre Beine ihr den Dienst, sie fühlten sich an wie aus Watte, die unter ihrem Körper einsackte. Dann vernahm sie einen Laut, wandte den Kopf und fand sich Oma Hertha und Recha Süßapfel gegenüber, die sie unverwandt ansahen. Kaum merklich nickten beide. Felice schloss die Hände um das Geländer, stemmte sich hoch und bemerkte, dass die Schrecksekunde vorüber war. Sie konnte stehen. Mit ruhigen Schritten verließ sie die Bankreihe, ging die Treppe hinunter und erklomm die Anwaltskanzel. Quintus schob sich an ihr vorbei, ohne sie zu berühren. Nur ihre Blicke kreuzten sich.

Felice wandte sich dem Richtertisch zu, wie sie es in ihren Träumen Tausende von Malen getan hatte. Aber sie sah nicht die fünf Männer in den schwarzen Roben, von denen der mittlere, der entscheidende, als scharfer Hund galt. Sie sah die unzähligen Köpfe der im Saal versammelten Menschen, die hergekommen waren, um eine Sensation zu erleben – die in Wahrheit aber auf etwas warteten, das ihnen Hoffnung gab. Auf etwas, um das es sich zu kämpfen lohnte.

»Hohes Gericht, ich danke Ihnen für Ihre Geduld«, sagte Felice. »Wir können den Toten der Stadt Ypern in Flandern, von denen wir gehört haben, nicht das Leben zurückgeben. Wir können den Müttern hier im Saal weder ihre Söhne zurückgeben noch die Männer, die sie ernährt haben. Wir können Jungen wie Gabriel Süßapfel nicht das Augenlicht und die gesunden Glieder wiedergeben, und wir können natürlich auch Reinhold Berndt nicht wieder zum Leben erwecken – so wenig wie Rosa Luxemburg und Karl Liebknecht und die Scharen von Menschen, die seit dem Jahreswechsel in Berlins Straßen umgekommen sind. Aber wir können eines: Wir können aufhören zu töten. Wir haben damals, im August 1914, Ja gebrüllt. Fangen wir heute an und sagen Nein.«

Mit diesen Worten begann sie ihr Plädoyer, ohne ein einziges Mal auf das Skript zu sehen, das Quintus auf dem Pult hatte liegen lassen.

Bis das Gericht, das sich zur Beratung zurückgezogen hatte, zur Verkündung des Urteils wieder in den Saal kommen würde, konnten Stunden, im schlimmsten Fall sogar Tage vergehen. Der Nervenkrieg war nicht zu Ende, sondern begann erst, doch als Felice auf zitternden Beinen aus der Kanzel stieg und aus dem Saal taumelte, erfasste sie eine Woge von Erleichterung. Sie hatte nicht tatenlos dabeisitzen müssen, sondern für ihre Schwester kämpfen dürfen, und sie hatte ihr Bestes gegeben.

Wenn sie weiter daran glauben wollte, dass sie für diesen Beruf geboren war, und wenn sie daran glauben wollte, dass in ihrem Land eine neue Art von Recht Fuß fassen würde, dann musste es genügt haben.

Vor der Tür stand Quintus, der alle anderen aus dem Weg wischte und sie auffing, als sie mehr oder minder hinausgetrieben wurde. Er hielt sie so fest, dass sie sich fallen lassen konnte, und küsste vor allen Leuten ihren Schopf. »Du musst mehr essen, Schöne. Jeden Tag fünf von meinen Schmalzstullen, sonst kann ich dich bei Sturm ja nicht mehr auf die Straße lassen.« Dann küsste er sie noch einmal. »Du hast deine Prüfung bestanden.

Ich gratuliere Ihnen zur gerichtlichen Zulassung, Frau Kollegin.«

»Wir wissen doch noch gar nicht, ob es ausgereicht hat!«, rief Felice.

»Und ob wir das wissen«, erwiderte Quintus. »Du glaubst doch wohl nicht ernsthaft, irgendein Amtsschimmel hätte noch den Mut, dir die Zulassung zu verweigern, nachdem du einen kompletten Schwurgerichtssaal mit deinem Plädoyer von den Füßen gefegt hast.«

»Das meine ich doch nicht«, sagte Felice, spürte aber, wie ihr die Hitze in die Wangen stieg. »Ich meine Ille und Gabriel – für sie geht es noch immer um alles.«

»Ich weiß«, sagte Quintus. »Das liegt jetzt nicht in unserer Hand, und dieses Warten ist eine der böseren Spielarten der Hölle. Aber selbst wenn die vernagelten Greise da drinnen sich erdreisten, ein Todesurteil auszusprechen, ist noch nichts verloren. Dann gehen wir in Berufung, und diesmal haben wir die Presse auf unserer Seite. Schon die Abendausgaben werden überfließen – du machst dich besser darauf gefasst, auf jeder Titelseite dein Bild zu finden.«

»Und das hilft Ille und Gabriel?«

»Du hilfst ihnen.« Noch einmal streifte er mit den Lippen ihr Haar. »Ich bin überzeugt, dass wir am Ende gewinnen, Felice, ich war es heute Morgen nicht ganz, aber ich bin es jetzt. Du hast geschafft, was in der erstaunlichen Palette deiner Fähigkeiten bisher fehlte: Du hast Herzen gewonnen. Nicht nur Hirne.«

Felice hob den Kopf, traf seinen Blick und erkannte, dass sie ihm vertraute. Nicht allein in dem, was er gesagt hatte, sondern in allem, was ihre Zukunft betraf. Sie brauchte nicht länger auf dem Kopf zu stehen, um die Welt aus anderem Winkel zu betrachten.

»Ich denke, du hast auch deine Prüfung bestanden«, sagte sie und hakte sich bei ihm unter, um das muffige Gebäude zu verlassen. »Zur Hilfe in meinem Haushalt kann ich dich somit grundsätzlich zulassen. Nur auf deine Schmalzstullen verzichte ich.«

***

In der Strafsache *Die deutsche Republik gegen Ilsebill Berndt und Gabriel Süßapfel* kehrte das Gericht nach nur einstündiger Beratung mit einem Urteil zurück. Gegen Ilsebill Berndt wurde eine Haftstrafe von zwei Jahren, gegen Gabriel Süßapfel eine von fünf Jahren verhängt. Die beiden Kinder der Verurteilten Berndt verblieben bis auf Weiteres in der Obhut der Tante Felice zur Nieden. Einer entsprechenden Willenserklärung der Verurteilten wurde nicht widersprochen.

Glossar

Aigrette
Reiherfeder oder Busch aus Reiherfedern, die an turbanförmigen Damenhüten oder direkt am Haar befestigt wurden und besonders beim Tangotanzen beliebt waren.

Aktion, die
Wochenzeitschrift für Literatur, Kunst und Politik, herausgegeben von Franz Pfemfert und maßgeblich am Durchbruch des Expressionismus beteiligt. *Die Aktion* vertrat undogmatische, linksgerichtete Standpunkte und erschien in Berlin während der Jahre 1911–1932.

Alte Herren
Mitglieder einer Studentenverbindung, die ihr Studium abgeschlossen haben und nicht länger aktiv – d. h. schlagend – sind.

ANZAC
Australian and Neuzeeland Army Corps, Armeecorps des Britischen Empires, gebildet aus Kriegsfreiwilligen aus Australien und Neuseeland.

Areler Land
Südöstliche Grenzregion Belgiens mit deutsch-muttersprachlichem Bevölkerungsanteil

Armierungsbataillone
Pioniertruppen, die nicht an Kampfhandlungen im Feld teilnahmen, häufig aus nicht voll tauglichen Rekruten gebildet wurden und mit dem Bau von Verteidigungsanlagen und Befestigungen betraut waren. Zu Beginn des Ersten Weltkriegs unbewaffnet.

Attila
Traditioneller, stark verzierter Uniformrock der Husaren, ursprünglich aus Österreich-Ungarn stammend, ab der zweiten Hälfte des 19. Jahrhunderts in ganz Europa verbreitet.

Berliner Tageblatt
Seit 1872 bestehende Tageszeitung, die sich an ein Massenpublikum richtete, sich durch satirischen Journalismus auszeichnete und eine gemäßigt linke Richtung vertrat.

Berliner Zimmer
Im Berliner Wohnungsbau des späten 19. und frühen 20. Jahrhunderts häufig vorhandenes Bauelement, ein Zimmer, das Vorderhaus und Seitenflügel miteinander verband.

Bioscop, Deutsche
Berliner Filmproduktionsgesellschaft, 1899 von Jules Greenbaum gegründet. Bestand bis 1922 und errichtete 1911/12 mit dem »Glashaus« das erste Atelier auf dem Filmgelände Babelsberg.

Birtac
1998 von dem Briten Birt Acres patentierte erste Schmalfilmkamera für Amateure. Da die Birtac sehr teuer war und schnell günstigere Konkurrenzprodukte auf den Markt kamen, konnte sie sich nicht durchsetzen.

Blanke Helle
Pfuhl einer einstigen Seerinne in der Nähe des Tempelhofer Alboinplatzes in Berlin.

BZ
Berliner Zeitung. Das seit 1877 Blatt des Ullstein Verlags nannte sich ab 1904 *BZ am Mittag*, wurde zur ersten deutschen Boulevardzeitung nach amerikanischem Vorbild für den Straßenverkauf umfunktioniert und rühmte sich, »die schnellste Zeitung der Welt« zu sein.

Café Achteck
Berliner Spottname für die öffentlichen Toiletten, die in kleinen achteckigen Häusern aufgestellt wurden.

Castell
Hochwertige Bleistiftmarke der Firma Faber-Castell.

Charlottenburg
Der Berliner Bezirk war streng genommen vor dem Ersten Weltkrieg noch kein Stadtteil von Berlin, sondern galt nicht einmal als Vorort, sondern als eigenständige Großstadt. Die Eingemeindung erfolgte erst 1920. Da Charlottenburg mit seinem regen kulturellen Leben so sehr zur Textur von Berlin gehörte und um Verwirrung zu vermeiden, habe ich mich entschieden, dennoch von »Bezirk« zu sprechen, wenn es um Charlottenburg geht.

Chasma
Handförmiges Amulett, jüdischer Glücksbringer, der den bösen Blick abwehren sollte, häufig mit Auge in der Mitte dargestellt.

Collier's
Eigentlich *Collier's Weekly; An Illustrated Journal,* us-amerikanisches Magazin, das von 1888 bis 1957 erschien und sich vor allem durch investigativen Journalismus und enthüllende Fotografien auszeichnete.

Corpsbrüder
Aktive – also noch studierende – Mitglieder eines Corps, einer schlagenden Studentenverbindung. Nach ihrem Studienabschluss werden sie unabhängig von ihrem Alter zu »Alten Herren«.

Deutsche Allgemeine Zeitung
Seit 1861 bestehende konservative, regierungsnahe Tageszeitung.

Dicke Bertha
Spitzname für ein deutsches Artilleriegeschütz. Als Dicke Bertha wurden verschiedene 42-cm-Mörser der Firma Krupp bezeichnet.

Dreadnought
Englisch »Fürchtenichts«. Revolutionär neuer Typ von in Großbritannien entwickelten Schlachtschiffen. Benannt nach der 1906 vom Stapel gelassenen *HMS Dreadnought* stellten diese mit schwerer Artillerie bewaffneten Großkampfschiffe alle bis dato verwendeten Linienschiffe in den Schatten und lösten ein internationales Wettrüsten der Flotten aus.

Dynamitarden
Militante Protestler – häufig, aber beileibe nicht ausschließlich anarchistischer Ausrichtung –, die Ende des 19. Jahrhunderts Terroranschläge mithilfe des gerade von Alfred Nobel patentierten Dynamits verübten, oft in der Hoffnung, Teile der Arbeiter-

bewegung in einen Aufstand zu treiben. Das berühmteste Opfer eines Dynamitarden ist der russische Zar Alexander II.

Entente cordiale
Französisch »herzliches Einvernehmen«. Unverbindliches Freundschaftsbündnis zwischen Großbritannien und Frankreich, das seit 1904 bestand und 1907 um Russland zur Triple Entente erweitert wurde. Rein faktisch entstanden keinem der Bündnispartner aufgrund der Vereinbarung militärische Verpflichtungen.

Etappe
Bereich hinter der Front, in dem rückwärtige Dienste untergebracht sind, so z. B. Lazarette, Verwaltung und Tross. Die Etappe unterstand dem Generalquartiermeister in der Obersten Heeresleitung. Mannschaften ruhten sich hier für kurze Zeit vom Fronteinsatz aus.

Fourage
Beim Militär gebräuchlicher Begriff für Tier-(zumeist Pferde-)futter sowie Stroh.

Franktireurs
Freischärler, irreguläre Kämpfer in Belgien und Frankreich, die den Besatzern Widerstand leisteten. Angriffe sogenannter Franktireurs – ob tatsächlich oder erdacht – wurden zum Anlass zu horrenden Vergeltungsmaßnahmen an der Zivilbevölkerung genommen.

Gartenlaube, die
Seit 1853 erscheinendes »illustriertes Familienblatt« und die erste erfolgreich publizierte Zeitschrift für die Massen in Deutschland. Nach der Reichsgründung wurde die zunächst im Verlag

Ernst Keil erscheinende Zeitschrift zunehmend konservativer, 1904 wurde sie schließlich dem Medienimperium des rechtsgerichteten, nationalistischen Alfred Hugenberg angegliedert.

Gehinnom
Biblischer Ortsname, eine Schlucht nahe Jerusalem bezeichnend, die jedoch einen Bedeutungswandel erfuhr und gemeinhin als »Mordtal«, Ort der Bestrafung, somit – unpräzise – als eine Art Hölle des Judentums interpretiert wurde. Dem Propheten Jeremiah zufolge wurden in diesem Tal Brandopfer an Kindern für den punisch-kanaanitischen Gott Moloch vollzogen.

Kaiserpanorama
Beliebtes Medium der Jahrhundertwende, bei dem etwa zwanzig bis dreißig Zuschauer gleichzeitig durch ein Gluckloch eine Folge von stereoskopischen – und daher dreidimensional wirkenden – Bildern betrachten konnten.

Katarrh
Entzündung der Schleimhäute, vornehmlich der Atmungsorgane.

Kintopp
Aus der Anfangszeit des Kinos stammender Berliner Ausdruck für das neue Medium.

Kitchener's Army
Nach Kriegsminister Kitchener benannte britische Massenarmee des Ersten Weltkriegs. Kitchener sagte als einer der Ersten einen langen Kriegsverlauf voraus, dem die kleine britische Berufsarmee – bei nicht vorhandener Wehrpflicht – nicht würde standhalten können. Bereits 1914 begann er systematisch mit der Anwerbung von Freiwilligen und konnte bis 1915 vierzig neue Divisionen für den Einsatz an der Westfront aufstellen.

Komm-morgen-wieder
Aus dem Baltikum stammendes Gericht mit Pfannkuchen, in dem meist Fleischreste des Vortages verarbeitet wurden.

Kraftdroschke
Frühes Taxi, Nachfolger der Pferdedroschke, ausgestattet mit Bruhns Taxameter und Elektromotor.

Kromrey
Seit 1895 bestehende Firma des Unternehmers Gustav Kromrey, die auf Strecken der preußischen Staatseisenbahn Speisewagen betrieb.

Krümperwagen
Gefährt der Kavallerie zum Transport von Fourage. Die dafür nötigen Zugpferde, sogenannte Krümperpferde, standen nicht auf den Futterlisten, sondern mussten von den Rationen der übrigen Kavalleriepferde mit ernährt werden.

Laubenpieper
Scherzhafte, in Berlin gängige Bezeichnung für den Inhaber eines meist mit einem Häuschen – einer Laube – versehenen Kleingartens.

Leotard
Einteiliges Kleidungsstück aus Trikot und Slip, vornehmlich von Tänzern getragen. Benannt nach dem Artisten Jules Léotard, der es Mitte des 19. Jahrhunderts einführte.

Löschwiege
Bestandteil einer Schreibtischgarnitur, Gerät zur Handhabung von Löschpapier.

Mensur
Von lateinisch *mensura*, Abstand. Studentischer Fechtkampf, Pauken genannt, der in schlagenden Verbindungen eine Pflicht darstellt.

Messters Woche
Kurz für *Messter-Wochenschau*, ab Oktober 1914 gezeigte erste deutsche Wochenschau, die vom Geschehen an den Fronten berichtete.

Molle mit Kompott
Berliner Kneipenausdruck für Bier mit Schnaps.

Neurasthenie
Nervenschwäche, Reizbarkeit, die heute so gut wie nicht mehr diagnostiziert wird, zu Beginn des 20. Jahrhunderts jedoch geradezu zur Modekrankheit avancierte, an der vor allem Männer der oberen Gesellschaftsschichten erkrankten.

PAGU
Kurz für Produktions-AG Union. Deutsche Filmproduktionsgesellschaft, die von 1906 bis 1922 existierte und 1913 mit ihren Filmstudios nach Berlin umzog. Ernst Lubitsch gab hier sein Regiedebüt. Das Tempelhofer Atelier mit dem Glashaus galt als das beste Filmgelände Deutschlands und wurde ab 1917 von der neu gegründeten UFA gepachtet.

Pelerine
Umhang, Cape, das die Schultern bedeckt.

Polder
Durch Deiche geschützte Senke in der Nähe von Gewässern.

Reformkorsett
Durch die Reformbewegung in der Frauenkleidung entwickelte Form des Korsetts, das um 1910 aufkam und Frauenkörper nicht länger in eine unnatürliche Haltung zwang.

Repetierbüchse
Durchlader, Mehrladewaffe. Die Repetierbüchse, mit der deutsche Infanteristen im Ersten Weltkrieg vorwiegend ausgestattet waren, war die Mauser 98.

Roses of Picardy
Das von Frederick Weatherly und Haydn Wood verfasste Lied *Roses of Picardy* erschien 1916 und wurde Anfang 1917 von dem Tenor Lambert Murphy aufgenommen. Das Lied war bei den britischen Soldaten, die es sangen, wenn sie an die Westfront zogen, ein einzigartiger Erfolg, später bei sämtlichen alliierten Truppen in Flandern und Frankreich (wo der Text des Liedes – entlang der Schlachtfelder der Somme – spielt), vergleichbar mit dem Erfolg des späteren deutschen Soldatenliedes *Lily Marleen*, trotz fehlender Übertragungsmöglichkeiten. Bei Kriegsende wurde *Roses of Picardy* erfolgreich verwendet, um den unter »Shellshock« leidenden Soldaten (in Deutschland sogenannte Kriegszitterern) ihre Sprachfähigkeit zurückzugeben, da die Vertrautheit des Liedes und die Zärtlichkeit von Text und Musik auf sie wirkte. Aus dramaturgischen Gründen habe ich das Erscheinungsdatum des Liedes und der Aufnahme jeweils um ein Jahr nach vorn verlegt.

S-13
Schiffsklasse großer Torpedoboote, mit deren Bau 1911 begonnen wurde.

Skoda 305
35-cm-Mörser, großes Festungsartilleriegeschütz der österreichisch-ungarischen Armee. In Anlehnung an die deutsche Dicke Bertha erhielt dieses Geschütz den Spitznamen Schlanke Emma.

Tommy/Tommies
Spottname für britische Soldaten, ähnlich dem »Fritz« und »Fritzen« für die Deutschen.

Triple Entente
Seit 1907 bestehendes Bündnis zwischen Großbritannien, Frankreich und Russland, hervorgehend aus der Entente cordiale zwischen Großbritannien und Frankreich (1904) und der russisch-französischen Allianz (1894). Die formlose Vereinbarung erlegte keinem der Bündnispartner weiterreichende Verpflichtungen auf und enthielt keinen Militärvertrag. Ein solcher wurde erst im September 1914 – also nach Ausbruch des Krieges – geschlossen.

Vickers
Leichtes Maschinengewehr, Gasdrucklader der britischen Streitkräfte.

Wipers Times
Von britischen Infanteristen des 12. Bataillons Sherwood Foresters (Line Infantry), die zur Verteidigung von Ypern im Salient stationiert waren, herausgegebene Soldatenzeitung. Einige Männer des Bataillons hatten in einem ausgebrannten Haus eine noch funktionsfähige Druckerpresse entdeckt und begannen ab Februar 1916 unter Chefredakteur Frederick John Roberts mit der Produktion der satirischen Zeitschrift, die sich bald überwältigender Beliebtheit erfreute. Die *Wipers Times* war benannt nach dem Namen, den die britischen Truppen der Stadt Ypern gegeben hatte, und erschien bis Kriegsende – es folgten

sogar hinterher noch zwei Nummern unter dem Namen *Better Times*. Berstend vor britischem Galgenhumor bringt die *Wipers Times* bis heute Menschen zum Lachen und rührt zu Tränen. In Liebe und Bewunderung habe ich mir erlaubt, ihrer Redaktion meinen Captain Scottie Brown-Brown hinzuzufügen und die Auffindung der Presse um ein Dreivierteljahr und damit in die erste Schlacht um Ypern vorzuverlegen. Da alle möglichen Dinge nach dieser Schlacht und der immensen Fluchtbewegung aus der Stadt gefunden wurde, hielt ich diese Eigenmächtigkeit für zulässig.

Woilach
Dicke Satteldecke, die als Schlafmatte an Soldaten ausgegeben wurde.

Zukunft, die
Wochenschrift zu Politik und Kunst des Publizisten Maximilian Harden. Erschien von 1892 bis 1922.

Im Westen nichts Neues …

Im November 2018 jährt sich der Waffenstillstand, der den Ersten Weltkrieg beendete, zum hundertsten Mal. Wenn er vorbei ist, wird das Interesse an dem, was wir die »Urkatastrophe des 20. Jahrhunderts« nennen, schlagartig erlahmen. Bei diesem Gedanken wurde mir klar, dass ich mich beeilen musste, wenn ich meinen Wunsch noch verwirklichen wollte, ein Buch über den Krieg, den Weg in ihn und die Welt, die er hinterließ, zu schreiben.

Als Handlungsort geplant hatte ich die Front im zerfallenden Osmanischen Reich. Ich wollte über Verbrechen gegen die Menschlichkeit schreiben, die deutsche Militärs und Diplomaten von ihren Verbündeten stillschweigend duldeten oder aktiv unterstützten. Ich wollte ein Buch über die neuen Medien Fotografie und Film schreiben, die erstmals während eines Krieges zu Propagandazwecken eingesetzt wurden. Über die Filmzensur, die damit geboren (und im Gründungsjahr der Weimarer Republik einen kurzen glorreichen Augenblick lang aufgehoben) wurde. Und über mutige Menschen wie Armin T. Wegener, der als Sanitätsoffizier ins Osmanische Reich reiste, eine Kamera bei sich trug und beschloss, dieser Propaganda etwas entgegenzusetzen und das Grauen, das er erlebte, im Bild zu dokumentieren. Ich hatte mich aus beruflichen Gründen und aus privater Leidenschaft mit diesem Teil des Kriegsgeschehens intensiv befasst und war der Ansicht, ich hätte hier eine so gut wie unerzählte Geschichte.

Meine erste Rechercheresie führte mich nicht in die Türkei, wo ich viele Male gewesen bin, sondern nach Nordfrankreich, wo ich auch viele Male gewesen bin, und sodann über die belgische Grenze nach Flandern. Wo ich noch nie gewesen bin.

Kollegen hatten mir erzählt, man könne nirgendwo besser erhaltene Schützengräben besichtigen. Ich hielt das für eine sinnvolle Einstimmung, quartierte mich in der mir unbekannten belgischen Stadt Ieper ein – und fand eine unerzählte Geschichte.

Dass ich zum Ersten Weltkrieg zwanzig Jahre lang lesen, suchen, denken und forschen konnte, ohne auf das unsägliche, grund- und bodenlose Leid zu stoßen, das der völlig unvorbereiteten Stadt eines neutralen Landes zugefügt wurde, ist mir unbegreiflich. Churchill drängte nach dem Krieg darauf, die Trümmerwüste, die von Ieper geblieben war, aufzukaufen und als Mahnmal des Schreckens unberührt zu lassen. Der Dichter Siegfried Sassoon nannte Ieper 1928 »die größte Wunde der Welt«. Prinz Max von Sachsen, der als Feldgeistlicher in Flandern war, wurde unter dem Eindruck des Grauens zum Pazifisten und erklärte: »Wenn es einen gerechten Gott im Himmel gibt, müssen wir den Krieg verlieren wegen der Gräueltaten, die wir in Belgien verübt haben.«

Ich bin seither viele Male in Ieper – deutsch Ypern – gewesen, das Soldaten aus dem gesamten britischen Empire Wipers nannten, während sie verzweifelt versuchten, es zu verteidigen. Ich habe dort unzählige Geschichten entdeckt, und eine der schönsten, berührendsten ist die der *Wipers Times*, der Schützengraben-Zeitung, die eine Handvoll Offiziere und Soldaten der Sherwood Foresters mit einer aus Trümmern geborgenen Druckerpresse auf die Beine stellten. Den im aussichtslosen Stellungskrieg kämpfenden Männern gaben sie damit ein Symbol für Zusammenhalt, Sinn und Hoffnung – erfüllt von unverwüstlichem britischen Humor, der vor Tragik nicht zurückschreckt. Der Mann, der die *Wipers Times* durch die Kriegsjahre hinaus geleitet hat, ist Captain Fred Roberts, der mir hoffentlich nicht übel nimmt, dass ich aus dramaturgischen Gründen Ereignisse leicht verschoben und ihm meinen Captain Scott Brown-Brown zur Seite gestellt habe. Die Texte der *Wipers Times* sind in Buchform erhältlich, und ich weiß wenig aus jener Zeit, das ich Lesern lieber ans Herz legen würde.

Wipers ist heute wieder Ieper. Ich bin froh, dass Churchills Plan nicht in die Tat umgesetzt wurde, sondern aus der Trümmerwüste eine heitere, zauberhafte, gastfreundliche und unendlich flandrische Stadt wiedererstand. Ein kleines Stück von Ieper wurde jedoch der britischen Regierung übereignet und wird immer Wipers bleiben: das Menenpoort – Menin Gate –, durch das die Truppen in den Kampf zogen. Seit 1927 steht dort ein auf den Ruinen des alten Tores errichtetes Mahnmal für die Vermissten, in dessen Stein jeder Name eingemeißelt ist. Bis heute werden die Toten des Ersten Weltkriegs gesucht und, wenn irgend möglich, identifiziert. Wird jemand gefunden und begraben, so wird sein Name aus dem Menin Gate entfernt. So lange aber hat er seinen Platz dort, in der Stadt, die ihn nicht vergessen will: *»He is not missing. He is here«*, erklärte Field Marshall Plumber bei der Enthüllung des Mahnmals, ehe Trompeten den *Last Post* spielten: »Er ist nicht vermisst, sondern hier.«

Einer von Iepers überlebenden Bewohnern, ein Mann namens Aime Gruwez, beschloss, Dankbarkeit und Gedächtnis in den Alltag der Stadt zu integrieren. Er veranlasste die Trompeter der Freiwilligen Feuerwehr, den *Last Post* allabendlich unter dem Tor zu spielen, und seine Familie wurde Hüterin der Tradition. Mit Ausnahme der vier Jahre der Nazi-Besetzung wird der *Last Post* seither an jedem Abend um acht Uhr unter dem Menin Gate gespielt, und so soll es für immer bleiben. *Least we forget* – damit wir nicht vergessen.

Der Mann, der heute als Chairman darüber wacht, ist Benoit Mottrie, Aime Gruwez' Enkel. Ich danke ihm für die wundervolle Zeit in seinem Haus, die Fülle von unschätzbaren Informationen und die Ehre, den *Last Post* in seiner Gegenwart erleben zu dürfen.

Ich danke auch den Mitarbeitern des Museums *In Flanders Fields, Ieper*, einer wahrhaft völkerverbindenden Einrichtung und dem besten Museum, das ich zur Thematik des Ersten Weltkriegs je besucht habe.

Ich danke meinem Verlag, der stillschweigend hinnahm, dass ich die ferne Türkei gegen das nahe liegende Belgien tauschte und mich meine Geschichte aus Ieper erzählen ließ – für alle Städte, denen bis heute dasselbe angetan wird. Ich habe dennoch meinen Quintus Quirin ein wenig Armin T. Wegner nachempfunden. Auch in Belgien gab es mutige Männer, die Bildmaterial anfertigten und außer Landes schafften oder im Innern verbargen. So lieferte das in Familienbesitz befindliche Fotostudio Antony d'Ypres in der Botenstraat Fotos, die die Zerstörung der Stadt in schwer erträglichen Details dokumentierten, und tatsächlich gab es bereits im zweiten Kriegsjahr im europäischen Ausland Untersuchungen zu Kriegsverbrechen in Belgien, die auf solchem Material beruhten. Auch heute riskieren Journalisten in Kriegsgebieten ihr Leben, um die Welt auf Leid und Unrecht aufmerksam zu machen. Ihnen möchte ich meinen Wolfgang Vanselow widmen.

Der Erste Weltkrieg wird zu Recht »Urkatastrophe des 20. Jahrhunderts« genannt. Eine Generation war gebrandmarkt, und welche Folgen daraus in die zweite, noch größere Katastrophe führten, ist noch immer zu wenig erforscht. Schon deshalb wünsche ich mir, dass das Interesse an dieser Zeit nicht mit dem November 2018 erlahmt, sondern dass weiter geforscht, erzählt, gefragt und nach Antworten gesucht wird. Damit wir weiterkommen. Damit von der Urkatastrophe des 21. Jahrhunderts nie die Rede sein muss.

Mit dem Krieg endeten eine Epoche und eine Gesellschaftsform. Wie die gesamte Geschichte hindurch stellte der Augenblick danach, in dem aus den Trümmern des Alten etwas Neues entstehen musste, auch eine große Chance dar. Neben anderen war es die Stunde der Frauen, die in der jungen Weimarer Republik nicht nur das Wahlrecht erhielten, sondern in Ausbildung und Beruf zahlreiche Bastionen stürmten. Meine Felice hätte tatsächlich in dem neu begründeten Staat die Chance gehabt, ihren erlernten Beruf auszuüben, wenn auch noch immer nicht ohne Kampf und Schwierigkeiten.

Den Prozess, in dem sensationellerweise erstmals einer Gattenmörderin mildernde Umstände eingeräumt wurden und kein Todesurteil erfolgte, hat es ebenfalls tatsächlich gegeben: Ich habe die Strafsache gegen Ille und Gabriel dem Mordfall Anselm Hemberger nachempfunden, der im November 1918 durch seine Frau und deren im Krieg verwundeten Geliebten zu Tode kam. Die Urteile in meinem Roman entsprechen denen, die damals in Berlin ausgesprochen wurden.

Die kurze zensurlose Zeit bedeutete eine wahre Explosion bis dato undenkbarer Filme. Regisseure und Produzenten wie der von mir erwähnte Richard Oswald, der das bemerkenswerte *Anders als die anderen* drehte, nutzten die Gunst der Stunde, wie auch mein Willi es versuchen will. Dass dabei nicht alles so hell und verheißungsvoll blieb, wie am Anfang erhofft, dass das so teuer Bezahlte angefeindet und mit allen Mitteln bekämpft wurde, ist bekannt. Wie meine Familie zur Nieden, ihre Verwandten und Freunde sich dabei schlagen, möchte ich gern in einer weiteren Geschichte erzählen – und würde mich sehr freuen, wenn Sie Lust hätten, mich dabei zu begleiten.

Michaela Saalfeld